Du même auteur, chez le même éditeur :

Drenaï :
Légende
(Prix Tour Eiffel de science-fiction 2002)
Légende - édition collector
Le Roi sur le Seuil
Waylander
Waylander - édition collector
Waylander II : dans le Royaume du Loup
Druss la Légende
La Légende de Marche-Mort
La Quête des héros perdus
Les Guerriers de l'hiver

Les Pierres de sang :
L'Homme de Jérusalem
L'Ultime Sentinelle

Rigante :
1. *L'Épée de l'Orage*
2. *Le Faucon de Minuit*
3. *Le Cœur de Corbeau*
4. *Le Cavalier de l'Orage*

Troie :
1. *Le Seigneur de l'Arc d'Argent*
2. *Le Bouclier du Tonnerre*

Romans isolés :
Dark Moon
L'Étoile du Matin
L'Écho du Grand Chant

Du même auteur, chez d'autres éditeurs :
Le Lion de Macédoine (cycle)
Renégats

www.bragelonne.fr

David Gemmell

Le Seigneur de l'Arc d'Argent

Troie – tome 1

Traduit de l'anglais (Grande-Bretagne) par Rosalie Guillaume

Bragelonne

Collection dirigée par Stéphane Marsan et Alain Névant

Titre original : *Lord of the Silver Bow – Troy* book one

1re édition : mars 2008
2e édition : octobre 2008

Illustration de couverture :
© Larry Rostant

Carte :
Hardlines

ISBN : 978-2-35294-233-7

Bragelonne
35, rue de la Bienfaisance – 75008 Paris

E-mail : info@bragelonne.fr
Site Internet : http://www.bragelonne.fr

REMERCIEMENTS

Je remercie mes « lecteurs tests » Lawrence Berman, Jan Dunlop, Tony Evans, Alan Fisher, Larry Finlay, Stella Gemmell et Steve Hutt. Je tiens à exprimer en particulier ma gratitude à Lawrence, qui a conçu et écrit en grande partie la scène du naufrage du navire de Gershom. Je remercie aussi mes éditeurs, Selina Walker de Transworld UK et Steve Saffel de Del Rey US, qui m'ont aidé à donner forme et substance à ce roman, et mes secrétaires de rédaction, Eric Lowenkron et Nancy Webber.

La Grande Verte
THRACE
SAMOTHRACE
IMBROS
DARDANIE
Troie
LEMNOS
TENEDOS
Mont Ida
Mont Olympe
THESSALIE
Phthia
ITHAQUE
EUBÉE
LESBOS
KIOS
Thèbes
Aulis
CÉPHALONIE
Athènes
Mycènes
Argos
Pylos
Sparte
KOS
THÉRA
CYTHÈRE
Cnossos
CRÈTE
Phaistos

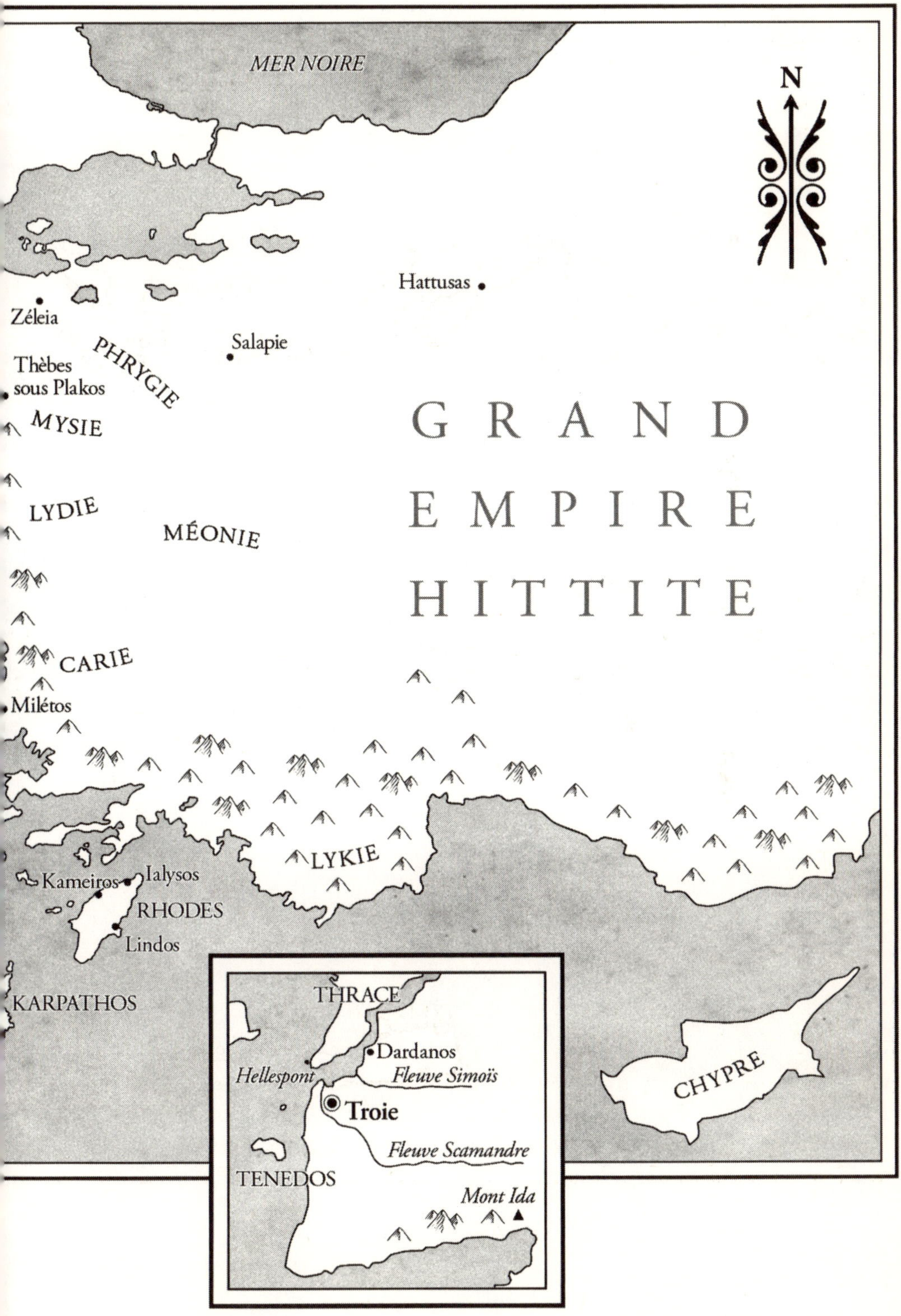
MER NOIRE
N
Hattusas
Zéleia
PHRYGIE
Salapie
Thèbes
sous Plakos
MYSIE
LYDIE
MÉONIE
GRAND
EMPIRE
HITTITE
CARIE
Milétos
LYKIE
Kameiros
Ialysos
RHODES
Lindos
KARPATHOS
THRACE
Dardanos
Hellespont
Fleuve Simoïs
Troie
Fleuve Scamandre
TENEDOS
Mont Ida
CHYPRE

Prologue

Si je m'endors, je meurs.

Gershom resta donc obstinément accroché à son morceau de bois, secoué par la mer en furie, assourdi par le tonnerre et aveuglé par les éclairs. Une autre vague le souleva et emporta son précaire radeau dans un tourbillon effarant qui faillit lui faire lâcher prise. Il serra plus fort et sentit des échardes s'enfoncer dans ses mains ensanglantées, pendant que l'eau salée brûlait ses yeux gonflés.

Quand les bourrasques avaient projeté la galère contre des rochers, fendant sa coque, quatre hommes s'étaient accrochés à ce fragment de pont. Épuisés par la tempête, ils avaient lâché un par un leur frêle esquif, leurs cris d'agonie vite emportés par le vent.

Maintenant, seul restait Gershom, qui devait sa survie à ses bras musclés par des mois de travail dans les mines de cuivre de Chypre. Mais même cette force prodigieuse commençait à faillir.

La mer le souleva encore une fois, et le morceau de pont piqua vers l'avant. Gershom tint bon tandis qu'une vague s'écrasait sur lui.

L'eau ne lui paraissait plus froide. Il avait l'impression d'être dans un bain tiède, et il sentait la mer l'appeler. « Repose-toi ! Viens à moi ! Dors ! Dors dans la Grande Verte ! »

Si je m'endors, je meurs, se répéta-t-il, serrant de toutes ses forces le bois déchiqueté de ses mains sanglantes. La violente douleur le tira de son engourdissement.

Un corps flotta à côté de lui, la tête en bas. Puis une vague le retourna. Gershom reconnut le mort. Il avait gagné trois anneaux de cuivre aux osselets, deux nuits plus tôt, quand la galère avait accosté sur une petite plage surplombée par de hautes falaises. Le marin était ravi. Trois anneaux… Pas une fortune, mais une somme suffisante pour acheter un bon manteau, ou louer les services d'une jeune prostituée pour la nuit. Il n'avait plus l'air heureux, maintenant, avec ses yeux morts regardant la pluie et sa bouche ouverte.

Une autre vague s'écrasa sur Gershom. Il s'abrita la tête contre le morceau de bois et attendit. La déferlante emporta le cadavre.

Gershom le vit couler.

Des éclairs zébrèrent le ciel, mais le tonnerre ne retentit pas immédiatement. Le vent tomba, et la mer se calma. Gershom se hissa sur le morceau de pont et roula sur le dos, frissonnant dans l'air glacial de la nuit.

La pluie torrentielle lavait le sel de son visage et de sa barbe. Il regarda les cieux. Un rayon de lune perçait les nuages. Il chercha du regard autour de lui, mais ne vit pas de terre ferme. Ses chances de survie étaient minimes. Presque tous les vaisseaux marchands restaient près de la côte. Peu s'aventuraient en haute mer.

L'orage s'était déclenché avec une rapidité effrayante, pendant que la galère se dirigeait vers une baie où elle aurait mouillé pour la nuit. Au début, Gershom, qui ramait à tribord, ne s'était pas inquiété. Il ne connaissait rien à la mer, et il croyait que tout allait bien. Puis, voyant les visages anxieux des autres rameurs, il avait regardé en arrière. Les bourrasques s'étaient faites de plus en plus violentes, poussant le vaisseau par le travers et l'éloignant de la côte. Gershom avait aperçu le promontoire qui marquait l'entrée de la baie. Il semblait si près ! Les rameurs avaient commencé à perdre le rythme. Deux rames s'étaient entrechoquées de son côté, puis une d'elles s'était cassée. Poussée par les rameurs du côté bâbord, la galère s'était mise en travers du vent.

Une immense vague était passée par-dessus bord, inondant Gershom et ses compagnons de tribord. Le vaisseau lourdement chargé avait commencé à s'incliner. Puis il avait glissé dans un creux, et avait été submergé par une autre vague. Gershom avait entendu un bruit de planches qui cédaient sous le poids de l'eau. La mer s'était engouffrée dans la galère. Entraînée par la masse de son chargement – du cuivre –, elle avait sombré en quelques instants.

Gershom se dit qu'il avait probablement extrait lui-même une partie du métal qui avait provoqué la perdition du vaisseau.

Il revit le visage sévère de son grand-père. « Mon garçon, tu n'as que toi à blâmer pour tes problèmes. »

C'était on ne peut plus vrai !

D'un autre côté, pensa Gershom, sans le labeur acharné qu'il avait accompli sous terre, il n'aurait pas développé la force de supporter la violence de la tempête.

Son grand-père aurait sans doute été satisfait de le voir travailler dans les mines, ses mains tendres couvertes d'ampoules et de sang, pour gagner en un mois ce qu'il aurait, chez lui, dépensé en un clin d'œil. La nuit, il dormait sous une couverture élimée, dans une tranchée crasseuse, pendant que des fourmis grouillaient sur sa chair épuisée. Plus de servantes pour s'occuper de lui, plus d'esclaves pour lui préparer ses vêtements. Personne ne s'inclinait devant lui. Et personne ne le flattait. Au palais et dans les fermes que possédait son aïeul, toutes les femmes lui disaient qu'il était merveilleux, viril et fort. Que c'était une joie d'être en sa compagnie. Gershom soupira. À Chypre, les femmes qui fréquentaient les mineurs disaient la même chose – à condition qu'on leur donne suffisamment d'anneaux de cuivre.

Un éclair zébra le ciel au sud. *L'orage va peut-être se terminer*, songea Gershom.

Il pensa de nouveau à son grand-père et se sentit honteux. Il n'était pas juste avec lui. Le vieil homme ne se serait pas réjoui des problèmes de Gershom. Pas plus qu'il n'aurait pris plaisir à l'exécution publique de son petit-fils – qu'il avait pourtant ordonnée.

Gershom avait fui la cité et avait rejoint la côte, où il avait pris un bateau pour Chypre.

Il y serait resté s'il n'avait pas rencontré un groupe d'Égyptiens, quelques jours plus tôt. Il en avait reconnu deux, des scribes qui étaient déjà venus dans le palais de son grand-père. Un des scribes l'avait regardé avec insistance. Gershom avait laissé pousser sa barbe, et ses cheveux étaient longs et sales, mais il n'était pas sûr que ce soit suffisant.

Avec les derniers anneaux de cuivre qu'il avait gagnés dans les mines, il était allé au port, s'était assis sur la plage et avait regardé les vaisseaux dans la baie.

Un vieil homme aux jambes arquées s'était approché de lui. Sa peau était tannée et profondément ridée.

— Tu cherches du travail en mer ? avait-il demandé.

— Ça se pourrait.

L'homme avait remarqué l'accent épais de Gershom.

— Tu es gyppto, non ? (Gershom avait hoché la tête.) Ce sont des marins doués. Et tu as les épaules d'un bon rameur. (L'inconnu avait ramassé un caillou et l'avait jeté dans les vagues.) Y a plusieurs bateaux qui cherchent des hommes d'équipage.

— Celui-là ? avait demandé Gershom, montrant une grande galère à double pont à l'ancre dans la baie.

Elle était superbe, toute en bois de chêne rouge. Gershom avait compté quarante rames du côté tribord. Sous la lumière faiblissante du soleil, la coque avait des reflets dorés. Le jeune homme n'avait jamais vu un si grand navire.

— Oui, si tu as hâte de mourir, avait dit le vieillard. Il est trop grand.

— Trop grand ? En quoi est-ce un mal ?

— Le dieu Poséidon n'accepte pas les vaisseaux comme ça. Il les brise en deux.

Croyant que le vieil homme plaisantait, Gershom avait éclaté de rire. Mais l'homme avait eu l'air vexé.

— Il est clair que tu ne connais pas la mer, mon garçon ! Chaque année, des armateurs arrogants construisent des vaisseaux de plus en plus grands. Chaque année, ils coulent. Qui provoque ces catastrophes, sinon les dieux ?

— Veuillez m'excuser, messire, dit Gershom, ne voulant pas contrarier le vieil homme. Mais ce navire ne me semble pas prêt à couler.

— C'est le nouveau vaisseau du Bienheureux. Il a été construit par un fou que personne d'autre ne songerait à employer. Il n'arrivera pas à trouver un équipage complet. Même les marins les plus bêtes ont refusé de monter à son bord. Le Bienheureux a dû faire venir des hommes des îles extérieures. (Le vieillard avait gloussé.) Et certains d'entre eux ont filé dès qu'ils ont vu le vaisseau. Pourtant, ce sont des abrutis ! Tu verras, il coulera quand Poséidon nagera sous sa coque.

— Qui est ce Bienheureux ?

Le vieil homme avait paru étonné.

— J'aurais juré que même les Gypptos auraient entendu parler d'Hélicon.

— Ce nom-là me dit quelque chose... C'est un guerrier des mers, non ? Il a tué des pirates mycéniens.

— Oui, c'est un grand guerrier.

— Pourquoi l'appelle-t-on le Bienheureux ?

— Il a une chance invraisemblable. Chacune de ses aventures l'a enrichi. Mais je pense qu'il portera un autre nom quand cette monstruosité aura sombré. (Le vieil homme s'était tu un moment.) Mais nous dérivons, mon garçon. Revenons à ton affaire. Tu as besoin d'un vaisseau.

— Que me conseilleriez-vous, mon ami ?

— Je connais un marchand dont la galère de vingt rames – le *Mirion* – part pour Troie après-demain. Il manque d'hommes. Pour dix anneaux de cuivre, je te présenterai à lui, avec ma recommandation.

— Je n'ai pas dix anneaux de cuivre.

— Un voyage te rapportera vingt anneaux, dont dix quand tu signeras. Donne-moi cette moitié-là, et je lui dirai que tu es un maître rameur.

— Il ne lui faudra pas longtemps pour comprendre que vous avez menti.

Le vieil homme avait haussé les épaules.

— À ce moment-là, le bateau sera en mer, et le marchand, à terre. Quand tu reviendras, tu seras *vraiment* un bon rameur, et tout le monde n'y aura vu que du feu.

Gershom avait entendu parler de Troie, de ses immenses murailles dorées et de ses hautes tours. On disait que le héros Héraclès avait combattu là, un siècle plus tôt.

— Êtes-vous déjà allé à Troie ? avait-il demandé au vieil homme.

— Souvent.

— On dit que la cité est splendide.

— Oui, elle est belle. Mais chère ! Les prostituées portent de l'or, et un homme est pauvre s'il ne possède pas cent chevaux. À Troie, les anneaux de cuivre ne te permettront même pas de te payer une tasse d'eau. Mais il y a beaucoup d'étapes en chemin, mon garçon. Milétos, par exemple. *Ça*, c'est une ville pour les marins ! Avec des putes aux gros seins qui te vendront leur âme pour un anneau de cuivre – même si ce n'est pas après leur âme que tu en auras ! C'est un des endroits les plus jolis que tu verras jamais. Tu t'amuseras bien, mon garçon !

Plus tard, ce jour-là, quand le vieux marin lui eut trouvé une place sur le *Mirion*, Gershom était revenu au bord de la mer pour regarder le navire. Il n'y connaissait rien, mais même à ses yeux non avertis, il avait semblé que le vaisseau était bien bas dans l'eau. Un grand homme chauve à la barbe noire s'était approché de lui.

— Vous cherchez un navire ?

— Non, je pars après-demain à bord du *Mirion*.

— Il est trop chargé, et un orage se prépare, avait dit l'homme. Vous avez déjà travaillé à bord d'une galère ?

— Non.

— De bons vaisseaux – si le capitaine les entretient correctement et si l'équipage est bien formé. Le *Mirion* n'a aucune de ces qualités. (L'homme avait regardé Gershom dans les yeux.) Vous devriez vous embarquer avec moi, sur le *Xanthos*.

— Le Vaisseau de la Mort ? Non, merci.

Le visage du chauve s'était assombri.

— Ma foi, tous les hommes font leur choix, Gyppto. J'espère que vous ne regretterez pas le vôtre.

Un autre coup de tonnerre ébranla les cieux. Le vent se leva de nouveau. Gershom se mit à plat ventre et s'agrippa aux bords de son radeau de fortune.

Si je m'endors, je meurs.

Première partie

La Grande Verte

Chapitre premier

La caverne des Ailes

Immobiles et silencieux, les douze hommes vêtus de longs manteaux de laine noire se tenaient à l'entrée de la caverne. Le vent d'automne était anormalement froid, mais ils ne se réchauffaient pas les mains en soufflant dessus. Les rayons de la lune scintillaient sur leurs plastrons de bronze et leurs casques à la crête blanche, sur leurs protections de poignets et leurs jambières en métal repoussé, ainsi que sur les pommeaux des épées courtes qu'ils portaient à la ceinture. Malgré tout ce métal froid sur leur corps, ils ne frissonnaient pas.

La nuit devint plus froide, et, vers minuit, la pluie se mit à tomber. De la grêle crépita contre leurs armures, mais les hommes ne bougèrent pas.

Puis arriva un autre guerrier, grand et voûté, son manteau claquant dans le vent. Il portait aussi une armure, mais elle était ornée d'or et d'argent, comme son casque et ses jambières.

— Est-il à l'intérieur ? demanda-t-il d'une voix profonde.

— Oui, mon roi, répondit un homme grand aux épaules larges et aux yeux gris profondément enfoncés dans leurs orbites. Il nous appellera quand le dieu parlera.

— Alors, nous attendrons, dit Agamemnon.

La pluie ralentit, et les yeux noirs du roi examinèrent les Fidèles. Il regarda vers la caverne des Ailes. Il aperçut de la lumière dansant sur les murs, et il sentit, même à cette distance, la fumée âcre et entêtante du feu de Prophétie. Puis la lueur diminua.

Il n'était pas habitué à attendre, et il sentit la colère monter en lui. Il la dissimula. Même un souverain devait se montrer humble en présence des dieux.

Tous les quatre ans, le roi de Mycènes et douze de ses Fidèles étaient convoqués pour entendre les paroles des dieux. La dernière fois qu'Agamemnon était venu, c'était juste après l'enterrement de son père, au début de son propre règne. Il était nerveux à cette époque, mais moins qu'aujourd'hui. Parce que les prophéties qu'il avait entendues s'étaient toutes réalisées. Il était devenu infiniment plus riche. Sa femme lui avait donné trois beaux enfants – même si c'étaient des filles. Les armées de Mycènes avaient été victorieuses dans toutes les batailles, et un grand héros était tombé.

Mais Agamemnon se souvenait aussi du voyage de son père à la caverne des Ailes, huit ans plus tôt, et de son visage défait quand il était revenu. Il n'avait pas voulu parler de la dernière prophétie, mais un des Fidèles l'avait racontée à sa femme, et la rumeur s'était ébruitée. Le prophète avait conclu sur ces mots: « Adieu, roi Atrée. Vous ne viendrez plus jamais dans la caverne des Ailes. »

Le grand roi guerrier était mort une semaine avant la Convocation suivante.

Une femme entièrement vêtue de noir sortit de la caverne. Même sa tête était couverte d'un voile de gaze. En silence, elle leva la main et fit signe de la suivre au groupe qui attendait. Agamemnon inspira à fond et prit la tête de ses hommes.

L'entrée était tellement exiguë qu'ils durent retirer leur casque et marcher en simple file derrière la femme. Ils arrivèrent devant les braises du feu de Prophétie. L'air était toujours enfumé, et Agamemnon sentit son cœur battre plus vite. Les couleurs se firent plus vives, et les petits bruits – le craquement du cuir, le glissement des pieds sur la pierre – devinrent plus forts, presque menaçants.

Vieux de plusieurs centaines d'années, le rituel se fondait sur une ancienne croyance: un prêtre ne pouvait communier pleinement avec les dieux que s'il était aux portes de la mort. Et donc, tous les quatre ans, un homme était choisi pour mourir au service de son roi.

Évitant de respirer trop profondément, Agamemnon regarda le vieil homme chétif couché sur une paillasse. Sa pâleur et ses pupilles dilatées et fixes indiquaient que la paralysie induite par la ciguë avait déjà commencé. Dans quelques minutes, il serait mort.

Agamemnon attendit.

—Du feu dans le ciel, dit le prêtre, et une montagne d'eau qui atteint les nuages. Méfie-toi du Grand Cheval, roi Agamemnon.

Le vieil homme s'affaissa. La femme en noir se pencha et souleva le corps frêle, lui soutenant la tête.

— Ne parle pas par énigmes, ordonna le roi. Et le royaume ? Et la puissance de Mycènes ?

Les yeux du prêtre étincelèrent de colère. Puis il sourit.

— Ta volonté sera accomplie, ô roi. Je t'aurais offert une forêt entière de vérités, mais tu préfères parler d'une seule feuille. Très bien. Puissant tu seras toujours quand tu reviendras dans ces corridors de pierre. Et tu auras un fils.

Le vieillard murmura quelque chose à la femme, qui lui fit boire un gobelet d'eau.

— Quels dangers devrai-je affronter ? demanda Agamemnon.

Le vieux prêtre eut un spasme violent, et il cria. Puis il se détendit et regarda le roi.

— Un monarque est toujours en danger, roi Agamemnon. S'il n'est pas assez fort, il sera abattu. S'il n'est pas assez sage, il sera détrôné. Les graines du malheur sont plantées à chaque saison, et elles n'ont pas besoin de soleil ou de pluie pour croître. Tu as envoyé un héros pour mettre un terme à une menace minime, et tu as ainsi planté les graines. Elles grandissent, et des épées surgiront de la terre.

— Tu parles d'Alectruon. Mon ami !

— Il n'était l'ami de personne ! C'était un boucher, et il n'a pas écouté les avertissements. Il s'est fié à sa ruse, à sa cruauté et à sa volonté. Pauvre Alectruon, aveuglé par l'arrogance. Il connaît maintenant l'étendue de son erreur. Aucun homme n'est invincible. Ceux que les dieux veulent perdre, ils en font d'abord des orgueilleux.

— Qu'as-tu vu d'autre ? dit Agamemnon. Parle ! Tu es aux portes de la mort.

— Je ne crains pas la mort, roi des épées, roi du sang, roi du pillage. Tu vivras à jamais, Agamemnon, dans le cœur et l'esprit des hommes. Quand le nom de ton père sera devenu poussière, emporté par les vents de l'éternité, le tien sera prononcé – et souvent. Quand ta lignée ne sera plus qu'un souvenir, quand tous les royaumes seront tombés dans l'oubli, ton nom résonnera toujours. Je l'ai vu.

— Voilà qui me convient davantage, dit le roi. Quoi d'autre ? Vite, car le temps qui te reste est bref ! Dis-moi le nom du plus grand danger que j'affronterai.

— Tu veux seulement un nom ? Comme les hommes sont étranges… Tu aurais pu… demander des réponses, Agamemnon.

La voix du vieil homme devenait pâteuse et faible. La ciguë avait atteint son cerveau.

— Donne-moi un nom, et je connaîtrai les réponses.

Un autre éclair de colère passa dans les yeux du vieil homme, ralentissant les effets du poison. Quand il parla, sa voix était plus ferme.

—Alectruon m'a demandé un nom, quand j'étais simplement un prophète, et que je n'avais pas – comme maintenant – la clairvoyance des agonisants. J'ai nommé Hélicon, le Bienheureux. Et qu'a-t-il fait, ton imbécile d'ami ? Il est parti en mer à la recherche d'Hélicon, et il a attiré les foudres du ciel sur sa propre tête. Tu veux un nom, roi Agamemnon ? C'est le même. Hélicon.

Le vieux prêtre ferma les yeux. Le silence devint pesant.

—Hélicon me menace ? demanda le roi.

Le prêtre mourant parla une dernière fois.

—Je vois des hommes brûler comme des chandelles, et… un vaisseau de flammes. Je vois un homme sans tête… et une grande fureur. Je vois… de nombreux vaisseaux, comme une volée d'oiseaux. Je vois la guerre, Agamemnon, longue et terrible, et la mort de nombreux héros.

Dans un dernier cri, le prêtre retomba au creux des bras de la femme voilée.

—Est-il mort ? demanda Agamemnon.

La femme chercha le pouls du vieillard, puis elle inclina la tête. Agamemnon jura.

Un puissant guerrier rejoignit le roi. Il avait des cheveux si blonds qu'ils paraissaient blancs à la lumière des lampes.

—Il a parlé d'un grand cheval, mon seigneur. Les voiles des vaisseaux d'Hélicon sont toutes décorées du symbole d'un grand cheval noir cabré.

Agamemnon ne répondit pas. Hélicon était un parent de Priam, le roi de Troie. Agamemnon avait un traité d'alliance avec Troie, et avec la plupart des royaumes marchands de la côte est. Malgré ces traités, il finançait des raids de pirates sur des galères mycéniennes, pour piller les villes de ses alliés et s'emparer des vaisseaux marchands et de leurs cargaisons – du cuivre, de l'étain, du plomb, de l'albâtre ou de l'or. Les galères pirates lui payaient toutes une dîme sur leur butin. Cela lui permettait d'équiper ses armées et de faire des faveurs à ses généraux et à ses soldats. Officiellement, il était contre les pirates, passibles de la mort pour leurs offenses, et il ne pouvait donc pas déclarer Hélicon ennemi de Mycènes. Troie était un royaume riche et puissant, et le commerce avec cette cité rapportait d'énormes bénéfices, payés en cuivre et en étain, nécessaires à la fabrication des armures de bronze.

La guerre contre les Troyens se dessinait, mais il n'était pas encore prêt à se faire un ennemi de leur roi.

La fumée du feu de Prophétie était moins agressive, et Agamemnon sentit ses idées s'éclaircir. Les paroles du prêtre avaient été largement rassurantes. Il aurait un fils, et le nom d'Agamemnon ne serait pas oublié au fil des âges.

Mais le vieil homme avait aussi parlé des graines du malheur, et il ne pouvait pas ignorer cet avertissement.

Il regarda l'homme blond dans les yeux.

— Kolanos, fais savoir à tous qu'une récompense de deux fois son poids en or attend l'homme qui tuera Hélicon.

— Pour une telle somme, tous les vaisseaux pirates de la Grande Verte le pourchasseront, dit Kolanos. Avec votre permission, mon roi, je lancerai aussi mes trois galères à sa recherche. Toutefois, le débusquer ne sera pas facile. C'est un combattant rusé, qui garde la tête froide au combat.

— Alors, à toi de le rendre moins froid, mon Briseur d'Âmes. Trouve ceux qu'Hélicon aime, et tue-les. Il a de la famille à Dardanos, dont un jeune frère dont il est fou. Commence par lui. Qu'Hélicon connaisse le désespoir et la rage. Puis arrache-lui sa vie !

— Je partirai dès demain, mon seigneur.

— Attaque-le en pleine mer, Kolanos. Si tu le trouves sur la terre ferme, et que tu en as l'occasion, fais-le poignarder, ou étrangler, ou empoisonner. Peu m'importe. Mais on ne doit pas pouvoir remonter jusqu'à moi. En mer, fais ce que tu voudras. Si tu le prends vivant, coupe-lui la tête – lentement. Sur le rivage, que sa mort soit rapide et discrète. Une querelle privée. Tu m'as bien compris ?

— Oui, mon roi.

— Aux dernières nouvelles, Hélicon était à Chypre, dit Agamemnon. Il supervisait la construction d'un grand vaisseau. On m'a dit qu'il serait prêt à prendre la mer à la fin de la saison. Ça te laissera le temps d'allumer un incendie qui lui dévorera l'âme.

Il y eut un cri étranglé derrière eux. Agamemnon fit volte-face. Le vieux prêtre avait rouvert les yeux. Il tremblait, et ses bras s'agitaient spasmodiquement.

— L'Âge des Héros se termine ! cria-t-il d'une voix redevenue forte et claire. Les rivières charrient du sang, le ciel est en flammes ! Et regardez les hommes brûler sur la Grande Verte ! (Ses yeux se rivèrent sur le visage d'Agamemnon.) Le Cheval ! Méfie-toi du Grand Cheval !

Du sang jaillit de la bouche du prêtre, inondant ses robes claires. Son visage se tordit et ses yeux s'agrandirent de peur. Puis un autre spasme le secoua, et il poussa son dernier soupir.

Chapitre 2

Le dieu du mausolée

I

Les dieux se manifestent pendant les tempêtes. La petite Phia le savait, car sa mère lui avait souvent raconté les histoires des immortels : on voyait dans les éclairs l'épée d'Arès, le dieu de la Guerre, et le marteau d'Héphaïstos provoquait le tonnerre. Quand la mer se fâchait, cela signifiait que Poséidon nageait sous les vagues, ou traversait la Grande Verte sur son char tiré par des dauphins.

L'enfant de huit ans essayait de contrôler sa peur tandis qu'elle escaladait la pente boueuse menant au mausolée. Sa tunique élimée ne la protégeait pas du vent violent et de la pluie battante qui inondait la côte de Chypre. Elle avait froid partout, même à la tête, car sa mère, dix jours plus tôt, avait coupé sa chevelure blonde pour essayer de la débarrasser des poux qui y grouillaient. Le corps menu de Phia était couvert de meurtrissures. La plupart la démangeaient seulement, mais la morsure de rat, sur sa cheville, restait enflée et douloureuse, car la croûte s'arrachait tout le temps et rouvrait la blessure.

Ces questions mineures ne préoccupaient pas l'enfant pendant qu'elle se dirigeait vers le mausolée. La veille, quand sa mère était tombée malade, elle avait couru voir le guérisseur. Furieux, il lui avait ordonné de reculer, disant qu'il ne rendait pas visite à ceux que les dieux avaient frappés de pauvreté. Il l'avait à peine écoutée quand elle avait dit que sa mère ne pouvait pas se lever, que son corps était brûlant et qu'elle souffrait.

— Va voir un prêtre, avait coupé l'homme.

Phia s'était précipitée au temple d'Esculape et avait fait la queue avec tous ceux qui étaient venus chercher de l'aide. Tout le monde apportait une offrande. Beaucoup avaient des serpents dans des paniers en osier, d'autres des petits chiens, d'autres encore du vin ou de la nourriture. Quand elle avait été admise à l'intérieur, un jeune homme lui avait demandé quelle offrande elle apportait. Elle avait essayé de lui parler de la maladie de sa mère, mais il lui avait aussi ordonné de quitter les lieux et avait appelé la personne suivante, un vieil homme qui portait deux colombes roucoulantes dans une cage. Ne sachant pas quoi faire, Phia était rentrée chez elle. Sa mère était réveillée, et elle parlait à quelqu'un que l'enfant ne voyait pas. Puis elle avait éclaté en sanglots. Phia s'était aussi mise à pleurer.

L'orage avait éclaté au crépuscule, et Phia s'était souvenue que les dieux se manifestaient par mauvais temps. Elle avait décidé d'aller leur parler directement.

Le Mausolée d'Apollon, le Seigneur de l'Arc d'Argent, était proche du ciel tourmenté, et Phia avait songé que les dieux l'entendraient peut-être mieux si elle y grimpait.

Elle frissonnait dans la nuit, inquiète à cause du sang de sa blessure à la cheville, qui risquait d'attirer les chiens sauvages rôdant dans les collines. Elle trébucha. Son genou heurta une pierre, et elle cria. Quand elle était petite et qu'elle s'était fait mal, elle courait se réfugier près de sa mère, qui la prenait dans ses bras et calmait la douleur. Mais c'était avant, quand elles vivaient dans une grande maison, avec un jardin fleuri, et que tous les « oncles » étaient jeunes et riches. Maintenant, ils étaient vieux et crasseux, et ils n'apportaient plus de beaux cadeaux, mais seulement quelques anneaux de cuivre. Ils ne restaient plus assis avec sa mère en bavardant et en riant. Ils ne parlaient pas. Quand ils arrivaient, la nuit, Phia était jetée dehors. Puis ils repartaient rapidement, et Phia rentrait. Dernièrement, aucun oncle n'était venu. Il n'y avait plus de cadeaux, plus d'anneaux, et peu de nourriture.

Phia monta plus haut. Au sommet de la colline, elle vit le cercle de pierres irrégulières qui entourait le mausolée. On l'appelait la Marche d'Apollon, parce que, selon sa mère, le dieu du Soleil aux cheveux blonds s'était autrefois reposé là, avant de repartir dans le ciel à bord de son char de feu.

L'enfant était presque à bout de forces, mais elle se força à continuer son escalade. Étourdie par la fatigue, elle tituba entre les rochers. Un éclair zébra le ciel. Phia hurla de peur, car la soudaine lumière éclaira une silhouette debout au bord de la falaise, les bras levés. Les jambes de Phia se dérobèrent, et elle s'écroula sur le sol. Les nuages se séparèrent et laissèrent filtrer les rayons de la lune. Le dieu baissa les bras et se tourna lentement, la pluie scintillant sur son torse nu.

Phia le regarda, frappée de terreur. Était-ce le Seigneur de l'Arc d'Argent ? Non, les cheveux de ce dieu étaient longs et noirs, et on disait que les boucles d'Apollon étaient tissées de rayons de soleil. Le visage de l'apparition était remarquable mais sévère, et ses yeux pâles et durs. Phia regarda ses chevilles, espérant y voir des ailes, ce qui aurait signifié qu'il était Hermès, le messager des dieux. Hermès était réputé amical avec les humains.

Mais il n'y avait pas d'ailes.

Le dieu s'approcha de Phia, et elle vit que ses yeux étaient d'un bleu lumineux et saisissant.

— Que fais-tu ici ? demanda-t-il.

— Êtes-vous le dieu de la Guerre ? demanda la fillette d'une voix tremblante.

Il sourit.

— Non, je ne suis pas le dieu de la Guerre.

Elle sentit le soulagement l'envahir. Le puissant Arès n'aurait pas guéri sa mère – il haïssait les humains.

— Ma mère est malade, et je n'ai pas d'offrandes. Mais si vous la guérissez, je travaillerai sans arrêt et je vous apporterai de nombreux cadeaux. Toute ma vie.

Le dieu retourna vers les rochers.

— Ne partez pas, je vous en prie ! Ma mère est malade !

Le dieu se pencha et ramassa un lourd manteau, puis il s'assit à côté d'elle et l'enveloppa dans le vêtement de laine douce.

— Tu es venue au mausolée pour chercher de l'aide pour ta mère ? demanda-t-il. A-t-elle vu un guérisseur ?

— Il n'a pas voulu venir, dit la petite fille. Alors, je suis allée au temple, mais je n'avais pas d'offrandes. On m'a renvoyée.

— Viens, dit-il. Conduis-moi auprès de ta mère.

— Merci. (Phia essaya de se lever, mais elle retomba sur le sol, éclaboussant le coûteux manteau.) Je suis désolée. Je suis désolée !

— Peu importe, dit le dieu.

Il la souleva dans ses bras et commença la longue marche vers la cité.

À un moment, Phia s'endormit, la tête appuyée sur l'épaule du dieu. Elle se réveilla seulement quand elle entendit des voix. Le dieu parlait à quelqu'un. Ouvrant les yeux, elle vit une silhouette imposante avancer à côté d'eux. Un homme chauve mais avec une barbe à double pointe. Quand elle ouvrit les yeux, le nouveau venu lui sourit.

À proximité des maisons, le dieu demanda à Phia où elle habitait. L'enfant se sentit embarrassée, car ces demeures-là étaient coquettes, alors que sa mère et elle vivaient un peu plus loin, dans un quartier misérable. Le toit de leur cabane fuyait, et les rats se faufilaient à travers les parois de bois disjointes. Dans le taudis au sol en terre battue, il n'y avait pas de fenêtre.

— Je me sens mieux, maintenant, dit-elle.

Le dieu la posa sur le sol, et elle le conduisit vers sa maison.

Quand ils entrèrent, plusieurs rats détalèrent. Le dieu s'agenouilla sur le sol à côté de la mère de Phia et lui toucha le front.

— Elle est vivante, dit-il. Taureau, emmène-la à la maison. Nous t'y rejoindrons dans un moment.

Le dieu prit la main de Phia et ils allèrent ensemble à la demeure du guérisseur.

— C'est un homme très coléreux, dit Phia, tandis que le dieu frappait du poing contre le vantail de bois.

La porte s'ouvrit à la volée, et le guérisseur lança d'un ton hargneux :

— Par l'Enfer ! que...

Puis il vit le dieu aux cheveux noirs, et son attitude changea. En fait, il donna l'impression de se ratatiner.

— Je vous prie de me pardonner, mon seigneur, dit-il, inclinant la tête. J'ignorais que...

— Prends tes herbes et tes médicaments et rends-toi immédiatement à la maison de Phèdre, dit le dieu.

— Bien entendu. J'y vais aussitôt.

Ils recommencèrent à marcher, cette fois en direction des maisons des riches, en haut de la colline. Phia sentit ses forces la trahir de nouveau, et le dieu la souleva.

— Nous allons te donner quelque chose à manger, dit-il.

Quand ils arrivèrent à destination, Phia regarda autour d'elle, émerveillée. C'était un palais ! Un grand mur protégeait un magnifique jardin, et des colonnes rouges entouraient l'entrée. À l'intérieur, les sols étaient dallés de pierres colorées, et des peintures murales aux couleurs vives illuminaient les murs.

— C'est votre maison ? demanda Phia.

— Non. Mais j'y demeure quand je suis à Chypre.

Il porta Phia jusqu'à une pièce aux murs blancs, à l'arrière de la maison. Une femme les attendait, jeune et blonde, vêtue d'une robe verte ourlée d'or. Elle était très belle. Le dieu lui parla, puis la présenta sous le nom de Phèdre.

— Donne quelque chose à manger à cette petite, dit-il. Je vais attendre le guérisseur et voir comment va sa mère.

Phèdre sourit à Phia et apporta du pain frais et du miel. Après avoir mangé, Phia remercia la femme, et elles restèrent silencieuses un moment. Phia ignorait quoi dire. La femme se servit un gobelet de vin et y ajouta de l'eau.

—Êtes-vous une déesse ? demanda l'enfant.

—Certains hommes le prétendent, dit Phèdre avec un grand sourire.

—C'est votre maison ?

—Oui. Elle te plaît ?

—Elle est très grande.

—En effet.

Phia se pencha et dit à voix basse :

—Je ne sais pas quel dieu il est. Je suis allée au mausolée et je l'ai vu. Est-il le Seigneur de l'Arc d'Argent ?

—Il est le seigneur de bien des choses, dit Phèdre. Veux-tu encore un peu de pain ?

—Oui, je vous remercie.

Phèdre lui dit de se servir, puis elle lui versa une tasse de lait frais. Phia la vida d'un trait. C'était délicieux !

—Alors, ta maman était malade et tu es allée au mausolée demander de l'aide ? C'est très haut, et dangereux. Il y rôde des meutes de chiens sauvages…

Phia ne sut pas quoi dire.

—Tu as été très courageuse, dit Phèdre. Ta mère a de la chance de t'avoir. Qu'est-il arrivé à tes cheveux ?

—Ma mère les a coupés. J'avais des poux, murmura-t-elle, honteuse.

—Ce soir, je te ferai préparer un bain. Et nous mettrons un onguent sur ces morsures et ces égratignures sur tes bras.

À ce moment, le dieu revint. Il s'était changé, et portait une tunique blanche ourlée d'argent qui arrivait aux genoux. Il avait attaché ses cheveux noirs en queue-de-cheval.

—Ta mère est très faible, dit-il, mais elle dort, pour le moment. Le guérisseur viendra tous les jours jusqu'à ce qu'elle soit guérie. Vous pouvez rester ici toutes les deux aussi longtemps que vous le souhaitez. Phèdre trouvera du travail à ta mère. Est-ce que cela répond à tes prières, Phia ?

—Oh, oui ! dit la petite. Merci !

—Elle se demandait si tu étais Apollon, dit Phèdre avec un sourire.

Il s'agenouilla à côté de Phia et la regarda de ses yeux bleus étincelants.

— Je m'appelle Hélicon, dit-il, et je ne suis pas un dieu. Es-tu déçue ?

— Non, mentit Phia.

Hélicon se leva et s'adressa à Phèdre.

— Des marchands arriveront bientôt. Je resterai un moment avec eux.

— Tu as toujours l'intention d'appareiller pour Troie demain ?

— J'y suis obligé. J'ai promis à Hector que je serais présent pour le mariage.

— C'est la saison des orages, Hélicon, et ça représente un mois en mer. C'est une promesse qui pourrait te coûter cher.

Il se pencha, l'embrassa et quitta la pièce.

Phèdre s'assit à côté de Phia.

— Ne sois pas trop déçue, petite. Il est *vraiment* un dieu. Simplement, il ne le sait pas !

II

Plus tard, quand l'enfant eut pris son bain et se fut couchée, Phèdre resta sous le toit du portique, à regarder les éclairs. Le vent était frais et vivifiant et emplissait l'air de l'odeur du jasmin qui poussait contre le mur occidental du jardin. Elle était fatiguée, et étrangement mélancolique. C'était la dernière nuit qu'Hélicon passerait à Chypre. La saison était presque terminée, et il naviguerait vers Troie sur son nouveau vaisseau, à des centaines de lieues, puis vers le nord, pour rallier la Dardanie avant l'hiver. Phèdre avait espéré une nuit de passion et d'ardeur, elle avait souhaité sentir son corps ferme contre le sien, le goût de ses lèvres sur les siennes. Au lieu de ça, il était revenu avec la gamine affamée et couverte de poux de la prostituée édentée que Taureau avait ramenée un peu plus tôt.

Phèdre avait d'abord été furieuse, mais maintenant, elle était simplement désorientée.

Abritée de la pluie, Phèdre ferma les yeux et revit l'enfant, sa tête rasée couverte de morsures, son visage maigre et creusé, ses grands yeux dilatés de frayeur. La petite fille dormait maintenant, dans une pièce voisine de celle de sa mère. Phèdre avait eu l'impulsion de la prendre dans ses bras, de l'embrasser sur les joues. Elle aurait voulu pouvoir chasser la peur et la douleur de ses grands yeux bleus. Mais elle ne l'avait pas fait. Elle avait seulement tiré les couvertures pour que la gamine se glisse dans le grand lit et pose la tête sur l'oreiller douillet.

— Dors bien, Phia. Tu es en sûreté, ici.

— Êtes-vous sa femme ?

— Non. Il est un de ceux qui m'apportent des cadeaux. Je suis comme ta mère – une servante d'Aphrodite.

— Plus personne n'apporte de cadeaux, maintenant, murmura Phia d'une voix ensommeillée.

— Dors, petite.

Bien sûr, plus personne ne leur apportait de cadeaux, pensa Phèdre. La mère était laide et maigre, vieillie avant l'âge.

Toi aussi, tu vieillis, se dit-elle. Phèdre avait la chance de paraître encore jeune, mais elle approchait des trente-cinq ans. Bientôt, plus personne ne lui apporterait de cadeaux, non plus. Elle sentit la colère monter en elle. Qu'importait ! Elle était riche, désormais.

Malgré tout, sa mélancolie refusa de se dissiper.

Depuis dix-huit ans qu'elle était devenue une servante d'Aphrodite, Phèdre avait été enceinte à neuf reprises. Chaque fois, elle avait visité le temple d'Esculape et avalé les herbes amères qui avaient mis fin à la grossesse. La dernière fois remontait à cinq ans. Elle avait hésité un mois, déchirée entre son désir d'augmenter sa richesse et le besoin de devenir mère. *La prochaine fois,* s'était-elle promis, *je garderai l'enfant.*

Mais il n'y avait pas eu de prochaine fois, et maintenant, elle rêvait d'enfants pleurant dans le noir, qui l'appelaient. Elle les cherchait désespérément sans les trouver, et elle se réveillait trempée de sueur froide. Ses sanglots faisaient écho au vide de sa vie.

Ma vie n'est pas *vide*, pensa-t-elle. *J'ai un palais et des serviteurs, et je suis assez riche pour finir ma vie sans avoir besoin des hommes.*

Pourtant, elle se demandait si c'était vrai…

Elle avait été d'humeur médiocre toute la journée, et elle s'était sentie proche des larmes quand Hélicon avait dit qu'il allait au mausolée d'Apollon. Elle l'y avait accompagné, un an auparavant, et elle l'avait regardé se tenir au bord de la falaise, les bras levés et les yeux fermés.

— Pourquoi as-tu fait ça ? lui avait-elle demandé. Le sol aurait pu céder sous tes pieds. Tu aurais pu t'écraser sur les rochers.

— C'est peut-être pour ça que je l'ai fait, avait-il répondu.

Phèdre n'avait pas compris sa réponse. Elle n'avait aucun sens. Mais tant de choses au sujet d'Hélicon défiaient la logique ! Elle avait du mal à déchiffrer les mystères de cet homme. Quand il était avec elle, elle ne voyait jamais trace de la violence dont parlait tout le monde. Il ne montrait aucune dureté, aucune cruauté, aucune colère. À Chypre, il était rarement armé. Mais elle avait vu les trois épées de bronze, le casque au cimier blanc, le plastron et les jambières qu'il portait à la bataille. Tout ça était rangé dans un coffre de sa chambre à l'étage supérieur de sa maison, où il habitait quand il venait à Chypre.

Rangé dans un coffre. Comme ses sentiments, pensa-t-elle. Depuis cinq ans qu'elle le connaissait, Phèdre n'avait jamais réussi à vraiment connaître cet homme. Elle doutait que quelqu'un y soit jamais arrivé.

Phèdre sortit sous la pluie et leva le visage vers le ciel noir. Elle frissonna quand l'averse détrempa sa robe verte et que le vent glaça sa peau humide. Elle éclata de rire et se remit à couvert. Le froid l'avait débarrassée de sa fatigue.

À la lueur d'un éclair, elle crut voir une silhouette passer furtivement devant la haie, à sa droite. Elle pivota, mais il n'y avait plus rien. Était-ce un jeu de lumière ? Inquiète, elle rentra dans la maison et ferma la porte.

Les derniers invités d'Hélicon étant partis, elle remonta dans ses appartements. La pièce était sombre, aucune lampe n'y brûlait. Elle gagna le lit, qui était vide. Puis, du balcon, elle regarda dans le jardin. Personne. Soudain, la lune brilla à travers une trouée passagère dans les nuages.

En revenant à l'intérieur, elle vit une trace de pas boueuse sur le sol. La peur monta en elle. Quelqu'un était entré dans la chambre ! Il était passé par la fenêtre. Elle retourna au balcon et regarda de nouveau dehors.

Une ombre bougea, et elle vit un homme vêtu de noir courir vers le mur. Puis Hélicon surgit de derrière une statue, une dague à la main. L'homme le vit, changea de direction, prit son élan et bondit par-dessus le mur haut du jardin. Les nuages cachèrent de nouveau la lune, et Phèdre ne vit plus rien.

Elle courut dans le couloir et descendit l'escalier. Elle arriva dans l'entrée au moment où Hélicon ouvrait la porte. Phèdre la ferma derrière lui et mit la barre de protection en place.

— Qui était-ce ? demanda-t-elle.

Hélicon jeta sa dague sur une table.

— Un vulgaire voleur, dit-il. Il est parti, maintenant.

Il gagna la cuisine, prit une serviette et s'essuya le visage et les mains. Phèdre le suivit.

— Dis-moi la vérité.

Hélicon enleva sa tunique pour se sécher. Nu, il traversa la pièce et emplit deux gobelets de vin coupé d'eau. Il en donna un à Phèdre et but une gorgée du sien.

— Cet homme me suivait quand je suis allé au mausolée. Je l'ai aperçu. Il est très doué – il restait caché dans les ombres. Taureau et mes autres hommes ne l'ont pas vu.

— Mais toi, oui ?

Il soupira.

— Mon père a été tué par un assassin, Phèdre. Depuis, je suis… plus attentif à ce qui se passe autour de moi.

— As-tu beaucoup d'ennemis, Hélicon ?

— Tous les hommes puissants ont des ennemis. Certains marchands me doivent des fortunes. Si je meurs, ils seront débarrassés de leurs dettes. J'ai tué des pirates, dont les frères ou les fils désirent se venger. Mais ne parlons plus de ça ! L'assassin est parti, et tu es ravissante !

Si elle avait été son épouse, elle lui aurait peut-être dit qu'elle n'avait plus envie de faire l'amour. *Mais je ne suis pas sa femme*, se dit-elle. *Je suis une servante d'Aphrodite et il est un de ceux qui m'apportent des cadeaux. Je suis seulement une prostituée, comme la misérable créature édentée qui dort dans la chambre du fond.* Elle sentit la tristesse l'envahir, mais elle se força à sourire et se blottit dans les bras d'Hélicon, dont le baiser était brûlant.

— Suis-je ton amie ? demanda-t-elle un peu plus tard, tandis qu'ils se reposaient sur son grand lit, la tête de Phèdre posée sur l'épaule d'Hélicon, sa cuisse contre la sienne.

— Maintenant et à jamais, Phèdre, dit-il.

— Même quand je serai vieille et laide ?

Il lui caressa les cheveux.

— Que veux-tu que je te réponde ?

— La vérité. Je veux entendre la vérité.

Il se pencha et l'embrassa sur le front.

— Je ne donne pas aisément mon amitié, dit-il, et elle ne dépend pas de l'âge et de la beauté. Si nous vivons tous deux assez longtemps pour devenir vieux et laids, je serai toujours ton ami.

Elle soupira.

— J'ai peur, Hélicon. Peur de vieillir, peur que tu sois tué, ou que tu te lasses de moi. J'ai peur de devenir comme la mère de Phia. J'ai choisi cette vie il y a longtemps, et elle m'a procuré la richesse et la sécurité. Maintenant, je me demande si j'ai fait le bon choix. Crois-tu que j'aurais été heureuse, si j'avais épousé un fermier ou un pêcheur et que j'aie élevé une ribambelle d'enfants ?

— Je suis incapable de te répondre. Nous faisons des choix chaque jour, certains bons, d'autres mauvais. Et – si nous sommes assez forts – nous en acceptons les conséquences. Pour dire la vérité, j'ignore de quoi les gens parlent quand ils mentionnent le « bonheur ». Il y a des moments de joie et de rire dans la vie, le réconfort de l'amitié, mais le bonheur durable ? S'il existe, je ne l'ai pas découvert.

— Peut-être arrive-t-il seulement quand on est amoureux, suggéra Phèdre.

— As-tu jamais été amoureuse ?

— Non, mentit-elle.

— Moi non plus, répondit-il.

Ces mots lui firent l'effet d'un coup de poignard dans le cœur.

— Nous ne valons pas mieux l'un que l'autre, dit-elle en se forçant à sourire.

Puis elle glissa la main sur le ventre plat d'Hélicon.

— Ah ! dit-elle d'une voix faussement étonnée, quelqu'un ici ne semble pas si triste. En fait, je crois qu'il commence à se sentir parfaitement heureux !

Hélicon éclata de rire.

— Oui, tu lui fais toujours cet effet !

Il entoura sa taille de ses mains et l'attira sur lui. Puis il l'embrassa passionnément.

Chapitre 3

Le vaisseau d'or

I

L'orage des deux derniers jours s'était déplacé vers l'ouest. Le ciel était limpide et la mer calme pendant que Spyros emmenait son passager vers le grand vaisseau. Après avoir passé la matinée à ramer pour transporter les marins vers le *Xanthos*, Spyros était fatigué. Il aimait prétendre qu'à quatre-vingts ans il était aussi fort que toujours, mais c'était faux. Ses bras et ses épaules le brûlaient, et son cœur battait trop fort pendant qu'il s'échinait sur ses rames.

Un homme n'était pas vieux tant qu'il pouvait travailler. Cette philosophie avait permis à Spyros de rester actif. Tous les matins, en se réveillant, il accueillait le jour nouveau avec un sourire. Il sortait de sa maison pour aller tirer de l'eau au puits, regardait son image à la surface et disait : « Ça fait plaisir de te voir, Spyros ! »

Il regarda le jeune homme assis à la poupe. Ses longs cheveux noirs étaient retenus par une lanière de cuir. Torse nu, il portait seulement un pagne et des sandales. Mince et musclé, il avait des yeux du bleu saisissant d'un ciel d'été. Spyros ne l'avait jamais vu, et pensait que c'était un étranger, sans doute un habitant des îles ou un Crétois.

— Vous êtes un nouveau rameur, c'est ça ? demanda Spyros.

Le passager ne répondit que par un sourire.

— Toute la semaine, j'ai fait traverser des hommes comme vous. Les gens du cru ne veulent pas s'embarquer sur le Vaisseau de la Mort. C'est comme ça que nous appelons le *Xanthos*. Il n'y a que les imbéciles et les étrangers pour monter à bord ! Sans vouloir vous offenser.

Le passager avait une voix grave, et son accent confirma que Spyros ne s'était pas trompé dans son estimation.

— Mais c'est un beau navire, dit le jeune homme d'un ton aimable, et son constructeur dit qu'il est robuste.

— Oui, je vous accorde qu'il est beau, dit Spyros. Très agréable à regarder. (Il gloussa.) Mais, à votre place, je ne me fierais pas à la parole du Fou de Milétos. Mon neveu a travaillé sur ce vaisseau. Il dit que Khalkéus marchait de long en large en parlant tout seul. De temps en temps, il se flanquait même des claques sur la tête.

— C'est vrai, je l'ai vu faire ça, dit l'homme.

Spyros se tut, sentant l'irritation monter en lui. Son passager était jeune, et ne se rendait pas compte que les dieux marins détestaient les trop grands navires. Vingt ans auparavant, il avait vu un vaisseau comme celui-ci quitter la baie. Il avait fait deux voyages sans incident, puis il avait disparu lors d'une tempête. Il y avait eu un seul survivant, rejeté sur le rivage, à l'est. Les marins avaient répété son récit pendant des années. La quille s'était fendue, et le vaisseau avait coulé en quelques instants. Spyros se demanda un moment s'il devait en parler au jeune rameur, puis il décida de se taire. L'homme serait payé vingt anneaux de cuivre pour le voyage, et il n'allait pas y renoncer maintenant.

Spyros continua à ramer, sentant la douleur dans le bas de son dos augmenter à chaque instant. C'était son vingtième voyage entre le rivage et le *Xanthos*, depuis le début de la journée.

Une flottille de petits bateaux chargés de marchandises entourait la galère. Les hommes hurlaient pour essayer de s'approprier les meilleures positions. Des bateaux se heurtaient, des jurons et des cris jaillissaient. Des cordes descendaient du pont pour récupérer le chargement. Tout le monde avait l'air exaspéré, les hommes sur le pont du *Xanthos* et ceux qui attendaient pour livrer leur cargaison. Un spectacle de pur chaos !

— C'est comme ça depuis ce matin, dit Spyros. Je ne crois pas qu'ils appareilleront aujourd'hui. Avec un navire dont le pont est si haut, ce n'est pas facile de hisser la cargaison. Il n'a pas pensé à ça, je parie – le Fou, je veux dire.

— C'est son propriétaire qui est à blâmer, dit le passager. Il voulait le plus grand vaisseau jamais construit. Il s'est concentré sur sa capacité à tenir la mer et sur la robustesse de sa construction. Il n'a pas suffisamment réfléchi au problème du chargement et du déchargement.

Spyros releva ses rames.

— Écoutez, mon garçon, il est clair que vous ignorez avec qui vous allez naviguer. Ne dites pas une chose comme ça à portée d'oreille du Bienheureux. Hélicon est jeune, c'est vrai, mais c'est un tueur. Il a coupé la tête d'Alectruon et lui a arraché les yeux. On dit qu'il les a mangés. Ce n'est pas quelqu'un à prendre à la légère, si vous voulez mon avis.

— Il a mangé ses yeux ? Voilà une histoire que je n'avais pas encore entendue !

— Beaucoup de récits circulent à son sujet. (Spyros regarda la mêlée autour de la galère.) Inutile que j'essaie de passer par la poupe. Il faut attendre que certains de ces vaisseaux de ravitaillement soient partis.

Un grand homme chauve, dont la barbe noire enduite de graisse formait deux tresses, arriva sur le pont bâbord. D'une voix tonitruante, il ordonna à certains bateaux de se pousser et de laisser ceux qui étaient les plus proches décharger leurs marchandises.

— Ce type chauve s'appelle Zidantas, dit Spyros. On le surnomme Taureau. Un autre de mes neveux a navigué avec lui, une fois. Taureau est un Hittite. Mais c'est un type bien. Mon neveu s'est cassé le bras sur l'*Ithaque*, il y a quelques années, et il n'a pas pu travailler de tout le voyage. Mais il a quand même reçu ses vingt anneaux de cuivre, grâce à Zidantas. (Il regarda sur le côté.) La brise commence à tourner. Elle va venir du sud. C'est inhabituel, à cette époque de l'année. Ça vous aidera à traverser – si le navire appareille aujourd'hui.

— Il partira, dit le passager.

— Vous avez sans doute raison, jeune homme. Le Bienheureux est béni par la chance. Aucun de ses vaisseaux n'a jamais coulé, le saviez-vous ? Les pirates l'évitent – et ça se comprend ! Qui a envie d'affronter un homme qui mange les yeux de ses ennemis ?

Il prit une gourde sous son banc, but longuement, puis la passa à son passager, qui accepta avec reconnaissance.

Du bronze étincela sur le pont, et deux guerriers apparurent. Ils portaient un plastron et un casque au cimier composé de crin de cheval blanc.

— Je leur avais proposé de les faire traverser, marmonna Spyros, mais ils n'aimaient pas mon bateau. Trop petit à leur goût, sans doute ! Bah ! Que les Mycéniens soient tous maudits ! Mais je les ai entendus parler, et ce ne sont pas des amis du Bienheureux.

— Qu'ont-ils dit ?

— C'était surtout le plus âgé. Il a dit que ça lui retournait l'estomac de voyager sur le même navire qu'Hélicon. Mais on ne peut pas l'en blâmer. Alectruon – celui qui a perdu ses yeux – était aussi un Mycénien. Hélicon a tué beaucoup de Mycéniens.

— Comme vous l'avez dit, il vaut mieux ne pas le contrarier !

— Je me demande pourquoi il fait ça ?

—Quoi ? Tuer des Mycéniens ?

—Non. Naviguer sans arrêt sur la Grande Verte. On dit qu'il a un palais à Troie, un domaine en Dardanie, et encore autre chose plus au nord, je ne me souviens pas du nom. Bref, il est déjà riche et puissant. Alors, pourquoi risquer sa vie en mer, à combattre des pirates ?

Le jeune homme haussa les épaules.

—Les choses ne sont jamais comme elles semblent. Qui sait ? C'est peut-être un homme animé par un rêve. J'ai entendu dire qu'un jour il voudrait naviguer au-delà de la Grande Verte, vers les océans lointains.

—C'est bien ce que je voulais dire, décréta Spyros. Il y trouvera le bord du monde, avec une cascade qui tombe dans les ténèbres éternelles. Quelle sorte d'idiot voudrait naviguer dans les abysses ténébreux du monde ?

—C'est une bonne question, mon ami. Un homme qui n'est pas satisfait, peut-être. Un homme qui cherche quelque chose qu'il ne trouve pas sur la Grande Verte.

—Allons ! Il n'y a rien qu'un homme ne puisse pas trouver dans son village natal, alors ne parlons même pas de la mer ! C'est le problème de tous ces riches princes et rois. Ils ne comprennent pas ce qu'est la vraie fortune. Pour eux, c'est de l'or, du cuivre et de l'étain. Ce sont des troupeaux de chevaux et de bétail. Ils rassemblent des trésors et construisent de grands entrepôts, qu'ils gardent jalousement. Puis ils meurent. À quoi leur servent leurs richesses, à ce moment ?

—Et vous, savez-vous ce qu'est la vraie fortune ? demanda le jeune homme.

—Bien entendu. Comme la plupart des gens du commun. J'étais dans les collines, ces derniers jours. Une jeune femme a failli mourir. Elle a perdu les eaux trop tôt. Mais je suis arrivé à temps, heureusement. Pauvre petite ! Elle était bien déchirée ! Mais elle se remettra, et son petit garçon est beau et vigoureux. J'ai regardé cette femme prendre son enfant et l'admirer. Elle était si faible qu'elle aurait pu mourir à tout instant. Mais on lisait dans ses yeux qu'elle savait ce qu'elle tenait entre ses bras : quelque chose qui vaut plus que de l'or. Et le père était plus heureux et plus fier que n'importe quel roi conquérant aux coffres débordants de trésors !

—Cet enfant a de la chance d'avoir des parents aussi aimants. Ce n'est pas le cas de tous…

—Et ceux qui n'ont pas ce bonheur en gardent des blessures à vie. Elles sont invisibles, mais elles ne guérissent jamais.

—Quel est votre nom, mon ami ?

—Spyros.

— Comment se fait-il que vous cumuliez les professions de rameur et d'accoucheur, Spyros ? C'est un mélange assez inhabituel…

Le vieil homme gloussa.

— J'ai mis au monde un certain nombre d'enfants au cours de mes quatre-vingts années de vie. J'ai développé un talent pour aider les bébés à venir au monde en bonne santé. Ça a commencé il y a plus de cinquante ans. La femme d'un jeune berger a eu un accouchement difficile, et l'enfant était mort-né. J'étais présent, et j'ai pris le pauvre petit être, pour aller l'enterrer. Quand je l'ai soulevé, il a soudain craché du sang, puis il s'est mis à pleurer. C'est comme ça qu'est née ma réputation de savoir m'occuper des bébés. Ma femme… la chère âme… a eu six enfants. J'en sais donc pas mal sur les problèmes liés aux accouchements. Au cours des années, on m'a demandé de m'occuper d'autres naissances. Vous savez ce que c'est – les gens parlent. Les femmes qui tombaient enceintes dans un rayon de cinquante lieues faisaient appeler le vieux Spyros, quand le moment était venu. C'est étrange : plus je vieillis, plus je prends plaisir à aider de nouvelles vies à venir au monde.

— Vous êtes un homme de bien, dit le passager, et je suis heureux de vous avoir rencontré. Et maintenant, prenez vos rames et frayez-vous un chemin. Il est temps que je monte à bord.

Le vieil homme obéit, faisant avancer sa barque entre deux autres bateaux. Deux marins aperçurent l'esquif et descendirent une corde entre les rangées de rames. Le passager se leva et sortit une grosse bague de la bourse accrochée à sa ceinture. Puis il la donna à Spyros.

Elle étincela dans sa paume.

— Attendez ! cria Spyros. C'est de l'or !

— J'ai apprécié vos histoires, dit le passager avec un sourire, et donc, je ne vous mangerai pas les yeux.

II

Il y eut un grand bruit sur le pont supérieur, suivi de hurlements de colère. Quand Hélicon passa par-dessus le bastingage, il vit que deux hommes avaient laissé tomber une amphore. Du vin non coupé d'eau avait coulé sur le pont, son odeur entêtante montant dans l'air. Zidantas était en train de séparer les deux hommes, pendant que des marins les regardaient et encourageaient les combattants.

Dès qu'ils virent Hélicon, le bruit cessa, et l'équipage retourna à son travail.

Hélicon s'approcha de Zidantas.

—Nous perdons du temps, Taureau, dit-il. Et il y a encore des marchandises sur le rivage.

Toute la matinée, Hélicon resta sur le haut pont arrière, en vue de l'équipage affairé. L'ambiance était tendue, car les marins craignaient tous de naviguer sur le Vaisseau de la Mort. Sa présence les calma, et ils travaillèrent avec plus de facilité. Il savait ce qu'ils pensaient. Le Bienheureux, béni des dieux, voguerait avec eux. Rien de mauvais ne pourrait leur arriver.

Il était vital qu'ils conservent cette foi en lui. Hélicon savait que le plus grand danger était qu'il se mette à y croire lui-même. Les hommes parlaient de sa chance, et soulignaient qu'aucun de ses vaisseaux n'avait jamais fait naufrage. La chance y était sans doute pour quelque chose, mais à chaque fin de saison commerciale, ses vaisseaux étaient vérifiés par des charpentiers, tirés sur la plage, débarrassés de leurs bernaches et réparés si nécessaire. Les équipages étaient triés sur le volet, et les capitaines étaient toujours des hommes de grande expérience. Aucune de ses cinquante galères n'avait jamais pris la mer trop chargée, ou couru des risques inutiles pour faire un peu plus de profit.

L'orage, qui s'était maintenant déplacé de soixante lieues au-delà de la côte, serait une épreuve tolérable pour le nouveau vaisseau, qui permettrait à son équipage de s'habituer à lui. Ce que le rameur avait dit au sujet des marins du cru était vrai. Il n'avait pas été facile de trouver des hommes prêts à s'embarquer sur le *Xanthos*, et il leur manquait encore une vingtaine de matelots. Zidantas avait écumé le port, à la recherche de marins désireux de se joindre à eux. Hélicon avait souri. Ils auraient pu recruter deux fois plus d'hommes qu'il leur en fallait, mais Zidantas était difficile. « Il vaut mieux être un peu à court et avoir de bons marins à bord, que d'avoir un équipage de bons à rien », avait-il dit. « J'ai vu un homme qui m'a plu. Un Gyppto. Il était déjà embauché sur le *Mirion*. Si je le revois à Troie, j'essaierai de nouveau de le recruter. »

—Les Gypptos ne sont pas habitués à travailler sur des galères, Taureau, avait fait remarquer Hélicon.

—Celui-là, si. Il est fort comme un chêne !

Une légère brise souffla sur le pont. Hélicon gagna le bastingage tribord et vit que beaucoup des petits bateaux d'approvisionnement retournaient vers le rivage. Ses hommes chargeaient les derniers articles de la cargaison. Près du bastingage bâbord, il vit Xander, son plus jeune membre d'équipage, assis calmement en attendant les ordres. *Encore un enfant du chagrin*, pensa Hélicon.

Juste après l'aube, le matin même, pendant qu'il se préparait au départ, Phèdre était venue le chercher.

— Il faut que tu voies ça, avait-elle dit.

Elle avait emmené Hélicon à la chambre réservée à la femme malade. Sa fille, Phia, avait été installée dans une autre chambre, mais, pendant la nuit, elle s'était glissée dans celle-là, pour être avec sa mère. Elles dormaient profondément toutes les deux, le bras de Phia posé sur la poitrine de sa mère, comme pour la protéger.

— Merci de les avoir prises chez toi, avait-il dit à Phèdre quand elle avait refermé doucement la porte derrière eux.

— C'est toi qui m'as donné tout ça, Hélicon. Comment peux-tu me remercier, *moi* ?

— Je dois partir. Tu sais ce que j'ai dit à l'enfant : elles resteront ici tant qu'elles voudront.

— Bien entendu. C'est une chance que Phia t'ait rencontré. Le guérisseur a dit que sa mère n'aurait probablement pas survécu jusqu'au matin.

— Si tu as besoin de quoi que ce soit, j'ai ordonné à Pariclès de te le fournir.

— Prends bien soin de toi. De tous mes amants, tu es celui qui m'est le plus cher.

Il avait éclaté de rire et l'avait attirée dans ses bras. Puis il l'avait fait pivoter.

— Et ton amitié est sans prix, avait-il dit.

— Heureusement que ce n'est pas le cas pour mon corps, avait-elle répondu. Sinon, j'aurais pu vivre dans un taudis, comme la mère de Phia.

Souriant à ce souvenir, Hélicon examina son vaisseau. Les deux passagers mycéniens étaient du côté bâbord. Tous deux portaient une armure et une épée pendait à leur ceinture. Le plus âgé, Argurios, qui portait une barbe bien taillée, le regardait avec une haine non dissimulée.

Tu aimerais bien me tuer, pensa Hélicon. *Pour venger Alectruon. Mais tu m'affronteras face à face, Argurios. Avec toi, je ne risque pas une dague dans le dos, ou une boisson empoisonnée.*

L'autre Mycénien parla, et Argurios se tourna vers lui. Hélicon continua à le regarder. Argurios n'était pas un homme imposant, même si ses bras étaient lourdement musclés, et sillonnés de nombreuses cicatrices récoltées au combat. Dans tous les ports circulaient des récits sur les héros, et Argurios figuraient dans nombre d'entre eux. Il avait combattu sur toutes les terres de l'Ouest, de Sparte au sud à la Thessalie au nord, et même jusqu'aux frontières de la Thrace. Toutes les histoires vantaient son courage, et aucune ne parlait de viol, de torture ou d'assassinat.

Les pensées d'Hélicon se tournèrent vers l'homme qui l'avait suivi à Chypre. Il avait cru avoir piégé l'assassin à la maison de Phèdre. Zidantas et quatre autres hommes attendaient de l'autre côté du mur, et pourtant il s'était débrouillé pour leur échapper. Taureau avait dit qu'il avait disparu comme par magie. Hélicon ne croyait pas à la magie. L'assassin était hautement qualifié – comme l'homme qui avait tué son père. Il était entré dans le palais, était allé jusqu'aux appartements du roi et lui avait coupé la gorge. Bizarrement, il lui avait aussi tranché l'oreille droite. Puis il était parti. Aucun garde ne l'avait vu. Aucun serviteur n'avait remarqué d'étranger dans les lieux.

Peut-être avait-il, lui aussi, un assassin de ce gabarit à ses trousses…

Il vit Zidantas approcher de lui, suivi par deux membres d'équipage parmi les plus anciens.

Zidantas monta sur le pont arrière.

— Nous sommes prêts, Bienheureux, dit-il.

Hélicon hocha la tête, et Zidantas se tourna vers l'équipage.

— Préparez les rames ! Surveillez la voile ! beugla-t-il. Levez les ancres !

Les marins prirent leur poste, et les responsables des ancres, à la proue et à la poupe, hissèrent les cordages qui remontèrent les lourdes ancres de pierre à bord du navire.

Hélicon regarda le jeune Xander. Il avait l'air effrayé. Ses yeux écarquillés étaient rivés sur la berge.

— Soyez prêts à mon signal ! hurla Taureau.

Les rangées de rames se levèrent et plongèrent.

Et le grand vaisseau commença à glisser paisiblement vers la haute mer.

III

Pour Xander – douze ans –, c'était la plus grande aventure de sa vie. Depuis tout petit, il rêvait de naviguer sur la Grande Verte. Dans les collines de Chypre, quand il s'occupait des chèvres de son grand-père, ou quand il aidait sa mère et ses sœurs à préparer les peintures pour les plats en poterie qu'ils vendaient dans le village, il s'imaginait à bord d'un navire, sentant la mer onduler sous ses pieds. Souvent, il grimpait sur les plus hauts promontoires, et il s'y postait pour regarder les vaisseaux partir vers le sud, en direction de l'Égypte, ou à l'est vers Ugarit – ou même vers Milétos et la légendaire Troie aux tours en or massif.

Il se souvenait de son père, Akamas, et des autres marins quand ils avaient appareillé à bord de l'*Ithaque.* Il était resté sur le rivage avec son grand-père pendant que la galère s'éloignait, et il avait vu les marins se mettre en position. Son père était un rameur formidable, puissant et infatigable. Il était aussi, comme disait son grand-père, « l'homme qu'il fallait avoir près de soi pendant une tempête ».

Xander se rappelait cet adieu avec une clarté douloureuse. Son père, debout, ses cheveux roux illuminés par le soleil de l'aube, lui avait fait des signes de la main. Il était mort quelques jours après, pendant la bataille contre le sauvage pirate mycénien Alectruon. Xander savait qu'il était mort courageusement, en défendant ses compagnons et son vaisseau. Le Bienheureux était venu dans leur maison des collines. Il s'était assis à côté de Xander et lui avait parlé de la bravoure de son père. Il avait apporté des cadeaux pour sa mère et son grand-père, puis il s'était aussi entretenu avec eux, à voix basse. Il leur avait fait un grand honneur, car Hélicon était le fils d'un roi – et un demi-dieu.

Son grand-père n'y croyait pas. « Tous ces nobles prétendent descendre des dieux, avait-il dit, sarcastique. Mais ce sont des hommes comme toi et moi, Xander. Pourtant, Hélicon est meilleur que les autres, avait-il reconnu. Peu de gens de haute naissance se seraient donné la peine de venir voir les familles des morts. » Puis il s'était détourné, et Xander avait vu qu'il pleurait. Il avait laissé couler ses larmes, lui aussi. Après un moment, son grand-père lui avait passé les bras autour des épaules.

— Il n'y a pas de honte à pleurer, petit. Ton père mérite ces larmes. C'était un homme bien, et j'ai toujours été fier de lui. Comme je serai fier de toi. Hélicon a dit que l'an prochain il te prendrait dans son équipage et que tu apprendrais le métier de marin. Tu seras aussi un homme courageux et bon, comme ton père, et tu apporteras l'honneur à notre famille.

— Deviendrai-je rameur, grand-père ?

— Pas tout de suite, mon garçon. Tu es encore trop petit. Mais tu grandiras, et tu deviendras fort.

L'année avait passé lentement, mais finalement, le grand navire avait été prêt, et commença à rassembler son équipage. Son grand-père l'avait accompagné au port avant l'aube, l'abreuvant de tant de conseils que Xander avait eu l'impression qu'il allait en être submergé.

— Prends modèle sur Zidantas, avait-il dit. C'est un homme de valeur. Ton père en disait beaucoup de bien. Ne te défile jamais si Taureau te donne un travail. Fais toujours de ton mieux.

— Je n'y manquerai pas, grand-père.

Le vieil homme avait regardé le grand vaisseau, ses deux rangées de rames et son mât colossal.

— Bonne chance, Xander, avait-il dit. Sois courageux. Tu t'apercevras que la chance et le courage vont souvent de pair.

Xander avait traversé au moment où le soleil pointait à l'est, illuminant le *Xanthos* d'une lueur d'or pâle. C'était une vision splendide. Xander avait senti son cœur bondir de joie. Ce magnifique navire serait bientôt le sien ! Il deviendrait un grand marin, comme son père. Son grand-père serait fier de lui. Et sa mère aussi.

Le petit bateau était arrivé à côté du grand vaisseau, sous la rangée de rames levées. Trois autres marins avaient traversé avec lui, et ils avaient lancé leur paquetage sur le pont avant d'escalader les cordes qui y menaient. Xander s'apprêtait à les imiter, quand un robuste rameur s'était approché de lui. « Allez, tu grimpes, petit », avait-il dit en soulevant Xander vers le pont inférieur des rameurs. Il avait trébuché et était tombé sur l'un des étroits bancs des rameurs.

Il faisait noir à cet endroit, et l'espace était restreint. Mais quand les yeux de Xander s'étaient habitués à la pénombre, il avait vu les bancs des rameurs, et les planches contre lesquelles ils appuieraient leurs jambes pour s'aider dans leur tâche. Il avait posé son sac et s'était assis sur un des bancs, tendant les jambes devant lui. Son grand-père avait eu raison : il était trop petit pour pouvoir se caler contre les supports. *L'année prochaine,* avait-il pensé, *je serai assez grand.* Il avait repris son sac et était sorti par l'écoutille supérieure.

Quand il était remonté, il y avait déjà des marins à bord, et deux passagers en armure. L'aîné était un homme barbu à l'air sinistre et au regard glacial. Xander avait déjà vu des hommes comme celui-là. Des Mycéniens, la même race que les pirates qui avaient tué son père. Leurs armées rôdaient dans les terres de l'Ouest, pillant les villages et les villes, prenant des esclaves et de l'or. Les pirates mycéniens traversaient souvent la mer pour mener des raids contre les villages côtiers. Son grand-père les détestait. « C'est un peuple sanguinaire, avait-il dit, et un jour, ils mordront la poussière. »

L'écoutille de la cale principale avait été ouverte, et Xander avait vu des marins y descendre des marchandises : de grandes amphores d'argile, emplies de vin ou d'épices ; de gros paquets de tuiles en terre, enveloppés dans du cuir tanné et protégés par une enveloppe extérieure en liège. Il avait vu des armes aussi, des haches, des épées, des boucliers et des casques. Des matelots s'étaient servis de cordes pour sortir d'autres marchandises.

Xander s'était approché et avait regardé dans la cale. Elle était profonde. Un homme en était sorti et avait failli le renverser. « Fais attention, petit », avait dit l'homme en s'éloignant. Xander s'était reculé, hors du chemin des hommes qui travaillaient.

Il était allé au bastingage du pont et avait regardé vers le rivage. Son grand-père était toujours là. Il avait vu Xander et lui avait fait un signe de la main. Le jeune garçon lui avait rendu son salut, soudain effrayé. Il était sur le point de partir en voyage, et l'énormité de cette aventure avait menacé de le submerger.

Puis une main massive s'était posée sur son épaule. Xander avait sursauté et s'était tourné. Un homme immense au crâne chauve et à la barbe fourchue le regardait.

—Je suis Zidantas, avait-il dit. Tu es le fils d'Akamas ?

—Oui. Je m'appelle Xander.

—Ton père était très fier de toi, avait dit le géant. Au cours de ce voyage, tu apprendras comment te rendre utile. Tu es trop petit pour ramer et trop jeune pour te battre. Donc, tu aideras ceux qui sont capables de faire tout ça. Tu apporteras de l'eau aux rameurs, et tu effectueras tous les travaux qu'on te demandera. Quand mes autres tâches me le permettront, je te montrerai comment faire les nœuds, comment attacher la voile, et bien d'autres choses. Sinon, arrange-toi pour ne gêner personne, et observe comment les hommes travaillent. C'est comme ça que l'on apprend, Xander. Il faudra un certain temps avant que nous soyons prêts à appareiller. Le chargement est bien plus long que nous l'avions escompté, et le vent est contre nous. Trouve-toi un endroit hors du chemin et attends que la voile soit prête. Puis viens me rejoindre sur le pont arrière.

Zidantas était parti à grands pas, et la peur de l'inconnu avait resurgi dans l'esprit de Xander. « Trop jeune pour se battre », avait dit Zidantas. Et s'ils étaient attaqués par des pirates ? S'il était destiné à mourir comme son père, ou à se noyer dans la Grande Verte ? Soudain, sa chambre minuscule dans la maison de son grand-père lui avait paru un endroit merveilleux. Il avait regardé vers le rivage, et avait vu son grand-père grimper la longue pente qui menait vers les collines.

Le temps était passé, et l'humeur des marins s'était gâtée, à mesure que la difficulté de hisser des marchandises à bord d'un vaisseau si grand s'accentuait. Une barque était arrivée, amenant un grand filet de pêcheur qui avait servi à monter à bord les objets les plus fragiles. Des disputes avaient éclaté, puis deux marins avaient laissé tomber une amphore de vin. L'argile s'était brisée, et un épais flot de vin rouge s'était répandu sur les planches. Une bataille avait commencé quand un des hommes avait flanqué un coup de poing à l'autre en le traitant d'idiot. Zidantas s'était rapidement interposé, saisissant chaque homme par sa tunique et les séparant de force. D'autres marins avaient commencé à lancer des cris d'encouragement aux belligérants, et l'atmosphère était tendue.

Soudain, toute activité avait cessé et le silence était tombé.

Xander avait vu le Bienheureux monter sur le pont de son vaisseau. Torse nu, il portait un simple pagne de cuir. Il n'avait pas d'arme, et pourtant sa présence avait calmé l'équipage, qui s'était remis au travail.

Xander l'avait vu avancer vers l'endroit où Zidantas maintenait toujours les deux hommes, qui pourtant ne se battaient plus.

— Nous perdons du temps, Taureau, avait-il dit. Et il y a encore des marchandises sur le rivage.

Zidantas avait repoussé les deux hommes.

— Nettoyez tout ça, avait-il ordonné aux deux marins.

Hélicon avait regardé Xander.

— Es-tu prêt à devenir un marin, fils d'Akamas ?

— Oui, mon seigneur.

— Tu as peur ?

— Un peu, avait-il reconnu.

— Un grand homme m'a dit autrefois qu'il n'y a pas de courage sans peur, avait dit Hélicon. Il avait raison. Souviens-t'en quand tu te sentiras trembler de partout et que tes jambes faibliront.

Chapitre 4

Le Fou de Milétos

I

Khalkéus était toujours exaspéré quand on l'appelait le Fou de Milétos. Il détestait l'inexactitude de cette description, car il n'était pas de Milétos. Être traité de fou ne le gênait pas le moins du monde.

Debout du côté tribord du pont central de la birème, il regarda les marins lever les énormes ancres de pierre. Midi approchait, et la cargaison était enfin à bord. L'arrivée d'Hélicon avait apporté un regain d'énergie à l'équipage. Le *Xanthos* se préparait à quitter la baie.

Un coup de vent arracha son chapeau de paille à Khalkéus. Il essaya de le récupérer, mais un autre courant d'air le souleva et l'expédia par-dessus bord. Il virevolta un moment au-dessus des flots, puis retomba à la surface, où il flotta.

Khalkéus le regarda avec regret. Sa chevelure rousse, autrefois épaisse et frisée, était maintenant clairsemée et grisonnante. Et le haut de son crâne dégarni brûlait facilement sous le soleil…

Un rameur du pont inférieur, voyant le chapeau, tenta de le soulever avec sa rame. Il faillit réussir, mais le vent souffla de nouveau et éloigna le couvre-chef. Un autre rameur essaya à son tour. Khalkéus entendit des rires monter des ponts inférieurs, et « attraper le chapeau » devint rapidement un jeu. Les rames s'entrechoquèrent, et le chapeau fut bientôt réduit à un bout de paille informe. Quelqu'un réussit finalement à le récupérer.

Un jeune marin ouvrit une écoutille et grimpa sur le pont supérieur. Puis il rapporta ce qui restait du chapeau à Khalkéus.

— Nous avons sauvé votre chapeau, dit-il, se retenant à grand-peine d'éclater de rire.

Khalkéus le prit et résista à l'envie de le déchiqueter. Puis sa bonne humeur reprit le dessus, et il se coiffa du couvre-chef dégoulinant. Le jeune marin fut incapable de se contenir plus longtemps. Il riait aux larmes quand le chapeau s'aplatit lentement sur les oreilles de Khalkéus.

— Je trouve que c'est une nette amélioration, dit Khalkéus.

Le jeune homme pivota et repartit en courant vers le pont des rameurs. Le soleil devenait de plus en plus chaud, et Khalkéus s'aperçut qu'il appréciait la fraîcheur de la paille mouillée sur sa tête.

Khalkéus vit Hélicon, sur le pont arrière. Il parlait avec trois des membres d'équipage les plus anciens. Ils avaient l'air sévères et nerveux. Mais ils avaient de bonnes raisons, pensa Khalkéus : ils allaient naviguer sur un vaisseau construit par le Fou de Milétos.

Il se tourna et observa son grand navire. Plusieurs marins regardèrent Khalkéus, avec une expression dubitative. Le nouveau vaisseau avait été l'objet de beaucoup de moqueries, et Khalkéus – son constructeur – avait été traité avec mépris et même avec colère. Pourtant, les hommes devaient maintenant naviguer sur le vaisseau du fou, et il ne leur restait plus qu'à espérer que sa « folie » soit en fait du génie. Sinon, ils étaient condamnés.

Les deux passagers mycéniens le regardaient aussi, avec une indifférence étudiée. Au contraire des marins, ils ne se rendaient probablement pas compte que leur vie dépendait du talent de Khalkéus. Il se demanda si leur attitude changerait au cas où ils l'apprendraient. Les Mycéniens étaient une race féroce : des pillards et des tueurs. La mort ne leur faisait pas peur. Il observa les deux hommes, qui étaient tous deux grands et minces, froids et distants. L'aîné, Argurios, portait un bouc noir bien taillé, et ses yeux noirs étaient dénués d'émotion. Le plus jeune, Glaucos, était visiblement impressionné par son compagnon. Il parlait rarement, sauf pour répondre à une remarque d'Argurios. Ils voyageaient dans des îles paisibles, mais ils étaient vêtus pour la guerre. Une dague et une épée pendaient à leur ceinturon, et ils portaient un pagne en cuir et en bronze. La superbe cuirasse d'Argurios était renforcée aux épaules et sur la poitrine par des disques en bronze qui se chevauchaient. Glaucos, lui, avait un plastron grossier avec une fissure sur le côté gauche. Khalkéus se dit que Glaucos venait sans doute d'une famille mycénienne pauvre, et qu'il s'était mis au service d'Argurios avec l'espoir de progresser dans la société. Chez les Mycéniens, on ne pouvait avancer socialement que par la guerre, le pillage et la destruction des gens plus pacifiques que soi. Khalkéus détestait leur maudite race tout entière !

Si le vaisseau coule, se dit-il, *ces armures les précipiteront vers la mort avec une rapidité satisfaisante.*

Il sentit l'irritation monter en lui à cette pensée défaitiste. *Mon vaisseau ne sombrera pas*, se dit-il. Il se le répéta en silence plusieurs fois. Mais son cœur s'emballa et ses mains commencèrent à trembler. Il se tourna vers le bastingage et s'y accrocha, attendant que la panique le quitte.

Dix ans d'échecs et de ridicule avaient entamé sa confiance bien plus qu'il l'aurait cru. Il prit, dans la bourse pendue à sa ceinture, un fragment de métal gris argent, et passa ses doigts épais de travailleur sur sa surface lisse. Il soupira. C'était la source de toute sa misère et de tous ses espoirs. Caché dans ce bout de métal, il y avait un secret qui pouvait, à son avis, changer sa propre destinée, et celle de nations entières. Qu'il était exaspérant de ne pas parvenir à le percer !

Ses pensées moroses furent interrompues par une voix tonitruante, celle de Zidantas, le colosse hittite qui était le second du Bienheureux. Penché sur le bastingage du pont arrière, il lança les ordres de départ aux soixante rameurs.

— À mon signal, cria-t-il, le soleil faisant briller son crâne rasé.

Du pont inférieur monta la réponse du chef des rameurs.

— Prêts ! Soulevez ! Attention ! Poussez !

Khalkéus inspira à fond. Les rames s'enfoncèrent dans l'eau bleue et le *Xanthos* glissa majestueusement vers la haute mer.

Le constructeur écouta le craquement du bois, essayant d'identifier chaque son. Il recalcula mentalement le poids du lest de pierre par rapport à celui de la charpente et des ponts du navire, puis il se pencha par-dessus le bastingage pour regarder la proue fendre les vagues.

Les rameurs se mirent à chanter en rythme pour accompagner leurs mouvements. Ils auraient dû être quatre-vingts, mais même la richesse et la réputation d'Hélicon, le Bienheureux, n'avaient pas réussi à attirer un équipage complet à bord du Vaisseau de la Mort. Khalkéus se souvenait des charpentiers chypriotes qui avaient façonné la coque du navire, et qui murmuraient : « Il sombrera quand Poséidon nagera. »

Quand Poséidon nagera !

Pourquoi les hommes se sentaient-ils toujours obligés de voir les actes d'une divinité dans les simples forces de la nature ? Khalkéus savait pourquoi les vaisseaux plus longs sombraient pendant les tempêtes, et ça n'avait rien à voir avec la colère des dieux. Les mouvements d'un bateau par gros temps provoquaient une pression supplémentaire et mal équilibrée au centre de la quille. Khalkéus avait démontré le phénomène à Hélicon, un an auparavant, alors qu'ils étaient tous deux assis sur une jetée ensoleillée du petit chantier naval chypriote. Khalkéus avait courbé lentement un long bâton, dans un sens, puis dans l'autre. Le bâton avait fini par casser. Plus il était long, plus vite il se brisait. Quand une telle chose arrivait à la quille d'un navire dans des eaux agitées, le résultat était rapide et terrifiant. Le vaisseau se brisait en quelques instants.

Ce problème était aggravé, avait expliqué Khalkéus, par la façon dont les navires étaient construits. Normalement, la coque était assemblée en premier avec des planches et des goujons. Puis on rajoutait un cadre intérieur pour renforcer la structure. C'était, de l'avis de Khalkéus, de la pure bêtise. Il fallait d'abord construire le cadre, puis y fixer les planches, ce qui donnerait une robustesse accrue au milieu du navire. Khalkéus avait aussi parlé à Hélicon d'autres innovations, lors de cette première rencontre. Un pont séparé pour les rameurs, ce qui laisserait le pont supérieur disponible pour la cargaison ou les passagers ; des postes de rameurs disposés en zigzag le long de la coque ; des dérives de soutien boulonnées à la coque à l'avant et à l'arrière, pour que le vaisseau ne penche pas trop fortement quand on le tirerait sur une plage pour la nuit. Khalkéus lui avait tout expliqué.

Hélicon avait écouté, puis il avait demandé :

— Vous pourriez construire un vaisseau de quelle taille ?

— Deux fois plus long qu'aucune galère qui navigue actuellement sur la Grande Verte.

— Combien de rames ?

— Entre quatre-vingts et cent.

Le Bienheureux était resté un moment silencieux, regardant dans le vague. Khalkéus avait cru qu'il ne tarderait pas à le renvoyer. Mais Hélicon lui avait posé des questions très spécifiques. Quel bois utiliserait-il ? Quelles seraient la hauteur et la circonférence du mât ? Comment Khalkéus s'assurerait-il qu'un vaisseau aussi grand aurait une bonne assise, en gardant sa maniabilité et sa vitesse ? Khalkéus avait été surpris. Le Bienheureux était très jeune, et le constructeur n'avait pas escompté tant de connaissances de sa part. Ils avaient parlé pendant plusieurs heures, partagé un repas, et continué la conversation tard dans la nuit. Khalkéus avait dessiné des diagrammes dans de la glaise humide, les avait effacés, recommencés, peaufinés.

— Comment un vaisseau aussi grand peut-il être tiré sur la plage pour la nuit ? avait enfin demandé Hélicon. Et comment pourrait-on le remettre à l'eau à l'aube suivante ?

— Il ne serait pas facile de le tirer *entièrement* sur la plage, avait reconnu Khalkéus. Mais ce ne serait pas nécessaire. La plupart du temps, il suffirait de mettre la proue sur le rivage, ou la poupe, puis d'utiliser des ancres de pierre pour tenir le navire en place. Cela permettrait à l'équipage de débarquer et de préparer les feux de camp pour le repas.

— La *plupart* du temps ? avait remarqué Hélicon.

C'était bien là l'ennui. Les orages pouvaient arriver très rapidement, et la plupart des vaisseaux se réfugiaient alors sur le rivage. Petites et légères, les galères étaient faciles à hisser à l'abri sur le sable. Un navire de la taille de celui que projetait Khalkéus ne pourrait pas être totalement retiré de l'eau quand il serait chargé à plein.

Khalkéus lui avait expliqué le problème.

— Il serait impossible de tirer à moitié sur le rivage un vaisseau de cette taille pendant une tempête. L'eau qui bouillonnerait d'un côté, et le sable ou le roc sur lequel il reposerait de l'autre le rompraient en deux.

— Alors, comment échapper à une tempête, Khalkéus ?

— Il serait inutile d'y échapper, Hélicon. Il suffirait de rester en mer, ou de se mettre à l'abri d'une île ou d'un promontoire. Le vaisseau que je projette ne craindrait pas les éléments !

Hélicon l'avait regardé longuement. Puis il s'était détendu et lui avait fait un de ses rares sourires.

— Un vaisseau qui supportera les tempêtes... Ça me plaît. Nous le construirons, Khalkéus !

Khalkéus avait été sidéré – et soudain effrayé. Il connaissait la réputation du Bienheureux. Si le nouveau vaisseau était un échec, Hélicon le tuerait peut-être. Mais, si ça marchait, Khalkéus retrouverait la richesse et pourrait continuer ses expériences.

Il avait regardé le jeune homme dans les yeux.

— On dit que vous pouvez être cruel et dangereux. Que vous coupez la tête de ceux qui vous offensent.

— On dit aussi que je suis un demi-dieu, le fils d'Aphrodite. Et que vous êtes un fou, ou un imbécile. Qu'importe ce que colportent les rumeurs ? Faites de votre mieux, Khalkéus, et je vous récompenserai, que vous réussissiez ou pas. Tout ce que je demande à ceux qui me servent est de mettre leur cœur à l'ouvrage. On ne peut pas exiger plus.

C'était ainsi que tout avait commencé.

Le vent forcit quand le vaisseau sortit du port, et Khalkéus sentit la houle grossir.

En pleine mer, on hissa le mât, on y attacha les traverses et on libéra la voile. Une brise venue du sud la gonfla. Khalkéus regarda. Un grand cheval noir cabré décorait la toile. En le voyant, l'équipage poussa des cris d'enthousiasme.

Khalkéus gagna la proue d'un pas mal assuré.

À bâbord, des dauphins bondissaient et plongeaient, leurs corps lisses luisant sous le soleil. Khalkéus leva les yeux vers le ciel. Au nord, des nuages noirs se rassemblaient.

Et le *Xanthos* se dirigeait droit vers eux.

II

Argurios de Mycènes se planta plus fermement sur le pont et regarda approcher Khalkéus. Tout le monde disait que le constructeur roux et trapu était un fou. Argurios espérait que c'était faux. Il rêvait de mourir sur le champ de bataille en tuant le plus d'ennemis possible, ce qui lui gagnerait une place dans les Champs Élyséens. Là, il dînerait dans la Salle d'Or façonnée par Héphaïstos, assis à côté de héros comme Héraclès, Orménion et le puissant Alectruon. Dans ses rêves ne figurait pas l'éventualité de couler comme un plomb dans la mer, en tenue de combat. Pourtant, s'il devait périr sur ce maudit bateau, en bon guerrier mycénien, il devrait affronter la mort avec son épée, son casque et son plastron. Voilà pourquoi il se tenait sur le pont, sous le soleil matinal, en grand apparat. Il regarda avec intérêt l'équipage vaquer tranquillement à ses occupations, et remarqua les râteliers d'arcs et de flèches placés en bon ordre sous les bastingages. Il y avait aussi des épées, et des petits écus ronds. Si le *Xanthos* était attaqué, les marins se transformeraient en combattants en quelques instants.

Le Bienheureux ne laissait rien au hasard.

En haut de la proue se trouvait un dispositif qu'Argurios n'avait jamais vu sur un autre navire. C'était une structure en bois, boulonnée au pont à quatre endroits. Il était impossible de dire à quoi servait cet objet. Un madrier sortait de son centre, terminé par une sorte de panier. Au début, Argurios avait pensé qu'il serait utilisé pour charger des marchandises, mais en y regardant de plus près, il s'était aperçu que le panier ne pouvait pas être abaissé par-dessus bord. C'était un mystère – dont il trouverait probablement la solution pendant le voyage vers Troie, qui durerait près d'un mois.

Argurios jeta un coup d'œil au pont arrière, où Hélicon se trouvait, à côté de la barre du gouvernail. Il était difficile de croire que cet homme ait vaincu Alectruon, une légende parmi les Mycéniens. C'était un géant, hardi et puissant. Argurios était fier d'avoir combattu à ses côtés.

Pourtant, l'histoire terrible de cette journée était de notoriété publique. Argurios en personne avait entendu le récit de l'unique survivant.

L'homme était revenu à Mycènes à bord d'un cargo et avait été amené devant le roi Agamemnon. Le marin était dans un triste état. Le moignon de son poignet ensanglanté sentait mauvais. Les lèvres bleues, l'homme était à peine parvenu à rester debout. Il était évident qu'il était en train de mourir. Agamemnon lui avait fait apporter un fauteuil. Le récit du rescapé avait été simple et direct.

Le puissant Alectruon était mort et son équipage avait été massacré. Le légendaire vaisseau *Hydre* avait été abandonné en mer, sa voile et ses ponts enflammés.

— Comment est-il mort ? avait demandé Agamemnon, dévisageant le marin à l'agonie de ses yeux impassibles.

Argurios se souvint que l'homme avait frissonné en se remémorant les terribles événements.

— Nous avions abordé leur vaisseau, et la victoire semblait assurée. Puis le Bienheureux a attaqué. On aurait dit un démon ! Ç'a été terrible. Terrible ! Il a tué trois hommes, puis il s'en est pris à Alectruon. La bataille n'a pas duré longtemps. Il a plongé sa lame dans le cou d'Alectruon, et lui a coupé la tête. Nous avons combattu un moment, mais, quand la situation a été désespérée, nous avons jeté nos armes. Puis le Bienheureux, son armure couverte de sang, a crié : « Tuez-les tous, sauf un ! » J'ai vu ses yeux, à ce moment. Il était fou. Possédé. Quelqu'un m'a attrapé et m'a tenu les bras. Puis tous mes camarades ont été assassinés.

L'homme s'était tu.

— Ensuite ? avait demandé Agamemnon.

— Ensuite, on m'a traîné devant Hélicon. Il avait retiré son casque, et il était planté là, sur le pont, la tête d'Alectruon à la main. Il le regardait dans les yeux. « Tu ne mérites pas de voir les Champs Élyséens », a-t-il dit. Puis il lui a enfoncé sa lame dans les yeux.

Les guerriers rassemblés dans le Hall du Lion avaient hurlé de désespoir et de rage en entendant ces mots. Même Agamemnon, habituellement réservé, avait laissé échapper un cri.

— Il l'a envoyé aveugle dans l'Au-delà ?

— Oui, mon roi. Après, il a jeté sa tête par-dessus bord. Puis il s'est tourné vers moi.

L'homme avait fermé les yeux, comme s'il tentait de ne pas se souvenir de la scène.

— Qu'a-t-il dit ?

— Il a dit : « Tu vivras, pour raconter ce que tu as vu ici, mais tu ne seras plus jamais un pirate. » Puis, sur son commandement, deux hommes ont allongé mon bras sur le bastingage, et le Bienheureux m'a coupé la main.

L'homme était mort deux jours plus tard.

La défaite d'Alectruon avait terni la réputation d'invincibilité des Mycéniens. Sa mort avait été un coup dur pour la fierté des autres guerriers. Ses jeux funéraires avaient été sans lustre et déprimants. Argurios n'y avait trouvé aucune satisfaction, même s'il avait gagné un gobelet incrusté de pierres précieuses au concours de javelot. Les combattants en deuil avaient l'air de ne pas pouvoir vraiment croire à la mort d'Alectruon. Ses exploits avaient été légendaires. Il avait conduit des expéditions de Samothrace, au nord, jusqu'aux côtes orientales de Palestine. Il avait même pillé un village dans les environs immédiats de Troie !

La nouvelle de sa défaite avait été accueillie par l'incrédulité. Les gens s'étaient réunis dans les villes et les villages pour en discuter. Argurios avait le sentiment que tous les Mycéniens se souviendraient à jamais de ce qu'ils faisaient au moment où ils avaient appris la mort d'Alectruon.

Argurios jeta un regard plein de haine au Bienheureux. Puis il envoya une prière silencieuse à Arès, le dieu de la Guerre. « Fais que ce soit moi qui venge Alectruon ! Que ce soit mon épée qui arrache le cœur de la poitrine de ce Troyen maudit ! »

III

Le vent resta favorable, et le *Xanthos* fila à une bonne vitesse sur les vagues. Lentement, l'île verte de Chypre disparut de l'horizon. Sur le pont arrière, le puissant Zidantas se tenait à côté d'Hélicon. À cinquante ans, il était l'homme le plus âgé de l'équipage. Il naviguait sur ces eaux depuis près de trente-cinq ans. En tout ce temps, malgré les tempêtes et les coups de vent, il n'avait jamais fait naufrage. Presque tous ses amis d'enfance étaient morts. Certains s'étaient noyés quand leur vaisseau avait coulé. D'autres avaient été assassinés par des pirates. Deux étaient morts de la maladie de la toux, et un autre avait été tué à la suite d'une querelle pour une chèvre perdue. Zidantas savait qu'il avait eu de la chance.

Aujourd'hui, il se demandait si sa chance n'était pas en train de l'abandonner. Le *Xanthos* avait levé l'ancre juste avant midi, et, même si le vent du sud était en leur faveur, Zidantas était inquiet.

D'habitude, un vaisseau venant de Chypre et se dirigeant vers le nord partait à l'aube, au plus tard, traversait la section de haute mer la plus étroite possible pour rallier la côte rocheuse de Lykie, puis cherchait une baie abritée pour la nuit. Tous les marins préféraient tirer leur navire au sec dès le crépuscule, et dormir sur la terre ferme. L'équipage du *Xanthos* n'était pas différent. C'étaient des hommes courageux, hardis quand il le fallait, mais tous avaient perdu des parents ou des amis à cause des caprices cruels des divinités marines. Ils avaient dit au revoir à des hommes partis sur des eaux calmes, sous un ciel bleu, et ne les avaient jamais revus. Les tempêtes féroces, les côtes dangereuses, les pirates et les bancs rocheux prélevaient leur tribut sur les hommes qui vivaient et travaillaient sur la Grande Verte.

Une fois la terre hors de vue, l'équipage tomba dans le silence. De nombreux rameurs montèrent du pont inférieur pour se pencher au bastingage et regarder la mer. Les conversations étaient rares. Comme Khalkéus, les hommes commencèrent à écouter les grincements et les craquements de la charpente, et à faire attention aux mouvements du vaisseau sous leurs pieds. Et ils observaient anxieusement l'horizon, cherchant un signe de colère dans les cieux.

Zidantas comprenait et partageait leurs craintes. Ils avaient entendu des marins d'autres vaisseaux se moquer du nouveau navire, et faire les pires prédictions sur les périls de naviguer à son bord. Ils l'appelaient le Vaisseau de la Mort. Beaucoup de membres de l'équipage, parmi les plus âgés, avaient entendu parler de grands vaisseaux qui avaient vogué à leur perte. Zidantas savait ce qu'ils pensaient. Pour le moment, le *Xanthos* a l'air de bien se comporter, mais qu'arrivera-t-il quand Poséidon nagera ?

À la vue de ces hommes silencieux, il éprouva une soudaine fierté. Zidantas ne naviguait jamais avec des lâches. Il savait juger un combattant, et ne s'était jamais joint à un équipage sans l'avoir observé avec attention. Ces hommes avaient peur de l'inconnu, pour le moment, mais si un orage éclatait, ou si des pirates apparaissaient, ils réagiraient avec courage et détermination. Comme ils l'avaient fait sur l'*Ithaque* le jour où Alectruon avait attaqué.

Pourtant, le souvenir de ce jour le hantait toujours. Il soupira.

Des mouettes tournaient au-dessus de la voile ornée du cheval noir. Le vent prit de la vitesse. Zidantas regarda le ciel. Les orages soudains étaient fréquents dans les mois d'automne. Peu de vaisseaux commerciaux s'aventuraient loin quand l'été était terminé.

— Si le vent tourne…, dit-il.

— Il y a eu un orage il y a deux jours. C'est peu probable qu'un autre se déclenche si vite.

— Peu probable, mais pas impossible, marmonna Zidantas.

— Prends la barre, Taureau, dit Hélicon, lui laissant la place. Tu te sentiras plus à l'aise si tu commandes le vaisseau.

— Je me sentirais plus à l'aise chez moi, tranquillement assis au soleil, grogna Zidantas.

— Avec tes six filles autour de toi, quand as-tu le temps de rester assis *tranquillement*? dit Hélicon.

Zidantas se détendit et fit à Hélicon un sourire auquel manquaient des dents.

— Je n'ai jamais le calme, reconnut-il.

Puis il regarda par-dessus bord, estimant la force de la houle.

— Il est plus maniable que je m'y attendais, dit-il. J'aurais pensé qu'il y aurait plus de roulis. (Zidantas posa son bras massif sur la barre de gouvernail.) J'aurais quand même préféré que nous attendions l'aube suivante pour partir. Nous n'avons aucune marge de manœuvre. Il ne faut pas tenter les dieux.

— Tu es un Hittite, répondit Hélicon. Tu ne crois pas à nos dieux.

— Je n'ai jamais dit ça! marmonna Zidantas, nerveux. Peut-être y a-t-il des dieux différents dans les pays différents. Je ne veux offenser aucun d'entre eux. Et toi non plus, tu ne devrais pas! Surtout à bord d'un nouveau navire.

— Exact, dit Hélicon. Mais nos dieux sont moins impitoyables que les tiens. Dis-moi, est-ce vrai, quand un prince hittite meurt, qu'on brûle avec lui vingt de ses soldats pour qu'ils le protègent dans l'Au-delà?

— Non, on ne le fait plus. C'était une ancienne coutume, répondit Zidantas. Mais on dit que les Gypptos enterrent des esclaves avec leurs pharaons.

— Quels arrogants nous sommes! dit Hélicon. Pourquoi un esclave ou un soldat serviraient-ils leur maître après la mort? Qu'est-ce qui pourrait bien les y pousser?

— Je l'ignore, répondit Zidantas. Je n'ai jamais eu d'esclave, et je ne suis pas un prince hittite.

Hélicon se pencha aussi pour regarder par-dessus bord.

— Tu as raison. Il avance bien. Je dois en discuter avec Khalkéus. Mais d'abord, je vais parler à nos passagers.

Hélicon sauta les trois marches qui menaient au pont principal et rejoignit les deux Mycéniens.

Même de loin, et sans entendre la conversation, Zidantas comprit que le Mycénien le plus âgé haïssait Hélicon. Il était rigide, la main droite posée sur la garde de son épée, le visage impassible. Hélicon semblait ne pas s'apercevoir de l'hostilité de l'homme. Il parlait, apparemment à l'aise. Quand Hélicon s'éloigna enfin, à la recherche de Khalkéus, le Mycénien barbu le regarda partir avec de la rage dans les yeux.

Zidantas était inquiet. Il s'était opposé à la décision d'Hélicon, quand celui-ci avait autorisé les Mycéniens à voyager à leur bord.

— Qu'ils s'embarquent sur le *Mirion*, avait-il dit. J'ai regardé pendant qu'on le chargeait de cuivre en quantité déraisonnable. Il voguera avec la grâce d'une truie ivre morte. Ils seront malades pendant tout le voyage, ou bien ils se trouveront invités à dîner par Poséidon !

— J'ai construit le *Xanthos* pour les marchandises *et* les passagers, avait dit Hélicon. Et Argurios est un ambassadeur qui se rend à Troie. Ce serait discourtois de lui refuser le passage.

— Discourtois ? Nous avons coulé trois galères mycéniennes à ce jour ! Ils te détestent.

— Des galères *pirates*, avait corrigé Hélicon. De toute façon, les Mycéniens haïssent le monde entier. C'est dans leur nature.

Les yeux bleus d'Hélicon s'étaient faits plus durs. Zidantas connaissait cette expression, et elle lui glaçait toujours les sangs. Elle lui rappelait des images de mort et de massacres qu'il valait mieux laisser enfermées au fin fond de son esprit.

Le *Xanthos* continua à avancer à belle allure. Zidantas s'appuya à la barre. Le vaisseau paraissait réagir très bien, et il commença à penser que le Fou de Milétos avait eu raison. Du moins l'espérait-il vivement.

Puis il entendit un membre de l'équipage crier :

— Un homme à la mer !

Zidantas regarda à tribord. D'abord, il ne vit rien qu'une vaste étendue d'eau. Puis il aperçut un morceau de bois flotté qui glissait entre les creux des vagues.

Un homme y était accroché.

Chapitre 5

L'homme venu de la mer

I

Gershom ne savait plus où il était, ni ne distinguait rêves et réalité. La peau de ses bras et de ses épaules était brûlée par le soleil, ses doigts si étroitement agrippés au bois qu'il ne les sentait plus. Des voix murmuraient dans sa tête, lui suggéraient de se laisser aller, de trouver la paix. Il les ignora.

Des visions dérivaient devant ses yeux : des oiseaux aux ailes de feu ; un homme portant un bâton qui glissait entre ses mains et se transformait en cobra ; un lion à trois têtes avec un corps écailleux. Puis il vit des centaines de jeunes gens ciselant et sculptant un immense bloc de pierre. Un par un, ils s'appuyaient contre le roc et s'y enfonçaient comme s'il avait été composé d'eau. Finalement, Gershom ne vit plus rien que leurs mains, dont les doigts agités tentaient de se frayer un chemin hors de la tombe de pierre qu'ils avaient fabriquée. Et les voix continuaient à murmurer. L'une d'elles ressemblait à celle de son grand-père, austère et implacable. Une autre était celle de sa mère, le suppliant de se conduire comme un seigneur, pas comme un goujat ivre. Il tenta de lui répondre, mais ses lèvres étaient craquelées et sa langue lui semblait comme un morceau de bois sec. Puis vint la voix de son petit frère, qui était mort le printemps passé. « Viens avec moi, je t'en prie. Je suis si seul, ici… »

Il faillit abandonner à ce moment, mais le bois flotté s'inclina, et il ouvrit ses yeux injectés de sang. Il vit un cheval noir flotter sur la mer. Il referma les yeux. Après un moment, il sentit quelque chose le toucher, et rouvrit les yeux. Un homme robuste, chauve, avec une barbe fourchue, nageait à côté de lui. Gershom sut qu'il le connaissait, mais sans se souvenir des détails.

— Il est vivant ! entendit-il l'homme crier. Lancez-moi une corde. (Puis l'homme lui parla.) Tu peux lâcher prise, maintenant. Tu es en sécurité.

Gershom continua à s'accrocher à son bout de pont. Il ne laisserait pas les voix imaginaires le précipiter vers la mort.

Le bois flotté cogna contre le flanc d'un navire. Gershom regarda la rangée de rames au-dessus de lui. Des hommes se penchaient par les hublots. On attacha une corde autour de sa taille, et il sentit qu'on le soulevait.

— Lâche le bois, dit à nouveau son sauveteur.

Gershom aurait bien voulu, mais il en était incapable. Il ne sentait plus ses mains. Le nageur lui ouvrit délicatement les doigts. La corde se raidit, et Gershom fut soulevé, passa par-dessus le bastingage et s'affala sur le pont. Il cria quand la peau à vif de son dos toucha le bois, ce qui lui mit la gorge en feu. Un jeune homme aux cheveux noirs et aux yeux d'un bleu saisissant s'accroupit à côté de lui.

— Apportez-moi de l'eau, dit-il.

Quelqu'un aida Gershom à s'asseoir, et lui mit un gobelet à la bouche. Au début, sa gorge desséchée refusa de laisser passer l'eau. Chaque fois qu'il essayait, il s'étranglait.

— Doucement, conseilla l'homme aux yeux bleus. Garde-la dans la bouche, et avale-la lentement.

Il obéit, et une petite quantité d'eau fraîche coula dans sa gorge. Il n'avait jamais rien goûté d'aussi délicieux dans sa vie !

Puis il s'évanouit.

Quand il se réveilla, il était couché sous une tente de fortune qui avait été dressée près de la proue. Un jeune garçon au visage tavelé de taches de rousseur était assis à côté de lui. S'apercevant que Gershom avait ouvert les yeux, il se leva et courut sur le pont. Un moment après, l'homme qui l'avait repêché entra sous la tente et s'assit à côté de lui.

— Nous nous sommes déjà rencontrés, Gyppto. Tu as eu beaucoup de chance. Si nous n'étions pas partis en retard, nous t'aurions certainement manqué. Je m'appelle Zidantas.

— Je… te… remercie…, souffla Gershom.

Il s'assit et tendit la main vers le pichet d'eau. À ce moment, il s'aperçut que ses mains étaient bandées.

— Tu t'es salement coupé, dit Zidantas. Mais tu guériras. Laisse-moi t'aider.

Il souleva le pichet enveloppé de cuir. Gershom but, une plus longue gorgée cette fois. De l'endroit où il était assis, il voyait le pont dans toute sa longueur, et reconnut le vaisseau. Il sentit son cœur se serrer.

—Oui, dit le géant, comprenant ce qu'il pensait. Tu es sur le *Xanthos.* Mais je connais bien les vaisseaux. Celui-ci est puissant. Il est le roi des mers – et il le sait.

Gershom sourit – puis grimaça quand sa lèvre inférieure se craquela.

—Repose-toi, mon gars, lui dit Zidantas. Tes forces ne tarderont pas à revenir, et tu pourras payer ton passage comme membre d'équipage.

—Tu… ne me… connais pas…, dit Gershom. Je ne suis pas… un marin.

—C'est peut-être vrai. Mais tu as du courage, et de la force à revendre. Et, par Hadès! tu as navigué comme il faut à bord de ton morceau de bois!

Gershom se rallongea. Zidantas continua à parler, mais sa voix devint un murmure rythmique qui plongea le naufragé dans un sommeil sans rêves.

II

Debout à la barre, Hélicon se campa sur le pont pour résister aux mouvements du grand navire qui fendait les vagues. Les dauphins étaient revenus. Ils plongeaient et bondissaient le long du vaisseau. Il les regarda un moment, son esprit habituellement en ébullition pour une fois détendu et en paix. Il n'éprouvait qu'en mer un tel sentiment de liberté.

À terre, il y avait tant de distractions ennuyeuses! Avec sa flotte de plus de cinquante vaisseaux, il y avait toujours des problèmes à régler. Des autorisations à donner pour les réparations des galères, des rapports des capitaines à lire, des réunions avec ses scribes et ses trésoriers, la vérification des comptes – les marchandises expédiées et les biens ou le métal reçus en échange. Ses terres aussi avaient besoin de supervision. Il avait de bons intendants pour la gestion de ses hordes de chevaux et la surveillance de ses frontières, mais certaines choses ne pouvaient être réglées que par lui. Il pensa avec affection au jeune Diomède. Son demi-frère avait presque douze ans. Dans quelques années, il aurait l'âge de prendre de vraies responsabilités. Le jeune garçon blond avait supplié qu'on l'autorise à embarquer sur le *Xanthos*, mais sa mère le lui avait interdit.

—Je suis le roi, avait dit Diomède. Les gens doivent m'obéir.

—Tu *seras* roi, avait dit Hélicon, et les gens t'obéiront, un jour. Mais pour le moment, petit frère, nous devons tous les deux obéir à la reine.

— Ce n'est pas juste, avait protesté Diomède. Tu t'es embarqué sur le *Pénélope* avec Ulysse quand tu étais jeune !

— J'avais trois ans de plus que toi. Mais, la prochaine fois que je rencontrerai Ulysse, je lui demanderai s'il te prendra à son bord, en temps voulu.

— Vraiment ? Ce serait merveilleux ! Tu m'y autoriserais, mère, n'est-ce pas ?

La reine Halysia, une mince jeune femme blonde, avait jeté un regard de reproche affectueux à Hélicon.

— Oui, avait-elle dit. Si Ulysse veut bien de toi.

— Je n'en doute pas, avait dit Diomède. Je suis aussi courageux qu'Hélicon.

— Plus courageux, avait dit Hélicon. À ton âge, j'avais peur de tout !

— Même des araignées ?

— *Surtout* des araignées.

Le jeune garçon avait soupiré.

— Oh… J'aimerais tant venir avec toi à Troie, Hélicon ! J'aimerais rencontrer mon grand-oncle Priam, et Hector. Est-ce vrai que tu vas épouser la belle Créüse ?

— Non, ce n'est pas vrai. Et que sais-tu de la beauté des femmes ?

— Je sais qu'elles sont censées avoir de gros seins et embrasser les hommes sans arrêt. Et Créüse est belle, non ? Pausanias a dit qu'elle l'était !

— C'est exact, elle est belle. Elle a de longs cheveux noirs et un sourire resplendissant.

— Alors, pourquoi ne l'épouses-tu pas ? Le grand-oncle Priam le souhaite, non ? Mère dit que ce serait excellent pour la Dardanie. Et tu as affirmé que nous devions tous les deux lui obéir !

Hélicon avait haussé les épaules.

— Oui, tout cela est vrai, petit frère. Mais ta mère et moi avons passé un accord. Je la servirai loyalement, mais j'ai décidé de me marier seulement quand je rencontrerai une femme que j'aimerai.

— Pourquoi ne pas faire les deux choses en même temps ? avait demandé le jeune garçon. Pausanias a une femme et deux maîtresses. Il dit qu'il les aime toutes les trois.

— Pausanias est un vaurien, avait dit Hélicon.

La reine Halysia était venue au secours d'Hélicon.

— Hélicon peut se marier par amour parce qu'il n'est pas roi, et n'a pas besoin de prendre en compte les besoins du royaume. Mais toi, mon petit, tu seras roi, et si tu n'es pas gentil, je te choisirai une épouse laide, qui louche et qui ait des dents de cheval... Et avec les jambes arquées, par-dessus le marché!

Diomède avait éclaté d'un rire joyeux et plein de vie.

— Je choisirai moi-même mon épouse, avait-il dit. Elle sera belle, et elle m'adorera.

C'est probable, avait pensé Hélicon. Diomède deviendrait un bel homme, et il était gentil et attentionné de nature.

Le vent augmenta, et Hélicon se pencha sur la barre. Ses pensées se tournèrent vers Créüse, la fille favorite de Priam. Elle était belle, c'était exact, mais elle était aussi avide et intéressée. Ses yeux brillaient seulement quand l'or s'y reflétait.

Mais aurait-elle pu évoluer autrement, après avoir été élevée dans une famille dénuée d'amour, par un père pour qui rien ne comptait, excepté l'argent qu'il pouvait peser sur ses balances?

Hélicon était sûr que c'était Priam qui avait ordonné à Créüse de le courtiser. La Dardanie, au nord de Troie, n'avait jamais été un pays prospère. Elle ne possédait pas de richesses minérales, or, cuivre, argent ou étain. Mais elle était fertile, et ses pâturages nourrissaient des chevaux d'une force et d'une endurance étonnantes. Le blé y poussait aussi en abondance. La richesse croissante d'Hélicon, devenu un prince marchand, avait permis de financer la construction de ports qui, à leur tour, donnaient accès aux marchandises venues d'Égypte et des terres situées au sud et à l'ouest. La Dardanie devenait un pays plus opulent, et donc plus puissant. Il était normal que Priam cherche à s'allier à son voisin du Nord. Dans quelques années, il tenterait de marier une de ses filles à Diomède. Hélicon sourit. Peut-être l'étrange petite Cassandre, ou la douce Laodicé. Puis son sourire s'effaça. Peut-être Priam choisirait-il Créüse. L'idée de son petit frère entre les griffes de cette créature lui sapa le moral.

Je me trompe peut-être à son sujet, pensa-t-il.

Priam se souciait fort peu des cinquante enfants qu'il avait faits à ses trois femmes et à ses trente concubines. Ceux qu'il favorisait avaient intérêt à lui prouver leur valeur. Il vendait ses filles à des princes étrangers en échange d'alliances, et ses fils travaillaient dans ses trésoreries, dans la prêtrise ou dans l'armée. De tous ses enfants, il montrait ce qu'on pouvait appeler de l'affection pour deux seulement: Créüse et Hector. Sa fille connaissait les secrets permettant d'amasser des richesses. Et son fils était un combattant redoutable. Tous deux étaient des atouts dans son jeu, voilà tout.

Le vieil homme semblait même amusé par l'idée que nombre de ses enfants complotaient sa mort. Ses espions lui rapportaient le moindre de leurs mouvements. Puis, au moment où ils s'apprêtaient à passer à l'action, Priam les faisait arrêter. Au cours des trois dernières années, il avait fait exécuter cinq de ses fils.

Hélicon se força à penser à autre chose. Il regarda le ciel, qui était d'un bleu sans nuages. La brise du sud restait forte et bien dirigée. À la fin de l'été, les vents venaient surtout du nord-ouest, ce qui rendait le voyage difficile pour les rameurs. Mais aujourd'hui, sa voile gonflée, le *Xanthos* glissait sur les vagues avec grâce et puissance.

Hélicon vit Khalkéus faire les cent pas sur le pont principal, tenant son chapeau de paille d'une main. De temps en temps, le tangage du navire le faisait tituber et s'accrocher à un bastingage. Il n'avait pas le pied marin. Ce qui rendait d'autant plus étrange qu'il ait pu concevoir et construire un vaisseau d'une telle beauté.

À la proue, Zidantas sortit de la tente de fortune où le naufragé avait été installé et se dirigea vers le pont arrière.

— Va-t-il s'en tirer ? demanda Hélicon.

— Oui. C'est un dur, il survivra. Mais ce n'est pas à son sujet que je m'inquiète.

Hélicon regarda le géant dans les yeux.

— Tu t'inquiètes toujours pour une chose ou une autre, Taureau. Tu n'es jamais content, à moins d'avoir un problème à remâcher.

— C'est sans doute vrai, reconnut Zidantas. Mais un orage approche.

Hélicon se tourna et regarda vers le sud. Zidantas était capable de prédire le temps avec une précision quasi magique. Le ciel était toujours dégagé, au sud, et Hélicon pensa que Taureau s'était peut-être trompé – pour la première fois. Puis il se concentra sur la ligne d'horizon. Elle n'était plus nette et précise, ce qui indiquait que la mer était agitée. Il regarda la voile ornée du cheval noir. Le vent leur était toujours favorable, mais il commençait à y avoir des bourrasques.

— Dans combien de temps ? demanda-t-il.

Zidantas haussa les épaules.

— Nous le verrons avant de voir la terre, et il sera sur nous avant que nous puissions accoster.

Khalkéus approcha d'eux, la tête baissée. Il grimpa les trois marches qui menaient au pont arrière.

— J'ai réfléchi à ce que vous m'avez dit, annonça-t-il à Hélicon. Je crois que la réponse se trouve peut-être dans les dérives. Comme vous le savez…

— Les dérives ? demanda Zidantas.

Le constructeur le regarda froidement.

— Les interruptions sont exaspérantes. Elles perturbent le cours de ma pensée. Veuillez attendre que j'aie terminé, je vous prie. (Il se pencha pour souligner l'importance de ses paroles, mais son chapeau lui tomba sur les yeux. Furieux, il l'arracha et se tourna vers Hélicon.) Comme je disais… Vous savez que j'ai fait boulonner des planches épaisses à la coque, à l'avant et à l'arrière, pour aider à garder le navire droit quand il sera à terre ?

— Une excellente idée, dit Hélicon.

— Effectivement. Mais ce dispositif a aussi une autre utilité, différente mais importante, quand le vaisseau est en mer. La saillie des dérives compense le faible tirant d'eau. Si je l'avais compris pendant que je construisais le vaisseau, je les aurais peut-être faites plus longues. Elles devraient aussi faciliter le travail du barreur. D'après ce que j'ai compris, il faut viser un point au-dessus – ou en dessous, suivant le courant et le vent – de celui où l'on veut se mettre au sec. À mon avis, le vaisseau naviguera plus droit, avec moins de dérivation. C'est très satisfaisant.

— Espérons seulement qu'elles ajouteront aussi à la vitesse du navire, dit Zidantas. Un orage arrive derrière nous. Ce serait bien de pouvoir accoster avant qu'il éclate.

— Ça, c'est impossible, dit Khalkéus.

— Nous ne pouvons pas nous mettre au sec ?

— Vous le pourriez, bien sûr. Mais l'orage dont vous parlez coulerait le *Xanthos.*

— Il ne peut pas nous couler si nous sommes sur la terre ferme !

Hélicon intervint.

— Ce que veut dire Khalkéus, c'est que nous ne pouvons pas tirer entièrement le *Xanthos* sur la plage. Il est trop grand. Nous n'avons pas assez d'hommes pour le hisser sur le rivage, et même si nous les avions, nous ne pourrions jamais le remettre à flot.

— Exact ! dit le constructeur.

— Nous pouvons sûrement en tirer une partie suffisante sur le sable, insista Zidantas.

— Si l'orage est violent, le vaisseau se brisera, dit Hélicon. À moitié sur la terre ferme et à moitié dans l'eau, bousculée par les vagues, la coque ne résistera pas aux tensions.

— Alors, que pouvons-nous faire ? demanda Zidantas.

— Il faut étaler la tempête – ou trouver un rivage abrité, dit Khalkéus.

— L'étaler ! Vous êtes fou !

— C'est ce que tout le monde prétend, dit sèchement Khalkéus. Mais j'ai mieux à faire qu'échanger des insultes avec un imbécile.

Sur ces mots, il quitta le pont arrière à grands pas.

Le géant inspira à fond, puis il soupira.

— Par moments, je m'imagine en train de bastonner cet homme… Nous pourrions aller dans la baie de la Malchance, jeter l'ancre près du rivage, et utiliser les rames pour éviter d'être poussés sur la plage.

— Non, Taureau. Même avec un équipage au grand complet, ce serait impossible, dit Hélicon. Lutter pendant une heure contre une tempête les épuiserait. Qu'arriverait-il si elle durait toute la nuit ? Nous serions projetés sur le rivage, et le vaisseau serait perdu.

— Je sais, mais au moins, nous survivrions. Il n'y a pas d'autre choix.

— Si. Comme l'a dit Khalkéus, nous étalerons la tempête.

— Non, non, non, dit Zidantas, baissant la voix. Le *Xanthos* n'a jamais navigué par gros temps. C'est un bon vaisseau, mais mon dos me fait déjà mal. Cet orage promet d'être violent, Hélicon. Et l'équipage n'acceptera jamais. Les hommes sont déjà effrayés. Si nous filons vers la plage, ça détruira peut-être le vaisseau, mais ils savent que ça nous permettra de survivre. Même toi, tu ne pourras pas les convaincre de naviguer en direction de l'orage !

Hélicon regarda son ami, et lut la peur sur son visage franc et ouvert. Zidantas adorait ses six filles, et il avait souvent parlé, ces derniers temps, d'abandonner la mer et de les regarder grandir. Hélicon lui avait donné une part de ses profits. Désormais riche, il n'avait plus besoin de risquer sa vie sur la Grande Verte. Il y eut un silence gêné. Zidantas était trop fier pour dire la vérité, mais Hélicon la lut dans son regard. Le grand Hittite serait aussi terrifié que le reste de l'équipage.

Hélicon détourna le regard.

— Je dois le faire, Taureau, dit-il enfin, à voix basse. Je dois savoir si le *Xanthos* en est capable. Je te demande de rester à mes côtés.

— Je serai toujours là quand tu auras besoin de moi, Bienheureux, dit Zidantas, ses épaules s'affaissant.

— Donnons un peu de repos à l'équipage. Puis nous leur ferons faire quelques manœuvres. Au moment où ils s'apercevront de l'orage, nous serons trop loin en mer pour qu'ils puissent faire autre chose qu'obéir aux ordres et attendre que la tempête passe.

— Nous avons beaucoup de nouveaux marins à bord, dit Zidantas. Tu prends un gros risque. Il suffit que des rames s'entrechoquent quand nous tournerons, ou que la panique s'empare des rameurs, et nous serons perdus.

— C'est toi qui as choisi ces hommes, Taureau. Tu n'embauches jamais des lâches. (Il lui fit un grand sourire.) Tu auras quelque chose à raconter à tes petits-enfants. « Nous avons nagé avec Poséidon sur le plus grand vaisseau jamais construit. »

L'humour forcé d'Hélicon n'impressionna pas Zidantas.

— J'espère que j'en aurai l'occasion, marmonna-t-il.

Hélicon regarda son navire.

Et il espéra que le Fou de Milétos avait raison.

Chapitre 6

Poséidon nage

I

Xander avait commencé à somnoler sous le soleil. Un marin trébucha sur lui et jura. Xander marmonna des excuses et se leva. Puis il s'aperçut qu'on l'appelait. Il se tourna, et faillit tomber quand le vaisseau s'inclina. Il vit Zidantas et courut vers le pont arrière.

— Apporte de l'eau aux rameurs, ordonna le géant. Il va faire chaud, en bas. Dis à Oniacus de donner un peu de repos aux hommes, et de les laisser monter sur le pont par groupes de vingt.

— Par groupes de vingt, répéta le jeune garçon.

— Dépêche-toi, petit.

— Oui, Zidantas. (Xander fit une pause.) Où trouverai-je de l'eau ?

— Il y a des outres pleines sur des crochets, au centre de chaque pont de rames.

Xander alla à l'écoutille, l'ouvrit et descendit l'échelle. Il faisait sombre et chaud à l'intérieur. Comme le navire était maintenant propulsé par la voile, les rameurs avaient relevé leurs rames et attaché les poignées dans des supports en cuir. Il trouva les outres d'eau et en décrocha une, puis il l'apporta au premier rameur du côté bâbord, un jeune homme aux larges épaules et à l'épaisse chevelure noire frisée.

— Où est Oniacus ? demanda-t-il quand le rameur eut avalé une longue gorgée d'eau.

— C'est moi.

— Zidantas vous fait dire de donner du repos aux hommes, et de les laisser monter sur le pont par vingt groupes.

— Par groupes de vingt, corrigea Oniacus.

— C'est ça.

— Tu es sûr qu'il a dit ça ? Normalement, nous ne nous reposons pas, si près de la côte.

— Je suis sûr.

L'homme lui sourit.

— Tu dois être Xander. Ton père nous avait parlé de toi. Il disait qu'à sept ou huit ans tu avais repoussé une meute de chiens sauvages.

— Il n'y avait qu'un seul chien, dit Xander. Et il s'en prenait à nos chèvres.

Oniacus éclata de rire.

— Au moins, tu es honnête, petit. Tu ressembles à ton père. (Il redonna l'outre au jeune garçon, puis il s'adressa aux rameurs.) Nous allons avoir droit à un peu de soleil, les gars. Qu'un homme sur trois se lève – après s'être assuré que les rames sont bien fixées.

Les hommes commencèrent à quitter leur poste de rame et à se diriger vers l'écoutille. Oniacus ne bougea pas.

— Apporte de l'eau aux hommes qui sont restés, dit-il à Xander.

Le jeune garçon avança d'un pas mal assuré et tendit l'outre aux rameurs en sueur. La plupart le remercièrent, certains échangèrent des plaisanteries avec lui. Il arriva enfin à côté d'un homme maigre d'âge mûr, qui piquait avec la pointe de sa dague les ampoules qui couvraient la paume de ses mains à vif.

— Ça semble douloureux, dit Xander.

Le rameur ne répondit pas, mais il prit l'outre et but longuement.

Oniacus arriva à côté de l'homme, un seau à la main. Il se pencha par-dessus le passage de la rame et fit descendre le seau – qui était attaché à une corde – dans la mer, et le remplit d'eau. Puis il l'apporta au rameur.

— Mets tes mains là-dedans, Attalus, dit-il. L'eau salée fera sécher tes ampoules, et ta peau s'endurcira en un rien de temps.

Le marin trempa ses mains dans le seau sans rien dire. Puis il se redressa. Oniacus mouilla d'eau de mer des bandes de tissu.

— Maintenant, je vais panser tes mains.

— C'est inutile, grommela le rameur.

— Dans ce cas, tu es plus résistant que moi, Attalus, dit Oniacus d'une voix dégagée. À chaque début de saison, mes mains se couvrent d'ampoules, et j'ai l'impression que la rame est un charbon ardent.

— C'est désagréable, reconnut le rameur en se radoucissant.

— Essaie toujours le pansement. Si ça ne marche pas pour toi, tu pourras le retirer.

Le rameur tendit les mains. Oniacus les banda et attacha le tissu autour de ses poignets.

— Voici Xander, dit-il pendant qu'il travaillait. Son père était mon ami. Il est mort au combat l'an dernier. C'était un type bien.

— Les morts sont toujours des gens parfaits, dit froidement Attalus. Mon père était un alcoolique invétéré qui battait ma mère. À ses funérailles, les gens ont déploré la perte d'un grand homme.

— Ce n'est pas faux, reconnut Oniacus. Cependant, sur l'*Ithaque* comme sur le *Xanthos*, il n'y avait que des hommes de qualité. Taureau n'embauche jamais de misérables. Il a un œil magique, qui lit dans le cœur des hommes. Parfois, c'est exaspérant ! À cause de ça, nous ne naviguons pas avec un équipage complet. Taureau a refusé au moins vingt hommes, hier. (Oniacus se tourna vers Xander.) Retourne à ton travail, petit.

Xander remit l'outre d'eau presque vide sur son crochet et remonta sur le pont. Hélicon l'appela. Il brisa le sceau d'un pichet scellé et emplit deux gobelets d'un liquide doré.

— Apporte ça à nos passagers mycéniens, dit-il.

Xander descendit les marches et traversa le pont mouvant avec les deux gobelets. Il n'était pas facile de garder l'équilibre, mais il arriva près des deux hommes sans avoir renversé une goutte.

— Le seigneur Hélicon m'a demandé de vous apporter ceci, dit-il.

L'homme au visage dur prit les gobelets sans le remercier. Xander partit en hâte, sans regarder l'homme dans les yeux. C'était l'être le plus terrifiant que le jeune garçon ait jamais vu. De l'autre côté du pont, il vit les deux passagers lever leur gobelet en direction du Bienheureux et boire. Ils étaient tout près du bastingage, et Xander se surprit à espérer qu'un mouvement soudain du navire les précipite par-dessus bord. Puis il s'aperçut que le plus âgé des deux hommes le regardait. Il se demanda, terrorisé, s'il avait lu dans son esprit. Le Mycénien tendit le gobelet, et Xander comprit qu'il était censé récupérer les récipients. Il traversa de nouveau le pont et rapporta les gobelets à Zidantas.

— Que dois-je faire, maintenant ? demanda le jeune garçon.

— Va regarder les dauphins, Xander, dit Taureau. Quand on aura besoin de toi, on t'appellera.

Xander retourna à l'endroit où il avait laissé son petit sac. Il en sortit un peu de fromage et des fruits séchés, et les mangea. À un moment, le vieux constructeur hargneux passa à côté de lui et faillit lui marcher dessus.

Le jeune garçon trouva fascinantes les deux heures qui suivirent. Hélicon et Zidantas lançaient des ordres, et le *Xanthos* dansait sur les vagues. Les rameurs de bâbord enfonçaient leurs rames au moment où ceux de tribord les relevaient. Le *Xanthos* tanguait violemment, changeait de direction, puis il filait vers l'avant quand les deux rangées de rames s'enfonçaient à nouveau dans les vagues. Xander s'amusa beaucoup – particulièrement quand le passager le plus jeune tomba à genoux et vomit. Le plus vieux, celui au visage dur, était plutôt vert, mais il resta obstinément accroché au bastingage, les yeux fixés sur la mer. Quand les manœuvres furent terminées, Zidantas ordonna aux hommes de se reposer.

Le vent soufflait maintenant en bourrasques, gonflant la voile au cheval noir. Xander regarda vers le sud. Le ciel était noir. Plusieurs rameurs étaient montés sur le pont, et la plupart regardaient aussi vers le sud. Xander en entendit un dire :

— Poséidon nage. Nous aurons de la chance si nous touchons terre avant le début de l'orage.

— C'est ce maudit Gyppto, dit un autre homme, un grand gaillard aux cheveux blonds clairsemés et à la barbe miteuse. Poséidon l'avait pris, et nous le lui avons arraché.

Cette idée effraya Xander. Tout le monde savait que Poséidon était un dieu coléreux, mais le jeune garçon n'aurait jamais cru qu'un immortel puisse vouloir la vie de cet étranger. La conversation continua. D'autres hommes s'y joignirent. Leur peur était palpable pendant qu'ils discutaient de la meilleure manière d'apaiser le dieu.

— Il faut le rejeter à la mer, dit l'homme à la barbe miteuse. C'est le seul moyen. Sinon, nous sommes tous condamnés.

Il y eut quelques grognements d'approbation, mais la plupart des hommes restèrent silencieux. Un seul se prononça résolument contre cette idée.

— C'est un peu tôt pour parler de meurtre, Epéus, tu ne crois pas ?

— Il est marqué par Poséidon, répondit Epéus. Je ne veux tuer personne, mais lui, il est trop tard pour le sauver. Si le dieu le veut, il le prendra. Tu veux que nous coulions avec lui ?

Xander vit que les deux Mycéniens écoutaient la conversation sans s'en mêler. Le vent augmenta, et le vaisseau tangua plus violemment. Xander retourna sur le pont arrière. L'homme au chapeau de paille y parlait avec Zidantas et le Bienheureux. Xander attendit en bas des marches, ne sachant que faire. Il n'avait pas envie qu'on jette le naufragé par-dessus bord, mais il n'avait pas envie non plus de provoquer la colère de Poséidon. Il se demanda ce que son père aurait fait. Aurait-il remis l'homme à la mer ? Xander ne le pensait pas. Son père était un héros. Le Bienheureux l'avait dit. Les héros n'assassinent pas des hommes sans défense.

Xander grimpa sur le pont arrière, et le Bienheureux le vit.

— N'aie pas peur de cette petite brise, Xander.

— Ce n'est pas d'elle que j'ai peur, mon seigneur, dit Xander.

Puis il lui raconta ce qu'avaient dit les rameurs. Avant qu'Hélicon puisse répondre, un groupe de marins se rassembla en dessous d'eux. Xander se tourna et vit deux hommes traîner le naufragé à travers la foule.

— Poséidon est en colère ! cria Epéus. Nous devons lui rendre ce que nous lui avons pris, Bienheureux !

Hélicon avança et foudroya les marins du regard. Il leva la main pour demander le silence. On n'entendit plus que le sifflement du vent. Hélicon laissa le silence planer un long moment.

— Tu es un imbécile, Epéus, dit-il enfin. Poséidon n'était pas en colère. Mais il l'est, *maintenant* ! C'est toi qui as provoqué sa fureur et l'as fait tomber sur nous !

— Je n'ai rien fait, mon seigneur ! cria l'homme, de la peur dans sa voix.

— Oh que si ! rugit Hélicon. Tu penses que Poséidon est un dieu si faible qu'il n'aurait pas pu tuer un homme perdu en mer depuis deux jours ? Tu penses qu'il n'aurait pas pu le faire sombrer en un instant, comme les autres membres de son équipage ? Non. Le grand dieu de la Mer ne voulait pas qu'il meure. Il désirait qu'il survive ! Il souhaitait que le *Xanthos* le sauve. Et voilà que tu menaces de le tuer. Tu nous as peut-être tous condamnés ! Car maintenant, comme chacun peut le voir, Poséidon nage !

Au moment où il parlait, le ciel devint plus noir et le tonnerre gronda.

— Que pouvons-nous faire, seigneur ? demanda un autre rameur.

— Nous ne pouvons pas fuir, dit Hélicon, car Poséidon déteste les lâches. Nous devons affronter le grand dieu comme des hommes, et lui montrer que nous sommes dignes de sa bénédiction. Descendez la voile ! Que tous les rameurs retournent à leur poste et attendent les ordres. Immédiatement ! Ne perdez pas de temps !

Les hommes se dispersèrent, laissant Gershom assis au milieu du pont, l'air sidéré. Zidantas se pencha vers Xander.

— Aide-le à regagner le milieu du pont. Il y aura moins de tangage et de roulis à cet endroit. Et attachez-vous au mât, tous les deux. Ça ne va pas être facile !

Xander obéit et descendit sur le pont, qui tanguait et roulait sous ses pieds. Il tomba, se releva et prit Gershom par le bras. Il l'aida à se lever et le conduisit vers l'avant. Il était presque impossible de garder l'équilibre. Ils tombèrent plusieurs fois avant d'atteindre le mât. Xander enroula un bout autour de Gershom et l'attacha solidement. Puis il en chercha un pour lui. Il n'y en avait pas. L'orage s'abattit sur eux, inondant le pont. Xander s'accrocha au bout qui entourait Gershom. L'homme tendit une main bandée et tira le jeune garçon vers lui. Au-dessus du hurlement du vent, Xander entendit Zidantas lancer des ordres aux rameurs. Le vaisseau pivota, puis fut violemment secoué quand un paquet de mer s'écrasa contre la coque. Lentement, le *Xanthos* se tourna face à l'orage. Une autre vague immense frappa le barrot et déferla sur le pont principal. Xander faillit lâcher le bout sous la force de l'eau, mais Gershom le retint. Il agrippa de sa main blessée la tunique du jeune garçon en criant.

Un hurlement jaillit soudain. Un des marins qui repliaient la voile, délogé par la violence des éléments, s'écroula sur le bastingage tribord, en arrachant une partie. Puis il disparut dans la mer. L'obscurité tomba. L'après-midi devint soir, puis nuit. Xander s'accrochait de son mieux au bout pendant que l'orage secouait le grand vaisseau. Ses doigts s'engourdirent et ses forces commencèrent à le trahir. Mais Gershom ne le lâcha pas. L'obscurité était déchirée par des éclairs, suivis par des coups de tonnerre si violents que Xander pensa qu'ils allaient fendre le vaisseau en deux. Le pont se soulevait et s'abaissait violemment, le secouant comme une poupée de chiffon. Trempé, glacé et terrifié, le jeune garçon pria pour survivre.

Le gamin tint bon en dépit de sa fatigue grandissante. Le *Xanthos* fonçait droit vers le cœur de l'orage, suivant le mouvement des vagues, puis glissant dans les creux. L'eau s'écrasait sans cesse sur la proue. Soudain, le vaisseau pencha, car les rameurs de bâbord, épuisés, perdirent un moment le rythme. Un mur d'eau mugissante déferla sur le pont et frappa Xander, l'écrasant contre le mât. À demi assommé, il lâcha le bout et fut arraché à la poigne de Gershom. Le grand vaisseau piqua du nez, et Xander glissa sur le pont mouillé. À la faveur d'un éclair, il vit qu'il se dirigeait vers le trou dans le bastingage. Il essaya de s'accrocher à quelque chose, mais il n'y avait rien.

Au moment où l'ouverture béait devant lui, il vit un éclair de bronze étinceler à côté de lui. Argurios, le guerrier mycénien, s'était jeté en travers du pont. Il saisit la tunique de Xander, puis ils continuèrent tous les deux à glisser vers le trou. Au dernier moment, Argurios attrapa un bout qui traînait. Xander sentit le pont se dérober sous son corps. Il était suspendu au-dessus de la mer en furie. Il leva la tête, et vit que le Mycénien était aussi passé par-dessus bord, mais qu'il était toujours accroché au bout, le visage tordu de douleur. Xander savait qu'avec le poids de son armure Argurios ne pourrait pas les sauver tous les deux. Il ne tarderait pas à le lâcher, et c'en serait fait de lui.

Mais l'homme ne céda pas. Le *Xanthos* tangua et roula, et Argurios fut projeté contre la coque. La tunique de Xander commença à se déchirer.

Puis le vent tomba, la pluie diminua et les rayons de la lune brillèrent entre les nuages. Deux marins quittèrent leur position de relative sécurité et avancèrent sur le pont incliné. Xander vit Oniacus saisir Argurios et le remonter sur le pont. Puis Attalus tendit la main, attrapa le bras de Xander et le tira à l'abri.

Blotti contre le bastingage, Xander se mit à trembler de tout son corps. Le Bienheureux le rejoignit et lui tapota l'épaule. Puis il se tourna vers Argurios, qui se massait les doigts. Xander vit du sang sur ses mains.

— Vous avez été très courageux, dit Hélicon.

— Je n'ai pas besoin de vos compliments, dit Argurios en se détournant.

Il partit en direction de son compagnon.

Zidantas s'accroupit à côté de Xander.

— Alors, mon garçon, tu as aimé ton premier orage ?

— Non.

— Tu apprécies d'y avoir survécu, non ?

— Oui ! dit le jeune garçon, dont les tremblements se calmaient. J'ai vraiment cru que j'étais perdu.

— Tu as eu de la chance, Xander. Et nous aussi. Nous avons perdu un seul marin.

— Epéus ?

— Non. Un jeune Lykien appelé Hippolatos. Un bon garçon.

— Je ne comprends pas. Si Poséidon était en colère contre Epéus, pourquoi a-t-il tué Hippolatos ?

— La vie est pleine de mystères.

Tandis que la mer s'apaisait, des cris de joie s'élevèrent de l'équipage. Hélicon marcha au milieu des rameurs, qui se réunirent autour de lui.

— Poséidon a béni le *Xanthos*, dit-il. Nous avons nagé avec lui, et il a vu le courage dans nos cœurs. Vous recevrez tous un double paiement.

Les cris se firent plus enthousiastes.

Xander ne partageait pas leur humeur.

Hélicon s'accroupit à son côté.

— Le monde est plein de peur, Xander, mais tu as été un héros, aujourd'hui.

— Je n'ai rien fait, seigneur.

— Je t'ai observé. Tu as d'abord attaché Gershom au mât. Tu as placé sa vie avant la tienne. Ton père aurait été fier de toi, comme je le suis. Et tu as vu deux autres héros. Gershom t'a retenu le plus longtemps possible, malgré ses mains ensanglantées. Et Argurios a risqué sa vie pour que tu ne meures pas. Il y a de la grandeur chez ces deux hommes. Comme chez toi.

II

Gershom était assis à la proue du *Xanthos*, les genoux relevés, un bout de tissu couvrant ses épaules et ses bras à vif. L'orage était passé, et, même si la lune brillait dans un ciel empli d'étoiles, il frissonnait encore de temps en temps. Il plissait ses paupières gonflées pour essayer de voir mieux la côte. Il n'avait jamais eu autant hâte de sentir la terre ferme sous ses pieds. Non loin de lui, Zidantas se penchait par-dessus bord, surveillant l'eau sombre en dessous de la proue. À côté de lui, un homme d'équipage vêtu seulement d'un pagne noir plongeait une longue perche graduée dans la mer, et annonçait la profondeur. Et le *Xanthos* avançait, très lentement.

— Combien de temps resterons-nous à terre ? demanda Gershom, espérant que Zidantas répondrait « plusieurs jours ».

— Pour la nuit, c'est tout, dit Zidantas sèchement.

Sans regarder en arrière, il fit un signe du bras droit à l'homme de barre. Gershom sentit le grand vaisseau rectifier légèrement sa course. On lui avait dit qu'il y avait des bancs rocheux dangereux dans ces eaux, et il restait silencieux pour ne pas perturber la concentration des marins expérimentés. Il voyait que la plupart des rames étaient relevées. Six seulement plongeaient avec régularité dans la mer tandis que le *Xanthos* se dirigeait lentement vers la sécurité du rivage.

À tribord, on voyait une grande île dont le sommet était couvert d'une végétation luxuriante, et dont les falaises étaient blanchies par les déjections des oiseaux de mer. Quand le vaisseau arriva à hauteur de l'île, Gershom vit qu'elle dissimulait l'entrée d'une vaste baie. Il étouffa un cri de surprise, et entendit le jeune Xander haleter à côté de lui.

La baie était presque circulaire. Elle était entourée de hautes falaises déchiquetées, gris et blanc. Au milieu de celles-ci, directement devant eux, se dressaient deux pics rocheux bleus, telles des sentinelles, brillant sous les rayons de la lune. À leur base, une cascade argentée traversait une végétation dense, puis se muait en une petite rivière. Gershom aperçut un groupe de bâtiments aux murs blancs et aux toits rouges. Au sommet, une forteresse donnait sur la mer. L'embouchure de la rivière divisait en deux la large plage. D'autres vaisseaux étaient déjà amarrés sur la grève, où brûlaient des feux de camp.

Le jeune garçon regarda Gershom, les yeux écarquillés.

— C'est magnifique ! dit-il.

Gershom lui sourit et se sentit tout ragaillardi. Cet enfant avait voyagé un seul jour sur la Grande Verte, il avait survécu à un violent orage, avait regardé la mort dans les yeux – et pourtant, il était impatient de vivre de nouvelles aventures.

— Où sommes-nous ? demanda-t-il. Comment s'appelle cet endroit ?

Zidantas cessa de regarder la mer et se redressa, en se frottant le creux des reins.

— C'est bon, on est passés, dit-il au marin, qui partit avec sa perche vers l'arrière du navire.

Zidantas se tourna vers le jeune garçon.

— Les gens d'ici l'appellent la baie de la Chouette Bleue, dit-il. D'autres la nomment la baie de la Malchance.

— Pourquoi venir ici, si cette baie porte malheur ? demanda Gershom. *J'ai eu assez de malchance sans la chercher exprès !*

Zidantas eut un sourire sans humour.

— Elle ne nous a jamais porté malheur, à nous, Gyppto. Seulement à d'autres vaisseaux.

Gershom voyait clairement le rivage, maintenant. La plupart des vaisseaux avaient été tirés sur la plage sur la rive droite du cours d'eau, mais trois vaisseaux noirs étaient à gauche, loin des autres. Il vit l'expression de Zidantas s'assombrir à la vue des trois galères noires.

— Vous les connaissez ? demanda Gershom.

— Oui, je les connais.

— Des marchands rivaux ?

Zidantas lui murmura à l'oreille, pour que le jeune garçon n'entende pas.

— Des marchands de sang, Gyppto. Des pirates.

Xander avait grimpé au sommet incurvé de la proue.

— Regardez tous ces gens, dit-il, montrant la plage.

Il y avait foule autour des échoppes installées sur le sable. Des petits feux étincelaient çà et là, et d'autres s'allumaient sous ses yeux. Gershom eut presque l'impression de sentir le fumet de la viande rôtie. Son estomac vide se serra douloureusement.

— Oui, dit Zidantas. C'est un endroit très fréquenté. Ce royaume s'enrichit grâce aux péages que le Roi Gras prélève. Mais il assure la sécurité de tous les vaisseaux dans la baie, et de – presque – tous les marins, les bons comme les mauvais. On trouve de tout ici. Les gens viennent faire un peu de commerce, fréquentent les prostituées du cru. (Il cligna de l'œil en direction de Xander, qui rougit.) Mais, surtout, ils viennent pour trouver un ancrage sûr pour la nuit. L'orage a dû pousser pas mal de détritus flottants dans la baie de la Malchance, cette nuit.

Entendant un appel d'Hélicon, le géant chauve le rejoignit à la barre. Quelques instants plus tard, le vaisseau tourna abruptement, jusqu'à ce que sa proue soit de nouveau face à la haute mer.

—Que se passe-t-il? Pourquoi n'accostons-nous pas? demanda Xander, inquiet, en revenant à côté de Gershom.

Gershom était incapable de lui répondre.

—Inversez le mouvement, cria Zidantas d'une voix de tonnerre.

Trente rames plongèrent dans l'eau couleur de vin, et les hommes entonnèrent un chant rythmé. La poupe du *Xanthos* avança vers une large étendue de sable. À côté, il y avait une seule galère, avec de grands yeux rouges peints sur sa proue. Des hommes étaient allongés sur le sable tout autour, mais beaucoup se levèrent à l'arrivée du *Xanthos.*

Près du rivage, l'eau était très calme. La poupe pointue du vaisseau fendit les vagues comme une hache. Gershom s'accrocha au bastingage. Les trente rames plongeaient dans l'eau, se relevaient, et le chant enfla en volume et en cadence. La ligne blanche de la plage se rapprochait à toute allure…

Gershom se tint solidement et ferma les yeux.

—Attendez!

Il y eut un moment de silence quand le chant cessa et que les rames restèrent en l'air, immobiles. Puis la poupe du *Xanthos* glissa sur la plage, faisant jaillir du sable et des graviers de chaque côté, quand sa coque racla le front de mer. Enfin il s'arrêta, s'inclina légèrement sur un côté, et se stabilisa.

Des cris d'enthousiasme jaillirent, à la fois de l'équipage et des hommes sur la plage. Xander et Gershom avaient été tous les deux projetés sur le pont, mais Xander se releva d'un bond et se joignit aux acclamations.

Puis il se tourna vers Gershom, les yeux brillants.

—C'était excitant, non?

Gershom décida de rester où il était pendant un moment. Il aurait aimé fouler la terre ferme, mais il craignait que ses jambes refusent de l'emmener où que ce soit dans l'immédiat.

—Oui, dit-il, haletant. «Excitant», c'est le mot…

Les hommes d'équipage se précipitèrent pour débarquer, riant et plaisantant pendant que les peurs de la journée les quittaient. Les rameurs relevèrent leurs rames. Ils les séchèrent et les rangèrent avant de récupérer leurs sacs, sous les bancs des rameurs. Hélicon fut le premier à descendre. Gershom vit qu'il examinait les planches de la coque. Les portes de la soute s'ouvrirent au centre du pont, et Zidantas et le constructeur bougon disparurent à l'intérieur, sans doute pour détecter les dégâts éventuels.

Les marins quittaient le *Xanthos*, se laissant glisser à terre le long des bouts.

— Viens, Gershom ! cria Xander, qui avait pris son petit sac en cuir. Nous devons aller sur le rivage.

Le jeune garçon sautillait d'un pied sur l'autre, impatient. Gershom savait qu'il avait peur de rater quelque chose.

— Vas-y. Je te suivrai dans un moment.

Xander fit la queue derrière plusieurs marins qui attendaient de mettre pied à terre. Quand son tour arriva, il enjamba le bastingage, saisit le bout et descendit prestement sur la plage. Il partit en courant, sans jeter un regard à l'endroit où les hommes du *Xanthos* préparaient un feu de camp. Le grand vaisseau était calme. Gershom était seul sur le pont. Il ferma les yeux et savoura le silence.

Un cri le fit sursauter. Il rouvrit les yeux.

— Oh, Hélicon ! On reconnaît toujours un Troyen au fait qu'il vous montre le cul d'abord ! Mais je n'avais jamais vu faire ça avec un vaisseau !

Un homme au visage écarlate, vêtu d'une tunique safran, avançait à grands pas vers le *Xanthos*. Il n'était pas grand, mais carré et musclé. Sa barbe bouclée et sa longue chevelure fauve étaient en bataille. Il portait une tunique sale et des sandales de cuir éculées, mais il arborait un ceinturon raffiné décoré d'or et de gemmes où pendait une dague incurvée. Le visage d'Hélicon s'éclaira quand il le vit.

— Misérable vieux pirate ! cria-t-il en guise de salut.

Puis, tapotant d'un air satisfait la coque du *Xanthos*, il avança et serra le nouveau venu dans ses bras.

— Tu as de la chance que je sois là, dit l'homme. Tu auras besoin de tout mon équipage en plus du tien pour remettre ce gros veau à l'eau, au matin !

Hélicon éclata de rire, puis regarda fièrement son navire.

— Ce « veau » a résisté à l'orage, mon ami. Il est sans peur et arrogant. Il est tout ce que j'avais rêvé qu'il soit !

— Je me souviens. Tu veux voguer au-delà de Scylla et de Charybde, traverser les océans inconnus et aller jusqu'au bout du monde. Je suis fier de toi.

Hélicon resta un moment silencieux.

— Rien de tout cela ne serait arrivé sans toi, Ulysse.

Chapitre 7

Le héros perdu

Ulysse regarda le jeune homme, et se trouva à court de mots. Son embarras soudain fut dissimulé par l'arrivée de plusieurs membres de son équipage, qui se précipitèrent vers Hélicon pour le saluer, puis qui l'emmenèrent vers le reste de leurs camarades.

Ulysse regarda le grand vaisseau, et se souvint du petit garçon aux cheveux de jais qui lui avait dit autrefois :

— Je construirai le plus grand des vaisseaux. Je tuerai les monstres marins, et j'irai jusqu'au bout du monde, là où demeurent les dieux.

— On dit qu'ils vivent sur le mont Olympe.

— N'y en a-t-il aucun au bout du monde ?

— Une femme terrible aux yeux de feu. Quand les hommes la regardent, ils brûlent comme des chandelles.

L'enfant avait eu l'air inquiet, puis son visage s'était durci.

— Je ne la regarderai pas.

Le temps volait plus vite que Pégase, le cheval ailé, pensa Ulysse. Il se sentit soudain vieux. À la fin de l'année, il aurait quarante-cinq ans. Il inspira à fond et sentit la mélancolie l'envahir. Puis il vit un jeune garçon arriver en courant du *Xanthos*. Il regardait autour de lui, émerveillé.

— Où vas-tu comme ça, petit ? demanda Ulysse d'une voix sévère.

Le jeune garçon aux cheveux fauves le regarda.

— Cette plage est-elle à vous, messire ? demanda-t-il.

— Ça se pourrait. Ne sais-tu pas qui je suis ?

— Non, messire. C'est mon premier voyage.

Ulysse fronça les sourcils.

— Ce n'est pas une excuse, mon garçon. Ne m'a-t-on pas décrit dans les récits et les légendes qu'on se raconte autour du feu ?

— Je l'ignore, dit le jeune garçon. Vous ne m'avez pas dit votre nom.

— Je suis le roi d'Ithaque – le roi *guerrier* d'Ithaque. Le plus grand marin du monde. Est-ce que tu vois maintenant qui je suis ?

— Est-on en Ithaque ? demanda le jeune garçon.

— Non, dit Ulysse. Je vois que ton éducation n'a pas été très bien conduite ! Va, maintenant. Profite des plaisirs de la baie de la Chouette Bleue.

Le jeune garçon fit mine de partir, puis se retourna.

— Je suis un marin, moi aussi. Je m'appelle Xander.

— Et tu dois être un bon marin, à mon avis. Je suis Ulysse.

Xander le regarda un moment, bouche bée.

— Vraiment ?

— Vraiment.

— J'ai entendu parler de vous ! Mon grand-père dit que vous êtes le plus grand menteur du monde et que vous racontez les meilleures histoires. Il m'a répété celle où votre vaisseau a été soulevé par une tempête et déposé sur le flanc d'une montagne. Il m'a dit que vous avez coupé la voile en deux, que vous l'avez attachée aux rames et que vous en avez fait des ailes pour faire voler le vaisseau et le ramener à la mer.

— Mais, pendant un moment, nous avons été perdus dans les nuages, dit Ulysse, et on a dû me faire descendre à l'extrémité d'un bout pour que je puisse conduire le navire vers l'eau.

Le jeune garçon éclata de rire.

— Je navigue avec le seigneur Hélicon, dit-il. Nous avons essuyé un terrible orage, et je suis presque passé par-dessus bord.

— J'ai vogué une fois avec Hélicon, dit Ulysse. Il avait à peu près ton âge. J'ai utilisé ma magie pour lui apprendre à voler.

— Il peut voler ?

— Comme un aigle. Je t'en dirai peut-être davantage, plus tard. Mais pour l'instant, j'ai envie de pisser, et je n'aime pas qu'on me regarde faire. Allez, file !

Le jeune garçon partit en courant. Ulysse, sa bonne humeur revenue, longea la plage à pas lents, puis s'installa sur un rocher en surplomb et observa Hélicon, toujours entouré par les hommes d'équipage du *Pénélope.* Il supposa qu'ils parlaient du bon vieux temps.

Le bon vieux temps…

Il y avait vingt ans qu'il avait rencontré Hélicon. *Vingt ans!* Parfois, il lui semblait que seules quelques saisons de commerce étaient passées. Ulysse avait été jeune et vigoureux, et il se souvenait très bien de la première fois où il avait parcouru le chemin escarpé qui menait à la forteresse de Dardanos, en haut d'une colline. Ce repaire rocheux était devenu la capitale de la Dardanie sous le règne du roi Anchise, le père d'Hélicon. On disait qu'il s'était enrichi par des moyens douteux. Mais ce qui intéressait le plus Ulysse, en tant que marchand, c'était sa jeune et belle épouse. Il grimpait donc la route caillouteuse avec trois marins et deux ânes chargés de parfums exotiques, de bijoux et d'or, de riches étoffes, et des différents objets qui pouvaient intéresser une femme de goût.

Arrivé à la forteresse, il plaisanta avec les gardes royaux, tout en évaluant les défenses. Les portes étaient épaisses, mais bien trop larges, un signe de vanité stupide de la part du roi, probablement. Pourtant, les murs étaient hauts et bien construits, composés de blocs de calcaire assemblés avec précision, sans mortier. Les gardes étaient alertes et bien nourris. Ils le dévisagèrent avec curiosité, ce qui était normal. Il était connu, même dans ce lointain domaine nordique.

Soudain, une jeune voix pleine d'enthousiasme retentit derrière lui.

— Messire, messire, est-ce votre navire ?

Il se retourna et vit un enfant de sept ou huit ans, aux cheveux d'un noir d'ébène et aux yeux bleus étincelants. Le jeune garçon montrait le *Pénélope*, qui avait été tiré sur la plage et surplombait les petits bateaux de pêche qui l'entouraient.

— Et alors, si c'était le mien, qu'est-ce que ça peut te faire, espèce de petit nain hideux ? grogna Ulysse.

Le jeune garçon eut l'air étonné, mais il ne se démonta pas.

— Je ne suis pas un nain, messire, je suis un enfant. Je m'appelle Énée, et je suis le fils du roi Anchise.

Ulysse lui jeta un regard féroce.

— Tu t'attends à ce que je te croie ? Tu ne ressembles pas aux enfants que j'ai déjà vus. Ils avaient tous quatre bras. Ne te moque pas de moi, petit, tu le regretterais !

Il posa la main sur sa dague et avança d'un air menaçant.

Le jeune garçon eut l'air un peu inquiet, puis il vit les grands sourires affichés par les gardes du palais, et rit lui aussi.

— Mon père m'a dit qu'Ulysse d'Ithaque serait notre invité d'honneur, et qu'il racontait des histoires extraordinaires. Vous me parlerez des jeunes garçons à quatre bras, messire ? Combien de têtes avaient-ils ?

Ulysse sourit malgré lui.

—Nous verrons, petit. Nous verrons, dit-il.

À ce moment, une femme d'âge moyen à l'air exaspéré arriva derrière le jeune garçon.

—Énée, où étais-tu passé? J'ai cru que je ne te trouverais jamais! Je suis descendue jusqu'à la plage pour te chercher. Viens, ta mère te demande. (Puis elle ajouta, comme si elle venait juste d'y penser :) Tu es un vilain garçon.

Elle le prit par le bras et le traîna derrière elle, vers les appartements royaux. Énée lança un sourire à Ulysse, puis se laissa emmener sur un balcon latéral où l'attendait une jeune femme mince et belle aux cheveux de jais, vêtue d'une robe bleue. Elle se pencha et l'enlaça. Le jeune garçon regarda de nouveau Ulysse et leva les yeux au ciel.

Ulysse rencontra le roi Anchise dans son mégaron, le grand hall de pierre où il recevait ses invités et conduisait ses affaires quotidiennes. L'homme, pâle et aux cheveux gris, posa ses yeux bleu glacé sur Ulysse, comme s'il était un simple serviteur du palais.

Ulysse avait l'habitude de traiter avec des brigands parvenus comme celui-ci. Il aimait croire qu'il était un bon commerçant, qui disposait de nombreuses armes, allant de la flatterie éhontée aux menaces à peine dissimulées. Toutefois, ce roi était distant et dédaigneux, et le marchand le trouvait difficile à analyser. Ils discutèrent de l'état du commerce sur les côtes voisines, en sirotant du vin coupé d'eau, et Ulysse raconta quelques histoires pour tenter de faire rire Anchise. Mais ses meilleurs récits – y compris celui de la jeune vierge et du scorpion – déridèrent à peine le roi, dont le regard resta de glace.

Ulysse fut presque soulagé quand Énée, pieds nus et vêtu d'une tunique de lin, se rua dans le mégaron et s'arrêta pile devant le roi.

—Ai-je manqué quelque chose, père? demanda-t-il. Suis-je arrivé trop tard?

—Manqué quoi? De quoi parles-tu, Énée? demanda Anchise impatiemment, en regardant la femme aux cheveux noirs qui était entrée à la suite de l'enfant.

—Les histoires, père. Celles des bêtes sauvages, des garçons à plusieurs têtes et des aventures en mer! dit Énée, le visage crispé d'inquiétude. Je devais d'abord apprendre mes leçons, expliqua-t-il à Ulysse en se tournant vers lui.

—Je suis fatigué, petit, et j'ai assez raconté d'histoires pour aujourd'hui.

—Viens, Hélicon, ne dérange pas ton père et son invité, dit sa mère en le prenant doucement par le bras.

La jeune femme était d'une beauté fragile, avec une peau délicate et translucide, et des yeux qui semblaient voir des choses cachées au commun des mortels. Ulysse avait déjà vu ce genre de regard, et il observa la jeune reine avec un intérêt non dissimulé.

— Je t'ai déjà demandé, dit le roi d'une voix rude, de l'appeler par le nom que je lui ai donné. Énée. C'est un beau nom, un nom de héros.

La reine eut l'air effrayée et balbutia des excuses. Ulysse vit l'expression de l'enfant se durcir. Il s'éloigna de sa mère et dit :

— Je construirai le plus grand vaisseau du monde quand je serai plus vieux. Je deviendrai un grand héros. Les dieux l'ont dit à ma mère.

La jeune femme fronça les sourcils et s'accroupit devant son fils, le prenant dans ses bras comme Ulysse l'avait vue faire un peu plus tôt. Elle le regarda dans les yeux, comme si elle cherchait quelque chose. Ulysse fut impressionné par l'enfant. Il était très jeune, mais il avait perçu la détresse de sa mère et s'était interposé pour détourner la colère de son père.

— Je connais le cœur des hommes et des héros, mon garçon, dit Ulysse, et je pense que ta mère a raison.

— Partez, maintenant, dit le roi avec un geste négligent de la main, comme s'il congédiait des serviteurs.

Pendant les trois jours où le *Pénélope* resta en Dardanie, l'enfant suivit Ulysse comme son ombre. Ulysse accepta sa compagnie. L'enfant était vif, intelligent et curieux de tout. Amical, il gardait cependant une grande indépendance d'esprit, que le marchand trouvait inhabituelle. Fasciné par les navires, il arracha une promesse à Ulysse : revenir un jour en Dardanie et l'emmener en voyage à bord du *Pénélope.* Le marchand n'avait pas la moindre intention de respecter cet engagement, mais si ça faisait plaisir au gamin… Le jour du départ, Énée resta sur la plage, et fit des signes d'adieu jusqu'à ce que le navire ait disparu à l'horizon.

L'été suivant, l'épouse d'Anchise mourut dans des circonstances étranges, en tombant d'une falaise. Parmi les marins, les rumeurs allèrent bon train sur cette tragédie. Certaines disaient qu'Anchise, connu pour son cœur dur, avait jeté sa femme du haut de la falaise. D'autres supposaient que la reine s'était suicidée, après avoir souffert des années aux mains d'Anchise. D'autres récits étaient encore plus complexes, disant que la reine avait été possédée par Aphrodite. Cette idée parut absurde à Ulysse. La déesse de l'Amour ne serait jamais tombée amoureuse d'un forban au cœur dur comme Anchise. Il avait vu les yeux de la reine, et il savait qu'elle prenait des opiacés. Beaucoup de femmes nobles appartenaient à des sectes mystérieuses et participaient à des fêtes secrètes. Quand il avait environ douze ans, Ulysse avait risqué l'exécution pour espionner une réunion de ce type, en Ithaque. Les femmes s'étaient laissé aller, dansant, chantant et jetant leurs vêtements sur le sol. Puis une petite chèvre avait été amenée dans la clairière. Les femmes s'étaient jetées sur elle et l'avaient taillée en pièces à coups de couteaux. Puis elles s'étaient barbouillées de son sang. Choqué et terrifié, Ulysse était parti sans se faire remarquer.

On disait que l'épouse d'Anchise était une prêtresse de Dionysos, ce qui lui facilitait l'accès aux narcotiques. Il ne faisait aucun doute qu'ils lui avaient troublé l'esprit.

Ulysse s'arrêta plusieurs fois en Dardanie au cours des sept années suivantes, mais toujours pour une seule nuit. Il ne vit ni le roi ni son fils, et ne s'intéressa pas à eux, jusqu'à ce qu'un jour, sur l'île de Lesbos, il rencontre un marchand crétois qui avait visité récemment les côtes de Dardanie.

Celui-ci lui apprit que le roi s'était remarié.

— Un homme bien sombre et déplaisant, dit Ulysse. Pourtant, je suppose que même un type comme lui doit avoir une épouse…

— Oui, répondit le Crétois, et la nouvelle reine lui a donné un fils et héritier.

— Un fils ? (Ulysse se souvint du jeune garçon aux cheveux noirs qui avait assisté à son départ.) Il a déjà un fils. Énée. Je n'avais pas entendu dire qu'il était mort.

— C'est tout comme. Il est presque adulte, mais il a peur de tout, paraît-il. Il reste toute la journée dans sa chambre. Le roi ne s'intéresse pas à lui. Ce qui me paraît normal !

Ulysse n'avait pas de raisons de retourner en Dardanie, mais ses interrogations à propos du jeune garçon ne quittaient pas son esprit. Il finit, un mois plus tard, par escalader la pente raide qui menait au palais d'Anchise. Cette fois, il fut reçu froidement, et dut attendre des heures devant le mégaron du roi. Il était fou de rage quand Anchise daigna enfin le recevoir. Faisant contre mauvaise fortune bon cœur, il accepta le verre de vin que lui offrait le roi, et demanda des nouvelles d'Énée.

Le visage sévère du roi s'assombrit, et il détourna le regard.

— Vous êtes ici pour me vendre quelque chose, je suppose. Et j'ai besoin d'une provision d'étain.

Après de longs marchandages, ils arrivèrent à un accord. Ulysse retourna sur le *Pénélope* avec l'intention d'appareiller à l'aube, mais il eut la surprise d'être convoqué par le roi pour une entrevue nocturne.

Le mégaron était glacial et sombre, éclairé par un seul feu. Anchise, pratiquement invisible sur son trône sculpté, fit signe à Ulysse de s'asseoir et lui offrit un verre de vin chaud. Le marchand frissonna et s'enveloppa plus étroitement dans ses robes de laine.

— Sa mère s'est tuée, dit soudain Anchise. Le garçon n'a plus jamais été le même. Cette stupide femme lui a dit qu'elle était Aphrodite, et qu'elle allait s'envoler pour l'Olympe. Puis elle a sauté de la falaise. Il l'a vue et a essayé de la suivre, mais je l'ai rattrapé. Il a refusé de croire qu'elle était folle. Je lui ai montré son cadavre, et il a vu ses restes brisés, les os sortant de sa chair... Depuis, il ne m'est plus d'aucune utilité. Il a peur de tout. Il ne parle à personne, ne va nulle part. Il refuse de monter sur un cheval, de plonger ou de nager dans la baie. Donc, j'ai une proposition à vous faire.

Ulysse leva un sourcil intrigué.

— Il a quinze ans. Emmenez-le avec vous.

— Je n'ai pas besoin d'hommes d'équipage. Surtout pas de lâches.

Anchise retint sa colère.

— Je m'assurerai que vous soyez amplement dédommagé.

— Vous me paierez pour son entretien, et pour l'agacement extrême d'avoir une telle chiffe molle dans mon équipage ?

— Oui, oui, dit Anchise impatiemment. Je ferai en sorte que vous n'y perdiez pas !

— La Grande Verte est un endroit dangereux, mon roi. Votre fils pourrait ne pas survivre à l'expérience.

Anchise se pencha vers lui, et Ulysse vit ses yeux étinceler dans la lueur du feu.

— J'y ai pensé. J'ai un autre fils, maintenant. Diomède. Il est tout ce qu'Énée ne sera jamais. Il est courageux, intelligent, né pour être roi. Si une tragédie avait lieu pendant vos voyages, je vous récompenserais largement, pour que vous puissiez organiser des funérailles convenables. Nous nous comprenons bien ?

Il prit un paquet sur une table et le fourra entre les mains d'Ulysse. Le marchand l'ouvrit et y trouva une magnifique ceinture en cuir et en anneaux d'or, ornée d'ambre et de cornaline, ainsi qu'une dague incurvée au manche d'ivoire. Il les examina avec attention.

— Ce sont de belles pièces, reconnut-il à regret.

— C'est d'accord, alors ?

— Vous voulez que j'emmène votre fils et que... j'en fasse un homme, dit Ulysse, prenant plaisir à l'irritation visible du roi. Pour cela, il devra, bien entendu, affronter de nombreux périls. Le danger est la graine d'où le courage germe.

— Exactement. De nombreux dangers.

— Je parlerai demain à votre fils.

Ulysse retourna au *Pénélope* avec son butin, et réfléchit longuement à la requête du roi. Il voulait faire assassiner son fils, ce qu'Ulysse trouvait méprisable.

Vers minuit, il enleva sa tunique et plongea dans la mer. Il nagea dans la baie illuminée par les rayons de lune, et l'eau fraîche lui éclaircit l'esprit. Ce misérable roi avait obligé un enfant sensible à voir le cadavre de sa mère. Pas étonnant qu'il en soit resté marqué !

Ulysse nagea jusqu'à un endroit situé sous un promontoire qui surplombait la mer. L'eau y était profonde, et il y avait peu de rochers. Son escapade lui fit du bien, mais il n'était pas plus près d'une décision en remontant sur le *Pénélope.*

Vêtu d'une vieille tunique élimée, il rejoint Énée au petit matin, dans le jardin floral qui donnait sur la mer, sur le côté du palais. La dernière fois qu'Ulysse était venu, le jardin était florissant et bien entretenu, en dépit du vent et de l'air salin. Depuis, il avait été laissé à l'abandon, et il ressemblait désormais au reste du terrain autour du palais d'Anchise, dénudé et couvert de cailloux.

Énée avait beaucoup grandi au cours des années écoulées, mais, à quinze ans, il était toujours plus petit que la moyenne et très mince. Il portait une tunique qui lui arrivait aux genoux, et ses longs cheveux noirs étaient retenus par un lien en cuir. Ulysse remarqua qu'il se tenait loin du bord de la falaise, et qu'il n'avait pas jeté un seul coup d'œil au *Pénélope* amarré dans la baie.

— Alors, mon garçon, nous avons beaucoup de choses à nous raconter, commença le marchand. As-tu réalisé ton rêve ?

— De quel rêve parlez-vous, messire ?

Le jeune homme jeta un regard froid à Ulysse, le glaçant jusqu'aux os. Dans ces yeux impassibles, il chercha une trace de l'enfant avide de connaissance qu'Énée avait été.

— Ma foi, de construire le plus grand vaisseau du monde ! Tu ne t'en souviens pas ?

— Je n'étais qu'un enfant. Les enfants ont des idées bizarres.

Puis Énée se détourna.

Ulysse, prompt à la colère, la sentit monter devant l'indifférence du jeune homme.

— On m'a dit que tu as peur, dit-il sur le ton de la conversation. Peur des hauteurs. Ce qui n'est pas étonnant : ta mère s'est jetée du haut d'une falaise. Tu l'as vue. Donc, tu as peur des hauteurs. Je le comprends.

S'il espérait une réaction, il fut déçu.

— Mais, ajouta-t-il, j'ai entendu dire que tu étais difficile au sujet de la nourriture. Tu as peur d'avaler une arête et de t'étouffer, ou de manger des coquillages avariés et de mourir. Tu refuses de monter, parce que, je suppose, tu as peur de tomber de cheval. Tu quittes à peine ta chambre, me dit-on. Quelle vie est-ce là, mon garçon ? Que fais-tu, toute la journée dans ta chambre ? De la broderie, comme une fille ? C'est ça, ton problème ? Tu es une fille déguisée ? Tu rêves au jour où un homme poilu décidera de te fourrer sa bite dans le cul ?

Il vit la colère briller un instant dans le regard du jeune homme – et disparaître aussitôt.

— Pourquoi m'insultez-vous ? demanda Énée.

— Pour te mettre en colère. Pourquoi l'as-tu réprimée ?

— Elle ne sert à rien. Quand on perd le contrôle… on fait des erreurs, dit-il après une hésitation.

— On se jette du haut d'une falaise. C'est ça que tu veux dire ?

Le jeune homme rougit.

— Oui, avoua-t-il enfin. Mais je vous demanderai de ne plus le mentionner. C'est encore trop douloureux pour moi.

Ulysse soupira.

— Parfois, la douleur est nécessaire, petit. Les dieux m'ont accordé un grand cadeau. Je suis capable de lire dans le cœur des hommes. Un seul regard, et je peux deviner si quelqu'un est un héros ou un lâche.

— Et vous pensez que je suis un lâche, dit le jeune homme, de la colère dans la voix. Mon père me le répète tous les jours. Je suis une chiffe molle, un être inutile. Je n'ai pas besoin qu'un marin étranger me le dise aussi. Nous avons terminé ?

— Tu n'es rien de tout ça. Écoute-moi bien. Il y a cinq ans, le *Pénélope* a heurté des rochers. Sa coque a été fendue, et il prenait l'eau. Il voguait sur la Grande Verte comme un porc dans un marais ! Il a failli couler. Nous l'avons gardé à flot par miracle, et nous l'avons ramené au port, où il a été réparé. Je n'ai pas estimé que c'était un mauvais bateau. Il avait été endommagé pendant une tempête. Je le juge à sa façon de naviguer quand sa coque est entière. Tu ressembles à ce vaisseau. Quand ta mère est morte, tu as eu le cœur brisé. Et c'est du cœur que vient le courage.

Le garçon ne répondit rien, mais Ulysse vit qu'il écoutait attentivement.

Puis Ulysse s'éloigna du bord de la falaise et s'assit sur un carré d'herbe.

— Il n'existe pas de courage sans peur, Énée. Un homme qui fonce à la bataille sans crainte n'est pas un héros. C'est seulement un type décidé avec une grande épée. Un acte de courage exige qu'on *surmonte* la peur.

Il leva la main, paume en avant, et ordonna au garçon de l'imiter. Puis il posa sa main contre celle du jeune homme.

— Pousse contre ma main, dit-il.

Énée obéit, et Ulysse résista à la poussée.

— Voilà comment le courage et la peur fonctionnent, mon garçon. Les deux luttent l'un contre l'autre. Ils ne restent jamais immobiles.

Il baissa la main et regarda vers la mer.

— Et un homme ne peut pas décider de cesser de pousser. S'il recule, la peur le suivra, et le repoussera devant elle. Les hommes qui cèdent à la peur sont comme les rois qui comptent sur leur château fort pour garder l'ennemi à distance, au lieu de l'attaquer en terrain découvert et de le vaincre. Bientôt, l'ennemi assiège le château et le roi ne peut plus sortir. Puis il tombe à court de nourriture et s'aperçoit que sa forteresse n'est pas un lieu très sûr. Tu as construit un château dans ton esprit, mais la peur se glisse par les fentes des murs, et maintenant, tu n'as plus aucun endroit où te cacher. Tu le sais, au fond de toi, car le héros que je vois en toi te le murmure.

— Peut-être n'y a-t-il aucun héros en moi. Et si j'étais tel que mon père me le dit ?

— Il y a un héros en toi, petit, crois-moi ! Tu entends toujours sa voix. Chaque fois que ton père te demande de monter un cheval, ou de faire quelque chose de dangereux, le héros en toi voudrait bien lui obéir, gagner un sourire ou un compliment de sa part. N'est-ce pas ?

Le jeune garçon baissa la tête.

— Oui, reconnut-il.

— Parfait ! C'est un début. Maintenant, il te reste seulement à trouver ce héros, petit, et à le faire tien. Je peux t'y aider, car je connais son nom.

— Son nom ?

— Celui du héros qui est en toi. Tu veux connaître son nom, afin de pouvoir faire appel à lui ?

— Oui, répondit Énée.

Ulysse entendit le désespoir dans sa voix.

— Il s'appelle Hélicon.

Le visage du jeune homme se crispa, et des larmes commencèrent à couler sur ses joues.

— Personne ne m'appelle plus ainsi, dit-il. (Il essuya ses larmes, furieux.) Regardez-moi ! Je pleure comme un bébé !

— Tout le monde pleure, à un moment ou un autre. J'ai pleuré pendant des semaines quand mon fils est mort. Comme une fontaine ! Mais nous perdons le fil. Tu dois trouver Hélicon.

— Et comment suis-je censé faire ?

— Ma foi, tu quittes le château et tu combats tes peurs. Hélicon sera là, à t'attendre.

— Parlez clairement, car il n'y a pas de château.

Ulysse éprouvait de la sympathie envers le jeune homme, mais il comprit que les dégâts provoqués par des années de mauvais traitements par son père ne s'effaceraient pas avec quelques bonnes paroles. *En fait,* pensa-t-il, *il faudrait des années.* Et Ulysse n'avait pas des années à consacrer à un jeune homme émotionnellement handicapé.

Mais il ne pouvait pas non plus le prendre à bord du *Pénélope* et le tuer, quelles que soient les richesses qu'Anchise lui ferait miroiter.

Il se décida donc pour un pari risqué.

— Si je te demandais de plonger de cette falaise dans la mer, à plus de trente mètres en dessous de nous, je suppose que tu ne le ferais pas ?

— Non, répondit Énée, les yeux écarquillés de peur.

— Bien entendu. C'est un long plongeon, et il peut y avoir des rochers dissimulés qui te mettraient en pièces. Pourtant, c'est là qu'Hélicon t'attend, petit. Je vais donc te donner une bonne raison de faire ce plongeon.

— Rien ne pourrait m'obliger à une telle chose ! cria Énée.

— Peut-être. Mais je vais sauter de cette falaise dans la mer. Je ne sais pas nager. Si tu ne viens pas à mon secours, je me noierai.

— Vous ne pouvez pas faire ça ! dit Énée en se levant d'un bond.

— Bien sûr que si. Hélicon et moi, nous t'attendrons, petit.

Puis il courut vers le bord de la falaise.

Même maintenant, bien des années plus tard, Ulysse sentait un frisson le parcourir à ce souvenir. Il avait regardé cet endroit de la falaise la nuit précédente, pendant qu'il nageait, et elle ne lui avait pas paru aussi haute. Mais quand il arriva au bord et regarda en bas, la mer lui sembla être à une distance effrayante, et le *Pénélope* avait l'air d'un jouet d'enfant.

Ulysse ne l'aurait jamais reconnu devant quiconque, mais il fut soudain terrifié.

— Ne faites pas ça, je vous en prie ! cria le jeune homme.

— Je le dois, petit, répondit Ulysse. Quand un homme dit qu'il fera quelque chose, il doit trouver le courage de s'exécuter.

Il inspira à fond et se jeta dans le vide. Il se retourna pour arriver les pieds vers le bas. La chute lui sembla durer une éternité. Puis il frappa la surface de l'eau avec toute la grâce d'un cochon se vautrant dans une mare.

Il remonta péniblement à la surface, endolori et les poumons en feu. Puis il fit semblant de se noyer, battant l'eau de ses bras. Il regarda vers le haut et vit le jeune homme debout au bord de la falaise. Il se sentit idiot. Jamais ce gamin effrayé n'oserait plonger. Ulysse se dit qu'il avait seulement aggravé les choses. Cependant, il avait affirmé ne pas savoir nager, et il lui fallait continuer un peu sa petite comédie. Il expira et se laissa couler, retenant son souffle le plus longtemps possible. Puis il remonta, inspira à fond – tout en faisant mine de continuer à se noyer – et coula de nouveau. Quand il refit surface, il regarda une dernière fois vers le haut.

Et il vit le corps mince d'Énée plonger vers lui, les bras tendus, se découpant sur le bleu éclatant du ciel. Le plongeon était impeccable. Ulysse en oublia presque qu'il était supposé se noyer. Quand Énée émergea et nagea vers lui, Ulysse se laissa couler. Mais cette fois, un jeune bras vigoureux saisit son poignet et le tira à la surface.

— Inspirez à fond, ordonna le jeune homme.

Puis il le ramena au *Pénélope.* On leur lança des bouts, et les deux hommes furent hissés à bord.

Debout sur le pont, dégoulinant, Ulysse regarda ses marins, qui souriaient.

— Voici Hélicon, les gars, cria-t-il en montrant le jeune homme. C'est un prince de Dardanie, et il m'a sauvé la vie !

Le second, Bias – un homme à la peau foncée couverte de cicatrices et aux cheveux gris – flanqua une claque amicale à Hélicon.

— Je t'ai vu plonger. C'était superbe ! Bien joué, petit !

Ulysse passa un bras autour des épaules d'Hélicon.

— C'était comment, de faire ce plongeon ?

— C'était… (Il chercha ses mots.) J'ignore comment définir ce que c'était !

— Extraordinaire ? suggéra Ulysse.

— Oui, c'est ça. Exactement !

— Tu as vaincu tes ennemis, Hélicon. Je ne peux pas te dire à quel point je suis fier de toi ! Tu as trouvé le chemin qui mène au héros. Et tu ne le perdras plus jamais.

Puis il se tourna vers son équipage et cria :

— Tous les rameurs à leur poste, et préparez la voile. La Grande Verte nous attend.

— Je ne comprends pas, dit Hélicon.

— Ah ! petit, ai-je oublié de t'en parler ? Ton père pense qu'un voyage en mer te ferait grand bien. Tu fais donc partie de mon équipage. Je crois que tu t'amuseras bien !

Seul sur la plage, Ulysse sourit à ce souvenir. Il vit Hélicon se lever et regarder autour de lui. Ulysse lui fit signe, et le Bienheureux le rejoignit.

— Tu planifies tes prochaines histoires extraordinaires ? demanda Hélicon.

Ulysse sourit.

— Je me souvenais du jour où j'ai vu un jeune prince voler dans le ciel comme un aigle.

Chapitre 8

La baie de la Chouette Bleue

I

Xander avait l'impression d'être un héros de légende, un des hommes dont parlait son grand-père le soir, autour du feu, avant que ses sœurs et lui s'endorment. Il avait voyagé jusqu'à une terre étrangère pleine d'enchantements et de mystères, un endroit où brillaient des étoiles différentes. Et il avait rencontré le légendaire Ulysse. C'était comme un rêve merveilleux.

Tout le long de la baie de la Chouette Bleue, il y avait des charrettes pleines de bois flotté séché, que l'on hissait sur la plage. On sentait l'odeur de la viande rôtie et la musique des lyres et des flûtes s'élevait autour de bien des feux de camp. Xander vit le Gyppto à la barbe noire s'éloigner des hommes du *Xanthos* et s'asseoir, le dos contre un rocher. Il avait un vieux bout de tissu autour des épaules, et il frissonnait. Xander courut vers lui.

— Je peux vous apporter quelque chose ?

Gershom sourit.

— De l'eau me ferait plaisir. Ma gorge est si sèche que j'ai l'impression d'avoir avalé un désert !

Xander partit et revint avec une gourde d'eau. Gershom en but un peu, puis il s'allongea sur le sable et s'endormit.

Xander resta un moment assis à côté de lui. Il regarda les étoiles. Il ne pouvait pas réellement dire si elles étaient différentes, mais elles devaient l'être. Quand Gershom se mit à ronfler, Xander se leva et commença à explorer la plage. Le long du rivage, il y avait des dizaines de charrettes et d'étals, pleins de marchandises diverses : des bijoux, des vêtements, des marmites, des pichets, des amulettes de protection et des armes. Ailleurs, des marchands avaient installé leurs articles sur des couvertures posées à même le sable. Il y avait des diseurs de bonne aventure et des voyants, des astrologues et des mystiques. Partout où Xander regardait, il y avait quelque chose de passionnant à voir. Il avança dans la foule, émerveillé.

Il regarda un moment un étalage de bijoux étincelants, des boucles d'oreille, des bracelets et des anneaux de cuivre ornés de gemmes colorées. Sur l'étal voisin se trouvaient des marmites et des tasses, mais de qualité médiocre – loin d'être aussi belles que celles que fabriquait sa mère. Il le fit remarquer au propriétaire de l'étal, un petit homme coléreux qui l'abreuva de jurons. Mais il n'avait pas peur. Xander était un héros qui avait affronté une tempête, et ce n'était pas un potier qui le ferait reculer !

Il s'arrêta devant un étal de vêtements, couvert de sandales, de manteaux, et de chitons mi-longs en lin résistant. Des lanternes suspendues éclairaient les marchandises. Xander tendit la main et prit une petite sandale.

— Elles valent cinq anneaux de cuivre, dit une femme au visage rond, à qui manquaient des dents de devant. Mais je me sens généreuse, cette nuit, envers ceux qui ont survécu à l'orage. Que dirais-tu de quatre anneaux ? Mais je vois de quelle façon tu les regardes, jeune marin, et ça me fait chaud au cœur. Pour toi, ce sera pratiquement un cadeau. Trois anneaux de cuivre.

— Je n'ai pas d'anneaux de cuivre, dit Xander.

— Pas d'anneaux… (Elle se pencha vers lui.) Mais tu es un joli garçon, et je connais un homme qui t'achèterait ces sandales si tu étais gentil avec lui. Aimerais-tu le rencontrer ?

Une immense silhouette apparut à côté de Xander.

— Non, il n'aimerait pas, dit Zidantas.

Il prit la chaussure des mains du garçon et l'examina.

— Elle rétrécirait à la première pluie. Autant porter des sandales en argile !

La femme jura, mais Zidantas éclata de rire.

— Viens, Xander. Si tu as besoin de sandales, il y a un étal de l'autre côté, qui propose des articles de qualité. Mais d'abord, allons manger !

Ils prirent un bol de ragoût et un morceau de pain plat à un étal qui vendait de la nourriture. Puis Zidantas emmena Xander vers une partie rocheuse de la plage, loin des fêtards. Ils s'assirent et mangèrent en silence. Xander n'avait pas réalisé à quel point il était affamé. Il termina le ragoût et le pain, et fonça chercher deux tartes au miel à un autre étal. Il en tendit une à Zidantas. Le géant sourit.

— Je les aime bien, mais elles me font mal aux dents. Mange les deux !

Xander ne se fit pas prier et dévora les friandises, se léchant les doigts pour terminer.

— C'est un endroit merveilleux, dit-il.

Zidantas fit tomber des miettes de sa barbe fourchue.

— Oui, c'est une bonne baie. Et le Roi Gras nourrit bien les marins.

Xander regarda autour de lui et vit Hélicon à une certaine distance, discutant et riant avec les marins d'un autre vaisseau.

— Le Bienheureux a beaucoup d'amis, dit Xander.

— Ulysse est un ami précieux, dit Zidantas.

Xander vit des soldats portant un étrange casque conique et un plastron en cuir parcourir la foule. Ils étaient armés d'une solide massue.

— Va-t-il y avoir des rixes ? demanda-t-il.

— Il y en a toujours une ou deux avant la fin de la nuit, répondit Zidantas. C'est inévitable, quand il y a de l'alcool, des femmes faciles et plusieurs centaines de marins. Les soldats les calmeront vite, en fracassant un crâne ou deux.

— Y aura-t-il des morts ?

Zidantas haussa les épaules.

— J'ai connu des gens au crâne trop fragile qui sont morts ici. Mais la plupart du temps, ça se solde par un bon mal de tête.

Xander regarda de nouveau le groupe qui entourait Hélicon.

— Pourquoi Ulysse est-il un ami précieux ? demanda-t-il.

Zidantas éclata de rire.

— Ton esprit papillonne, petit. Tu devrais dormir un peu. Demain sera une longue journée.

— Je ne suis pas fatigué, Zidantas. Vraiment ! Et je ne veux rien rater de tout ça !

Tout près d'eux, il aperçut un voyant qui examinait la main d'un marin et lui faisait des prédictions au sujet de sa fortune à venir.

— Comment sait-il tout ça ? murmura-t-il.

— Il ne le sait pas.

— Alors, pourquoi les gens lui donnent-ils des anneaux de cuivre ?

Zidantas gloussa.

— Parce que ce sont des idiots. Ils sont crédules. Ce sont des marins.

— Vous êtes un marin, fit remarquer Xander.

— Oui, mais je suis un *vieux* marin. Et on pourrait construire des palais avec tous les anneaux que j'ai donnés à ceux qui me promettaient de me dévoiler l'avenir.

— Puis-je vous poser une autre question ?

— Tu ressembles à un navire chargé à ras bord de questions ! J'ai une fille comme toi, la petite Théa. Elle veut toujours avoir la réponse à toutes ses questions. D'où viennent les nuages ? Comment la pluie fait-elle pour entrer dedans ? Je navigue pour échapper à tout ça, petit !

— Vraiment ?

— Non, dit Zidantas en souriant. Je plaisantais. Mes filles me manquent – surtout Théa. Elle pleure toujours, quand je pars en mer. Elle m'attendra sur la plage avec sa mère quand nous reviendrons. Elle agitera les mains et courra dans l'eau. Les enfants sont passionnants à tous les âges, mais cinq ans, c'est ce qu'il y a de mieux, à mon avis. Et maintenant, revenons-en à ta question.

— La mer est bleue, dit Xander. Alors, pourquoi l'appelle-t-on la Grande Verte ?

— C'est une question que tous les marins se posent quand ils prennent la mer pour la première fois. Je l'ai moi-même posée, et on m'a donné de nombreuses réponses différentes. Quand Poséidon est devenu le dieu de la Mer, il a changé sa couleur, parce qu'il préférait le bleu. D'autres gens disent que là où la mer est profonde et où aucun vaisseau ne va, la mer est couleur d'émeraude. Un marchand gyppto m'a dit un jour que la Grande Verte désignait à l'origine une immense rivière de son pays, le Nil. Il est en crue tous les ans, et il arrache la végétation sur son passage, ce qui le rend vert. Il a dit que ceux qui avaient navigué les premiers sur cette rivière l'ont appelée la Grande Verte, et qu'ensuite le nom s'est étendu à toutes les mers de la Terre. La réponse, en fait, est que je l'ignore ! Mais j'aime ce nom. Il est majestueux, tu ne trouves pas ?

— Oui, reconnut Xander. C'est un beau nom.

Soudain, le sourire de Zidantas s'effaça. Xander vit qu'il regardait un groupe de six hommes situé à une certaine distance. Ils observaient Hélicon parler avec Ulysse et son équipage. Ils étaient réunis autour d'un guerrier de grande taille aux larges épaules. Il ressemblait un peu à Argurios, avec son bouc. Mais les cheveux et la barbe de cet homme étaient presque blancs sous le clair de lune. Puis Xander vit le jeune guerrier aux cheveux blancs secouer la tête et s'éloigner avec ses hommes. Zidantas se détendit.

— Qui étaient-ils ? demanda le jeune garçon.

— Des marchands mycéniens. Enfin, c'est le nom qu'ils se donnent. Ce sont des pillards, petit. Des pirates.

Le rameur aux cheveux frisés, Oniacus, les rejoignit. Il sourit à Xander et lui ébouriffa les cheveux, puis s'accroupit à côté de Zidantas.

— Kolanos est ici, annonça-t-il.

— Je sais. Nous l'avons vu.

— Dois-je envoyer quelques hommes à bord pour ramener des armes ?

— Inutile. Je doute que Kolanos veuille créer des problèmes ici, dans la baie du Roi Gras.

— Le Bienheureux devrait dormir à bord du *Xanthos* cette nuit, dit Oniacus. Kolanos ne cherchera peut-être pas la bataille ouvertement, mais il pourrait utiliser une dague dans l'obscurité... As-tu prévenu Hélicon ?

— Inutile. Il l'a vu. Et je garderai l'œil ouvert pour repérer les assassins. Mais reste sur le qui-vive, Oniacus. Et préviens quelques-uns de nos marins les plus endurcis. Ne dis rien aux autres.

Zidantas se leva, s'étira et partit. Oniacus sourit à Xander, qui était désormais nerveux.

— Ne t'inquiète pas, petit homme. Zidantas sait ce qu'il fait.

— Ces marins sont-ils nos ennemis ? demanda Xander, effrayé.

— Ils sont les ennemis de tout le monde. Ils vivent pour le pillage. Ils volent, ils tuent. Puis ils se vantent de leur courage et de leur honneur. Mais les Mycéniens sont une race bizarre.

— Argurios est mycénien – et il m'a sauvé la vie.

— Comme je le disais, petit, ce sont des gens bizarres. C'est vrai, il a été courageux. On ne peut pas prétendre que les Mycéniens soient des lâches. Il leur manque tout le reste, la charité, la compassion, la pitié, mais pas le courage.

— Le courage est très important, dit Xander. C'est ce que dit tout le monde.

— Et c'est vrai, répondit Oniacus. Mais il prend différentes formes. Les Mycéniens vivent pour le combat et la gloire de la guerre. J'ai pitié d'eux. La guerre est l'ennemie de la civilisation. Nous ne pouvons pas évoluer par la guerre, Xander. Elle nous tire vers le bas, emplit nos cœurs de haine et de désir de vengeance. (Il soupira.) Le commerce est la clé de tout. Chaque race a quelque chose à offrir, et quelque chose à acheter. Et le commerce nous permet aussi d'apprendre de nouvelles techniques. Attends que nous arrivions à Troie, et je te montrerai ce que je veux dire. Des maçons venus d'Égypte ont aidé à construire ses grands murs et ses tours, ainsi que les statues de la porte de Scée. Des charpentiers de Phrygie et de Mysie ont élevé le temple d'Hermès, le dieu des Voyageurs. Des orfèvres de Troie sont allés en Égypte et ont appris à ses artisans comment créer des bijoux merveilleux. En même temps que le commerce augmentait, l'échange des connaissances croissait aussi. Nous savons maintenant construire des murs plus hauts et des bâtiments plus robustes, creuser des puits plus profonds et tisser des étoffes plus chatoyantes. Nous savons irriguer les champs et faire pousser plus de blé pour nourrir ceux qui ont faim. Tout ça grâce au commerce ! Mais la guerre ? Il n'y a rien de bon à en dire, mon garçon.

— Mais la guerre fait des héros, répliqua Xander. Héraclès et Orménion étaient des guerriers, et ils ont été transformés en immortels. Le dieu Zeus les a transformés en étoiles qui brillent au firmament.

Oniacus ricana.

— Pendant une colère d'ivrogne, Héraclès a tué sa femme à coups de bâton, et Orménion a sacrifié sa plus jeune fille pour que Poséidon lui accorde des vents favorables quand il a voulu attaquer la Crête.

— Je suis désolé, Oniacus. Je ne voulais pas vous fâcher.

— Tu es jeune, Xander, et je ne suis pas en colère contre toi. J'espère que tu ne verras jamais ce que la guerre pousse les hommes à devenir. J'espère que la paix qui règne actuellement durera toute ta vie. Parce qu'alors nous verrons de grandes choses. Tout autour de la Grande Verte vivront des gens heureux, en sécurité, qui fonderont tranquillement des familles. (Puis il soupira de nouveau.) Mais pas tant que des tueurs comme Kolanos écumeront les mers. Pas tant que des rois comme Agamemnon gouverneront. Et certainement pas tant que des jeunes comme toi admireront des bouchers comme Héraclès ou Orménion. (Il regarda la foule qui entourait Hélicon.) Je vais aller parler à quelques-uns de nos gars. Toi, ne dis rien à personne.

Oniacus ébouriffa de nouveau les cheveux du garçon et partit vers les hommes du *Xanthos.*

Xander soupira. Il n'avait plus envie de devenir un héros. Il y avait des hommes maléfiques sur cette plage, des meurtriers qui utilisaient une dague dans le noir. Il se leva et suivit Oniacus, puis il s'installa à côté d'un groupe de marins du *Xanthos.* Ils parlaient et riaient. Xander les regarda. C'étaient des hommes robustes, et il se sentit rassuré, en leur compagnie. Il s'allongea sur le sable, la tête posée sur ses bras, et s'endormit presque aussitôt.

II

Sans les deux années qu'elle avait passées sur l'île de Théra, Andromaque aux cheveux de feu n'aurait pas su à quel point la vie pouvait être ennuyeuse. Elle y réfléchit, debout sur le balcon du palais royal minable qui surplombait la baie de la Chouette Bleue. Enfant, elle ne s'était jamais ennuyée. Elle jouait dans les jardins du splendide palais de son père, à Thèbes sous Plakos, ou elle courait dans les pâturages à l'ombre des collines. Sa vie était alors sans soucis.

La puberté avait mis fin à ces plaisirs simples, et elle s'était retrouvée confinée dans les appartements des femmes, au palais, derrière de hauts murs et sous le regard vigilant de matrones d'âge mûr. Elle s'était d'abord rebellée contre l'atmosphère étouffante, mais elle avait fini par se laisser aller à cette vie langoureuse et au charme de cet environnement serein. Ses trois plus jeunes sœurs finirent par l'y rejoindre, une à une. Plus jolies qu'elle, elles avaient été exhibées devant des prétendants, destinées à devenir des génisses reproductrices pour les princes des royaumes voisins, des marchandises à échanger contre des traités ou des alliances. Quant à Andromaque, grande et sévère, avec ses yeux verts perçants – intimidante, d'après son père –, elle n'avait jamais capturé le cœur d'un époux potentiel et avait été pressentie pour un service d'un autre ordre. Deux ans plus tôt, quand elle avait eu dix-huit ans, son père l'avait envoyée sur Théra pour qu'elle y devienne prêtresse.

Il ne s'agissait pas d'un acte de piété. Le temple avait besoin de vierges de sang royal pour pratiquer les rituels, et les rois recevaient des cadeaux d'importance quand ils envoyaient leurs filles pour le servir. Andromaque avait été « vendue » pour deux talents d'argent. Pas autant que ce que son père avait reçu pour les deux filles qu'il avait mariées dans la lignée hittite, et considérablement moins que la somme promise pour sa plus jeune sœur, Paleste aux cheveux d'or, quand elle épouserait Hector, le héros troyen.

Malgré tout, son père avait été content que cette fille ordinaire aux yeux vert glacé ait été utile au royaume. Andromaque se souvenait encore de la nuit où il lui avait dit quel serait son destin. Il l'avait fait appeler dans ses appartements, et ils s'étaient assis ensemble sur un sofa de brocart. Son père était allé à la chasse ce jour-là, et il puait le cheval. Il avait du sang séché sur les mains. Ection n'était pas un homme attirant, même quand il était propre et bien vêtu. Mais, à cette occasion, il avait eu plus l'air d'un gardien de chèvres que d'un roi. Ses vêtements étaient sales, son menton mou mal rasé, et ses yeux bordés de rouge par la fatigue.

— Tu iras à Théra, et tu suivras la formation d'une prêtresse du Minotaure, avait dit Ection. Je sais que ce sera une tâche difficile, mais tu es une fille forte.

Elle était restée assise sans répondre, regardant l'homme dans les yeux. Son silence avait attisé la colère de son père.

— Tu n'as que toi à blâmer. Beaucoup d'hommes préfèrent les femmes ordinaires. Mais tu n'as jamais fait le moindre effort pour plaire aux prétendants que je t'avais trouvés. Pas un sourire, pas un mot d'encouragement.

— C'étaient tous des hommes sans intérêt, avait-elle répondu.

— Des hommes de bonne famille !

— Eh bien, père, vous vous enrichirez quand même, en vendant mes sœurs.

— Voilà de quoi je parle ! avait crié Ection. Tout ce qui sort de ta bouche est déformé, hideux. Tes sœurs trouveront le bonheur avec leurs enfants et la richesse de leur mari. La petite Paleste est déjà fiancée à Hector. Elle vivra dans la cité dorée de Troie, mariée au plus grand de ses héros. Il l'adorera, et elle sera heureuse avec lui.

— Ce qui est, bien entendu, votre souci principal, père, avait-elle dit d'une voix douce. Que devrai-je faire, sur Théra ?

— Comme si j'étais informé de ce que font les femmes du temple ! Apaiser la colère des dieux, faire des sacrifices, chanter, que sais-je ! Il n'y a pas d'hommes sur l'île.

Elle avait remarqué la méchanceté de son ton quand il avait lancé cette pique.

— C'est une vraie bénédiction, avait-elle dit. J'ai hâte d'y être.

Ce n'était pas vrai, mais elle avait pris plaisir à la lueur de colère qui avait brillé dans les yeux de son père.

Elle avait eu le cœur lourd, le jour où le vaisseau marchand avait jeté l'ancre dans la baie circulaire de Théra. Une vie terne et ennuyeuse l'attendait…

Mais Andromaque se trompait complètement. En quelques jours, sa vie avait totalement changé – en mieux. Elle avait appris à tirer à l'arc, à chevaucher des poneys à demi sauvages, à danser pendant les fêtes d'Artémis, ivre et débordante de joie. En bref, à s'exprimer sans crainte de reproches ou de censure. Dégagées des contraintes d'une société dominée par les mâles, les femmes de Théra profitaient pleinement de leur liberté. Chaque jour apportait un nouveau divertissement, des courses à pied, des tournois de tir à l'arc, des chasses au trésor, des concours de natation, et le soir, des discussions sur la poésie ou des récits autour du feu. Toutes les quelques semaines, il y avait une fête en l'honneur d'un des nombreux dieux, pendant lesquelles le vin coulait à flots, et où les femmes dansaient, chantaient, et faisaient l'amour.

Les prêtresses de Théra s'occupaient de l'entretien du Temple du Cheval, où elles conduisaient des cérémonies sacrificielles pour le redoutable Minotaure, afin d'apaiser son âme troublée. Leur travail était vital. Deux siècles plus tôt, le Minotaure avait brisé ses chaînes, et de la lave en fusion avait jailli du sol. Le sommet de la montagne avait explosé, et Apollon, le dieu solaire, avait été tellement perturbé que le monde était resté sombre pendant trois jours. Poséidon, furieux contre les Crétois qui étaient chargés d'apaiser le Minotaure, avait envoyé un raz-de-marée à travers la Grande Verte, qui avait détruit les vergers d'olives et les vignes de la Crète, et couvert le sol de sel pour empêcher les plantes de repousser. À cette époque, la Crète était une grande puissance, mais les Crétois avaient été terrifiés par cette manifestation sauvage de la colère divine.

Désormais, deux cents prêtresses s'occupaient de contenir le Minotaure – même si, de temps en temps, il secouait ses chaînes et faisait trembler la terre. Une fois, le mur ouest du grand réfectoire s'était fendu, pulvérisant une fresque.

Malgré ces crises occasionnelles, Andromaque avait pris grand plaisir à ses deux années de liberté. Puis, un jour, au milieu de l'été, arriva une nouvelle affreuse. Sa sœur Paleste – la plus douce des jeunes filles, dont le sourire aurait fait fondre un cœur de glace – avait pris froid. Dévorée par la fièvre, elle était morte en quelques jours. Andromaque avait eu du mal à le croire. De toutes ses sœurs, Paleste avait été la plus forte et la plus vive. À l'automne suivant, elle aurait dû épouser Hector, le prince troyen, pour cimenter l'alliance entre Thèbes et Troie. Heureusement – écrivait son père –, le roi troyen, Priam, avait gracieusement accepté qu'Andromaque remplace Paleste et épouse Hector.

C'est ainsi qu'à vingt ans, alors qu'elle pensait passer sa vie loin des hommes, Andromaque avait dû dire adieu à Théra et à ses compagnes bien-aimées, pour aller à Troie épouser un homme qu'elle n'avait jamais vu.

Plus jamais elle ne chevaucherait à cru sur les collines de Théra, ou ne danserait pendant les fêtes dionysiennes. Plus jamais elle ne banderait son arc et ne regarderait la flèche filer vers la cible. Elle ne se baignerait plus nue dans la mer autour de la baie, la nuit. Plus jamais elle ne connaîtrait l'étreinte passionnée de Calliope, ou ne goûterait le vin sur les lèvres de son amante.

Andromaque sentit la colère monter en elle, et elle l'accueillit avec plaisir, car elle lui faisait momentanément oublier son ennui. À Troie, elle deviendrait une génisse reproductrice. Couchée sur un grand lit, les jambes écartées, elle devrait recevoir la semence d'un homme grognant et suant. Elle enflerait comme un cochon, puis hurlerait quand le bébé s'arracherait à son ventre. Et tout ça pourquoi ? Pour que l'avidité de son père soit satisfaite.

Non, se dit-elle, pas seulement son avidité. Dans ce monde violent et incertain, une nation avait besoin d'alliés. Les pharaons égyptiens faisaient sans cesse la guerre aux peuples hittites, et les pillards mycéniens exploitaient tous ceux chez qui ils sentaient de la faiblesse. Le petit royaume de Thèbes sous Plakos serait plus en sécurité, avec la protection de Troie et de sa célèbre cavalerie.

Elle regarda vers la plage, où brûlaient les feux de camp. Puis elle entendit de la musique monter jusqu'à elle. Sur la plage se trouvait la liberté des gens ordinaires – qu'elle ne connaîtrait plus jamais.

Une idée délicieuse et provocante s'insinua en elle. Bientôt, le vaisseau qui l'emmènerait à Troie arriverait. Jusque-là, si elle était prudente, elle était encore libre. Elle endossa son manteau à capuche en laine vert foncé, qui allait à merveille avec sa robe vert olive brodée d'or. Elle attacha ses cheveux roux avec une lanière en cuir, sortit dans le couloir silencieux, descendit un escalier dérobé et arriva dans le jardin clos. Il y avait un garde, qui s'inclina devant elle et lui ouvrit la porte.

La brise soufflait quand Andromaque se dirigea vers le portail principal et la pente raide qui menait à la plage. Deux autres gardes la virent. Ils ne la connaissaient pas et ne s'inclinèrent pas, se contentant de la laisser passer.

Comme cela avait été facile ! Mais qui aurait imaginé que la fille d'un roi, une prêtresse de Théra, voudrait quitter la sécurité du palais pour aller se mêler à une foule de marins durs et violents ?

À cette idée, elle sentit les battements de son cœur accélérer de plaisir. Pourtant, elle n'avait pas d'arme, ni de garde du corps pour la protéger…

La musique se fit plus forte quand elle approcha. Elle vit des hommes et des femmes danser, pris de boisson. À côté, des couples forniquaient. Elle regarda le plus proche. Les fesses de l'homme s'agitaient de haut en bas, et son pénis épais bougeait comme un piston. Les yeux d'Andromaque croisèrent ceux de la femme, qui sourit et leva un sourcil. Puis elle cligna de l'œil. Andromaque lui rendit son sourire et passa son chemin.

Avançant entre les étals, elle vit qu'ils contenaient surtout des marchandises de facture grossière. Un homme s'approcha d'elle, souleva sa tunique et agita son sexe devant elle.

— Tu me donnes combien pour une petite partie de plaisir ? demanda-t-il.

Andromaque regarda le membre turgescent, puis fixa le marin dans les yeux.

— La dernière fois que j'ai vu un truc aussi petit, il sortait en rampant d'une pomme, dit-elle.

Deux femmes qui traînaient dans le coin éclatèrent de rire.

— Regarde ! Il devient encore plus petit ! s'esclaffa l'une d'elles.

Andromaque continua son chemin. Un peu plus loin, des gens s'étaient rassemblés autour d'un homme debout sur une caisse vide. Des cris d'encouragement jaillirent quand il leva les bras.

— Voulez-vous entendre une histoire vraie ? beugla l'homme.

— Non, cria un homme dans la foule. Nous voulons entendre une de *tes* histoires !

— D'accord. Je vais vous parler d'un monstre terrifiant à un seul œil, avec des dents pointues aussi longues qu'une épée.

La foule se tut et attendit.

III

Hélicon prenait toujours grand plaisir aux « représentations » d'Ulysse. Il ne se contentait pas de raconter des histoires improbables – il les mettait en scène. Comme en ce moment : quatre hommes avaient soulevé la caisse de bois et l'agitaient en tous sens pour donner l'impression qu'il était sur le pont d'un navire. Ulysse raconta comment le *Pénélope* avait été emporté par une violente tempête qui l'avait poussé vers une île enchantée. Des marins de son équipage jouaient du tambour pour évoquer le grondement du tonnerre, pendant que d'autres sifflaient à intervalles réguliers. Hélicon ne connaissait pas encore ce récit, et il s'installa pour le savourer. Soudain, Ulysse sauta de la caisse.

— Nous étions arrivés sur un rivage étrange, dit-il. Un peu plus loin poussaient les plus grands arbres que j'aie jamais vus, tordus et noueux. Au moment où nous pensions être en sécurité, une voix terrifiante a retenti.

À l'arrière de la foule, six membres d'équipage du *Pénélope* crièrent d'une seule voix : « Je renifle du sang frais ! » Une vague de délicieuse terreur parcourut la foule. Le minutage avait été parfait !

— C'était une immense créature, avec un seul œil au milieu du front. Ses dents étaient longues et pointues. Elle arriva à la course et saisit un de mes hommes par la taille. Elle le souleva, et le déchiqueta avec ses terribles dents.

À ce moment, Hélicon vit plusieurs hommes d'équipage de Kolanos se frayer un chemin dans la foule et se rapprocher de lui. Il regarda tout autour, et aperçut Zidantas, Oniacus et plusieurs marins du *Xanthos* qui se dirigeaient aussi vers lui, tout en gardant un œil sur les Mycéniens.

Ulysse était lancé dans son récit – sa rencontre avec le Cyclope. Il était couvert de sueur, et tenait son audience captive avec son énergie et son enthousiasme.

Hélicon chercha du regard les soldats du Roi Gras, mais ils n'étaient pas là. Les Mycéniens semblaient désarmés, mais l'un d'eux portait un pourpoint en cuir où il pouvait dissimuler un couteau. Il y avait peu de risques que les Mycéniens tentent quelque chose contre lui. Le Roi Gras était impitoyable envers tous ceux qui allaient à l'encontre de ses lois. La plus grande partie de sa richesse venait des vaisseaux qui s'amarraient dans sa baie, et la raison principale pour laquelle les vaisseaux la choisissaient était la garantie que leurs hommes et leur cargaison seraient en sécurité.

Il valait quand même mieux être prudent. Hélicon recula et prit à gauche, essayant de contourner la foule et de rejoindre Zidantas.

Puis il vit la femme.

Elle était debout, un peu en retrait des spectateurs, vêtue d'un long manteau vert et d'une robe brodée. À la lueur des feux et de la lune, la couleur de ses cheveux était difficile à déterminer, mais ils étaient longs, bouclés, et retenus par un lien. Et son visage ! On aurait dit une déesse. Elle n'était pas jolie, mais tout simplement d'une beauté à couper le souffle. La bouche d'Hélicon se dessécha. Il se sentit incapable de détourner le regard. Elle le vit, et il sentit le pouvoir de ses yeux tournés vers lui. C'était un regard froid mais étonnamment hardi. Il déglutit et s'approcha d'elle. À cet instant, l'expression de la femme changea, et elle fixa quelque chose derrière lui. Hélicon virevolta et vit l'homme au pourpoint de cuir, une dague à la main. L'assassin se rua vers lui. Hélicon esquiva la lame et saisit le poignet de l'homme, qu'il tira loin de la foule. Puis il lui flanqua un bon coup de tête au visage, lui brisant le nez. À demi assommé, du sang giclant de ses narines, l'assassin recula. Hélicon le suivit et le frappa de nouveau. L'homme s'écroula sur le sable et lâcha le couteau. Hélicon le ramassa et plongea la lame acérée dans la gorge de l'homme. Du sang jaillit de l'artère tranchée.

Toujours sous le charme du récit d'Ulysse, les badauds ne s'étaient aperçus de rien. L'homme se vida de son sang aux pieds d'Hélicon, qui se tourna pour repérer d'autres adversaires potentiels. Mais ce fut Zidantas qui arriva à côté de lui.

—Je suis désolé, dit-il d'un ton contrit. J'aurais dû être à tes côtés. Mais ils ont été malins. Nous regardions les mauvais hommes.

Hélicon regarda le mort en silence. Il était jeune, avec des cheveux noirs frisés. Quelque part, il y avait une femme, une maîtresse, ou des parents qui l'avaient élevé. Il avait joué avec d'autres enfants, et rêvé d'un avenir doré. Et voilà qu'il gisait, mort, sur le sable. Hélicon se sentit déprimé.

— Tout va bien ? demanda Zidantas.

Hélicon se tourna vers l'endroit où s'était tenue la femme, mais elle était partie. Il frissonna. Puis il sentit le mal de tête familier, celui qui suivait toujours les combats, naître dans sa nuque et se diffuser jusqu'au sommet de son crâne. Il s'aperçut que Zidantas le regardait, inquiet.

— Oui, ça va, Taureau.

Zidantas n'eut pas l'air convaincu. Oniacus traversa la foule pour les rejoindre.

— Les Mycéniens sont retournés sur leurs galères, dit-il. (Puis il vit le mort, et jura.) Je suis désolé, mon seigneur. J'aurais dû être là. Ils nous ont trompés…

— J'ai déjà expliqué, coupa Zidantas. Mais tout va bien. Et il y a un Mycénien de moins sur la Terre. Une bonne nuit de travail !

Des acclamations jaillirent quand Ulysse termina son récit. Oniacus jura.

— J'ai raté la fin, bougonna-t-il.

— Moi aussi, fit Hélicon, en montrant le cadavre. Partons d'ici.

Il jeta la dague à côté du mort et retourna au feu de camp du *Xanthos*. Derrière lui, quelqu'un cria, et des gens s'attroupèrent autour du mort. Hélicon prit une gourde et but goulûment. Puis il se versa de l'eau sur les mains pour en nettoyer le sang. À la lueur du feu de camp, il vit que sa tunique était éclaboussée de sang.

Ulysse arriva peu après. S'essuyant le visage avec une serviette en lin, il se laissa tomber à côté d'Hélicon.

— Je deviens trop vieux pour ces performances athlétiques, dit-il. Il faut que j'aie une petite conversation avec les abrutis qui portaient la caisse. On aurait juré qu'ils voulaient me briser les os !

Effectivement, il avait l'air fatigué. Hélicon lui passa un bras autour des épaules.

— Le monde entier serait attristé si tu cessais de nous régaler de tes récits.

— Oui, c'était un bon public, ce soir. Avant, je mettais deux Cyclopes dans cette histoire. Mais c'est bizarre, avec un seul, ça marche mieux ! C'est plus terrifiant, et en même temps, plus pathétique. (Il se pencha vers Hélicon.) J'ai déduit que ce mort était un homme de Kolanos ?

— Oui.

— Je n'ai jamais aimé Kolanos. J'étais à une fête en même temps que lui, une fois. Ce type n'a pas pété une seule fois ! On ne peut pas faire confiance à quelqu'un qui ne pète pas pendant un festin. (Hélicon éclata de rire.) Mais ne le prends pas à la légère, mon garçon, continua Ulysse. C'est un homme maléfique. À Mycènes, on l'appelle le Briseur d'Âmes.

— Je ferai attention, mon ami. Dis-moi, pendant ton récit, aurais-tu aperçu une femme de grande taille, en manteau vert ? Qui avait l'air d'une déesse ?

— Oui, je l'ai vue. Elle était à ma droite. Pourquoi ? Elle t'a dévalisé ?

— Je crois, oui. Elle m'a volé le cœur !

Ulysse ramassa la gourde et but une longue gorgée. Puis il la reposa et rota bruyamment.

— Les hommes devraient être très prudents quand ils choisissent une femme. Nous devrions peut-être faire comme les Gypptos, en avoir une bonne dizaine. Comme ça, une ou deux pommes pourries dans le panier ne se verraient pas !

— J'imagine que Pénélope ne serait pas ravie de t'entendre émettre cette opinion…

Ulysse gloussa.

— C'est sûr ! Elle me flanquerait une paire de claques. Mais j'ai eu de la chance, petit. Il n'y a pas de meilleure femme en ce monde que ma Pénélope. Je ne crois pas que j'aurais pu partager ma vie avec quelqu'un d'autre. Tu trouveras peut-être ça, avec Créüse.

Hélicon regarda son ami.

— Toi aussi ? N'y a-t-il personne qui ne soit au courant des projets matrimoniaux de Priam ?

— J'ai aussi entendu dire que tu l'avais refusée. Et que Priam n'était pas très content.

— Le bonheur de Priam ne me concerne pas. Quant à Créüse… Je me souviens que tu as dû te creuser la tête pour trouver quelque chose de positif à dire sur elle. Qu'as-tu fini par inventer ? Ah ! oui : « Elle a une jolie voix. »

— Ma foi, c'est vrai, dit Ulysse avec un grand sourire. Et elle est très belle, aussi. Et c'est une femme forte. Mais je comprends ce que tu veux dire. Ce n'est pas le genre de femme pour qui j'affronterais une tempête. N'empêche, tu devrais l'épouser, puis te faire construire quelques palais autour de la Grande Verte, où tu installerais des concubines… On dit que les femmes gypptos sont les meilleures. Tu pourrais te faire élever un grand palais en Égypte. Il paraît qu'on peut y acheter des esclaves pour trois fois rien.

— Je ne veux pas d'autres palais, Ulysse.

Il se frotta les yeux, car son mal de tête empirait.

—Dommage que Phèdre ne soit pas une fille de roi, dit Ulysse. Ça, c'est une femme qui réchauffe le cœur des hommes !

—Elle a de nombreuses qualités.

—Mais tu n'es pas amoureux d'elle ?

Hélicon haussa les épaules.

—Je ne suis pas sûr de ce que ça signifie, mon ami. Comment reconnaît-on qu'on est amoureux ?

Ulysse drapa la serviette sur ses épaules et s'étira.

—Tu te souviens de l'entraînement avec les épées en bois ? Les parades, les attaques, le placement des pieds, apprendre à garder l'équilibre ?

—Bien sûr. Tu étais un professeur exigeant.

—Et tu te souviens de ton premier combat réel, quand le sang a coulé et que la peur de la mort était dans l'air ?

—Oui.

—Les mouvements sont les mêmes, mais la différence est plus large que la Grande Verte. L'amour est comme ça, Hélicon. Tu peux passer du temps avec une prostituée, t'amuser, rire et prendre beaucoup de plaisir. Mais quand l'amour frappe… La différence est énorme. Tu trouveras plus de plaisir dans le contact d'une main ou dans un sourire de celle que tu aimes que dans mille nuits de passion avec quelqu'un d'autre. Le ciel sera plus bleu, le soleil plus éclatant. Ah ! ma Pénélope me manque cruellement, ce soir !

—La saison est presque terminée. Tu seras rentré chez toi pour l'hiver.

—Oui, et j'ai hâte d'y être.

Ulysse reprit la gourde et but à longs traits.

—Diomède m'a demandé de te rappeler son existence, dit Hélicon. Il espère que tu le laisseras naviguer avec toi, quand il sera un peu plus grand.

Ulysse sourit.

—C'est un bon petit ! Quel âge a-t-il ?

—Presque douze ans – et il n'est pas si petit que ça. Il fera un bon roi, un jour, si les dieux le veulent. Je craignais qu'il devienne comme mon père, froid et insensible. Heureusement, il tire son caractère de sa mère.

—Tu m'as surpris à ce sujet, Hélicon. Mais c'était une bonne surprise, qui te fait honneur.

Avant qu'Hélicon puisse répondre, plusieurs soldats approchèrent du feu. Le premier s'inclina.

—Mon seigneur Hélicon, le roi vous demande de vous joindre à lui.

Hélicon se leva.

— Dis-lui que son invitation est un honneur. Je me rendrai au palais dès que j'aurai pu aller sur le *Xanthos* et m'habiller comme il convient à une cour royale.

Le soldat s'inclina et partit. Ulysse se leva.

— Emmène avec toi Argurios et son compagnon, conseilla Ulysse. Je suis sûr qu'ils aimeraient rencontrer le roi.

— Je n'ai pas envie de la compagnie de Mycéniens, Ulysse.

— Fais-le pour ton vieux mentor.

Hélicon soupira.

— Pour toi, j'irais en Hadès. Très bien. Je passerai la soirée à m'ennuyer en leur compagnie. Mais fais quelque chose pour moi, en échange.

— Bien sûr, mon garçon.

— Vois si tu peux retrouver cette déesse. J'aimerais la rencontrer.

— C'est probablement une putain lykienne qui te filera la vérole...

— Trouve-la quand même. Je serai de retour avant l'aube.

— Très bien. Je me réjouis d'avance à l'idée de faire la queue pour pouvoir lui parler, pendant qu'elle s'enverra en l'air avec mes marins !

Chapitre 9

La prophétie d'Andromaque

I

Ulysse regarda Hélicon retourner au *Xanthos*. Zidantas l'accompagna, l'œil ouvert pour repérer d'autres assassins mycéniens. Hélicon saisit un bout et se hissa sur le pont.

Il y aura encore de la violence cette nuit, pensa Ulysse.

L'idée qu'Hélicon pourrait être assassiné fit frémir Ulysse. Il s'était pris d'affection pour le jeune homme au cours des deux années qu'il avait passées sur le *Pénélope*. Les premières semaines avaient été difficiles. Ulysse n'avait pas de scrupules moraux à tuer, si ça lui rapportait. Il avait été, en son temps, un pirate et un pillard. Mais l'idée de tuer le jeune prince le rebutait. Il l'avait observé d'un œil de plus en plus paternel. Il avait éprouvé de la fierté à voir le garçon se développer, surmonter ses peurs, une à une. Il avait grimpé au mât par gros temps pour aider à attacher la voile, le visage gris de terreur. Il n'avait pas reculé devant l'attaque du vaisseau pirate, quand les pillards avaient abordé le *Pénélope*, poussant leurs cris de bataille. Il s'était jeté dans la mêlée alors que son instinct lui criait d'aller se cacher sous le pont. Mais ce qui avait gagné le cœur des marins du *Pénélope*, ce fut son ardeur à ramer. Les mains d'Hélicon étaient douces et fines, et, chaque fois qu'il prenait son tour à la rame, elles saignaient. Il ne s'était jamais plaint. Il enroulait une bande de tissu autour de sa chair déchirée et continuait à ramer. Ulysse avait fini par se convaincre que le père du jeune homme oublierait ses idées de meurtre quand il verrait les progrès qu'avait faits son fils.

Jusqu'au jour où l'assassin Carpophorus était monté à bord du *Pénélope*...

D'autres assassins guettaient dans l'ombre. Ulysse regarda la route escarpée qui menait à la colline. Aurait-il dû être plus direct quand il avait conseillé la prudence à Hélicon ? Aurait-il dû lui dire qu'Agamemnon avait promis une récompense à l'homme qui le tuerait ?

Non, pensa Ulysse. Il n'avait pas d'ennemis, ce qui était rare par des temps si durs et si sanglants. Il ne prenait jamais parti ouvertement, il restait neutre, et il était, en conséquence, bien accueilli dans tous les ports. Il n'était pas toujours facile de ne rien faire. Quand Alectruon lui avait dit qu'il pourchassait le Bienheureux, Ulysse avait eu très envie d'envoyer un avertissement à son ami. Mais il s'était abstenu. Heureusement, les choses avaient bien tourné. Alectruon était mort, ce qui n'était pas une grande perte, et Ulysse avait gagné un magnifique manteau bleu lors de ses jeux funéraires, quand il avait battu Mérionès au tir à l'arc. Mais maintenant, Hélicon mort valait deux fois le poids d'un homme en or. Et un certain roi l'aurait vendu pour moins que ça…

Après un moment, il vit Hélicon redescendre du *Xanthos*, vêtu d'une tunique bleu foncé qui lui arrivait aux genoux, une épée courte à son ceinturon. Zidantas portait une énorme massue. Ulysse sourit. Bien. Hélicon avait compris, pensa-t-il, soulagé. Hélicon et Zidantas rejoignirent Argurios et Glaucos, assis à côté du feu de camp du *Xanthos*. Ulysse regarda les deux Mycéniens se lever et accompagner Hélicon. Ils étaient tous les deux en armure, leur épée fixée à leur ceinturon.

Un jeune homme aux longs cheveux blonds traversa soudain le champ de vision d'Ulysse. Une jolie jeune femme le tenait par la main et lui souriait. Il passa un bras autour de sa taille et l'attira vers lui. Elle rit et leva la tête, acceptant son baiser. Ulysse sourit.

Enfant, il avait rêvé d'être beau et gracieux comme ce jeune homme, d'avoir un physique que les hommes auraient envié et qui aurait fait tourner la tête des femmes. Mais il était corpulent et trapu, et bien trop poilu. Il avait désormais des touffes de poils roux partout, même sur les épaules.

Non, les dieux, dans leur sagesse infinie, avaient décidé qu'Ulysse serait laid. Ils avaient dû longuement réfléchir à la question, se dit le marin, parce qu'ils avaient accompli leur tâche avec brio. Il avait les bras trop longs, les mains noueuses et les jambes aussi arquées que celles d'un cavalier thessalien. Même ses dents étaient de travers. Et Pénélope lui avait fait remarquer, en riant, qu'il avait une oreille plus grande que l'autre. Pourtant, un des dieux avait sans doute eu pitié de lui. Pour compenser sa laideur, il lui avait accordé le don de savoir raconter des histoires extraordinaires. Il était capable de tisser des récits d'une complexité époustouflante, et il détectait les réactions de son auditoire aussi bien, sinon mieux, que les mouvements subtils des vents. Partout où il accostait, des foules se rassemblaient autour de lui, et attendaient patiemment qu'il daigne se lancer dans un de ses récits fabuleux. Parfois, il disait qu'il était fatigué, ou bien qu'ils connaissaient désormais toutes ses histoires. Après s'être fait prier et supplier un certain temps, il soupirait, et la représentation commençait.

Ses récits étaient magiques. Ulysse en avait conscience, même s'il ignorait pour quelle raison ils avaient autant de succès. C'étaient des histoires imaginaires, mais qui conduisaient à des vérités. Son second, Bias, s'était pavané comme un coq quand il avait raconté que son javelot avait brisé l'aile d'un démon qui pourchassait son vaisseau. Ensuite, Bias avait passé la plus grande partie de son temps libre, à terre, à s'entraîner au lancer du javelot. Il était devenu si bon qu'il avait gagné une esclave lors des jeux funéraires d'Alectruon.

L'été passé, quand le *Pénélope* avait été attaqué par des pirates, l'équipage s'était battu héroïquement, pour essayer d'être à la hauteur des exploits qu'Ulysse leur attribuait dans ses récits. Après la victoire, ils s'étaient rassemblés autour de lui, se vantant de leur courage, réclamant qu'il ajoute cette aventure dans le prochain récit qu'il ferait.

Mais la magie de ce « mensonge doré », comme il l'appelait, avait encore mieux fonctionné avec Hélicon. Quand il s'était joint à l'équipage du *Pénélope*, c'était un jeune homme craintif. Mais l'équipage l'avait traité comme le jeune héros qui avait plongé du haut d'une falaise pour sauver son capitaine. Les marins d'Ulysse avaient beaucoup d'affection pour lui, et ils s'attendaient à de grands exploits de sa part. Et Hélicon avait accompli ces exploits, pour ne pas les décevoir. La fiction était devenue une réalité. Le courage imaginaire s'était transformé en héroïsme réel. Hélicon, la mascotte du vaisseau, était devenu Hélicon l'aventurier. Le jeune homme effrayé s'était mué en un homme sans peur.

Ulysse s'allongea sur le sable et contempla les étoiles. Les cadeaux qu'il recevait pour ses talents de conteur avaient commencé à dépasser les bénéfices qu'il faisait en commerçant sur la Grande Verte. L'année précédente, à la cour d'Agamemnon, dans le Hall du Lion, il avait inventé une histoire épique au sujet d'une île mystérieuse gouvernée par une reine sorcière qui transformait les hommes en cochons. Le récit avait duré toute la soirée, et personne n'était parti avant la fin. Agamemnon lui avait donné deux coupes en or incrustées d'émeraudes et de rubis. La même nuit, le roi avait poignardé à mort un noble mycénien qui doutait de la véracité de son histoire.

C'était étrange, se dit Ulysse, qu'un homme qui racontait des mensonges éhontés soit récompensé par de l'or et des gemmes, pendant qu'un autre, qui disait la vérité, se faisait tuer d'un coup de dague dans l'œil.

Après une séance de récit, il n'arrivait pas à dormir, malgré la fatigue qui s'abattait sur lui. Il se tourna sur le côté, puis il s'assit. Pour finir, il gagna le bord de l'eau et s'accroupit pour sculpter un visage dans le sable humide. Comme toujours, il essaya de restituer la beauté de Pénélope, son épouse. Comme toujours, il n'y parvint pas. Avec le plat de sa dague, il modela ses traits, son long nez droit et ses lèvres pleines, puis il se servit de la pointe pour dessiner la chevelure. Soudain, un grand ver noir émergea de la sculpture. Ulysse recula d'un bond. L'arénicole glissa sur le visage dessiné sur le sable, puis se renfonça dans le sol.

Ulysse se moqua de lui-même pour avoir été impressionné à ce point par un inoffensif ver marin.

Puis une histoire prit forme dans son esprit. Une femme dont les cheveux étaient des serpents, qui vivait sur une île mystérieuse entourée de brume. Le *Pénélope* se serait arrêté sur cette île pour y faire provision d'eau douce. Un membre d'équipage aurait disparu, et les autres l'auraient cherché. Ils auraient seulement retrouvé ses ossements… *Non, j'ai déjà fait ça trop souvent*, pensa-t-il. Ils découvriraient… qu'il avait été transformé en statue. Il avait regardé le visage de la femme à la chevelure de serpents et sa chair était devenue de pierre. Ulysse sourit.

Il regarda la piste escarpée.

— Bonne chance, petit ! murmura-t-il.

II

Quand la rixe avait commencé, Andromaque s'était éloignée rapidement. Une fois bien cachée, elle avait regardé en arrière. Un des hommes était mort, et l'autre était debout devant le cadavre, une dague ensanglantée à la main. Elle avait été choquée – mais pas autant qu'elle aurait pu l'être si elle n'avait pas déjà vu des hommes mourir. Son père avait l'habitude d'exécuter lui-même les criminels. Il les faisait amener dans la cour du palais et les forçait à s'agenouiller devant lui. Puis il essayait les différentes armes dont il disposait. Il avait un faible pour la hache, et se vantait de pouvoir couper la tête d'un homme d'un seul coup. Mais il n'y était jamais parvenu, en tout cas pas quand Andromaque avait été forcée de regarder. Il lui fallait au moins deux coups de hache pour décapiter les victimes. Enfant, elle s'était demandé pourquoi les condamnés ne se débattaient pas quand ils étaient amenés devant le roi. Certains demandaient pitié, d'autres pleuraient, mais aucun n'avait jamais tenté de s'enfuir.

Cette nuit, ce n'avait pas été une exécution mais un combat. Un assassin avait tenté de commettre un meurtre, et il était mort. Andromaque frissonna. Au début, l'homme aux longs cheveux noirs lui avait donné l'impression d'être un poète ou un barde plutôt qu'un guerrier. Elle voyait encore ses yeux, d'un bleu brillant, magnifiques. Pourtant, il s'était révélé aussi sauvage qu'un pillard mycénien. Il n'avait pas essayé d'arrêter son agresseur, il l'avait tué sans hésiter. Mais ces yeux…

Pense à autre chose, stupide femelle, se reprocha-t-elle.

Elle marcha au hasard au milieu des étals. Un chien galeux grogna quand elle passa à côté de lui. Andromaque claqua des doigts, et l'animal recula de quelques pas, puis s'arrêta et la regarda avec hargne. Elle prit à droite, en direction des rochers, pour s'asseoir au bord de l'eau. Elle plongea le bout des pieds dans la mer et regarda l'étendue sombre, submergée par la solitude. Comme elle aurait voulu pouvoir monter à bord d'un vaisseau et dire au capitaine : « Ramenez-moi sur Théra. Chez moi ! »

Si elle avait été destinée à épouser un autre homme qu'Hector, elle aurait été accueillie au temple à bras ouverts, lors de son retour. Les femmes auraient applaudi son courage et plaisanté sur la stupidité des hommes. Mais Hector était le fils d'Hécube, la reine de Troie, la mécène la plus importante du Temple du Cheval. En aucun cas la communauté de Théra n'aurait osé contrarier une femme si influente. Les prêtresses auraient sans doute fait bon accueil à Andromaque – avant de la remettre à bord du prochain vaisseau en partance pour Troie, sous bonne garde. Elle pensa à Calliope et la revit non pas lors de leurs adieux, mais à la fête de Déméter, l'automne précédent. Elle avait dansé nue sous les étoiles, étincelant à la lueur du feu. Elle était grande, forte et ne connaissait pas la peur. Elle aurait probablement refusé de renvoyer Andromaque vers un mariage politique dénué d'amour.

C'était une raison de plus pour ne pas retourner sur Théra. De toutes les femmes de l'île, Calliope était sans doute la plus heureuse. Sa haine des hommes faisait de Théra le seul lieu du monde où elle pouvait vivre en paix, où son rire résonnait et où son âme était libre. Si Andromaque revenait, les problèmes qui s'ensuivraient conduiraient peut-être à la faire expulser de ce paradis.

Un vent frais souffla de la mer. Andromaque serra les plis de son manteau contre son corps. Le temps passa. Elle savait qu'elle aurait dû retourner au palais de Kygonès, le Roi Gras, mais elle n'avait pas envie de renoncer si vite à la liberté que lui offrait la plage.

— Ta place n'est pas ici, dit une voix d'homme.

Elle se tourna, prête à répondre vertement à l'intrus. Puis elle vit qu'il s'agissait du conteur. Sous les rayons de la lune, sa laideur paraissait presque légendaire. Elle l'imagina avec les cornes de Dionysos sur la tête.

— Et où est donc ma place ? demanda-t-elle.

— Ma foi, dans un de mes récits ! Mon ami a raison : tu ressembles vraiment à une déesse. Mais tu n'en es pas une, n'est-ce pas ?

Il s'assit à côté d'elle. Sous le clair de lune, elle vit que son visage, même s'il était laid, avait une sorte de charme enfantin.

— Je m'appelle Ulysse, dit-il. Et tu n'as pas répondu à ma question.

— Oui, je suis une déesse. Je te laisse deviner laquelle.

— Artémis la chasseresse.

— Pas Aphrodite ? Me voilà déçue !

— J'ignore au juste à quoi les dieux ressemblent réellement, reconnut-il, mais la déesse de l'Amour devrait avoir de plus gros seins. Et un regard chaud et langoureux. Non, je crois qu'Artémis te convient mieux. Tu sais tirer à l'arc, non ?

Andromaque éclata de rire.

— Je sais tirer à l'arc.

— J'en étais sûr ! Un de ces petits trucs égyptiens fantaisie, ou un véritable arc phrygien, en corne, en bois et en cuir ?

— Sur Théra, nous avons les deux, mais j'ai toujours préféré l'arc phrygien.

— Je possède un arc que personne d'autre ne peut bander, dit Ulysse. Ça m'amuse, de voir tous ces hommes forts s'évertuer en vain. C'est une arme puissante. Une fois, j'ai lancé une flèche dans la lune, avec une corde attachée à l'empennage. Je m'en suis servi pour tirer mon vaisseau à la mer.

— Une sacrément longue corde, remarqua la jeune femme.

Ulysse gloussa.

— Tu me plais, petite. D'où viens-tu, réellement ? Et que fais-tu ici, au milieu des marins et des prostituées ?

— Comment savez-vous que je ne suis pas une prostituée ?

— Si tu l'étais, tu ne serais pas là, parce qu'aucun de ces hommes n'a assez d'argent pour acheter tes services. À part Hélicon, peut-être. Alors, qui es-tu ?

— Comment définiriez-vous une prostituée ?

— Une devinette ! J'adore ça… Très bien. Qu'est-ce qu'une prostituée ? Une femme dotée du talent d'adoucir le cœur des hommes durs. Une prêtresse d'Aphrodite, le délice des marins qui se languissent de leur femme et de leur foyer.

— Ce n'est pas un jeu, coupa sèchement Andromaque. Une prostituée est une femme qui offre son corps à des hommes qu'elle n'aime pas en échange de pièces de cuivre, de babioles ou de cadeaux. J'ai raison ?

— Je préfère ma version. Mais il est vrai que je suis romantique. Sinon, les deux définitions sont justes.

— Dans ce cas, je suis une prostituée, car mon corps sera offert à un homme que je n'aime pas, en échange de richesses et de promesses de sécurité.

— Ah ! dit Ulysse. Tu aurais dû me demander quelle était la différence entre une prostituée et une fille de roi, et je t'aurais répondu « le prix ». Qui est l'heureux élu ?

Andromaque dévisagea le conteur et se demanda si elle ne devrait pas le renvoyer à ses affaires. Pourtant, elle se sentait à l'aise en sa compagnie.

— Hector de Troie, dit-elle enfin.

Les yeux d'Ulysse s'écarquillèrent.

— Tu aurais pu tomber plus mal. Hector est un homme de valeur.

— Ce qui signifie sans doute qu'il boit du vin jusqu'à rouler sous la table, qu'il rote pendant les repas et ne pense qu'à la guerre et à la gloire. Que les dieux nous protègent des « hommes de valeur » ! Es-tu marié, Ulysse ?

— Oui. Je suis l'homme le plus chanceux de la Grande Verte, car je suis l'époux de Pénélope. Et elle m'aime ! Chaque fois que je dis ça, je suis émerveillé. Je ne comprends pas pourquoi elle m'aime !

— Alors, tu es *réellement* un homme chanceux. Mais je suppose que les marins se marient seulement par amour. Ça les rend plus riches que les rois.

— Oui, je suppose que tu as raison. Mais je te fais quand même remarquer que je suis aussi un roi.

— Qui tire des flèches dans la lune ? demanda Andromaque avec un sourire.

— Je sais que je ne ressemble pas à un roi, mais je le suis vraiment. Mon royaume est l'île d'Ithaque, et Pénélope est ma reine. Et, avant que tu poses la question, nous ne nous sommes pas mariés par amour. Le mariage a été arrangé par mon père. Nous nous sommes rencontrés pour la première fois le jour de nos noces.

— Et vous êtes instantanément tombés amoureux l'un de l'autre, j'imagine ?

— Non. Je crois qu'à première vue elle m'a détesté. Il n'est pas difficile d'imaginer pourquoi. Les quelques premiers mois ont été… difficiles. Puis j'ai attrapé la fièvre. J'ai failli mourir, mais elle m'a soigné. Elle m'a raconté que j'avais parlé pendant mon délire. Elle ne m'a jamais révélé ce que j'avais dit, mais après ça, les choses sont devenues différentes. Nous avons commencé à rire ensemble, à faire de longues promenades le long des falaises. Un jour… (Il haussa les épaules.) Nous nous sommes aperçus que nous étions amoureux l'un de l'autre.

Andromaque regarda l'homme d'un œil nouveau. Certes, il était laid, mais il y avait une touchante honnêteté derrière ses récits improbables, et un charme qui perça la cuirasse de la jeune femme.

— Tu as vu Hélicon se faire attaquer ? demanda soudain Ulysse.

Elle ne comprit pas tout de suite de quoi il parlait, puis se souvint de l'assassin.

— La rixe, oui. Hélicon est l'homme aux longs cheveux noirs ?

— Oui. C'est un ami intime d'Hector. Il pourrait t'en dire bien plus que moi à son sujet.

— Pourquoi cet assassin en avait-il après lui ?

— C'est une trop belle nuit pour parler de commerçants, de pirates et de vieilles querelles. Demande-moi autre chose.

— Est-ce Hélicon qui a dit que je ressemblais à une déesse ?

— Oui. Je ne l'ai jamais vu aussi impressionné par une femme. Mais, bien sûr, après t'avoir rencontrée, je le comprends.

— Inutile de jouer à ce petit jeu avec moi, Ulysse. Je sais ce que je suis. Une grande bringue sans grâce, destinée à porter les rejetons d'un prince troyen. Inutile de m'abreuver de flatteries.

— Je ne t'en ai pas fait. Tu n'es pas jolie, c'est vrai. Mais, pour ce que ça vaut, je suis d'accord avec Hélicon. Tu es belle.

— Il a dit ça ?

— Il a dit que tu étais une déesse. J'ai juste ajouté une touche de peinture à la fresque.

Andromaque remarqua qu'il jetait sans arrêt des coups d'œil au sentier qui serpentait jusqu'en haut de la falaise.

— Est-ce que ma compagnie est ennuyeuse pour toi, roi d'Ithaque ?

Il gloussa, l'air penaud.

— Non, pas du tout ! C'est juste que… j'attends le retour d'Hélicon.

— Tu penses qu'il y aura une autre tentative d'assassinat ?

— J'en suis presque sûr.

Il inspira à fond et se détendit. Elle suivit son regard, et vit un groupe d'hommes descendre le chemin en portant un cadavre.

— Ils n'ont pas réussi, dit-il, ravi.

— Est-il ton fils… ou ton amant ? demanda-t-elle.

— Mon fils est mort, répondit Ulysse. Et il n'est pas mon amant. Mes goûts ne m'ont jamais porté vers les hommes. Ce qui me dérangeait beaucoup, quand j'étais jeune. J'avais l'impression de rater quelque chose d'important qui faisait plaisir à tous mes amis. Mais je pense à Hélicon presque comme à un fils. Ou à une version plus jeune de l'homme que j'aurais aimé être, si tu vois ce que je veux dire.

— Tu aurais voulu être beau ?

— Bien entendu ! Comme un jeune dieu !

— Pénélope t'aurait-elle aimé davantage ?

Il soupira.

— Tu es une femme avisée. Veux-tu me dire ton nom ?

— Andromaque de Thèbes.

— Ah ! je connais ton père, Ection. Je ne peux pas dire que je l'apprécie beaucoup…

Andromaque éclata de rire.

— Personne n'aime mon père. Il n'y a rien de bon à dire sur lui. Il s'intéresse uniquement aux choses qu'il peut échanger contre de l'argent.

— Tu rencontreras beaucoup d'hommes comme ça. Ton beau-père, le roi Priam, est ainsi. N'est-ce pas étonnant que des hommes comme ça fassent des enfants merveilleux ? Hector est généreux et courageux. Le jeune Pâris est doux et studieux. Même la bizarre petite Cassandre n'a pas une once de méchanceté en elle. Et ton père t'a engendrée, Andromaque. Moi, je vois de la grandeur dans ton âme.

— Peut-être confonds-tu l'intelligence et la grandeur, Ulysse.

— Non, petite. Je ne me trompe jamais sur les gens. J'ai deux dons qui m'ont beaucoup servi. Je sais raconter des histoires, et je sais lire dans le cœur des hommes et des femmes. Tu ressembles à ma Pénélope. Tu es, certes, intelligente, et aussi chaleureuse, ouverte, honnête. Tu as du courage et le sens du devoir. Mon père a dit un jour que la chance, c'était de trouver une femme capable d'affronter une tempête avec son époux. Tu es une femme de cette trempe. Hector a beaucoup de chance.

— Peu me chaut sa chance, dit-elle. Qu'en est-il de la mienne ?

— Allons découvrir de quoi elle sera faite, dit-il en se levant.

— Comment nous y prendrons-nous ?

— Nous allons chercher Aclidès. Le meilleur devin de Lykie. Enfin… quand il n'est pas ivre ou drogué. Il vient du pays aride qui s'étend au-delà de la Palestine. Beaucoup de devins viennent du désert. Il te prédira ton avenir.

— Oui, il me dira que j'aurai neuf enfants, que je serai riche et heureuse et que j'aurai une longue vie.

— As-tu peur des devins, Andromaque de Thèbes ?

— Je n'ai peur de rien, Ulysse d'Ithaque.

— Alors, suis-moi.

Il tendit la main, et elle le laissa l'aider à se lever. Puis ils marchèrent le long de la plage, avec ses étals et ses couples énamourés, ses marins ivres et ses feux de camp où des hommes chantaient des chansons paillardes. Ils arrivèrent enfin à une petite tente en dessous de la falaise. Il y avait une longue queue. Ulysse suggéra qu'ils reviennent un peu plus tard, et qu'ils aillent manger quelque chose en attendant. Ils trouvèrent plusieurs étals de nourriture. Ulysse empila une quantité prodigieuse de viande et de pain sur une assiette en bois. Andromaque choisit une petite tarte aux fruits confits, puis ils allèrent s'asseoir sur un mur bas, près de l'eau.

Ils bavardèrent. Andromaque lui parla de Théra et du Temple du Cheval, mais elle ne mentionna pas Calliope, ni ses autres amies. Elle lui expliqua les rituels qui étaient censés apaiser le Dieu Endormi. Ulysse savait écouter aussi bien qu'il savait parler, et il lui posa des questions qui montrèrent qu'il s'intéressait à son récit.

— Je suis allé sur Théra, autrefois, bien longtemps avant qu'il soit décidé que seules des femmes pouvaient apaiser le Minotaure. C'est un endroit bizarre, avec la terre qui tremble sans arrêt, et la vapeur âcre qui sort des trous dans les rochers. J'ai été content quand je suis remonté sur le *Pénélope*. Dis-moi, crois-tu au Minotaure ?

— Une question étrange pour un homme qui a vu tant de monstres et de démons.

— Justement, petite. Je n'en ai jamais vu un seul ! Mais, au cours de mes voyages, j'ai vu des sources d'eau chaude et des lacs de lave. Et aucun de ces lieux n'hébergeait le Minotaure. L'as-tu aperçu ?

— Personne ne le voit, répondit Andromaque. Mais on l'entend gronder et bouger sous la terre, pour essayer de s'en échapper. Les plus vieilles prêtresses affirment que l'île était plus petite, il y a des années, et que la bête la soulève lentement hors de la mer.

— Donc, tu crois en lui ?

— En réalité, je l'ignore. Mais quelque chose produit ces bruits et fait trembler le sol.

— Comment faites-vous pour l'apaiser ?

— Nous chantons pour calmer son cœur troublé, nous lui offrons du vin. Nous prions les grands dieux pour qu'ils le gardent en repos. On dit que les Crétois lui sacrifiaient des vierges, aux temps anciens. Ils les obligeaient à entrer dans les fissures les plus profondes du rocher et à aller dans sa tanière. Mais ça ne l'a pas apaisé, parce que le Minotaure a failli s'échapper, il y a bien des années.

— Mon grand-père m'en a parlé, dit Ulysse. Il m'a expliqué que le soleil s'était caché pendant plusieurs jours, que des roches et des cendres étaient tombées du ciel et avaient couvert une grande partie des îles orientales. Une vieille légende de marin affirme que la mer est montée à la hauteur du ciel, en faisant le bruit d'une armée au galop. J'aurais aimé voir ça. Ç'aurait fait une histoire superbe ! Sais-tu que ta belle-mère a passé trois années sur Théra, et qu'une partie de sa dot a été une donation importante pour construire le Temple du Cheval ?

— Oui. Tout le monde parle d'Hécube avec beaucoup de respect, sur l'île.

— C'est une femme forte et intelligente, comme toi. Belle comme un matin d'hiver et aussi terrifiante qu'une tempête. Je crois qu'elle te plaira.

— Elle semble t'impressionner, roi d'Ithaque, dit Andromaque, avec un sourire.

Il se pencha vers elle et lui fit un sourire de conspirateur.

— J'ai toujours eu peur d'elle. J'ignore pourquoi. Et je pense qu'elle effraie aussi Priam.

Le ciel commençait à s'éclaircir. La nuit était presque finie. Andromaque avait du mal à croire qu'elle était restée des heures en compagnie d'un inconnu. Elle bâilla et se frotta les yeux.

— Je vois que tu es fatiguée d'attendre, dit le conteur en se levant.

Ils repartirent vers la foule qui faisait la queue. Il y avait moins de gens maintenant. Ulysse s'adressa aux marins qui attendaient.

— J'ai avec moi une belle femme qui a besoin qu'on lui prédise son avenir. Nous permettrez-vous de passer avant vous ?

Andromaque vit les hommes la regarder. Puis Ulysse plongea la main dans sa bourse et en sortit des anneaux de cuivre, qu'il posa dans les mains tendues des hommes.

Peu après, un marin sortit de la tente. Il n'avait pas l'air satisfait. Ulysse fit signe à Andromaque de le suivre et entra. À l'intérieur, un homme d'âge moyen était assis sur une couverture élimée. Deux lampes brûlaient, rendant l'air âcre et étouffant. Andromaque s'assit et regarda le devin. Son œil droit était pâle et laiteux, et le gauche était si noir qu'il semblait ne pas avoir de pupille. Le visage de l'homme était étrangement allongé et mince, comme si sa tête avait été compressée.

— Que m'apportes-tu cette fois, Ulysse ? demanda l'homme d'une voix grave.

— Une jeune femme qui aimerait connaître son avenir.

Aclidès soupira.

— Je suis fatigué. L'aube approche, et je n'ai pas envie de compter des bébés et de débiter des platitudes à des jeunes filles.

—Fais-le quand même, pour ton vieil ami, dit Ulysse, tirant de sa bourse un anneau d'argent étincelant.

—Je n'ai pas d'amis, grommela Aclidès. (Son œil valide se fixa sur le visage d'Andromaque.) Bien ! Donne-moi ta main, et voyons ce que l'avenir te réserve.

Andromaque obéit, posant ses doigts fins dans la paume graisseuse. Elle frémit quand les doigts de l'homme se refermèrent sur les siens. Il ferma les yeux et resta silencieux, respirant à peine. Puis il sursauta, et un gémissement sourd sortit de sa gorge. Le visage tordu, il retira la main et ouvrit les yeux tout grands.

—Alors ? demanda Ulysse, quand le silence se prolongea.

—Parfois, il vaut mieux ne pas connaître l'avenir, murmura Aclidès.

—Allons, allons, Aclidès, ça ne te ressemble pas ! reprocha Ulysse, de la colère dans la voix.

—Très bien. Tu auras un enfant. Un garçon. (Aclidès soupira.) Je ne te dirai rien de plus, mais pose-moi la question que tu voudras.

—Connaîtrai-je l'amour ? demanda Andromaque, de l'ennui dans la voix.

—Tu auras trois amours. Un comme la Grande Verte, puissant et tourmenté, un comme un chêne, fort et vrai, et un comme la lune, éternel et brillant.

—J'aime bien le « puissant et tourmenté », dit-elle d'un ton sarcastique. Qui devrai-je chercher ?

—L'homme ayant une seule sandale.

—Et le chêne ?

—Il sortira de la boue, son corps sera couvert de la fange des cochons.

—J'attendrai sa venue avec impatience. Et la lune ?

—Il viendra à toi avec du sang et de la douleur.

—Un ramassis d'âneries, dit sèchement Andromaque. Reprends ton argent, Ulysse.

—J'ai seulement dit la vérité, prêtresse de Théra, dit Aclidès. Ce soir, j'étais heureux, mais ta visite signifie que je ne connaîtrai plus jamais le bonheur. À travers toi, j'ai vu la chute des mondes, la mort de héros, et l'océan toucher le ciel rouge sang. Maintenant, laisse-moi !

Andromaque sortit de la tente. Ulysse la rejoignit.

—D'habitude, il est plus amusant que ça, dit-il.

Elle vit une des sentinelles du Roi Gras monter la garde sur la plage, sa massue en bois sur l'épaule, son casque conique en bronze luisant sous les rayons de la lune. Soudain, il trébucha quand la lanière d'une de ses sandales céda. Il la jeta d'un coup de pied rageur et continua son chemin.

— Quel dommage, dit Andromaque. Le voici, l'amour turbulent de ma vie, et nous ne nous sommes même pas rencontrés. (Elle poussa un soupir théâtral.) Devrais-je l'appeler ? (Elle se tourna vers Ulysse.) Je te remercie de m'avoir tenu compagnie, roi d'Ithaque. Tu es un ami précieux, pour une nuit étoilée. Mais maintenant, je dois retourner au palais.

— Je serais ravi de t'y raccompagner, dit-il.

— Je sais que ce n'est pas vrai. Garde tes mensonges pour ton public, Ulysse. Passons un accord, tous les deux : seulement la vérité entre nous.

— Ce sera difficile. La vérité est souvent si ennuyeuse ! (Il sourit.) Mais je ne peux rien refuser à une déesse. C'est d'accord.

— Tu veux m'accompagner au palais ?

— Non, petite, je suis crevé ! J'ai seulement envie de m'enrouler dans une couverture et de me coucher devant un feu de camp.

— C'est mieux, et ça convient aux relations entre deux amis. Bonne nuit à toi, conteur.

Elle leva les yeux vers la forteresse et, le cœur lourd, se dirigea vers le sentier de la falaise.

Chapitre 10

Le festin du Roi Gras

I

Pendant qu'il avançait lentement sur le chemin qui menait à la forteresse, Hélicon pensait à la grande femme qu'il avait vue pendant la représentation d'Ulysse. La façon dont elle se tenait – élégance et confiance en soi merveilleusement en harmonie ; son regard quand leurs yeux s'étaient croisés, plein de défi. Son expression, quand elle avait vu l'homme l'attaquer, n'avait pas montré de peur. Ses yeux étaient devenus durs et son visage, sévère. Le cœur d'Hélicon battit plus vite à son souvenir. À côté de lui, Zidantas avançait en silence, sa grande massue hérissée de pointes posée sur l'épaule. Argurios et Glaucos marchaient un peu en arrière.

Le chemin rocailleux était traître, la nuit, malgré les nombreuses lampes qui l'éclairaient, posées dans des niches de la paroi rocheuse. À gauche, il n'y avait rien – qu'un précipice. Hélicon regarda vers la baie, admirant les lignes pures du *Xanthos.* Il aperçut aussi la forme minuscule d'Ulysse. Son mentor s'était avancé au bord de l'eau et creusait le sable avec sa dague. Hélicon savait ce qu'il faisait. Il l'avait vu souvent, pendant ses deux années sur le *Pénélope.* Il dessinait le visage de sa femme.

Derrière lui, Hélicon entendit Glaucos jurer à voix basse quand il trébucha sur des cailloux.

Les guerriers mycéniens avaient semblé surpris quand il les avait invités à rencontrer le roi avec lui. Ils ne s'étaient pas attendus à cette courtoisie, et Argurios avait même failli le remercier. Hélicon sourit à cette pensée. La langue du Mycénien lui serait sans doute tombée de la bouche s'il avait été forcé d'être aimable, pour une fois.

Argurios le rejoignit, les rayons de lune jouant sur les disques de bronze gravé de son armure.

— Ce roi est un de vos amis ? demanda-t-il.

— Tous les hommes raisonnables sont mes amis, Argurios.

Le visage d'Argurios se durcit.

— Ne vous moquez pas de moi. Ce ne serait pas avisé.

— Pourquoi me moquerais-je de vous ? dit froidement Hélicon. Tous les hommes raisonnables *sont* mes amis, car je ne cherche aucun ennemi. Je suis un marchand, pas un pillard.

Argurios le dévisagea.

— Vous êtes un homme qui a provoqué la haine de tous les Mycéniens. Vous devriez comprendre qu'il y aura de grandes réjouissances le jour où on annoncera votre mort.

— Je n'en doute pas, dit Hélicon. Il y a de grandes réjouissances à Mycènes, chaque fois que quelqu'un souffre ou est dépossédé. Votre peuple prospère grâce au meurtre et aux malheurs des autres.

La main d'Argurios se posa sur le pommeau de son épée. Hélicon pensa un moment qu'il allait le défier en duel. Puis Argurios parla, sa voix tremblant de colère réprimée.

— La Loi de la Route m'interdit de répondre à cette insulte. Répétez-la sur la plage, et je vous tuerai.

Il partit à grands pas. Glaucos courut pour le rattraper.

— Tu as choisi de charmants compagnons pour cette soirée, dit Zidantas.

— Je ne les ai pas choisis, Taureau. Ulysse m'a suggéré de les emmener avec nous.

— Pourquoi ?

— Peut-être parce que, quelque part sur ce chemin, des tueurs mycéniens chercheront à m'éliminer.

— Oui, c'est parfaitement sensé ! Nous allons affronter des meurtriers, alors Ulysse nous dit de leur amener des renforts. Retournons à la plage. Nous reviendrons avec plus d'hommes.

— Tu sais, Taureau, à ta manière, tu ressembles aux Mycéniens. Tu ne t'intéresses pas aux autres cultures. Non, nous ne retournerons pas à la plage. Nous continuerons – et nous verrons ce qui arrivera.

— Ce n'est pas un bon endroit pour un combat, dit Zidantas. Un faux pas, et on bascule dans le vide. C'est une longue chute…

Hélicon ne répondit pas. Il accéléra le pas, restant proche du Mycénien. Devant eux, le chemin tournait à gauche. Des marches avaient été taillées dans la pierre. Hélicon savait qu'au sommet la route s'élargissait. Il y avait plusieurs cavernes, où des hommes en armes pouvaient se cacher.

—Bientôt ? murmura Zidantas.

—En haut des marches, je pense. Ne les attaque pas, Taureau. Attends d'abord de voir ce qui se passe.

Ils continuèrent à grimper derrière les deux Mycéniens. Argurios arriva au sommet et s'arrêta net. Hélicon le rejoignit. Devant eux se tenaient six guerriers portant une cuirasse et une épée courte. Ils avaient l'air troublés. Un d'eux s'adressa à Argurios.

—Éloigne-toi, mon frère, car notre problème ne te concerne pas.

—Je serais ravi de le faire, idiot ! cracha Argurios. Mais tu connais la Loi de la Route. Si un homme est en compagnie d'autres voyageurs, il doit affronter le danger à leurs côtés.

—C'est une loi mycénienne, qui s'applique aux voyageurs mycéniens, répondit l'homme.

—Je suis en compagnie d'Hélicon, dit Argurios. Je le déteste autant que toi, mais si tu l'attaques, je serai obligé par la loi de combattre à ses côtés. Tu me connais, et tu connais ma réputation. Vous mourrez tous.

—Nous n'avons pas le choix, dit l'homme. C'est une question d'honneur.

L'épée d'Argurios jaillit de son fourreau.

—Alors, meurs en homme d'honneur, dit-il.

—Attendez ! dit Hélicon, avançant d'un pas. Je ne souhaite pas que du sang soit versé ici, mais si un combat est nécessaire, que ce soit un duel d'homme à homme. (Il montra le guerrier qui avait parlé à Argurios.) Toi et moi, Mycénien. Ou n'importe lequel de tes camarades que tu désigneras.

—Je te combattrai, maudit ! cria un des hommes.

Hélicon tira son épée du fourreau.

Le guerrier l'attaqua, l'épée brandie. Hélicon avança, para et flanqua un coup d'épaule dans la poitrine du guerrier, qui fut projeté en arrière. Mais il revint à la charge, faisant des moulinets avec son épée. Hélicon esquiva sans problème. L'homme n'était pas habile, et il essayait de compenser son manque de technique par sa férocité. Hélicon attendit le bon moment, puis il bloqua une attaque sauvage et saisit le poignet de l'homme, celui qui tenait l'épée. Il crocheta sa jambe avec son pied et le fit tomber sur le sol. Puis il toucha la gorge de l'homme avec la pointe de son épée.

—C'est terminé ? demanda-t-il.

—Oui, répondit l'homme, de la haine dans les yeux.

Hélicon recula et se tourna vers les autres.

—Vous l'avez entendu, dit-il, remettant son épée au fourreau. C'est terminé.

Un mouvement à sa gauche le fit se tourner rapidement. L'homme qu'il avait épargné s'était relevé silencieusement et fonçait sur lui, l'épée au clair. Il n'avait plus le temps de sortir son arme. Argurios bondit entre eux et sa lame ouvrit la gorge de l'homme. Il tomba avec un gargouillement, le sang giclant de sa jugulaire tranchée. Pendant que le guerrier mourait à ses pieds, Hélicon se tourna vers les cinq autres hommes.

— Retournez à votre vaisseau. Il n'y a rien ici pour vous, que la mort.

Ils ne dirent rien, mais Hélicon vit qu'ils s'apprêtaient à attaquer. Argurios s'interposa.

— Remettez vos épées au fourreau ! Cela me pèserait de devoir tuer un Mycénien. Et emmenez ce traître avec vous ! termina-t-il en montrant le cadavre.

Les hommes obéirent à Argurios, ramassèrent le mort et repartirent vers la plage.

Argurios se tourna vers Hélicon, son regard étincelant de colère glacée.

— Saviez-vous qu'ils seraient là ? Est-ce pour ça que vous m'avez invité, Troyen ?

— Pour commencer, Argurios, je suis dardanien. En tant qu'ambassadeur de ce côté de la Grande Verte, il serait bon pour vous de comprendre que tous ceux qui vivent sur ces terres ne sont pas des Troyens. Il y a des Méoniens, des Lykiens, des Cariens et des Thraces, et bien d'autres peuples. Ensuite, pourquoi aurais-je voulu venir avec deux guerriers mycéniens en sachant que six autres m'attendaient pour me tuer ?

Argurios soupira.

— Effectivement, reconnut-il. (Il regarda Hélicon droit dans les yeux.) Vous avez eu de la chance cette nuit, par deux fois. Une telle bonne fortune ne saurait durer.

II

Kygonès, le Roi Gras, un paradoxe vivant, était assis dans un fauteuil à haut dossier, son corps squelettique vêtu d'une tunique sans ornements. Il picorait sa nourriture, sans cesser d'examiner ses invités. Les deux ambassadeurs gypptos avaient à peine touché leur assiette. Ils discutaient entre eux, à voix basse. Le marchand méonien, quant à lui, mangeait pour trois. Il enfournait la nourriture comme s'il n'avait pas été nourri depuis des semaines, du jus de viande dégoulinant sur ses nombreux mentons. Le prince dardanien, Hélicon, était assis à côté du géant Zidantas, silencieux, et les deux guerriers mycéniens qui étaient arrivés avec lui s'étaient servi des tranches de bœuf, ignorant les nourritures plus raffinées qui trônaient sur la table – les viandes cuites dans le miel, les yeux de mouton au poivre, les rognons flambés marinés dans du vin...

Hélicon mangeait peu et semblait perdu dans ses pensées.

Le roi examina ses autres invités, pour la plupart des marchands qui apportaient de la soie, du verre, ou – plus important – des objets en or et en argent.

Kygonès gratta son visage marqué par la petite vérole et se radossa à son fauteuil. Il s'ennuyait. Un serviteur passa à côté de lui et emplit son gobelet d'eau. Le roi regarda l'homme et lui fit un signe de tête pour le remercier. À une époque, Kygonès aurait vendu son âme pour avoir la chance d'être un serviteur dans un palais comme celui-là, avec un repas assuré par jour et un toit sous lequel dormir, à l'abri du vent et de la pluie.

L'interminable banquet arrivait à sa fin. Les serviteurs emportèrent les plats et remplirent les coupes de vin, puis Kygonès frappa dans ses mains pour donner le signal du début des divertissements. Des danseuses crétoises se déhanchèrent sur le sol de mosaïque du mégaron, se balançant au rythme de la musique des lyres. Elles étaient minces et souples, et leurs seins nus étaient fermes. Leurs corps enduits d'huile brillaient sous la lumière des lampes. La danse se fit plus sauvage, les femmes se tortillèrent et sautèrent avec enthousiasme. Les invités tapaient sur les tables au rythme de la musique. Kygonès ferma les yeux et se remémora le passé. Son père lui avait assuré qu'un dur travail et un service sans faille conduisaient au bonheur, pour les paysans. Comme la plupart des jeunes, il avait cru son père, et il avait travaillé sans relâche, de l'aube au crépuscule, dans la petite ferme familiale. Il avait vu sa mère vieillir avant l'âge. Il avait vu mourir deux de ses frères : ses trois sœurs aînées avaient été vendues comme servantes, et pour finir son père avait été assassiné par des Gypptos lors de leur troisième invasion. C'est à ce moment que Kygonès avait découvert le véritable secret du succès.

Il ne résidait pas dans le travail de la terre, mais dans le fait de saisir une épée dans une main robuste.

La musique cessa et les femmes s'éloignèrent gracieusement. Elles furent remplacées par des acrobates, des jongleurs, et un barde d'Ugarit, qui raconta une histoire de bêtes magiques et de héros. Le récit était ennuyeux, et Kygonès regretta de ne pas avoir invité Ulysse à sa petite fête.

Les deux Gypptos se levèrent alors que le barde n'avait pas fini son récit, s'inclinèrent devant Kygonès et quittèrent le mégaron. La voix du barde faiblit quand les hommes passèrent à côté de lui. Kygonès vit que les mauvaises manières des Gypptos avaient perturbé le conteur. Il leva la main et l'encouragea à continuer, mais ses pensées restèrent fixées sur les invités qui venaient de partir.

Les Gypptos étaient des gens bizarres. Ils étaient arrivés avec des cadeaux : un bracelet en ivoire incrusté d'or, et une dague ornée de gemmes. Ils avaient parlé de commerce et de cargaisons d'épices, mais ils n'étaient pas des marchands. Kygonès avait attendu qu'ils dévoilent la vraie raison de leur visite, et il avait réprimé un sourire quand le plus âgé avait finalement dit :

— Nous aimerions vous parler d'une petite chose que notre maître voudrait porter à votre connaissance.

Il avait alors expliqué qu'un criminel avait échappé à la justice en Égypte, après avoir tué deux gardes du palais. Il le décrivit : un homme de grande taille, aux larges épaules et à la barbe noire.

— Il n'a aucune autre capacité que celle de combattre, et il cherchera donc peut-être à entrer dans votre armée. Mon maître, qui comprend que l'arrêter pourrait vous causer quelques soucis, m'a ordonné de vous dire qu'il offre une récompense pour sa capture. Cinq lingots d'or.

— Un homme de grande taille, dites-vous ?

— Oui.

— J'ordonnerai à mes capitaines de garder l'œil ouvert. Comment s'appelle-t-il ?

— Il ne doit pas utiliser son vrai nom. Nous avons trouvé un capitaine de navire qui est allé à Chypre avec quelqu'un dont la description correspondait. Cet homme se faisait appeler Gershom.

— Alors, vous devriez peut-être le chercher à Chypre.

— Nous l'y cherchons, ainsi que partout ailleurs !

Le barde termina son récit, qui fut salué par quelques acclamations polies mais peu enthousiastes. Il s'inclina devant l'assemblée et quitta le mégaron, rouge de honte.

Kygonès se leva, remercia ses invités de l'avoir honoré de leur compagnie, fit signe à Hélicon et aux Mycéniens de le suivre, et retourna à ses appartements privés. Il sortit sur un balcon haut et regarda la mer obscure. La brise nocturne était fraîche et apaisante.

— Vous semblez un peu fatigué, mon ami, dit Hélicon.

Kygonès se tourna vers lui.

— Les batailles sont moins épuisantes que les festins, dit-il.

Il regarda les deux Mycéniens qui accompagnaient le Bienheureux. Le premier était mince, il avait des yeux brûlants et semblait être un guerrier expérimenté. L'autre était plus jeune, et son regard trahissait une certaine mollesse. Hélicon les lui présenta, puis ils s'assirent. La pièce était grande et meublée de plusieurs canapés. Deux balcons ouverts laissaient entrer la brise nocturne, qui dissipait la fumée des lampes accrochées aux murs.

— J'ai entendu parler de vous, Argurios, dit-il, tandis que ses invités s'installaient. Vous avez défendu un pont pendant la guerre contre les Myrmidons. Vous avez tué dix-sept hommes ce jour-là.

Il remarqua avec satisfaction que l'homme avait l'air surpris.

— Je n'aurais pas cru que ce récit avait voyagé si loin, dit-il. Et ce n'étaient que neuf hommes. Les autres ont seulement été mis hors de combat.

— Les exploits des héros sont souvent exagérés, dit Kygonès. On murmure que vous êtes très proche du roi Agamemnon.

— J'ai l'honneur d'être un de ses Fidèles.

— Vous êtes le deuxième à fouler le sol de ma plage. Le seigneur Kolanos est là, lui aussi. Êtes-vous amis ?

— La plupart des amitiés se forgent à la bataille. Je n'ai jamais combattu aux côtés de Kolanos.

— On dit qu'il est considéré comme le premier des Fidèles d'Agamemnon, et que le roi a toute confiance en lui.

— Il fait confiance à tous ses Fidèles, dit Argurios. Ils obtiennent cette position grâce à leur loyauté envers le roi et aux services qu'ils rendent à son royaume.

— Je comprends, dit Kygonès.

Tu n'aimes pas cet homme, guerrier, pensa Kygonès. *Est-ce de la jalousie, ou autre chose ?*

Le roi s'assit sur un canapé et fit signe à ses invités de l'imiter. Argurios et Hélicon prirent place contre le mur, et Glaucos, dos à la porte.

— Deux des hommes de Kolanos sont morts aujourd'hui, un sur la plage et un sur le chemin qui conduit à mon palais, dit le roi.

Argurios resta silencieux. Kygonès se tourna vers Hélicon.

— J'ai réprimandé le capitaine de ma garde. Il n'a pas affecté suffisamment d'hommes à la surveillance de la plage. Et maintenant, j'ai une petite faveur à vous demander, Hélicon, mon ami. La future épouse d'Hector attend ici depuis près de dix jours. J'aimerais beaucoup qu'elle embarque sur un vaisseau en partance pour Troie.

Hélicon eut l'air étonné.

— Je croyais qu'elle était déjà à Troie.

— Non, elle est ici ! Et que les dieux protègent Hector ! Ces dix jours m'ont semblé durer une éternité. Cette fille n'a pas la langue dans sa poche !

Je suis étonné que Priam ait choisi une telle harpie pour son fils aîné. Il faudrait être ivre ou drogué pour monter cette pouliche ! Pouvez-vous me débarrasser d'elle ?

— Bien entendu, mon ami. Mais j'avais entendu dire que la jeune fille était charmante et timide.

— Paleste l'était peut-être. Mais elle est morte. Et Hector s'est vu proposer la main d'Andromaque, sa sœur. Les mots « charmante » et « timide » ne s'appliquent pas à elle. (Kygonès gloussa.) Elle était prêtresse sur Théra. J'ai entendu parler de ces femmes. Elles n'aiment pas les hommes, c'est sûr !

— Nous avons tous entendu des histoires sur ces femmes-là, dit le jeune Glaucos d'une voix dure. Si elles sont vraies, il faudrait les enfermer vivantes dans des coffres lestés et les jeter à la mer !

Kygonès dissimula sa surprise devant la véhémence du Mycénien.

— Une idée intéressante, dit-il après un moment. Dites-moi, le même sort devrait-il être réservé aux hommes qui cherchent leur plaisir auprès d'autres hommes ?

— Je ne parlais pas des hommes, dit Glaucos. Mais le devoir d'une bonne épouse est de recevoir le plaisir sexuel de son mari, et de nul autre.

Kygonès haussa les épaules et ne répondit rien. Ce type était un abruti. Il se tourna vers Hélicon.

— C'est une belle épée que vous portez là, mon ami.

Hélicon sortit l'arme et la tendit à Kygonès, le pommeau en avant. L'arme n'était pas ornée, mais sa garde était renforcée et sa lame, superbement forgée et équilibrée. Kygonès se leva, la soupesa, puis il recula d'un pas et fendit l'air deux fois avec l'épée.

— Magnifique. Une des plus belles que j'aie eu l'occasion d'avoir en main.

Il testa le fil de l'arme, puis examina sa lame en bronze à la lueur des lampes. Son œil de guerrier remarqua la perfection de son poli. Les épées en bronze étaient notoirement difficiles à forger. Si le métal était trop mou, il pliait pendant le combat, et s'il était trop dur, il se brisait. Mais cette lame semblait différente.

— Elle a été fabriquée par un maître forgeron, dit le roi. Je n'ai jamais vu sa pareille.

Comme Kygonès s'y attendait, Hélicon était assez fin pour comprendre à demi-mot.

— Je suis heureux qu'elle vous plaise, mon ami, parce que je l'ai apportée avec moi avec l'intention de vous en faire cadeau.

Il enleva le fourreau de son ceinturon et le tendit au roi.

Kygonès gloussa.

— Vous savez comment trouver le chemin du cœur d'un vieux soldat ! Tenez ! cria-t-il, en lançant l'épée à Argurios. Un guerrier comme vous devrait apprécier une telle arme.

Argurios rattrapa adroitement l'épée. Kygonès vit ses yeux briller quand il prit l'épée en main.

— Elle est superbe, dit le Mycénien, impressionné.

— Qui sait ? dit Kygonès en reprenant l'arme, je m'en servirai peut-être bientôt. Mais pour le moment, je vais me reposer.

Les hommes s'inclinèrent et partirent vers la porte.

— Hélicon ! fit le roi, accordez-moi un moment, je vous prie.

Argurios et Glaucos quittèrent la pièce. Hélicon attendit à l'entrée. Kygonès lui fit signe de fermer la porte et de revenir s'asseoir.

— Parlons un peu.

— Je croyais que vous étiez fatigué, mon ami.

— La compagnie des Mycéniens me fatigue toujours. (Il se servit un gobelet d'eau.) Ce sont des gens totalement déplaisants. Un cœur de lion, mais une âme de serpent. C'est pourquoi je voulais vous parler en privé, Hélicon. Même si Argurios me semble être meilleur que la plupart de ses congénères.

Kygonès regarda Hélicon de plus près. Il était pâle, et ses yeux étaient plissés sous l'effet de la tension.

— Êtes-vous malade, mon ami ?

— Non. Un simple mal de tête. Il est en train de passer.

Kygonès lui versa un gobelet d'eau fraîche et le lui tendit.

— D'habitude, j'ai le double de soldats à ma disposition quand des vaisseaux accostent. Mais les Hittites m'ont demandé cinq cents hommes, il y a quatre jours, et mes troupes ont du mal à assurer.

— Cinq cents ? Craignent-ils une invasion égyptienne ?

— Elle a déjà eu lieu. Une armée gyppto avance à travers la Palestine, vers le nord. Hector et un millier de cavaliers troyens se sont joints aux Hittites pour les affronter. Le marchand méonien – celui qui est gras comme un porc – les a vus passer il y a trois jours. Nous allons vivre une époque intéressante… Le monde va changer… Il y a trop de rois. Trop d'hommes en armes sans emploi. L'Empire hittite vit ses derniers jours. Il faudra que quelque chose le remplace.

— Pas l'Égypte, dit Hélicon. Leurs soldats sont parfaitement adaptés au combat dans le désert, mais trop mal équipés pour se battre dans des climats plus froids. Et Hector ne sera pas vaincu. Le Cheval de Troie est invincible !

— Et les Mycéniens ?

Hélicon eut l'air surpris.

— L'Empire mycénien est à l'ouest. Ils n'ont pas assez de vaisseaux ou d'hommes pour envahir l'Est.

— Agamemnon est un homme très ambitieux. Mais ce n'est pas mon principal souci, en ce moment. Ce qui m'inquiète, c'est la mer. La saison commerciale est presque finie, mais je me demande si les Gypptos essaieront de débarquer des troupes sur mon île. Ce serait une bonne diversion. Pour parer à cette menace, j'aurais besoin de… disons… dix galères jusqu'au printemps.

Kygonès se réjouit intérieurement quand il vit le Bienheureux changer d'expression et réfléchir au coût de sa demande. Il ne voudrait pas perdre l'amitié d'un roi puissant, mais il répugnerait aussi à se mettre à dos une puissance comme l'Égypte. En tant que commerçant, il avait besoin d'accéder aux ports égyptiens pour vendre ses cargaisons d'huile d'olive, de vases en cuivre décorés et de jarres mycéniennes. Dans ces ports, il embarquerait des marchandises égyptiennes : de l'or, du sel, de l'albâtre et du papyrus. Kygonès attendit. Il savait ce que pensait Hélicon. Un tel raid, avec ses dangers potentiels, était assez improbable, et la location de galères et d'équipages à Kygonès pendant la morte-saison lui fournirait des revenus substantiels.

— Dix ne suffiraient pas à empêcher une invasion, dit soudain Hélicon.

— J'ai loué les services d'autres vaisseaux. C'est pourquoi Kolanos est ici. Ses trois galères font désormais partie de ma flotte. Et d'autres capitaines sont déjà en chemin.

— Je vous propose de vous *vendre* dix vaisseaux, dit Hélicon. Vous pourrez les commander à votre gré. Au printemps, je vous les rachèterai au même prix, à condition qu'ils ne soient pas endommagés. Vous devrez fournir les voiles. Il ne faut pas que le Cheval Noir de Dardanos soit vu prenant parti dans une guerre.

— Et les équipages ?

— Ce seront des mercenaires, comme les Mycéniens. Votre trésor leur paiera des gages de combattants. Cent anneaux de cuivre par personne.

— Et s'il n'y a pas de combat ? Cinquante anneaux par homme.

— Dix vaisseaux, dix équipages, cent anneaux par homme. Allons, mon ami, vous savez que c'est correct. Mais vous ne pouvez pas vous empêcher de marchander !

— « Correct » ? Tant que vous y êtes, pourquoi ne me prenez-vous pas ma chemise, et mes bottes par-dessus le marché ?

— C'est moi qui vous ai offert ces bottes, le printemps dernier.

Kygonès éclata de rire.

— C'est vrai. Et ce sont de sacrées bonnes bottes ! Très bien, Hélicon. Je transigerai à soixante-dix anneaux par homme. Mais seulement parce que je vous aime bien.

— Combien payez-vous les Mycéniens ?

— Soixante anneaux.

Hélicon ne répondit pas tout de suite, le visage impassible. Kygonès jura intérieurement. Il avait parlé sans réfléchir. Le prix qu'il avait annoncé était réel, mais il était trop bas, et il avait éveillé les soupçons du Bienheureux. Puis Hélicon haussa les épaules et se détendit.

— Des amis ne devraient pas se fâcher pour une question d'argent, dit-il. C'est d'accord pour soixante-dix anneaux. Je vous enverrai les galères de Troie.

— Excellent ! Et maintenant, je vais réellement aller me coucher, dit le roi. Que vos voyages soient bénis par des bons vents et des cieux cléments.

Kygonès s'aperçut, en parlant, que ses vœux de bonheur étaient sincères. Il avait toujours apprécié Hélicon.

Dommage qu'il soit destiné à mourir cette nuit…

Chapitre 11

Des épées au clair de lune

I

En quittant les appartements de Kygonès, Hélicon traversa le mégaron, où les serviteurs débarrassaient les restes de nourriture. Il chercha Zidantas, puis appela un serviteur.

— As-tu vu mon compagnon, le géant à la barbe fourchue ?

— Non, mon seigneur.

Il demanda à plusieurs autres, en vain. Puis un homme voûté aux yeux chassieux lui donna une piste.

— Je l'ai vu parler au capitaine Galéos, puis il est parti.

— Et où trouverai-je ce capitaine Galéos ?

Suivant les indications de l'homme, Hélicon quitta le mégaron et sortit sur une terrasse. L'air sentait la pluie, et une brise fraîche soufflait du large. Hélicon regarda la plage. Les feux de camp brûlaient toujours, mais la plupart des marins, qui se mettraient au travail dès l'aube, étaient maintenant endormis. Les étals avaient été recouverts de grosse toile, et leurs propriétaires étaient assis à côté, enveloppés de couvertures, pour éloigner les voleurs. Hélicon repensa aux événements de la nuit passée.

Il avait été étonné que le Mycénien l'ait attaqué sur la plage. Kygonès était un homme dur, et ceux qui transgressaient sa loi se faisaient égorger. La deuxième attaque, si près du palais, était encore plus stupide. C'était du moins ce qu'il avait cru.

Mais plus maintenant. Kygonès avait loué les services des Mycéniens pour une bouchée de pain. Dès que le Roi Gras avait lâché la somme, Hélicon avait compris qu'il était trahi. Les combattants mycéniens comme Kolanos ne se vendaient pas sans recevoir une coquette somme en échange.

Le pillage leur aurait rapporté plus que ça. Ils avaient accepté soixante anneaux parce qu'on leur avait offert quelque chose de plus important et de plus grande valeur.

Sa vie.

Tout se mit en place dans son esprit. La perte de cinq cents hommes n'aurait pas forcé Kygonès à réduire autant le nombre de soldats surveillant la plage. Et, même dans ce cas, il aurait dû y avoir des soldats dans la foule qui s'était réunie autour d'Ulysse. Mais il n'en avait pas vu un seul.

De plus, le chemin du palais n'avait pas été assez éclairé, et il n'y avait pas eu de soldats, là non plus.

Kygonès n'avait pas besoin de galères supplémentaires. Il avait simplement voulu retenir Hélicon le temps qu'Argurios et Glaucos partent sans lui. Inutile de continuer à chercher Zidantas. Hélicon avait compris ce qui s'était passé. On avait dit à Zidantas qu'Hélicon passerait la nuit au palais, et Zidantas était retourné sur la plage.

Le comble, c'est que Kygonès l'avait privé de sa seule arme ! Il sentit la colère l'envahir, pas contre Kygonès, mais contre lui-même. Comment avait-il pu être aussi stupide ? Tout avait été clair depuis le début, mais il n'avait rien vu. Il attendit que sa colère se calme et qu'il puisse réfléchir sainement. Kolanos avait probablement envoyé des hommes sur le chemin de la falaise. Donc, soit il restait où il était jusqu'à l'aube, soit il trouvait un autre chemin pour redescendre. Au début, il pensa que rester au palais serait la solution. Kygonès ne risquerait pas de provoquer la colère de Troie en participant activement à la mort d'un de ses alliés. Mais, à bien y réfléchir, qu'est-ce qui l'empêchait de le faire tuer au palais et de jeter son corps en bas du chemin de la falaise ? Kygonès avait peut-être déjà donné ses ordres à des hommes de confiance.

Sur la plage, au milieu de son équipage, Hélicon serait en sûreté.

Mais comment y arriver ?

II

Kolanos, le Mycénien, n'avait jamais été très patient. La nuit était presque finie, et ses hommes n'étaient pas revenus. Il mit son casque, prit son épée et partit sur la plage, en direction du chemin de la falaise. La lune sortit des nuages, et il s'aperçut qu'il avait du sang sur sa tunique et sur les mains. Il s'arrêta, ramassa une poignée de sable et se nettoya les mains.

La plupart des marins dormaient, excepté quelques-uns qui jouaient aux osselets autour des feux de camp. À sa droite, il vit le feu de camp du *Xanthos*. Argurios y était assis, regardant la mer.

Il sentit la colère l'envahir. Il n'avait jamais apprécié cet homme. Son sens de l'honneur était ridicule. Les ennemis devaient être tués par n'importe quel moyen. Kolanos ne comprendrait jamais pourquoi Argurios avait pris le parti d'Hélicon. Quand Agamemnon l'apprendrait, il serait furieux. Et Kolanos s'assurerait personnellement que la rumeur arrive aux oreilles du roi… Argurios était sans doute fier d'être un Fidèle, mais cet honneur lui serait arraché. Avec un peu de chance, suivant l'humeur d'Agamemnon, il serait déclaré hors la loi, ses biens seraient confisqués et une récompense serait offerte pour le tuer. Il sentit l'irritation monter en lui. C'était trop espérer. Argurios, même s'il insistait pour respecter les rituels du passé, était quand même un héros mycénien.

Kolanos prit le chemin escarpé. Presque au sommet, il trouva les cinq hommes qu'il avait chargés de tuer Hélicon. Ils étaient à demi cachés dans l'ombre d'une profonde fissure du rocher. Kolanos s'approcha d'eux. Habusas l'Assyrien avança dans la lumière de la lune.

— Nous ne l'avons pas vu, seigneur.

— Quelqu'un est-il passé ?

— Quelques sentinelles, et des prostituées.

Kolanos et Habusas se cachèrent de nouveau dans l'ombre.

— Il a peut-être passé la nuit au palais, murmura l'Assyrien.

— Si c'est le cas, Kygonès le fera tuer et jettera son cadavre sur la plage. Espérons qu'il vienne. Je veux voir le visage de ce maudit quand je lui arracherai les yeux.

— Quelqu'un arrive, murmura un des hommes.

Kolanos vit un soldat au casque conique, armé d'une massue, descendre du palais.

— Va lui demander s'il sait quelque chose sur Hélicon.

Habusas l'appela et le rejoignit. Les deux hommes parlèrent à voix basse, puis Habusas revint vers Kolanos.

— Il dit que le Troyen est retourné dans les appartements du roi. C'est tout ce qu'il sait.

Kolanos regarda le ciel. Il ne restait guère plus d'une heure de ténèbres.

— Nous attendrons encore un peu, dit-il.

Le temps passa, et l'irritation de Kolanos grandit. Kygonès avait-il changé d'avis ? Avait-il décidé de ne pas tuer Hélicon ?

Puis Habusas lui tapota le bras et montra quelque chose sur le chemin. Un homme vêtu d'un chiton sombre était sorti par les portes du palais et descendait vers la plage.

— Attrapez-le et tenez-lui les bras, dit Kolanos, sortant son couteau.

Quand la silhouette approcha d'eux, Habusas lui bloqua le chemin. Ses compagnons encerclèrent le nouveau venu et l'amenèrent devant Kolanos.

Il avait des cheveux noirs coupés court et un visage épais. Kolanos rengaina son couteau.

— Où as-tu trouvé cette tunique ? demanda-t-il d'une voix furieuse.

Il avait reconnu les broderies d'or au col et aux poignets.

L'homme ne répondit pas, mais essaya de s'enfuir. Habusas et deux Mycéniens le rattrapèrent.

— Je t'ai posé une question, dit Kolanos. Réponds !

— Le prince troyen me l'a donnée, seigneur.

— Pourquoi ?

— Nous avons échangé nos vêtements. Je suis un soldat du roi. Il a dit qu'il voulait jouer un tour à ses amis, et il m'a emprunté mon uniforme et ma massue. Il m'a dit de descendre sur la plage au matin, où il me rendrait mes affaires.

Kolanos sentit la bile monter dans sa gorge. Il recula d'un pas, et regarda Habusas.

— Envoyez cet homme sur la plage. Par le chemin le plus direct !

Les Mycéniens tirèrent le soldat vers le bord du précipice. L'homme se débattit, désespéré. Habusas lui flanqua deux coups de poing qui l'assommèrent à demi. Kolanos approcha et plongea la lame de son couteau dans la poitrine de l'homme. Blessé à mort, le soldat tomba à genoux. Les Mycéniens le firent basculer, et le cadavre alla s'écraser sur les rochers.

Le ciel devenait de plus en plus clair.

— Plus de couteaux dans l'obscurité, dit Kolanos. Nous l'attaquerons en mer.

III

Hélicon quitta le chemin de la falaise et traversa l'étendue de sable. Il était fatigué, mais soulagé d'avoir trompé les Mycéniens. Kolanos en personne l'avait attendu dans l'ombre, avec cinq de ses hommes. C'était un grand compliment qu'ils aient estimé devoir se mettre à six contre lui.

Le casque conique glissa sur le côté, car il n'avait pas attaché la jugulaire, et le plastron en cuir renforcé de bronze était trop grand et lui irritait la peau. Il se sentit maladroit pendant qu'il allait vers le feu de camp du *Xanthos*. Puis il trébucha, car la lanière de sa sandale droite s'était cassée. Il s'en débarrassa d'un coup de pied et continua son chemin.

La plupart de ses hommes étaient endormis quand il arriva. Il enleva le casque et le jeta sur le sable, puis il défit le plastron. Oniacus le vit.

— Vous étiez mieux habillé que ça quand vous êtes parti, dit-il.

— La journée sera longue, demain. Tu ferais mieux de dormir, dit Hélicon.

Puis il retourna au *Xanthos* et grimpa sur le pont arrière. Deux hommes y dormaient, tandis qu'un troisième montait la garde. Hélicon ouvrit une écoutille et descendit dans l'obscurité profonde qui régnait sous le pont. Il trouva son coffre à tâtons et l'ouvrit. Puis il prit une tunique de rechange, remonta sur le pont et enleva la tunique de lin du soldat. Une fois habillé de ses propres vêtements, il regarda vers le palais.

Il était surpris que Kygonès l'ait trahi. Ils n'étaient pas amis, mais les affaires qu'ils faisaient ensemble étaient profitables, et si le Roi Gras avait trempé dans la tentative d'assassinat, c'était sans doute en échange d'une somme importante. Aucun pirate n'aurait eu les moyens de payer le roi. La récompense promise sortirait des coffres d'Agamemnon. Hélicon ne comprenait pas la raison de tout ça. Plus d'un an s'était écoulé depuis qu'il avait tué Alectruon, et il n'avait plus rien fait pour offenser le roi mycénien. Mais la raison de la haine d'Agamemnon était désormais secondaire. La vraie question était de savoir combien de rois des routes commerciales avaient reçu la promesse d'une fortune pour sa mort ? Combien de chefs pirates ? Ou d'assassins ?

Son propre père, Anchise, avait été tué et mutilé par un assassin. Le tueur avait ouvert la gorge du roi, puis il lui avait coupé l'oreille. On ignorait comment l'homme était entré au palais. Les gardes n'avaient vu aucun étranger. Seul un serviteur avait aperçu une ombre bouger sur le mur est, mais il avait supposé que c'était un jeu de lumière.

Maintenant encore, neuf ans plus tard, des agents d'Hélicon parcouraient toujours les villes de la Grande Verte à la recherche d'indices sur l'assassin et l'identité de celui qui l'avait commandité.

Un mouvement attira l'œil d'Hélicon. Les galères mycéniennes étaient poussées dans l'eau, et leur chef, Kolanos, était debout sur la plage. Il leva les yeux et regarda Hélicon.

— Bonne journée, Bienheureux ! cria Kolanos. Elle sera mémorable pour toi !

Hélicon l'ignora et continua à regarder les marins mycéniens monter à bord de leurs vaisseaux. Les trois galères noires étaient fines et élégantes. Elles avaient chacune cinquante rameurs, sur le pont supérieur. Des béliers à tête de bronze ornaient les proues. Kolanos fut le dernier à grimper à bord de son navire. D'immenses yeux rouges avaient été peints à l'avant de la proue, donnant un aspect démoniaque à sa galère.

Quand les vaisseaux avancèrent dans la baie, les rameurs se penchèrent sur leurs rames et les équipages démontèrent les mâts. Hélicon comprit alors qu'ils attendraient le *Xanthos* à l'extérieur de la baie. Sans leur mât, les galères étaient plus maniables au combat. Et les Mycéniens voulaient qu'il soit informé, sinon ils auraient démonté les mâts une fois hors de vue.

C'était un défi qu'il ne pouvait pas ignorer.

Kolanos avait toutes les raisons de croire qu'il serait vainqueur. Les galères mycéniennes étaient plus petites et plus rapides que le *Xanthos*, et il avait trois fois plus de combattants.

Mais il ignorait tout du génie de Khalkéus, le Fou de Milétos.

Le soleil monta au-dessus des falaises de l'est, teintant le ciel de corail et d'or.

Hélicon retourna sur le pont central, grimpa à la poupe et regarda la plage, examinant chaque visage.

Par Hadès ! où se cache Taureau ? pensa-t-il.

Chapitre 12

La tempête se prépare

I

Une heure plus tôt, Andromaque était revenue au palais, pensant au devin qui lui avait prédit son destin. Ulysse avait eu raison : l'homme n'avait pas été très amusant. Pourtant, comment avait-il su qu'elle était une prêtresse de Théra ? Peut-être, se dit-elle, aurait-elle dû parler à l'homme avec une seule sandale. Elle sourit. Pour découvrir quoi ? Qu'il était le fils d'un fermier, ou qu'il était marié et qu'il avait sept enfants ? Elle avança, l'esprit plus léger. Sa conversation avec Ulysse avait été très agréable. Rencontrer quelqu'un d'intelligent, de chaleureux et d'amusant était comme trouver une source dans le désert. Le Roi Gras avait l'esprit acéré, mais pas d'humanité.

En grimpant, elle repensa à l'homme aux yeux bleus qui avait été attaqué sur la plage. Il avait été sur le point de lui parler quand l'assassin s'était rué vers lui. Andromaque se demandait ce qu'il lui aurait dit. Aurait-ce été une salutation polie, ou une demande abrupte de faire l'amour sur le sable ? Jamais elle ne le saurait.

Au sommet des marches de pierre, elle vit du sang sur le bord du chemin, au-dessus du précipice qui se terminait sur les rochers. Andromaque l'ignora et continua son chemin vers les portes de la forteresse.

Elle entra, puis gagna les appartements qu'on lui avait alloués. Polysia, sa jeune servante menue aux cheveux noirs, l'attendait à l'intérieur. Elle avait l'air épuisée et nerveuse, mais son soulagement à la vue d'Andromaque fut évident. Elle courut vers elle.

— Oh ! où étiez-vous allée ? J'étais mortellement inquiète. J'ai cru que vous aviez été enlevée !

— Je suis allée faire une promenade sur la plage, répondit Andromaque.

— Vous n'auriez pas dû. Il y a eu des assassinats, cette nuit.

— Je sais. Partout où des hommes se rassemblent, n'y a-t-il pas toujours un meurtre, une rixe ou un viol ?

Le front de Polysia se plissa.

— Je ne comprends pas. Sachant cela, pourquoi y êtes-vous allée ?

Andromaque alla à la table et se servit un gobelet de vin coupé d'eau.

— Pourquoi pas ? Je ne peux pas changer le monde des hommes, et je n'ai pas envie de rester cachée dans une caverne.

— J'aurais eu de tels ennuis si vous aviez disparu ! Le roi m'aurait fait fouetter… ou tuer !

Andromaque posa le vin et approcha de la jeune fille. Une mèche de cheveux noirs lui était tombée sur le front. Andromaque la repoussa doucement, puis embrassa la jeune fille sur les lèvres.

— Mais je n'ai pas disparu, dit-elle. Je suis là, et tout va bien. (Polysia rougit.) Maintenant, tu peux aller te coucher. Moi aussi, je vais dormir un peu.

— Aimeriez-vous que je reste avec vous ?

— Non, pas cette nuit. Va, maintenant.

Quand Polysia l'eut quittée, Andromaque gagna le balcon et regarda la plage. Le ciel s'éclaircissait déjà. Elle vit les trois galères mycéniennes qu'on remettait à l'eau, les équipages grimpant à bord. Elle enleva ses vêtements, les posa sur le dos d'une chaise et se mit au lit. Le sommeil vint rapidement. Elle rêva de Calliope. Il faisait nuit, et elles nageaient dans la baie. C'était un rêve agréable. Puis Calliope l'appela « princesse », ce qui était bizarre, car elles étaient toutes des princesses, sur Théra.

— Princesse !

Andromaque ouvrit les yeux. Polysia était à côté de son lit. Par le balcon, elle vit que le soleil était déjà haut dans le ciel. Elle s'assit, l'esprit encore désorienté.

— Va me chercher un peu d'eau, demanda-t-elle.

Polysia obéit, et Andromaque but avidement.

— Il y a de terribles problèmes, dit Polysia. Le roi est furieux, et il y a des soldats sur la plage.

— Calme-toi, dit Andromaque. Quels problèmes ?

— Encore des meurtres. Un des gardes du palais a été poignardé et jeté de la falaise, et un marin a été horriblement mutilé. On m'a dit qu'on lui avait coupé la tête…

— Cet endroit est vraiment sauvage, murmura Andromaque.

Elle se leva et sortit, nue, sur le balcon. Elle inspira à fond. L'air était frais et vif.

— Vous devriez rentrer. Quelqu'un pourrait vous voir.

Andromaque se retourna. Son rêve de Calliope était encore présent à son esprit, et elle se sentait langoureuse et troublée.

— Et que verrait-il ? demanda-t-elle à la servante.

Polysia rougit de nouveau.

— Vous êtes très belle, murmura-t-elle.

Andromaque éclata de rire.

— Hier, j'étais ordinaire, et voilà que maintenant, tout le monde me dit que je suis belle.

Elle attira Polysia contre elle et l'embrassa de nouveau. Cette fois, la jeune fille ouvrit la bouche et le baiser fut profond.

Puis quelqu'un tambourina à la porte.

— Êtes-vous habillée ? demanda une voix d'homme, celle de Kygonès.

— Attendez un instant, répondit-elle.

Polysia l'aida à revêtir sa longue robe verte, puis elle courut ouvrir la porte et recula, inclinant la tête.

Kygonès entra. Il était pâle et tendu.

— Vous partirez ce jour pour Troie, dit-il. Rassemblez vos affaires, je vous emmène à la plage.

— Ce sera une excursion intéressante, dit-elle. On m'a dit que des gens se font tuer sans arrêt sur votre plage.

Le visage du roi se durcit.

— Ce qui est arrivé la nuit dernière est exceptionnel. Nous ne sommes pas des sauvages !

— Pourtant, quelqu'un a été décapité, paraît-il.

— Préparez-vous le plus rapidement possible, dit Kygonès.

Il sortit en trombe de la pièce. Andromaque se tourna vers Polysia.

— Je crois que tu aurais aimé la vie sur Théra, dit-elle.

— J'aurais tellement voulu que vous restiez ici, dit tristement la jeune fille.

— Peut-être nous rencontrerons-nous de nouveau. Je l'espère. Maintenant, aide-moi à rassembler mes affaires. Le roi s'impatiente.

II

Kygonès n'était pas d'humeur à faire la conversation pendant qu'il accompagnait Andromaque à la plage. Ils étaient suivis par vingt soldats. Deux d'entre eux portaient les malles contenant les vêtements d'Andromaque. Kygonès gardait la main sur le pommeau de l'épée que lui avait donnée Hélicon. Il espérait qu'il n'aurait pas besoin de s'en servir.

Au nom de Zeus ! comment le Bienheureux avait-il su que des assassins l'attendraient ?

Le Roi Gras aurait aimé ne pas avoir écouté Kolanos, ne pas s'être laissé tenter par l'or d'Agamemnon. Mais l'or promis correspondait à plus de deux saisons de commerce avec les vaisseaux d'Hélicon, et sa mort n'aurait pas affecté grandement ses profits. Quelqu'un d'autre aurait hérité de ses vaisseaux, et aurait toujours fréquenté la baie de la Chouette Bleue. Tout avait semblé si simple ! Il lui suffisait de garder ses soldats à la forteresse et de laisser Kolanos tuer Hélicon sur la plage. Quand ç'avait raté, il avait invité Hélicon au palais. Les assassins postés sur le chemin de la falaise ne manqueraient pas de le tuer. Ils avaient échoué aussi. Restait seulement le trajet de retour à la plage.

Kygonès, rusé, s'était arrangé pour dépouiller Hélicon de son épée. Et il avait quand même échappé aux assassins ! Le roi frissonna, se demandant si les dieux en personne protégeaient le Bienheureux.

La question qui le hantait, pendant qu'il se dirigeait vers la plage, était de savoir si Hélicon avait compris son rôle dans l'affaire.

Puis, il y avait eu les autres meurtres. Celui du garde du palais était stupide. Il ne fallait pas être grand clerc pour comprendre que Kolanos, ou un de ses hommes, furieux d'avoir raté Hélicon, s'était défoulé sur le malheureux qui avait échangé ses vêtements avec lui.

Quant au cadavre sans tête… C'était une tout autre affaire. Le corps avait été couvert de coupures et de brûlures, et il avait été éventré avant d'être décapité. La chair autour des poignets attachés était lacérée, montrant que l'homme torturé s'était débattu pendant son agonie.

C'était un acte de barbarie que même Kygonès avait du mal à digérer. Tuer un homme, d'accord, mais le torturer et le mutiler ? Aucun homme civilisé n'aurait dû se livrer à un tel acte. Quel serait son effet sur Hélicon ? Il regarda ses soldats. Il les avait prévenus d'être attentifs à tout signe d'hostilité.

La plage était toujours pleine de monde, mais l'humeur y était sombre. Les nouvelles étaient arrivées jusque-là, de toute évidence. Kygonès essaya de rester calme quand il approcha du *Xanthos*. Hélicon était là, en conversation avec Ulysse, le roi d'Ithaque. Kygonès entendait des bruits de scie et de marteau venant du grand vaisseau. Il leva la tête, mais le pont était trop haut pour qu'il voie d'où venait le vacarme. Hélicon et Ulysse cessèrent de parler quand Kygonès arriva.

Le roi regarda Hélicon dans les yeux, et frissonna. La température ambiante lui sembla chuter quand ces yeux glacés se posèrent sur lui.

— Je regrette la mort de votre marin, dit le roi.

Hélicon ne répondit pas. Le silence devint pesant. Kygonès vit que le Bienheureux regardait fixement la future épouse d'Hector.

— Permettez-moi de vous présenter Andromaque, la fille du roi de Thèbes sous Plakos.

— C'est *vous* qui allez épouser Hector ? dit-il.

— C'est l'ordre de mon père, répondit-elle.

Hélicon se tut de nouveau, et Kygonès intervint.

— Hier soir, vous avez accepté de l'emmener à Troie.

Hélicon ne regarda pas le roi. Ses yeux ne quittèrent pas Andromaque.

— Vous devrez voyager avec Ulysse, dit-il. Trois vaisseaux de guerre nous attendent, hors de la baie. Ils vont essayer de terminer ce qu'ils ont commencé la nuit dernière.

— Kolanos est un sauvage, dit Kygonès. Il ne fait plus partie de ma flotte.

Le Bienheureux ne lui prêta pas la moindre attention. Il se tourna et regarda vers la mer. Puis il se passa quelque chose de si macabre que l'estomac de Kygonès se noua. Le prince s'agenouilla à côté d'un sac trempé de sang. Il l'ouvrit et en sortit une tête coupée. Elle avait été mutilée. On lui avait arraché les yeux. Du sang séché couvrait le cou et tacha les mains d'Hélicon.

— Vous vous souvenez de mon ami, Zidantas, dit-il d'une voix calme, sans changer d'expression.

Hélicon serra la tête contre sa poitrine. Le mouvement rouvrit une veine coupée, et du sang coula sur sa tunique bleue, mais il ne sembla pas le remarquer. Dans le silence qui suivit, Kygonès entendit les battements de son propre cœur. Puis Hélicon reprit la parole.

— Zidantas est venu ici en confiance, cherchant seulement une nuit de repos. Il est venu dans cette baie, car tout le monde sait que le roi Kygonès en a fait un endroit sûr. Ses soldats sont partout. Ils empêchent les combats. Mais pas la nuit dernière. La nuit dernière, cet homme de bien a été attiré hors de votre palais. Il a été torturé, puis tué.

La gorge de Kygonès était sèche. Il se lécha les lèvres.

—Je vous ai expliqué le manque de soldats. Et je partage votre peine pour la perte de votre marin. Mais pensez à Andromaque, mon ami. Cette scène macabre doit sûrement la troubler.

Hélicon eut l'air intrigué.

—Êtes-vous perturbée, déesse ? demanda-t-il. La vue de mon ami Zidantas vous cause-t-elle de la détresse ?

—Non, dit-elle calmement. Je ne le connaissais pas. Mais il devait être un homme de valeur, pour que sa mort vous blesse autant.

Kygonès vit que la douceur de sa voix perçait les défenses d'Hélicon. Un muscle tressauta dans la joue du prince, qui lutta pour se contrôler. Il souleva la tête coupée et lui embrassa le front, puis il la remit dans le sac ensanglanté.

—Oui, c'était un homme de valeur. Le père de six filles. Il était loyal et courageux, et il méritait mieux que de mourir ainsi, assassiné par des Mycéniens barbares.

—Oui, il a été assassiné par des sauvages, dit une voix. Mais ne faites pas porter le poids de cet acte monstrueux à tous les Mycéniens.

Kygonès se tourna et vit Argurios traverser la foule.

—Vous n'êtes pas le bienvenu ici, dit Hélicon. J'ai vu que votre ami Glaucos était parti avec Kolanos et ses meurtriers. Vous auriez sans doute dû vous joindre à eux. Nous nous serions affrontés en mer, et vous auriez pu chercher à obtenir votre vengeance.

—Il est vrai que je souhaite venger Alectruon, dit Argurios. Mais je le ferai face à vous, une épée à la main. Je ne poignarde pas les gens dans le dos, Hélicon. Et je ne les torture pas, non plus.

—Ah ! dit Hélicon. Un homme bien, et un héros ! Peut-être accepterez-vous de nous accompagner dans notre poursuite de Kolanos. Nous n'aurons pas besoin d'aller bien loin…

Kygonès vit l'expression d'Argurios se durcir.

—Kolanos mérite la mort, dit-il. Mais je ne peux pas lever mon épée contre un autre Fidèle. Toutefois, je rapporterai cette atrocité à mon roi. Mais rappelez-vous tout de même, Hélicon, que Kolanos n'est pas le premier à avoir coupé une tête et à lui avoir arraché les yeux.

—Il y a une certaine vérité dans ce que vous dites, mais, comme toujours, c'est une vérité mycénienne, déformée et partiale. Alectruon était un meurtrier barbare, tué proprement en combat singulier, à la suite d'une attaque sans provocation d'un vaisseau neutre. Zidantas était un marin qui a été capturé et torturé. Ses mains étaient liées, et le sang sur son visage indique que ses yeux ont été arrachés alors qu'il vivait encore. La nuit dernière, vous avez prouvé que vous étiez un homme d'honneur et vous m'avez sauvé la vie. Pour cela, je vous suis reconnaissant. Vous êtes donc en sécurité avec moi, Argurios. Mais, comme je l'ai déjà dit, vous n'êtes pas le bienvenu ici.

Kygonès regarda le guerrier mycénien, qui resta un moment immobile, raide, puis qui se détourna et partit à grands pas.

Hélicon se tourna vers le Roi Gras.

— Cet endroit n'est plus un lieu sûr pour les marins honnêtes, dit-il. Je donnerai l'ordre aux capitaines de mes vaisseaux d'éviter votre baie.

Il ramassa le sac dégoulinant de sang et retourna au *Xanthos*.

Kygonès se sentit mal. La perte de revenus liée aux cinquante vaisseaux du Bienheureux ferait un trou important dans ses coffres. Avant un an, il serait incapable de payer ses mercenaires, et cela signifierait que les bandits des hauts plateaux recommenceraient à piller les caravanes qui passeraient à travers ses terres. Encore des revenus qui s'envoleraient en fumée…

Les hommes du *Xanthos* et du *Pénélope* s'avancèrent pour pousser le grand navire hors de la baie. Puis les derniers marins remontèrent à bord, et les rameurs prirent leur poste. Les mystérieux coups de marteau continuèrent. Alors que le *Xanthos* reculait et se tournait, Kygonès vit que plusieurs structures en bois avaient été ajoutées aux ponts. Mais, à ce stade, le roi se souciait peu de ce que construisait l'équipage du *Xanthos*. Il avait l'impression d'avoir été poignardé et de voir tout son sang couler sur le sable.

Ulysse parla alors, d'une voix glaciale.

— Les vaisseaux ithaquiens ne viendront plus jamais ici, Kygonès. Quand la rumeur se sera répandue, bien d'autres que nous arriveront aux mêmes conclusions.

Kygonès ne répondit pas, et Ulysse partit. Dans la baie, tout était calme. Aucun autre vaisseau ne se préparait à partir. Tout le monde savait ce qui allait se passer à l'extérieur de la baie.

Et les capitaines attendraient que la bataille soit terminée.

III

Andromaque resta silencieuse pendant qu'elle suivait Ulysse. L'échange entre les trois hommes avait été très intéressant à observer. Il y avait du non-dit entre eux, qu'elle n'arrivait pas à identifier. Kygonès avait été nerveux en arrivant près d'Hélicon. Pourquoi ?

Elle n'avait aucune sympathie pour le Roi Gras, mais elle savait qu'il n'était pas homme à se laisser facilement impressionner. Sur le chemin de la plage, il avait été tendu et avait averti ses hommes de garder l'œil ouvert. Pourquoi se serait-il attendu à de l'hostilité ? Ce n'étaient pas ses soldats qui avaient attaqué Hélicon. Ulysse aussi semblait différent, ce matin. Plus triste et plus vieux. Elle le regarda pendant qu'ils arrivaient près du feu de camp du *Pénélope*. Il semblait effrayé et nerveux, et son visage était pâle.

Un groupe d'hommes les attendait près du feu, avec un jeune garçon aux cheveux fauves dont le visage était gris et les yeux écarquillés. Ulysse s'accroupit à côté de lui.

— Le *Pénélope* est un bon vaisseau, Xander. Un vaisseau de légende ! Tu pourras raconter à tes petits-enfants que tu as navigué à son bord.

Le garçon leva la tête.

— Pourquoi ont-ils fait ça à Zidantas ?

— Écoute-moi, petit. Tu pourrais passer ta vie entière à tenter de comprendre les hommes mauvais. Leurs joies ne sont pas les nôtres. Ils adorent faire souffrir, provoquer le malheur et la mort. Cela leur permet de se sentir puissants, car, en réalité, ils sont vides et sans valeur. Zidantas marchera dans les Champs Élyséens, sous un soleil éternel. Car les dieux aiment les hommes de bien.

— Je voudrais seulement rentrer chez moi, dit le garçon, tristement.

— Moi aussi, dit Ulysse. Mais pour le moment, va prendre un bon petit déjeuner, et rapporte-moi un morceau de tarte.

Deux soldats arrivèrent et posèrent les malles d'Andromaque sur le sable. Elle les remercia, et ils s'éloignèrent. Puis Ulysse se tourna et regarda le *Xanthos* quitter la baie.

Il gagna le rivage, Andromaque sur ses talons. Ils regardèrent un moment le soleil levant se refléter sur le bleu de la mer.

— Qu'y a-t-il, Ulysse ? demanda-t-elle. Crains-tu la bataille imminente ? As-tu peur pour ton ami ?

Ulysse frissonna.

— Je suis empli de peur, mais pas pour sa sécurité. Hélicon est un combattant, mais il y a des abîmes dans son âme qu'il serait plus sage de ne pas sonder.

— Je ne te comprends pas.

Il soupira.

— Parfois, quand on parle de ses peurs, les dieux l'entendent et en font une réalité. Attendons, et voyons si mes craintes sont justifiées, ou pas.

Andromaque resta avec lui pendant que le *Xanthos* quittait la baie pour des eaux plus profondes. Après un moment, Xander revint avec la tarte. Ulysse le remercia. Quand le jeune garçon fut parti, le roi d'Ithaque resta silencieux.

— Pourquoi ont-ils fait ça à son ami ? demanda Andromaque.

— Pour mettre Hélicon en colère et lui faire oublier la raison. Pour l'enrager. Mais surtout, parce que Kolanos adore infliger de la douleur. C'est un boucher !

— Il semble avoir réussi. Hélicon a semblé… brisé par cette perte.

— Ça ne marchera pas. Je connais Hélicon. Quand il partira en mer, il aura l'esprit calme. (Il se força à sourire.) Il vous a encore appelée « déesse ».

— Je sais. Je suis étonnée de ne jamais avoir entendu parler de lui.

— En réalité, tu en as sûrement entendu parler. Hélicon est le nom que lui donnent ses amis. Mais il s'appelle Énée, et il est prince de Dardanie.

— Tu as raison, Ulysse. J'ai entendu ce nom-là. L'homme qui ne voulait pas devenir roi.

— Ce n'est pas vraiment ça, dit Ulysse. Il ne s'agit pas de ce que voulait Hélicon, mais de ce que son père désirait. Ce sale type ne méritait pas un fils comme Hélicon ! Anchise était une ordure. Il aurait dû naître avec une peau écailleuse comme celle d'un lézard ! Il avait déshérité son fils aîné, et désigné son autre fils, Diomède, comme héritier.

— Pourquoi ?

— C'est une longue histoire. Je te la raconterai pendant le voyage vers Troie. Bref, Anchise a été assassiné la nuit où nous avons accosté dans sa baie. Hélicon faisait partie de l'équipage du *Pénélope* depuis deux ans, et nous venions de nous mettre à sec sur la plage en dessous de la forteresse de son père. L'assassin a frappé cette nuit-là. Le roi étant mort, et l'héritier étant encore un enfant, la situation était mûre pour une guerre civile. Une nation ne peut avoir qu'un seul roi. Tu sais ce qui serait arrivé, dans la plupart des royaumes ?

— L'enfant et sa mère auraient été tués, dit Andromaque. Ou des hommes loyaux envers la reine auraient essayé d'assassiner Hélicon.

— Exactement. Certains des fidèles de la reine sont venus sur la plage, décidés à tuer Hélicon. Les marins du *Pénélope* se sont interposés, les armes à la main. Ils se seraient battus pour Hélicon, car ils l'adoraient. C'est toujours le cas. Il aurait dû y avoir un combat. (Ulysse gloussa.) Par les couilles d'Arès ! sais-tu ce qu'il a fait ? À dix-sept ans ! Il a ordonné à tout le monde de ranger les armes, il s'est approché des hommes qui étaient venus pour le tuer et leur a demandé de le conduire auprès de la reine. Elle était dans ses appartements, entourée de gardes loyaux. Elle était terrifiée. Halysia – bien qu'elle soit très gentille – n'est pas une femme forte. Hélicon lui a dit que l'enfant serait en sécurité, et qu'on ne lui ferait pas de mal, ni à lui ni à elle. Il a ensuite juré allégeance à Halysia et à Diomède, pour respecter les désirs de son père. Il était devant elle, désarmé, en son pouvoir, et pourtant, il avait gagné. Son autorité avait désarmé ses ennemis. Ça, et la sincérité qui émanait de lui. Au cours des mois qui ont suivi, il a réorganisé le royaume. Il a nommé de nouveaux conseillers pour seconder la reine. Pas de bataille, pas de guerre civile, pas de tuerie. C'est inhabituel, tu en conviendras ?

—Certes, reconnut-elle. Pourquoi a-t-il fait ça ?

—Tu devras le lui demander. Peut-être te répondra-t-il…

Ulysse s'assit sur un rocher au bord de l'eau.

—Aucun vaisseau ne quittera la baie pour le moment, dit-il. Nous mangerons ici.

Il s'attaqua à la tarte que Xander lui avait apportée.

—Parle-moi d'Hélicon, demanda Andromaque en s'asseyant à côté de lui. A-t-il des enfants ?

Ulysse gloussa.

—Tu veux savoir s'il est marié ? Non. Il attend l'amour. J'espère qu'il le trouvera.

—Pourquoi ne le trouverait-il pas ? Il est jeune, riche et courageux.

—Oui, il est courageux, mais l'amour demande une sorte différente de bravoure, Andromaque.

Elle sourit.

—Cette réponse ne me semble pas très claire.

Ulysse haussa les épaules.

—Il y a un acte qu'un guerrier espère n'avoir jamais à accomplir, mais qu'il doit se résigner à faire s'il veut trouver l'amour.

—Encore une énigme, et je ne suis pas douée pour les résoudre, dit-elle.

—Peu de gens le sont. Les guerriers craignent avant tout de devoir capituler. Ils sont fiers et hardis. Ils se battront jusqu'à la mort pour les choses auxquelles ils croient. Ils luttent pour conquérir. Mais l'amour n'a rien à voir avec la conquête. Un homme ne peut le trouver que s'il accepte de se soumettre à lui. En ouvrant son cœur et son âme à sa partenaire, et en disant : « Voici mon amour ! L'essence de mon être. Il est à toi. Tu peux le nourrir, ou le détruire. »

Andromaque regarda le roi laid dans les yeux, et éprouva une grande affection pour lui.

—Ah ! Ulysse, dit-elle. Maintenant, je comprends pourquoi Pénélope t'aime.

Il rougit.

— Je parle trop, marmonna-t-il.

— Tu penses qu'Hélicon a peur de l'amour ?

— C'est un homme bien. Mais il a été autrefois un enfant de la tragédie et du chagrin. Cela a laissé des cicatrices à son âme.

Ils restèrent un moment silencieux. Puis Andromaque dit :

— C'est un ami d'Hector ?

— Plus que ça. Ils sont comme des frères. Hélicon a vécu une année à Troie, quand il construisait sa flotte. Il habitait avec Hector. Il a même chevauché une fois avec le Cheval de Troie, paraît-il. Ils sont superbes à voir. Les meilleurs cavaliers qui existent. Tu aimes les chevaux ?

— J'adore monter.

— Alors, tu adoreras aussi vivre avec Hector. Personne n'en sait plus que lui sur les chevaux, ou n'élève de meilleures montures. Les chevaux sont sa passion.

— Voilà une idée bien peu rassurante, dit-elle, sarcastique.

Ulysse éclata de rire.

— Et, pour reprendre ton commentaire de la nuit dernière, Hector ne s'enivre pas, et il rote seulement par politesse. Quant à la guerre, je n'ai jamais connu un homme qui l'apprécie moins – ni qui la fasse mieux. S'il ne tenait qu'à lui, Hector resterait dans son élevage de chevaux et n'irait jamais au combat.

— Tu l'aimes bien.

— Oui, Andromaque. Dans un monde violent, il est comme le matin calme après une tempête. Il fera tout ce qu'il pourra pour te rendre heureuse.

— Mon bonheur ne dépend pas des autres. Je serai heureuse, ou je ne le serai pas, mais aucun homme ne me fournira ce bonheur, ou ne m'en privera.

— Tu as une philosophie de la vie bien dure, Andromaque. Mais tu as raison : personne n'est responsable du bonheur des autres. Même si, ironiquement, on peut être responsable de leur malheur…

Il regarda vers la baie et vit le *Xanthos* sortir au large.

— Je pense qu'ils regretteront ce qu'ils ont fait à Zidantas, dit-il. (Puis il soupira.) Je crains que nous le regrettions tous.

Chapitre 13

Le vaisseau de flammes

I

Sur le pont du *Xanthos*, l'équipage travaillait fiévreusement. Quatre autres des nouvelles armes de Khalkéus avaient été remontées de la soute par morceaux. Sous l'œil attentif d'Oniacus, les hommes les boulonnaient au pont. Ceux qui ne travaillaient pas à la construction s'équipaient de plastrons en cuir et de casques, d'arcs, de carquois et d'épées. Hélicon ferma les lanières de son armure de bronze. Du coin de l'œil, il vit une haute silhouette robuste à la barbe noire approcher de lui. Il crut un instant qu'il s'agissait de Zidantas. Puis le souvenir de la mort de son ami lui revint et sa gorge se noua. Gershom, l'Égyptien, le rejoignit.

— Tu aurais dû rester à terre, dit Hélicon d'une voix brusque. Seuls les combattants sont utiles, ici.

Les yeux noirs de l'homme étincelèrent de colère.

— Je ne suis pas un marin, Hélicon, mais vous découvrirez que je sais me battre.

— Montre-moi tes mains.

Gershom les lui tendit. Elles étaient bandées toutes les deux, et du sang frais avait traversé le tissu.

— Tu serais incapable de tenir une épée.

— C'est vrai, reconnut Gershom. Mais, avec votre autorisation, je porterai la massue de Zidantas. Je l'ai connu un jour seulement, mais il a sauté à la mer pour moi. J'ai une dette envers lui. Et Oniacus m'a dit qu'il se tenait toujours à côté de vous pendant les combats.

— C'est exact. (Hélicon inspira à fond.) C'est ainsi que ça se passera, Gershom. Reste à côté de moi.

Puis il appela Oniacus. Le rameur aux cheveux noirs accourut du pont arrière.

—Tu sais à quoi t'attendre, quand nous sortirons de la baie ?

—Au Trident de Poséidon, à mon avis, répondit Oniacus.

—C'est ce que je dirais, moi aussi. Kolanos dirigera le vaisseau de commandement. Il sera donc la troisième dent de la fourche, le plus éloigné de nous. Dès que nous serons en vue de sa galère, je veux les soixante rames prêtes. Nous nous rapprocherons de lui à la vitesse maximale.

Oniacus parut soucieux.

—Cela laisserait les deux autres galères avoir une bonne vue sur nos barrots, fit-il remarquer. Si elles foncent sur nous, la coque risque d'être brisée.

Hélicon ignora son commentaire.

—Je veux des hommes avec des bouts et des grappins, à la proue et à la poupe, et dix de nos meilleurs combattants, prêts à l'abordage.

—Vous pensez que le Cygne Blessé marchera contre *trois* ennemis ?

—Non. Il nous faudra en éliminer au moins un avec les Lanceurs de Feu. Concentre-toi sur le vaisseau de commandement. Il faut le repousser, sinon nous pourrions être éperonnés de deux côtés à la fois. Je pense que le *Xanthos* y résisterait, mais chacune de ces galères transporte plus de cinquante combattants. Si elles nous rattrapent, nous serons à un contre deux.

—Je m'occuperai de l'arme de la proue en personne, Bienheureux. Je ne raterai pas mon coup.

Oniacus s'était révélé le plus doué pendant l'entraînement secret avec les nouvelles armes, à Chypre. Les hommes choisis pour les utiliser étaient les plus stables et les moins nerveux. Hélicon savait qu'il était vital qu'aucun marin insouciant ne soit chargé du *nephthar.* Ce liquide âcre à l'odeur forte était hautement inflammable, et provoquait un feu presque impossible à étouffer. Il brûlait d'autant mieux si on jetait de l'eau dessus. Le *Xanthos* transportait quatre-vingts boules d'argile scellées à la cire, emplies du précieux liquide. Chaque boule, de la taille de la tête d'un homme, coûtait l'équivalent de cinq bons chevaux, de huit bœufs ou de vingt esclaves non entraînés. Et un accident pourrait transformer le *Xanthos* en un vaisseau de flammes.

—Assure-toi que les hommes sachent exactement ce que nous avons prévu, ordonna Hélicon. Nous ne saurons qu'au dernier moment à quelle galère nous ferons le coup du Cygne. Je ne veux pas que nos rames se brisent quand nous tournerons, ou qu'on laisse tomber une boule de *nephthar.*

—Oui, seigneur, répondit Oniacus.

Hélicon retourna à l'endroit où la massue hérissée de clous de Zidantas avait été posée, près de la barre. Il la souleva et la tendit à Gershom.

— Trouve-toi un plastron et un casque, dit-il, et reviens ici.

Gershom partit. Hélicon se tourna vers l'homme de barre, Epéus à la barbe miteuse.

— Où est ton bouclier ?

— Je l'ai oublié, seigneur.

— Va le chercher immédiatement ! ordonna Hélicon en posant la main sur la barre. Tu seras l'homme le plus visé par les Mycéniens.

— Ils ne m'atteindront pas, dit Epéus avec un grand sourire. Hier soir, un devin m'a dit que je vivrais jusqu'à quatre-vingts ans, et que j'aurais dix fils et trente petits-enfants.

— Puisse-t-il avoir raison, dit Hélicon. Et maintenant, file chercher ton bouclier !

Pendant que l'homme de barre courait vers le pont principal, Hélicon regarda vers le large. Le ciel était bleu et dégagé, la mer calme, le vent léger. Les galères mycéniennes n'étaient pas encore en vue. Il devina qu'il y en aurait une juste au-delà du cap sud, et les deux autres derrière l'île extérieure, une à l'ouest et l'autre au nord. Elles se dirigeraient vers le *Xanthos* en formation de trident, sachant que, même si le *Xanthos* était maniable, il ne pourrait pas protéger ses barrots d'une attaque triple. Une, et peut-être deux des galères prévoyaient d'éperonner le *Xanthos* par le milieu pour fendre sa coque. Quand le vaisseau commencerait à prendre l'eau, les autres galères pourraient se rapprocher et leurs guerriers aborderaient. Kolanos savait que ses vaisseaux seraient plus rapides que le *Xanthos*, qui était plus lourd, mais il ignorait tout des Lanceurs de Feu, et du *nephthar* qu'ils enverraient sur ses navires.

Epéus revint avec un grand bouclier incurvé attaché au bras gauche. Il était fait de cuir noir et blanc bordé de bronze. Il arrêterait la plupart des coups. Gershom arriva derrière lui. L'homme était lourdement musclé, et, même s'il n'était pas aussi imposant que Zidantas, il paraissait très capable de manier la lourde massue. Penser à Zidantas déchira le cœur d'Hélicon.

Argurios avait raison. S'il n'avait pas mutilé le cadavre d'Alectruon, Zidantas n'aurait pas été tué. Dans toute sa vie, il avait eu trois amis : Ulysse, Hector et Zidantas. Et maintenant, un d'eux n'était plus…

La voix de Gershom interrompit le cours de ses sombres pensées.

— Qu'est-ce que le Cygne Blessé ? demanda-t-il.

— Une manœuvre pour faire pivoter le vaisseau. Imagine un cygne avec une aile brisée qui essaierait de s'envoler d'un lac. Il tournerait en rond sur place. Avec un équipage bien entraîné, une galère peut faire la même chose. Si ça marche, suis-moi, car j'aborderai un de leurs vaisseaux, et la bataille sera féroce.

—Je serai à vos côtés, Bienheureux.

Hélicon regarda vers la plage. Il aperçut la minuscule silhouette d'Ulysse, la magnifique Andromaque à ses côtés. Il revit mentalement le visage de la jeune femme. Ulysse racontait souvent des histoires sur des hommes qui tombaient instantanément amoureux, et Hélicon n'avait jamais cru que ce genre de miracles était possible. L'amour devait grandir peu à peu, grâce à la compréhension et à l'amitié, à la confiance mutuelle et à la naissance des enfants. Maintenant, il n'était plus sûr de rien.

La nuit passée, sa simple vue l'avait frappé comme un éclair. Aujourd'hui, alors même qu'il pleurait la mort de son ami, il l'avait regardée et il avait éprouvé un sentiment qu'il n'avait jamais connu avant. Puis une pensée soudaine et embarrassante lui vint. Il regarda Gershom.

—Étais-tu assez près de nous sur la plage pour entendre ma conversation avec le Roi Gras ?

—Oui.

—Tu te souviens de ce que j'ai dit au sujet de la femme qui l'accompagnait ?

—Vous l'avez appelée « déesse ».

Hélicon jura.

—Elle a un visage dur, dit Gershom.

—Pas dur. Fort. C'est une femme passionnée mais qui connaît la compassion. Elle est intelligente, courageuse et loyale.

—Vous la connaissez donc ? Je croyais que c'était une étrangère pour vous.

—Mon âme la connaît.

Le *Xanthos* glissa lentement au large de l'île située à l'entrée de la baie. Devant eux, à environ une lieue vers l'ouest, Hélicon vit le vaisseau de commandement de Kolanos, les yeux rouges peints à sa proue semblant regarder méchamment le *Xanthos.*

—Tu le vois, Oniacus ? cria Hélicon.

—Oui, seigneur, répondit Oniacus.

Hélicon observa le pont du *Xanthos.* Quatre hommes étaient postés près des Lanceurs de Feu. Des archers étaient agenouillés à côté. De petits braseros de cuivre emplis de charbons ardents avaient été installés près des bastingages. Les archers étaient en train d'attacher des chiffons trempés d'huile autour de leurs flèches.

—Préparez le *nephthar* ! ordonna Hélicon.

Les équipes passèrent à l'action. Deux hommes tirèrent les armes en arrière et attachèrent des bouts de déclenchement à des barres qui serviraient au jet. Puis ils posèrent avec soin les grosses boules d'argile scellées à la cire dans les paniers de lancement.

Le *Xanthos* arriva au large. Une autre galère sortit de derrière le cap, venant du sud. Hélicon regarda à sa droite : le troisième vaisseau arrivait du nord, le soleil étincelant sur le bélier de bronze de sa proue.

— Préparez les rames ! cria Hélicon, tournant le regard vers le vaisseau de commandement.

Il arrivait rapidement vers eux, à environ un quart de lieue.

— Toutes les rames en action !

Le *Xanthos* bondit en avant quand les soixante rames plongèrent dans l'eau bleue. Prenant de la vitesse, le navire fonça vers le vaisseau de commandement de Kolanos. Le vaisseau ennemi au sud approchait, mais le *Xanthos* le dépassa.

Des flèches enflammées volèrent vers le *Xanthos*. Plusieurs tombèrent sur le pont. Des hommes d'équipage les recouvrirent de chiffons humides pour étouffer les flammes. La galère arrivant du nord à vive allure se dirigeait vers le barrot tribord. Elle frapperait le navire d'Hélicon au milieu et son bélier de bronze fendrait la coque. Hélicon ne bougea pas, regardant le navire en approche.

Tout dépendait maintenant de l'habileté des hommes chargés du *nephthar*.

À cet instant, le prince dardanien sentit un grand calme l'envahir, et il lui sembla que le temps ralentissait. Gershom était à côté de lui, armé de la massue à pointes de Zidantas. Il ne montrait aucun signe de peur.

Oniacus lança un ordre, et les servants actionnèrent un des Lanceurs de Feu tribord. Le bras de lancement en bois se releva avec un claquement. La boule de *nephthar* alla s'écraser sur le pont de la galère mycénienne, suivie par une autre, qui se brisa et arrosa de liquide âcre les rameurs de bâbord. Les archers du *Xanthos* plongèrent leurs flèches dans les braseros, puis lâchèrent une volée enflammée vers le pont de la galère ennemie.

Le feu prit aussitôt et se propagea le long du pont avec une rapidité incroyable. Des flammes jaillirent partout. Un des rameurs, qui avait été arrosé de *nephthar*, essayait d'éteindre sa tunique en feu, mais ses mains se mirent à brûler. Deux marins lancèrent des seaux d'eau sur les flammes, avec un résultat apocalyptique. Le feu gronda et grimpa plus haut. Paniqués, les hommes quittèrent les bancs des rameurs, et la galère vira à bâbord.

Les archers du *Xanthos* continuèrent à arroser de flèches enflammées l'équipage du navire ennemi. Les Mycéniens sautèrent à la mer, la plupart avec leurs vêtements en flammes. Ils continuèrent à brûler, même dans la mer. Deux autres boules de *nephthar* frappèrent le centre du pont de la galère. Le *nephthar* avait coulé dans la soute, et le vaisseau désert fut ballotté par la mer, le feu dévorant sa structure.

Les quatre autres Lanceurs de Feu projetèrent leurs boules en direction de la galère de Kolanos. Trois tombèrent à la mer, mais la quatrième frappa le côté bâbord et arrosa les rameurs de son contenu. D'autres flèches enflammées jaillirent. Une tomba sur le pont. Hélicon vit les marins ennemis essayer d'étouffer les flammes sous des couvertures et des manteaux, qui ne tardèrent pas à prendre feu aussi.

Puis le vaisseau de commandement vira de bord et quitta la bataille.

Hélicon allait donner l'ordre à ses rameurs de le poursuivre, quand une flèche vola à côté de lui et s'enfonça dans le bastingage. Il se tourna et vit que la dernière galère se rapprochait d'eux par-derrière. Il sentit la colère l'envahir. Il n'avait pas le temps de poursuivre Kolanos.

— Le Cygne Blessé à tribord ! cria-t-il.

Les rameurs du côté bâbord plongèrent leurs rames dans l'eau, puis les relevèrent pendant que l'équipage de tribord ramait de toute sa force. Le *Xanthos* tangua puis vira rapidement. La galère ennemie accéléra, essayant d'utiliser son bélier quand les barrots du *Xanthos* arrivèrent en vue. Mais le capitaine de la galère se trompa sur la vitesse de son ennemi. Quand les deux vaisseaux se rencontrèrent, ils étaient presque de face. Les rameurs de tribord du *Xanthos* soulevèrent leurs rames. Les Mycéniens ne furent pas assez rapides, et une grande partie de leurs rames furent brisées quand les vaisseaux se heurtèrent. À la proue et à la poupe du *Xanthos*, plusieurs marins lancèrent des grappins sur les bastingages de la galère ennemie. Puis ils tirèrent sur les bouts pour rapprocher les deux vaisseaux.

Hélicon mit son heaume en bronze et courut rejoindre ses meilleurs combattants sur le pont central. Puis, grimpant par-dessus le bastingage, il cria : « Pour Zidantas ! » et sauta sur le pont de la galère mycénienne, en dessous de celui du *Xanthos*. L'équipage ennemi, armé d'épées, de haches et de massues, se porta à la rencontre des attaquants. Hélicon frappa du plat de sa lame le premier, flanqua le deuxième sur le pont d'un coup d'épaule, puis bondit et enfonça son épée dans la poitrine du troisième. Un quatrième marin visa sa tête, mais une énorme massue l'envoya bouler. C'était celle de Zidantas, dans les mains de Gershom. D'autres marins du *Xanthos* descendirent sur le pont de la galère mycénienne. Le combat fut brutal et sanglant. Hélicon tua un autre marin ennemi. Trois guerriers se ruèrent vers lui. Il para le coup d'épée du premier, puis il glissa sur le sang qui couvrait le pont. En tombant, il se jeta dans les jambes d'un autre adversaire, qu'il renversa. Il se tourna sur le dos et bloqua une épée qui plongeait vers lui, puis il taillada les jambes de l'homme.

Un homme d'équipage du *Xanthos*, mince, armé de deux dagues courbes, se jeta sur les assaillants et trancha la gorge de l'un d'entre eux. Hélicon se releva d'un bond. Gershom se tenait à sa droite, et l'homme d'équipage à sa gauche. Les guerriers mycéniens foncèrent vers eux.

Hélicon, Gershom et le marin se ruèrent en avant. Ensemble, ils firent des ravages dans les rangs des Mycéniens.

Puis Hélicon aperçut Glaucos, l'épée à la main. Il sentit la rage l'envahir. Il tua le guerrier en face de lui et courut vers le Mycénien. Des flèches arrosèrent le pont.

Quand Hélicon arriva près de Glaucos, il entendit quelqu'un crier :

— Nous nous rendons ! Jetez vos armes, les gars ! Par pitié ! Nous nous rendons !

Le bruit des armes tombant sur le pont retentit.

Glaucos regarda Hélicon d'un œil mauvais. Puis, voyant que ses compagnons avaient cessé le combat, il laissa aussi tomber son épée sur le pont. Hélicon vit la haine brûler dans le regard du jeune homme.

— Vous avez navigué avec Zidantas, dit Hélicon. Vous avez vu ce qu'ils lui ont fait. Et vous vous êtes joint à eux. Je devrais vous étriper comme un cochon. Mais je ne le ferai pas. Je vous ramènerai auprès d'Argurios.

Glaucos ne répondit pas. Hélicon se détourna. Le marin mince qui était venu à son secours nettoyait la lame de ses dagues. Hélicon s'approcha de lui. L'homme n'était pas jeune, il avait sûrement plus de quarante ans.

— Je te remercie. Quel est ton nom ?

L'homme avait les yeux noirs et une expression calme.

— Je m'appelle Attalus.

— Tu t'es battu avec courage. Je te suis redevable, Attalus.

Hélicon se détourna et cria des instructions à son équipage.

— Allez chercher des bouts ! Je veux que tous les prisonniers soient attachés aux bastingages. Et récupérez tous ceux qui sont tombés à la mer.

Les marins obéirent. Puis Hélicon ordonna que le cadavre de Zidantas soit descendu sur la galère ennemie. Enveloppé d'une couverture tachée de sang, il fut installé au milieu du pont. Puis Hélicon sortit la tête mutilée du sac et la posa au niveau du cou. Ensuite, il retira un anneau d'or de sa bourse et le plaça dans la bouche du mort – un cadeau pour le passeur d'Hadès, pour qu'il fasse traverser la sombre rivière à son ami.

Il resta un moment agenouillé, silencieux, à côté du corps. Puis il se leva et regarda les prisonniers.

— C'était Zidantas, dit-il. Certains d'entre vous l'ont connu, brièvement. Parmi vous, il y a peut-être les hommes qui l'ont capturé et traîné dans votre campement. C'était un homme de bien, père de six filles. Il naviguait sur la Grande Verte depuis longtemps – avant la naissance de nombre d'entre vous. Il était hittite, et nous le renverrons à ses dieux à la manière de son peuple. Vous assisterez tous à la cérémonie, et vous aurez tout loisir de réfléchir à la part que vous avez prise à son assassinat.

II

Argurios, perdu dans ses pensées, resta assis sur la plage, seul, pendant un long moment. Les actes de Kolanos étaient une tache de plus sur l'honneur des Mycéniens. La torture et le meurtre de Zidantas avaient été sadiques et inutiles. Pourtant, Kolanos ne serait pas le seul à souffrir des conséquences des événements de la baie du Roi Gras. Quand Agamemnon apprendrait qu'Argurios avait sauvé la vie d'Hélicon, il serait furieux. Argurios regrettait amèrement d'avoir accepté de suivre Hélicon. S'il était resté sur la plage, l'assassinat aurait peut-être réussi, et Zidantas aurait été en train de se préparer à rentrer chez lui pour retrouver sa femme et ses filles.

Et comment le jeune Glaucos avait-il pu décider de prendre le parti de ces meurtriers ?

C'était un mystère pour Argurios, et un sujet de tristesse.

À ce moment, il vit Xander, le jeune garçon, approcher de lui, l'air nerveux. Il portait un bol en bois et une miche de pain avec du fromage.

— J'ai pensé que vous deviez avoir faim, messire, dit-il.

Argurios regarda le jeune garçon au visage tavelé de taches de rousseur, et hocha la tête.

— J'ai faim, c'est exact.

Il prit le bol et mangea le ragoût peu épais, mais agréablement épicé. Le pain était frais. Puis il s'aperçut que le jeune garçon était toujours là.

— Voulais-tu autre chose ? demanda Argurios.

— Je voulais vous remercier de m'avoir sauvé la vie.

Argurios s'était toujours senti mal à l'aise parmi les jeunes, même quand il était jeune lui-même. Il ne sut que répondre. Il regarda le garçon, qui était pâle et visiblement effrayé.

— N'aie pas peur de moi, dit Argurios. Je ne fais pas de mal aux enfants.

— Je voudrais n'être jamais venu ici. Si seulement j'étais resté chez moi…, dit soudain Xander.

— Il m'est arrivé de penser comme toi, répondit Argurios. Enfant, on est à l'abri, mais quand l'enfant devient un homme, il voit le monde tel qu'il est. J'ai du chagrin pour Zidantas, moi aussi. Tous les Mycéniens ne sont pas comme ceux qui l'ont tué.

— Je le sais, dit Xander, s'asseyant sur le sable aux pieds d'Argurios. Vous m'avez sauvé. Et vous avez failli mourir. J'étais terrifié. Et vous ?

— La mort ne me fait pas peur, petit. Un jour ou l'autre, elle vient pour chacun d'entre nous. Ceux qui ont de la chance meurent en héros, et leur nom est honoré. Les malchanceux meurent lentement. Leurs cheveux blanchissent, leurs membres s'affaiblissent…

Argurios termina le ragoût et le pain. Il posa le bol vide à côté de lui et se leva. Puis il ramassa son casque et rejoignit l'équipage du *Pénélope*, qui regardait vers le large et se demandait quels vaisseaux reviendraient victorieux.

Ulysse était assis un peu à l'écart et parlait avec Andromaque, qui était vêtue de vert. Elle était remarquable. Argurios était encore plus mal à l'aise en présence des femmes qu'en présence des enfants, mais il devait parler à Ulysse. Il s'aperçut que Xander l'avait suivi. Le jeune garçon leva les yeux vers lui et lui sourit. Argurios fut tenté de le rabrouer et de lui ordonner de partir, mais la chaleur de son sourire le désarma.

Quand Ulysse le vit, il lui fit signe de s'asseoir. Puis il lui présenta Andromaque. Argurios tenta de trouver quelque chose à dire.

— Je suis désolé que vous ayez dû être témoin d'un spectacle aussi sinistre, dit-il, se souvenant du moment où Hélicon avait sorti la tête de Zidantas du sac.

— J'ai déjà vu des têtes coupées, répondit-elle froidement.

Argurios ne vit aucun moyen de prolonger la conversation. D'ailleurs, il n'en avait pas envie. Il se tourna vers Ulysse.

— Ma mission doit me conduire à Troie, dit-il. Pourrais-je prendre place à bord de votre vaisseau ?

— Je ne pense pas avoir assez de place, pour ce voyage, dit Ulysse d'un ton glacial.

— Il m'a sauvé la vie, dit soudain Xander.

— Vraiment ? Voilà un récit que j'aimerais entendre.

Argurios s'était détourné et s'éloignait à grands pas.

— Attendez ! dit Ulysse. Écoutons d'abord ce que le gamin veut nous raconter. Vas-y, petit, dis-nous tout sur cet exploit.

Argurios s'arrêta. Il n'avait pas envie de rester en compagnie de cet Ithaquien hostile, mais il devait aussi aller à Troie. Mal à l'aise, il resta debout pendant que Xander racontait l'histoire du bastingage arraché par la tempête et de la façon dont Argurios l'avait empêché de tomber à la mer. Ulysse écouta en silence, puis regarda Argurios, son expression désormais plus amicale.

— Vous êtes un homme étonnant, Argurios. Il y a toujours une place sur le *Pénélope* pour les hommes étonnants. Mais vos quartiers ne seront pas très grands.

— Cela m'importe peu.

Quelqu'un cria, et les hommes attendant sur la plage se levèrent.

Ils virent le *Xanthos* se frayer un chemin à travers les eaux peu profondes. Il remorquait une galère mycénienne. Surpris, Argurios alla au bord de l'eau et regarda les vaisseaux approcher. L'équipage de la galère mycénienne était aligné contre les bastingages. Quand le vaisseau fut plus près, Argurios vit qu'une cinquantaine d'hommes y étaient attachés. Glaucos avait été ficelé à la proue.

Le *Xanthos* amorça un virage pour se diriger vers la partie plus profonde de la baie.

— Que fait-il ? demanda Argurios.

Ulysse ne répondit pas, mais le guerrier mycénien vit qu'il avait l'air perturbé, et que son regard était hanté. Inquiet, Argurios regarda les vaisseaux. Quand il atteignit les eaux plus profondes, le *Xanthos* lâcha les amarres de remorquage et la galère s'arrêta lentement. Le *Xanthos* s'éloigna.

Puis Argurios vit un objet sombre s'envoler du *Xanthos* et atterrir sur le pont de la galère. Plusieurs autres objets identiques suivirent. Les hommes attachés crièrent et se débattirent contre leurs liens. Puis une volée de flèches enflammées jaillit du *Xanthos*.

Un mur de flammes jaillit au centre de la galère, suivi par des hurlements. Argurios vit Glaucos commencer à brûler. Le feu engouffra sa tunique, rampa sur son armure puis enflamma ses cheveux. Les hurlements devinrent épouvantables quand les hommes attachés prirent feu les uns après les autres. De la fumée noire monta au-dessus de l'eau. Argurios n'en croyait pas ses yeux. Au moins cinquante hommes sans défense étaient en train de mourir dans d'atroces souffrances. Un des marins réussit à se détacher et sauta à la mer. Mais quand il refit surface, à la surprise de tous les spectateurs, il continua à brûler.

Sur la plage, la foule était silencieuse, regardant le feu magique consumer la galère et son équipage.

— Vous m'avez demandé ce que je craignais, dit Ulysse à Andromaque. Maintenant, vous l'avez vu.

— C'est monstrueux, dit Argurios, tandis que les hurlements d'agonie continuaient à monter du vaisseau condamné.

— Oui, ça l'est, dit tristement Ulysse.

La galère en perdition était entourée de fumée noire pendant que le *Xanthos* retournait lentement vers le large.

Chapitre 14

Chant d'adieu

Pendant tout l'après-midi, le *Xanthos* continua à naviguer le long de la côte sud, cherchant la galère de Kolanos. Gershom était debout à la proue, ses mains bandées le brûlant à cause de l'onguent à base de vinaigre et d'huile d'olive qu'Oniacus y avait appliqué. À côté de lui, Oniacus scrutait aussi l'horizon sud, essayant de repérer le vaisseau qu'ils pourchassaient. Attalus, le marin silencieux, était à côté d'eux. Ils avaient aperçu deux fois la galère, au loin, mais la brume était désormais tombée et la visibilité devenait de moins en moins bonne à chaque instant.

—Nous l'avons perdue, dit Oniacus.

Gershom aurait juré qu'il y avait du soulagement dans sa voix.

Il regarda Hélicon, qui tenait la barre, seul. Les rameurs travaillaient en silence. Il n'y avait eu ni chants ni bavardages pendant que le *Xanthos* cherchait sa proie. Au début, Gershom avait pensé que l'humeur sombre était due à la mort de Zidantas, mais à mesure que la journée avançait, il comprit qu'il y avait autre chose. L'équipage était tendu et mal à l'aise. Gershom essaya de comprendre pourquoi les marins étaient si inquiets. Craignaient-ils un autre affrontement ? Cela semblait peu probable, car il les avait vus combattre, et ces hommes n'étaient pas des lâches. Ils avaient souffert très peu de pertes. L'homme de barre, Epéus, avait reçu une flèche dans le dos, mais il avait gardé le cap du *Xanthos* jusqu'à ce qu'il ait abordé la galère ennemie. À ce moment, il s'était écroulé et était mort. Trois autres hommes avaient été tués, deux d'entre eux étant des nouveaux, qui n'avaient pas été à bord assez longtemps pour forger des liens étroits avec les autres. L'absence de réjouissance n'avait aucun sens aux yeux du robuste Égyptien.

Il se tourna finalement vers Oniacus.

— Vous autres marins, vous célébrez les victoires d'une bien étrange façon, dit-il. Nous, quand nous gagnons une bataille, nous chantons et nous rions. Les hommes se vantent de leurs actes d'héroïsme. Ils sont contents d'être en vie. Mais là, j'ai l'impression d'être sur un vaisseau empli de morts !

Oniacus le regarda, intrigué.

— La vue de ces marins en train de brûler ne t'a-t-elle donc rien fait, Gyppto ?

Au tour de Gershom d'être perplexe. Comment quelqu'un pouvait-il déplorer la mort d'ennemis ?

— Ils nous ont attaqués, dit-il. Nous les avons vaincus.

— Nous les avons *assassinés*. Avec cruauté. C'étaient des marins. Ils avaient une famille, des gens qui les aimaient.

Gershom sentit la colère monter en lui. Quel ramassis d'âneries !

— Dans ce cas, ils auraient dû rester à terre avec leur famille, et ne pas s'amuser à torturer à mort un honnête homme. Quand un lion vous attaque, vous ne vous demandez pas s'il a des petits à nourrir. Vous vous contentez de le tuer.

— On ne peut pas réfuter un tel argument, dit Attalus.

Oniacus les regarda tous les deux d'un air furieux.

— L'homme qui a tué Taureau, c'est Kolanos. C'est lui qui aurait dû brûler. Nous aurions dû couler sa galère et libérer son équipage.

Gershom éclata de rire.

— Le libérer ? Pour qu'il puisse nous attaquer de nouveau ? S'ils avaient arraisonné le *Xanthos*, vous auraient-ils laissé partir ?

— Non, dit le rameur aux cheveux frisés. Ils nous auraient tués. Mais c'est ça qui sépare le bien du mal. Quand nous nous conduisons comme eux, nous devenons comme eux. Quelle est alors notre justification ? En nous abaissant à leur niveau, nous perdons le droit de les condamner.

— Ah ! c'est donc une question philosophique, dit Gershom. Très bien ! Autrefois, il y a bien longtemps, il y a eu une rébellion en Égypte. Le pharaon a capturé les meneurs. Ses conseillers l'ont pressé de les tuer. Mais il a choisi d'écouter les doléances des hommes qui s'étaient soulevés contre lui, et il a cherché à régler les problèmes. Les hommes ont tous été relâchés. Le pharaon a même baissé les taxes dans les régions concernées. Lui aussi, c'était un philosophe. Quelques années plus tard, les rebelles se sont révoltés de nouveau. Cette fois, ils ont vaincu le pharaon au combat, et ils l'ont tué, ainsi que ses épouses et ses enfants. Il avait régné pendant moins de cinq années. Un des meneurs devint pharaon à sa place. Il y eut aussi des insurrections, mais il les écrasa impitoyablement et tua tous ceux qui se dressaient contre lui, ainsi que leur famille. Il a régné pendant quarante-six ans.

— Que veux-tu démontrer, Gyppto ? Que la sauvagerie est le chemin à suivre ? Que les hommes les plus impitoyables réussiront toujours, alors que ceux qui connaissent la compassion sont condamnés ?

— Bien entendu. Historiquement, c'est un argument qui se tient. Cependant, je voulais plutôt démontrer que le danger est dans les comportements extrêmes. Un homme qui est toujours cruel est mauvais, et un homme qui montre toujours de la compassion sera à la merci des autres. C'est plus une question d'équilibre. La force et la compassion, la sauvagerie associée parfois à la pitié.

— Ce qui s'est passé aujourd'hui était plus que de la sauvagerie. Je n'aurais jamais cru qu'Hélicon soit aussi assoiffé de vengeance.

— Il s'agissait d'autre chose que de vengeance, dit Attalus.

— Comment ça ?

— Nous aurions pu les brûler en mer, puis nous mettre plus rapidement à la recherche de Kolanos. Mais nous avons remorqué la galère dans la baie, pour que tout le monde soit témoin de cette horreur. Tous les marins présents sur la plage raconteront cette histoire. Dans quelques semaines, on aura entendu ce récit dans tous les ports de la Grande Verte. Je pense que c'était le but de cette démonstration.

— Que le monde entier sache qu'Hélicon et ses marins sont des sauvages ?

Attalus haussa les épaules.

— Si tu étais un marin mycénien, aurais-tu envie de t'opposer à Hélicon, maintenant ?

— Non, reconnut Oniacus. Mais je pense aussi que beaucoup de ses hommes n'auront pas envie de continuer à servir sous ses ordres, désormais. Quand nous arriverons à Troie, un certain nombre de ses marins quitteront le *Xanthos*.

— Toi ? demanda Gershom.

Oniacus soupira.

— Non. Je suis dardanien, et Hélicon est mon seigneur. Je lui resterai loyal.

Il faisait bon, une légère brise soufflant du sud. Les dauphins nageaient de nouveau autour du vaisseau, et Gershom les regarda un moment. La brume s'épaissit, et les trois hommes entendirent Hélicon ordonner aux rameurs de ralentir. Laissant Attalus à la proue, Oniacus retourna sur le pont central, suivi par Gershom. Ils passèrent à côté des servants des Lanceurs de Feu, puis grimpèrent les marches menant au pont arrière. Le visage d'Hélicon était un masque inexpressif.

— Nous devons trouver une plage, Bienheureux, dit Oniacus. Le crépuscule ne tardera pas à tomber.

Pendant l'heure qui suivit, le *Xanthos* navigua lentement le long de la côte, jusqu'à ce qu'il arrive à une baie profonde en forme de croissant. La plage était déserte. Hélicon ordonna aux servants des Lanceurs de Feu de quitter leur poste et de remettre les boules de *nephthar* dans la cale. Puis le *Xanthos* fut tiré sur la plage par la poupe.

Hélicon ordonna à vingt hommes d'équipage de rester à bord, au cas où la galère mycénienne arriverait dans la même baie, même si Gershom eut l'impression qu'il ne pensait pas que ça se produirait.

À terre, les hommes allumèrent plusieurs feux, et des groupes de marins s'enfoncèrent vers l'intérieur pour chercher du bois à brûler et de l'eau fraîche. Gershom resta à bord. Ses mains étaient encore trop endolories pour qu'il puisse agripper les bouts et se laisser glisser sur le sable. Mais il sentait quand même ses forces lui revenir. Hélicon demeura aussi sur le *Xanthos*. L'ambiance autour des feux de camp fut assez morose.

Quand la brume du soir eut disparu et que les étoiles brillèrent au firmament, un ou deux des marins s'endormirent, mais la plupart restèrent éveillés. Gershom, qui avait somnolé pendant un moment sur le pont arrière, vit qu'ils s'étaient rassemblés et parlaient à voix basse.

Hélicon apporta à manger à Gershom, un peu de fromage et de la viande séchée, ainsi qu'une outre d'eau.

— Comment vont tes mains ? demanda-t-il.

— Je guéris vite, dit Gershom, acceptant la nourriture avec reconnaissance.

Le fromage avait un goût prononcé, et la viande était épicée à souhait. Hélicon resta à la poupe, observant la plage et les hommes rassemblés. Gershom regarda Hélicon, et se rappela le moment où il l'avait vu bondir sur le pont de la galère ennemie. Pour l'équipage, le souvenir le plus marquant de cette journée serait celui des hommes en train de brûler. Pour lui, ce serait le jeune prince, vêtu de son armure de guerre, se frayant un chemin au milieu des pirates mycéniens. Il maniait l'épée avec brio. Ses attaques étaient imparables. Il avait émané de lui un sentiment d'invincibilité. C'était surtout ça qui avait forcé les Mycéniens à se rendre.

— Je crains que votre équipage soit mécontent, dit Gershom, brisant le silence.

— Ce sont de bons marins, courageux et honnêtes. Zidantas savait juger les hommes. Il ne louait pas les services des lâches. Cette nuit, ils pensent à lui, tout comme moi.

— À mon avis, ils penseront aussi à autre chose.

— Oui, reconnut Hélicon. Tu t'es bien battu aujourd'hui, Gershom. Zidantas aurait été fier de te voir manier sa massue. Si tu souhaites rester à mon service, tu es le bienvenu.

— Je pensais quitter le vaisseau à Troie.

— Beaucoup le feront, dit Hélicon. Mais toi, tu devrais penser à la sagesse d'une telle décision.

— Pourquoi ne serait-ce pas une sage décision ?

Hélicon se tourna vers Gershom, et l'homme sentit la puissance de son regard.

— Quel crime as-tu commis en Égypte ?

— Pourquoi me posez-vous cette question ? demanda Gershom, évasif.

— Tu es un homme prudent, Gyppto, et c'est une vertu que j'admire. Mais ce n'est pas le moment de te taire. Le Roi Gras m'a dit que, dans tous les ports, des envoyés égyptiens cherchaient un fugitif robuste à la barbe noire qui se fait peut-être appeler Gershom. Il y a une forte récompense en or pour celui ou ceux qui le livreront à la justice. Donc, je te le redemande : quel fut ton crime ?

Gershom sentit le découragement l'envahir. Il n'avait pas compris – même s'il aurait dû s'y attendre – que son grand-père irait aussi loin pour le capturer.

— J'ai tué deux gardes royaux, dit-il.

— Essayaient-ils de t'arrêter ?

— Non. Je les ai vus attaquer une femme et je me suis interposé. Ils ont tiré leur épée. J'en ai tué deux. J'étais ivre et je n'avais pas le contrôle de moi-même. Maintenant, bien entendu, je le regrette.

— S'ils attaquaient une femme, tu as eu raison de la défendre.

— Non. C'était une esclave, et si un garde royal décide de s'accoupler avec une esclave, ce n'est pas un crime. La femme avait tort de leur résister.

— Donc, tu t'es enfui.

— La punition de mon crime aurait été la perte de mes yeux, puis on m'aurait enterré vivant. Pas d'embaumement, pas d'Osiris pour m'accueillir dans les Terres Légendaires, pas de vie future parmi les étoiles. Oui, je me suis enfui. Mais il semble qu'il n'existe pas de refuge sur la Grande Verte…

— Tu seras plus en sécurité parmi mon équipage, en Dardanie. C'est là que nous passerons l'hiver.

— Je vais réfléchir à votre offre, Hélicon. Et je vous remercie de me l'avoir faite.

Hélicon soupira.

— Inutile de me remercier, Gershom. Beaucoup de marins partiront à notre arrivée à Troie. Je ne peux pas me permettre de perdre un aussi bon combattant que toi.

— Je suis persuadé que vous pourriez les convaincre de rester.

Hélicon eut un sourire triste.

— Seulement en leur disant la vérité, et je ne peux pas me le permettre.

— Vous devrez m'expliquer ces paroles sibyllines, dit Gershom.

— Je le ferai peut-être... quand je te connaîtrai mieux.

— Qu'allons-nous faire, maintenant ?

— Nous avons perdu Kolanos, et la saison est presque terminée. Je reprendrai la poursuite au printemps. Même si je dois y consacrer ma vie, je le trouverai. Ou on me l'amènera.

— Aucune force sous le ciel n'est plus puissante que la haine, dit Gershom.

— Peut-être. D'autant plus que les hommes ne peuvent jamais s'en libérer, répondit amèrement Hélicon. Et, même en le sachant, je n'aurai pas de repos tant que Kolanos ne sera pas mort. Un acte aussi maléfique que le sien ne peut pas rester impuni.

— Vous enverrez des assassins ?

— Non. Je le trouverai moi-même.

Hélicon se tut.

— À quoi pensez-vous ? demanda Gershom.

Hélicon inspira à fond, puis expira lentement.

— Je pensais à mon père, la dernière fois que je l'ai vu. Il a été tué par un assassin, qui lui a coupé l'oreille. Je n'ai jamais su pourquoi.

— Vous n'avez jamais découvert qui avait commandité le meurtre ?

— Non. Des hommes à moi cherchent toujours. J'ai offert une récompense pour toute information. Mais rien n'a fait surface. Un jour, pourtant, quelque chose viendra au jour. À ce moment, comme Kolanos, l'homme qui a ordonné la mort de mon père périra. Je l'ai juré.

À cet instant, un homme sur la plage commença à parler à voix haute. Gershom gagna le bastingage et regarda. C'était Oniacus.

— Entendez nos paroles, ô Hadès, Seigneur des ombres profondes, cria-t-il. Car certains de nos amis arpentent désormais vos terres à la recherche des Champs Élyséens !

L'équipage commença à chanter.

Hélicon enjamba le bastingage et se laissa glisser sur la plage. Les hommes restés sur le navire se rassemblèrent autour de Gershom et entonnèrent aussi le chant funèbre. Quand il fut terminé, Gershom vit Hélicon se placer au centre du cercle d'hommes d'équipage. Il parla de Zidantas, de son courage, de son amour de sa famille et de son équipage, de sa loyauté et de la grandeur de son âme. Puis Oniacus reprit la parole, et parla lui aussi de Zidantas, d'Epéus et des autres marins morts, mais ses récits étaient plus personnels : il cita la générosité et le sens de l'humour de Taureau, la passion d'Epéus pour le jeu. D'autres hommes racontèrent à leur tour des histoires, et à la fin de chacune, l'équipage psalmodiait : « Entendez nos paroles, ô Hadès… »

Gershom se dit que, quelque part le long de la même côte, un autre équipage chantait probablement des mots identiques, parlant de la mort des amis qui avaient péri en attaquant le *Xanthos*.

Il se détacha du groupe d'hommes rassemblés devant le bastingage et alla s'installer sur le pont, au milieu du vaisseau. Il s'allongea et regarda les étoiles.

Les dieux nous écoutent-ils ? se demanda-t-il. *Osiris le doré pleure-t-il quand nous perdons un être cher ? Isis nous accompagne-t-elle dans notre deuil ? Et ce dieu grec, Hadès ? Ou Jéhovah, le dieu austère des esclaves du désert ? Ou le Moloch des Assyriens, qui crache du feu ?*

Gershom en doutait.

Deuxième partie

La cité d'or

Chapitre 15

La cité des rêves

I

Le chagrin d'Hélicon ne diminua pas quand ils virèrent de bord et se dirigèrent vers le nord, le long de la côte. Au contraire, il augmenta, lui déchirant le cœur. Par moments, il avait l'impression qu'il l'empêchait de respirer. Quand le *Xanthos* passa de nouveau le long de la baie de la Chouette Bleue, les souvenirs se firent plus précis et la perte de Zidantas menaça de le submerger.

La force de son désespoir était un choc pour lui. Zidantas était un ami cher et un serviteur fidèle, mais Hélicon n'avait pas compris à quel point il se fiait à la constance et à la dévotion de cet homme. Toute sa vie, Hélicon avait eu peur de l'intimité, de laisser les gens s'approcher trop de lui, de partager avec eux ses pensées, ses rêves et ses peurs. Taureau ne l'avait jamais poussé dans ses retranchements. C'était rassurant d'être avec lui.

Ulysse lui avait dit un jour qu'un homme ne pouvait pas se cacher de ses peurs, qu'il lui fallait les affronter en face. Il ne pouvait pas être un roi prisonnier de sa forteresse. Hélicon avait compris, et ça lui avait permis de se libérer et de devenir le Bienheureux, le prince des mers.

Pourtant, il savait qu'une partie de lui seulement avait pris le large. La forteresse existait toujours dans son esprit, et son âme y était enfermée.

Que lui avait dit le vieux rameur, Spyros ? Que les enfants qui n'avaient pas eu des parents aimants en gardaient des blessures invisibles, pour la vie. C'était vrai. Quand il était petit, son cœur avait été ouvert. Puis sa mère, vêtue de bleu et d'or et portant un diadème sur le front, s'était jetée du haut de la falaise. Le petit garçon avait cru qu'elle allait s'envoler pour l'Olympe, et il l'avait vue, horrifié, s'écraser sur les rochers en dessous du promontoire. Puis son père l'avait traîné sur la plage et l'avait forcé à regarder sa beauté détruite, son visage fracassé où un œil pendait sur sa joue. Les paroles de son père resteraient à tout jamais inscrites en lettres de feu dans son cœur. « Regarde-la, cette stupide génisse ! Elle n'est pas une déesse, mais un cadavre que les mouettes vont picorer ! »

Pendant un moment, le cœur blessé de l'enfant était resté ouvert, et il avait cherché du réconfort auprès d'Anchise. Mais quand il parlait de ses sentiments, on lui enjoignait de se taire et on le grondait pour sa faiblesse. D'abord, son père s'était moqué de lui, puis il l'avait ignoré. Les servantes et les serviteurs qui le traitaient avec bienveillance encourageaient sa faiblesse, avait décrété son père, et ils avaient été remplacés par des gens durs et froids qui ne montraient aucune patience envers l'enfant accablé par le chagrin. Il avait fini par comprendre qu'il devait garder ses sentiments secrets.

Des années plus tard, guidé par Ulysse, il avait appris à devenir un homme, à rire et à plaisanter avec l'équipage, à travailler avec les marins et à partager leur vie. Mais il était toujours resté un peu en marge. Il écoutait les hommes parler de leur famille, de celle qu'ils aimaient, de leurs rêves et de leurs craintes. Il admirait les hommes qui pouvaient s'ouvrir ainsi, mais il n'avait jamais réussi à forcer les portes de la forteresse et à participer. Après un moment, il lui avait semblé que ça n'avait pas d'importance. Il avait maîtrisé l'art d'écouter et celui de faire la conversation, sans rien révéler de personnel.

Ulysse – comme Zidantas – ne l'avait jamais poussé à exprimer ses sentiments. Phèdre avait essayé, et il avait vu le chagrin dans ses yeux quand il avait répondu évasivement et lui avait métaphoriquement claqué les portes au nez.

Ce qu'il n'avait pas compris, jusqu'à ce jour, était que Taureau n'était pas resté en dehors de la forteresse de son cœur. Sans qu'il le remarque, il s'était glissé au plus profond des salles secrètes. Son meurtre avait abattu les murs, laissant Hélicon aussi vulnérable qu'il l'avait été, tant d'années plus tôt, quand sa mère, dans son désespoir et sous l'empire de la drogue, s'était jetée du haut de la falaise.

Le pire était que son esprit – qui refusait d'accepter la mort de Taureau – ne cessait de lui jouer des tours. Il regardait souvent autour de lui pour le chercher. La nuit, il rêvait de lui, et croyait que le rêve était la réalité et la réalité, le rêve. Puis il se réveillait, le cœur joyeux ; et l'horreur le submergeait comme une vague noire.

Le soleil se couchait. Il leur fallait trouver un endroit où s'installer pour la nuit. Hélicon ordonna à l'équipage de continuer à ramer, essayant de mettre autant de distance que possible entre lui et les horribles souvenirs de la baie de la Chouette Bleue.

Le vaisseau avançait désormais plus lentement, car des rochers se dissimulaient dans les eaux de la côte. Oniacus plaça des hommes à la proue, avec des perches de sondage, qui relayaient des instructions aux rameurs. Hélicon appela un homme pour le remplacer à la barre et gagna le côté bâbord, où il regarda la mer qui s'obscurcissait.

— Je te tuerai, Kolanos, murmura-t-il.

Cette idée ne le rendit pas plus heureux. Il avait assassiné cinquante marins mycéniens, et cet acte de vengeance n'avait pas soulagé sa douleur. La mort de Kolanos compenserait-elle la perte de Zidantas ?

Mille hommes comme Kolanos ne remplaceraient pas un seul Zidantas, il le savait. Même s'il tuait tous les Mycéniens, rien ne lui rendrait son ami.

Il sentit la pression monter dans sa poitrine, une douleur physique qui prenait naissance dans son ventre. Il inspira par longues bouffées profondes, essayant de repousser son désespoir.

Il pensa au jeune Diomède et à sa mère, Halysia. Un instant, un rayon de soleil illumina son âme troublée. *Oui,* pensa-t-il, *je trouverai la paix en Dardanie. J'apprendrai à Diomède à monter nos magnifiques chevaux.*

Hélicon avait acheté un étalon et six juments en Thessalie, quatre ans auparavant. Ils étaient de bonne race, forts mais élégants, les chevaux les plus beaux qu'Hélicon ait jamais vus. Leur robe était d'or pâle et leur crinière et leur queue blanches comme les nuages. Ils avaient aussi un caractère doux, égal et paisible. Pourtant, quand on les poussait à galoper, ils filaient comme le vent. Diomède les adorait. Il avait passé de nombreuses journées heureuses à s'occuper des poulains.

Hélicon sourit à un souvenir particulier. Lors de la première saison de reproduction, quatre ans auparavant, Diomède, huit ans, avait été assis sur la barrière de l'enclos. Un des chevaux à la robe dorée s'était approché de lui. Avant que quiconque puisse l'en empêcher, l'enfant avait sauté sur le dos de l'animal. Paniquée, la jument s'était mise à ruer, et Diomède avait été projeté dans les airs. Il aurait pu être grièvement blessé, sans l'intervention de Zidantas. Le géant s'était précipité dans l'enclos et avait rattrapé l'enfant au vol. Ils avaient roulé tous les deux sur le sol, riant aux éclats.

Le sourire d'Hélicon s'effaça, et il eut l'impression de recevoir un coup de poignard dans le cœur, si fort qu'il gémit.

Un des marins, Attalus, était à côté de lui. Il regarda dans sa direction mais ne dit rien.

Puis Oniacus, à la proue, l'appela. Hélicon le rejoignit. À tribord, il y avait une petite plage. Aucun navire ne s'y était installé pour la nuit.

— Accostons, ordonna Hélicon.

Plus tard, sur la plage, il s'éloigna des feux de camp et grimpa à travers un bois épars au sommet des falaises. Il y resta assis, plongé dans ses pensées.

Entendant du bruit à côté de lui, il se leva d'un bond. Il vit Attalus se frayer un chemin entre les arbres, deux outres d'eau à la main. L'homme s'arrêta auprès de lui.

— J'ai trouvé un ruisseau. Vous voulez un peu d'eau ?

— Oui, merci.

Hélicon prit une des outres et but. Attalus resta à ses côtés, silencieux.

— Vous ne parlez pas beaucoup, remarqua Hélicon.

— Il n'y a pas grand-chose à dire, répondit l'homme, en haussant les épaules.

— C'est rare, pour un marin.

— De la nourriture chaude est prête, dit Attalus. Vous devriez venir manger.

— Dans un moment.

À cet instant, dans le calme des bois, Hélicon sentit le besoin de parler à cet homme taciturne, de partager avec lui ses pensées et ses sentiments. Comme d'habitude, il n'en fit rien. Il attendit qu'Attalus reparte avec les outres.

Hélicon resta encore un peu au sommet de la falaise, puis il retourna au campement. Il prit une couverture et s'allongea, la tête sur les bras. Il entendait autour de lui des murmures discrets de conversation.

Il se représenta le visage d'Andromaque, tel qu'il l'avait vu à la lueur des torches. Elle aussi se rendait à Troie. L'idée qu'il la reverrait lui remonta le moral.

Et il s'endormit.

II

Xander était embarrassé. Pour la troisième fois de la matinée, il avait vomi par-dessus le bastingage. Il avait mal à la tête et se sentait instable sur ses jambes. Le *Pénélope* était bien plus petit que le *Xanthos* – il faisait à peine la moitié de sa longueur, et la place à bord était limitée – et il n'avait donc aucun endroit où cacher sa honte. Les bancs des rameurs se trouvaient sur le pont principal. Quand le vaisseau avançait à la rame, il restait seulement un étroit passage entre les rangées de rameurs, pour aller d'un bout du vaisseau à l'autre. Au contraire du pont flambant neuf du *Xanthos*, celui du *Pénélope* était usé et terne, et certaines rames semblaient avoir été déformées par le soleil et l'eau salée.

Sur le petit pont avant, où on lui avait dit d'attendre l'arrivée à Troie avec les autres passagers, l'humeur était maussade. Le premier jour, Xander avait été tout content de naviguer avec le légendaire Ulysse, mais son excitation était vite retombée, car il n'avait rien à faire. Il regardait la côte défiler, et il écoutait les conversations des hommes autour de lui. Andromaque avait été gentille. Elle avait parlé avec lui de son foyer et de sa famille. Argurios ne lui avait pas adressé la parole. En fait, il parlait très peu. Il restait debout à la proue comme une statue, le regard perdu dans les vagues. Le vieux constructeur, Khalkéus, était lui aussi morose et silencieux.

Même les nuits étaient sans lustre. Ulysse ne racontait pas d'histoires, et l'équipage du *Pénélope* ne se mêlait pas aux passagers. Ses membres jouaient aux osselets ou discutaient entre eux. Quand ils abordaient, Andromaque se promenait souvent le long des plages avec Ulysse. Argurios restait seul dans son coin. Khalkéus s'isolait aussi, sombre et sans enthousiasme.

Une nuit, alors qu'ils s'étaient abrités d'une pluie battante sous des arbres, un peu en retrait de la plage, Xander s'était retrouvé assis à côté du constructeur. Comme toujours, l'homme semblait déprimé.

— Ça va ? demanda Xander.

— Je suis mouillé, grommela Khalkéus.

Le silence s'épaissit. Puis l'homme soupira.

— Je n'ai rien contre toi, petit. Mais je souffre toujours du résultat de mes actes. Je n'avais jamais eu de morts sur la conscience, avant.

— Vous avez tué quelqu'un ?

— Oui. Tous les marins de cette galère mycénienne.

— Vous ne les avez pas tués, Khalkéus. Vous étiez avec moi sur la plage.

— Comme il serait agréable que cette analyse directe soit vraie ! Tu t'apercevras un jour, jeune Xander, que la vie n'est pas aussi simple. J'ai conçu les Lanceurs de feu, et suggéré à Hélicon d'acheter du *nephthar*. Tu comprends ? Dans mon idée, ils devaient servir à nous protéger des pirates et des pillards. Il ne m'était pas venu à l'esprit – imbécile que je suis ! – qu'ils pourraient être des instruments de meurtre. Mais j'aurais dû m'en douter. La vérité, c'est que toute nouvelle invention pousse les hommes à se demander : « Puis-je m'en servir pour tuer, mutiler, terroriser ? » Savais-tu que le bronze a été inventé pour fabriquer des charrues, afin que les hommes puissent cultiver la terre plus aisément ? Mais j'imagine qu'il n'a pas fallu longtemps avant qu'il soit utilisé pour les épées, les lances et les pointes de flèche ! Quand les Chypriotes appelaient le *Xanthos* le « Vaisseau de la Mort », ça me mettait en colère. Mais il méritait bien son nom. Il l'a prouvé…

Il se tut. Xander n'avait pas envie de parler d'hommes en train de brûler et de mort. Il resta lui aussi tranquillement assis et écouta tomber la pluie.

Au vingtième jour du voyage, Xander s'était dit qu'il allait périr d'ennui. Puis il était tombé malade. Il s'était réveillé un matin avec un terrible mal de tête. Il avait la bouche sèche et il était brûlant. Il avait essayé de manger un peu de viande séchée, mais il avait dû s'éloigner en hâte du groupe pour la vomir sur le sable.

Il n'y avait pas de vent, et une brume épaisse entourait le navire et étouffait le bruit des rames et les craquements du bois et du cuir. Le *Pénélope* sembla figé, suspendu dans le temps et l'espace.

Assis à côté de lui, le vieux constructeur, Khalkéus, regardait ses mains, où il retournait sans arrêt les débris de son vieux chapeau de paille. De temps en temps, il marmonnait dans un langage que Xander ne connaissait pas. La dame Andromaque regardait dans l'autre direction, vers leur destination.

Une image passa devant le regard intérieur du jeune garçon, celle de la galère en feu, et il crut entendre de nouveau les cris et le ronflement des flammes…

Il repoussa ce souvenir et pensa avec détermination à son foyer, à sa mère et à son grand-père. Malgré la brume, il estima qu'il devait être plus de midi, et il s'imagina son grand-père, assis sous le porche de la petite maison blanche, ombragée par des plantes aux fleurs pourpres, en train de manger son repas. L'idée de la nourriture lui retourna l'estomac.

Il plongea la main dans son sac et en sortit deux cailloux ronds. L'un était bleu veiné de marron, comme un œuf d'oiseau. L'autre était si translucide qu'il pouvait presque voir à travers.

— Tu vas les manger, petit ?

Xander se tourna vers Khalkéus, qui le regardait.

— Les manger ? Non, messire !

— Je t'ai vu fouiller dans ton sac, et j'ai cru que tu avais faim. Quand tu as sorti les cailloux, j'ai pensé que tu allais les manger. Comme une poule !

— Une poule ? répéta le garçon sidéré. Les poules mangent des cailloux ?

— Oui. Ça les aide à broyer le grain qu'elles avalent. Comme un petit moulin miniature dans leur estomac !

Le vieil homme dénuda ses quelques dents en un sourire maladroit, et Xander comprit qu'il tentait de se montrer amical.

Il rendit son sourire au vieil homme.

— Merci, j'ignorais que les poules faisaient ça. J'ai ramassé les cailloux sur la plage, avant mon départ. Mon grand-père m'a dit qu'ils sont ronds et polis parce qu'ils sont restés dans la mer des centaines d'années, roulant ici et là.

— Ton grand-père a raison. C'est, de toute évidence, un homme intelligent. Pourquoi as-tu choisi ces deux-là ? Ils étaient différents des autres ?

— Oui, le reste était gris et marron.

— Ah ! Alors, ces cailloux sont des voyageurs, comme toi et moi. Ils ont quitté il y a longtemps la mer où ils ont été fabriqués, et ils sont partis à l'aventure dans le monde. Maintenant, ils se mêlent aux cailloux d'une race différente, et leur foyer n'est plus qu'un lointain souvenir.

Xander ne sut quoi répondre à cette remarque insolite, et il changea de sujet.

— Allez-vous vivre à Troie ? demanda-t-il.

— Oui. J'achèterai une forge, et je reviendrai à ma vraie vocation.

— Je croyais que vous étiez un constructeur de navires.

— Je suis un homme aux nombreux talents, dit Khalkéus, mais j'ai très envie de travailler le métal. Sais-tu comment le bronze est fabriqué ?

— Non, dit Xander.

Et ça ne l'intéressait pas, comprit Khalkéus. Pour Xander, peu importait que le bronze soit extrait du sol ou pousse sur les arbres. Khalkéus gloussa.

— Les jeunes ne savent pas cacher leurs sentiments, dit-il gentiment. Leur expression les trahit !

Il mit la main dans sa poche et en tira une petite pierre bleue. Puis il sortit un couteau en bronze du fourreau à sa ceinture. La lame brilla sous le soleil. Il montra la petite pierre.

— De *ceci* (il leva son couteau) vient *ceci*.

— Le bronze est une pierre ?

— Non. Cette pierre contient du cuivre. D'abord, nous extrayons le cuivre, puis nous ajoutons un autre métal, l'étain. Si on ne se trompe pas dans les proportions, ça donne un bronze passable. Parfois, selon la qualité du cuivre, on obtient un bronze cassant et inutile. D'autres fois, le bronze est trop mou. (Khalkéus prit un air de conspirateur.) Mais j'ai un secret qui permet de faire le meilleur bronze du monde. Tu veux le connaître ?

— Oui, dit Xander, curieux.

— La merde d'oiseau.

— Ça m'intéresse vraiment ! Dites-moi la vérité.

Khalkéus éclata de rire.

— C'est ça, le secret, petit. J'ignore pour quelle raison, mais si on ajoute de la crotte d'oiseau dans le mélange, le bronze est dur, mais reste assez souple pour ne pas être cassant. C'est comme ça que j'ai fait ma première fortune. Grâce à la merde d'oiseau.

L'étrange conversation prit fin quand la sentinelle, haut perchée sur le mât, poussa un cri et montra le sud. Le jeune garçon se leva d'un bond et regarda dans la direction indiquée, mais il ne vit rien, excepté le banc de brume bleu-gris.

Puis il entendit un autre cri, et vit Ulysse lui faire des signes, sur le pont arrière. Porté par l'enthousiasme, il courut d'un pas léger rejoindre le marchand.

— Nous accosterons bientôt sur la plage de Troie, petit, dit Ulysse.

Il buvait à longues gorgées à l'outre qu'il tenait, de l'eau coulant sur sa poitrine.

— Je veux que tu restes avec Bias. Quand les rameurs auront rangé leurs rames, le mât sera démonté, car nous resterons quelques jours dans la cité. Bias te montrera comment défaire le mât et le ranger. Ensuite, je veux que tu t'assures que les passagers n'auront laissé aucun objet personnel à bord du *Pénélope*.

Xander fut impressionné par le sérieux d'Ulysse.

— Oui, messire.

Pour la première fois depuis des jours, il se sentit soudain anxieux. Il n'était jamais allé dans une ville. Il n'avait jamais été dans un endroit plus grand que son propre village, jusqu'à la baie de la Malchance. Où irait-il quand ils arriveraient à Troie ? Où vivrait-il ? Il se demanda s'il pourrait rester sur le *Pénélope*. Il faudrait sûrement quelqu'un pour monter la garde, se dit-il.

— Qu'est-ce que je ferai, quand nous arriverons à la cité ? On dit qu'elle est très grande, et j'ignore où aller.

Ulysse fronça les sourcils.

— Où iras-tu, petit ? Tu es un homme libre, désormais. Tu feras comme les autres marins. Troie regorge de bordels et de tavernes, et de tout ce que tu peux imaginer. Maintenant, occupe-toi de ton travail.

Déçu, Xander se détourna.

— Attends, petit, dit Ulysse.

Xander se tourna et vit le roi laid lui sourire.

— Je plaisantais. Tu resteras avec nous jusqu'à notre départ. Si Hélicon n'est pas arrivé entre-temps, je te ramènerai à Chypre, sain et sauf. Mais si tu veux voir la cité... tu peux venir avec moi, si ça te dit. J'ai beaucoup de travail, et je dois rencontrer une foule de gens. Peut-être même verras-tu le roi !

— J'aimerais beaucoup venir avec vous, messire, dit Xander, épanoui.

— Très bien. Si tu marches dans les pas d'Ulysse, tu déjeuneras avec des paysans et tu dîneras avec des rois. (Il sourit.) Regarde, la voici. La cité des rêves !

Le jeune garçon regarda à travers le banc de brume, mais il ne vit rien.

— Lève la tête, dit Ulysse.

Xander obéit, et la peur lui traversa le cœur. Loin à bâbord, haut dans le ciel, il vit ce qui ressemblait à des flammes rouge et or. Il aperçut de hautes tours et des toits étincelants de bronze en fusion.

— La cité est-elle en feu ? demanda Xander, effrayé.

Il revit mentalement la galère en flammes.

Ulysse éclata de rire.

— N'as-tu jamais entendu parler de la ville d'or, petit ? Que crois-tu que ça signifie ? Les tours de Troie ont des toits en bronze, et le sol du palais est fait d'or. La cité scintille sous le soleil comme une prostituée parée de bijoux, et elle attire aussi bien les imbéciles que les sages.

Quand le vaisseau se rapprocha et que la brume commença à se dissiper, Xander aperçut les grands murs dorés, plus hauts que tout ce qu'il connaissait, s'étirant au loin. La cité était construite sur un haut plateau, et il fut obligé de tendre le cou pour voir les tours étincelantes. Il en dénombra trois le long du mur qui faisait face à la mer. Elles étaient toutes plus petites que la haute tour qui s'élevait au sud. Les remparts brillaient comme du cuivre. Xander aurait pu croire que la cité entière était composée de métal, étincelant comme celui d'une armure fraîchement astiquée.

— Beaucoup de grands guerriers doivent vivre ici, dit-il.

— Oui, répondit Ulysse. C'est un pays de chevaux et de dresseurs de chevaux. Le Cheval de Troie, la cavalerie de la cité, est légendaire. Elle est dirigée par Hector, le fils aîné du roi. Un grand guerrier.

— Vous le connaissez ?

Xander se demanda s'il rencontrerait le fils guerrier du roi.

— Je connais tout le monde, petit. Hector...

Il hésita, et Xander vit qu'Andromaque était venue se placer tranquillement à côté d'eux.

— Hector est un bon cavalier et un conducteur de char doué, le meilleur que tu verras jamais.

— Cette cité est si belle, dit soudain le jeune garçon.

Ulysse but une longue gorgée à sa gourde et s'essuya la bouche, puis frotta les gouttes tombées sur sa tunique.

— Sais-tu ce qu'est une illusion, petit ?

— Non, je ne crois pas, dit Xander, incertain.

— Une illusion est une histoire, un récit merveilleux. Une histoire étincelante qui cache une obscurité secrète. Troie est la ville des illusions. Rien n'y est comme il y paraît.

Xander voyait maintenant la terre qui s'étendait autour du haut plateau. Elle était verdoyante et luxuriante. Il vit les petites taches mouvantes, sur les collines basses, des chevaux et des moutons. Entre le plateau et la mer, devant les murs de la cité, s'étendait une grande ville. Xander distingua des bâtiments de toutes les couleurs, et il aperçut même les habitants qui se déplaçaient. Une grande route descendait de la tour sud de Troie. Elle se terminait au bord de la mer, sur la plage où de nombreux navires étaient amarrés. Autour d'eux s'agitaient les gens qui les chargeaient ou les déchargeaient.

En voyant la profusion de vaisseaux, Ulysse grommela à l'attention de Bias :

— Cette maudite brume nous a fait arriver trop tard pour trouver une bonne place. Par les couilles d'or d'Apollon ! je n'ai jamais vu la baie aussi bondée ! Nous serons à mi-chemin du Scamandre avant de sentir un peu de sable sous notre quille !

Mais, à cet instant, un grand vaisseau commença à s'éloigner de la plage, et Bias lança rapidement un ordre à l'homme de barre. Le *Pénélope* vira de bord et se dirigea vers l'endroit libéré, passant tout près du vaisseau en partance, un navire-cargo bas sur l'eau, décoré d'yeux pourpres et à la voile multicolore.

— Ho ! du *Pénélope* ! cria un homme robuste aux cheveux noirs, de l'autre navire.

— Ho ! du *Phaistos* ! répondit Ulysse. Vous mettez à la voile bien tard ! cria-t-il.

— Les vaisseaux crétois naviguent quand les Ithaquiens sont bien au chaud dans leur lit ! cria l'homme en noir. Dors bien, Ulysse !

— Bon voyage, Mérionès !

Le soleil redescendait dans le ciel quand Xander posa les pieds sur le sable de Troie. Il se débattait avec plusieurs sacs. Il avait son propre sac, assez léger, et un sac de lin brodé qu'Andromaque lui avait confié, et enfin deux gros sacs de cuir pleins à craquer qu'Ulysse lui avait demandé de porter. Il regarda la cité qui le surplombait et se demanda comment il arriverait à porter tout ça jusqu'en haut. Il avait les jambes molles, la tête douloureuse, et des vertiges par intermittence. Il laissa tomber les sacs dans le sable et s'assit lourdement.

La plage bourdonnait d'activité et de bruit. Les cargaisons déchargées étaient empilées sur des charrettes et à dos d'âne. Xander vit des balles de tissus colorés, des piles de poteries emballées dans de la paille, des amphores de toutes tailles, des animaux dans des caisses à claire-voie. Il vit aussi Ulysse, un peu plus loin sur la plage, se disputer avec un homme maigre vêtu d'un pagne gris. Les deux hommes hurlaient et gesticulaient, et Xander, mal à l'aise, se demanda s'il y aurait d'autres morts. Mais Andromaque était à côté des deux hommes, et elle n'avait pas l'air inquiète. Elle était vêtue d'une longue robe blanche et portait un châle blanc autour des épaules. Un fin voile couvrait sa tête et son visage.

Finalement, Ulysse flanqua une bourrade sur le dos de l'homme et se tourna vers Xander, lui faisant signe de les rejoindre. Il avança avec peine, les sacs de cuir se cognant à ses jambes. Ulysse lui montra une vieille carriole où étaient attelés deux ânes.

— Est-ce un char ? demanda Xander.

— En quelque sorte, petit.

La carriole avait seulement deux roues, et il y avait quatre sièges, deux de chaque côté de sa structure en forme de U. L'homme maigre grimpa sur la plate-forme du conducteur et prit les rênes.

— Grimpe, mon garçon. Dépêche-toi !

Xander obéit, traînant les sacs après lui et les entassant à ses pieds.

Ulysse aida Andromaque à monter dans la carriole, et elle s'assit à côté du jeune garçon. Il n'avait jamais été aussi proche d'elle, et il sentait le parfum de ses cheveux. Il se déplaça maladroitement pour essayer de ne pas la toucher. Elle se tourna vers lui, et il vit qu'elle souriait sous son voile. Les petits hippocampes en argent qui pendaient aux bords du voile tintèrent quand elle bougea la tête, et il sentit la douceur du léger tissu contre son épaule.

— À qui appartient ce char ? demanda-t-il. Ulysse l'a-t-il acheté ?

— Non, répondit Andromaque. Il sert à amener les voyageurs à la cité.

Toutes ces nouveautés faisaient tourner la tête de Xander. Son malaise semblait se dissiper, mais il avait très chaud et aurait aimé sentir une brise marine sur son visage. De la sueur coulait dans ses yeux, et il l'essuya d'un revers de manche.

Les ânes grimpèrent le long de la route tortueuse, en direction de la Cité Basse, se rapprochant sans cesse des murs de la cité. Le jeune garçon tendit le cou pour voir les maisons aux couleurs vives, dont certaines étaient couvertes de fleurs. D'autres étaient décorées avec du bois sculpté. Il y avait des maisons de potiers, dont les marchandises étaient entassées sur des étagères en bois, devant les portes, des forgerons qui pratiquaient leur art à ciel ouvert, protégés de la chaleur de leurs forges par des tabliers en cuir, des ateliers de textile où des étoffes teintes séchaient dehors au soleil. Il sentit les effluves de métal chaud, du pain en train de cuire et des fleurs, l'odeur entêtante du fumier et du parfum, et mille autres odeurs qu'il ne put identifier. Il entendit des rires et des protestations, le braiment des ânes, le craquement des roues des carrioles et des rênes en cuir, les voix aiguës des femmes et les cris des camelots.

Les murs étaient maintenant tout près. Ils sortaient du sol rocheux à un angle qui laissait penser qu'il serait possible de les escalader, puis ils se redressaient soudain et grimpaient vers le ciel.

L'immense portail dont ils approchaient lentement était ombragé par la grande tour, deux fois plus haute que les murs. Quand Xander leva les yeux vers elle pour en voir le sommet, il eut l'impression qu'elle allait lui tomber dessus, et il se hâta de détourner le regard. Devant la tour se trouvaient six terrifiantes statues, des guerriers avec un casque à crête armés d'une lance. Xander remarqua que le conducteur de la carriole avait cessé de crier après ses ânes et inclina la tête respectueusement quand la carriole passa près des statues.

— C'est la porte de Scée, la première Grande Porte de Troie, dit Ulysse. C'est l'entrée principale quand on arrive par la mer.

— Elle est immense ! Je comprends pourquoi on l'appelle la Grande Porte.

— Troie a maintenant de nombreuses portes et tours. La cité grandit sans cesse. Mais les quatre Grandes Portes protègent la Cité Supérieure, là où vivent les riches et les puissants.

Quand la carriole arriva à la porte, elle fut soudain enveloppée de ténèbres. Tout était silencieux, et l'entrée abritée du soleil était froide en comparaison avec le reste du chemin. Le jeune garçon n'entendait plus que les bruits des sabots des ânes et sa propre respiration.

Puis ils débouchèrent à nouveau sous le soleil et il s'abrita les yeux, aveuglé par la lumière et le scintillement du bronze et de l'or. La route continuait de monter, mais elle était désormais pavée des mêmes blocs de pierre dorée que les murs. Elle s'étendait vers le haut, entre d'impressionnants bâtiments dont le plus modeste était plus grand que la citadelle de Kygonès, dans la baie de la Chouette Bleue. Xander se sentit aussi petit qu'une fourmi devant leurs murs, dont certains étaient sculptés de créatures légendaires. Les larges fenêtres et le bord des toits étaient décorés de métaux étincelants et de bois poli. De grands portails entrouverts laissaient apercevoir des cours verdoyantes et des fontaines en marbre.

Xander regardait autour de lui, bouche bée. Il jeta un œil vers Andromaque, qui avait relevé son voile et avait aussi les yeux écarquillés.

— Est-ce que toutes les cités sont comme celle-là ? demanda Xander.

— Non, petit. Seulement Troie, dit Ulysse, amusé.

La rue était bondée d'hommes et de femmes, à pied, dans des chars ou à cheval. Leurs vêtements étaient riches et colorés, et des bijoux brillaient à leur cou et à leurs poignets.

— Ils sont tous habillés comme des rois et des reines, murmura Xander à Andromaque.

Elle ne lui répondit pas, mais demanda à Ulysse :

— Tous ces bâtiments appartiennent-ils au roi ?

— Tout à Troie appartient au roi, dit-il. Cette vieille carriole lui appartient, la route lui appartient, cette pile de pommes, là, lui appartient. Ces bâtiments sont les palais des nobles de Troie.

— Lequel est la demeure d'Hector ? demanda Andromaque.

Ulysse montra une bâtisse plus haut sur la route.

— Celui-ci. Son palais est au-delà de la crête de la colline. Il surplombe les plaines du Nord. Mais nous allons au palais de Priam. À côté, la demeure d'Hector ressemble à une cabane de paysan.

La carriole continua son chemin cahotant, et bientôt le palais fut en vue. Pour Xander, ses murs étaient aussi hauts que ceux de la cité, et il vit le toit d'or resplendir sous les rayons du soleil couchant. Quand ils eurent passé les doubles portes renforcées de bronze du palais, ils entrèrent dans un portique aux piliers rouges, où la carriole s'arrêta pour qu'ils descendent. Des soldats montaient la garde le long du portique. Ils étaient grands et portaient un plastron de bronze et un grand casque avec des protège-joues incrustés d'argent, terminés par de grands plumets qui s'agitaient dans la brise. Ils avaient tous une main sur le pommeau de leur épée et tenaient une lance dans l'autre. Ils regardaient droit devant eux, par-dessus la tête du jeune garçon, aussi immobiles et silencieux que les statues de la porte de Scée.

— Ce sont les Aigles de Priam, petit, dit Ulysse, montrant les soldats. Les meilleurs combattants qui existent. Regarde, Xander ! N'est-ce pas une vue qui remonte le moral ?

Xander se tourna et regarda en arrière, vers la route qu'ils venaient de parcourir. Il vit les toits étincelants des palais, les murs dorés et, au-delà de la ville extérieure, la mer. Le ciel était rose et cuivré à la lueur du soleil couchant, et la mer ressemblait à un lac d'or en fusion. Au loin, Xander aperçut une île couleur de corail et d'or.

— Quelle est cette île ? demanda-t-il.

— Ce sont deux îles, pas une seule, dit Ulysse. La première est Imbros, mais le grand sommet que tu aperçois derrière, c'est Samothrace.

Xander regarda, émerveillé. Le ciel s'assombrit et des nuages or et noir se formèrent devant ses yeux.

— Et là ? demanda-t-il, montrant les collines obscures, au nord, qui surplombaient une mer écarlate.

— C'est l'Hellespont, petit, et au-delà, la Thrace.

Andromaque posa une main sur l'épaule du jeune garçon et le fit doucement pivoter vers le sud. Au loin, derrière une rivière étincelante et une vaste plaine, Xander vit une imposante montagne.

— C'est un mont sacré, le mont Ida, murmura Andromaque, où Zeus a sa tour de garde. En dessous, il y a la petite Thèbes, où je suis née.

Il faisait si chaud que Xander avait du mal à reprendre son souffle. Il leva les yeux vers Andromaque, mais son visage sembla frémir devant lui. Puis le sol se déroba sous ses jambes, et il tomba. Embarrassé, il essaya de se relever, mais il n'avait plus de force dans les bras, et il retomba par terre, la joue posée contre la pierre froide. Des mains douces le tournèrent sur le dos.

— Il a la fièvre, entendit-il Andromaque dire. Il faut l'emmener à l'intérieur.

Puis une obscurité bienvenue emporta la chaleur, et il se laissa emporter par ses vagues.

Chapitre 16

La porte de corne et la porte d'ivoire

I

La brume s'épaississait, et Xander ne voyait ni bâtiment ni arbres, seulement des filaments blancs qui dérivaient devant ses yeux et obscurcissaient sa vision. Il ne se souvenait pas pourquoi il marchait dans la brume, mais il entendait des voix non loin de lui. Il essaya de se diriger vers le son, mais il ignorait quelle direction prendre.

— Il s'en va, *dit une voix d'homme.*

Puis la voix d'Ulysse pénétra le brouillard.

— Xander ! Tu m'entends ?

— *Oui, cria le jeune garçon. Oui ! Où êtes-vous ?*

Puis le silence retomba.

Xander, terrifié, fonça droit devant lui, les bras tendus pour ne pas s'écraser contre un mur ou un arbre.

— Avez-vous des pièces pour ses yeux ? *entendit-il une voix d'homme demander.*

Xander regarda autour de lui, mais la brume était si épaisse qu'il ne vit rien.

— Ne parlez pas de mort pour le moment, *entendit-il Ulysse répondre.* Le garçon est courageux. Il se bat toujours.

Xander lutta pour se relever.

— *Ulysse ! Où êtes-vous ? J'ai peur !*

Puis il entendit des voix, et la brume se leva. Il faisait nuit, et il était debout sur une grande plage, avec le Xanthos *amarré sur le sable. Il vit Hélicon et l'équipage, rassemblés autour d'un grand feu. Les hommes psalmodiaient* Entendez nos paroles, ô Hadès, Seigneur des ombres profondes. » *Xander avait déjà entendu ce chant : c'était une oraison funèbre. Il avança vers le groupe, ayant désespérément besoin de compagnie humaine.*

Il vit Oniacus au bord du cercle, et il entendit Hélicon parler de la grandeur de Zidantas. Puis il se souvint de la vision terrible de la tête coupée sortie du sac. Il arriva au cercle et appela Oniacus.

— J'ignore comment je suis arrivé ici, dit-il.

L'homme l'ignora. Xander s'accroupit en face de lui, mais les yeux d'Oniacus n'enregistrèrent pas sa présence.

— Oniacus, je vous en prie ! Parlez-moi !

Il tendit la main pour toucher le bras d'Oniacus. Étrangement, il ne sentit rien, et Oniacus parut ne pas s'apercevoir que la main du jeune garçon cherchait son bras. Xander resta donc tranquillement assis pendant qu'Hélicon continuait à parler. Puis Oniacus se leva et parla de Zidantas et d'Epéus. Xander regarda autour de lui.

Quatre hommes étaient debout en dehors du cercle, regardant calmement la cérémonie.

Un d'eux était Zidantas. Xander courut vers lui.

— Je vous en prie, parlez-moi ! supplia-t-il.

— Calme-toi, petit, dit Zidantas. Bien sûr que je vais te parler !

Il posa un genou en terre et passa un bras autour des épaules de Xander.

— Oniacus n'a pas voulu me parler, dit le jeune garçon. Ai-je fait quelque chose de mal ?

— Tu n'as rien fait de mal, fils d'Akamas. Oniacus ne peut pas te voir.

— Pourquoi ? Vous, vous me voyez !

— Oui, je te vois.

— Je croyais que vous étiez mort, Zidantas. Tout le monde le croyait.

— Que fais-tu ici, petit ? As-tu été blessé au combat ?

— Non. Je suis allé à Troie avec Ulysse. Je ne me souviens pas d'autre chose. J'ai été malade, mais je vais mieux, maintenant.

— Son cœur est en train de lâcher, *dit une voix.*

— Avez-vous entendu ça ? demanda Xander à Zidantas.

— Oui. Il faut que tu retournes à Troie. Rapidement !

— Ne puis-je rester avec vous ? Je n'ai pas envie d'être seul.

— Nous marchons sur une route obscure. Elle n'est pas faite pour toi. Pas encore. Écoute-moi. Je veux que tu fermes les yeux et que tu penses à Troie, et à l'endroit où tu étais. Tu comprends ? Tu es dans un lit, quelque part, ou couché sur une plage. Il y a des gens avec toi.

— J'entends tout le temps la voix d'Ulysse, dit Xander.

—Alors, ferme les yeux et pense à lui. Pense à Ulysse, Xander. Tout de suite ! Pense à la vie ! Pense à un ciel bleu et au vent frais de la mer.

Xander ferma les yeux. Il sentait toujours le bras de Zidantas autour de ses épaules, et une vague de douce chaleur l'enveloppa. Puis Zidantas reprit la parole :

—Si tu vois ma petite Théa, dis-lui qu'elle m'a apporté une grande joie. N'oublie pas, petit.

—Je le lui dirai, Zidantas. Je vous le promets.

—Tu m'entends, petit ?

C'était la voix d'Ulysse.

—Écoute-moi, et reviens vers nous.

Xander gémit, et il sentit un poids sur sa poitrine. Il avait les membres en plomb et la bouche sèche. Il ouvrit les yeux, et vit le visage disgracieux d'Ulysse au-dessus de lui.

—Ah ! cria le roi d'Ithaque. Je vous l'avais bien dit ! Ce gamin est courageux. (Il ébouriffa les cheveux de Xander.) Tu nous as flanqué une sacrée frousse, petit !

Ulysse l'aida à s'asseoir et lui fit boire une tasse d'eau, que Xander avala avec avidité. Il regarda autour de lui, et vit le soleil inonder le lit où il reposait. Derrière Ulysse, il y avait un homme grand et maigre, vêtu d'un chiton blanc qui lui arrivait aux chevilles. Il avait des cheveux noirs qui s'éclaircissaient aux tempes, et il semblait épuisé. Il s'approcha de Xander et posa une main fraîche sur son front.

—La fièvre est tombée, dit-il. Il a besoin de manger et de se reposer. Je vais demander à un de mes aides de lui apporter un peu de nourriture.

—Quand pourra-t-il voyager ? demanda Ulysse.

—Pas avant une semaine, au moins. La fièvre pourrait revenir, et il est très affaibli.

Quand l'homme fut parti, Xander regarda autour de lui.

—Quel est cet endroit ? demanda-t-il.

—Une Maison du Serpent – une maison de guérison, expliqua Ulysse. Tu es là depuis cinq jours. Tu te souviens de quelque chose ?

—Non. Je me rappelle seulement avoir vu Zidantas. Il m'a dit de revenir à Troie. Ç'avait l'air si réel… mais ce n'était qu'un rêve.

—As-tu vu des portes ? demanda Ulysse.

—Des portes ?

—Ma Pénélope affirme qu'il y a deux sortes de rêves. Certains arrivent à travers une porte d'ivoire, et leur sens est trompeur. D'autres viennent par une porte de corne, et ils sont lourdement chargés de sens.

—Je n'ai vu aucune porte, dit Xander.

— Alors, peut-être était-ce seulement un rêve, dit Ulysse. Je vais être obligé de te laisser ici, Xander. La saison est presque terminée, et je dois retourner auprès de ma Pénélope avant l'hiver.

— Non ! cria Xander, terrifié. Je ne veux pas rester seul de nouveau ! Je vous en prie, ne partez pas !

— Tu ne seras pas seul, petit. Le *Xanthos* est dans la baie. Hélicon est ici. Je l'informerai de ta présence. Pour maintenant, tu dois te reposer, et faire tout ce que le guérisseur te dira. Il faut que tu recouvres tes forces.

À ces mots, Xander s'aperçut qu'il était encore très faible.

— Que m'est-il arrivé ?

Ulysse haussa les épaules.

— Tu as eu la fièvre. Le guérisseur dit que tu as mangé quelque chose de malsain, ou que tu as respiré un mauvais air. Mais tu vas mieux, petit. Et tu redeviendras fort. Je connais le cœur des hommes, tu sais. Je peux dire la différence entre les héros et les lâches. Et toi, tu es un héros. Tu me crois ?

— Je ne me sens pas très héroïque, reconnut Xander.

Ulysse tapota sa pommette, en dessous de son œil droit.

— Cet œil est magique, petit. Il ne se trompe jamais. Je te le demande à nouveau : me crois-tu ?

— Oui. Oui, bien entendu.

— Alors, dis-moi ce que tu es.

— Je suis un héros.

— Parfait ! Quand les doutes viennent – comme c'est toujours le cas –, souviens-toi de ces paroles. Répète-les mentalement. Et, si les dieux le veulent, je te reverrai au printemps.

II

Argurios de Mycènes n'était pas un homme porté à l'introspection. Il avait consacré sa vie à servir son roi et son peuple. Il ne remettait pas en question les décisions de son chef, et il ne se demandait pas si la guerre et la conquête étaient justes ou mauvaises. Pour Argurios, la vie était simple et univoque. Les hommes puissants gouvernaient, les faibles étaient leurs serviteurs ou leurs esclaves. Il en allait de même pour les nations.

Pourtant, au milieu de cette philosophie simpliste, il avait aussi assimilé le code moral du roi Atrée, le père d'Agamemnon. Le pouvoir accompagné de la conscience, la force sans cruauté, l'amour de la patrie sans la haine aveugle de celle des ennemis.

En conséquence, Argurios n'avait jamais torturé un adversaire, violé une femme ni tué un enfant. Il n'avait pas brûlé de maisons, et n'avait jamais cherché à terroriser ceux qu'il avait vaincus.

Les événements qui avaient conduit au massacre de la baie de la Malchance continuaient à le hanter. Le meurtre de Zidantas avait été brutal et sadique. Il avait envie de croire que Kolanos était un sauvage, un barbare qu'une distance infranchissable séparait des hommes de bien de la race mycénienne.

Mais était-ce vraiment le cas ?

Il y avait réfléchi pendant le voyage avec Ulysse, mais il n'avait toujours pas trouvé de réponse. Maintenant, en marchant le long de la route qui menait à la porte de Scée, il ne s'émerveillait pas de la beauté de la cité, il ne remarquait pas l'or étincelant des toits des palais. Il pensait aux autres généraux qui avaient gagné la confiance d'Agamemnon, des hommes cruels et impitoyables dont les atrocités souillaient l'honneur de Mycènes. Au cours des mois écoulés, il avait entendu des récits qui lui avaient glacé les sangs.

Un village avait été exterminé, les hommes attachés à des arbres, éventrés, mais leurs entrailles tenues en place par des bâtons. Les femmes avaient été violées et assassinées. Le général mycénien chargé de cette attaque avait été Kolanos.

Argurios avait rapporté les faits à Agamemnon. Le roi l'avait écouté attentivement.

— Si ça s'est vraiment passé comme ça, Argurios, les coupables seront sévèrement punis.

Mais le roi n'en avait rien fait. Depuis, Argurios avait rarement été convié à rencontrer le roi. Et, quand Agamemnon était allé à la caverne des Ailes, Argurios n'avait pas été au nombre des douze Fidèles, et Kolanos, si.

Argurios repoussa ces pensées et entra dans la Cité Basse de Troie, cherchant la rue des Ambassadeurs. Il ne tarda pas à se perdre, mais il se refusait à demander son chemin aux passants. Il s'arrêta près d'un puits et s'assit à l'ombre d'un mur où avait été sculptée, en bas relief, une image d'Artémis la chasseresse. Une belle œuvre, qui montrait la déesse en pleine course, son arc bandé comme si elle pourchassait une proie.

— Je veux que vous alliez à Troie, avait dit Agamemnon lors de leur dernier entretien.

— Je suis à vos ordres, mon roi. Que désirez-vous que j'y fasse ?

— Étudiez leurs défenses. Vous exposerez vos conclusions à Erekos, l'ambassadeur. Il me transmettra votre rapport.

—Avec le respect que je vous dois, mon roi, il peut vous décrire lui-même les fortifications. De quelle utilité sera mon voyage ?

—D'une très grande utilité, avait dit Agamemnon. Vous savez aussi bien que moi que les fortifications seules ne sont pas la clé de la force. Ce sont les *hommes* qui gagnent ou perdent une guerre. Étudiez les soldats. Observez leur discipline, leurs faiblesses. Troie est la cité la plus riche de la Grande Verte, et son influence est phénoménale. Aucune entreprise maritime ne peut réussir si Troie s'y oppose. Donc, Troie doit tomber entre les mains des Mycéniens.

—Nous allons attaquer Troie ?

—Pas immédiatement. Et ce ne sera peut-être pas nécessaire. Nous avons maintenant des amis dans la famille royale, dont un pourrait bientôt devenir roi. Si c'est le cas, il sera inutile de donner l'assaut à la cité. Mais mon père m'a appris qu'il était sage de toujours avoir plusieurs plans. Vous voyagerez avec Glaucos. C'est un parent de l'ambassadeur Erekos. Et il sait également lire et écrire – une capacité que vous ne possédez pas, je crois ?

—C'est exact, mon seigneur.

—Il pourra vous être utile.

—Ce garçon manque de courage. Je ne lui ferais pas confiance lors d'une bataille.

—Vous n'aurez pas de combat à livrer, Argurios.

—Puis-je vous demander le résultat de vos investigations sur le massacre ?

Agamemnon avait agité négligemment une main.

—Des récits exagérés. Quelques personnes ont été tuées pour souligner la futilité de l'opposition à la loi mycénienne. Il y a un vaisseau en partance aujourd'hui, et le capitaine vous attend.

Le souvenir de cette dernière conversation pesait lourdement sur Argurios. Agamemnon avait été très froid avec lui. Argurios avait même détecté de l'hostilité.

Le Mycénien se leva et continua son chemin, mais il dut finalement demander l'aide d'un marchand des rues.

En suivant les indications de l'homme, il arriva devant une grande maison anonyme dans la Cité Basse, nichée sous le mur ouest de la cité. Il y avait un homme en armes devant la porte. Il ne portait pas d'armure. Argurios découvrirait plus tard que le port d'un plastron et d'un casque était un privilège réservé aux soldats troyens – mais l'allure de l'homme montrait que c'était un guerrier mycénien. Grand et austère, l'homme le regarda de ses yeux gris, sans rien dire.

—Je suis Argurios, un Fidèle d'Agamemnon. Je souhaite une audience auprès d'Erekos.

—Il est à Milétos, messire, dit le garde. Il reviendra dans quelques jours. Il est allé à la rencontre du roi.

—Agamemnon est à Milétos ?

La nouvelle étonna Argurios. Milétos était une grande cité portuaire entre la Lykie et Troie. Le *Pénélope* était passé devant cette côte. Quel dommage d'avoir été si proche de son roi sans le savoir ! Il aurait pu l'informer des événements de la baie de la Malchance.

Le garde lui indiqua le chemin vers une auberge où il trouverait un lit et de la nourriture. Argurios emporta ses quelques affaires. On lui proposa une petite chambre, dont la minuscule fenêtre donnait sur des collines lointaines. Le lit était inconfortable et la pièce sentait le renfermé. Mais Argurios n'en avait cure – il viendrait là seulement pour dormir.

Tous les matins, pendant les six jours qui suivirent, il se rendit à la maison de l'ambassadeur pour demander s'il était arrivé. Quand on lui disait qu'Erekos n'était pas rentré, il parcourait la cité, étudiant ses défenses, comme Agamemnon le lui avait ordonné.

Il découvrit bientôt que Troie n'était pas une cité d'une seule pièce. Sa prospérité entraînait une croissance rapide, sur les collines et les plaines environnantes. Le palais du roi, entouré de murs, était situé sur un promontoire. C'était la citadelle d'origine et il contenait de nombreux bâtiments anciens, qui servaient désormais de trésorerie ou de bureaux pour les conseillers du roi. Il avait deux portes, dont une menait aux quartiers des femmes, la seconde s'ouvrant sur la cour, en face des grandes portes doubles du mégaron du roi.

La Cité Haute formait un vaste cercle autour du palais. Là vivaient les riches : les marchands, les princes et les nobles. Ces palais et ces demeures étaient vastes, avec des statues, des arbres et des jardins luxuriants d'une beauté extraordinaire. Des artisans et des artistes étaient installés dans plusieurs quartiers, où ils fabriquaient les biens destinés aux riches : bijoux, vêtements, armures, poterie et articles en bronze. Il y avait aussi des salles de festin et de réunion, un gymnase et un théâtre. La Cité Supérieure était entourée de grands murs et défendue par des tours placées à des endroits stratégiques.

À l'extérieur de ces murs s'étendait la Cité Basse, qui grandissait en permanence. Il serait impossible de la défendre. Il n'y avait pas de murs, seulement une série de grands fossés, dont certains n'étaient pas terminés. Une armée assez importante avancerait sans encombre dans les rues, mais ne se livrerait probablement pas au pillage. Il y avait peu de belles demeures dans la Cité Basse. Ici vivaient les habitants les plus pauvres : les serviteurs, les artisans de rang inférieur, ceux qui travaillaient à la teinture des étoffes ou à la pêche. Par endroits, l'air puait la chaux et l'urine de bétail, utilisées par les teinturiers, et les entrailles de poisson fermentées qui servaient à faire des soupes et des bouillons.

Mais ce n'était pas là que la bataille pour la conquête de la cité serait gagnée ou perdue.

Argurios savait que le sac de Troie aurait lieu seulement quand un ennemi forcerait les Grandes Portes, où escaladerait les murs vertigineux.

La porte est serait très difficile à prendre. Les murs formaient une sorte de cul-de-sac où les envahisseurs se retrouveraient coincés et à la merci des archers, des lanciers et des catapultes. Des rochers jetés d'une telle hauteur suffiraient à broyer un homme en armure. Les portes elles-mêmes étaient épaisses et renforcées avec du bronze. Elles ne seraient pas faciles à brûler.

Mais les défenses matérielles n'étaient pas le souci principal d'Argurios. Comme Agamemnon le savait, il était doué pour étudier les soldats, leurs qualités et leurs faiblesses. Les guerres se gagnaient ou se perdaient sur la base de quatre éléments principaux : le moral, la discipline, l'organisation et le courage. Si l'un d'eux faisait défaut, c'était la défaite assurée. Il avait donc observé soigneusement les soldats postés sur les murs, leur comportement et leur degré d'attention. Étaient-ils négligents ? Leurs officiers étaient-ils fermes et disciplinés ? Avaient-ils confiance dans leur force, ou étaient-ils simplement arrogants ? C'était à ces questions qu'Agamemnon cherchait une réponse. Argurios passa donc du temps dans les tavernes et les auberges, écoutant les conversations des soldats. Il les observait quand ils arpentaient les remparts ou patrouillaient dans la cité. Il s'entretint avec des marchands des rues et avec des vieillards assis autour des puits qui racontaient des histoires du temps de leur jeunesse, quand ils étaient eux-mêmes soldats.

Il découvrit que les troupes troyennes étaient très disciplinées et fort bien entraînées. Il apprit que Priam envoyait régulièrement des hommes pour soutenir les Hittites dans leurs guerres, et qu'il louait les services de ses fantassins, de ses cavaliers et de ses conducteurs de char aux royaumes voisins, pour que ses hommes acquièrent l'expérience des combats. Troie n'avait pas connu la guerre depuis plus de deux générations, mais ses défenseurs étaient des combattants endurcis. Argurios avait eu du mal à estimer le nombre de soldats que Troie pouvait lever, mais il pensait qu'il se montait à dix mille au moins, y compris les mille guerriers du Cheval de Troie, qui guerroyait contre les Égyptiens sous la direction d'Hector.

D'emblée, Troie semblait imprenable, mais Argurios savait qu'aucune forteresse n'était inexpugnable. Combien d'hommes faudrait-il pour percer ses défenses ?

Normalement, pour détruire un ennemi assiégé, il fallait compter un ratio de cinq à un. Si les Troyens disposaient de dix mille hommes, la force minimale nécessaire pour les vaincre serait de cinquante mille guerriers. Ce chiffre excluait une invasion par les Mycéniens, puisque Agamemnon pouvait aligner au plus quinze mille soldats si tous les combattants mycéniens étaient conscrits. Et, en supposant qu'il puisse réunir cinquante mille hommes, il restait un gros problème logistique : comment nourrir une telle armée ? Il faudrait piller les territoires environnants, ce qui provoquerait des soulèvements dans la population. Le problème était épineux, mais Argurios était déterminé à proposer à son roi un plan positif.

Puis, le septième jour, il apprit qu'Erekos était revenu de Milétos.

III

Les hurlements retentirent dans sa tête, et Argurios sentit son crâne l'élancer. Il regarda le toit haut de la tombe circulaire, essayant d'ignorer l'odeur du sang et de la peur, et les bruits que faisaient en se débattant les chevaux agonisants. Le sacrifice de nobles chevaux à Zeus était un rituel approprié pour les funérailles d'un grand roi. Le cœur d'Argurios s'emplit de joie à l'idée que le roi Atrée chevaucherait ces belles montures lors de son voyage vers les Champs Élyséens.

Les deux chevaux, enfin morts, furent placés de chaque côté de la bière du roi, au centre de la tombe. Atrée reposait dans son armure d'or et d'argent, son épée favorite à son côté droit, trois dagues ornées de joyaux et un arc à sa gauche. Près de sa tête il y avait une grande coupe d'or frappée du Lion de Mycènes et des flacons de vin et d'huile pour son voyage. Trois de ses chiens préférés gisaient à ses pieds, morts.

La tombe obscure qui sentait le renfermé était emplie par les Fidèles du roi, sa famille éplorée, ses conseillers, et les pleureuses. Agamemnon était vêtu d'une simple robe de laine, des larmes coulant sur ses joues. Son frère Ménélas avait les yeux secs mais il était décomposé par le chagrin, le visage gris et vacant.

Une cacophonie émanait des musiciens et des chanteurs massés dans les ténèbres. Puis les sons des luths et des lyres commencèrent à s'éteindre.

Argurios avança pour regarder une dernière fois son roi. Il fronça les sourcils. Le visage barbu du gisant n'était pas celui d'Atrée. La barbe n'était pas la bonne, et le visage était trop large. S'agissait-il d'un imposteur ?

Plongé dans la confusion et la peur, il avança encore d'un pas et vit que le visage dans le cercueil était le sien.

Il regarda autour de lui pour voir si quelqu'un d'autre s'en était aperçu. Mais il n'y avait plus personne dans la tombe. Les pleureuses et les musiciens, les conseillers et les fils s'étaient tous évaporés, et la grande tombe circulaire était sombre et froide, l'air était lourd d'humidité et de moisissure.

Il était seul. Personne ne pleurait Argurios. Personne n'était venu honorer son trépas. Il quitterait la vie sans être remarqué, et personne ne saurait son nom.

Sa tête le faisait affreusement souffrir. Puis une douleur terrible naquit aussi dans son ventre. Il venait juste de la remarquer, mais il sut qu'elle était là depuis longtemps… Il cria…

Il était allongé dans une entrée en pierre, sous l'air frais de la nuit. La lune était haute, et, à sa lumière, Argurios vit que sa tunique était trempée de sang. Trois corps gisaient non loin, et il y avait une épée couverte de sang près de l'entrée. Il tenta de se redresser. En vain. Il retomba au sol sous l'effet de la douleur qui lui déchira la poitrine et le dos. Serrant les dents, il se mit à genoux. La vue brouillée, il s'affala contre le chambranle de la porte.

Après un moment, la douleur diminua un peu et il regarda autour de lui. Il vit une petite rue bordée de maisons modestes, surplombant une mer d'argent. Puis il se souvint. Il était à Troie.

Une nouvelle vague de douleur le submergea. Il vomit sur le sol, et vit des traces de sang. Il essaya de nouveau de se relever, mais il n'avait plus de forces dans les jambes. Il regarda les cadavres des hommes qu'il avait tués. Il en reconnut un : un garde qui avait été en service le septième jour de sa visite à la maison d'Erekos.

L'homme lui avait annoncé que l'ambassadeur était revenu, puis il lui avait fait signe d'entrer dans la cour.

—Attendez ici, messire, avait dit l'homme.

La cour était nue, sans ombre et sans feuillage. Argurios avait fait les cent pas, puis avait fini par s'asseoir sur un banc de pierre qui faisait face au soleil couchant.

Trois hommes étaient sortis de la maison. Leur chef était grand et mince, avec des cheveux roux qui s'éclaircissaient. Imberbe, il avait un visage gris et des yeux bordés de rouge comme par le froid. Il portait une longue cape par-dessus sa tunique et son caleçon, et il était désarmé. Ses compagnons, dont l'un avait le teint clair et l'autre la peau foncée, portaient tous deux une épée. Argurios avait remarqué leur expression et s'était senti mal à l'aise. Il s'était levé.

— Je suis revenu la nuit dernière, avait dit l'homme roux, sans saluer Argurios, ce qui l'avait exaspéré, mais il s'était contenu. J'étais avec le roi quand le seigneur Kolanos a parlé du massacre perpétré par le lâche tueur, Hélicon. Il a aussi dit que vous étiez un traître, à la solde d'Hélicon.

— Ah ! avait dit froidement Argurios. Kolanos est donc aussi un couard et un menteur.

L'ambassadeur avait rougi.

— Le seigneur Kolanos affirme que vous avez tué un de ses hommes, et sauvé la vie d'Hélicon.

— C'est exact.

— Peut-être daignerez-vous vous expliquer ?

Argurios avait regardé les hommes en armes qui accompagnaient Erekos.

— Je suis Argurios, un Fidèle d'Agamemnon et un noble mycénien. Je réponds seulement à mon roi, et pas à un paysan parvenu envoyé en pays étranger.

Les gardes de l'ambassadeur avaient mis la main à leur épée, mais Erekos leur avait fait signe d'arrêter. Puis il avait souri.

— J'ai entendu le récit complet des événements de Lykie. Beaucoup de braves Mycéniens sont morts – dont mon neveu, Glaucos. Vous n'avez rien tenté pour les sauver. Au contraire, vous avez aidé le tueur, Hélicon. Vous n'êtes pas le bienvenu ici, Argurios. Les lois de l'hospitalité exigent que je ne verse pas votre sang dans ma demeure. Mais sachez qu'Agamemnon vous a banni. Vous n'êtes plus mycénien. Vos terres ont été confisquées, et vous êtes désormais un ennemi du Hall du Lion.

Argurios avait quitté la maison, le dos raide mais profondément troublé. Il n'était pas un diplomate, et ce voyage à Troie n'était pas de sa propre volonté. Pourtant, il avait été fier de servir son roi, à la fois pour rassembler des informations sur la situation militaire et politique de Priam, et pour apporter des messages à son frère mycénien à l'étranger. Il avait plongé la main dans son sac de cuir et en avait sorti les papyrus scellés qu'il avait apportés pour Erekos. Sous le coup de la colère, il avait eu envie de les jeter, mais il avait hésité avant de les ranger de nouveau dans son sac. Le scribe principal d'Agamemnon lui avait personnellement remis ces documents.

— Il paraît que vous partez pour Troie, avait dit l'homme. Ces messages auraient dû partir il y a trois jours, mais un serviteur idiot a oublié de les donner au capitaine. Pouvez-vous les emporter avec vous, seigneur Argurios ?

Les documents portaient le sceau d'Agamemnon, et il les avait traités avec respect. Il ne pouvait pas les jeter dans la boue de la rue !

Banni !

Il avait eu du mal à croire à cette sentence, mais ce qui l'avait blessé le plus profondément était qu'Agamemnon, qu'il avait servi avec une loyauté indéfectible, ait pu agir ainsi envers lui. Le roi était le mieux placé pour savoir qu'Argurios ne se serait jamais vendu à Hélicon ou à un autre ennemi de son peuple. Le travail de toute une vie ne comptait-il donc pour rien ? s'était dit Argurios. Depuis qu'il était devenu adulte, vingt ans plus tôt, il n'avait jamais recherché la richesse, ni succombé aux tentations qui avaient interféré avec son service. Il n'avait jamais menti, jamais participé aux intrigues de palais où les courtisans complotaient les uns contre les autres pour obtenir les faveurs d'Agamemnon. Il avait même renoncé à se marier, pour pouvoir dédier entièrement sa vie à son roi et à son peuple.

Et voilà qu'il avait été déclaré traître, dépouillé de ses terres et de sa nationalité !

Il avait décidé de prendre un vaisseau pour retourner à Mycènes et faire appel directement auprès du roi. Il comprendrait certainement qu'il avait été mal informé, s'était-il dit. Son moral était remonté. Une fois revenu à Mycènes, il dénoncerait Kolanos comme le menteur et le lâche qu'il était, et tout irait bien.

Il n'était plus très loin de son auberge quand il s'était aperçu qu'on le suivait.

Il avait compris alors qu'il ne retournerait pas facilement dans son pays natal. Les tueurs étaient sur ses traces. En tant qu'ennemi du peuple, sa vie valait seulement le prix qu'Agamemnon ou Kolanos étaient prêts à payer pour elle.

Une colère froide l'avait submergé, et il avait fait volte-face pour affronter les assassins. Il n'avait emporté ni épée ni dague pour rendre visite à l'ambassadeur. Il était désarmé face aux cinq hommes.

Le chef était enveloppé d'un manteau noir à capuche. Il s'était avancé et avait dit :

— Renégat, tu sais quels sont les actes terribles qui ont fait tomber ce jugement sur ta tête.

Argurios avait regardé l'homme dans les yeux.

— Je n'ai commis aucun acte répréhensible. Je suis Argurios, victime des mensonges d'un lâche. J'ai l'intention de reprendre la mer et de faire appel à la justice de mon roi.

L'homme avait lâché un rire rauque.

— Ta vie s'achèvera ici, traître. Tu n'auras droit à aucun appel.

Un couteau était apparu dans la main de l'homme, qui avait bondi. Argurios avait fait un pas de côté pour l'éviter, avait saisi sa main armée et lui avait assené un violent coup de poing au visage. Pendant que l'homme reculait, Argurios lui avait attrapé le poignet à deux mains et avait fait pivoter l'homme en lui tordant sauvagement le bras, ce qui lui avait déboîté l'épaule. L'assassin avait hurlé et lâché le couteau. Les quatre autres hommes s'étaient avancés d'un bloc. Argurios avait envoyé le premier homme bouler au milieu de ses camarades, puis il avait ramassé l'arme.

— Je suis Argurios ! avait-il tonné. Se frotter à moi, c'est mourir !

Ils avaient hésité, mais ils avaient tous une épée. Leur chef blessé était tombé à genoux.

— Tuez-le, avait-il hurlé.

Les hommes s'étaient jetés sur Argurios, qui avait chargé à leur rencontre. Une épée s'était enfoncée dans son flanc, et une autre lui avait entaillé l'épaule gauche. Ignorant la douleur, il avait poignardé un homme en plein cœur, flanqué un coup de pied au genou d'un deuxième et empoigné le troisième. Le quatrième assassin l'avait poignardé, mais la lame avait glissé sur ses côtes. Argurios avait alors senti ses forces décliner. Après un coup au visage d'un de ses agresseurs, il avait flanqué un coup de tête qui avait fracturé le nez d'un autre. À demi aveuglé, l'assassin avait reculé. Argurios avait pivoté sur le côté puis assené un violent coup de pied au genou d'un autre assaillant. Il y avait eu un craquement écœurant quand l'articulation avait cédé, suivi par un hurlement de douleur. Mais le troisième homme s'était relevé. Argurios avait plongé au sol, saisi une épée puis roulé juste à temps pour bloquer une attaque. Il s'était relevé d'un bond et avait chargé l'homme, le repoussant d'un coup d'épaule. Avant qu'il ait eu le temps de récupérer, Argurios l'avait transpercé de son épée. Il avait récupéré l'arme à temps pour parer une attaque féroce qui l'aurait éventré. Il avait embroché l'homme sous le menton, lui transperçant le cerveau d'un même mouvement. Argurios avait dégagé l'épée et laissé tomber le mort.

L'homme au genou éclaté gémissait sans interruption. Argurios avait regardé à sa gauche, où le chef s'était relevé, son couteau dans la main gauche, car le droit pendait, inerte.

— Ton camarade ne peut pas marcher, avait dit Argurios. Il aura besoin de toi pour l'amener dans une maison de guérison.

— Ça n'est pas terminé, avait répondu l'homme.

— Peut-être, chiot arrogant, mais pour toi, ça l'est ! Il faudra de vrais chiens de chasse pour terrasser ce vieux loup. Et maintenant, dégage !

Il était resté debout, apparemment fort, pendant que le chef relevait son camarade. Puis les deux hommes étaient partis lentement dans les ténèbres.

Argurios avait réussi à tenir le temps qu'ils disparaissent.

Il ignorait combien de temps s'était écoulé depuis. La douleur dans son ventre avait cessé, et il était glacé, alors qu'il sentait encore du sang chaud couler sur sa main. Il tenta de se relever sur un bras, et la douleur le déchira de nouveau. Puis il entendit des bruits de pas. Ils étaient donc revenus l'achever... La colère lui rendit quelques forces et il se redressa, déterminé à mourir debout.

Plusieurs soldats portant un casque à crête arrivèrent en vue. Argurios s'appuya contre le chambranle de la porte.

— Que s'est-il passé ? demanda le soldat le plus proche.

Le monde tourbillonna autour d'Argurios, et il tomba. Le soldat lâcha son épée et brisa sa chute avant de l'allonger sur le sol.

Un autre soldat appela le premier.

— Un des morts est Philométor le Mycénien. On dit que c'était un excellent guerrier.

Un homme âgé sortit de la maison et s'adressa aux soldats.

— J'ai tout vu de mon balcon. Cinq hommes l'ont attaqué. Il n'était pas armé, et il les a vaincus !

— Ma foi, dit le soldat, nous allons l'emmener au temple. Tout homme que les Mycéniens veulent tuer mérite forcément de vivre !

Chapitre 17
Le roi d'or

I

La dernière fois qu'Hélicon avait débarqué sur la plage en dessous de Troie, Zidantas était avec lui. Ils étaient en route pour Chypre, lors du voyage inaugural du *Xanthos*. Maintenant, ça lui semblait dater d'une autre vie…

Le vaisseau avait été déchargé et les marchandises transportées dans les entrepôts. La saison étant terminée, il y avait peu de marchands sur les plages, et le *Xanthos* continuerait son chemin vers la Dardanie avec une cargaison bien plus légère. L'équipage avait été payé. Vingt-huit rameurs avaient décidé de quitter le navire, et Oniacus écumait les tavernes afin d'embaucher des remplaçants pour le voyage de retour.

Hélicon regarda la baie, et aperçut Ulysse et son équipage préparant le *Pénélope* au départ. Le vieux vaisseau élancé glissait gracieusement sur l'eau pendant que les hommes se hissaient à bord. Ulysse criait des ordres. Pendant un instant, Hélicon souhaita que le temps s'inverse et être de retour sur le *Pénélope*, naviguant à travers la Grande Verte pour aller passer l'hiver en Ithaque. La vie lui avait semblé si simple, à cette époque ! Ses soucis étaient peu nombreux, et concernaient des problèmes faciles à régler : une déchirure dans la voile, qu'on pouvait recoudre ; des mains couvertes d'ampoules, qu'on pouvait bander…

Plus tôt dans la matinée, Hélicon s'était assis sur la plage avec son vieil ami. C'était leur première rencontre depuis la bataille de la baie de la Chouette Bleue. Ulysse lui avait parlé du jeune Xander, puis ils étaient restés silencieux, à l'aise, un certain temps.

— Tu n'as pas parlé de Zidantas, avait finalement dit Ulysse.

— Il est mort. Que reste-t-il à dire ?

Ulysse l'avait regardé avec attention.

—Tu te souviens quand je t'ai parlé du héros enfoui, et de ton besoin de le trouver ?

—Bien sûr. J'étais un jeune garçon faible et effrayé. Mais il n'existe plus depuis longtemps.

—Il était effrayé, c'est vrai, mais pas faible. Il était intelligent et réfléchi. Oui, et également bon et doux. Et il t'arrivera encore d'avoir besoin de lui.

Hélicon avait lâché un rire dur.

—Il ne pourrait pas survivre dans *mon* univers.

Ulysse avait secoué la tête.

—Ton univers est plein d'hommes violents, héroïques avec une épée et un bouclier, prêts à tuer tout ce qui bouge pour arriver à leurs fins. Ne comprends-tu pas que c'est le garçon que tu étais qui t'empêche de devenir comme eux ? Ne le perds pas de vue, Hélicon.

—Aurait-il détruit les galères de Kolanos ? Aurait-il vaincu Alectruon, ou survécu à la traîtrise de la baie de la Chouette Bleue ?

—Non, cracha Ulysse. Mais il n'aurait pas non plus brûlé vifs cinquante hommes sans armes et ligotés. Tu veux vaincre Kolanos – ou devenir comme lui ?

Hélicon avait senti une vague de colère le submerger.

—Comment peux-tu me dire une chose pareille ? Tu ignores ce qui est dans mon cœur.

—Qui peut le savoir ? Tu as placé une armure autour de lui. Comme tu l'as toujours fait.

—Je n'ai pas besoin qu'on me parle ainsi, avait dit Hélicon en se levant.

Ulysse s'était levé en même temps que lui.

—Combien d'amis as-tu, Hélicon ? Je t'aime comme si tu étais mon fils – et tu te trompes : je lis dans ton cœur. Je sais que tu souffres, et je sais ce que Taureau signifiait pour toi. Dans ton chagrin, tu as l'impression que quelqu'un essaie de t'arracher les entrailles. Tes rêves sont torturés ; tes heures d'éveil, tourmentées. Tu le cherches sans arrêt à côté de toi. Tu espères te réveiller un matin et le trouver au pied de ton lit, bien vivant. Et une partie de toi meurt chaque jour quand tu te réveilles et qu'il n'est pas là.

Les épaules d'Hélicon s'étaient affaissées et sa colère l'avait quitté.

—Comment peux-tu savoir tout ça ?

—J'ai vu mourir mon fils.

Ulysse s'était assis et son regard s'était perdu dans les vagues. Hélicon était resté un moment debout, puis il s'était assis à côté de son ami.

— J'avais oublié, Ulysse. Pardonne-moi.

— Tu ne le connaissais pas. Maintenant, es-tu prêt à parler de Zidantas ?

— Je ne peux pas.

Ulysse avait eu l'air déçu, mais il avait hoché la tête.

— Je comprends. Mais un jour, mon ami, j'espère que tu apprendras à ouvrir ton cœur. Sinon, tu seras toujours seul. Mais ne nous attardons pas sur la question ! Revenons à Kolanos. Il va sans doute se cacher, maintenant. Il retournera à Mycènes, ou se réfugiera sur l'île des pirates, au sud-ouest de Samothrace. Les eaux y sont traîtresses, et peu de vaisseaux se risqueront à affronter les orages hivernaux. Et même s'ils le faisaient, il y a des fortifications sur l'île, et des centaines de pirates pour les défendre.

— Je connais cette île, avait dit Hélicon. Le *Pénélope* y a accosté lors de mon premier voyage. Les pirates se sont rassemblés autour de toi, et tu leur as raconté une histoire qui les a fait rire, pleurer et t'acclamer. Puis ils t'ont inondé de cadeaux. J'y pense toujours, de temps en temps. Une centaine d'hommes endurcis, des barbares, qui pleuraient à cause d'une histoire d'amour, d'honneur et de courage !

— Oui, c'était une nuit assez réussie, avait dit Ulysse. Si Kolanos y est, il sera à l'abri pour l'hiver. Mais il reprendra la mer au printemps.

— Et je le trouverai, Ulysse.

— Je m'y attends. Mais le plus important, c'est de faire attention à toi, *maintenant.* Il y a des tueurs rusés dans ce monde... Dans cette idée, je t'ai préparé un petit cadeau.

Il avait sorti de son sac une tunique de cuir marron foncé et l'avait donnée à Hélicon. Le vêtement était plus lourd qu'il en avait l'air. Hélicon sentit quelque chose de dur sous le cuir souple.

— J'ai trouvé ça il y a quelques années, en Crète.

Hélicon avait soupesé le vêtement, une tunique doublée de soie qui arrivait aux genoux.

— C'est très astucieux, avait dit Ulysse. Entre la soie et le cuir, il y a de minces disques d'ivoire qui se chevauchent. Cette tunique détournerait un coup de dague, même si je ne pense pas qu'elle bloquerait un coup d'épée, un coup de hache ou une flèche bien dirigée.

— C'est un beau cadeau, mon ami. Je te remercie.

— Bah ! De toute façon, elle était trop petite pour moi. Porte-la quand tu es sur la plage – et essaie de ne pas aller seul dans la cité.

— Je serai prudent, avait promis Hélicon. Je partirai bientôt pour la Dardanie. Une fois rentré, je serai entouré de soldats loyaux.

— Comme l'était ton père, avait souligné Ulysse. Ne te crois en sécurité nulle part. Et ne suppose pas que la loyauté soit taillée dans le roc !

— Je sais.

— Bien entendu, avait marmonné Ulysse d'un ton gêné. Sais-tu ce qui est arrivé à Argurios ?

— Non.

— On dit qu'il a été banni et déclaré hors la loi. On prétend que tu l'as acheté.

Hélicon avait eu l'air sidéré.

— Il est impossible d'acheter un homme comme Argurios ! Qui peut croire ça ?

— Des hommes qu'on peut acheter…, avait répondu Ulysse. Je doute qu'il vive encore un mois. Combien de temps entends-tu rester à Troie ?

— Quelques jours seulement. Je dois présenter mes respects à Priam, et j'ai quelques marchands à rencontrer. Pourquoi me poses-tu la question ?

— Je sens quelque chose dans l'air, avait dit Ulysse, en touchant son nez. Il y a un sentiment de malaise dans la cité, peut-être une autre révolution de palais en préparation.

Hélicon avait éclaté de rire.

— Il y a *toujours* une révolution de palais qui se prépare ! À mon avis, ça amuse Priam. Ça donne à son esprit tortueux quelque chose à faire.

— Tu as raison, avait reconnu Ulysse. Il aime le risque. J'ai connu un homme qui pariait sur n'importe quoi. Assis sous un arbre, il pariait sur quel pigeon s'envolerait d'abord, ou quel dauphin nagerait sous la proue de son navire en premier. Un jour, il a parié ses terres, ses chevaux, son bétail et son navire sur un seul coup de dé. Il a perdu.

— Tu penses que Priam est aussi bête que ça ?

Ulysse avait haussé les épaules.

— Un homme qui aime le risque est un homme qui veut se mettre à l'épreuve. Chaque fois qu'il gagne, il doit augmenter le péril. Priam a beaucoup de fils, et peu de postes de pouvoir à remplir. Ses fils ne peuvent pas tous briguer sa succession.

— Il a Hector, avait souligné Hélicon. Il ne trahirait jamais son père.

— Hector est la clé de tout ça. Il est à la fois aimé et craint. Tous ceux qui s'élèveraient contre Priam devraient affronter la colère d'Hector. C'est ce qui empêche la guerre civile. Priam s'est aliéné au moins la moitié de ses généraux, et les dieux seuls savent combien de ses conseillers. Il les dépouille de leur titre sur un caprice et nomme d'autres gens à leur place. Il adore humilier ceux qui l'entourent. Ses fils aussi sont souvent réprimandés en public. L'imbécile ! Si Hector tombait au combat, ce royaume éclaterait comme une figue trop mûre !

Hélicon avait éclaté de rire.

— Hector ne périra pas. Il est invincible. Si son vaisseau sombrait, il émergerait sur le dos d'un des dauphins de Poséidon.

Ulysse avait souri.

— Oui, il émane de lui une certaine aura divine. (Son sourire s'était effacé.) Mais ce n'est pas un dieu, Hélicon. C'est un homme, même s'il est puissant. Et les hommes meurent. Je ne voudrais pas être à Troie si ça arrivait.

— Ça n'arrivera pas. Les dieux ont toujours aimé Hector.

— Que le père Zeus entende ces paroles et les rende vraies, avait dit Ulysse en se levant. Je dois me préparer à prendre la mer. Prends soin de toi, mon garçon.

Les deux hommes s'étaient donné l'accolade.

— Bon vent et mer tranquille, Ulysse.

— Ce serait un changement bien agréable. Dis-moi, rendras-tu visite à Andromaque ?

— Peut-être.

— C'est une femme très bien. Je l'apprécie beaucoup. (Ulysse avait éclaté de rire.) J'aurais aimé être là quand elle a rencontré Priam !

Hélicon avait pensé au roi troyen, un homme puissant et dominateur qui cherchait à intimider tous ceux qu'il rencontrait. Puis il s'était souvenu du regard de défi d'Andromaque.

— Oui, avait-il dit. Moi aussi, j'aurais aimé voir ça.

II

— Ma dame, réveillez-vous ! Je vous en prie, réveillez-vous ! Andromaque sortit lentement du sommeil. Elle était en train de rêver d'une grande tempête, de la mer qui se dressait comme une montagne vers le ciel. Depuis qu'elle avait consulté le voyant, Aclidès, ses rêves étaient hantés par des hommes portant une seule sandale, ou par des orages phénoménaux. Une fois, elle avait même rêvé qu'elle était mariée à un éleveur de cochons, dont le visage s'était lentement transformé en celui d'un sanglier, des défenses blanches poussant sur ses joues barbues.

Son lit était en désordre, et elle était trempée de sueur. Ses rêves avaient été terrifiants, laissant derrière eux un sentiment de malaise. Elle s'assit et regarda sa servante, la jeune Axa, enceinte de plusieurs mois.

Habituellement souriante et calme, Axa se tordait les mains et l'anxiété déformait son visage rond et ordinaire.

— Oh, que les dieux soient remerciés, ma dame ! Je craignais de ne pas arriver à vous réveiller. On vous demande, murmura-t-elle en regardant autour d'elle comme si les appartements d'Andromaque étaient pleins d'espions – ce qui était peut-être le cas, pensa Andromaque.

Le palais entier était une mer de regards soupçonneux. Des serviteurs surgissaient de nulle part dès que des gens se rassemblaient, et les conversations se tenaient généralement dans des murmures.

Andromaque secoua la tête pour s'éclaircir les idées et posa ses longues jambes sur le sol. À l'extérieur de sa haute fenêtre carrée elle aperçut la pâleur du ciel de l'aube chassant à peine la nuit.

— Qui me demande, à cette heure ?

— Le roi, ma dame.

Axa tira la chemise de nuit d'Andromaque par-dessus sa tête.

— Vous devez vous laver et vous habiller rapidement, ma dame, et vous rendre le plus vite possible auprès du roi. Ce serait inconvenant de le faire attendre.

Andromaque perçut la panique dans la voix de la femme, et comprit qu'Axa serait tenue pour responsable si Priam attendait trop longtemps. Quand sa servante lui brandit une éponge humide sous le nez, Andromaque la lui prit.

— Je vais m'occuper de ça. Trouve ma robe safran et les sandales en cuir de veau que Laodicé m'a offertes hier.

En se lavant, elle réfléchit à la situation. Priam l'avait fait attendre sept jours avant de la recevoir. C'était peut-être un honneur. Les autres jeunes épouses devaient peut-être patienter des mois avant de rencontrer le roi. Elle avait posé la question à Laodicé, mais la fille aînée du roi avait haussé les épaules. Il y avait tant de choses qu'Andromaque ignorait au sujet de Troie. Mais elle était sûre d'une chose : le palais de Priam n'était pas un lieu de bonheur. Il était étonnamment beau et empli de trésors, dont beaucoup en or massif – un monument d'ostentation, qui contrastait avec les manières furtives de ses habitants. Laodicé avait été chargée d'enseigner à Andromaque les coutumes du palais, de lui indiquer les zones où les femmes pouvaient aller et les pièces et couloirs qui leur étaient interdits. Mais Andromaque en avait appris bien plus. La conversation de Laodicé portait toujours sur des interdits ou des obligations. Ce qu'il ne fallait pas faire. Ce qu'il ne fallait pas dire. À qui sourire, avec qui être polie. Qui éviter.

Laodicé lui avait cité des noms, mais ils avaient pour la plupart quitté l'esprit d'Andromaque comme un vol de moineaux. Certains lui étaient revenus lorsqu'elle avait rencontré les hommes qui les portaient : le chancelier du roi, Polités aux yeux chassieux, et le gros Antiphonès, son maître des chevaux. Andromaque aurait été sidérée que cet homme poussif soit capable de grimper sur le dos d'un cheval. Puis il y avait Déiphobos, le prince du port. Surnommé Dios, il ressemblait un peu à Hélicon, mais sans le pouvoir qui émanait de lui. En fait, il avait des yeux effrayés, avait-elle pensé.

Elle s'aperçut qu'Axa la regardait, les sourcils froncés.

— Les jolies sandales, ma dame…

Sa voix mourut.

— Les as-tu trouvées, Axa ?

— Oui, ma dame, mais… elles ne conviennent pas.

— Ne discute pas avec moi, dit Andromaque. Tu crains la colère du roi, et je le comprends. Mais tu devrais craindre aussi la mienne, dit-elle sans dureté, mais avec fermeté, en regardant Axa droit dans les yeux.

— Je suis désolée, ma dame, mais vous n'avez pas compris. Vous ne *pouvez pas* porter des sandales. Vous devez retrouver le roi en haut de la grande tour. Les marches sont dangereuses, et le roi a donné l'ordre que vous portiez des chaussures adéquates.

Plus tard, avançant à grands pas dans la lumière croissante de l'aube, Axa derrière elle et deux Aigles Royaux, en armure de bronze et d'argent, à ses côtés, Andromaque se demanda à quel jeu Priam jouait. Elle regretta de ne pas avoir eu le temps de parler à Laodicé de cet étrange choix pour le lieu de leur rendez-vous.

Elle avait entendu dire beaucoup de choses sur Priam depuis sept jours qu'elle était arrivée à Troie, la plupart flatteuses, et donc sans véritable signification. Axa lui avait confié qu'on disait qu'il avait cinquante fils, bien que la reine lui en ait donné seulement quatre. Dans sa jeunesse, il avait eu la fougue amoureuse d'un taureau, et nombre de ses fils, reconnus ou pas, s'étaient établis à Troie, pour rester à l'ombre de la gloire de leur père. Le roi, qui était maintenant sur le trône depuis plus de quarante ans, appréciait toujours une belle jeune fille, lui avait dit une autre servante, en gloussant. Andromaque avait trouvé ça répugnant. Encore un vieil homme qui refusait d'admettre que ses exploits amoureux appartenaient au passé… Mais les hommes riches étaient puissants, et le pouvoir était un aphrodisiaque. On disait que Priam était l'homme le plus riche du monde.

Elle avait été sidérée par les trésors qu'elle avait vus dans le mégaron du roi, dans les appartements de la reine, et par l'or et les joyaux que Laodicé portait journellement sans y réfléchir. Elle était toujours parée d'or, ses poignets et son cou étincelant d'un assortiment de colliers, de bracelets et de pendentifs. Ses cheveux d'un blond de blé étaient tressés de fils d'or et ses robes alourdies de broches somptueuses. Rien de tout cela ne la rendait plus jolie, pensait Andromaque. Les bijoux servaient seulement à attirer l'attention sur ses petits yeux noisette, son grand nez et son menton fuyant. Mais, en compensation, elle avait un sourire ravissant et un tempérament doux qui la faisait aimer de tous.

— Pauvre Andromaque, avait dit Laodicé en passant son bras sous celui de sa nouvelle sœur. Tu n'as aucun bijou, pas d'or, juste quelques perles bon marché et un peu d'argent. Je dirai à mon père de te donner des colliers en or, en ambre et en cornaline, et des boucles d'oreilles assorties à tes yeux, et des bracelets de cheville pour mettre en valeur tes jambes fines et… (Elle avait éclaté de rire.) Tes grands pieds !

— Les grands pieds sont censés être très beaux, avait répondu gravement Andromaque. Plus ils sont grands, mieux ça vaut.

Andromaque sourit à ce souvenir et regarda ses pieds, engoncés dans les inconfortables sandales à la semelle de corde qu'Axa lui avait trouvées. Puis elle regarda vers le haut. La Grande Tour d'Ilion, qui se dressait un peu à l'écart du mur sud de Troie, était presque deux fois plus haute que les murs principaux de la cité. C'était le bâtiment le plus haut qu'elle ait jamais vu. Elle aperçut les gardes à chaque coin du toit. D'en bas, ils ressemblaient à des insectes. Le soleil levant se reflétait sur leurs casques et la pointe de leurs lances.

Quand elle avait posé des questions à Axa sur le choix du lieu de la rencontre, la servante avait été étrangement réticente.

— Je suppose que c'est un grand honneur, avait-elle dit sans avoir l'air d'y croire. Le roi Priam s'y rend parfois pour surveiller sa cité et voir si des envahisseurs arrivent par la mer ou par la terre. Il est très soucieux du bien-être de son peuple.

— Convoque-t-il habituellement les visiteurs en haut de la Grande Tour d'Ilion ?

Axa avait rougi et détourné le regard.

— Je l'ignore. Je ne sais rien de ce que fait le roi. La tour est le point le plus élevé de la cité. Donc, ce doit être un honneur, avait-elle répété.

Andromaque avait vu un certain désarroi sur le visage de sa servante, et elle lui avait passé un bras autour des épaules.

— Ne t'inquiète pas, je ne crains pas les hauteurs.

Elles entrèrent dans la grande tour carrée à sa base, juste à côté de la porte de Scée. Le mur de pierre était très épais, et l'intérieur de la tour était humide et froid. Andromaque vit un escalier étroit grimpant dans les ténèbres. Elle regarda vers le haut. La tour était seulement une sorte de puits vide illuminé à intervalles réguliers par des fenêtres percées dans les murs. Les marches longeaient les murs et étaient interrompues par des paliers horizontaux avant de reprendre leur ascension. Elles se terminaient en haut, où on voyait un petit carré de lumière. Il n'y avait pas de rampe. Des torches brûlaient dans des supports muraux, et un garde alluma un tison pour éclairer le chemin.

— Voulez-vous que je vous accompagne, ma dame ?

Andromaque vit que les yeux d'Axa étaient écarquillés de frayeur, et qu'elle avait instinctivement posé les mains sur son ventre proéminent.

— Non. Reste ici, et attends-moi.

— Voulez-vous l'eau ?

Axa fit mine de détacher l'outre qu'elle portait sur la hanche. Andromaque y réfléchit brièvement, puis elle répondit :

— Non, garde-la. J'en aurai peut-être envie, plus tard.

Elle comprit que les soldats s'apprêtaient à l'escorter dans l'escalier. Elle tendit la main.

— Donnez-moi la torche, ordonna-t-elle.

L'homme hésita un instant, regarda son collègue puis donna la torche à Andromaque.

— Restez ici, leur dit-elle sèchement.

Avant qu'ils aient le temps de bouger, elle partit rapidement, grimpant les marches avec légèreté et souplesse.

Elle monta un long moment. Ses jambes, renforcées par les heures de marche et de course sur Théra, la portaient aisément le long de l'escalier abrupt. Les marches arrivaient presque à la hauteur de son genou, et elle prit plaisir à cet exercice, sentant les muscles de ses cuisses et de ses mollets se dégourdir agréablement. Elle n'avait jamais craint le vertige engendré par les hauteurs, mais elle ne fut pas tentée de regarder vers le bas. Elle garda les yeux fixés sur le haut de la tour, vers le petit carré de lumière.

Elle pensa alors avoir pris la mesure du vieux roi. Il lui avait demandé de la rejoindre en haut de la tour pour l'éprouver, peut-être pour l'humilier et la voir s'écrouler en larmes en bas de la tour, puis transportée à bras d'homme comme une enfant. Elle était sidérée qu'un roi si puissant, si riche, éprouve le besoin de prouver sa supériorité à une jeune femme. *Je peux m'arranger de minables comme lui*, pensa-t-elle.

Les marches rétrécirent tandis qu'elle approchait du sommet, et elles semblaient plus usées et plus humides. Elle prit conscience de l'abîme sombre qui s'ouvrait à sa droite, et plaça ses pieds avec plus de soin. Elle se demanda pourquoi les marches étaient plus usées *en haut* de la tour. Puis elle comprit et éclata de rire. S'arrêtant, elle leva la torche. À une trentaine de marches en dessous d'elle, de l'autre côté de la tour, il y avait une petite niche avec une porte étroite. Elle ne l'avait pas vue en passant devant. Cette porte était sûrement un accès plus direct à la tour. Le vieil homme était venu par ce chemin, et l'avait laissé grimper la tour en entier. *Priam,* pensa-t-elle, *je commence déjà à ne pas vous aimer.*

Elle se sentit soulagée en arrivant au sommet. Le soleil levant lui fit mal aux yeux, et le vent agita sa chevelure. Un moment, elle fut désorientée. Elle regarda autour d'elle, inspirant à fond.

Le toit en bois faisait la taille de la moitié du mégaron du roi, mais il était vide, excepté quatre gardes, un à chaque coin de la tour, immobiles et regardant fixement devant eux. Un homme de grande taille aux larges épaules était debout sur le rempart sud-ouest, le vent soufflant dans ses longs cheveux blonds striés de gris.

Puissamment bâti et tanné, il portait une tunique bleue longue, et, malgré la fraîcheur de l'aube, il était bras nus. Andromaque vit son profil, un long nez crochu et une mâchoire carrée. Il ne semblait pas l'avoir vue. Elle attendit, ne sachant quoi faire d'autre.

— Tu vas rester plantée là toute la journée, jeune fille ? dit-il sans se retourner.

Andromaque avança vers lui et inclina la tête.

— Je suis Andromaque de Thèbes…

Le roi pivota abruptement. Andromaque fut étonnée de voir qu'il semblait si jeune et vigoureux. Il la dominait de toute sa taille. Avec ses larges épaules, il avait une présence physique indéniable.

— Ne t'a-t-on pas appris comment t'adresser à ton roi, jeune fille ? À genoux !

Elle faillit obéir, subjuguée par son énergie.

Mais elle se redressa.

— À Thèbes sous Plakos, nous ne nous agenouillons devant personne, pas même les dieux.

Priam se pencha, et elle vit le blanc jaunâtre de ses yeux et sentit son souffle aviné. Il dit doucement :

— Tu n'es plus dans la petite Thèbes, maintenant. Je ne te le répéterai pas.

À cet instant, un Aigle Royal grimpa bruyamment sur le toit. Son casque portait le cimier noir et blanc d'un capitaine. Il rejoignit le roi.

— Mon seigneur…

Il regarda Andromaque et hésita. Priam lui fit signe de continuer, impatient.

— Mon seigneur, nous le tenons ! Quelqu'un doit l'avoir prévenu, car il est presque arrivé au bateau égyptien. Il est interrogé en ce moment même.

— Excellent. J'irai assister à l'interrogatoire un peu plus tard. (Le roi regarda la baie.) Cette monstruosité est le nouveau vaisseau d'Hélicon ?

— Oui, mon seigneur. Le *Xanthos*. Il est arrivé tard hier soir.

Andromaque sentit son intérêt s'éveiller. Elle regarda Priam avec attention, mais ne put discerner s'il considérait ce fait comme une bonne ou une mauvaise nouvelle. Il fit signe au capitaine de partir, puis se tourna de nouveau vers Andromaque.

— Je vais te montrer ma cité, dit-il.

Il sauta d'un bond gracieux sur le mur haut du rempart, puis il se tourna et tendit la main à Andromaque.

Elle n'hésita pas un instant. Il la tira par le poignet pour qu'elle se tienne à côté de lui. Le vent soufflait fort à cet endroit. Elle regarda l'impressionnant précipice à ses pieds.

— Tu refuses donc de t'agenouiller devant moi ? demanda le roi.

— Je ne m'agenouillerai devant personne, répondit-elle, se préparant à la poussée qui l'enverrait à la mort, et prête à entraîner l'homme avec elle.

— Tu m'intéresses, petite. Je ne sens aucune peur en toi.

— Il n'y en a pas en vous non plus, roi Priam !

Il eut l'air étonné.

— La peur est bonne pour les faibles. Regarde autour de toi. C'est Troie, *ma* cité. La plus riche et la plus puissante du monde. Elle n'a pas été construite par des couards, mais par des hommes d'imagination et de courage. Sa richesse croît tous les jours – ainsi que l'influence qui va avec !

Soudain, le roi tendit la main et lui soupesa le sein gauche. Elle ne broncha pas.

— Tu feras l'affaire, dit Priam, en retirant sa main. Tu porteras de beaux et forts enfants pour moi.

Un frisson glacé parcourut l'échine de la jeune femme.

— Je pense que vous voulez dire pour votre fils Hector, mon roi, corrigea-t-elle d'une voix plus dure que la prudence le demandait.

Il s'approcha d'elle.

— Je suis ton roi, murmura-t-il à son oreille, et Hector n'est pas là. Il ne reviendra peut-être pas avant le printemps.

L'idée d'être confinée dans le palais de Priam pendant les longues semaines d'hiver remplit Andromaque de désarroi.

— Tu peux partir, maintenant, dit Priam en se détournant et en continuant à regarder la baie.

Andromaque sauta légèrement du rempart et gagna l'escalier. Quand Priam la rappela, elle se tourna vers lui.

— Tu es toujours vierge, je suppose ?

— Je suis qui je suis, roi Priam, dit-elle sans pouvoir dissimuler la colère dans sa voix.

— Alors, souviens-toi de qui tu es, et de ce que tu es, coupa le roi. Tu es la propriété de Priam, jusqu'à ce qu'il décide que tu deviennes celle de quelqu'un d'autre.

Chapitre 18

La Maison du Serpent

I

La Maison du Serpent était plus grande que Xander l'avait d'abord pensé. Elle comportait quatre immenses bâtiments formant un carré, un jardin ouvert en son centre, dans lequel un autel avait été élevé au dieu Esculape.

Il y avait des gens partout : des femmes en longue robe verte, des hommes en tunique blanche, des prêtres vêtus d'une robe ample bleu et or. Puis il y avait la foule des suppliants, qui faisaient la queue devant trois tables installées près de l'autel. Chaque personne apportait une offrande, des colombes blanches dans des cages, des parfums, des objets en cuivre ou en argent. Xander vit que chaque suppliant recevait un petit carré de papyrus, qu'il portait à ses lèvres avant de le laisser tomber dans une grande vasque en cuivre, à côté de la table où était assis le prêtre.

Intrigué, Xander se promena dans la foule et le jardin, puis décida de retourner à sa chambre.

Mais il ignorait où elle était ! Les quatre bâtiments se ressemblaient trop. Il entra dans l'un d'eux, suivit un couloir et arriva dans une grande rotonde. Des statues de différents dieux étaient installées dans des alcôves. Au pied de chacune se trouvaient une profonde coupe d'argent et un petit brasero plein de tisons ardents. Il reconnut Déméter, la déesse de la Fertilité, car elle portait un panier de blé dans une main, et l'enfant Perséphone contre son sein. D'autres lui étaient inconnus. L'air sentait l'encens. Deux prêtres se déplaçaient de statue en statue. Le premier versait du vin dans les coupes d'argent, et le second éparpillait les carrés de papyrus sur les charbons ardents.

Alors Xander comprit. Les carrés des suppliants étaient offerts aux dieux. Il se demanda comment les dieux sauraient exactement ce que chacun demandait, à partir des seules cendres…

Il sortit du temple et vit Machaon, le prêtre-guérisseur qui s'était occupé de lui. Xander l'appela, et Machaon se tourna vers lui. Il était grand mais voûté, et ses cheveux noirs coupés court s'éclaircissaient aux tempes. Il avait l'air fatigué.

— Je vois que tu te sens mieux, Xander, dit-il.

— Oui.

— Ne te fatigue pas trop. Tu es encore convalescent.

— Oui, messire. Pourriez-vous me dire où se trouve ma chambre ?

Machaon sourit.

— Ce lieu est un labyrinthe ! Il faut du temps pour y trouver son chemin. Sais-tu lire les symboles ?

— Non, messire.

— Tu es dans Feu Sept. Chaque bâtiment porte un symbole différent, et chaque chambre a un numéro. (Il désigna la porte la plus proche.) Le premier symbole représente l'élément qui a donné son nom au bâtiment. Qu'est-ce que celui-ci évoque pour toi ?

— Un arc ?

— Je comprends pourquoi tu dis ça. Mais en fait, le demi-cercle à l'envers représente une coupe. Ce bâtiment est donc l'Eau. La marque en dessous est le numéro de la chambre. Au nord il y a la Terre, dont le symbole est un cercle entier, car tout vient de la terre et tout y retourne. Le Feu se trouve de l'autre côté du jardin, en face. Sur ses portes, tu verras un demi-cercle posé sur une ligne droite, le symbole du soleil levant. L'Air est le bâtiment sur ta droite. Son symbole est un demi-cercle debout sur la tranche, comme une voile gonflée par le vent.

— Merci, messire. Comment les dieux savent-ils qui a embrassé les carrés de papyrus ?

Machaon sourit.

— Les dieux voient tout, Xander. Ils savent ce qu'il y a dans notre cœur et notre esprit.

— Alors, pourquoi ont-ils besoin des papyrus ?

— C'est un rituel d'adoration, une marque de respect. Nous en parlerons demain, quand je viendrai te rendre visite. Pour le moment, je dois continuer mes travaux. Tu peux poursuivre ta promenade un peu, mais fais attention de ne gêner personne.

Xander traversa les jardins désormais déserts et trouva sa chambre. Il était affreusement fatigué et faible. Les jambes tremblantes, il s'allongea sur son lit. La pièce tournait autour de lui. Puis il entendit la porte s'ouvrir, et une silhouette se dessina dans l'entrée.

C'était Hélicon. Xander essaya de s'asseoir.

— Reste où tu es, petit, dit le Bienheureux en s'asseyant sur le lit.

— Merci, mon seigneur.

— Le *Xanthos* partira bientôt pour la Dardanie. Machaon pense que tu devrais rester ici pour l'hiver. Il dit qu'il faudra du temps avant que tu recouvres tes forces.

Xander ne répondit rien. Il était à la fois déçu et soulagé. Il avait aimé faire partie de l'équipage, mais il redoutait une autre bataille, et ses rêves étaient hantés par des hommes brûlant comme des torches.

Hélicon sembla lire dans ses pensées.

— Je suis vraiment désolé que ton premier voyage ait connu autant de tragédies. Ulysse m'a dit que tu avais vu Zidantas quand tu avais la fièvre.

— Oui, mon seigneur. Tout le monde était sur la plage, et il y avait d'autres marins avec lui. Un d'eux était Epéus.

— Epéus est mort pendant la bataille, dit Hélicon. Zidantas t'a-t-il parlé ?

— Oui. Il m'a dit de penser à la vie et de revenir à Troie. Je voulais partir avec lui, mais il m'a dit qu'il allait prendre une route obscure. Il m'a demandé de dire à sa fille Théa qu'elle lui avait apporté de grandes joies.

Hélicon resta un moment silencieux.

— Je pense qu'il ne s'agissait pas d'un rêve, Xander, mais d'une véritable vision. Je laisserai de l'or au temple pour payer tes frais. Au printemps, il y aura de nouveau une place pour toi à bord de mon vaisseau. En échange, tu peux faire quelque chose pour moi.

— Tout ce que vous voulez, mon seigneur.

— Argurios est ici. Il a été poignardé, et on me dit qu'il est mourant. Je voudrais que tu ailles le voir et que tu t'occupes de lui. J'ai aussi loué les services d'autres hommes pour veiller sur lui et empêcher les assassins de revenir. Acceptes-tu de faire ça pour moi ?

— Oui, mon seigneur, mais Argurios ne m'apprécie pas...

— Je serais étonné qu'Argurios *apprécie* qui que ce soit.

— Que puis-je faire ?

— Il refuse de boire et de manger. Apporte-lui de la nourriture et de l'eau.

— Pourquoi ne veut-il pas manger ?

— Des hommes sans foi lui ont pris tout ce qu'il avait. Je crois qu'une partie de lui n'a plus envie de vivre.

— Je ne peux pas l'obliger à manger, mon seigneur.

— Dis-lui que tu as parlé avec moi et que j'ai ri quand j'ai entendu ce qui lui était arrivé. Dis-lui que j'ai déclaré qu'un guerrier mycénien de moins dans le monde était une occasion de réjouissance.

— Il vous haïra, après ça, non ?

Hélicon soupira.

— Oui, je m'y attends. Va le voir dès que tu seras reposé. Il est dans le bâtiment Air, et sa chambre est proche de l'entrée.

II

L'assassin Carpophorus suivit Hélicon sur la colline, jusqu'au palais. Il y avait presque vingt ans qu'il n'avait tué personne à Troie. La cité avait beaucoup changé et grandi dans toutes les directions. Pour le dernier assassinat qu'il avait commis ici, il s'était enfui à travers un champ qui donnait sur un petit bois. Le champ était désormais couvert de petites maisons alignées le long de rues étroites, et le bois avait été coupé pour faire place à des baraquements. L'imposante maison du marchand qu'il avait tué à l'époque avait elle aussi disparu. C'était dommage, pensa-t-il, car elle était bien construite, avec des lignes élégantes.

Devant, Hélicon s'arrêta à côté d'une échoppe de vêtements et bavarda avec le patron. Carpophorus attendit. Le soleil brillait sur la cité d'or, et la place du marché grouillait de monde.

C'était bizarre qu'Hélicon soit si détendu. Il savait pourtant qu'il y avait des Mycéniens dans la cité, et qu'il pouvait être attaqué à tout moment. Carpophorus ouvrit l'œil, décidé à ne laisser personne tuer Hélicon à sa place.

Quand le Bienheureux repartit, Carpophorus le suivit, en direction du palais au toit d'or du roi Priam.

À ce moment, il remarqua un jeune homme mince aux cheveux noirs émerger de la ruelle entre deux bâtiments. Il portait une tunique et des sandales vertes, et un couteau à la ceinture. Il l'avait déjà vu dans la foule, au marché. Carpophorus accéléra le pas, se rapprochant du jeune homme. Puis, au moment où Hélicon tournait un coin, l'homme sortit lentement sa dague et avança vers lui.

Carpophorus tira son arme et se mit à courir.

Quand il arriva, le jeune homme était sur le sol, Hélicon debout au-dessus de lui.

— Mes excuses, dit Carpophorus. J'ai été un peu lent.

—Ce n'était pas ta faute, Attalus, dit Hélicon. C'est moi qui t'ai demandé de rester en arrière. Espérons que cet imbécile est ce qu'ils ont de mieux sous la main !

—Oui, dit Carpophorus.

Le jeune homme était vivant et conscient, mais son couteau était maintenant dans la main d'Hélicon, qu'il regarda avec haine. Hélicon jeta le couteau dans la rue d'un geste négligent et partit. Carpophorus le suivit.

Ils marchèrent en silence jusqu'au palais. Hélicon parla aux gardes des doubles portes, puis ils traversèrent l'entrée et débouchèrent dans une cour pavée.

—Je resterai un moment au palais, dit Hélicon. Va te chercher quelque chose à manger. Je te retrouverai à la porte, au crépuscule.

Hélicon partit vers l'entrée à colonnades rouges du palais, et Carpophorus se trouva un coin à l'ombre. Il s'assit sur un banc de pierre, près de plantes grimpantes aux fleurs pourpres. Il se détendit. Il avait été soulagé, le matin, quand le *Pénélope* avait pris la mer. Depuis la baie de la Malchance, Carpophorus avait dû être très prudent, car Ulysse connaissait son visage, et il aurait compris qu'il était là pour Hélicon.

Neuf ans plus tôt, alors qu'il était passager sur le *Pénélope*, Carpophorus avait été surpris que le roi d'Ithaque vienne le voir, une nuit. Comme d'habitude, Carpophorus s'était trouvé un endroit isolé pour dormir, et il était en train de regarder les étoiles quand Ulysse était arrivé.

—Je vous connais, avait dit le roi laid en s'asseyant sur un rocher, à côté de lui.

Carpophorus avait été sidéré. Son atout principal était son anonymat. Il avait un visage ordinaire que les gens oubliaient facilement. Il lui suffisait d'attacher ses cheveux ou de se laisser pousser un bouc pour changer radicalement d'aspect. Et il n'avait pas rencontré Ulysse avant ce voyage pour la Dardanie.

—Comment se fait-il ? avait demandé Carpophorus, sur la défensive.

Le roi avait éclaté de rire.

—Un de mes amis vous a embauché. Je vous ai vu quitter sa maison, un jour. On dit que vous êtes le meilleur assassin de ce monde, Carpophorus. Vous n'échouez jamais.

—Vous me prenez pour quelqu'un d'autre.

—Je ne commets pas ce genre d'erreur, avait dit Ulysse. Et j'aimerais louer vos services.

—On dit que vous n'avez aucun ennemi. Qui voudriez-vous donc faire tuer ?

Ulysse avait haussé les épaules.

—Peu m'importe. Je veux seulement pouvoir dire que j'ai un jour embauché le grand Carpophorus.

—Peu vous importe qui mourra ?

—Effectivement.

—Vous voulez que je tue n'importe qui, et que je vienne me faire payer par vous ?

—Hum, avait dit le roi. Ça serait un peu trop frivole… (Il avait réfléchi un moment.) J'ai une idée. Que diriez-vous de ma proposition : je vous embauche pour tuer la prochaine personne qui essaiera de vous embaucher.

—Je connais déjà l'identité de mon prochain employeur, et c'est un homme puissant et bien protégé. Le coût de mes services est proportionnel au risque que je cours.

—Dites-moi votre prix.

—Vous ne voulez pas savoir de qui il s'agit ?

—Non.

Carpophorus en était resté bouche bée. Il avait regardé autour de lui, sur la plage, où l'équipage passait la nuit. Puis son regard était tombé sur le jeune prince aux cheveux noirs qui voyageait avec Ulysse. Là était le problème, car il avait vu qu'Ulysse appréciait le jeune homme. Ulysse avait-il deviné que Carpophorus avait été embauché pour tuer Énée ? Si c'était le cas, et que Carpophorus refuse son offre, Ulysse le ferait tuer par ses hommes, sur la plage. Oui, Ulysse était rusé. Il voulait sauver le jeune homme en faisant assassiner son père, mais si l'assassin était pris, il n'y aurait pas de vengeance à chercher. Car le roi ithaquien aurait simplement loué les services de Carpophorus par fantaisie, pour tuer une personne anonyme.

—Comment saurez-vous que j'ai rempli ma mission ? avait demandé Carpophorus.

—Coupez l'oreille de l'homme et envoyez-la-moi. Ce sera la preuve que je demande.

—Ça vous coûtera le poids d'un mouton en pièces d'argent.

—Je suis d'accord. Mais sachez que les moutons d'Ithaque sont très menus. Autre chose. L'homme dont nous parlons vous a peut-être déjà dit le nom de celui qu'il veut que vous assassiniez. Ou il le fera peut-être avant que vous teniez la promesse que vous m'avez faite.

—C'est possible.

Le regard d'Ulysse s'était fait glacial, et Carpophorus avait aperçu l'homme dont parlait la légende, le jeune pillard qui avait terrorisé les rives de la Grande Verte. Ulysse s'était bâti une solide réputation de combattant et de tueur. Carpophorus avait gardé son calme, sachant que sa vie ne tenait qu'à un fil. Un mot de travers, et il serait mort...

—Je pense, avait dit Ulysse, qu'il ne serait pas sage d'accepter la proposition d'un homme que vous allez tuer. Vous êtes d'accord ?

—Bien entendu.

—Parfait!

Ils étaient ensuite convenus du paiement. Sur la plage, les marins du *Pénélope* riaient. Carpophorus avait regardé le jeune prince aux cheveux noirs, qui s'était livré à une joute amicale avec Bias, le second d'Ulysse.

—C'est un bon garçon, avait dit Ulysse. Il me rappelle un jeune marin de mon équipage qui a été assassiné. Il m'a fallu cinq saisons pour retrouver le meurtrier. J'ai laissé sa tête plantée au bout d'un pieu. Ma Pénélope me dit que je suis rancunier, et que ce n'est pas bien. Mais je suis ainsi fait. (Puis il avait posé sa main musculeuse sur l'épaule de Carpophorus.) Je suis content de notre petite discussion.

Carpophorus avait été profondément irrité d'avoir été manipulé par le roi laid. Maintenant, avec l'or promis par Agamemnon, il lui sembla qu'il était juste que les ordres du roi Anchise soient enfin exécutés.

Hélicon tomberait sous la lame de Carpophorus.

Il avait initialement prévu de le tuer à Chypre, et il l'avait suivi dans les ténèbres, jusqu'en haut d'une falaise. Sous l'orage, Hélicon avait gagné le bord de la falaise, les bras écartés comme s'il projetait de plonger vers les rochers. Carpophorus s'était approché silencieusement. Pas besoin de lame – une simple poussée suffirait...

Puis l'enfant était arrivée. Carpophorus avait reculé et écouté le récit de la petite fille, qui parlait de sa mère. Quand Hélicon s'était agenouillé près d'elle, il aurait été facile de lui enfoncer une lame dans le dos. Mais Carpophorus ne pouvait pas prendre la vie d'un homme devant une enfant.

Carpophorus repensa à cette nuit-là, à Chypre. Il avait appris beaucoup de choses, sur lui-même et sur Hélicon. Et la leçon avait failli lui coûter la vie. Hélicon savait qu'il était suivi, et il avait posté des hommes devant les murs de la maison de Phèdre. Et il avait bien failli le piéger, dans le jardin. Carpophorus frissonna d'excitation en se souvenant de ce moment.

Un rayon de lune avait soudain éclairé Hélicon pendant qu'il courait pour l'intercepter. Carpophorus était arrivé au mur et s'était fondu dans les ténèbres extérieures. Puis il avait vu Zidantas, mais le géant ne l'avait pas aperçu, dans l'obscurité. D'autres hommes étaient arrivés, et Carpophorus avait eu besoin de tout son talent pour s'enfuir.

Assis à l'ombre, il somnolait, quand une ombre tomba sur lui. Il se réveilla, la dague à la main. Le vieux serviteur devant lui faillit lâcher le plateau qu'il apportait. Carpophorus rengaina sa lame.

— Votre maître m'a demandé de vous apporter un repas, dit le serviteur, posant le plateau sur le banc.

Il y avait dessus une carafe d'eau fraîche et un gobelet, ainsi qu'une miche de pain et des tranches de poisson séché.

Le serviteur partit, et Carpophorus se restaura. Il sentit son respect pour Hélicon grandir. C'était un noble qui se souciait du bien-être de ceux qui le servaient. Il avait dû regarder par une des fenêtres supérieures et le voir qui attendait. Cet homme serait le bienvenu auprès du Père de Tout, quand Carpophorus lui enverrait son esprit. *D'une certaine manière,* se dit Carpophorus, *tuer Hélicon était un cadeau à lui faire...*

Satisfait à cette idée, il s'adossa au mur et recommença à penser au passé. Il se souvint du premier homme qu'il avait tué. Ç'avait été un accident. Carpophorus travaillait dans une carrière de pierre, et la lame de son burin s'était cassée et avait frappé son voisin à la gorge, lui ouvrant la jugulaire. L'homme était mort dans la poussière de la carrière. Carpophorus avait été horrifié, mais un prêtre, plus tard, l'avait rassuré. L'assassin se souvenait toujours de ses paroles : « Hadès, le Seigneur des Morts, connaît l'heure de notre naissance et celle de notre mort. Il est écrit que chaque homme a une durée de vie qui lui est allouée par Hadès, et quand cette durée est écoulée, son corps retourne à la terre. »

— Donc, personne ne meurt à un autre moment que son heure prédestinée ?

— Exactement.

— Donc, le dieu de la Mort s'est servi de moi pour prendre sa vie ?

— Oui, mon garçon. Tu ne dois donc pas te sentir coupable.

La culpabilité était bien loin de son esprit. Le jeune Carpophorus s'était senti investi par les dieux, et, de ce jour, il était devenu un serviteur d'Hadès. Cet instant était celui qui avait changé à jamais sa destinée.

Il repensa à Hélicon. Il ne pouvait pas le tuer aujourd'hui, car Oniacus lui avait ordonné de servir de garde du corps au Bienheureux. Pour rester proche d'Hélicon, Carpophorus s'était joint à l'équipage, à Chypre, et il avait prononcé un vœu de loyauté. Cela n'était pas à prendre à la légère. C'était pour ça qu'il s'était battu si férocement aux côtés du Bienheureux, lors de la bataille de la baie de la Chouette Bleue.

Mais il ne pouvait pas reculer très longtemps l'accomplissement de sa mission. La fête de Déméter aurait lieu le lendemain soir. Il quitterait le vaisseau dans la nuit, puis il tuerait Hélicon le lendemain.

Satisfait de sa décision, il s'allongea sur le banc et tomba dans un sommeil sans rêves.

III

Hélicon entra dans le mégaron du roi, une salle immense où les pétitionnaires attendaient de pouvoir faire régler leurs différends par le roi. Il y avait des marchands et des hommes du peuple. Hélicon traversa rapidement la salle bondée et bruyante. Un Aigle Royal, en armure scintillante et portant un casque au plumet blanc, lui ouvrit une porte latérale, et Hélicon sortit au soleil. Il vit des chemins pavés contourner des parterres de fleurs étincelantes, et des groupes de sièges en pierre ombragés par des plantes grimpantes qui poussaient entre des poteaux en bois épais.

Là aussi, des gens attendaient, mais ils étaient de lignée royale. Hélicon vit deux des fils de Priam, Politès, son chancelier, et le gros Antiphonès. Politès était assis à l'ombre, un tas de papyrus sur les genoux. Les deux hommes portaient la tunique blanche à hauteur de cheville et la ceinture dorée qui dénotait leur rang de ministre du roi. Il y avait presque un an qu'Hélicon les avait vus. Politès semblait fatigué, presque malade. Ses cheveux blonds étaient clairsemés, et ses yeux étaient bordés de rouge. Antiphonès était encore plus gros que dans les souvenirs d'Hélicon. Son ventre débordait par-dessus sa large ceinture dorée, et il avait le visage gonflé et les yeux soulignés de lourdes poches. Il était difficile de croire que ces deux hommes n'avaient pas encore atteint la trentaine.

Antiphonès le vit en premier et sourit largement.

— Salut, Énée ! cria-t-il. Sois le bienvenu !

Il avança à une vitesse surprenante pour un homme si gros, et serra Hélicon dans ses bras. L'homme avait une force prodigieuse, et Hélicon craignit que ses côtes se brisent. Puis Antiphonès le lâcha. Politès ne se leva pas, mais lui sourit timidement.

— Troie tout entière se raconte tes aventures, continua Antiphonès. Des batailles navales et des vaisseaux pirates en flammes ! Ta vie n'est pas monotone, mon ami !

Hélicon remarqua que le mot « pirates » avait été utilisé, et ne fit aucun commentaire. Troie était toujours alliée avec Mycènes, et personne ne voulait offenser Agamemnon. Il parla un moment avec les princes, apprenant que Priam « se reposait », c'est-à-dire qu'il couchait avec une servante, ou avec l'épouse d'un de ses fils. Politès semblait nerveux et mal à l'aise. *C'est peut-être avec ta femme qu'il couche*, pensa Hélicon.

— Quelles nouvelles de la cité ? demanda-t-il.

Il vit leur expression changer, comme si un masque était descendu sur leur visage.

— Oh ! dit Antiphonès, c'est toujours pareil. As-tu vu la femme d'Hector ?

— Nous nous sommes rencontrés.

— Une femme dure. Elle a des yeux comme du silex. Une prêtresse de Théra, rien de moins ! Maigre comme un bâton. Rien à se mettre sous la main !

Hélicon n'avait pas envie de parler d'Andromaque avec eux. Il détourna la conversation.

— Des nouvelles d'Hector ?

— Seulement des rumeurs, dit Politès, en s'essuyant les yeux avec le bord de sa manche. Un marchand a rapporté qu'une grande bataille avait eu lieu. On ignore qui a gagné.

— Hector a gagné, affirma Antiphonès. Hector gagne toujours ! Il n'a pas de conversation, et il est incapable de distinguer un bon vin d'un gobelet de pisse d'âne, mais il gagne toujours les combats. Tu ne trouves pas ça étonnant ?

— Comment cela ?

— Toujours diplomate, Politès ! dit Antiphonès, méprisant. Tu sais très bien ce que je veux dire. Nous avons tous les deux grandi avec Hector. Il n'a jamais aimé se battre, il était toujours raisonnable, de bonne humeur, souriant béatement... Comment, au nom d'Hadès ! est-il devenu un tel guerrier ?

Hélicon se força à sourire.

— Voyons, Antiphonès ! Je me souviens du temps où tu étais le coureur le plus rapide de Troie. Ne pourrait-on pas poser une question similaire à ton sujet ? Comment un si bel athlète est-il devenu aussi bouffi ?

Antiphonès sourit, mais ses yeux s'étaient durcis.

— C'est vrai, Énée. Hector est ce qu'il est. L'héritier bien-aimé. Tant mieux pour lui. Mais, pour gouverner une ville, il ne suffit pas d'être un bon guerrier. Quand les récoltes sont mauvaises, ou que la maladie frappe, peu importe que le roi puisse conduire un char au combat, ou couper la tête d'un ennemi !

— C'est pour ça qu'Hector a de la chance d'avoir des frères comme vous.

Un serviteur s'arrêta devant Hélicon.

— Le roi est prêt à vous recevoir, seigneur Énée, dit-il.

Hélicon le remercia, et le suivit dans le palais, par une porte latérale qui menait à un grand escalier conduisant aux appartements de la reine, au sommet du bâtiment.

— La reine est-elle ici ? demanda Hélicon.

— Non, mon seigneur, elle est toujours à la résidence d'été. Mais le roi Priam a pris l'habitude de… se reposer dans ses appartements, pendant la journée.

Deux Aigles Royaux se tenaient devant une entrée, en haut de l'escalier. Hélicon en reconnut un, Chéon, un puissant guerrier. Le soldat le salua et lui sourit en ouvrant la porte des appartements de la reine, mais il ne dit rien.

Hélicon entra, et Chéon ferma la porte derrière lui. De longs rideaux de gaze flottaient dans la brise qui venait des fenêtres, et la pièce sentait le parfum. Par une porte ouverte, Hélicon vit un lit défait. Une jeune femme sortit de la pièce, le visage rouge et les yeux baissés. Elle se glissa à côté d'Hélicon, ouvrit la porte et sortit.

Priam apparut, un grand gobelet doré dans une main, un flacon doré dans l'autre. Il s'assit sur un grand canapé, vida le gobelet et le remplit de nouveau.

— Venez vous asseoir avec moi, dit-il, lui montrant un fauteuil de l'autre côté de la table basse. À moins que vous ayez décidé d'écumer Troie en brûlant les pirates mycéniens.

Hélicon s'assit et regarda le roi. Il y avait davantage de fils d'argent dans l'or de sa chevelure, mais il était toujours impressionnant.

— Avez-vous entendu dire qu'Agamemnon est à Milétos ? demanda Priam.

— Non. Il est bien loin de chez lui.

— Il voyage beaucoup depuis deux ans. La Thrace, la Phrygie, la Carie, la Lykie… Il fait des cadeaux aux rois et tisse des alliances.

— Pourquoi a-t-il besoin d'alliés de ce côté de la Grande Verte ?

— Oui, pourquoi ? dit le roi. Vous avez vu la fille ?

— Oui.

— Elle est jolie, mais sans intérêt. À une époque, les femmes étaient toutes des créatures de feu et de passion. Maintenant, elles me disent : « Oui, grand roi, comme vous voulez. Aimeriez-vous que j'aboie comme un chien ? » Pourquoi, à votre avis ?

— Vous connaissez déjà la réponse, dit Hélicon.

— Faites-moi plaisir.

— Non. Je ne suis pas venu ici me disputer avec vous. Pourquoi cherchez-vous toujours le conflit, avec moi ?

— Parce que nous ne nous aimons pas, vous et moi. Voulez-vous que je vous dise ce que vous pensiez, quand j'ai posé la question ?

— Si ça vous fait plaisir.

— Autrefois, les filles faisaient l'amour à Priam, le beau jeune homme. Maintenant, elles servent Priam, le vieux roi libidineux. Ai-je raison ?

— Bien sûr. Dans votre esprit, vous avez *toujours* raison.

Priam éclata d'un rire tonitruant.

— Je sais pourquoi vous ne m'aimez pas, jeune homme. Je suis tout ce que vous n'osez pas être. Je suis devenu roi. Vous avez reculé, et vous avez laissé le jeune Diomède endosser ce fardeau.

— Des moments comme celui-ci me rappellent pourquoi je viens si rarement à Troie, dit Hélicon en se levant.

— Oh, asseyez-vous donc ! dit Priam. Nous devons parler. Cessons de nous chamailler pour un moment. Vous voulez du vin ?

— Non.

— Revenons à Agamemnon, continua Priam, pendant qu'Hélicon se rasseyait. L'avez-vous rencontré ?

— Non.

— Moi non plus, même si je connaissais son père, Atrée. C'était un vrai combattant – mais il y était contraint. Les peuples de l'Ouest étaient constamment en guerre les uns contre les autres, à son époque. Mais Agamemnon ? C'est un mystère ! La plupart des hommes loyaux envers son père ont été remplacés ou tués. Ceux qui l'entourent maintenant sont des sauvages – comme Kolanos. Saviez-vous qu'Agamemnon avait remis au goût du jour les sacrifices humains avant une bataille ?

— Non, je ne l'avais pas entendu dire. Mais je ne suis pas surpris. Les Mycéniens sont une race assoiffée de sang.

— C'est vrai, Énée. Pourtant, ils ont maintenu, depuis le temps d'Atrée et de son père, le code de l'honneur promulgué par Héraclès. La gloire et le service des dieux. Le courage et l'amour du pays natal. La force sans cruauté. Et tout ça est en train de changer sous l'égide d'Agamemnon. Ses généraux sont des hommes brutaux qui encouragent les excès chez leurs soldats. Mes espions m'ont rapporté des histoires d'horreur des terres qu'ils ont pillées. Des femmes et des enfants assassinés, des hommes torturés et mutilés…

— En quoi Agamemnon est-il mystérieux ? C'est seulement un sauvage, issu d'une race de sauvages.

— Il n'est pas si facile à analyser, Énée. Ses généraux sont des barbares, mais il ne prend pas part à leurs excès. Aux festins, il ne boit ni ne chante ni ne rit. Il reste assis, silencieux, à regarder les autres. Mes ambassadeurs me disent qu'il a l'esprit vif, et qu'il est en faveur de l'alliance avec Troie, et conscient de la nécessité de commercer pacifiquement. Pourtant, il équipe aussi les flottes de pirates qui écument nos rivages. Et il cherche à s'allier avec des rois de l'Est. Ses ambassadeurs offrent de l'or en Méonie, en Carie, en Lykie… Et même jusqu'en Phrygie. Les rois doivent s'allier à leurs voisins, pour éviter des guerres inutiles. Une alliance avec Troie est logique : nous sommes la plus grande cité commerçante de la Grande Verte. Mais la Lykie et la Phrygie ? À quoi riment ces offres d'alliance ? Qu'espère-t-il en retirer ?

Hélicon haussa les épaules.

— Les Mycéniens ont toujours la guerre en tête, ou le pillage.

— J'y ai aussi pensé, dit Priam. Et là réside le mystère. Mes espions me disent qu'Agamemnon est très intelligent, et pourtant, une guerre à l'est serait une entreprise vouée à l'échec. Les Hittites ne sont plus aussi puissants qu'autrefois, mais leurs armées sont bien supérieures en nombre à celles des Mycéniens. Les Gypptos aussi pourraient s'en mêler. Et, si Agamemnon attaque nos alliés, le Cheval de Troie serait envoyé sur les lieux – et aucune force au monde n'est l'égale de la cavalerie de mon Hector.

— Tout cela est exact. Mais vous êtes quand même inquiet, fit remarquer Hélicon.

— Le berger est toujours inquiet quand les loups rôdent, dit Priam. De plus, Agamemnon a ordonné la construction d'un grand nombre de navires. La question est de savoir comment il compte les utiliser. Et où les emmènera-t-il ?

Priam se leva et gagna la chambre. Il en revint avec une peau tannée où était dessinée une carte de la Grande Verte. Il l'étala sur la table.

— Au temps de mon grand-père, les Mycéniens ont attaqué Chypre, et il y a toujours des habitants mycéniens sur l'île. S'ils l'envahissaient en force, ils pourraient s'emparer des mines de cuivre. Mais Chypre est alliée à l'Égypte et à l'Empire hittite, et ces deux pays ont des armées dix fois plus importantes que celle d'Agamemnon. Leurs flottes bloqueraient l'île, leurs armées débarqueraient et les Mycéniens seraient vaincus. (Le roi montra du doigt la côte de Lykie.) Supposons qu'ils envahissent le royaume du Roi Gras. Ils ont déjà des colonies à Rhodes et Kos, et à Milétos. Ils pourraient s'y approvisionner. Mais Kygonès est un vieux soldat, et un bon combattant. De plus, il est mon allié. J'enverrais le Cheval de Troie à son aide, et les Mycéniens n'auraient aucun moyen de faire venir des renforts.

Idem pour Milétos et la Méonie. Où qu'on regarde, il n'y a aucun espoir de victoire pour Agamemnon. Savez-vous ce que ça signifie, Énée ?

— Soit Agamemnon n'est pas aussi intelligent que le disent vos ambassadeurs… soit quelque chose vous échappe.

— Exactement ! Et je ne doute pas de son intelligence. Au printemps, demanderez-vous à vos capitaines de rassembler des informations, quand ils partiront vers l'ouest ?

— Bien entendu.

— Parfait. Entre-temps, mes espions et mes ambassadeurs continueront à me faire leurs rapports. À un moment ou un autre, les plans d'Agamemnon deviendront clairs. Quand rentrerez-vous chez vous ?

— Dans un jour ou deux. Après avoir présenté mes hommages à la reine.

Le visage de Priam se crispa sous l'effet du chagrin.

— Elle est en train de mourir, dit-il, frissonnant. Difficile à croire, non ? Je croyais qu'elle nous survivrait à tous.

— J'en suis fort triste, dit Hélicon. J'avais entendu dire qu'elle était malade. N'y a-t-il rien à faire ?

Priam secoua la tête.

— On lui donne des opiacés pour calmer la douleur. Mais les prêtres me disent qu'elle ne passera pas l'hiver. Vous savez qu'elle n'a pas encore cinquante ans ? Par les dieux ! elle a été la plus belle des femmes. Elle a empli mon âme de passion, et m'a fait vivre des jours glorieux. Elle me manque, Énée. Elle a toujours été ma meilleure conseillère.

— Vous parlez d'elle comme si elle était déjà morte.

— Je ne l'ai pas vue depuis des semaines. Depuis que les prêtres m'ont averti. Je ne peux pas aller la voir, ça me fait trop mal. Vous la trouverez au palais d'été, de l'autre côté du Scamandre. Elle y réside avec Cassandre et le jeune Pâris.

Hélicon se leva.

— Vous semblez fatigué. Je vais vous laisser à votre repos.

— J'aimerais me reposer, reconnut Priam. Je dors mal, en ce moment. Toutefois, il y a une autre chose que vous devez savoir. Agamemnon a loué les services de Carpophorus pour vous tuer.

— J'ai déjà entendu ce nom.

— Bien entendu. Comme nous tous. Ce que vous ignorez peut-être, c'est qu'il est l'homme qui a assassiné votre père.

Hélicon eut l'impression que l'air s'était mué en glace autour de lui. Il resta immobile, son cœur battant follement.

— Comment le savez-vous ? parvint-il à demander.

— Certains de mes soldats ont capturé un homme, hier. Ils l'ont interrogé, et, bien entendu, il est mort. Mais ils ont appris beaucoup de choses pendant l'interrogatoire. L'homme en question négociait les missions proposées à l'assassin. Un de mes fils a tenté d'embaucher Carpophorus pour me tuer. Mais il avait déjà été embauché par Agamemnon pour vous tuer.

— Lequel de vos fils voulait votre mort ?

— À vrai dire, tous, je pense. À l'exception d'Hector, c'est une bande de minables. Mais l'agent est mort sans nommer le traître. En fait, je pense qu'il ignorait lequel des princes l'avait fait mander. Un messager lui avait apporté de l'or à Milétos, et lui avait dit de venir à Troie. Il devait ensuite être emmené auprès du prince en question. Hélas, nous l'avons capturé un peu trop tôt. Nous avons aussi capturé le messager, mais c'est un homme très courageux. Je doute que nous arrivions à le briser.

— Sait-on à quoi ressemble Carpophorus ?

— Une quarantaine d'années, mince et de taille moyenne. Parfois, il porte une barbe, d'autres fois non. Ça ne nous aide pas beaucoup, n'est-ce pas ?

— Exact. Apparemment, l'arrangement s'est fait directement avec lui. Quelqu'un est allé le voir sans passer par l'intermédiaire.

— Soyez prudent, Énée. Et faites attention à qui vous ferez confiance.

— Je n'ai que des hommes loyaux autour de moi.

— La loyauté est une marchandise comme une autre, et Agamemnon ne manque pas d'or !

Hélicon sentit la colère monter en lui.

— Pour votre malheur, vous êtes persuadé que tout peut s'acheter, dit-il.

Priam sourit.

— Et pour le vôtre, vous croyez que ce n'est pas le cas…

Chapitre 19

Battements d'ailes sur l'Olympe

I

Pour la reine Hécube, les jours prenaient une tournure de plus en plus étrange. Les statues bordant l'allée du jardin lui souriaient souvent et, la veille, elle avait vu Pégase, le cheval ailé, s'éloigner vers l'ouest à tire-d'aile. Difficile de démêler la réalité de l'imaginaire. Les opiacés étaient forts, et les statues ne souriaient pas. Pour Pégase, il avait fallu réfléchir un peu plus. Elle avait fini par déduire qu'il ne s'était agi que d'un vol de mouettes. Mais c'était quand même plus agréable de penser qu'agoniser lui permettait de voir des choses exceptionnelles, et que c'était peut-être bien le cheval blanc ailé qu'elle avait vu retourner vers l'Olympe.

Son dos lui faisait mal maintenant, mais elle n'avait pas l'énergie de chercher une position plus confortable. Une brise fraîche soufflait de la mer. Hécube soupira. Elle avait toujours aimé l'océan – surtout la baie d'Héraclès. De son jardin du haut de la falaise, elle avait une vue plongeante sur la Grande Verte. Il lui suffisait de tourner la tête à droite pour que son regard tombe sur les hautes murailles dorées de Troie, de l'autre côté du fleuve Scamandre.

Le palais d'été de la Joie du Roi avait toujours été son lieu préféré. Venir y mourir lui semblait aller parfaitement de soi. Priam l'avait fait bâtir pour elle lorsqu'ils étaient tous les deux jeunes, qu'ils semblaient devoir vivre éternellement et être à jamais amoureux l'un de l'autre. La douleur la cueillit au ventre – une douleur sourde et lancinante, moins vive et âpre que quelques semaines auparavant.

Assis à l'ombre, à une vingtaine de pas de la reine, le jeune prince Pâris restait penché sur ses rouleaux égyptiens. Son expression sévère et sa concentration sans faille la firent sourire. Alors qu'il n'avait pas encore vingt-cinq ans, il perdait déjà ses cheveux comme son frère Politès. Frêle et studieux, Pâris n'avait jamais été fait pour les activités viriles que son père prisait tant. Il n'aimait guère monter à cheval, s'y résignant seulement pour se déplacer. Il n'avait aucun talent à l'épée ou à l'arc. Il n'avait d'enthousiasme que pour l'étude. Il adorait les plantes et les fleurs et, tout jeune, avait passé bien des après-midi enchanteurs à disséquer des tiges et à étudier des feuilles. Priam s'était vite fatigué du garçon. Mais tôt ou tard, songea Hécube, Priam se fatiguait de tout le monde.

La tristesse l'envahit.

À cet instant, Pâris releva la tête. Trahissant de l'inquiétude, il écarta son rouleau et se leva.

— Laissez-moi arranger cet oreiller, mère, dit-il en l'aidant à se pencher en avant.

Hécube se cala avec soulagement.

— Merci, mon fils.

— Je vais vous chercher de l'eau.

Elle le regarda s'éloigner. Ses mouvements n'étaient pas aussi gracieux que ceux d'Hector, et il avait déjà les épaules voûtées à cause des heures passées assis à lire. Il y avait eu un temps où elle aussi s'était sentie déçue par Pâris. Mais à présent, elle se félicitait de sa bonté d'âme, et de la compassion qu'il lui témoignait.

J'ai élevé de bons garçons, pensa-t-elle.

La douleur empira. Hécube sortit une fiole de la bourse pendue à sa ceinture et en brisa le bouchon de cire. Puis elle la porta à ses lèvres d'une main tremblante et en but le contenu. Le goût était amer mais en quelques instants, la douleur reflua, et la reine somnola.

Elle rêva de la petite Cassandre, revivant le jour affreux où la fillette de trois ans avait été consumée par le « feu cérébral ». Les prêtres avaient tous prédit qu'elle mourrait, comme la plupart des enfants en bas âge, mais Cassandre était forte, et elle avait survécu. Dévorée par la fièvre, elle s'était cramponnée à la vie pendant dix jours.

Quand la fièvre était enfin tombée, la joie d'Hécube avait été de courte durée. La petite fille heureuse et enjouée qu'avait été Cassandre était désormais une enfant taciturne et étrange, qui disait entendre des voix dans sa tête, et qui s'exprimait parfois dans un charabia que personne ne comprenait. À présent, âgée de onze ans, elle était solitaire et secrète, évitait la compagnie de ses semblables, fuyant toute intimité, fût-ce avec sa propre mère.

Une main lui pressa doucement l'épaule, et Hécube rouvrit les yeux. Le soleil rayonnait tant qu'elle ne voyait pas le visage de la silhouette penchée sur elle.

—Ah, Priam, vous êtes *enfin* venu me voir ! s'exclama-t-elle, son humeur s'allégeant. Je le savais !

—Non, mère, c'est Pâris. J'ai apporté l'eau.

—De l'eau... Oh ! oui, bien sûr... (Hécube but, puis reposa la nuque contre le dossier de son siège en osier.) Où est ta sœur ?

—Elle nage dans la baie avec les dauphins. Elle ne devrait pas. Ces grandes bêtes pourraient la blesser.

—Les dauphins ne lui feront pas de mal, Pâris. Et elle adore nager. Je pense qu'elle n'est heureuse que dans l'eau.

Hécube jeta un autre coup d'œil vers le fleuve Scamandre. Un centaure avançait sur la plaine. La reine essaya de mieux le voir. Les centaures étaient censés porter chance.

Il vient peut-être me soigner..., se dit-elle.

—Un cavalier arrive, mère, annonça Pâris.

—Un cavalier ? Oui... Le reconnais-tu ?

—Non. Il a de longs cheveux noirs. Ce pourrait être Dios.

Elle secoua la tête.

—Il est comme son père, il n'a pas de temps à perdre avec de vieilles femmes mourantes... (Hécube se protégea les yeux d'une main.) Il galope bien..., ajouta-t-elle, voyant toujours le centaure.

Alors que le cavalier se rapprochait, Pâris ajouta :

—C'est Énée, mère. J'ignorais qu'il était à Troie.

—C'est parce que tu passes ton temps le nez dans tes rouleaux et tes parchemins. Va l'accueillir. Et souviens-toi qu'il n'aime pas ce nom d'Énée. Il préfère qu'on l'appelle Hélicon.

—Oui, je m'en souviendrai. À vous de vous rappeler, mère, que d'autres invités attendent une audience. Laodicé est ici, avec la promise d'Hector. Elles ont attendu toute la matinée.

—Je te l'ai dit tantôt, je ne suis pas d'humeur à parler aux jeunes filles.

Pâris éclata de rire.

—Je pense qu'Andromaque vous plaira, mère. C'est exactement la femme que vous auriez choisie pour Hector.

—Comment cela ?

—Non, non ! Vous devrez la voir vous-même. Et il serait des plus grossier de recevoir Hélicon en ignorant votre propre fille et la promise d'Hector.

—Je suis mourante ! Les règles prosaïques de la bienséance ne me concernent plus.

Il se décomposa. Elle le vit lutter contre les larmes.

— Oh ! Pâris…, fit-elle en tendant une main pour lui caresser la joue. Ne sois pas si tendre.

— Je n'aime pas penser que vous… ne serez plus avec moi un jour…

— Mon doux garçon… Bon ! je vais voir mes invités. Qu'on leur apporte des sièges et des rafraîchissements.

Levant la main maternelle à ses lèvres, il déposa un baiser sur sa paume.

— Quand vous serez fatiguée et désirerez qu'ils s'en aillent, faites-moi signe. Dites… Demandez une figue au miel, quelque chose de ce goût-là…

Hécube gloussa.

— Je n'ai pas besoin de te donner de signal, Pâris. Quand je serai lasse, je les prierai tous de partir. Va maintenant, et demande à Cassandre de nous rejoindre.

— Oh, mère, vous savez qu'elle ne fait rien de ce que je lui demande ! Ça l'amuse de tout me refuser. Je crois qu'elle me hait.

— C'est vrai qu'elle n'en fait parfois qu'à sa tête, reconnut Hécube. Très bien. Demande à Hélicon d'aller la retrouver. Lui sait s'y prendre avec elle.

II

La sente de la falaise était abrupte et traîtresse, le chemin couvert par endroits d'éboulis qui glissaient sous ses sandales. Progressant avec prudence, Hélicon descendait en direction de la plage, en contrebas. Il aperçut la chevelure noire de Cassandre aux côtés des formes profilées de deux dauphins gris. Le soleil rayonnait dans un ciel d'un bleu étincelant. La fillette le vit et lui fit signe. Hélicon lui rendit son salut puis alla s'asseoir sur une roche plate.

Sa rencontre avec Priam l'avait troublé. Le roi était arrogant, et Hélicon ne l'avait jamais aimé. Pourtant, il était également malin. Il pensait que les Mycéniens se préparaient à un raid en force contre l'Est, quelque part, et il savait présenter des arguments convaincants. Un peuple vivant pour la guerre cherchait constamment de nouvelles aires de conquête et de pillage. Or, l'Orient attirait toutes les convoitises. Les Hittites livraient bataille sur plusieurs fronts. Leurs conflits avec les Assyriens, les Élamites et les Kassites avaient déjà sapé leur puissance, et l'invasion égyptienne de la Phénicie avait fini de miner leurs ressources déclinantes.

Une brise fraîche soufflait de la mer, et Hélicon inspira à pleins poumons, sensible à la salinité de l'air. Cassandre nageait toujours, mais il ne la héla pas. Aux jours heureux où il vivait avec Hector et où Cassandre était venue habiter avec eux, il avait appris que la fillette ne supportait pas bien l'autorité.

Assis tranquillement au soleil, il patienta. Après quelques instants, il vit Cassandre nager vers le rivage et s'arracher à l'attraction des vagues. Elle ramassa la tunique blanche qu'elle avait posée sur un rocher et la remit, puis courut vers Hélicon. Mince et fluette, le visage fin et délicat, Cassandre deviendrait un jour une belle femme. Elle avait de longs cheveux noirs lustrés, et des yeux gris-bleu au regard doux.

— Les dauphins s'inquiètent ! lança-t-elle. La mer est en train de changer...

— « De changer » ?

— Elle se réchauffe. Et ils n'aiment pas ça.

Il avait presque oublié la nature étrange de l'enfant – incapable de distinguer le réel de l'irréel. La nuit, parfois, elle se promenait dans les jardins en bavardant comme si elle s'adressait à de vieux amis, alors qu'elle était seule.

— Ça me fait plaisir de te revoir, Cassandre !

— Pourquoi ? demanda-t-elle avec une grande innocence, les yeux ronds.

— Parce que tu es mon amie, et qu'il est toujours bon de revoir ses amis.

Elle s'assit sur la roche, près de lui, les bras autour des genoux, le regard rivé sur la mer.

— Le plus grand est Cavala, annonça-t-elle en désignant les dauphins. L'autre, à côté de lui, c'est sa compagne, Vora. Cela fait cinq migrations qu'ils sont ensemble. J'ignore le laps de temps que ça représente. Penses-tu que ça fasse longtemps ?

— Je l'ignore. Ta mère a des invités. Elle se demandait si tu aimerais les rencontrer.

— Je n'aime pas les invités, répondit-elle en secouant sa longue chevelure noire.

Des gouttelettes volèrent à la ronde.

— *Je* suis un invité, souligna-t-il.

L'air toujours sérieux, elle hocha la tête.

— Oui, je suppose que tu l'es. Alors j'ai tort, Hélicon, car je t'aime bien. Qui sont les autres ?

— Laodicé et la promise d'Hector, Andromaque.

— Elle tire à l'arc, dit Cassandre. Elle est très douée.

— Andromaque ?

— Oui.

— Je ne le savais pas.

— Mère sera bientôt morte.

Des mots prononcés sans émotion, avec froideur et détachement.

Il garda un ton calme. Avec n'importe qui d'autre, il se serait emporté. Mais on ne pouvait juger Cassandre selon des critères normaux de comportement.

— Ça ne te rend pas triste ?

— Pourquoi est-ce que ça me rendrait triste ?

— Tu ne l'aimes donc pas ?

— Bien sûr que si ! C'est ma meilleure amie. Mère, Hector et toi... Je vous aime tous.

— Mais quand elle sera morte, tu ne pourras plus la voir, ou la serrer dans tes bras.

— Bien sûr que si, idiot ! Quand je serai morte moi aussi !

Hélicon ne dit mot. La mer était calme et belle. Assis là, dans la quiétude de la baie d'Héraclès, le monde entier semblait en paix.

— Jadis, je rêvais que tu m'épouserais, dit Cassandre. Lorsque j'étais petite. Avant que je comprenne mieux... Je pensais que vivre avec toi dans un palais serait merveilleux.

Il éclata de rire.

— Si je me souviens bien, tu voulais aussi épouser Hector !

— Oui, là aussi, ç'aurait été merveilleux. Les frères et sœurs égyptiens se marient ensemble, tu sais.

— Mais tu as changé d'avis en ce qui me concerne, dit-il avec le sourire. Est-ce parce que tu m'as entendu ronfler ?

— Tu ne ronfles pas, Hélicon. Tu dors sur le dos, les bras en croix. Avant, j'avais pris l'habitude de te regarder dormir. Et j'écoutais tes rêves. Ils étaient toujours effrayants.

— Comment peux-tu écouter des rêves ?

— Je ne sais pas. Je les écoute, c'est tout. J'aime cette baie, ajouta-t-elle. C'est très paisible.

— Alors, vas-tu me dire pourquoi tu as décidé de ne pas m'épouser ?

— Je ne me marierai jamais. Ce n'est pas ma destinée.

— D'ici à quelques années, tu risques de changer d'avis. Quand tu seras grande. Tu n'as que onze ans. Je parierais que lorsque tu auras mon âge, le monde te semblera bien différent.

— Il sera bien différent aux yeux de tout le monde. Mais je serai morte avant cela, et réunie à ma mère.

Hélicon frémit.

— Ne dis pas ça ! Les enfants ne devraient pas invoquer la mort à la légère !

Dans les yeux gris qui croisèrent les siens, il lut de la tristesse.

— Je serai sur une roche haut dans le ciel, en compagnie de trois rois. Et très loin en contrebas, je te verrai. La roche me transportera vers les étoiles. Ce sera un merveilleux voyage.

Hélicon se remit debout.

— Je dois retourner près de ta mère. Elle serait heureuse que tu viennes avec moi.

— Alors, je la rendrai heureuse.

Se retournant, elle contempla la baie.

— Voici par où ils arriveront, chuchota-t-elle. Exactement comme Héraclès. Mais cette fois, leurs vaisseaux rempliront la baie. À perte de vue, jusqu'à l'horizon… Et sur le sable, il y aura le sang et la mort.

III

Pour Laodicé, l'après-midi était d'une tristesse lancinante. Alors qu'il avait pourtant si bien commencé. Dans ses appartements surplombant les plaines du Nord, Laodicé avait ri et plaisanté avec Andromaque. Andromaque avait essayé plusieurs chapeaux et différents vêtements que des ambassadeurs étrangers avaient offerts à Laodicé… Pour la plupart, ils étaient ridicules, montrant le degré de stupidité de ces peuplades primitives issues d'autres nations… Un chapeau en bois phrygien, avec un voile complet si épais que toute femme le portant serait à moitié aveuglée, un grand chapeau babylonien conique composé d'anneaux d'argent martelé, qui tenait en équilibre sur le haut du crâne grâce à des lanières passant sous le menton… Hurlant de rire, Andromaque et Laodicé avaient fait les folles dans tout l'appartement. À un moment, Andromaque avait revêtu une robe crétoise en lin épais, rebrodée de fil d'or, et coupée de façon à laisser les seins nus. Un corset en os cintré à la taille mettait en valeur les courbes sensuelles de celle qui la portait.

— C'est la robe la plus inconfortable que j'aie jamais portée ! avait lancé Andromaque en rejetant les épaules en arrière, les seins insolemment dressés.

À cet instant, la bonne humeur de Laodicé avait commencé à s'évaporer. Campée devant elle dans une robe absurde, Andromaque aux cheveux de feu avait ressemblé à une déesse et, en comparaison, Laodicé s'était sentie terriblement quelconque.

En se rendant au palais d'été de sa mère, elle avait recouvré un peu de sa belle humeur – un peu seulement. Sa mère ne l'avait jamais appréciée. L'enfance de la jeune femme avait été une longue suite de remontrances. Elle n'arrivait jamais à se rappeler le nom de toutes les contrées de la Grande Verte, et même quand elle y parvenait, elle mélangeait tout. Tant de noms se ressemblaient… Méonie, Mysie, Mycènes, Kios et Kos… En fin de compte, tous se confondaient dans son esprit. Lors des leçons de sa mère, elle s'affolait, et les portes de son esprit se refermaient, interdisant tout accès – même à ce qu'elle savait pourtant. Créüse et Pâris connaissaient toujours les réponses, exactement comme Hector, lui avait-on dit. Quant à l'étrange petite Cassandre, elle ne doutait pas que l'enfant aussi plaise à sa mère.

Maintenant qu'elle est malade, elle se montrera peut-être moins dure, pensa Laodicé alors que l'attelage à deux roues franchissait le pont du Scamandre.

— Comment est-elle, ta mère ? demanda Andromaque.

— Très gentille, répondit Laodicé.

— Non, je veux dire : à quoi ressemble-t-elle ?

— Oh ! elle est grande, les cheveux noirs… D'après mon père, c'était la plus belle femme au monde. Elle est restée très séduisante. Elle a des yeux bleu-gris.

— Sur Théra, dit Andromaque, on la vénère. Une partie de sa dot a permis d'ériger le Temple du Cheval.

— Oui. Mère m'en a parlé. Très grand…

Andromaque pouffa de rire.

— « Très grand » ? Il est colossal, Laodicé ! Quand on est en haute mer, à des lieues de Théra, on l'aperçoit ! La tête est si gigantesque qu'elle abrite une grande salle. Cinquante grandes prêtresses s'y réunissent pour offrir des prières et des sacrifices à Poséidon. Les yeux sont des fenêtres massives. En se penchant au bord, on peut facilement se prendre pour un oiseau, tellement on est haut !

— Ça semble… merveilleux, fit Laodicé, dubitative.

— Es-tu malade ? s'enquit Andromaque en se penchant vers elle, un bras passé autour de son épaule.

— Non, je vais bien. Je t'assure. (Elle lut de l'inquiétude dans les yeux verts d'Andromaque.) C'est juste que…

— La malédiction d'Héra ?

— Oui, confirma-t-elle, heureuse que ce soit au moins une demi-vérité. Ne trouves-tu pas étrange que ce soit une déesse qui ait maudit les femmes avec des cycles de saignements ? Cela aurait plutôt dû être le fait d'un dieu capricieux.

Andromaque gloussa.

— S'il faut en croire tous les récits, les dieux préféreraient à coup sûr que les femmes soient continuellement disponibles ! Peut-être Héra nous a-t-elle permis d'avoir un peu de répit…

Laodicé vit le cocher se pencher en avant, comme pour essayer de fuir leur conversation. De bien meilleure humeur soudain, elle se mit à rire.

— Oh ! Andromaque, tu as vraiment une façon merveilleuse de voir les choses !

Se radossant à son siège, elle jeta un coup d'œil aux murailles de la Joie du Roi, ses craintes envolées.

Laodicé n'avait plus revu sa mère depuis des mois et quand Pâris escorta les deux visiteuses dans le jardin, elle ne la reconnut pas. Une vieille femme aux cheveux blancs, frêle et osseuse, au visage cireux et aux traits tellement tirés que la peau fripée paraissait sur le point de se craqueler, était assise dans un fauteuil en osier. Ne sachant comment réagir, Laodicé resta immobile. Elle crut d'abord que la vieille femme venait aussi rendre visite à sa mère, jusqu'à ce qu'elle prenne la parole.

— Vas-tu rester longtemps plantée là, fille stupide, ou te décider enfin à embrasser ta mère ?

La tête lui tournant, la bouche sèche, affolée, Laodicé se crut revenue à l'époque de ces horribles leçons.

— C'est Andromaque…, réussit-elle à dire.

Le regard de la reine mourante se posa sur Andromaque, au grand soulagement de Laodicé. Puis Andromaque avança et embrassa Hécube sur la joue.

— Je suis navrée de vous trouver en si mauvaise santé.

— Mon fils m'a dit que je vous apprécierais, répondit la souveraine, glaciale. J'ai horreur qu'on me dise ça. Ça me fait aussitôt penser que je vais détester la personne en question. Alors à *vous* de me dire pourquoi je devrais vous aimer.

Andromaque secoua la tête.

— Non, ma reine. À Troie, me semble-t-il, tout le monde joue un jeu. Pas moi. Aimez-moi si vous voulez, ou détestez-moi. Ça n'empêchera pas le soleil de se lever.

— Une bonne réponse. (Hécube foudroya son interlocutrice du regard.) J'ai entendu dire que vous aviez rencontré Priam en haut des remparts, et que vous aviez refusé de vous agenouiller.

— Vous êtes-vous agenouillée devant Priam ?

— Ni devant lui, ni devant aucun homme ! répliqua sèchement Hécube.

Andromaque rit.

—Eh bien, voilà votre réponse, ma reine ! Nous avons déjà une chose en commun. Nous ignorons comment nous agenouiller.

Le sourire de la souveraine s'estompa.

—Oui, nous avons quelque chose en commun. Mon mari a-t-il déjà tenté de coucher avec vous ?

—Non. Et il n'y parviendra pas s'il essaie.

—Oh ! il essaiera, ma chère. Pas juste parce que vous êtes grande et belle, mais parce que vous me ressemblez beaucoup. Du moins vous ressemblez à ce que j'étais. Moi aussi, j'étais une prêtresse de Théra. Moi aussi, j'étais forte. Je courais dans les collines, je bandais mon arc, je dansais aux fêtes. Moi aussi j'avais une douce maîtresse aux lèvres pulpeuses et aux seins lourds. Comment Calliope a-t-elle pris votre séparation ?

Choquée par cette révélation, Laodicé jeta un coup d'œil à Andromaque, pensant que son amie en serait mortifiée. Au lieu de cela, celle-ci eut un large sourire.

—Quelle cité étonnante… Partout grouillent les espions et bruissent les rumeurs. Nul secret n'est à l'abri. Je ne pensais pas que la cour royale en savait autant sur ce qui se passe sur Théra.

—La cour royale, non, répondit la reine. Moi, oui. Donc, Calliope a-t-elle pleuré ? Vous a-t-elle suppliée de fuir avec elle ?

—Est-ce ainsi que vous vous êtes séparée de votre amante ?

—Oui. La quitter m'a brisé le cœur. Elle s'est tuée.

—Elle devait vous adorer.

—Je n'en doute pas. Mais elle s'est tuée vingt ans plus tard, quand une maladie a envahi sa gorge, la laissant décharnée, lui volant la parole et le souffle. Elle s'est jetée du haut de l'Œil du Cheval et s'est écrasée sur les rochers en contrebas. À présent, j'ai aussi une maladie dans le ventre. Pensez-vous que les dieux nous aient châtiées toutes les deux de notre lubricité ?

—Le pensez-vous ?

Hécube haussa les épaules.

—Parfois, je me le demande…

—Moi pas, répondit Andromaque. Des hommes en colère mettent les terres à feu et à sang, se livrent au pillage, au viol et au carnage. On dit pourtant que les dieux les admirent. Si cela est vrai, alors je ne vois pas pourquoi ils puniraient des femmes parce qu'elles s'aiment. Et si je me trompe, et que les dieux nous haïssent pour nos plaisirs, ils ne méritent pas mon adoration.

Soudain, Hécube rit aux éclats.

— Oh, vous me ressemblez tellement ! Et vous conviendrez bien mieux à mon Hector que votre insipide sœur ! Cependant, c'est de Priam que nous parlons. Il ne vous violera pas. Il cherchera à vous séduire. Ou il trouvera d'autres moyens de vous contraindre à consentir… C'est un homme subtil. Mais je crois qu'il attendra que je sois morte. En attendant, il vous reste un peu de liberté.

— Comment peut-on aimer un tel homme ? s'interrogea Andromaque.

Hécube soupira.

— Il est volontaire, et parfois cruel. Mais il y a aussi de la grandeur en lui. (Elle sourit.) Quand vous aurez commencé à le connaître, vous le verrez. (Elle tourna son regard vers Laodicé.) Eh bien, ma fille, vas-tu te décider à embrasser ta mère ?

— Oui, répondit Laodicé humblement en avançant.

Elle se pencha et, les yeux clos, déposa vivement un léger baiser sur la joue de sa mère avant de reculer en hâte. La reine sentait le clou de girofle – une odeur écœurante de maladie.

Des serviteurs apportèrent des sièges et des rafraîchissements, et elles s'assirent. Pâris s'était éloigné pour lire un parchemin. Laodicé ne savait pas quoi dire. Elle savait maintenant que sa mère agonisait, et cela lui serrait le cœur. Elle se faisait l'impression de retomber en enfance, misérable, esseulée et mal aimée. Même à l'article de la mort, sa mère n'avait pas une parole gentille pour elle. Elle avait l'estomac noué, et la conversation entre Andromaque et Hécube lui paraissait par moments être un bourdonnement d'abeilles. La reine appela d'autres serviteurs pour dresser autour d'elles des écrans solaires peints. Si l'ombre était bienvenue, cela ne remonta nullement le moral de Laodicé.

Puis survint Hélicon, et une fois de plus, Laodicé se sentit tout de suite mieux. Se levant, elle fit signe au jeune prince qui arrivait à grands pas, la jeune Cassandre sur les talons. Il sourit en voyant Laodicé.

— Tu es plus ravissante que jamais, cousine ! s'exclama-t-il en la prenant dans ses bras pour l'étreindre.

Laodicé aurait voulu qu'il ne la relâche jamais et elle se cramponna à lui, l'embrassant sur la joue.

— Par les dieux ! Laodicé, ne te comporte pas comme une prostituée ! lança sa mère.

La dureté du ton la piqua au vif. Elle venait de faire une terrible entorse au protocole. Un invité devait d'abord saluer la reine. Hélicon se pencha et l'embrassa sur le front, puis il lui fit un clin d'œil.

Hélicon s'avança et s'agenouilla près du siège de la souveraine.

— Je vous ai amené Cassandre comme requis.

— Personne ne m'a amenée ! protesta celle-ci. Je suis venue pour vous rendre heureuse, mère.

— Tu me rends toujours heureuse, mon enfant, répondit Hécube. À présent, assieds-toi avec nous, Hélicon. On m'a dit que tu avais livré combat contre des pirates, et que tu leur avais bouté le feu – rien que ça !

— C'est une trop belle journée pour qu'on la gâche par des récits de bains de sang et de barbarie. La dame Andromaque en connaît déjà les détails et les conséquences. Elle se trouvait là, sur la plage.

— Je vous envie, dit Hécube. J'aurais aimé voir brûler ces Mycéniens ! Des chiens sans foi ni loi, tous jusqu'au dernier ! Je n'ai jamais rencontré un seul Mycénien qui trouve grâce à mes yeux. Et pas un ne m'a inspiré confiance.

— Parle à mère du déguisement, dit Laodicé. Une de mes servantes a entendu le récit d'un marin.

— Un « déguisement » ? répéta Hécube, le sourcil froncé.

— Pour échapper aux tueurs sur la falaise..., précisa Laodicé. C'était très rusé. Vas-y, Hélicon !

— Simple anecdote. Je savais que ces tueurs m'attendaient, j'ai donc soudoyé un des gardes de Kygonès pour lui emprunter son armure. Rien de spectaculaire, j'en ai peur. Je me suis contenté de passer devant les Mycéniens, comme si de rien n'était. (Soudain, il gloussa.) L'un d'eux m'a même hélé en me demandant si j'avais vu Hélicon.

— Vous étiez déguisé en garde ? demanda Andromaque. Auriez-vous par hasard perdu votre sandale sur la plage ?

— Oui, la lanière s'était rompue. Étrange que vous connaissiez ce détail.

— Nullement. Je vous ai vu.

Laodicé dévisagea sa jeune amie. Elle paraissait très pâle et, pour la première fois depuis qu'elle la connaissait, Andromaque semblait tendue, mal à l'aise...

— C'était une sandale de qualité très moyenne.

— Parle-moi du vaisseau, demanda Hécube. J'ai toujours adoré les récits de bateaux.

Très calme, Laodicé écouta Hélicon parler du *Xanthos* et du Fou de Milétos qui l'avait dessiné et construit. Il évoqua sa navigabilité et la façon dont il dansait sur les vagues tel le souverain des mers. Il leur parla de l'orage, et de la manière dont il y avait résisté. Laodicé était toute à son émerveillement. Elle rêvait de cingler loin de Troie, d'aller vivre sur une île verdoyante où personne ne la traiterait plus de fille stupide, ni n'exigerait qu'elle récite par cœur le nom de pays qu'elle ne connaîtrait jamais.

À l'approche du crépuscule, Hécube se plaignit d'être lasse, et deux servantes furent rappelées pour la ramener au palais. Hélicon prit congé peu après. Il avait compté appareiller ce jour même pour la Dardanie, mais à présent, il lui faudrait attendre l'aube. Il embrassa Laodicé, la serrant de nouveau dans ses bras.

— Elle ne veut pas se montrer cruelle.

Oh, si! songea Laodicé.

— Je suis certaine que tu as raison, Hélicon, assura-t-elle néanmoins.

Agenouillé près de Cassandre, il ajouta :

— Ai-je droit à une embrassade de ta part, ma jeune amie ?

— Non.

— Très bien, fit-il en s'apprêtant à se relever.

— J'ai changé d'avis, dit-elle alors, hautaine. Je t'autorise une embrassade parce que ça te rendra heureux.

— C'est très aimable de ta part...

Cassandre passa ses bras malingres autour du cou du jeune homme, le serrant très fort contre elle. Il l'embrassa sur la joue.

— Des amis devraient toujours s'étreindre, ajouta-t-il.

Se relevant cette fois, il se tourna vers Andromaque.

— Je suis heureux de vous avoir revue.

Laodicé s'attendit qu'il la prenne dans ses bras à son tour, mais il n'en fit rien. Tous deux se regardèrent. Le visage habituellement sévère d'Andromaque s'était radouci et avait rosi.

— Reviendrez-vous pour les noces ?

— Je ne crois pas. Recevez d'ores et déjà tous mes vœux de bonheur. J'ai toujours su qu'Hector avait de la chance, mais je sais maintenant qu'il est béni des dieux.

— Mais m'ont-ils bénie, moi ? dit-elle à mi-voix.

— Je l'espère – de tout mon cœur.

— Vas-tu la serrer dans tes bras ? demanda Cassandre. Tu devrais.

Hélicon eut l'air incertain, mais Andromaque intervint.

— Nous devrions être amis, dit-elle.

— Nous le serons toujours, Andromaque. Vous avez ma parole.

Il l'enlaça, l'attirant à lui.

En les regardant faire, Laodicé éprouva une soudaine douleur au ventre. Elle vit Hélicon fermer les yeux et l'entendit soupirer. La tristesse la submergea. Depuis des années maintenant, elle s'était bercée de l'illusion que son père arrangerait un mariage entre Hélicon et elle. Elle qu'Hélicon n'aimait pas – elle le savait... Mais elle pensait que si une telle union avait lieu, elle pourrait le rendre heureux. En apprenant qu'il avait refusé d'épouser la belle Créüse, elle avait été transportée de joie. Il avait dit à Priam qu'il ne se marierait que par amour. Laodicé s'était cramponnée au faible espoir qu'il pourrait en venir à l'aimer *elle.* Un espoir qui avait lui comme une étincelle au cœur des nuits solitaires. Et qui venait de s'éteindre. Jamais il ne l'avait enlacée ainsi.

Et, à cet instant, elle sut qu'il ne le ferait jamais.

Tu ne connaîtras jamais l'amour, lui chuchotèrent ses pires peurs, dans les replis de son cœur.

Andromaque rompit l'étreinte. Le rouge aux joues, elle semblait vaciller sur des jambes mal assurées. Elle s'écarta rapidement d'Hélicon, puis s'agenouilla près de la frêle Cassandre.

— Pouvons-nous être amies nous aussi ?

— Pas encore, répondit Cassandre. Je retourne nager. Les dauphins m'attendent.

Chapitre 20

Le temple d'Hermès

I

Mal à l'aise, Carpophorus, assis sur la toiture, contemplait par-delà le fleuve Scamandre le palais perché au sommet de la falaise. Le soir au coucher du soleil commencerait la fête de Déméter, la déesse de l'Abondance, que les gens remercieraient pour des moissons abondantes. Il y aurait des boissons fortes, de bons vins, des plateaux de nourriture et des viandes rôties. Tout le monde danserait et chanterait, oubliant les soucis et les problèmes pour la journée. Et, dans neuf mois, des centaines de bébés viendraient au monde en glapissant. Carpophorus détestait les jours de fête.

Mais celui-ci était particulier.

Appelé pour la première fois à son ministère de mort, Carpophorus s'était rendu sur l'île de Samothrace, afin de consulter le devin qui y résidait. L'homme était réputé dans tous les pays entourant la Grande Verte. Il vivait au fond d'une grotte et avait renoncé à la richesse pour chercher la perfection spirituelle. Des foules de fidèles se pressaient à flanc de colline, sous la grotte, avec des offrandes. Assis silencieusement au soleil, le devin appelait parfois quelqu'un près de lui, lui parlait à voix basse, et le suppliant écoutait avant de retourner dans la foule. Tout autour, les gens lui demandaient ce que le devin avait dit, sans obtenir de réponse.

Carpophorus avait patienté pendant dix-neuf jours. Le matin du vingtième, en dévisageant le vieil homme, il avait vu que le devin rivait les yeux sur lui. Puis il avait été appelé. Il pouvait à peine y croire, lançant des coups d'œil autour de lui pour vérifier que personne ne se trouvait près de lui. Il s'était enfin levé, gravissant le flanc de la colline.

Le devin était moins âgé qu'il l'avait cru. Sous sa barbe blanche, il avait un visage à la peau lisse.

— J'ai été appelé pour servir le Grand Père, avait dit Carpophorus. Mais j'ai besoin d'être guidé.

— Comment as-tu ressenti cet appel ?

Carpophorus lui avait parlé de la mort de l'ouvrier de la carrière, et du moment où il avait réalisé qu'il devait servir le dieu en envoyant les âmes faire le long voyage.

— Tu penses qu'Hadès te demande de tuer les gens ?

— Oui ! avait répondu fièrement Carpophorus.

Impavide, ses grands yeux bleus rivés sur le regard noir de son interlocuteur, le devin l'avait dévisagé.

— Combien d'hommes as-tu déjà tué ?

— Neuf.

— Attends que je communie avec les esprits, avait ordonné le devin en fermant les yeux.

Tant de temps s'était écoulé que Carpophorus avait commencé à croire que le voyant s'était assoupi. Puis il avait rouvert les yeux.

— Tous les hommes choisissent de suivre une voie ou une autre, Carpophorus. Si je te disais que tu as été victime d'une illusion, et que le Seigneur des Morts n'ait pas fait appel à toi, me croirais-tu ? Réponds honnêtement.

— Non. Le Grand Dieu a fait de moi son serviteur.

Le devin avait hoché la tête.

— Dis-moi, penses-tu qu'il voudrait que tu assassines des enfants ?

— Non.

— Ou des femmes ?

— Je ne sais pas. Veut-il qu'on abatte des femmes ?

— Pas de femmes ou d'enfants. Et tu ne tueras personne entre la fête de Déméter et celle de Perséphone. Quand la terre dormira entre les saisons, toi aussi tu te reposeras. Et pour chaque mission que tu rempliras avec succès, tu offriras la moitié de tes gages aux pauvres et aux nécessiteux. (Il avait montré la dague à la ceinture de Carpophorus.) Donne-moi la lame.

Carpophorus l'avait tendue au devin. C'était une belle dague à la garde estampée d'argent fileté, dont le pommeau représentait une tête de lion.

— Tu te serviras seulement de cette arme dans l'accomplissement de tes missions. Jamais du poison, de l'épée, de la corde, jamais de tes mains, de la lance ni de l'arc. Et lorsque cette dague se brisera, tu cesseras de servir le Grand Dieu en semant la mort. Si tu enfreins une de ces règles, ta vie se terminera dans les sept jours suivants.

— Il en sera ainsi, béni des dieux.

Au fil des ans, Carpophorus avait suivi chaque instruction sans se plaindre. Trois cités bénéficiaient d'hospices fondés par ses soins pour les pauvres et les indigents. Il n'avait jamais tué une femme ou un enfant. Il entretenait avec soin et amour une arme qu'il réservait à ses seules missions. Pour un usage plus général, il portait deux autres lames, dont il s'était servi au combat de la baie de la Chouette Bleue.

Ce soir-là, c'était la fête de Déméter, et ce jour même, la dague à tête de lion supprimerait la vie d'Hélicon.

Carpophorus l'avait vu traverser au matin le pont du Scamandre, perché sur un cheval emprunté aux écuries royales. Il y avait fort à parier qu'Hélicon le ramènerait au crépuscule, puis, de la cité, descendrait vers la plage. Il franchirait l'esplanade du temple d'Hermès. L'endroit serait bondé.

L'y assassiner ne devrait pas être difficile, songea Carpophorus. *La dague dissimulée dans ma manche, je me porterai à sa hauteur. Il m'accueillera d'un sourire puis, d'un geste vif et sûr, je l'égorgerai. Ensuite, je me mêlerai à la foule et me volatiliserai. Hélicon sera alors libre de rejoindre les Champs Élyséens et de goûter une éternité de félicité aux côtés des dieux et des héros.*

Carpophorus soupira.

L'y assassiner ne devrait pas être difficile...

Le meurtre d'Hélicon s'était avéré bien plus difficile que n'importe quel autre des assassinats qu'il avait perpétrés. Le Bienheureux était un homme méfiant à l'esprit vif, un penseur et un planificateur. De plus, Carpophorus avait du mal à passer à l'acte. Ces derniers temps, d'étranges réflexions tournaient dans sa tête, des doutes et des inquiétudes... Un fait sans précédent. Il adorait pourtant son travail, et le fait qu'Hadès l'ait choisi entre tous pour l'accomplir l'emplissait d'une immense fierté. Mais se joindre à l'équipage du *Xanthos* l'avait perturbé.

Toute sa vie, Carpophorus avait été un homme solitaire, parfaitement à l'aise en sa seule compagnie. En fait, il détestait activement la foule. Il s'était dit que la traversée à bord du *Xanthos* serait déplaisante. Au lieu de cela, il y avait trouvé une sorte de réconfort. La veille, sur la plage, Oniacus l'avait même serré dans ses bras quand Carpophorus lui avait dit qu'il quittait l'équipage. Une sensation bien étrange... Carpophorus avait tâché de se rappeler la dernière fois où quelqu'un l'avait pris dans ses bras. Impossible. Sa mère avait dû le bercer jadis, mais il avait beau faire, il ne se souvenait pas qu'elle l'ait seulement touché...

— Tu nous manqueras, Attalus, avait dit Oniacus. Je sais que le Bienheureux fait grand cas de toi. Quand il apprendra que tu n'es plus des nôtres, il en sera fort désappointé.

Pour l'assassin, ce genre de séparation était comme une terre inconnue. S'être retrouvé sur le point de fondre en larmes l'avait sidéré. Ne sachant quoi dire, il s'était éloigné, ses anneaux de cuivre au fond de sa bourse.

Il avait passé la nuit à sommeiller sous un porche dominant l'entrée du palais et, réveillé à l'aube, il avait attendu Hélicon.

Sous la toiture, il entendit des enfants rire et jouer. Il se releva et jeta un coup d'œil dans leur direction. Cinq garçons jouaient avec une balle faite de vieille corde. Assis à l'écart, un autre enfant, malingre, avait l'air triste.

Ne reste pas assis là ! pensa Carpophorus. *Va les rejoindre ! Ne te laisse pas mettre sur la touche... Fais-toi des amis.*

Mais l'enfant ne bougeait pas, se contentant d'observer. Découragé, Carpophorus caressa l'idée de le rejoindre et de lui parler. Il y renonça.

Que lui dirais-je ? se demanda-t-il. *Et d'ailleurs, pourquoi m'écouterait-il ?*

Un des autres gamins, grand et mince, aux longs cheveux auburn, quitta le groupe pour venir s'asseoir près de l'esseulé. Il lui passa un bras autour des épaules, amenant un sourire sur ses lèvres. Puis il le fit lever, et l'entraîna vers les autres.

Carpophorus en conçut un immense élan de gratitude. Restant assis, il les regarda jouer jusqu'à ce qu'ils regagnent leurs foyers. Le petit riait avec ses camarades.

— Qui pourrait dire ce qu'il adviendra de toi ? murmura l'observateur.

Et la tristesse l'envahit de nouveau.

À la lumière déclinante, il vit un cavalier revenir par le pont du Scamandre. Il faisait déjà trop sombre pour distinguer ses traits, mais Carpophorus reconnut le style de monte d'Hélicon, une main pour tenir les rênes, l'autre posée avec légèreté sur la cuisse.

Il le regarda restituer la monture, échanger quelques mots avec le garçon d'écurie puis entrer au palais. Peu après, ayant passé une tunique de cuir sombre et s'étant équipé de deux épées, il descendit vers la plage.

Carpophorus glissa sa dague sous sa manche, puis il descendit du toit et suivit sa proie.

II

En marchant vers le port, Hélicon pensait à Andromaque. Il sentait encore la chaleur de son corps pressé contre le sien dans leur étreinte, et le parfum remémoré de sa chevelure le remplissait de nostalgie.

Il aurait maintenant préféré avoir quitté Troie plus tôt, et ne pas être allé rendre visite à Hécube agonisante.

Il jeta un coup d'œil au ciel, aux nuages bas à l'ouest, et se demanda s'il avait offensé Aphrodite, la déesse de l'Amour. Il lui avait peut-être offert moins d'offrandes qu'aux autres divinités. L'ironie de la situation ne lui échappait pas. Il s'était refusé à prendre femme sans amour et à présent qu'il avait rencontré l'élue de son cœur, l'incarnation de tous ses rêves, elle était promise à un autre… Pis, elle devait épouser son ami le plus proche.

L'heure est mal choisie pour s'appesantir là-dessus, s'admonesta-t-il, alors que dans les rues de Troie, les ombres s'allongeaient.

Il fendit des attroupements de Troyens aux vifs atours qui, sur les places de marché, cherchaient à décrocher les meilleurs prix auprès de négociants impatients de fermer leurs étals pour la nuit. Une prostituée lui sourit en soulevant dans ses mains ses seins lourds et en léchant ses lèvres peintes. Il secoua la tête et l'intérêt qu'elle lui témoignait s'évanouit, de même que son éclatant sourire.

S'éloignant de la foule, il progressa d'un pas plus prudent à flanc de colline, en direction de la plage. Les espions mycéniens avaient conscience qu'il s'agissait de son dernier jour à Troie. Ils savaient qu'il ferait voile à l'aube. Si une attaque était prévue, elle aurait lieu pendant qu'il retournait à bord du *Xanthos*…

Une bise venue de l'ouest soufflait, et il se mit à bruiner. Hélicon regarda devant lui. Il approchait d'une ruelle débouchant sur la vaste esplanade du temple d'Hermès, le dieu des Voyageurs. Il y aurait beaucoup de monde, des marins porteurs d'offrandes pour garantir la sécurité de leur traversée, et des gens se préparant à voyager, qui recherchaient la protection de la divinité.

C'était l'endroit idéal pour tendre une embuscade à un homme seul arrivant à son vaisseau.

Il sentit la tension l'envahir alors qu'il s'engageait dans la ruelle menant au temple. Devant lui, il remarqua un individu enveloppé d'un manteau à capuche, qui se détourna vivement et repartit vers l'esplanade.

Hélicon fut saisi d'une colère froide. C'était donc l'éclaireur… Il préviendrait les autres que leur proie approchait. Combien y avait-il d'hommes embusqués ? Son cœur s'emballa. Cette fois, ils ne prendraient pas de risques. Huit ou dix tueurs se jetteraient sur lui. Pas plus, sinon ils se gêneraient les uns les autres. Dix, décida-t-il, serait un maximum. Au moins deux chercheraient à lui couper toute retraite. Les autres l'encercleraient, puis ce serait la curée.

Marquant une pause, Hélicon chuchota une prière au dieu de la Guerre.

— Je sais que ces Mycéniens t'adorent au-dessus de toutes les autres divinités, puissant Arès, mais ces hommes-ci sont des lâches. Je demande que tu bénisses mes lames aujourd'hui.

Puis il se remit à marcher.

À l'entrée de l'esplanade, il jeta un coup d'œil à droite et à gauche. Et aperçut à la périphérie de son champ de vision deux individus encapuchonnés converger derrière lui pour lui couper toute retraite.

Il vit aussi Attalus fendre la foule à sa rencontre.

À cet instant, quatre hommes repoussèrent leur manteau, dégainèrent leur épée et fondirent sur lui. Ils portaient une cuirasse et un heaume rond en cuir. Hélicon tira au clair ses deux épées et bondit à l'attaque. La foule recula. D'autres Mycéniens entrèrent en scène. Hélicon bloqua une feinte féroce, plongeant sa lame dans la gorge de l'attaquant. Une épée lui heurta le flanc, provoquant une intense douleur. Mais les disques d'ivoire cousus dans la tunique de cuir empêchèrent que ses côtes se brisent. Hélicon enfonça sa lame dans le visage d'un Mycénien casqué, lui brisant la mâchoire. Il continua à se fendre et à parer sans trêve. Même s'il se concentrait sur ses adversaires, il s'aperçut qu'Oniacus et les quelques combattants aguerris de son équipage sortaient de leurs cachettes et contre-attaquaient. Le cliquetis des lames résonnait sur l'esplanade. La foule avait reflué, faisant place nette aux belligérants. Maniant de la main droite sa courte épée à la façon d'une dague, Hélicon para une nouvelle feinte de la gauche, puis plongea l'arme droite dans la clavicule de son assaillant. La lame mordit profondément la chair, et un hurlement terrible jaillit de la gorge du Mycénien.

Hélicon pivota et vit Attalus plonger une dague dans l'œil d'un autre Mycénien. Du sang maculait sa tunique.

Les Mycéniens essayèrent de fuir. Hélicon vit un guerrier élancé terrasser un marin et foncer dans la ruelle.

Gershom lui coupa la retraite et lui assena un coup de la massue de Zidantas. Le crâne éclaté, le Mycénien fut projeté sur le sol.

Deux autres assaillants jetèrent leurs armes, mais furent massacrés sans pitié.

Sa dague dégouttant de sang, Attalus tituba vers Hélicon. Celui-ci lâcha ses armes et avança vers le blessé, qui lui tomba dans les bras. Hélicon l'allongea alors sur la pierre. La main d'Attalus sursauta, la dague raclant contre la tunique d'Hélicon.

— Tout va bien, Attalus, dit-il en lui prenant la lame. Le combat est terminé. Laisse-moi examiner ta plaie.

Il y avait une profonde coupure, juste au-dessus de la hanche droite. Du sang en jaillissait. Puis Hélicon avisa une autre blessure, à la poitrine, qui saignait abondamment. Oniacus s'accroupit près d'Hélicon.

— Huit Mycéniens morts, mais nous avons perdu cinq hommes, et trois sont blessés.

— Il y a bien un guérisseur à bord du *Xanthos* ?

— Oui, Bienheureux, comme vous l'avez ordonné.

— Alors, transportons les blessés à bord.

— Donnez-moi… ma dague, chuchota Attalus.

Hélicon lui posa une main sur l'épaule.

— Tu dois te reposer, Attalus. Ne te fatigue pas. Ta dague est en sécurité. Je veillerai sur elle à ta place.

— On dirait que tu restes avec nous, finalement, Attalus, ajouta Oniacus. Pas d'inquiétude, on te soignera ces égratignures en un rien de temps.

Se relevant, Hélicon balaya du regard l'esplanade du temple. Les gens revenaient et regardaient les cadavres. Des soldats troyens accoururent et, épée au clair, se déployèrent. Hélicon se porta à leur rencontre. Il ne connaissait pas l'officier qui arrivait vers lui.

— Que s'est-il passé ? demanda l'homme.

— Des assassins mycéniens ont tenté de me tuer, répondit Hélicon.

— Pourquoi donc ?

— Je suis Énée de Dardanie, connu sous le nom d'Hélicon.

Aussitôt, l'officier changea d'attitude.

— Mes excuses, mon seigneur. Je ne vous avais pas reconnu. Je suis nouveau en ville. (Il regarda les cadavres et les marins blessés.) Des tueurs se sont-ils enfuis ?

— Aucun à ma connaissance.

— Je devrai faire un rapport à mon commandant.

— Naturellement, répondit Hélicon.

Il lui narra l'attaque. Dès qu'il termina, l'officier le remercia et fit mine de se détourner.

— Attends, l'arrêta Hélicon. Tu ne m'as pas demandé pourquoi les Mycéniens voulaient ma mort.

L'homme eut un sourire crispé.

— Oh ! je suis ici depuis assez longtemps pour le savoir… Vous répandez leur sang à travers la Grande Verte.

Hélicon revint vers ses hommes. Des porteurs de brancard emmenèrent trois marins grièvement blessés dans la Maison du Serpent, tandis qu'on aidait les autres à gagner la plage où le guérisseur Machaon les attendait. Les cinq cadavres furent aussi transportés sur la plage et étendus près du *Xanthos*. Hélicon s'agenouilla près de chaque dépouille, lui plaçant un anneau d'argent dans la bouche.

— Pourquoi faites-vous ça ? demanda Gershom.

Hélicon se releva.

— C'est ce qu'exige Charon le Passeur de toutes les âmes. Il leur fait traverser le Styx, le Fleuve Noir, pour atteindre les Champs Élyséens.

— Et vous y croyez ?

Hélicon haussa les épaules.

— Je ne sais pas. Mais ces dons honorent aussi les morts et leur courage.

Un homme élancé aux cheveux d'argent approcha et les salua. Il portait un long manteau blanc orné de l'emblème du cheval représentant la Maison de Priam.

— Mon seigneur Énée, je viens de la part du roi avec de sombres nouvelles.

— Priam est-il malade ?

— Non, seigneur. Les nouvelles concernent la Dardanie.

— Alors parle !

Le messager hésita. Puis il prit une longue inspiration, fuyant le regard d'Hélicon.

— On a appris qu'à la faveur de la nuit des pirates mycéniens s'étaient introduits dans la citadelle de Dardanos… (Il hésita.) Il ne s'agissait pas de pillage, mais d'une mission d'assassinat.

Hélicon resta très calme.

— Ils étaient à ma recherche ?

— Non, seigneur. Ils traquaient l'enfant roi.

La peur serra le cœur d'Hélicon.

— Dis-moi qu'ils ne l'ont pas trouvé !

— Je suis navré, seigneur. Ils ont tué Diomède, violé et poignardé sa mère… Elle a survécu, mais pas pour longtemps, on le craint.

Plusieurs hommes, dont Oniacus, avaient fait cercle. Personne ne dit mot. Hélicon lutta pour rester maître de lui-même. Yeux clos, il ne vit plus que le visage souriant, rayonnant de Diomède, le soleil faisant jouer des reflets dans ses cheveux d'or. Le silence s'épaissit.

— Les pirates ont été repoussés, seigneur. Mais presque tous ont réussi à regagner la plage et à s'embarquer.

— Comment est mort l'enfant ?

— Ils ont inondé ses vêtements d'huile, les ont enflammés et l'ont précipité du haut des remparts. Les habits de la reine ont aussi été aspergés d'huile, mais le général Pausanias et ses hommes sont arrivés avant que les Mycéniens aient eu le temps de la brûler. C'est sans doute pour ça qu'ils l'ont poignardée. Personne ne sait qui commandait ce raid, seulement qu'il s'agissait d'un jeune guerrier aux cheveux blancs.

Hélicon s'éloigna du messager et de l'équipage silencieux, et contempla le large. Oniacus le rejoignit.

— Quels sont vos ordres, mon roi ?

— Nous appareillons cette nuit, répondit Hélicon. Nous retournons chez nous, à Dardanos.

Troisième partie

Les tempêtes de l'hiver

Chapitre 21

L'homme de la porte

Assis au sommet de la falaise, Habusas l'Assyrien contemplait le large. Au nord-est, l'île montagneuse de Samothrace était baignée de soleil, mais ici, au-dessus de l'île de Pithros, de lourds nuages enveloppaient d'ombres les falaises et les terres accidentées qui s'étendaient au-delà. En contrebas, la mer était grosse, agitée de vents féroces. Habusas porta son outre de vin à ses lèvres et but. Du vin bon marché et râpeux, mais quand même satisfaisant. Derrière lui, l'Assyrien entendait rire ses enfants, les trois garçons se pourchassant baguette au poing – des épées de pacotille pour des guerriers de pacotille…

Un jour, pensa-t-il fièrement, *ils navigueront à mes côtés et leurs épées seront authentiques.*

Ç'avait été une belle saison, avec des raids fructueux. Kolanos avait entraîné ses hommes sur la voie de maintes victoires, et Habusas était retourné sur son île, l'hiver venu, avec un riche butin. Il y avait des torques et des bracelets d'or, des broches d'argent et de lapis-lazuli, des anneaux sertis de cornaline et d'émeraudes… Oui, une belle saison – n'était l'horreur du carnage de la baie de la Chouette Bleue. Beaucoup d'hommes braves avaient péri brûlés ce jour-là.

Mais les survivants s'étaient vengés lors de l'attaque de Dardanos. Habusas se remémora avec plaisir la chute infernale du jeune roi, les vêtements enflammés, du haut de la falaise… Plus agréable encore, le souvenir de la reine… Il y avait toujours du plaisir à s'accoupler – un plaisir immensément avivé lorsque la femme n'était pas consentante. La souveraine avait supplié, imploré qu'on l'épargne.

Oh, comme elle avait supplié !

La nouvelle de sa survie avait surpris Habusas. Pourtant redoutable armé d'une dague, il avait dû manquer le cœur de sa victime dans sa hâte. Les gardes de la reine étaient arrivés plus vite que prévu. Dommage, car les pirates avaient trempé d'huile les habits de la souveraine, et l'envoyer rejoindre son fils en la précipitant en flammes du haut de la falaise aurait été une fin juste.

Il pensa à Hélicon. Imaginer ses souffrances lui faisait chaud au cœur.

Le dernier vaisseau à atteindre Pithros, quelque trois semaines plus tôt, avait apporté des nouvelles du continent. Hélicon était revenu à Dardanos. Partout, le désordre et le tumulte régnaient. Le régicide avait semé le trouble parmi le peuple – exactement comme Kolanos l'avait prédit.

Et combien ce serait exaspérant pour Hélicon de savoir que les attaquants de la forteresse passaient maintenant l'hiver en sécurité à Pithros, protégés par une mer démontée et le fait que l'île était mycénienne. À supposer qu'il parvienne à convaincre ses guerriers de braver les foudres de Poséidon, Hélicon ne pourrait pas monter d'assaut contre l'île sans déclencher une guerre qu'il ne pourrait pas gagner.

Kolanos avait promis à ses hommes qu'au printemps il attaquerait de nouveau Dardanos – à la tête cette fois de cinquante navires et de plus d'un millier de guerriers. Habusas se réjouissait que la reine ait survécu. Il s'imaginait sa terreur quand elle verrait revenir les guerriers, et il pouvait presque entendre les cris pitoyables qu'elle pousserait quand ils lui arracheraient ses vêtements.

Il sentit son sang bouillonner dans ses veines. Il n'avait jamais violé de souveraine avant. Même si la mécanique ne différait en rien de celle de ses autres viols, savoir qu'il abusait d'une reine l'avait considérablement excité.

Pivotant, Habusas regarda le soleil entamer sa descente à l'horizon. Ses trois fils firent cercle autour de lui, et il les serra dans ses bras. C'étaient de bons garçons, qu'il aimait de tout son cœur.

— Eh bien, mes petites canailles, dit-il, il est temps de rentrer souper.

L'aîné, Balios, désigna la mer.

— Regarde, père, des bateaux !

Habusas plissa les yeux. Au loin, vers l'est, il vit quatre bateaux dont les rames barattaient les flots avec puissance. Pas étonnant, vu que le jour déclinait, et à la tombée de la nuit, personne n'avait envie d'être encore en mer. D'ailleurs, être encore en mer à cette époque dangereuse constituait un mystère. La saison avait dû être bien décevante pour eux, et les capitaines étaient désespérément en quête de pillages.

Habusas espéra que la fortune avait fini par leur sourire, car certaines de leurs richesses lui reviendraient. Habusas possédait toutes les putes de Pithros. Une immense satisfaction l'envahit. Il avait trois beaux garçons, une épouse aimante et une fortune croissante. En vérité, ces dieux étrangers l'avaient béni. C'était normal, songea-t-il. Avant chaque périple, il offrait des sacrifices à tous – des taureaux pour Zeus, Héra, Poséidon et Arès, des agneaux pour Déméter, Athéna, Artémis et Aphrodite, des chèvres pour Héphaïstos, Hermès et Hadès. Même les divinités mineures recevaient des libations de sa part, car il ne désirait pas s'attirer les foudres des Parques ou de la malicieuse Discorde. Habusas était profondément pieux, et les dieux avaient récompensé sa piété.

Son plus jeune fils, Kletis, six ans, courait le long du bord de la sente de la falaise. Habusas lui cria de faire attention, puis incita Balios à lui prendre la main.

— Pourquoi dois-je toujours veiller sur lui ? protesta Balios. (À treize ans, presque un homme déjà, il commençait à ne plus vouloir qu'on le prenne pour un gamin.) Pourquoi pas Paliklès ? Il n'a jamais de travail à accomplir !

— Mais si ! protesta à son tour Paliklès. J'ai aidé mère à rassembler les chèvres pendant que tu te cachais dans le foin avec Fersia !

— Trêve de chamailleries ! décréta Habusas. Fais ce qu'on te dit, Balios.

L'adolescent de treize ans courut rattraper le petit Kletis, qui gémit lamentablement. Balios s'apprêta à le gifler.

— Ne touche pas à ton frère ! cria Habusas.

— Il est tellement agaçant !

— C'est un enfant ! Les petits sont toujours agaçants. Ai-je jamais porté la main sur toi ?

— Non, père.

— Alors, suis mon exemple.

Traînant derrière lui un Kletis récalcitrant, Balios s'éloigna à grandes enjambées.

— Ainsi donc, murmura Habusas à son garçon de dix ans, ton frère poursuit la belle Fersia…

— Il n'a guère à la « poursuivre », maugréa Paliklès. Elle est pire que sa mère…

Habusas s'esclaffa.

— Espérons-le. Sa mère est une de mes meilleures putains.

Cessant de marcher, Paliklès contempla la mer.

— D'autres vaisseaux, père…

Habusas vit que les quatre galères approchaient maintenant de la plage, mais sept autres suivaient.

Des nuages orageux s'agrégeaient dans les cieux, et les flots se creusaient.

Devant lui, Balios cria :

— Cinq de plus, père !

Il désignait le nord, au-delà du promontoire saillant.

La peur fouailla Habusas. Il comprit qu'Hélicon venait assouvir sa soif de vengeance. Seize vaisseaux ! Huit cents guerriers ennemis au minimum allaient envahir l'île... Immobile, il avait du mal à en croire ses yeux. Seul un fou furieux entraînerait une flotte sur la Grande Verte en pleine saison des tempêtes... Et comment espérerait-il échapper aux foudres de Mycènes ? Habusas n'était pas idiot. Se glissant dans la peau d'Hélicon, il s'efforça de suivre le fil de son raisonnement. L'unique espoir qu'aurait le Dardanien d'éviter une guerre consisterait à ne laisser derrière lui aucun survivant susceptible de l'identifier.

Il devra nous tuer jusqu'au dernier ! Ses hommes ratisseront l'île afin de massacrer tout le monde...

Ses garçons sur les talons, Habusas s'élança vers le village.

Atteignant les premières habitations, il hurla aux hommes les plus proches :

— Aux armes ! L'ennemi arrive !

Il redoubla de vitesse et fonça vers sa propre demeure sans cesser de donner l'alerte à quiconque croisait son chemin. D'autres hommes émergeaient des bâtisses aux murs blancs, s'équipant en hâte d'une cuirasse et attachant leur épée à leur ceinturon.

Dans sa maison, son épouse, Voria, avait entendu le tumulte et s'était avancée sur le pas de la porte.

— Va chercher mon heaume et ma hache ! lui cria-t-il. Puis cours te réfugier dans les grottes des collines avec les garçons ! Tout de suite !

L'affolement de sa voix la galvanisa. Elle disparut dans le logis. Il la suivit à l'intérieur et tira sa cuirasse d'un coffre. Il l'enfila et commença à boucler les lanières. Le petit Kletis se tenait sur le seuil, en pleurs. L'air effrayé, Balios et Paliklès étaient derrière lui.

Voria reparut, et tendit son heaume à son mari, qui s'en coiffa promptement, nouant les lanières sous son menton d'une main habile.

— Allez avec votre mère, les garçons, dit-il en soupesant sa hache à double tête.

— Je me battrai à tes côtés, père, lança Balios.

— Pas aujourd'hui, fils. Reste avec ta mère et tes frères. Foncez dans les collines !

Il aurait voulu tous les étreindre, et leur dire qu'il les aimait, mais il n'en avait plus le temps. Repoussant ses enfants, il courut vers la palissade. Pithros comptait plus de deux cents combattants, et la citadelle en bois était bien équipée d'arcs et de lances. De là, on pouvait tenir une armée entière en échec! Puis le cœur lui manqua… Même la citadelle n'arrêterait pas huit cents guerriers en armes.

D'un autre coup d'œil en direction de la plage, il vit les soldats se rassembler, les rayons mourants du soleil se refléter sur les boucliers, les heaumes, les cuirasses et la pointe des lances… Ils s'alignaient en phalanges disciplinées. Il tourna son regard à flanc de colline, au-dessus de la communauté, et vit les femmes et les enfants se diriger vers les grottes offrant une relative sécurité.

— Qu'ils viennent donc, les chiens! dit-il aux pirates rassemblés. Nous leur ferons manger leurs propres entrailles!

Il savait que c'était faux. Et à voir la mine des hommes qui se rassemblaient devant lui, eux aussi le savaient. Pour ce qui était des batailles navales, ils ne le cédaient à personne. Lors des raids, les pirates à l'armure légère avaient pour eux la rapidité, la force de frappe… et ils repartaient toujours plus riches du fruit de leurs rapines. Contre une armée disciplinée sur terre, ils n'avaient aucune chance. Habusas allait mourir… Il prit une profonde inspiration. Au moins, ses fils survivraient, car les grottes s'enfonçaient profondément sous terre, et Balios connaissait des cachettes où aucun guerrier en armure n'oserait s'aventurer.

— Regardez! s'écria un des pirates en désignant les femmes et les enfants en fuite.

Dans leur dos, des guerriers ennemis étaient apparus de derrière une colline, marchant lentement en formation, épées pointées. Les fuyards commencèrent à refluer vers le village, poussés par les lances.

Le désespoir envahit Habusas. D'autres vaisseaux avaient dû accoster l'île à l'ouest. Le massacre ne laisserait aucun survivant.

— À la citadelle! hurla-t-il aux guerriers réunis.

Ils partirent au pas de course, s'engouffrant dans une ruelle pour déboucher sur l'esplanade de la citadelle en bois. Juste derrière eux, l'ennemi progressait en formation, bouclier contre bouclier, lance au poing. Il restait bien peu de temps pour que tous les hommes de l'île se réfugient dans la citadelle – et plus de temps pour les femmes et les enfants.

Habusas arriva à la forteresse, vit des hommes marteler les portes fermées.

— Par Hadès! que se passe-t-il? hurla-t-il aux hommes debout sur les remparts. Ouvrez les portes! Vite!

— Et pourquoi donc? répliqua froidement une voix.

Habusas leva la tête et vit Hélicon. Il ne portait pas d'armure et était habillé comme un simple marin, d'un vieux chiton élimé. Ceux qui l'entouraient étaient vêtus de même – et avaient bandé leur arc.

Habusas sentit la bile lui monter à la gorge. À part pour les fêtes et les assemblées, la citadelle était toujours vide. Hélicon avait dû débarquer avec les siens plus tôt dans la journée, et investir tranquillement les lieux.

—Ceci est un territoire mycénien!

À l'instant même où Habusas prononçait ces mots, il sut qu'il gaspillait sa salive.

Les combattants venant de la plage approchaient en formation de bataille, boucliers hauts, lances tendues. Les femmes et les enfants commençaient à arriver de la colline et se massaient autour des hommes. Armé d'une vieille dague à la lame ébréchée, Balios rejoignit son père, qui baissa les yeux sur lui en sentant son cœur se briser. *Comment les dieux peuvent-ils se montrer aussi cruels?* se demanda-t-il.

—Jetez vos armes! ordonna Hélicon.

Habusas eut un accès de colère.

—Afin que vous puissiez nous brûler, salaud? Certainement pas! En avant, mes gaillards, tuons-les tous!

Ses hommes sur les talons, poussant des cris de guerre, Habusas s'élança contre la première ligne ennemie. Du haut des remparts, des flèches tombèrent dru... Le combat fut aussi bref que violent. Les Mycéniens armés à la va-vite ne faisaient pas le poids contre des guerriers en armure complète. Habusas abattit deux Dardaniens avant d'être poignardé à la cuisse. Un coup de bouclier le percuta à la tête, lui faisant mordre la poussière.

Quand il reprit conscience, il constata qu'on lui avait lié les poignets dans le dos. Il gisait au pied de la muraille en bois. Sa plaie à la cuisse le brûlait, et le sang avait gorgé ses jambières. Tout autour de lui au clair de lune gisaient ses frères d'armes, ceux aux côtés desquels il avait lutté tant d'années... Pas un seul n'avait été épargné. Luttant pour se relever sur des jambes vacillantes, il chercha ses fils. Un cri lui échappa à la vue du cadavre de Balios. L'adolescent avait eu la gorge transpercée par une lance, et gisait sur le dos.

—Oh, mon fils! gémit-il, des larmes plein les yeux.

Au-devant, Hélicon parlait à un vieux guerrier. Il se rappela l'avoir vu lors de l'attaque contre Dardanos. C'était un général... Pausanias. Le vieil homme l'avisa, et fit signe à Hélicon. L'homme se tourna vers lui, les yeux luisant de malveillance.

—Je me souviens de toi, dans la baie de la Chouette Bleue... Tu te tenais avec Kolanos au sommet de la falaise. Et tu étais aussi à ses côtés lors de la bataille navale. Tu es Habusas.

— Tu as assassiné mon fils ! Ce n'était qu'un enfant…

Hélicon observa un petit silence. Habusas vit la haine briller dans son regard. Quand Hélicon reprit la parole, ce fut d'une voix glaciale, quasiment atone – ce qui rendit ses propos d'autant plus terrifiants.

— Je n'ai pas eu le temps de l'asperger d'huile et de le jeter en flammes du haut d'une falaise. Mais tu as peut-être d'autres fils. Je le découvrirai.

Des paroles qui écorchèrent Habusas comme autant de lanières de feu.

— Ne leur fais pas de mal, Hélicon, je t'en supplie !

— A-t-elle supplié ? répliqua Hélicon d'une voix anormalement calme. La reine a-t-elle supplié qu'on épargne *son* fils ?

— Par pitié ! Je ferai n'importe quoi ! Mes fils sont toute ma vie ! (Habusas tomba à genoux.) Ma vie contre la leur, Hélicon ! Ils n'ont rien fait contre toi ou les tiens…

— Ta vie m'appartient déjà. (Dégainant son épée, Hélicon la plaqua contre la gorge du suppliant.) Mais dis-moi où je peux trouver Kolanos, et je serai peut-être clément envers tes enfants.

— Il est reparti d'ici il y a trois jours. Il doit revenir au printemps avec cinquante navires. J'ignore où il est en ce moment. Je le jure ! Si je le savais, je te le dirais… Demande-moi n'importe quoi d'autre… N'importe quoi !

— Très bien. Kolanos a-t-il brûlé mon frère et l'a-t-il précipité du haut de la falaise ?

— Non… Il en a donné l'ordre.

— Qui a livré mon frère au feu ?

Habusas se releva.

— Je te réponds et tu promets de ne pas massacrer ma famille ?

— Si je crois ce que tu dis.

Habusas se redressa de toute sa taille.

— C'est moi qui ai mis le feu au garçon… Oui, et j'ai violé la reine aussi ! Leurs hurlements m'ont comblé d'aise, et je voudrais pouvoir vivre assez longtemps pour pouvoir pisser sur tes cendres !

Hélicon ne broncha pas. Habusas vit cependant un muscle se crisper dans la mâchoire de son ennemi. Habusas espérait l'avoir assez mis en colère pour qu'il lui plonge son épée dans la gorge, et le tue rapidement. Espérance déçue. Épée rengainée, Hélicon recula.

— Et maintenant tu vas me livrer aux flammes à mon tour, salaud ?

— Non. Tu ne brûleras pas.

Hélicon pivota et fit signe à deux guerriers d'avancer. Habusas fut ramené sans ménagement aux portes de la citadelle et ses liens tranchés. Il attaqua aussitôt, jetant un des hommes au sol. L'autre le percuta à la tempe du bout de sa lance. Affaibli par l'hémorragie, Habusas vacilla. Un second coup le plongea dans l'inconscience, et il s'écroula.

La douleur le ramena à lui. Elle irradiait de ses poignets et de ses pieds, pour courir le long de ses bras et de ses tibias. Dès qu'il rouvrit les yeux, un cri lui échappa. On lui avait écarté les bras en croix pour les lui clouer au bois des portes. Du sang gouttait des perforations, et il sentait les pointes en bronze racler contre les os de ses poignets. Il tenta de redresser les jambes afin d'alléger la tension qui s'exerçait sur ses bras mutilés. Une douleur quasi insupportable le tétanisa, lui arrachant un autre hurlement. Il avait les jambes pliées en un angle anormal, et il réalisa qu'on lui avait également cloué les pieds aux portes.

Il vit Hélicon, dressé devant lui. Tous les autres étaient repartis.

— Peux-tu voir les vaisseaux ?

Habusas fixa ses yeux exorbités sur l'homme, puis il comprit qu'il désignait la plage, au loin. Les galères des envahisseurs y avaient été halées. Hélicon répéta la question.

— Je… les… vois…

— Demain à l'aube, toutes les femmes et tous les enfants de cette île seront à bord. Ce sont des esclaves désormais. Mais je ne chercherai pas ta famille en particulier, ni n'assouvirai ma soif de vengeance sur elle. Je l'épargnerai.

Sur ces mots, il se détourna et s'éloigna. Le vent forcit, jouant avec la porte ouverte, la faisant doucement osciller sur ses gonds. Les clous lui déchirant les chairs, Habusas gémit. Alors que la porte continuait de bouger au gré du vent, il vit qu'on avait déplacé les cadavres de ses hommes, pour les clouer eux aussi aux portes et aux palissades des habitats proches. Certains avaient été rivés aux murs, d'autres pendaient par le cou à des cordes tendues aux fenêtres des étages.

Puis son regard tomba sur la dépouille de son fils, les bras repliés sur le ventre. Sa tête avait roulé de côté. Au clair de lune, Habusas vit briller du métal luisant dans la bouche du petit cadavre. Quelqu'un y avait placé un anneau d'argent, afin de payer le Nocher des Enfers.

À travers sa souffrance, Habusas en conçut de la gratitude.

D'atroces douleurs le vrillèrent quand des crampes convulsèrent ses jambes. Tout le poids de son corps pesa sur ses poignets lacérés. Habusas hurla. Il tenta de fermer son esprit aux sensations. Combien de temps lui faudrait-il pour mourir ?

Rendrait-il son dernier soupir cette nuit ? Le lendemain ? Des journées entières s'écouleraient-elles ? Les charognards se nourriraient-ils de ses chairs alors qu'il se tordrait de douleur ? Serait-il contraint de regarder les chiens sauvages se repaître de la chair de son fils ?

Il surprit soudain un mouvement, sur sa droite. Traversant l'esplanade déserte, Hélicon revenait vers lui épée au poing.

— Je ne suis pas Kolanos, dit-il.

L'épée frappa Habusas à la poitrine et lui transperça le cœur.

Et toute souffrance s'évanouit.

Chapitre 22

L'arc phrygien

I

Les mois d'automne passaient avec une lenteur affreuse. De mornes cieux d'un gris persistant, que ponctuaient des orages violents et des pluies battantes, minaient jusqu'à l'énergie farouche d'Andromaque. Elle s'efforçait de remplir ses journées d'activités agréables, mais les femmes du palais avaient peu l'occasion de se divertir. Elles n'étaient pas autorisées à faire du cheval ou à assister à des divertissements du soir, en ville. Il n'y avait pas de festivités, ni de rassemblements pour danser et chanter. Jour après jour, l'île de Théra lui manquait de plus en plus, et elle rêvait de la liberté dont elle avait joui.

L'arrivée d'une nouvelle servante temporaire de nuit avait en partie chassé son ennui, pour un moment. C'était une Thrace appelée Alésia. Elle s'était montrée docile et pleine de bonne volonté, mais la proximité de son corps dans le grand lit n'avait servi qu'à rappeler à Andromaque à quel point Calliope lui manquait. Quand Alésia retourna à ses tâches habituelles, elle ne manqua pas à Andromaque, qui ne fit aucun effort pour séduire celle qui lui succéda.

Juste avant la fin de l'année, un arc phrygien provenant du marché populaire vint en la possession d'Andromaque. C'était une belle arme, que même la jeune femme eut du mal au début à bander. Il était habilement conçu de plusieurs couches de corne flexible et de bois. Andromaque avait acquis en outre un épais garde-poignet en cuir noir poli.

Elle avait emporté l'arc sur les terrains d'entraînement au nord de la ville, où nombre d'archers troyens affinaient leurs talents. C'était une de ces rares journées ensoleillées et Andromaque, vêtue d'une tunique blanche retombant à mi-cuisses et chaussée de sandales, s'était amusée pratiquement toute la matinée. Au début, les Troyens s'étaient montrés courtois, mais condescendants. Puis, constatant les talents de la jeune femme, ils avaient fait cercle autour d'elle, débattant des attributs de l'arc.

Le lendemain, Andromaque avait été convoquée dans les appartements de Priam. Courroucé, le roi l'avait fustigée d'être ainsi apparue devant des hommes de classe inférieure.

— Aucune Troyenne de haute naissance ne se promènerait à demi nue au milieu de paysans !

— Je ne suis pas encore troyenne, avait-elle souligné, tentant en vain de refouler sa colère.

— Et il se pourrait bien que tu ne le deviennes jamais ! Je pourrais te renvoyer chez toi en disgrâce et exiger la restitution de ta dot !

— Quelle tragédie ce serait ! avait-elle rétorqué.

Andromaque s'était attendue à une explosion de rage. Au lieu de cela, le roi avait soudain éclaté de rire.

— Par les dieux ! femme, tu me rappelles Hécube, farouche et rebelle ! Oh oui ! tu es comme elle…

Le regard du souverain avait glissé sur ses seins, puis plus bas… La fine robe bleue qu'elle portait lui avait paru tout à coup bien légère et translucide. Priam avait inspiré à fond.

— Tu ne peux pas te moquer des coutumes de Troie, continua-t-il, le visage rouge mais le ton plus conciliant. En public, les femmes du palais portent des robes longues. Et elles ne tirent pas à l'arc. Toutefois, je t'y autorise. Tu as fait forte impression sur les hommes, ce qui n'est pas une mauvaise chose. Les dynasties régnantes devraient toujours en imposer.

— Les impressionner était facile, répondit Andromaque. Les arcs que vous leur fournissez sont de médiocre qualité, sans portée ni puissance de tir.

— Ils nous ont bien servis par le passé.

— Si la flèche d'un arc troyen arrivait à transpercer ne serait-ce qu'un plastron en cuir, j'en serais étonnée. Ces jours-ci, de plus en plus de guerriers sont mieux armés.

Le roi médita quelques instants.

— Très bien, Andromaque. Cet après-midi, tu m'accompagneras dans les jardins du palais, et je verrai par moi-même la qualité des arcs troyens.

De retour dans ses propres appartements dominant les collines du Nord, elle trouva Laodicé, qui l'attendait. Dernièrement, ses effusions amicales avaient diminué – depuis la rencontre avec Hécube, en fait.

Andromaque avait mis ça sur le compte du choc, celui d'avoir revu sa mère si faible et malade. Mais aujourd'hui, elle avait l'air encore plus triste. D'ordinaire couverte de bijoux, elle était cette fois vêtue d'un sobre chiton tout simple, vert pâle, qui lui arrivait aux chevilles. Normalement entrelacée de fils d'or ou d'argent, sa belle chevelure blonde n'était plus coiffée en nattes mais tombait librement sur ses épaules. D'une façon curieuse, songea Andromaque, le manque de bijoux extravagants rendait Laodicé plus séduisante, comme si la beauté étincelante des gemmes ne servait qu'à souligner les traits ordinaires de la jeune femme. Accueillant son amie d'un baiser sur la joue, elle lui fit part du défi de Priam.

—Il cherche à te couvrir de honte, tu sais, dit Laodicé doucement.

—Que veux-tu dire ?

La jeune femme haussa les épaules.

—Il est ainsi. Il aime faire ce qu'il faut pour que les gens aient l'air stupides. Mère aussi. C'est pour ça qu'ils s'entendaient si bien, tous les deux.

Assise près de son amie, Andromaque l'enlaça.

—Qu'est-ce qui ne va pas, Laodicé ?

—Je vais bien… (Elle eut un sourire forcé.) As-tu des nouvelles d'Hélicon ?

La question surprit Andromaque.

—Devrais-je en avoir ?

—Oh ! je ne sais pas… Je me demandais s'il avait envoyé un message dont je n'aurais pas eu vent… Personne ne me dit rien.

—Non. Autant que je sache, il n'y a pas eu de messages de Dardanie.

Laodicé en parut quelque peu rassérénée.

—Il aurait abattu vingt Mycéniens sur le parvis du temple, à ce qu'on dit. Il était l'égal d'un jeune dieu. C'est ce que j'ai entendu. Il maniait deux épées, et a exterminé tous les tueurs.

D'évidence, Andromaque aussi avait entendu ces histoires à dormir debout sur les exploits d'Hélicon, et elle avait regardé le *Xanthos* appareiller à l'aube, le cœur lourd. Puis elle saisit à cet instant que Laodicé était éprise d'Hélicon. La tristesse l'étreignit. Elle avait vu Hélicon saluer son amie au palais d'Hécube, et il n'y avait eu aucun signe que le jeune homme la trouve séduisante. Certes, il lui avait tourné un joli compliment – mais sans l'ombre d'une quelconque passion. Andromaque comprit alors pourquoi Laodicé avait pensé qu'elle avait peut-être des nouvelles. Il n'avait pas fait mystère du désir qu'elle lui inspirait…

Elle s'efforça de changer de sujet.

— Que voulais-tu dire à propos de ton père cherchant à me faire honte ?

— Il joue tout le temps un jeu avec les gens. J'ignore pourquoi. Il s'abstient avec Créüse ou Hector, mais un jour ou l'autre, tous les autres y passent.

Andromaque s'esclaffa.

— Il ne peut pas me couvrir de honte avec un arc, Laodicé. Ça, je peux te l'assurer.

— Ce sera une épreuve, dit Laodicé. Tu verras. Ce sera Dios, ou peut-être Agathon. De superbes tireurs à l'arc. Et père fera venir plein de monde dans les jardins pour que les gens voient un de ses fils t'humilier dans cette compétition. Tu verras, répéta-t-elle.

— Il faudra alors qu'ils soient vraiment excellents, répondit Andromaque. Quant à la foule, ça ne m'intimide pas.

— Je voudrais être comme toi, soupira Laodicé. Si j'étais… (Hésitante, elle eut un doux sourire.) Ah ! eh bien, je ne le suis pas. Alors quelle importance…

Andromaque prit ses mains dans les siennes.

— Écoute-moi, chuchota-t-elle, quoi que tu puisses voir en moi, c'est aussi en toi. Tu es une femme de qualité, et je suis fière de t'avoir comme amie.

— « Une femme de qualité », répéta Laodicé. Mais j'ai vingt-trois ans, et pas de mari. Toutes mes jolies sœurs – à l'exception de Créüse – ont un époux.

— Oh, Laodicé ! Tu n'as aucune idée à quel point nous sommes semblables, toi et moi ! J'étais la plus quelconque de ma famille. Personne ne voulait de moi. Père m'a donc envoyée sur Théra. Ce n'est que lorsque ma petite sœur est morte que Priam m'a acceptée pour son fils Hector. Et tu n'es pas quelconque. Ton regard est beau ; ton sourire, enchanteur.

Laodicé rougit. Avant de regarder son amie dans les yeux.

— Je me souviens de l'arrivée de Paleste à Troie. Je l'aimais bien, mais elle était très timide. Père s'est pris d'affection pour elle, alors que mère ne l'appréciait pas du tout, parce qu'elle la jugeait indigne d'épouser Hector. Je me le rappelle, mère a dit qu'on avait choisi la mauvaise sœur… Même à l'époque, elle te connaissait, tu sais.

— Je l'ignorais. Pauvre Paleste. C'était une douce enfant.

— Aimes-tu Hélicon ?

Andromaque ne désirait pas en parler, craignant que son amitié avec Laodicé en pâtisse si elle disait la vérité. Mais elle ne pouvait pas mentir.

— Oui.

— Et il est épris de toi. Je l'ai bien vu.

— Les hommes adorent toujours ce qu'ils ne peuvent pas avoir. Je dois épouser Hector. Alors que de telles pensées ne s'interposent pas entre nous. Tu es mon amie, Laodicé. Je t'aime comme une sœur. Bon ! m'accompagneras-tu aux jardins ? Avoir une amie à mes côtés serait un soutien.

— Naturellement, je viendrai. Je dois aussi me rendre au temple d'Esculape. Mère a besoin d'opiacés.

— Je viens avec toi. J'ai là-bas un ami qui s'appelle Xander.

En milieu d'après-midi, les deux femmes émergèrent du plus grand des jardins palatiaux. Ainsi que Laodicé l'avait prédit, il y avait au moins une centaine de personnes présentes. Andromaque les connaissait pour la plupart, pour les avoir déjà rencontrées, mais même maintenant, elle n'arrivait pas à se rappeler tous les noms. Priam occupait un siège aux sculptures dorées, sur une estrade en pierre. Derrière lui se tenait sa fille Créüse, une beauté au port royal et aux cheveux noirs. Elle avait un regard dur et froid et ne cacha pas son mépris pour Andromaque. Le chancelier à l'air mou et aux épaules rondes, Politès, se tenait aussi près du roi, ainsi que l'adipeux Antiphonès et le svelte Dios. Une fois de plus, son air de famille avec Hélicon frappa Andromaque. Il y avait un autre homme avec eux, grand, bien découplé, les cheveux d'un blond tirant sur le roux. Andromaque ne l'avait jamais vu.

— Voici mon demi-frère Agathon, chuchota Laodicé. Je t'avais bien dit que ce serait une compétition.

Tout au bout des jardins, à quelque soixante pas de distance, Andromaque avisa un petit chariot aux larges roues. Sur un grand piquet central était attaché un plastron en cuir. De longues cordes étaient fixées à l'avant et à l'arrière du chariot.

— As-tu déjà visé une cible mouvante ? demanda Laodicé.

— Non.

— Aujourd'hui, tu le feras. Des serviteurs tirent sur les cordes et traînent le chariot d'avant en arrière.

Priam se leva, et, dans l'assistance, toutes les conversations moururent. Prenant leur arc, Agathon et le svelte Dios vinrent se camper aux côtés d'Andromaque. Laodicé recula de quelques pas.

— Aujourd'hui, commença Priam d'une voix qui portait, nous allons assister à une compétition. Andromaque, de Thèbes sous Plakos, estime que les arcs troyens sont de qualité inférieure, et elle s'apprête à nous régaler de ses talents redoutables. Mes généraux, Agathon et Déiphobos, défendront l'honneur et la fierté de l'art troyen. En jeu, un superbe trophée...

Il tendit une main, et Créüse avança pour lui offrir un heaume de combat merveilleusement ouvragé en argent repoussé, frappé du motif du dieu Apollon bandant son arc.

Priam l'exhiba à bout de bras, et le soleil de l'après-midi étincela sur le métal poli.

—Puisse le Seigneur de l'Arc d'Argent accorder la victoire au plus valeureux ! s'écria le roi.

Andromaque sentit la colère monter en elle. C'était un trophée de guerrier, d'*homme*, et le mettre ainsi en jeu était, pour un tireur à l'arc du beau sexe, une insulte moins que subtile.

—Nous honoreras-tu en tirant la première, Andromaque ? demanda Priam.

—Ce ne serait guère séant, mon roi, répondit-elle d'un ton doux. Comme on me l'a souvent dit, la place d'une femme est de suivre, dans le monde des hommes.

—Alors ce sera Agathon, dit Priam en se rasseyant.

Le prince à la belle carrure s'avança en encochant une flèche. Sur son ordre, les serviteurs postés au bout du jardin prirent les cordes pour tirer lentement le chariot vers la gauche. Puis les hommes postés à droite commencèrent à tirer rapidement le véhicule sur les pavés.

Agathon tira. Son premier trait transperça le plastron en cuir. La foule cria des vivats. Puis Dios s'avança. Lui aussi fit mouche. Les deux flèches retombèrent après avoir frappé la cible, ce qui prouvait qu'elles ne s'étaient pas profondément fichées dans le cuir.

Andromaque encocha une flèche à plumes noires, les doigts repliés sur la corde. En observant ses deux adversaires, elle avait estimé le temps qu'il fallait aux traits pour atteindre leur cible, ainsi que la vitesse imprimée au chariot. Même alors, pouvoir s'entraîner un peu aurait été appréciable. La jeune femme se calma, et banda l'arc. Le chariot brinquebala dans son champ de vision. Elle ajusta sa visée et tira. La flèche empennée de noir percuta le plastron, qu'elle transperça profondément.

Chaque archer tira six autres flèches. Pas une ne rata la cible, qui prit des allures de porc-épic. L'assistance était moins attentive à présent, et il y eut une petite pause le temps que les serviteurs remplacent le plastron transpercé et récupèrent les flèches.

Andromaque jeta un coup d'œil aux princes. Tous deux semblaient tendus, dans l'expectative. Elle vit Priam dire quelques mots à un soldat, qui partit au pas de course, fendant la foule.

— Que se passe-t-il ? demanda-t-elle au prince Agathon.

— La compétition va commencer pour de bon, dit-il d'une voix où perçait un soupçon de colère. (Il prit une profonde inspiration.) Il serait aussi bien, Andromaque, que tu te retires maintenant.

— Et pourquoi ?

— Parce que nous ne tirerons plus sur des cibles. Mon père a d'autres visées, je le crains.

À cet instant, des soldats émergèrent de bâtiments situés au fond des jardins. Ils encadraient trois hommes ligotés qui portaient chacun un plastron en cuir. Les prisonniers furent placés devant le chariot-cible. Puis, lances pointées vers eux, les soldats formèrent deux rangs devant l'assistance. Le roi se leva.

— Ces misérables comploteurs, dit-il, ont été arrêtés hier. Ces rebelles entêtés refusent de livrer leurs complices.

Andromaque dévisagea les captifs. En piètre état, ils avaient le visage maculé de sang, les yeux gonflés. Comprenant ce qui allait se passer, elle s'éloigna des princes. Priam la vit.

— Ça ne te plaît pas, ma belle ? Ah ! il est vrai que c'est un travail pour des *hommes*. (Il se tourna vers la foule.) Ces traîtres méritent la mort, mais je saurai me montrer clément. Leurs liens vont être tranchés.

Le roi prit une lance à un Aigle Royal proche et la projeta sur l'herbe, à quelque soixante pas des prisonniers.

— Si l'un d'entre eux parvient à atteindre cette lance, son exécution sera commuée en exil. Qu'on détache le premier ! Et que Déiphobos défende mon honneur !

Tirant une dague de son ceinturon, un soldat approcha du condamné, un individu mince dans la force de l'âge, et trancha ses liens aux poignets. Immobile, le prisonnier darda un regard malveillant sur le roi. Puis, après une profonde inspiration, il s'élança en zigzag. Dios leva son arc. Le coureur força l'allure. Le trait se ficha dans sa gorge, lui transperçant le cou. L'homme vacilla et tomba sur la droite en s'étouffant, le visage pourpre. Andromaque détourna les yeux mais ne put fermer ses oreilles aux gargouillis du mourant qui lutta jusqu'à son dernier souffle. Enfin, le silence retomba.

— Au deuxième ! rugit Priam.

Bâti en force, l'homme en question avait une barbe qui lui mangeait le visage. Lui aussi foudroya le souverain du regard. Ses liens tranchés, loin de s'élancer au pas de course, il foula l'herbe. Le prince Agathon visa. Soudain, sa cible vivante bifurqua sur la gauche pour foncer vers la lance. Agathon tira. Son trait percuta le coureur à la poitrine sans transpercer son plastron. Le prisonnier piqua un sprint. Dios lâcha sa flèche, qui fit également mouche sans arrêter l'homme. Celui-ci atteignit la lance, s'en empara et, d'une volte-face, chargea Priam. Une réaction qui surprit tout le monde. Un Aigle Royal s'interposa d'un bond pour faire au souverain un bouclier de son corps, mais le condamné lui flanqua un coup d'épaule, l'expédiant à terre.

À l'instant où il allait atteindre Priam, une flèche aux plumes noires le frappa dans le dos, s'enfonçant dans son cœur. Foudroyé, le prisonnier s'effondra de côté, la lance retombant à terre dans un cliquetis.

Andromaque baissa son arc phrygien, les yeux rivés sur celui qu'elle venait d'abattre. Agathon se rapprocha d'elle.

— Très joli tir. Tu viens de sauver le roi.

Priam enjamba le cadavre.

— Et maintenant, rugit-il, tous peuvent voir pourquoi cette femme a été choisie comme épouse pour mon Hector ! Saluez-la !

Docile, l'assistance acclama Andromaque. Le roi fit alors signe aux soldats, au bout des jardins, qui remmenèrent le dernier prisonnier.

Le mois suivant, Andromaque apprit que Priam avait commandé un millier d'arcs phrygiens pour ses archers.

II

L'après-midi touchait à sa fin quand Andromaque put enfin s'éclipser des jardins. Son statut soudain amélioré par les événements de la journée, elle s'était vue entourée d'admirateurs et de flagorneurs. Elle avait fini par feindre la fatigue, et elle avait trouvé Laodicé qui l'attendait dans ses appartements.

Son amie courut l'étreindre.

— Tu as été merveilleuse, Andromaque ! Je suis si fière de toi ! Ton nom court sur toutes les lèvres…

Andromaque l'embrassa sur la joue, puis se déroba à son étreinte.

— Qui était l'homme que j'ai tué ?

— Un chef des Aigles. Tout le monde le prenait pour un héros. Qu'est-ce qui pousse un homme à devenir un traître, à ton avis ?

— Je ne sais pas. Mais il était courageux. Il aurait simplement pu ramasser la lance et se résigner à l'exil. Il a choisi au lieu de cela une mort certaine. Même s'il avait réussi à tuer Priam, les gardes l'auraient maîtrisé et massacré. N'en parlons plus. Une balade au temple est juste ce dont j'ai besoin.

Le soleil brillait malgré la formation de nuages d'orage, dans le lointain. Les deux femmes se mirent en route bras dessus bras dessous.

— Je pense qu'Agathon a été impressionné, ajouta Laodicé. Il n'arrivait plus à détacher les yeux de toi.

Andromaque gloussa.

— C'est un homme imposant. Pourquoi ne l'avais-je encore jamais vu ?

— Il passe le plus clair de son temps à l'est de la cité. Il commande les mercenaires thraces. Il est presque un aussi bon général qu'Hector. Ils sont très proches.

— Se ressemblent-ils ?

Laodicé s'esclaffa.

— Es-tu en train de me demander si Hector est bel homme ?

— Oui.

— Il l'est autant qu'un jeune dieu ! Il a des cheveux d'or, ses yeux bleus et son sourire lui gagnent tous les cœurs.

— Et c'est l'aîné des fils de Priam ?

Laodicé éclata encore de rire.

— Oui et non. C'est l'aîné des enfants de *mère*, et donc l'héritier légitime. Mais lorsque père et elle se sont mariés, lui avait déjà vingt-quatre ans. *Et* plusieurs enfants… L'aîné était Troïlus. Il aurait presque quarante ans, aujourd'hui.

— Il est mort ?

— Père l'a exilé l'an dernier et il est mort à Milétos. Certains pensent qu'on l'a empoisonné. Je crois que c'est vrai.

— À mes yeux, ça n'a aucun sens, avoua Andromaque. Si Priam voulait sa mort, pourquoi ne l'a-t-il pas tué à Troie même ?

Laodicé cessa de marcher et se retourna vers sa compagne.

— Tu dois comprendre qu'avant que mère tombe malade Troie avait deux dirigeants. Mère haïssait Troïlus. Je pense qu'elle hait tous les fils qu'elle n'a pas portés dans son ventre. Quand Troïlus a comploté pour renverser père, elle a estimé qu'il devrait être exécuté sur-le-champ. Père a refusé. (Laodicé haussa les épaules.) Et il est mort de toute façon.

— Hécube l'a fait empoisonner ?

— Je ne sais pas, Andromaque. Son trépas était peut-être dans l'ordre des choses. Mais parmi tous ceux qui furent en désaccord avec mère, tu serais surprise de savoir combien sont morts jeunes.

— Alors, tu me vois ravie qu'elle m'aime bien. Quel âge a Hector ?

— Presque trente ans.

— Pourquoi ne s'est-il jamais marié ?

Laodicé détourna le regard.

— Oh ! sans doute à cause des guerres et des batailles. Quand il reviendra dans ses foyers, tu devrais lui poser la question. Il y aura de grandes fêtes en l'honneur de sa victoire.

Andromaque sut qu'on lui cachait quelque chose, mais s'abstint de creuser la question.

— Ce doit vraiment être un grand guerrier, si on peut anticiper ses victoires avant même qu'il livre bataille…

— Oh ! Hector ne perd jamais un combat, dit Laodicé. Le Cheval de Troie est suprême sur un champ de bataille.

Aux yeux d'Andromaque, une telle conviction était naïve. Une flèche perdue, une lance projetée, un coup malchanceux… tout cela pouvait trancher le fil de la vie de n'importe quel combattant. Mais elle ne dit rien, et les deux femmes traversèrent les allées des marchés, s'arrêtant pour examiner les étals. Elles atteignirent finalement les habitations des guérisseurs.

Elles s'assirent dans le jardin du fond, Laodicé chargeant un serviteur d'aller chercher le guérisseur Machaon. Un autre serviteur, un homme âgé, leur apporta des gobelets remplis de jus de fruits. Andromaque n'avait jamais goûté de boisson aussi délicieusement douce. Le mélange avait les couleurs du coucher de soleil.

— Qu'y a-t-il dedans ?

— Des fruits d'Égypte et de Palestine, de formes et de couleurs diverses. Certains sont dorés, d'autres jaunes, d'autres encore verts. Quelques-uns sont bons à croquer tels quels, d'autres sont si acides qu'ils font monter les larmes aux yeux. Mais les prêtres d'ici y ajoutent du miel. C'est très rafraîchissant.

— Il y a tant de choses qui sont nouvelles pour moi, ici ! s'exclama Andromaque. Je n'avais jamais vu de telles couleurs… Les robes des femmes, les décorations murales… (Elle éclata de rire.) Même les boissons sont multicolores !

— D'après père, le commerce est ce qui permet aux civilisations de s'épanouir. Les nations et les peuples apprennent les uns des autres, s'inspirant de leurs talents mutuels. À Troie, nous avons des fabricants de vêtements égyptiens. Ils ont commencé à se servir des teintures de Phrygie et de Babylone. Et de merveilleuses couleurs en résultent. Mais ça ne s'arrête pas aux habits. Hector a ramené des chevaux de Thessalie, des bêtes imposantes… Seize paumes au garrot. Il leur a fait saillir nos juments. Et ils font de superbes montures de guerre. Des hommes de talent affluent à Troie. Père dit qu'un jour nous serons le cœur d'une grande civilisation.

Andromaque écoutait Laodicé parler de Priam et de ses rêves. D'évidence, elle adorait son père – comme il était tout aussi évident qu'il avait peu de temps à consacrer à sa fille.

La voix de Laodicé mourut.

—Je crois que je suis en train de t'ennuyer… Pardonne-moi.

—Absurde ! C'est fascinant.

—Vraiment ? Tu ne dis pas ça pour me rassurer ?

—Pourquoi le devrais-je ?

Passant un bras autour des épaules de Laodicé, Andromaque l'embrassa sur la joue.

Le prêtre-guérisseur Machaon apparut dans le jardin. Et parut mortellement las aux yeux d'Andromaque. Il était pâle et avait le front en sueur. C'était un jeune homme et pourtant, il avait déjà un début de calvitie – et le dos voûté.

—Soyez la bienvenue, fille de Priam. Vous revoir est toujours un plaisir. Vous aussi, Andromaque de Thèbes.

—Comment se porte Xander ? demanda celle-ci.

Le jeune guérisseur sourit.

—C'est un bon garçon, très sensible. Je lui ai confié les mourants. Il est doué pour leur remonter le moral envers et contre tout. Je suis heureux qu'il soit resté avec nous. (Il se tourna vers Laodicé et lui tendit un paquet emmailloté d'un bout de tissu.) Cela devrait durer une semaine de plus environ. Sachez cependant que bientôt, même ces puissants opiacés ne suffiront plus à soulager la douleur.

—Mère dit qu'elle se sent un peu mieux, répondit Laodicé. Son corps est peut-être en voie de guérison.

Il secoua la tête.

—Une guérison n'est plus possible dans son cas. Seuls son caractère bien trempé et sa force d'âme la maintiennent encore dans le monde des vivants. Le paquet contient une petite fiole bouchée à la cire verte. Lorsque la souffrance deviendra insupportable – ce qui est inévitable –, brisez la cire et mélangez le contenu à du vin. Ensuite, vous le ferez boire à votre mère.

—Et ça la soulagera ?

Il plissa le front.

—Oui, Laodicé. Ça la soulagera. De façon permanente.

—Alors pourquoi ne pas le lui administrer tout de suite ? Elle est dans de grandes souffrances, déjà…

—Navré, je me suis mal fait comprendre… La fiole aidera votre mère lorsque la fin sera venue. Une fois qu'elle l'aura bue, elle glissera dans un sommeil profond, et passera paisiblement dans l'autre monde.

portait toujours sa tunique vert pâle, qui lui collait tant à la peau qu'elle aurait tout aussi bien pu être nue… Xander s'efforça de détourner les yeux de ses seins aux mamelons dressés. Elle rejoignit Argurios.

— Faites la planche, et je vous soutiendrai. (Il lui obéit aussitôt.) Maintenant, je veux que vous fermiez les yeux et que vous vous détendiez. Ensuite, respirez très lentement. Inspirez le temps de compter jusqu'à quatre, et retenez votre respiration jusqu'à six. Expirez aussi lentement, le temps de compter jusqu'à dix. Quatre, six et dix.

Xander observa la scène puis, ayant faim, il regagna la plage et se rhabilla avant d'aller vers les tables de nourriture. Il y avait des figues, du pain d'orge, du poulpe salé, des tranches de viande, des fromages et différents autres pains, ainsi que des jarres d'eau et de vin. Un grand serviteur aux épaules voûtées toisa Xander, qui demanda :

— Avons-nous le droit de manger ?

— Qu'aimerais-tu, mon petit ?

Xander désigna le pain, et porta son choix sur du fromage et des figues. Le serviteur brisa une miche de pain noir, coupa du fromage et posa le tout sur un plateau en bois avec une poignée de figues.

— Tu voudras peut-être faire descendre tout ça d'une bonne rasade, dit l'homme avec un sourire en prenant une jarre pour remplir une coupe en argile d'un liquide doré. Essaie.

Xander prit une gorgée. C'était sirupeux, délicieusement doux au palais. Il remercia le serviteur et revint sous le dais s'asseoir et savourer son repas. Andromaque était toujours dans l'eau avec Argurios. D'autres gens investissaient la plage à présent. Un homme aux cheveux noirs sortit de l'onde. Xander crut d'abord qu'il s'agissait d'Hélicon – ce qui n'était pas le cas. Une jeune femme blonde en robe rouge vint s'asseoir près de lui.

— Tu dois être Xander. Andromaque m'a parlé de toi.

— En effet. Qui êtes-vous ?

— Laodicé. Es-tu un ami du Mycénien ?

— Je ne crois pas qu'il ait d'amis.

— Mais tu l'aimes bien.

— Oui. Il m'a sauvé la vie.

— Raconte ! J'aimerais savoir ce qui s'est passé.

Xander lui narra la fameuse tempête. Elle lui prêta une oreille attentive puis, d'un coup d'œil vers la mer, regarda Andromaque et le guerrier.

— Pourquoi a-t-il risqué sa vie pour te sauver, à ton avis ? demanda-t-elle enfin.

— Je ne sais pas. Ulysse est d'avis que c'est là un comportement normal pour les héros. Et Argurios est un héros. Tout le monde sait ça.

— Moi, je ne le savais pas, avoua-t-elle. Mais il faut dire que Troie regorge de héros. Nul ne saurait connaître le nom de tous…

Andromaque et Argurios sortirent de l'eau. Xander attrapa la tunique du Mycénien en se levant et courut à sa rencontre.

— Comment vous sentez-vous ?

— Fatigué, répondit le guerrier en enfilant sa tunique. (Il se tourna vers Andromaque.) Je vous suis reconnaissant.

— On dirait que vous respirez déjà un peu mieux, remarqua Andromaque.

— Je crois, oui.

Des hommes approchèrent. Xander remarqua celui qui ressemblait à Hélicon ; il paraissait en colère.

Il s'arrêta devant Andromaque.

— Comment osez-vous déshonorer la Maison de Priam ?

III

Pour Xander, la scène était choquante et effrayante. La colère se lisait aussi sur le visage des autres hommes. Surprise, Andromaque parut hésiter. Puis son expression se durcit.

— Je ne vous comprends pas, Dios.

— Je suis le prince *Déiphobos.* Seuls mes pairs ou mes amis peuvent m'appeler Dios. Vous n'êtes ni l'un ni l'autre. Et cette plage est réservée à la famille royale. Vous êtes seulement une invitée. Vous n'avez aucun droit d'amener ici un étranger. Mais ce manque de courtoisie n'est rien en comparaison du spectacle honteux que vous nous avez imposé. Nous savons tous à quels excès écœurants se livrent les prêtresses de Théra. Les reproduire ici est un affront qui ne saurait être toléré.

— J'ai invité Argurios, intervint Laodicé en se frayant un chemin parmi l'attroupement.

Elle gardait les yeux baissés et, dans sa voix, Xander perçut de la nervosité.

— On ne s'attendrait à rien de mieux de ta part, ma sœur. Tu n'as jamais été une flèche…

Laodicé parut rapetisser sur place tant Déiphobos l'écrasait de son mépris. Argurios s'avança à son tour et quand il prit la parole, Xander vit tout le monde accuser le choc.

— J'espère que non. Je *prie* pour qu'ils aient survécu ! Hector n'est pas que mon demi-frère, il est aussi mon meilleur ami. Mais il y a autre chose. Hector est le cœur de Troie. S'il tombe, le chaos régnera. Peux-tu l'imaginer ? Ses frères se battront pour accéder au pouvoir… Ce serait la guerre civile.

— Je ne vois pas pourquoi. Priam est un souverain fort.

— Oh ! il l'est, admit Agathon. Mais on le hait. Peu de ses fils ont échappé à ses affronts ou à ses humiliations publiques. La discorde règne aussi entre les frères. De profonds désaccords, voire des haines franches. Hector seul assure notre cohésion. D'abord, parce que nous l'aimons tous. (Agathon eut un sourire rayonnant.) Ensuite, parce qu'il tuerait quiconque s'opposerait à père.

— Voilà qui est fascinant pour des étrangers, dit Andromaque, mais en quoi cela concerne-t-il la promise d'Hector ? S'il a péri, je retournerai sur Théra et retrouverai mes amies.

— J'espérais que tu envisagerais une voie différente.

— Pourquoi le devrais-je ?

— Je ne suis pas marié non plus, Andromaque. Et moi qui ai vingt-huit ans, je n'ai jamais vu de femme qui m'enflamme autant que toi. Donc, et à moins que ton cœur soit déjà pris, je voudrais que tu voies en moi un prétendant.

La jeune femme sourit.

— Étrange cité que la vôtre, Agathon… Il est immoral pour une femme de nager avec un homme, mais acceptable pour un homme de courtiser la promise de son frère ? En vérité, il me faudra du temps avant de maîtriser vos règles.

Il soupira.

— Une habile parade, Andromaque… Mais réfléchis à ce que j'ai dit. Si on apprend qu'Hector a disparu, je demanderai ta main à mon père.

Avant qu'elle puisse répondre, un jeune soldat les rejoignit sur la plage au pas de course.

— Le roi vous demande, seigneur !

— Je dois y aller. Réfléchis bien.

— Oh ! j'y réfléchirai, assura Andromaque.

Elle le regarda s'éloigner. Il avait belle prestance, mais à sa place, elle voyait déjà un autre prince aux cheveux noirs et aux prunelles luisant d'une passion contenue.

« … à moins que ton cœur soit déjà pris… »

Elle repensa à la nuit de la baie de la Chouette Bleue, et au jeune homme venant du navire doré qui s'était écarté de la foule… Le lendemain

Andromaque posa une main sur le bras du prince.

— Bien joué, Agathon.

Ils retournèrent sous le dais, suivis par Xander. Laodicé vint embrasser Agathon sur les deux joues.

— Tu es tellement comme Hector !

— Oh non ! pas tant que ça, ma sœur ! Crois-moi.

Argurios s'allongea sur un tapis disposé sur le sable, et parut s'assoupir. Laodicé s'assit près d'Agathon, Xander prenant place aux côtés d'Andromaque. Personne ne lui parlait.

— Des nouvelles d'Hector nous sont parvenues ce matin, dit Agathon. Une grande bataille s'est livrée en un lieu nommé Qadesh. Les rapports sont succincts, mais il semblerait que les Égyptiens aient presque remporté la partie. Seule la charge du Cheval de Troie les a obligés à céder du terrain.

— J'en étais sûre ! s'exclama Laodicé. Je te l'avais bien dit, Andromaque ! Hector gagne toujours.

— La bataille est finie ? s'enquit Andromaque.

— Non. Son issue reste incertaine. Il y a eu de grandes pertes, dans les deux camps. Nous n'avons pas encore de détails.

— Maudits soient les détails ! maugréa Laodicé. Hector remportera la victoire et reviendra triomphant.

— J'espère que tu as raison, ma sœur. Mais à en croire un des rapports, le Cheval de Troie n'aurait pas rejoint le principal corps d'armée hittite à la tombée de la nuit. Prions les dieux de la Guerre qu'Hector ne soit pas au nombre des tués.

— Ne parle pas comme ça ! l'admonesta Laodicé. Je ne veux pas entendre des choses pareilles !

Xander vit le prince jeter un coup d'œil à Andromaque.

— Veux-tu faire quelques pas avec moi ? Il y a des questions que j'aimerais beaucoup aborder avec toi.

— Tant que ce n'est pas considéré comme immoral…, répondit Andromaque en se relevant avec grâce.

Xander les regarda s'éloigner. Laodicé paraissait abattue.

— Voulez-vous que j'aille vous chercher à boire ?

— Non, répondit-elle, je n'ai pas soif. (Elle coula un regard vers Argurios.) Il est très maigre, et n'a pas bonne mine. Tu devrais peut-être aller lui chercher du nectar de fruits. Mère dit que c'est bon pour le sang. C'est un homme très imprudent, pas vrai ? En s'opposant à Dios, il a pris un terrible risque. Dios sait très bien manier l'épée, tu sais, et il est vif.

— C'est… un roquet, répondit Argurios en se redressant en position assise. Et vous avez raison. Je suis trop maigre.

— Je ne voulais pas vous offenser, dit Laodicé, gênée. Je vous croyais endormi.

— Vous ne m'avez pas offensé. Et… ces jours-ci… je ne peux plus dormir… allongé. Assis, je respire plus facilement… (Argurios regarda Xander.) Ce nectar paraît être une bonne idée…

Xander courut aux tables de nourriture et rapporta un gobelet empli d'un épais jus de fruits doré qu'il tendit au guerrier. Celui-ci prit de grandes gorgées.

— Tu es un bon garçon, dit-il en posant le gobelet vide sur le sable. Je me demande même pourquoi… je n'ai jamais voulu d'esclaves, avant…

— Je ne suis pas votre esclave ! protesta Xander.

Argurios réfléchit.

— J'ai eu tort de parler ainsi… mon garçon. Bien entendu, tu n'es pas… mon esclave. Tu es un ami… Et pour moi, ça… signifie beaucoup.

— Pourquoi n'avez-vous jamais eu de serviteur personnel ? s'enquit Laodicé. N'êtes-vous pas un héros renommé dans votre pays ?

— Je n'en ai jamais… voulu. J'ai toujours été… un guerrier. J'ai eu autrefois un porte-bouclier. Un courageux jeune homme. Il a péri en Thessalie.

— Et votre foyer ?

Il secoua la tête.

— Mon père n'avait pas de fortune. Dans ma vie… j'ai acquis des… terres arables, et… des esclaves les exploitent. Je ne m'occupe pas beaucoup d'eux, ils se débrouillent… (Son expression s'assombrit.) Mais ce ne sont plus mes terres. Je suis en exil. Un hors-la-loi… (Il contempla la mer.) Je pense que je vais… retourner nager.

Il se redressa péniblement et s'éloigna en ôtant sa tunique élimée.

— Un homme étrange, observa Laodicé.

— Il m'a appelé son ami ! s'exclama Xander, tout joyeux.

— Et tu devrais te sentir honoré. Un tel homme n'accorde pas son amitié à la légère.

Chapitre 24

La guerre couve

I

Andromaque appréciait la promenade avec Agathon. À certains égards, il lui rappelait Ulysse. Et la pensée la fit sourire. Ulysse était un vieux charmeur très laid, et être comparé au prince troyen l'aurait ravi. Ce n'était pas tant sa beauté que son abord courtois et amical qui encourageait la familiarité. Elle écouta Agathon parler de son amour pour sa cité, et perçut en lui une authentique chaleur humaine. Ils firent une pause près d'une saillie rocheuse. Les nuages s'amoncelaient, et le ciel se couvrait. Silencieux, Agathon contempla la mer.

—Devons-nous nous entretenir maintenant de ce qui te tient vraiment à cœur ? lui demanda-t-elle.

Il eut un sourire ironique.

—Oui. Tu es aussi acérée qu'une épée.

—Je suis intelligente. Pourquoi tant de gens trouvent-ils cela intimidant ?

—Je l'ignore, mais c'est vrai. (Il fit une pause, puis croisa son regard.) Je voulais te parler d'Hector. Les nouvelles sont moins bonnes que je l'ai laissé entendre à Laodicé. C'est une gentille fille qui adore notre frère, et je ne voulais pas l'inquiéter. Selon nos rapports, Hector a lancé une attaque intrépide contre le flanc égyptien et a réussi. Mais il s'est enfoncé dans les rangs ennemis, et ensuite, plus personne ne l'a revu. Les Hittites ont dû battre en retraite. Hector n'a pas reparu à leur camp, au contraire de quelques cavaliers. Ils ont signalé qu'une cinquantaine d'hommes, Hector compris, s'étaient retrouvés acculés au fond d'un ravin sans issue, face à des milliers de soldats.

—Tu penses qu'il est mort ?

— J'espère que non. Je *prie* pour qu'ils aient survécu ! Hector n'est pas que mon demi-frère, il est aussi mon meilleur ami. Mais il y a autre chose. Hector est le cœur de Troie. S'il tombe, le chaos régnera. Peux-tu l'imaginer ? Ses frères se battront pour accéder au pouvoir... Ce serait la guerre civile.

— Je ne vois pas pourquoi. Priam est un souverain fort.

— Oh ! il l'est, admit Agathon. Mais on le hait. Peu de ses fils ont échappé à ses affronts ou à ses humiliations publiques. La discorde règne aussi entre les frères. De profonds désaccords, voire des haines franches. Hector seul assure notre cohésion. D'abord, parce que nous l'aimons tous. (Agathon eut un sourire rayonnant.) Ensuite, parce qu'il tuerait quiconque s'opposerait à père.

— Voilà qui est fascinant pour des étrangers, dit Andromaque, mais en quoi cela concerne-t-il la promise d'Hector ? S'il a péri, je retournerai sur Théra et retrouverai mes amies.

— J'espérais que tu envisagerais une voie différente.

— Pourquoi le devrais-je ?

— Je ne suis pas marié non plus, Andromaque. Et moi qui ai vingt-huit ans, je n'ai jamais vu de femme qui m'enflamme autant que toi. Donc, et à moins que ton cœur soit déjà pris, je voudrais que tu voies en moi un prétendant.

La jeune femme sourit.

— Étrange cité que la vôtre, Agathon... Il est immoral pour une femme de nager avec un homme, mais acceptable pour un homme de courtiser la promise de son frère ? En vérité, il me faudra du temps avant de maîtriser vos règles.

Il soupira.

— Une habile parade, Andromaque... Mais réfléchis à ce que j'ai dit. Si on apprend qu'Hector a disparu, je demanderai ta main à mon père.

Avant qu'elle puisse répondre, un jeune soldat les rejoignit sur la plage au pas de course.

— Le roi vous demande, seigneur !

— Je dois y aller. Réfléchis bien.

— Oh ! j'y réfléchirai, assura Andromaque.

Elle le regarda s'éloigner. Il avait belle prestance, mais à sa place, elle voyait déjà un autre prince aux cheveux noirs et aux prunelles luisant d'une passion contenue.

« ... à moins que ton cœur soit déjà pris... »

Elle repensa à la nuit de la baie de la Chouette Bleue, et au jeune homme venant du navire doré qui s'était écarté de la foule... Le lendemain matin, il avait tenu la tête tranchée de son ami entre ses mains, le cœur brisé... Et plus encore, Andromaque se rappela l'instant où il l'avait enlacée au palais d'Hécube.

— Oh ! chuchota-t-elle en fixant la belle baie bleue, si Hector est mort, que le navire doré revienne pour moi...

II

Pour Hélicon, les quelques premières semaines suivant le raid contre Pithros avaient été épuisantes. La camaraderie qui l'avait lié aux soldats et aux dignitaires de Dardanie avait été remplacée par une froideur circonspecte puant la peur.

Il n'était plus le prince de la Mer, un marchand et un homme du peuple, mais Hélicon le brûleur d'hommes, le tueur implacable. Les serviteurs détournaient les yeux sur son passage. Même des hommes qu'il connaissait depuis des années – comme Oniacus, et le vieux général Pausanias – mesuraient leurs propos, fort peu désireux de faire affront. Dans la citadelle, l'atmosphère était lourde de tension. Au-dehors, les vents hivernaux hurlaient, la foudre zébrait les cieux, le tonnerre roulait d'un bout à l'autre des terres...

Partout, le désordre régnait. Le meurtre du jeune roi avait généré le malaise et l'appréhension au sein de la population.

Le peuple de Dardanie regroupait diverses cultures : des émigrés de Thrace s'étaient établis le long des côtes du Nord, des Phrygiens, des Mysiens et des Lydiens avaient formé de petites communautés agricoles au cœur du pays – jadis désert –, à l'est de la capitale. Des marchands (des Égyptiens, des Amorites et des Assyriens) avaient institué des centres de négoce au sud, en relation avec Troie. Même dans le meilleur des cas, quand les récoltes étaient bonnes et le commerce florissant, il y avait des frictions, et de violents incidents secouaient les différentes communautés ethniques.

Depuis la mort de Diomède, les tensions avaient empiré. On avait attaqué un hameau d'exilés mycéniens, et une populace furibonde avait taillé en pièces cinq hommes. Suite au vol d'un mouton, la communauté phrygienne s'était soulevée. Deux Mysiennes affirmèrent avoir été violées par des commerçants hittites. Une expédition punitive avait été organisée, et sept hommes avaient péri dans les échauffourées.

Des troupes dardaniennes (manquant cruellement d'effectifs) avaient pris position dans les collines et les vallées, ainsi que le long d'un morne littoral afin de restaurer l'ordre. À cette situation s'étaient ajoutées des bandes de hors-la-loi et de mercenaires désœuvrés attaquant les villages isolés et pillant les caravanes marchandes.

Un problème aggravé par les lois que le père d'Hélicon, Anchise, avait édictées. Toutes les terres dardaniennes appartenaient au roi, et ceux qui y construisaient des maisons, des fermes ou des centres de négoce n'en étaient que les locataires. Les loyers étaient d'ailleurs exorbitants – la moitié des récoltes et des bénéfices commerciaux. Pour que de telles relations se maintiennent, comme Hélicon le savait, le peuple devait croire à deux vérités. D'abord, que le roi et son armée le protégeraient des bandits et des pillards, ensuite, que toute désobéissance aux lois royales entraînerait un châtiment aussi rapide que terrible.

Or, les assauts menés contre la forteresse avaient entamé la confiance du peuple. Si les soldats n'avaient pas pu protéger Diomède et la reine Halysia, comment pourraient-ils garantir la sécurité du peuple ? De plus, la peur qu'avait inspirée Anchise avait été érodée par le mode de gouvernement plus conciliant de la reine Halysia et de Pausanias, son général.

Hélicon réunit les chefs des différentes communautés, les invitant dans la forteresse. Inquiets, mal à l'aise, ceux-ci s'assemblèrent dans la grande salle à colonnade du trône, entourés par les imposantes statues des rois guerriers de Dardanie.

Avant la réunion, Pausanias avait appelé à la conciliation.

—Ce sont des gens de bien, mon roi, avait-il dit à Hélicon. Les gens sont effrayés, voilà tout.

Hélicon appréciait le général vieillissant. Un homme intrépide au combat, qui avait servi loyalement la reine Halysia…

—Ce que vous dites est vrai, Pausanias. (Ils se tenaient devant la vaste balustrade des appartements royaux, dominant l'océan.) Mais dites-moi : quand vous vous apprêtez à monter au combat, prenez-vous le temps de la réflexion vis-à-vis de l'ennemi, vous demandez-vous si ses soldats ont des enfants, chez eux ? Si ce sont des hommes bons ? Si leur cause est aussi juste que la vôtre ?

—Non, bien sûr que non. Mais ces gens-là ne sont pas nos ennemis.

—Alors qui l'est ?

Le général eut l'air perplexe. Il gratta sa barbe rousse.

—Je… j'ignore ce que vous voulez dire, mon roi.

—Nous sommes au bord de l'anarchie, et cette journée sera le premier pas vers une unification du peuple. Ou au contraire, le royaume sera secoué par des centaines de petites révoltes jusqu'au soulèvement général. Comprenez-le bien, Pausanias, tous les royaumes doivent leur survie au bouclier et à l'épée. Le peuple a besoin de croire que le bouclier du roi le protègera. Il a aussi besoin d'être certain qu'en cas de désobéissance l'épée royale s'abattra sur lui. L'assaut contre la forteresse a brisé la foi en le bouclier, et la crainte de l'épée s'est également effacée. Alors qui est l'ennemi ? Nous avons une armée de mille cinq cents hommes. Si le peuple ne nous fait plus confiance et ne nous craint plus, nous serons renversés. Un chef de bandits ou un autre lèvera sa propre armée. Les navires d'une nation étrangère accosteront dans nos baies. L'ennemi, Pausanias, est en train de se réunir dans la salle du trône.

Le vieux général soupira.

— Que voulez-vous que je fasse, mon roi ?

Ensuite, quand le vieil homme hagard eut quitté ses appartements, Hélicon dépêcha un messager auprès de la reine pour solliciter une audience.

Halysia avait survécu à ses blessures, mais elle était encore trop affaiblie pour quitter ses appartements. Selon ses servantes, elle restait assise toute la journée, emmurée dans son silence, et contemplait la mer. Le soir, quand on l'aidait à s'allonger, loin de fermer les yeux, elle les fixait sur les ombres au plafond. Hélicon lui avait rendu visite à trois reprises. Elle était restée assise, silencieuse et le regard lointain, tandis qu'il parlait. Hélicon ne savait même pas si elle avait entendu ce qu'il disait.

Le messager revint.

— Vous êtes attendu, seigneur.

Hélicon congédia l'homme et remonta l'allée ouverte qui conduisait aux appartements de la souveraine. Deux soldats montaient la garde devant les portes. Ils s'écartèrent, et il entra.

La servante, une jeune femme potelée aux cheveux blond filasse, arriva des pièces du fond pour l'accueillir.

— Elle semble aller un peu mieux aujourd'hui. Ses joues ont recouvré des couleurs.

— A-t-elle parlé ?

— Non, seigneur.

En regardant autour de lui, il se surprit à se remémorer la première fois où il était entré dans ces pièces, après son retour. Il venait de passer deux ans à bord du *Pénélope*. Cette même nuit, Hélicon et l'équipage festoyaient sur le sable, en un banquet d'adieux quand son père avait été assassiné. Tout avait changé ce jour-là. Craignant pour sa propre vie et pour celle du fils qu'elle avait conçu avec le père Hélicon, la reine avait envoyé des soldats tuer Hélicon. Pausanias et d'autres hommes loyaux s'étaient empressés de le protéger. La situation virant à l'impasse, Hélicon avait pris un grand risque. Le chef des tueurs envoyés à ses trousses était un homme puissant, le guerrier Garus. Hélicon l'avait approché.

— Toi et moi irons seuls voir la reine.

— Non, seigneur, avait protesté Pausanias, ils vous tueront !

— Il n'y aura plus de tuerie aujourd'hui, avait assuré Hélicon – avec bien moins de conviction au cœur que dans la voix.

D'un geste, Hélicon avait invité Garus à le précéder, le suivant le long de la falaise jusqu'à la forteresse. Il avait vu Garus toucher la poignée de son épée. Puis le guerrier s'était arrêté et retourné lentement. C'était un homme bâti en force, les épaules carrées, un cou de taureau, les yeux d'un bleu perçant et un visage large et honnête.

— La reine est une femme de qualité, et le petit Diomède, un rayon de soleil... Comptez-vous les tuer ?

— Non, avait répondu Hélicon.

— Ai-je votre parole ?

— Tu l'as.

— Très bien, mon seigneur. Suivez-moi.

Ils avaient continué leur chemin sur le balcon devant les appartements de la reine. Deux soldats montaient la garde, armés d'une épée et d'une lance. Garus leur avait fait signe de s'écarter, puis avait frappé à la porte.

— C'est moi, Garus. Puis-je entrer ?

— Oui, avait répondu une voix féminine.

Garus avait ouvert, était entré, puis s'était effacé devant Hélicon. À l'intérieur, plusieurs soldats s'étaient levés.

— Du calme ! avait lancé Hélicon. Je suis seul, sans guerriers pour m'accompagner.

Il avait regardé la jeune souveraine, lisant dans son regard de la crainte et de la fierté mêlées. Près d'elle se tenait un petit garçon aux cheveux d'or. Tête penchée, il dévisageait le nouveau venu.

— Je suis ton frère, Hélicon, avait-il dit à l'enfant. Et tu es Diomède ?

— Je suis Dio, l'avait repris le garçonnet. Papa ne veut pas se lever. Alors nous ne pouvons pas déjeuner. N'est-ce pas, maman ?

— Nous déjeunerons bientôt, avait dit Hélicon en revenant à la reine.

Quand Anchise avait épousé la frêle Zéléienne blonde, Hélicon n'avait pas été invité aux noces. Dans l'année qui avait précédé son départ sur le *Pénélope*, il ne lui avait parlé que rarement – et encore, pour échanger quelques banalités.

— Nous ne nous connaissons pas, Halysia, avait-il dit. Mon père était un homme froid et dur. Il aurait dû nous permettre d'apprendre à mieux nous connaître… Alors, vous auriez su que jamais je n'aurais ordonné l'assassinat de mon père, encore moins celui de sa femme et de son fils. Vous n'avez rien à craindre de moi.

— Je voudrais tant vous croire…, avait-elle chuchoté.

— Vous le pouvez, ma reine, avait dit Garus.

Surpris, Hélicon n'en avait rien laissé paraître.

— À présent, avait-il repris, vous devriez penser au déjeuner de votre fils. Ensuite, nous parlerons des funérailles de mon père.

Le souvenir le fit frissonner. Il gagna les appartements du fond. Assise les épaules voûtées sur un siège, la frêle Halysia était enveloppée dans une couverture. Elle avait perdu beaucoup de poids, et des cernes ombraient ses yeux. Hélicon tira un autre siège près d'elle. La servante se trompait. Sa souveraine n'allait pas mieux. Hélicon prit la main de la jeune femme, sa peau était froide au toucher. Elle ne parut pas avoir conscience du contact.

Le soleil perça les nuages, baignant la mer de ses rayons d'or. Baissant les yeux, Hélicon vit près d'Halysia un bol de ragoût et du pain sur une table. Elle n'avait touché à rien.

— Il faut manger, dit-il d'une voix douce. Vous devez reprendre des forces.

Penché en avant, il souleva le bol, y plongea la cuiller et la porta à la bouche de la jeune femme.

— Rien qu'un peu, Halysia…, l'encouragea-t-il.

Elle ne broncha pas.

Hélicon reposa le bol sur la table et, assis sans bouger, regarda le rayonnement solaire danser sur les vagues.

— Je regrette de ne pas l'avoir emmené avec moi quand j'ai repris la mer. L'enfant vous aimait. S'il vous voyait maintenant, il serait accablé de chagrin. (La reine, qu'il regardait, ne changea pas d'expression.) Je ne sais pas où votre esprit vagabonde, Halysia, murmura-t-il. Et je ne sais pas comment vous atteindre, vous ramener parmi nous…

Il resta assis près d'elle, à lui tenir la main. Dans le silence, il sentit son propre chagrin enfler comme une rivière en crue se jetant contre une digue. Honteux de cet accès de faiblesse, il lutta pour se concentrer sur les problèmes auxquels il faisait face. Mais il se mit à trembler. Il revit le jeune Diomède rire au soleil, et Zidantas glousser avec lui, après la chute du haut du cheval à la robe dorée. Il revit Taureau soulever le garçon et le projeter dans les airs avant de le rattraper puis de le faire tournoyer. Et la digue céda…

Il se couvrit le visage des mains, pleurant les morts. Pleurant Zidantas, qui l'avait aimé comme un fils, Diomède, l'enfant solaire qui ne deviendrait jamais un homme, le fils d'Habusas l'Assyrien, tombé aux côtés de son père, et la femme vêtue de bleu et d'or, qui s'était jetée du haut de ces falaises tant d'années auparavant…

Il sentit une main, sur son épaule. Quelqu'un s'agenouilla près de lui, lui prenant la tête dans ses mains. C'était Halysia. Il se blottit contre elle, et elle l'embrassa sur la joue.

Puis elle parla.

— Ils ont pris mon petit garçon… Ils ont tué mon Dio.

— Je sais, Halysia. Je suis tellement navré…

Elle paraissait si frêle, et elle était froide au toucher en dépit du soleil. Hélicon l'enlaça, la serrant contre lui, et ils restèrent assis en silence alors que le soleil sombrait dans la Grande Verte.

III

Andromaque n'avait jamais ressenti une telle colère. Depuis son arrivée dans ce cloaque de ville, avec ses hordes de menteurs, d'indiscrets, d'espions et de flagorneurs, la rage n'avait cessé de monter en elle. Créüse était la pire de cette engeance, songea-t-elle, avec son regard métallique dur, sa langue de vipère et les sourires mielleux qu'elle réservait à son père.

Une semaine plus tôt, elle avait invité Andromaque dans ses appartements, se montrant amicale, accueillant sa future belle-sœur d'une étreinte et d'un baiser sur la joue. Les pièces avaient été telles qu'Andromaque les avait imaginées pour la fille favorite du roi : du mobilier richement sculpté, des ornements en or, des vases peints, de somptueuses tapisseries et deux grands balcons. D'épais tapis couvraient le sol, et des fresques richement colorées ornaient les murs. Créüse portait une robe bleu pâle. Une longue et délicate chaîne d'argent partait de son cou pour se croiser sous ses seins puis ceindre sa taille fine. À ses rougeurs, Andromaque avait compris que la jeune fille avait bu. Créüse avait rempli une coupe d'or de vin qu'elle avait coupé d'un peu d'eau avant de la tendre à son hôte. Andromaque en avait pris une petite gorgée. C'était fort, mais elle avait détecté dans l'arrière-goût un soupçon d'amertume caractéristique… La racine de meas. Sur Théra, on l'utilisait lors des fêtes pour aviver les sens et lever les inhibitions. Si Calliope y recourait régulièrement, Andromaque, quant à elle, n'en avait jamais usé. Créüse s'était assise près d'elle sur le grand divan et lui avait pris la main.

— Nous devrions être amies, avait-elle déclaré avec un large sourire, les yeux brillants et les pupilles dilatées. Nous avons... tant d'intérêts en commun.

— Ah oui ?

— Oh ! pas de fausse pudeur avec moi, Andromaque, avait chuchoté Créüse en se rapprochant. Ce palais recèle peu de secrets qui aient échappé à ma sagacité... Comment as-tu trouvé la svelte Alésia ? Était-elle à ton goût ? Je l'ai choisie tout exprès pour toi.

— Et pourquoi ferais-tu une telle chose ? avait demandé la jeune femme en repensant à la servante thrace qui s'était si aisément laissé séduire.

— Je désirais savoir si nos... intérêts... étaient véritablement partagés.

Créüse se pencha pour glisser un bras sur l'épaule d'Andromaque qui, lui saisissant le poignet, se dégagea et se releva. Perplexe, Créüse se redressa à son tour.

— Qu'y a-t-il ?

— Rien.

— Tu repousses mon amitié ? s'était écriée Créüse, ses yeux lançant des éclairs de colère.

— Pas ton *amitié*, avait souligné Andromaque, soucieuse de se montrer diplomate.

— Alors, reste avec moi, avait insisté sa future belle-sœur en se rapprochant de nouveau.

Andromaque avait compris qu'il n'y aurait pas de moyen diplomatique de mettre fin à cette entrevue.

— Nous ne deviendrons pas amantes. Tu es très belle, mais je ne te désire pas.

— *Tu* ne *me* désires pas ? Chienne arrogante ! Hors de ma vue !

Abattue, Andromaque avait regagné ses appartements. Elle n'avait pas voulu se faire une ennemie de Créüse, et s'était doutée qu'elle venait de s'attirer des ennuis.

Mais elle n'avait pas prévu l'étendue de la malveillance de Créüse.

Axa la première en avait subi les conséquences. Depuis qu'on avait appris le sort des hommes d'Hector, la petite servante avait souffert en silence, misérable. Son époux, Mestarès, était le porteur de bouclier d'Hector, et lui aussi était porté disparu. Comme si l'angoisse et l'incertitude ne suffisaient pas, Axa avait donné naissance à leur fils dix jours plus tôt. Cherchant du réconfort dans la routine rassurante de ses fonctions au palais, elle avait confié le bébé à une parente, dans la Cité Basse, afin de pouvoir reprendre son service auprès d'Andromaque.

La veille, la journée avait débuté comme les autres. Avec l'aide d'une autre servante, Axa avait porté des seaux d'eau chaude pour remplir la baignoire de sa maîtresse, y ajoutant des parfums et des pétales de roses. Mais quand Andromaque, à demi nue, était arrivée dans la salle de bains, elle avait retrouvé sa servante gisant sur le sol.

Elle s'était accroupie près d'elle.

— Axa ! Ça ne va pas ?

— Je suis navrée… (Axa avait lutté pour se redresser.) J'ai des accès de faiblesse depuis la naissance de mon fils. C'est un grand et beau bébé. Je vais reprendre mes tâches…

— Non. (Andromaque l'avait regardée et lui avait trouvé une mine cendreuse, due à l'épuisement.) Reste un peu assise, et parle-moi de ton fils. A-t-il un nom ?

— Pas encore. C'est à mon époux de décider. Quand il reviendra…

Axa s'était décomposée ; un gémissement de fatigue, de douleur et de chagrin lui avait échappé.

— Viens. (Andromaque avait commencé à défaire le châle en laine qui ceignait la taille de sa servante.) Il te faut du repos. Lève-toi…

Elle l'avait prise par la taille, et aidée à se relever. Elle avait défait les lanières du tablier d'Axa, le laissant choir sur le sol.

— Maintenant, quitte cette tunique, tu vas prendre un bain. Tu te sentiras mieux ensuite.

— Oh, non ! s'était écriée Axa d'un ton craintif. Je ne dois pas ! J'aurais des ennuis ! Je vous en prie, ne m'y forcez pas.

— Absurde ! avait fait Andromaque avec un petit rire. Si la pudeur t'arrête, entre dans le bain ainsi, telle que tu es.

Horrifiée, Axa avait vu que sa maîtresse était déterminée, et avait pris à contrecœur pied dans la baignoire d'eau chaude. Image vivante de la misère, elle s'était assise le dos bien droit dans l'eau.

— Détends-toi, allonge-toi, l'avait encouragée Andromaque en la poussant par les épaules en arrière. Tu vois, c'est agréable ?

Avec un faible sourire, Axa avait répondu :

— C'est très étrange… Être toute mouillée ne me paraît pas naturel.

Gagnant en assurance, elle s'était agitée un peu dans l'eau, regardant les pétales de roses flotter sur les remous.

Amusée, Andromaque avait caressé l'épaisse chevelure châtaine de sa servante.

— Nous devrons aussi te laver les cheveux, tu sais.

À cet instant, un froissement de rideaux leur avait fait tourner la tête, et aviser Créüse, sur le seuil. Sans rien dire, la fille du roi avait eu un sourire radieux avant de se détourner et de quitter la pièce.

Axa était sortie maladroitement du bain, sa robe en lin trempée mouillant le sol.

— Elle m'a vue ! Je vais avoir des ennuis..., avait-elle gémi.

— Absurde ! avait répété Andromaque. Je ne laisserai personne te faire du mal.

Des paroles creuses... À son réveil, ce matin même, elle avait découvert une nouvelle servante à son chevet, une fille au visage rond. Après beaucoup d'atermoiements, elle avait avoué qu'Axa avait subi le fouet avant d'être renvoyée du palais, sur ordre du roi.

Andromaque s'était rendue immédiatement au mégaron, où elle avait trouvé Priam parmi ses conseillers. Jugulant à grand-peine sa colère, elle avait lancé :

— Qu'avez-vous fait à ma servante ?

Écartant d'un geste ses conseillers, qui avaient reculé mais étaient restés à portée d'oreille, Priam s'était radossé à son trône. Il avait dévisagé la jeune femme quelques instants. Andromaque avait cru lire de la satisfaction dans son expression.

— *Ta* servante, Andromaque ? Tous les serviteurs du palais m'appartiennent. Ces barbes grises dans leurs habits bariolés et leurs bijoux criards m'appartiennent. *Tu* m'appartiens.

— On m'a dit... (Elle s'était forcée à garder son calme.) On m'a dit qu'elle avait subi le fouet, avant d'être chassée du palais. Je voudrais savoir pourquoi. C'était une bonne servante, et elle méritait mieux.

Priam s'était penché vers Andromaque, qui avait senti le vin dans son haleine.

— Une « bonne servante », avait-il craché, ne batifole pas nue avec la fille d'un roi. Elle ne s'ébat pas dans un bain avec des pétales de roses sur les seins.

Des murmures amusés avaient couru parmi les conseillers.

— On vous a mal informé, il n'était pas question de *s'ébattre*... Axa était épuisée et souffrante. Je lui ai ordonné de se reposer, puis de prendre un bain.

Priam s'était rembruni.

— Et tu as pensé le prendre avec elle ? Ce qui est fait est fait. Surveille un peu mieux ton comportement à l'avenir.

— Certes, ou je m'assurerai de ne pas être épiée par des gens dont l'esprit traîne dans le ruisseau ! s'était emportée Andromaque, sur le point de perdre le contrôle d'elle-même. Celle qu'on aurait dû fouetter est l'infâme chienne qui…

— Il suffit ! avait rugi Priam en bondissant sur ses pieds. Si tu tiens tant que ça à plaider la cause de ta servante, alors à genoux !

Andromaque se tint parfaitement immobile. Toute sa fierté la poussait à se détourner de cet homme dur et arrogant, à quitter la salle le dos droit et pleine de défi. C'était pourtant à cause d'elle que la malheureuse Axa avait été fouettée, humiliée… Axa elle-même l'avait prévenue, mais dans son orgueil, Andromaque avait fait la sourde oreille. Oui, elle pouvait rester drapée dans sa fierté et quitter la pièce, mais que vaudrait sa fierté ensuite ?

La bouche sèche, les yeux clos, elle s'était laissé tomber à genoux devant le roi.

— Je voudrais demander…

— Silence ! J'ai des affaires à régler. Reste où tu es tant que je ne te donne pas la permission de parler.

Son humiliation avait été totale. Priam avait réuni ses conseillers autour de lui pour débattre des problèmes d'État. Le temps avait passé. La pierre froide du sol lui faisait mal aux genoux, mais elle n'avait pas bougé ni rouvert les yeux.

Après un temps, elle n'avait même plus écouté les conversations. À un moment, elle avait senti la chaleur du soleil dans son dos, et compris que l'après-midi touchait à sa fin.

Quand Priam s'était de nouveau adressé à elle, elle avait rouvert les yeux et vu que les courtisans et les scribes s'étaient éclipsés.

— Eh bien ? Soumets ta requête.

Elle l'avait dévisagé. Il avait paru plus fatigué, et son regard avait perdu de son éclat.

— La culpabilité ou l'innocence n'ont donc aucune importance pour vous, roi ? demanda-t-elle d'une voix douce. N'êtes-vous pas le Premier Magistrat de Troie ? La justice ne découle-t-elle pas du trône ? Si j'avais *folâtré*, comme vous dites, avec une jeune servante, je ne m'en serais pas cachée. Je suis comme je suis. Je ne mens pas. Axa est l'épouse du porteur de bouclier d'Hector. Il y a quelques jours à peine, elle a mis au monde un fils. D'après votre longue expérience, connaissez-vous beaucoup de femmes désirant *folâtrer* alors qu'elles relèvent à peine de couches, leur corps déchiré et meurtri, leurs seins gonflés de lait ?

Priam avait changé d'expression. Calé sur son trône, il avait frotté sa barbe d'or striée de gris.

— J'ignorais qu'il s'agissait de la femme de Mestarès. Relève-toi. Tu es à genoux depuis assez longtemps.

Surprise par ce brusque revirement, elle avait obéi en gardant le silence.

—Il y a eu un malentendu, avait-il ajouté. Je lui ferai porter un présent. Tu veux la reprendre à ton service ?

—Oui, en effet.

Il l'avait dévisagée longuement.

—Tu as refusé de te mettre à genoux devant moi quand ta vie en dépendait peut-être. Et voilà que tu t'abaisses pour une simple servante ?

—C'est ma propre stupidité qui est la cause de ses souffrances. Je lui avais ordonné de prendre ce bain. Je pensais que ça calmerait ses douleurs.

Il avait hoché la tête.

—Comme tu pensais qu'il serait bon de nager nue avec un guerrier mycénien sur ma plage ? Ou de tirer à l'arc avec mes soldats ? Tu es une femme étrange, Andromaque. (Il s'était frotté les yeux, puis avait saisi une coupe de vin et l'avait vidée.) Tu sembles faire forte impression chez tous ceux qui t'approchent. Déiphobos veut t'expulser de Troie ; Créüse, te faire fouetter et humilier ; Agathon, t'épouser… et même l'insipide petite Laodicé s'est épanouie à ton contact. Réponds à ceci, Andromaque de Thèbes : si je t'avais dit que la seule façon pour toi de sauver Axa consistait à partager ma couche, t'y serais-tu pliée ?

—Oui, assura-t-elle sans hésiter. Pourquoi ne l'avez-vous pas fait ?

Il avait secoué la tête.

—Une bonne question, Andromaque, à laquelle il faudra répondre toi-même.

—Comment le pourrais-je ? Je ne connais pas vos pensées.

Se levant du trône, il lui avait enjoint de le suivre, avait traversé le mégaron et gravi l'escalier qui conduisait aux appartements de la reine. Andromaque avait été nerveuse – même si elle ne craignait pas qu'il se jette sur elle. Tout au long de la conversation, il n'avait pas une fois couvé du regard ses seins ou ses jambes. Son regard n'avait pas eu cet éclat avide habituel. Le souverain avait atteint le sommet des marches et tourné à droite, longeant la galerie jusqu'à un balcon qui dominait les jardins royaux. Andromaque l'avait suivi.

Des gens évoluaient en contrebas, parlant à voix basse. Agathon et le gros Antiphonès devisaient et, derrière eux, Andromaque vit Laodicé, assise près de Créüse. La première, tête basse, avait les épaules voûtées tandis que la seconde gesticulait. Des conseillers en robe blanche et des nobles troyens, flanqués pour certains de leur épouse ou de leurs filles, les entouraient.

— Tous ceux que tu vois, avait repris Priam d'une voix douce, requièrent une chose ou une autre du roi. Pourtant, chaque cadeau fait à l'un sera ressenti par l'autre comme un affront. Parmi eux, il y a ceux qui sont loyaux envers leur souverain. Et puis il y a les traîtres. Certains sont loyaux aujourd'hui, qui deviendront des félons demain. Certains *pourraient* devenir des traîtres, mais un cadeau de ma part m'assurera leur loyauté. Comment le roi sait-il à qui se fier, qui il faut tuer, qui il convient de récompenser et qui il doit châtier ?

Mal à l'aise, tendue, Andromaque avait admis :

— Je l'ignore.

— Alors apprends. Car, si les dieux le veulent, un jour, tu seras la reine de Troie. Et ce jour-là, tu te tiendras sur ce balcon et tous ceux qui sont en contrebas viendront te solliciter, ou solliciter ton époux. Il te faudra connaître leurs pensées, leurs rêves, leurs ambitions. Car une fois devant toi, les loyaux et les fourbes te sembleront impossibles à départager. Tous riront de tes plaisanteries, tous pleureront de te voir triste. Ils protesteront de leur amour indéfectible pour toi. Des paroles creuses, vides de sens… À moins que tu puisses lire dans leurs pensées.

— Et vous les connaissez toutes, roi ?

— J'en sais *assez*, sur leurs idées et leurs ambitions, pour assurer ma survie. (Il avait gloussé de rire.) Un jour pourtant, l'un d'entre eux me surprendra. Il me plongera une dague dans le cœur, empoisonnera ma coupe ou fomentera un soulèvement pour me détrôner.

— Pourquoi souriez-vous à cette perspective ?

— Pourquoi pas ? Qui que soit mon successeur, il sera fort et malin, et donc bien armé pour régner.

Ç'avait été au tour d'Andromaque de sourire.

— Ou il pourrait aussi être stupide et avoir simplement beaucoup de chance.

Priam avait acquiescé.

— Dans ce cas, ses jours seraient comptés. Un autre de mes fils malins le détrônerait à son tour. Mais revenons à nos préoccupations du moment. Pourquoi n'ai-je pas exigé ton corps en échange ? Réfléchis-y, et nous en reparlerons. (Il avait baissé les yeux sur les promeneurs.) Il me faut à présent écouter les requêtes de mes sujets, loyaux comme déloyaux.

Retournant dans ses appartements, Andromaque s'était drapée dans un manteau vert à capuche et avait quitté le palais pour se rendre dans les bas quartiers, où les épouses des soldats étaient cantonnées. Demandant son chemin à des femmes réunies autour d'un puits, elle avait repéré la bâtisse où logeaient Axa et trois autres femmes. La pièce était petite, avec un sol de terre battue. Son bébé dans les bras, la servante en disgrâce s'était installée à l'ombre, au pied du mur du fond. En voyant Andromaque, elle avait tenté péniblement de se relever.

— Oh! reste assise, je t'en prie! avait dit la jeune femme en s'accroupissant près d'elle. Je suis tellement navrée, Axa. C'était ma faute.

— Mestarès sera très en colère contre moi à son retour. Je l'ai couvert de honte.

— Tu n'as fait honte à personne. J'ai vu le roi. Il sait maintenant qu'il s'agissait d'un malentendu. Il te fera porter un cadeau. Et je veux que tu reviennes. Oh! Axa, je t'en prie! dis-moi que tu reviendras!

— Naturellement, avait répondu la servante d'un ton morne. Comment pourrais-je nous nourrir sinon, mon fils et moi? Je serai là demain.

— Me pardonneras-tu?

Dans les bras d'Axa, le bébé avait commencé à vagir. Elle avait écarté sa robe et dévoilé un sein gonflé de lait qu'elle avait présenté au nourrisson. Il avait d'abord tâtonné sans grande efficacité avant de gagner en assurance et de commencer à téter. Axa avait soupiré, et regardé Andromaque.

— Quelle différence cela fera-t-il que je pardonne ou pas? On nous appelle des serviteurs, alors qu'en réalité nous sommes des esclaves. Nous vivons ou mourons sur un caprice des autres. J'ai subi le fouet parce qu'on m'avait surprise dans une baignoire. Avez-vous été flagellée parce que vous étiez avec moi?

— Non, Axa. Mais crois-moi quand je te dis que j'aurais préféré être à ta place. Pouvons-nous être amies?

— Je suis votre servante. Je dois être tout ce que vous voulez.

Silencieuse, Andromaque avait regardé la jeune mère finir de nourrir son bébé avant de le caler contre son épaule en lui frottant doucement le dos.

— Souffres-tu beaucoup, Axa?

— Oui, avait répondu Axa, des larmes plein les yeux. Mais les coups de fouet ne sont pas ce qui me fait le plus mal. Je suis l'épouse de Mestarès, le porteur de bouclier. Voilà dix batailles qu'il a livrées pour le roi et au nom de Troie. À présent, il est peut-être mort, et chaque jour, je vis dans la terreur qu'on me confirme le pire. Or, que font tous ces gens pour apaiser mes angoisses? Ils me fouettent avant de me chasser du palais! Jamais je ne le pardonnerai!

— Non, avait répondu Andromaque en se relevant. Et moi non plus. À demain, Axa.

La jeune femme menue avait levé les yeux vers elle, radoucie.

— Vous êtes allée voir le roi pour moi. À *vous*, je pardonnerai. Mais plus de bains !

Andromaque avait souri.

— Non, plus de bains.

De retour au palais, Andromaque avait traversé la partie privée des jardins royaux, où se trouvait encore une vingtaine de personnes profitant de l'ombre et du parfum des floraisons. Près de la muraille du fond, sous une tonnelle à claire-voie, Créüse était en train de parler avec Agathon. Elle était vêtue d'une robe blanche ourlée d'or et, tête à la renverse en une parodie de rire insouciant, elle faisait onduler sa chevelure aile-de-corbeau au gré de la brise.

Agathon avait vu Andromaque approcher, et il avait eu un sourire crispé.

Il est gêné, avait songé la jeune femme.

Par contraste, Créüse l'avait toisée avec une satisfaction pleine de suffisance.

— Comment vas-tu, belle Andromaque ? l'avait saluée Agathon.

— Je vais bien, prince. J'ai vu le roi ce matin. Tu as entendu parler de ce malentendu à propos de ma servante ?

— Oui. J'ai été navré de l'apprendre.

— Et moi donc ! Mais le roi l'a rappelée au palais, et il lui fera porter un cadeau en témoignage de ses regrets. (Elle s'était tournée vers Créüse). Je pense qu'il a compris qu'Axa avait été victime de malveillance. Celle d'une pauvre créature folle, rongée par la jalousie et le dépit.

Créüse l'avait giflée. Andromaque avait réagi d'un coup de poing bien senti à la mâchoire qui avait fait mordre la poussière à la fille du roi. Créüse avait tenté de se relever, mais elle était retombée, sans force.

Agathon s'était agenouillé près de la jeune femme à demi assommée et l'avait aidée à se redresser. Du sang avait coulé de sa lèvre fendue, et sa robe blanche était souillée de terre.

Inspirant à fond, Andromaque s'était détournée. Alentour, toutes les conversations avaient cessé. Alors qu'elle rentrait au palais, Andromaque avait senti peser sur elle tous les regards.

Chapitre 25

La tête silencieuse

I

Cthosis l'eunuque avait porté sa toute dernière création à la réunion, sans que personne y prête garde. C'était très exaspérant. Sa longue tunique tombant sur les chevilles était d'un noir de jais, ourlée de fil d'argent. Une pièce magnifique qui, il en avait été convaincu, ferait l'envie de tous les hommes présents. Personne n'avait encore produit de teinte noire durable. Deux problèmes se présentaient invariablement. D'abord, en cas de pluie, la teinte se détrempait, tachant la peau pendant des jours. Ensuite, les teintures étaient si fortes qu'elles puaient tant que le vêtement n'avait pas été lavé plusieurs fois – et que la couleur ne s'était pas transformée en un gris terne.

Cthosis avait passé des années à peaufiner le processus pour éliminer ces problèmes. L'écorce de chêne venue des arbres rabougris des terres bordant la mer Noire avait fourni une teinture plus satisfaisante. Mais l'obtenir avait grevé le budget de l'eunuque. Les courants étaient si puissants et traîtres qu'il était presque impossible de remonter par bateau de l'Hellespont jusqu'à la mer Noire. Toutes les marchandises devaient donc être acheminées par voie de terre.

Et voilà qu'il se trouvait en compagnie de soixante des hommes les plus influents de Dardanie, et que nul d'entre eux n'avait remarqué sa tunique. Il se demanda si le fait d'être égyptien l'avait empêché de se rendre compte que les peuples de la mer du Nord avaient une aversion marquée pour la couleur noire.

Bon, se dit-il, *au printemps, j'enverrai le vêtement à Memphis et à Louxor. Les Égyptiens, eux, paieront de nombreuses pièces d'or pour une marchandise de si belle qualité.*

Malgré tout, le manque d'appréciation des personnes présentes était décourageant.

Des éclats de voix lui firent perdre le fil de ses cogitations. Le marchand de bestiaux phrygien – dont Cthosis n'arrivait jamais à se rappeler le nom – s'en prenait à un négociant hittite, lui agitant le poing sous le nez. Avant longtemps, les coups allaient pleuvoir, et l'entière conférence dégénérerait en rixe invraisemblable. Cela en tête, Cthosis se glissa vers le mur gauche, cherchant refuge sous la statue imposante d'un guerrier équipé d'un heaume et d'une lance. Cthosis, qui n'était pas un lutteur, n'avait aucune envie d'être mêlé à de quelconques échauffourées – surtout avec son nouveau vêtement de prix.

D'ailleurs, si cela n'avait pas été l'occasion de le mettre en valeur, Cthosis aurait évité de venir là.

Les gens n'étaient pas difficiles à déchiffrer. Durant les bonnes périodes, ils vaquaient à leurs tâches le sourire aux lèvres. Mais dès que la peur et l'incertitude s'en mêlaient, adieu les sourires… Les affrontements et les querelles explosaient. Si une tempête gâtait les récoltes, tout le monde s'écriait : « Qui est à blâmer ? » Pas les caprices du ciel, de toute évidence. Non, il fallait qu'il s'agisse d'un mauvais sort lancé par quelque voisin jaloux… Sans doute un sorcier. Si toutes les récoltes étaient perdues, cette fois, c'était la faute du roi, qui avait sans doute courroucé les dieux…

En Égypte, ce n'était guère différent. La peur et les reproches, les idiots se massant en une populace furibonde… S'ensuivaient des émeutes et des morts inutiles.

Jadis, quand Cthosis était encore un garçonnet, il avait vu la foudre s'abattre sur un arbre alors qu'un troupeau paissait tranquillement tout autour. Affolées, les bêtes s'étaient lancées dans une folle cavalcade et la moitié d'entre elles avaient fini au fond d'un ravin.

Les gens et le bétail… Il n'y avait pas grande différence, au fond.

Pour l'enfant mutilé que Cthosis avait été, la vie en Égypte avait été dure. Pourtant, au palais, les gens avaient apprécié la poésie et la peinture et, le soir, les hommes s'asseyaient pour débattre des beautés du crépuscule. Les fresques donnaient à voir des scènes empreintes de sérénité, des vaisseaux remontant les fleuves, les pharaons recevant le tribut des rois vassaux…

Oh ! ne t'y laisse pas prendre, idiot ! s'admonesta Cthosis. *Ils n'étaient pas si différents ! Ici en Dardanie, on ne coupe pas les couilles des gamins de dix ans pour qu'ils puissent côtoyer les femmes du palais, leur apporter du vin, leur manteau, leur chapeau…*

La douleur avait été atroce. Mais bien peu en comparaison de celle qu'il avait éprouvée en apprenant que son propre père l'avait vendu en connaissance de cause…

Cthosis soupira. Quinze ans après, cette trahison le faisait encore souffrir.

La poussière de la statue s'était déposée sur l'épaule de sa tunique. Machinalement, il la chassa, et le moignon de son petit doigt se prit dans un fil de l'habit. Frissonnant, il se rappela le jour, trois ans plus tôt, où il l'avait perdu… Il avait couru chercher une babiole quelconque qu'une princesse avait laissée dans les jardins royaux. À un tournant, il avait percuté le prince Ramsès et l'avait fait tomber. Le prince avait réagi avec sa férocité coutumière, plaquant l'eunuque contre une colonne peinte. Cthosis s'était attendu à être battu. Mais Ramsès avait tiré son épée du fourreau pour l'attaquer. D'instinct, Cthosis avait levé la main, et la lame lui avait tranché un doigt et en avait entamé un second. Hébété, il avait fixé ses yeux sur son doigt coupé. Avant de réaliser que ce n'était pas fini… Ramsès avait appuyé la pointe de son épée sur la poitrine de l'eunuque et s'était apprêté à porter le coup fatal.

Sa mort était imminente quand quelqu'un avait empoigné le prince par son manteau et l'avait tiré en arrière.

— File, eunuque ! avait ordonné le prince Amosis.

Cthosis ne se l'était pas fait dire deux fois et il avait couru se réfugier dans les appartements des femmes, où des servantes avaient mandé le guérisseur royal.

Assis là, son moignon en sang, il avait été rattrapé par le choc en retour, se mettant à trembler puis à pleurer. Quand il avait expliqué aux femmes ce qui s'était passé, elles étaient devenues silencieuses, se mettant aussi à jeter des coups d'œil nerveux en direction des portes.

Il avait compris que Ramsès finirait ce qu'il avait commencé. Cthosis avait osé frapper un prince. Qu'il s'agisse d'un simple accident n'entrerait pas en ligne de compte. Le châtiment serait le même.

Assis misérablement, il avait laissé le guérisseur nubien préparer de la poix pour appliquer sur le moignon à vif. L'autre doigt blessé était fracturé et il avait fallu une attelle. Puis les femmes s'étaient soudain égaillées. Et Cthosis avait de nouveau eu les larmes aux yeux. La mort approchait…

Mais le prince Amosis à la puissante carrure était entré, non le terrible Ramsès. Il avait dit quelques mots à voix basse au Nubien avant de se tourner vers Cthosis, qui gardait la tête basse. Aucun esclave ne pouvait plonger les yeux dans le regard d'un prince.

— Tu es relevé de ton service, eunuque, avait-il annoncé de sa voix grave.

Surpris, Cthosis avait levé les yeux vers le prince.

— Relevé, seigneur ?

Amosis n'était pas bel homme. Un visage taillé à coups de serpe, un nez trop proéminent, un menton trop large… Et le sillon vertical qui le creusait avait l'air d'une cicatrice. Son regard sombre, en revanche, était magnifique.

— Mieux vaut que tu partes dès ce soir, ajouta le prince d'un ton doux. Et je te suggère de partir loin. (Il avait posé une bourse dans la main indemne de Cthosis.) Voici de l'or, et quelques babioles, des anneaux et autres. On m'a assuré qu'ils avaient une certaine valeur.

Puis il était reparti.

La bourse contenait quatorze petits lingots d'or, et des anneaux sertis de pierres précieuses. Il y avait aussi une émeraude de la taille d'un œuf de colombe. Grâce à cette petite fortune, Cthosis avait voyagé jusqu'en Dardanie.

Les cris recommencèrent dans la grande salle du trône, ramenant en sursaut Cthosis au présent. Il jeta un coup d'œil à l'assemblée. De nombreuses nationalités étaient représentées. Il y avait des Hittites, avec leurs curieuses braies en laine, des Phrygiens roux de haute taille, des Samothraciens, des Mycéniens, des Lydiens… Tous portaient un costume national. Trois Babyloniens se tenaient tout au bout de la salle du trône, leur barbe frisée au fer chaud. Une idée stupide, par un temps d'automne pluvieux, pensa Cthosis. Il y avait des Troyens, négociants en chevaux et fabricants de chars, qui s'étaient attiré les foudres de Priam et avaient dû se réfugier en Dardanie. Eux aussi s'étaient écartés, toisant avec dédain la foule houleuse.

— Misérable fils de porc laid ! brailla quelqu'un.

Étrange insulte, se dit Cthosis. *Être traité de fils de porc* beau *aurait-il été un compliment ?*

Les deux hommes se jetèrent l'un sur l'autre, les coups se mirent à tomber dru, et ils roulèrent sur le sol en se battant furieusement.

Cthosis envisagea de quitter les lieux. Personne ne remarquerait le départ d'un unique marchand au milieu de cette cohue. Mais il n'en fit rien. Il désirait voir le nouveau roi. Il avait tant entendu parler d'Hélicon le négociant, et un peu aussi d'Hélicon le guerrier… Mais le plus important, aux yeux de Cthosis, était qu'Hélicon avait renoncé à ses droits sur le trône en faveur de son demi-frère, le petit Diomède… Un tel acte en disait long sur son manque d'ambition et sur sa mollesse de caractère.

Or, il fallait un homme à poigne, quelqu'un d'implacable pour ramener l'ordre. Il faudrait qu'Hélicon fasse son apparition revêtu de son armure complète et porteur d'une épée de feu pour venir à bout de cette foule.

On sépara de force les deux opposants, qui continuèrent à s'insulter copieusement.

Puis les grandes portes s'ouvrirent, et des soldats investirent la salle du trône. Équipés d'une armure en bronze et d'un heaume, d'une lance et d'un grand bouclier, ils formèrent deux rangées, s'alignant le long des murs. L'assemblée fit silence, son attention rivée sur les portes. Cthosis vit paraître un jeune homme svelte. Une simple cordelette de cuir tenait ses cheveux noirs, ramenés en arrière pour lui dégager le visage. Il portait une tunique d'une couleur terne, vert pâle tirant sur le bleu.

Des baies de troène, probablement, et pas assez de sel dans le mélange..., songea Cthosis.

Le nouveau venu gagna l'estrade, tout au bout de la salle du trône, s'arrêtant devant une longue table. Puis il se retourna et balaya l'assemblée du regard. Des marchands échangeaient encore des paroles, et une autre querelle éclata. Le jeune homme leva la main. Aussitôt, tous les soldats martelèrent de leur lance leur bouclier en bronze. Le bruit soudain était saisissant.

Le silence retomba sur la salle.

— Merci à tous d'être venus. Je suis Hélicon, votre roi.

— J'espère que ça en vaudra la peine ! cria quelqu'un, au fond.

— Mettons tout de suite les choses au point, répondit Hélicon d'un ton où ne perçait nulle colère. Il n'y aura aucune interruption quand je parle. Le prochain à oser couvrir ma voix le regrettera. Je vais inviter chacun d'entre vous à exprimer le fond de sa pensée et, là non plus, personne ne *vous* interrompra tant que vous aurez la parole. C'est de cette seule façon que nous atteindrons l'unité.

— Qui a dit que nous avions besoin d'unité ? lança le même homme.

Hélicon leva de nouveau la main. Deux soldats avancèrent pour l'empoigner – un Phrygien roux – et l'emmener dehors.

— Tous, ici, vous avez des griefs, continua Hélicon. Il y a des inimitiés, des haines, des discordes. Nous sommes là pour y mettre un terme. Et nous y parviendrons en discutant de nos problèmes et en y apportant des solutions. Presque tous, vous venez de contrées lointaines. Mais quand vous mourrez, votre corps retournera à la terre de Dardanie, et ne fera plus qu'un avec elle. Et vos enfants resteront dans ce pays. Ce seront des Dardaniens. Pas des Phrygiens, ni des Méoniens, ni des Troyens, ni des Lydiens, mais des Dardaniens.

Un soldat porteur d'un petit sac fendit l'assemblée jusqu'à l'estrade et s'immobilisa, en attente. Hélicon lui fit signe d'avancer. Puis l'homme ouvrit le sac et en sortit une tête tranchée. Cthosis sursauta en la voyant. Le soldat la déposa sur la table, où ses yeux morts se fixèrent sur la foule. C'était la tête du Phrygien roux qui, quelques instants auparavant, avait été entraîné hors de la salle.

Hélicon reprit la parole d'un ton calme et conciliant.

— Maintenant, je vais vous inviter à tour de rôle à dire ce que vous avez sur le cœur. Il n'y aura pas d'ordre de préférence, alors n'y voyez aucun affront si vous passez après les autres. Des questions ?

Dans un silence choqué, les hommes contemplèrent la tête tranchée, sur la table.

— Bien ! continua Hélicon. Alors commençons. Je parlerai le premier. Chacun ici vit ou meurt selon *mon* bon vouloir. Chacun ici réside sur *mes* terres et est soumis à *mes* lois. Respectez-les et vous prospérerez. Mes soldats vous protégeront, et votre fortune ira croissant. Vous serez en mesure de venir me trouver, ou de vous adresser à mes généraux quand vous aurez besoin d'aide. Violez mes lois, et vous le regretterez amèrement. Quelles sont ces lois ? Elles sont simples. Vous me verserez le tribut royal sur vos gains, vos récoltes ou votre bétail. Vous ne prendrez pas les armes contre moi, ni contre aucun homme placé sous ma protection – ce qui veut dire *tous* ceux qui obéissent à mes lois. Il n'y aura pas entre vous de vengeances sanglantes. Vous viendrez me présenter vos doléances, ou vous les présenterez à mes représentants dûment habilités. C'est ainsi que vous obtiendrez justice. Les jugements rendus seront indiscutables. Tout meurtrier sera exécuté, et sa famille entière réduite en esclavage. Ses terres, ses biens et ses possessions me reviendront.

Cthosis écoutait le jeune homme parler. Dans la salle du trône, plus personne n'osait broncher. Hélicon ne fit pas allusion au mort. Il ne regardait même pas la tête tranchée. Le contraste entre ses paroles mesurées et la vision affreuse était terrifiant. Quand le roi eut terminé, il fit appeler un scribe. Un homme d'âge mûr au dos tordu entra, avançant d'un pas nerveux. Il portait un panier en osier rempli de tablettes d'argile malléable. Un soldat lui apporta une chaise, et il prit place au bout de la table, aussi loin que possible de la tête tranchée.

— Cet homme, reprit le roi, va écrire vos doléances, que j'examinerai ensuite avant de rendre justice. (Il désigna un grand Phrygien barbu.) Commençons donc. Toi, donne ton nom puis expose tes griefs.

L'homme désigné se racla la gorge.

— Si je parle, seigneur, et que ce que vous entendez vous déplaise, ma tête finira-t-elle à son tour sur votre table, comme celle de mon pauvre frère ?

— Tu peux parler librement. Tu ne cours aucun danger. Commence par ton nom.

— Je suis Pholus de Phrygie, et j'élève des chevaux pour les vendre à Troie. Les miens se sont établis à un jour de cheval de la forteresse et nous avons des droits sur l'eau potable, que la reine Halysia nous a accordés. Il y a quelques mois, un marchand de bestiaux a investi nos terres. Quand mon frère a protesté, on l'a battu à coups de gourdin. Le bétail a souillé l'eau en faisant s'effondrer les berges du cours d'eau. Comment élever des chevaux sans eau ?

Et ainsi de suite.

Cthosis les écoutait les uns après les autres parler de leurs problèmes, de leurs craintes et des querelles qui les opposaient à leurs voisins. Le roi leur prêta l'oreille pendant des heures avant de mettre fin à la session. Elle reprendrait le lendemain. Il invita la foule à un banquet qui se tiendrait dans la soirée, dans la cour d'honneur. Puis il descendit de l'estrade et gagna la sortie.

En passant à hauteur de Cthosis, il fit une pause.

— C'est une très belle tunique, mon ami. Je n'en avais encore jamais vu de semblable. (S'avançant, il huma le vêtement.) La teinture ne sent rien… L'habit a déjà été lavé ?

— En effet, mon seigneur. Trois fois.

— Extraordinaire ! Où l'as-tu acquis ?

— Il s'agit de mes propres tissus et de mes propres teintures, seigneur.

— De mieux en mieux ! Nous en reparlerons. Un tissu noir de jais rapportera de l'or dans tous les pays qui bordent la Grande Verte.

Adressant un sourire à Cthosis, Hélicon s'éloigna.

Les soldats lui emboîtèrent le pas en file, et les portes se refermèrent. Un instant, le silence continua de régner. Puis l'éleveur de chevaux phrygien monta sur l'estrade et, tombant à genoux, il posa une main sur la tête tranchée.

— Tu n'as jamais su écouter, petit frère… Mais tu étais un bon garçon. Tu me manqueras énormément.

Il prit le sac puis hésita, en proie à l'incertitude. Cthosis s'approcha.

— Je ne pense pas que le roi verrait une objection à ce que tu emportes la tête de ton frère.

— Tu crois ?

— J'en suis certain.

L'homme soupira.

— Il a payé très cher quelques paroles malavisées…

— En effet.

Cthosis quitta la salle, se dirigeant vers la cour. Des gens devisaient à voix basse. L'Égyptien se faufila entre eux pour gagner une aire dégagée qui dominait le sentier de la falaise menant aux portes de la forteresse.

Des hommes apportant des paniers de vivres pour le festin arrivaient par les portes.

Distraitement, Cthosis observa la scène. Quelque chose piqua sa curiosité quand il vit un solide gaillard qui portait un mouton sur ses épaules.

Il se rapprocha d'un pas vif, s'attendant à se tromper, les battements de son cœur s'accélérant. Si l'homme arborait désormais une barbe fournie, ses yeux magnifiques ne laissaient planer aucun doute. C'était bien le prince Amosis.

Mais comment était-ce possible ? Le deuxième dans l'ordre de succession du Grand Pharaon était un serviteur dans la forteresse de Dardanie ?

Avisant Cthosis, le gaillard lui sourit.

— Il semble que tu t'en sois bien sorti, eunuque.

Tête basse, Cthosis le salua.

— Oh ! nul besoin de cela ! lança Amosis. Comme tu le vois, je ne suis plus le petit-fils du pharaon mais, comme toi, un homme dont la tête est mise à prix.

— Je suis navré, seigneur. Vous vous êtes montré très bon envers moi.

— Pas besoin de t'apitoyer sur moi. Je suis satisfait de mon sort. Sers-tu ici ?

— Non, seigneur, je suis dans le négoce. Je fabrique et vends des tissus. Vous tailler une tunique serait un honneur.

— Cesse de me donner du « seigneur » ! Cthosis, c'est ça… ?

— Oui, seigneur. Oh !… Je suis navré !

Amosis s'esclaffa.

— Je suis maintenant connu sous le nom de Gershom.

— Étrange…, fit Cthosis. Je n'avais plus entendu ce mot depuis bien longtemps. Mon peuple l'utilise pour désigner des étrangers.

— Et c'est pourquoi je l'ai choisi. Tu appartiens au peuple du désert ?

— Oui… Jadis, en tout cas… Avant que mon père me vende au palais.

— Quel peuple curieux… Néanmoins, je ne peux pas rester ici à parler du bon vieux temps ! Il y a fort à faire pour votre festin. (Il flanqua une bourrade amicale à Cthosis.) Ramsès a été furieux en découvrant que je t'avais libéré. Il m'en a coûté deux cents talents d'argent et mon meilleur cheval de guerre.

— Je vous en serai éternellement reconnaissant, seigneur. Si jamais vous avez besoin de quoi que ce soit…

— Ne fais pas de promesses, mon ami. Ceux qui m'ont tendu la main risquent de le payer très cher.

— Tant pis ! S'il vous faut quoi que ce soit, il vous suffit de le dire. Tout ce que j'ai est à votre disposition.

II

Hélicon quitta l'assemblée et traversa le palais. Le vieux général Pausanias tenta de l'intercepter, mais il secoua la tête, le dissuadant d'un geste. La tête levée vers le ciel, il gravit les marches élimées qui menaient aux remparts en prenant de profondes inspirations propres à l'apaisement. Son estomac commençait à se dénouer.

Voyant qu'une sentinelle l'observait, il entra à l'intérieur de l'édifice et se dirigea vers les anciens appartements royaux, et ceux où il habitait quand il était enfant. Le sol était couvert de poussière. Des toiles d'araignées festonnaient l'accès au balcon. Les repoussant d'un geste, Hélicon prit pied sur le balcon. Le vieux siège branlant était toujours là, le bois craquelé par le soleil. Le jeune homme s'agenouilla et passa les doigts sur le cheval sculpté dans le dossier.

C'était le trône qu'il avait occupé enfant, roi d'un monde imaginaire où tous les hommes étaient contents de leur sort, où la guerre n'existait pas. En ce temps-là, il n'avait jamais rêvé batailles et gloire. S'écartant du siège, il s'affala sur la pierre froide, tête penchée sur la rambarde basse du balcon, ferma les yeux et revit la tête tranchée, sur la table. Elle se confondait avec celle de Zidantas.

Et il pouvait presque entendre Taureau parler…

— *Tu crois que ce garçon méritait de mourir afin que tu puisses marquer un point ? N'aurais-tu pas pu les gagner à ta cause par la force de persuasion de tes propos, par ta puissance mentale ? Faut-il toujours que la mort ait le dernier mot avec toi ?*

Hélicon fixa son regard sur le trône, revoyant le petit garçon qui s'y était assis.

— *Parfois,* lui dit-il, *de tels actes sont nécessaires. J'ai vu un jour Ulysse fendre la poitrine d'un marin pour en extirper la pointe de flèche qui s'y était logée... Parfois, il faut couper le mal à la racine.*

— *Ne cherche pas à te duper toi-même,* contra la voix de Taureau. *Ne tente pas de trouver une explication rationnelle à ta malveillance pour lui donner le visage du bien... Oui, les hommes t'obéiront dorénavant. Oui, le royaume n'a plus à craindre la discorde. Oui, tu es le roi. Ton père serait si fier de toi !*

Hélicon sentit la colère monter en lui.

Ce n'est pas Taureau qui est en train de te parler, mais ta propre faiblesse ! L'homme avait été dûment averti, et il a choisi de passer outre. Cet instant sanglant aura fait plus qu'une avalanche de paroles ! Voilà la stricte vérité !

La vérité est une pute aux nombreuses tenues, intervint la voix d'Ulysse dans l'esprit du jeune homme. *Il me semble qu'elle offrira à un homme des raisons valables à n'importe quel acte, si atroce soit-il.*

Le tonnerre roula dans le lointain, et un vent froid se leva.

Hélicon se releva et jeta un dernier regard circulaire au décor de son enfance avant de repartir en direction des appartements du niveau inférieur, où on soignait les blessés de son équipage. S'arrêtant, il eut quelques mots pour chacun d'entre eux, puis s'en fut à la recherche d'Attalus.

Il le retrouva dans un petit jardin, le torse et le flanc pansés. Assis à l'écart, à l'ombre d'un arbre à floraison tardive, il taillait au couteau un bout de bois. Hélicon approcha.

— D'après le chirurgien, tu as eu beaucoup de chance, mon ami. La lame a manqué de peu ton cœur.

Attalus hocha la tête.

— Un jour chanceux pour vous aussi...

— Quand de bons amis sont à nos côtés, ça aide toujours... Te revoir m'a surpris. Oniacus m'avait dit que tu avais décidé de quitter l'équipage.

— Ça m'a surpris aussi, avoua Attalus.

Hélicon s'assit près de l'homme, qui continua à tailler le bois.

— Si tu veux partir pour Troie quand tu iras mieux, je veillerai à ce qu'on te donne un bon cheval et une bourse d'or. Je serais ravi cependant que tu restes en Dardanie et que tu savoures mon hospitalité cet hiver.

Attalus posa son couteau, et ses épaules s'affaissèrent.

— Vous n'avez aucune dette envers moi.

— J'ai une dette envers tout homme qui choisit de se battre à mes côtés – tout particulièrement quand cet homme ne fait plus partie de mon équipage.

— Ça s'est fait comme ça, voilà tout. J'avais mes propres raisons d'être là. (Après un silence, Attalus regarda Hélicon.) Ce n'est pas fini, vous savez.

— Je sais. L'assassin Carpophorus a été payé pour trancher le fil de ma vie. On le donne pour le meilleur tueur de la Grande Verte. C'est aussi celui qui a tué mon père, ici même.

— D'après Oniacus, personne ne savait qui avait tué Anchise.

Hélicon s'assit en face d'Attalus.

— Je ne l'ai découvert que récemment. (Il contempla le jardin.) Quel endroit paisible… Je venais jouer là étant enfant.

Sans répondre, l'homme retourna à son occupation.

— Repose-toi et recouvre des forces, Attalus. Si tu as besoin de quoi que ce soit, demande, et on te le fournira.

Hélicon se releva, s'apprêtant à repartir.

— Je ne suis pas un homme bon ! s'emporta soudain Attalus en rougissant. Tout le monde me traite comme tel et je n'aime pas ça !

L'éclat surprit Hélicon. Attalus lui avait toujours paru si calme, si maître de lui… Reprenant sa position assise, il le dévisagea, et le trouva tendu, le regard brillant de colère.

— Nous ne sommes pas des hommes bons, ni toi ni moi, répondit-il d'une voix douce. Aujourd'hui, j'ai fait exécuter quelqu'un pour affirmer ma volonté. C'était peut-être un homme bon. Nous avons tous nos défauts et nos failles, Attalus. Nous ployons tous sous le fardeau de nos actes. Et nous aurons à répondre de tous ces actes, je pense. Ce que je sais de toi, c'est que tu es un membre d'équipage loyal, et un compagnon courageux. Je sais aussi que tu avais été embauché par Zidantas. Taureau savait jauger les guerriers. Ici, ton passé ne signifie rien. Seuls comptent le présent et l'avenir.

— Le passé, le présent, l'avenir, tout cela, c'est du pareil au même, répondit Attalus, les épaules voûtées. Ils sont ce qu'ils sont. Et nous sommes ce que nous sommes. Rien ne change.

— Je ne sais pas si c'est vrai. Ma vie a changé maintenant à trois reprises. D'abord quand j'étais petit, à la mort de ma mère. Ensuite, quand Ulysse est venu me chercher et m'emmener à bord du *Pénélope*. Enfin quand mon père est mort assassiné. Cela me hante encore. J'étais parti d'ici alors que je n'étais qu'un enfant effrayé. Mon père m'a dit que je lui répugnais. Je suis revenu adulte avec l'espoir que cette fois, il serait fier de moi.

Surpris de partager ses pensées avec un étranger, Hélicon retomba dans le silence. Il vit qu'Attalus l'observait.

— D'habitude, je ne parle pas ainsi, dit-il, soudain gêné.

— Un homme qui dit à son enfant qu'il lui répugne ne vaut rien, à mes yeux ! lâcha Attalus d'une voix tremblante. Alors pourquoi se soucier ensuite qu'il soit fier de vous ou pas ?

Rengainant son couteau, il rejeta le bois taillé et se releva.

— Je suis fatigué. Je vais me reposer.

Tandis que le marin retournait à la forteresse, Hélicon resta où il était.

Il ne vaut rien.

La vérité toute simple d'une telle remarque sembla effacer d'un coup des années d'angoisse refoulée. Hélicon sentit le poids des regrets le quitter. Anchise ne s'était jamais montré un père pour son enfant, se souciant de lui comme d'une guigne. Un cœur de pierre, manipulateur, il avait passé des années à tourmenter un enfant perdu et solitaire. Attalus avait raison.

Et l'ombre noire d'Anchise s'évanouit de son esprit comme brume au soleil.

Chapitre 26

La Marche d'Aphrodite

I

Cet automne et cet hiver en Dardanie furent les pires de mémoire d'homme. De violents orages balayèrent le littoral. Des fleuves sortirent de leur lit, emportant des ponts dans leurs remous. Plusieurs villages à basse altitude furent emportés par les flots. À ce chaos s'ajoutèrent des hordes de bandits et de mercenaires hors la loi qui fondirent sur les pauvres gens pour leur arracher ce qui leur restait.

À la tête de ses hommes, Hélicon les traqua aux quatre coins du pays. Ils livrèrent trois batailles avant le milieu de l'hiver. Deux ne furent pas décisives, les mercenaires fuyant dans les montagnes. À la troisième, quelque sept cents mercenaires furent mis en déroute. Hélicon fit exécuter les chefs, et vendre comme esclaves la centaine de survivants.

Les messagers de Troie n'apportaient aucune bonne nouvelle. Hector était toujours porté disparu, alors que la guerre éclair entre l'Empire hittite et l'Égypte était finie. La dernière fois qu'on avait vu le prince troyen, il semblait dans une situation désespérée. Mais Hélicon ne croyait pas à la fin d'Hector. L'homme était plein de vie. Si une montagne s'abattait sur lui, il parviendrait toujours à creuser un chemin jusqu'à la surface… Si les flots l'engloutissaient, il referait surface en chevauchant un dauphin…

Hector était invincible.

Malgré tout, alors que les semaines passaient, l'inquiétude tenaillait Hélicon.

Et si l'inconcevable était arrivé ?

Pratiquement tous ses fils haïssaient Priam – sans parler de ses partisans. S'il était renversé, le pays sombrerait dans la guerre civile. Toutes les alliances seraient rompues. Le conflit gagnerait inéluctablement du terrain, s'étendant aux contrées du littoral est tandis que les fils de Priam forgeraient de nouveaux pactes. Le commerce en pâtirait et les ressources tariraient. Les marchands, les fermiers, les négociants et les éleveurs de bétail verraient leurs gains se réduire de façon dramatique, au point qu'ils devraient débaucher leurs employés. De plus en plus de gens n'auraient plus les moyens de s'acheter à manger, ce qui entraînerait là aussi des troubles. Les rangs des bandits ne feraient que grossir. Agamemnon et les Mycéniens jubileraient. Comme leurs plans en seraient simplifiés si les armées de l'Est s'entre-tuaient dans un grand bain de sang !

Alors que les premières bises soufflaient du nord, Hélicon revint dans la forteresse de Dardanos. La reine Halysia s'était rétablie physiquement, mais paraissait rarement en public. Hélicon s'efforçait de la mêler aux affaires du royaume, mais elle refusait.

— Tout le monde sait ce qu'on m'a fait. Je le vois dans les yeux des gens.

— Le peuple vous aime, Halysia. Et ce n'est que justice. Vous êtes une souveraine bienveillante et qui a du cœur. Les agissements d'hommes mauvais n'y ont rien changé.

— Tout a changé. Pour moi, le soleil ne brille plus.

Il était parti, car il n'avait pas de mots pour abattre les murailles d'un tel chagrin. Cet après-midi-là, Pausanias vint le voir, l'informant qu'un ambassadeur mycénien arrivait de Troie.

— Vous désirez que je le renvoie ?

Le vieux général paraissait nerveux.

— Pourquoi ferais-je une telle chose ?

— Il a peut-être appris la nouvelle de l'assaut contre Pithros.

— Ça, je n'en doute pas.

— Vous ne craignez pas une guerre contre les Mycéniens ?

— Fais-le entrer, Pausanias, et reste avec nous mais ne dis rien.

L'ambassadeur était un homme roux et mince, qui se présenta : Erekos. Il entra dans le mégaron sans se fendre d'une révérence.

— Je vous salue, roi Hélicon. J'espère que vous êtes en bonne forme.

— En effet, Erekos. Quel est l'objet de ta visite ?

— Nous avons reçu des nouvelles inquiétantes de l'île de Pithros, seigneur. Un vaisseau y a récemment accosté et découvert des centaines de cadavres. Toutes les maisons étaient pillées, désertes. Les femmes et les enfants avaient disparu.

— Considère cela comme mon présent au roi Agamemnon.

— Votre présent ? L'île de Pithros fait partie des territoires mycéniens.

— En effet. Et elle le demeure. Mais elle était devenue un repaire de pirates. Depuis ses criques, leurs galères attaquaient les vaisseaux marchands ou lançaient des raids contre les communautés côtières. Tu n'es pas sans savoir qu'ils ont osé attaquer ma propre forteresse et tué mon frère.

Hélicon observa Erekos, qui détourna les yeux.

— Oui, la nouvelle de ces… atrocités… nous est parvenue. C'était affreux. Mais vous n'aviez aucun droit d'amener des soldats sur une île mycénienne sans requérir au préalable l'aval du roi Agamemnon.

— C'est faux, Erekos. Mon père Anchise avait conclu un accord avec le roi Atrée. Nos deux nations s'étaient engagées à se défendre mutuellement des pirates et des pillards. Quel meilleur témoignage de soutien pourrais-je offrir au fils d'Atrée que d'expulser des pirates d'une île mycénienne en rendant la Grande Verte plus sûre pour les vaisseaux marchands mycéniens ?

Pâle, Erekos resta un instant silencieux.

— Vous désirez que je rapporte à mon souverain que vous avez envahi des terres mycéniennes afin de lui faire un présent ?

— De quoi d'autre pourrait-il s'agir ? Deux cents pirates morts et une île qui retourne sous la coupe de Mycènes… En outre, tu peux assurer à ton roi qu'au printemps ma flotte continuera de pourchasser les pirates et de les éliminer *où qu'ils soient.*

— Vous n'envahirez plus des terres mycéniennes, roi Hélicon.

— « Des terres mycéniennes » ? s'écria Hélicon avec une surprise feinte. Par les dieux ! les pirates auraient-ils conquis d'autres territoires mycéniens ? Voilà une terrible nouvelle…

— Aucun territoire n'a été conquis ! répliqua Erekos d'une voix stridente. (Il prit une profonde inspiration, afin de se calmer.) Ce que je dis, roi Hélicon, c'est que les Mycéniens s'occuperont désormais des pirates cherchant éventuellement refuge sur leurs terres.

— Ah ! je vois…, fit Hélicon en hochant la tête. C'est une question de fierté martiale… Je le comprends, et ne souhaite causer aucun embarras au roi Agamemnon. Il a bien trop souffert ces derniers temps. Ce doit être exaspérant pour lui.

— « Exaspérant » ? Je ne comprends pas.

— Deux de ses partisans sont devenus des bandits. D'abord Alectruon, qui était un de ses favoris, à ce que je crois savoir. Puis Kolanos, qui a rejoint les pirates… Oh ! et j'allais oublier… Il y a aussi Argurios, déclaré traître et hors la loi. Alors, découvrir maintenant que des pirates avaient envahi une île mycénienne… (Adoptant une expression compatissante, Hélicon secoua la tête.) Il doit se demander quels nouveaux désastres l'attendent. Tu peux quoi qu'il en soit assurer ton roi de toute ma sympathie. Resteras-tu dîner avec nous, Erekos ?

— Non, seigneur. Je vous remercie de cette aimable invitation. Mais je dois rentrer à Troie. Des affaires pressantes m'y appellent.

Erekos parti, Pausanias s'avança avec un grand sourire.

— Quel plaisir ce fut, mon roi ! J'ai failli éclater de rire !

— Agamemnon ne rira pas en écoutant son émissaire lui rapporter mes propos.

— Vous pensez qu'il nous déclarera la guerre ?

— J'en doute. Comment pourrait-il déclarer la guerre à un ami qui l'a aidé ?

— Mais il s'agissait de *ses* pirates.

— En effet. Nous le savons et il le sait, alors que les autres souverains des contrées de la Grande Verte l'ignorent. S'il prend les armes contre la Dardanie parce que nous avons éliminé des pirates, ce sera comme d'avouer qu'il soutenait leurs raids.

— J'espère que vous avez raison, mon roi.

II

Par une nuit d'hiver, un autre messager arriva de Troie. Nasiq était un jeune scribe phrygien au service d'un des marchands alliés à Hélicon. Il apportait des parchemins et des messages relatifs aux nécessités de la prochaine saison commerciale, ainsi que les bilans de l'année écoulée. Mais c'était aussi un homme bavard qui avait toujours des anecdotes à raconter. Hélicon se réjouissait toujours de ses visites hivernales.

— Quelles nouvelles, Nasiq, mon ami ? demanda-t-il alors qu'ils s'asseyaient dans les appartements royaux pour dîner.

Le svelte Phrygien prit un rouleau d'agneau haché enveloppé dans une feuille de vigne sur le plateau d'argent posé devant lui. Il en respira le parfum avant d'y mordre.

— Oh, ciel ! il y a tant à dire ! De qui aimeriez-vous entendre parler en premier ?

— D'Hector.

— Aucune nouvelle. Beaucoup de soldats du Cheval de Troie sont maintenant rentrés à la cité. D'autres sont restés aux abords de Qadesh avec les soldats hittites pour continuer à le chercher. On ne doit probablement pas s'attendre à de bonnes nouvelles. La dernière fois qu'on l'a vu, lui et cinquante de ses hommes étaient cernés par un ennemi supérieur en nombre… Et la nuit tombait.

— Quelle atmosphère règne en ville ?

— Une atmosphère plutôt grincheuse… Deux des fils de Priam, Isos et Pammon, ont fui la cité. Ils étaient sur le point d'être arrêtés, à ce que je crois savoir.

— Je les connais tous les deux. Aucun n'avait assez de cervelle pour organiser un soulèvement, ni assez de partisans pour susciter une insurrection.

— Je suis d'accord. Ils servaient sans doute un autre maître… Le gros Antiphonès a été cassé, dépouillé de ses titres, et s'est vu signifier l'interdiction de quitter le palais. On l'avait vu rencontrer en secret l'ambassadeur mycénien, Erekos.

— Je l'ai aussi rencontré, dit Hélicon. Un homme froid et déplaisant. Mais je serais étonné qu'Antiphonès soit un traître. Il s'intéresse plus à la nourriture qu'au pouvoir. Politès en revanche… Sans être un guerrier, il a l'esprit acéré.

— Et on dit que Priam aime besogner l'épouse de Politès… Selon la rumeur, les deux fils de Politès ont en commun une caractéristique intéressante : leur père se trouve être aussi leur grand-père…

Gloussant, Hélicon secoua la tête.

— Quelle affreuse commère tu fais, Nasiq ! M'en amuser devrait me couvrir de honte… (Son sourire disparut.) Politès est peut-être bien un traître, et Agathon également.

— Agathon a toujours été aussi loyal qu'Hector, souligna Nasiq.

— Surtout *à cause* d'Hector. Ce sont de grands amis. Mais Agathon n'a pas les faveurs de Priam, et ne les a jamais eues. Le roi le compare à Hector. Je me rappelle qu'un jour il a déclaré en public qu'Agathon et Hector étaient comme deux statues identiques, à ce détail près que l'une était coulée en or et l'autre en cuivre… (Hélicon lança une imprécation.) Priam est un homme déplaisant ! Il trouve toujours l'insulte parfaite pour blesser profondément les gens…

— Reste-t-il une seule personne de haut rang qu'il n'ait pas insultée ? s'enquit Nasiq.

— Probablement pas. Passons aux autres nouvelles. Qu'en est-il d'Andromaque ?

— Ah ! j'en ai de bien belles à son sujet ! (Nasiq hésita.) Êtes-vous amis tous les deux ?

— Quelle différence cela ferait-il ?

— Je n'en suis pas sûr… Troie ne parle plus que d'elle… pour de nombreuses raisons. Toutes sortes de rumeurs circulent sur son compte, nobles ou vulgaires.

— Je ne veux rien entendre de vulgaire la concernant ! répliqua vivement Hélicon.

Le vent qui s'engouffra par le balcon ouvert fit crachoter une lampe. Le roi se leva pour fermer les portes et rallumer la lampe. Silencieux quelques instants, Nasiq eut un sourire ironique.

— Une grosse différence, donc…

Hélicon se détendit.

— Je t'écoute.

— Très bien. Vous avez su qu'elle avait sauvé la vie du roi ?

D'abord surpris, Hélicon s'esclaffa.

— Y a-t-il une chute spirituelle à cette fable digne d'Ulysse ?

— Non, c'est vrai, insista Nasiq.

Hélicon l'écouta narrer le tournoi à l'arc, et la façon dont Andromaque avait abattu le condamné.

— Ce traître avait atteint Priam et s'apprêtait à le tuer quand la flèche d'Andromaque lui a percé le cœur. Le roi a fait son éloge devant l'assemblée, déclarant qu'elle était digne en effet d'épouser son Hector.

— Par les dieux !…, chuchota Hélicon. Cette femme est un trésor.

— Le prince Agathon est de toute évidence de ton avis. Il paraît qu'il lui a demandé de l'épouser au cas où Hector ne reviendrait jamais.

— Et elle… a accepté les avances d'Agathon ?

— Ça, je n'en sais rien. Naturellement, elle serait bien bête de le repousser. Il est jeune, riche et… suivant les circonstances… il pourrait un jour monter sur le trône.

— Que peux-tu me dire d'autre au sujet d'Andromaque ?

Nasiq gloussa.

— Elle a nagé avec un homme nu, devant les princes de sang.

— Des commérages, ou la réalité ? demanda Hélicon, jugulant sa colère.

— La réalité, mon seigneur. Un de mes amis se trouvait sur la plage royale au moment des faits. La fille du roi, Laodicé, avait invité un guerrier mycénien blessé à venir sur la plage. La peau sur les os, le pauvre bougre… Il avait même du mal à respirer. Andromaque est allée nager avec lui.

— Argurios…

— Oui, c'est bien lui. Célèbre, à ce qu'il paraît.

— Continue.

—Quand ils sont sortis de l'eau, Déiphobos a apostrophé Andromaque, ce que voyant, le Mycénien a vertement tancé le prince. La scène aurait dû être cocasse, en un sens. Un squelette ambulant qui réclame une épée ! Mais il a pourtant effrayé Déiphobos. Agathon a volé à sa rescousse en calmant le jeu. De qui aimerais-tu que je parle maintenant ?

—C'est ce que tu entendais par des « rumeurs vulgaires » sur le compte d'Andromaque ?

Nasiq se pencha en arrière.

—Voilà que vous m'attirez sur un terrain glissant, Bienheureux... Vous venez de souligner qu'Andromaque était de vos amies, et que vous ne vouliez rien entendre d'offensant à son propos... Alors, que voudriez-vous que je dise ?

Hélicon demeura silencieux un instant.

—Tout, lâcha-t-il enfin.

—Quand je suis arrivé au palais tout à l'heure, les serviteurs parlaient d'un homme qui t'avait offensé lors d'une réunion. Et on lui a tranché la tête pour la peine. Moi, je suis assez attaché à ma tête...

—Ta tête ne risque rien, Nasiq. Tu es un trop bon conteur de ragots pour qu'on te tue. Mes soirées d'hiver deviendraient d'un ennui mortel sans toi !

—Très bien. Mais souvenez-vous que vous avez insisté ! Créüse a affirmé avoir surpris Andromaque en train de folâtrer toute nue avec une de ses servantes. Le roi en fut informé, et il a fait fouetter la servante avant de la chasser du palais. Furieuse, Andromaque a publiquement pris Créüse à partie. Celle-ci l'a giflée, et Andromaque a riposté d'un coup de poing bien senti, aux dires d'un témoin... Comme Créüse était assommée pour le compte, il a fallu la porter dans son lit. Tout le monde s'attendait à ce qu'Andromaque soit frappée de disgrâce et renvoyée auprès de son père. Mais Priam a choisi de fermer les yeux. Sans doute parce qu'il devait la vie à Andromaque. Le palais bruisse maintenant de mille et une rumeurs sur elle et lui.

—J'en ai assez entendu, fit Hélicon, pincé. Comment va la reine Hécube ?

—Elle se cramponne toujours à la vie... Elle reçoit, même. La fille cadette du roi de Sparte réside actuellement au palais. Pour y trouver un mari digne d'elle, officiellement. Mais on pense plutôt que son père l'a éloignée de la cour de Sparte afin de la préserver. Les armées mycéniennes se regroupent le long des frontières de Sparte. Au printemps, une guerre éclatera, c'est probable. Et la modeste armée de Sparte ne tiendra pas face aux forces armées d'Agamemnon.

À cet instant, on frappa doucement à la porte. Le général Pausanias entra.

—Navré de vous déranger, seigneur. J'ai à vous parler… en privé.

Nasiq se leva.

—Les affaires d'État ont toujours la préséance.

Il sourit au vieil homme et quitta la pièce.

—Que se passe-t-il ? demanda Hélicon.

—La reine est partie de ses appartements. Sa servante l'aurait vue se diriger vers la Marche d'Aphrodite… (Pausanias pâlit.) Je suis désolé, mon roi. J'aurais dû être là pour l'en empêcher.

—Je la retrouverai, dit Hélicon.

III

En remontant la sente rocailleuse sous les pâles lueurs de l'aube, Halysia faisait à peine la différence entre les brumes nappant le bord croulant de la falaise, sous ses pieds, et celles qui enserraient son esprit. Les gens parlaient de cœur brisé, mais ils se trompaient. La notion de rupture impliquait une certaine complétude. Une page qui se tournait… En réalité, il aurait fallu parler d'une sensation ininterrompue de rupture. D'une plaie ouverte qui ne se referme jamais, cuisante et tranchante telles des mâchoires de bronze mordant les tendres chairs du cœur. L'esprit devenait un ennemi cruel, coupant l'être affecté de la réalité pendant de courtes périodes. Parfois, Halysia oubliait qu'on avait assassiné Dio. Elle regardait le ciel éclatant de soleil et souriait, se demandant – un instant seulement – où il était. Puis la vérité fondait de nouveau sur elle, et les serres de bronze crevaient de nouveau son cœur meurtri.

La brise de l'aube apportait de la fraîcheur avec sa promesse de pluie. Halysia n'avait plus emprunté ce chemin depuis bien longtemps. La Marche d'Aphrodite, comme on l'avait chuchoté dans le dos du roi vieillissant… Sa première épouse s'était jetée du haut de cette falaise pour aller s'écraser sur les rochers, en contrebas. Halysia en avait entendu parler à de nombreuses reprises.

Approchant du gouffre, elle jeta un coup d'œil en bas. Les brumes nappaient la mer, et la reine se demanda ce que ça ferait de renoncer à tout, de plonger à son tour dans le vide et d'abréger ainsi ses souffrances.

Le souvenir du passé s'éveilla en elle. Halysia se remémora les journées radieuses de son enfance à Zéleia quand, l'été, ses frères et elle emmenaient les chevaux des pâturages irrigués par le fleuve Aesipos jusqu'aux cités côtières. Des jours durant, ses pieds touchaient à peine terre tandis qu'elle chevauchait une jument docile, enveloppée dans une chaude couverture, à l'écoute des sons nocturnes traversant les plaines.

Dio était déjà un cavalier intrépide, et elle comptait l'emmener en voyage la nuit, afin de camper à la belle étoile…

Le ciel s'éclaircissait, mais dans l'esprit de la reine, les brumes s'épaississaient. Titubant, elle s'immobilisa et tomba à genoux. Ses forces la quittaient, telle l'eau d'une coupe. Elle crut entendre un bruit, des pas précipités derrière elle, mais elle n'avait même plus l'énergie de se retourner.

Son esprit tourmenté la replongea de plus belle dans le passé, lui apportant le réconfort du souvenir de son arrivée à Dardanos. Certes, elle n'avait pas été heureuse en ce temps-là. À dix-sept ans tout juste, se languissant de son pays, elle avait trouvé effrayant le vieil homme grisonnant qu'on lui donnait comme mari. Mais à présent, elle y repensait comme à une époque bénie, puisqu'elle était très vite tombée enceinte de Dio. Anchise n'était pas un mauvais époux, ni étranger à toute bonté. Et une fois Énée banni de ses pensées, il avait placé tous ses espoirs en son nouvel enfant. Elle se rappela avec un sourire qu'il avait donné à Dio un cheval en bois clair qu'il avait lui-même sculpté. Oh ! un jouet assez grossier, car Anchise était peu doué de ses mains. Mais il en avait décoré la crinière et la queue à la feuille d'or, et avait mis des éclats de lapis-lazuli en guise d'yeux.

Elle se souvint des yeux bleus de Garus, son garde du corps. Quand il dormait, ses beaux cils blonds effleuraient ses joues. Elle aimait le réveiller, pour voir se rouvrir les cils pâles et pour retrouver le regard qui la couvait avec amour et émerveillement.

Il avait péri lors de la dernière résistance qu'avaient opposée les gardes de la reine aux envahisseurs. Une lance fichée dans la poitrine, une épée plantée dans le ventre, il essayait encore de protéger Halysia et son fils… Heureusement, il était mort avant que les pirates la violent, et avant qu'ils précipitent Dio du haut des remparts.

Un gémissement aigu frappa ses oreilles. Le sien.

Une autre voix s'éleva dans la brume.

— Halysia ! Halysia !

Elle repensa à son enfance, revit son père la tenir dans ses bras en lui souriant. L'odeur des chevaux était sur lui, de même que celle, âcre, des peaux de bêtes qu'il revêtait toujours. Elle levait les mains pour tirer sur les nattes huileuses de sa barbe, le faisant rire. Et il la serrait avec amour contre sa poitrine.

Et maintenant encore, elle sentit ses bras sur elle, doux et tendres.

— Halysia, c'est Énée… Revenez !

Énée… On l'appelait Hélicon. Il y avait beaucoup d'Énée, et beaucoup d'Hélicon dans son esprit. Le jeune adolescent timide et craintif qu'elle avait à peine remarqué tant elle n'avait d'yeux – et d'amour – que pour son bébé… Il avait disparu un jour à bord d'un vaisseau étranger. Anchise avait affirmé qu'il ne reviendrait jamais. Il l'avait pourtant fait, un soir de grande terreur… Anchise mort, Halysia avait été persuadée qu'Énée ordonnerait l'assassinat de sa veuve – ou la tuerait de ses mains, et son fils avec elle. Il n'en avait rien fait. Quelques jours plus tard, il avait de nouveau repris la mer. Mais il avait proclamé Dio roi, et les avait laissés, son fils et elle, sous la protection de Garus et du vieux Pausanias. Les plus belles années de sa vie…

— Halysia, regardez-moi ! Regardez-moi !

Elle releva la tête. Ce n'était pas son père qui l'enlaçait… Lui avait les yeux marron. Alors qu'Énée avait les yeux bleus. Et elle se souvenait des yeux bleus…

— Halysia ! (Des mains puissantes la secouèrent.) C'est moi, Énée ! Répétez : Énée…

— Énée…

Les sourcils froncés, elle regarda le bord traître de la falaise, la mer grise qui s'étendait en contrebas…

— Que fais-tu là ?

— Votre servante vous a vue vous diriger par ici. Elle craignait pour votre vie.

— Ma vie ? Je n'en ai plus… (Il l'attira de nouveau contre lui, et elle pressa la joue contre son épaule.) Mon fils était ma vie, Énée, ajouta-t-elle calmement. Sans lui, je n'ai plus rien.

— Il foule maintenant les Champs Élyséens. Avec votre garde du corps… Garus, c'est ça ?… pour lui tenir la main.

Elle le dévisagea.

— Y crois-tu ?

— Oui.

— Crois-tu aussi au pouvoir des rêves ?

— « Des rêves » ?

— Quand je gisais… mourante, pensais-je…, j'ai fait beaucoup de rêves, Énée. Et à une exception près, tous étaient terrifiants. J'ai vu le feu et le sang, une cité entière livrée aux flammes… J'ai vu la mer pleine de vaisseaux transportant des hommes violents. J'ai vu la guerre, Énée. (Elle leva les yeux vers lui.) Crois-tu au pouvoir des songes ?

Il l'éloigna du bord de la falaise, et ils s'assirent sur une pente herbeuse.

— D'après Ulysse, il en existe deux sortes. Ceux nés des vins capiteux et d'une nourriture riche, et ceux que nous envoient les dieux. Bien sûr que vous avez rêvé de sang et de guerre… Des hommes mauvais vous ont attaquée. Votre esprit est hanté par des visions de mal.

Buvant ses paroles, elle se cramponna à l'espoir qu'elles pouvaient avoir un fond de vérité… Ils restèrent assis en silence quelques instants. Puis elle soupira.

— Garus m'aimait. J'allais te demander si tu t'opposerais à notre union… Cette nuit-là, Énée, ils m'ont pris les deux êtres que je chérissais le plus au monde. Mon Dio, et le vaillant Garus au grand cœur.

— Je l'ignorais. Mais je n'aurais élevé aucune objection… C'était un homme brave. Mais vous êtes encore jeune, Halysia. Et belle. Si les dieux le veulent, vous connaîtrez de nouveau l'amour.

— L'amour ? J'espère bien que tu te trompes, Énée ! Oui, c'était la seule partie de mon rêve rayonnante de joie… Mais si ce que j'ai vu doit arriver un jour, cela n'implique-t-il pas que mes autres visions, de guerre et de mort, viendront elles aussi à se produire ?

— Je n'ai pas de réponse face à de telles appréhensions. Ce que je sais en revanche, c'est que vous êtes la reine de Dardanie et que le peuple vous aime. Personne ne vous supplantera dans son cœur et, moi vivant, plus personne ne vous menacera de nouveau.

— Mes sujets m'aiment, oui, admit-elle avec tristesse. Mais m'aimeront-ils encore après la naissance du monstre ?

— Quel « monstre » ?

— La bête qui grandit dans mon ventre…, chuchota-t-elle. C'est le mal, Énée. Mycénien…

Il lui prit la main.

— Je ne savais pas que vous étiez enceinte. Je suis désolé, Halysia. (Il soupira.) Mais ce n'est pas un monstre – rien qu'un bébé qui vous aimera autant que Dio.

— Ce sera un garçon aux cheveux noirs et aux yeux gris. Cela aussi, je l'ai vu en rêve.

— Alors ce sera un prince de Dardanie. Les gens ne naissent pas mauvais, Halysia. Ils le deviennent. Je ne suis pas d'avis que le mal est chevillé en eux dès qu'ils viennent au monde. Peu importe la façon dont ils ont été conçus.

Elle se détendit dans ses bras.

— Tu es un homme bon, Énée.

— Mes amis m'appellent Hélicon. J'espère que vous êtes mon amie.

— Oui, je le suis. Et je le serai toujours.

Il sourit.

— Bien. Je partirai pour Troie d'ici à quelques jours. Je veux que Pausanias et vous continuiez à recevoir les plaignants et à régler leurs différends. Ils ont confiance en vous, Halysia. Et maintenant qu'ils ont été témoins de ma force, ils seront plus réceptifs à la sagesse. Êtes-vous prête à redevenir leur reine ?

— Je ferai selon ta volonté. Par amitié.

Elle eut alors une nouvelle vision, nette et lumineuse. Hélicon campé devant elle dans une tunique blanche ourlée d'or. Il tenait un collier incrusté de joyaux.

Elle ferma les yeux et pria de toutes ses forces pour qu'il ne lui rapporte jamais ce présent doré.

IV

Le jeune cavalier hittite galopait à travers la plaine, plié en deux sur l'encolure de sa monture, son manteau à rayures vertes et jaunes – les couleurs impériales – claquant au vent.

Il regarda de nouveau le soleil déclinant, et vit que l'astre était tout près de l'horizon. Il ne pourrait pas continuer en territoire inconnu après la tombée de la nuit. Il se pencha sur l'encolure de son cheval et l'incita à accélérer l'allure. Il devait arriver à Troie avant le coucher du soleil.

Il était sur les routes depuis huit jours, et avait épuisé cinq chevaux sous lui. Il en avait d'abord changé tous les jours aux garnisons impériales. Mais aux confins occidentaux de l'Empire, il n'y avait pas de garnisons en poste et la bête qu'il chevauchait devrait donc tenir jusqu'à son arrivée à Troie. Depuis son départ de Salapie, la dernière ville civilisée de l'Empire hittite, il suivait un itinéraire qu'il avait mémorisé…

Garde le soleil levant dans le dos, le soleil couchant entre les oreilles de ta monture, et après quatre jours, tu verras le mont Ida. Contourne-le par le nord afin de gagner Troie et la mer…

Huzziyas, le messager, n'avait jamais vu la mer. En dix-neuf ans d'existence, il avait toujours vécu aux environs de la capitale, Hattusas, au cœur des territoires hittites. C'était sa première mission d'importance en qualité d'émissaire impérial, et il était résolu à s'en acquitter avec célérité et efficacité. Mais il lui tardait aussi de découvrir l'océan une fois qu'il aurait accompli la tâche que lui avait confiée l'empereur. D'une main nerveuse, il toucha de nouveau les papiers cachés sous sa tunique en cuir.

Il traversait à présent une plaine en direction d'un haut plateau derrière lequel s'abîmait le soleil. Les derniers rayonnements se reflétaient sur quelque chose, en ces hauteurs. Troie avait des toits d'or, avait-on dit à Huzziyas, qui s'était montré railleur.

— Me prenez-vous pour un imbécile ? avait-il rétorqué. Si les toitures sont d'or, qu'attendent les bandits pour venir se servir ?

— Tu verras, lui avait-on répondu.

Il faisait presque nuit lorsqu'il atteignit la cité, et il ne vit que de grandes murailles plongées dans l'ombre le dominant de toute leur hauteur. Il eut soudain l'impression d'être redevenu un petit garçon. Marchant près de sa monture éreintée qu'il tenait par les rênes, il se dirigea vers les remparts sud, comme on le lui avait indiqué, et arriva devant les imposantes portes en bois. L'une était entrebâillée, et six cavaliers le guettaient – des hommes silencieux coiffés d'un heaume à haut cimier juchés sur de grands chevaux.

Il se racla la gorge pour chasser la poussière des routes, et les héla dans la langue étrangère qu'on lui avait enseignée.

— Je viens d'Hattusas. J'ai un message pour le roi Priam.

On lui fit signe d'avancer et, remontant en selle, il franchit la porte. Deux cavaliers le précédaient, deux le flanquaient et deux le suivaient. Les hommes restèrent silencieux en remontant les rues sombres. Huzziyas avait beau jeter des regards intrigués à la ronde, il ne voyait pas grand-chose à la lueur des torches. Mais ils avançaient en direction de la citadelle haute.

Ils franchirent les portes du palais, puis firent halte devant un grand bâtiment à colonnade rouge, qu'illuminaient des centaines de torches. L'escorte attendit qu'un homme en longue tunique blanche se porte en hâte à sa rencontre. La mine cendreuse, il avait des yeux rougis et larmoyants qu'il tourna vers Huzziyas.

— Tu es un émissaire impérial ? lança-t-il sèchement.

Le jeune homme fut ravi d'avoir un interlocuteur s'adressant à lui en hittite.

— En effet, confirma-t-il fièrement. J'ai voyagé jour et nuit pour apporter un message important au roi de Troie.

— Confie-le-moi, ordonna l'homme en tendant une main impérieuse.

Le Hittite produisit le pli précieux enroulé autour d'une baguette et cacheté à la cire impériale avant d'avoir été inséré dans un tube creux en bois et de nouveau cacheté à chaque bout. Il le tendit cérémonieusement à son interlocuteur, qui le lui arracha presque. Après un simple coup d'œil aux sceaux, il les rompit et déplia le parchemin.

Il fronça les sourcils ; Huzziyas le vit désappointé.

— Tu sais ce qui y est écrit ?

— Oui, répondit le jeune homme d'un air important. Il est écrit que l'empereur arrive.

Chapitre 27

Le prince déchu

I

Les jours suivant sa première rencontre avec Argurios, Laodicé s'était surprise à repenser de plus en plus au guerrier mycénien. Fort étrange… Il n'était pas bel homme comme Hélicon ou Agathon. Il avait des traits durs et anguleux. Loin d'être charmant, il ne semblait guère être un homme intelligent. Pourtant, il commençait à dominer les pensées de la jeune princesse de la façon la plus déconcertante…

À ses côtés, sur la plage, Laodicé s'était découvert des élans quasi maternels à son égard, le désir de l'aider à recouvrer ses forces physiques, de le voir redevenir l'homme qu'il avait été… Du moins, ç'avait débuté ainsi. Mais ses pensées avaient désormais un tour obsessionnel, et elle s'était rendu compte qu'il lui manquait.

Xander lui avait parlé du soldat qui avait escorté Argurios sur la plage et dit qu'il avait témoigné au convalescent un immense respect. Laodicé connaissait Polydorus et, un après-midi où le jeune homme blond n'était pas de service, elle le fit mander dans les jardins du palais.

— C'est une belle journée, commença-t-elle. Pour cette période de l'année, en tout cas.

— En effet. Que désirez-vous, princesse ?

— Rien de particulier. Je tenais simplement à… te remercier de ta courtoisie envers le Mycénien blessé. L'enfant, Xander, en a parlé.

Devant l'air perplexe du soldat, Laodicé se sentit embarrassée.

— Je suis navrée. D'évidence, je te fais perdre du temps… Vas-tu en ville ?

— Oui, je dois voir les parents de ma fiancée. Auparavant, il me faudra leur trouver un cadeau.

— Je connais un marchand, dans la rue de Thétis. Cet orfèvre façonne les plus belles statuettes de la déesse Déméter et de sa fille Perséphone. On dit que de telles pièces portent chance.

— J'en ai entendu parler, mais ce serait au-dessus de mes moyens, je le crains.

Laodicé se sentit idiote… Bien sûr qu'il ne pouvait pas acheter de telles choses. C'était un simple soldat, pas un noble possédant de riches domaines agricoles, des chevaux de prix ou des navires marchands… Le silence devint pesant. Finalement, Laodicé inspira à fond.

— Que sais-tu du Mycénien ?

— Que c'est un grand guerrier, répondit Polydorus en se détendant. Dans mon enfance déjà, j'avais entendu parler de lui. Il a livré de nombreuses batailles et, sous le règne du vieux souverain, il a été sacré deux fois champion de Mycènes. Connaissez-vous le récit du pont de Parthes ?

— Non.

— Les Mycéniens étaient en pleine déroute. Une rareté ! Ils avaient traversé le pont, l'ennemi sur leurs talons… Argurios s'est campé en travers du pont, défiant leurs adversaires de l'abattre. Et il a terrassé tous ceux qui l'ont affronté, l'un après l'autre.

— Pourquoi ne se sont-ils pas jetés sur lui tous à la fois, dans ce cas ? Un homme seul n'aurait rien pu faire, n'est-ce pas ?

— C'est vrai… L'ennemi attachait peut-être du prix au courage d'un tel guerrier. Ou bien ces hommes désiraient se mesurer au champion proclamé de Mycènes. Je ne sais pas…

— Merci, Polydorus. Va à présent acheter ton cadeau.

Inclinant la tête, il se détourna. Sur une impulsion, elle lui toucha le bras. Le jeune soldat sursauta.

— Va chez l'orfèvre, dit-elle avec un sourire. Dis-lui que c'est moi qui t'envoie. Choisis une belle statuette, puis demande à l'artisan de s'adresser à moi pour le paiement.

— Merci. Je… ne sais pas quoi dire.

— Alors ne dis rien, Polydorus.

Dans l'après-midi, elle se rendit à la Maison du Serpent, sous le prétexte d'aller chercher des potions pour Hécube. Mais elle déambula dans les lieux jusqu'à tomber sur Argurios. Il avait repris du poids ; ses mouvements étaient fluides et gracieux. La hache se levait et s'abattait, le bois se fendait proprement.

Elle l'observa quelques instants à l'œuvre, tâchant de penser à ce qu'elle pouvait lui dire. Elle regretta de ne pas avoir choisi une robe plus éclatante avec, peut-être, le pendentif d'or serti d'un gros saphir. Tout le monde s'écriait que c'était une belle pièce. Puis la dure réalité la rattrapa, la décourageant.

Tu es une femme ordinaire, se dit-elle. *Ni l'or ni les joyaux ne peuvent cacher cette vérité. Et tu t'apprêtes une fois encore à te couvrir de ridicule…*

Tournant les talons, elle résolut de retourner au palais, mais à peine avait-elle fait quelques pas que le guérisseur Machaon apparut à l'angle d'un bâtiment et l'avisa. Il lui fit une profonde révérence.

—J'ignorais que vous étiez là, Laodicé. L'état de votre mère s'est-il aggravé ?

—Non, je… faisais juste un tour, assura-t-elle en rougissant.

D'un coup d'œil derrière la jeune femme, il vit qu'Argurios était encore à la tâche.

—Son rétablissement est stupéfiant. Il a recouvré une respiration presque normale, et ses forces lui reviennent rapidement. Si seulement tous mes patients pouvaient faire montre d'une telle détermination ! Comment allez-vous, Argurios ? lança-t-il.

—Salutations, répondit le Mycénien.

—Salut à toi, guerrier, dit Laodicé. Je constate que tu te portes presque bien aujourd'hui.

—Oui, je me sens revivre.

Un petit silence retomba.

—Ah, bien ! reprit Machaon avec un sourire entendu. J'ai des patients à voir.

S'inclinant encore, il s'en fut.

Ignorant que dire, Laodicé se tint coite, sans cesser d'observer le convalescent. Il avait les joues rasées, le bouc bien taillé, et de la sueur lustrait sa poitrine nue.

—C'est une belle journée…, lâcha la princesse. Pour cette période de l'année je veux dire…

Si le ciel bleu était zébré de nuages, le soleil brillait.

—Je suis ravi que tu sois venue, dit soudain Argurios. Tu es dans toutes mes pensées, ajouta-t-il d'un ton hésitant, le regard perçant.

À cet instant, Laodicé sentit sa nervosité s'envoler pour céder la place à un sentiment de calme. Dans le silence qui suivit, elle vit qu'Argurios était mal à l'aise.

—Je n'ai jamais su parler autrement que pour dire les choses telles qu'elles sont…

—Aimerais-tu te promener quelques instants au soleil ? D'abord, je te suggère de remettre ta tunique…

Ils déambulèrent dans les jardins, puis dans la Cité Basse. Argurios était peu loquace, mais le silence entre eux était comme naturel. Ils finirent par s'asseoir sur un banc en pierre, près d'un puits. D'un coup d'œil par-dessus son épaule, Laodicé vit que deux hommes les avaient suivis, s'installant à leur tour sur un muret, non loin de là.

— Les connais-tu ? demanda-t-elle en les désignant.

L'expression d'Argurios s'assombrit.

— Hélicon les a engagés pour assurer ma protection. D'autres prennent le relai la nuit, en prenant position sous les arbres.

— C'était généreux de sa part.

— « Généreux » !

— Pourquoi cela t'irrite-t-il ?

— Hélicon est mon ennemi ! Je ne souhaite nullement être son obligé ! (Il lorgna les deux gardes du corps.) Et n'importe quel soldat mycénien à peine entraîné pourrait faire détaler ces deux idiots en moins de temps qu'il en faut pour le dire !

— Tu es fier de ton peuple.

— Nous sommes un peuple fort. Étranger à la peur. Oui, j'en tire orgueil.

Des femmes portant des seaux vides approchèrent du puits. Laodicé et Argurios s'écartèrent et gravirent la pente en direction de la porte de Scée, qu'ils franchirent pour monter sur les remparts de la grande muraille.

— Pourquoi as-tu été banni ?

Il haussa les épaules.

— On a cru aux mensonges colportés sur mon compte… Je n'y comprends rien, à vrai dire. À la cour royale, de beaux parleurs ne cessent de flatter le souverain. Au vieux roi, je pouvais parler. Atrée était un guerrier, un combattant… On pouvait s'asseoir avec lui au coin d'un feu de camp, comme avec n'importe quel autre soldat.

Un autre silence s'installa. Laodicé, heureuse d'être avec Argurios, n'en était pas ennuyée, mais lui était de plus en plus mal à l'aise.

— Je n'ai jamais su parler aux femmes…, avoua-t-il, gauche. J'ignore ce qui les intéresse. En ce moment précis, je le regrette.

Elle gloussa.

— La vie, la naissance, la croissance, les fleurs qui éclosent puis se fanent, les saisons de la pluie et du soleil, les vêtements reflétant la beauté qui nous entoure, le bleu du ciel, la verdure, l'or du soleil… Mais ce qui nous intéresse avant tout, ce sont les gens. Leur existence et leurs rêves. As-tu une famille à Mycènes ?

— Non. Mes parents sont morts il y a des années.

— Pas d'épouse qui t'attende dans tes foyers ?

— Non.

Laissant retomber le silence, Laodicé contempla la baie. Peu de navires y mouillaient, hormis quelques bateaux de pêche.

— Tu as été très imprudent avec Dios.

— Je n'ai pas aimé la façon dont il t'a parlé.

Elle revit luire de la colère dans le regard du Mycénien.

Le soleil était bas dans le ciel, et Laodicé se tourna.

— Je dois rentrer.

— Reviendras-tu me voir ?

La nervosité du Mycénien était manifeste, ce qui la remplit d'une assurance dont elle faisait rarement l'expérience en compagnie des hommes.

— Peut-être demain…

Il sourit.

— Je l'espère.

Les dix jours suivants, elle lui rendit visite quotidiennement, et ils se promenèrent le long des grandes murailles. Ils bavardaient peu, mais elle chérissait de tels instants passés avec lui davantage que tout ce dont elle gardait le souvenir. Surtout quand elle dérapa sur une marche des remparts et qu'il la rattrapa par la taille avant qu'elle tombe. Elle se blottit alors contre lui, la tête posée sur son épaule. Un instant exquis… Elle aurait voulu qu'il dure pour toujours.

II

Andromaque se dit qu'elle n'avait jamais vu d'homme aussi grand que l'empereur hittite. Hattusilis l'était encore plus que Priam, et tous deux étaient pratiquement de la même génération. Mais il marchait voûté, et Andromaque aurait parié qu'il avait mal aux pieds, car il les traînait légèrement – de crainte, eût-on pu croire, de les décoller trop du sol.

Il était maigre au point d'être émacié, les cheveux huilés en partie couverts par une toque ajustée. Il jeta des coups d'œil au vaste mégaron doré de Priam, paraissant ne pas être à sa place avec ses simples habits de monte en cuir. Il avait traversé la ville à cheval. Andromaque savait que les Hittites avaient campé la nuit sur la plaine du Simoïs, le temps que l'empereur se repose après un long voyage dans un riche véhicule très confortable.

Hattusilis portait deux cimeterres, l'un à la taille, l'autre dégainé au poing. Andromaque se demanda quelles âpres négociations avaient eu lieu entre les deux camps depuis l'aube pour qu'on autorise une telle chose. Des eunuques et des conseillers entouraient l'empereur, tous vêtus d'un pagne à motifs colorés retenu à la taille par une cordelette de fils d'or. Certains avaient un châle éclatant, d'autres le torse dénudé. Naturellement, tous étaient désarmés.

Près de l'empereur, un colossal garde du corps à demi nu exhibait une musculature tellement saillante qu'il était plus décoratif qu'efficace. De l'avis d'Andromaque, en tout cas.

Hattusilis III, empereur des Hittites, traversa la moitié du mégaron avant de s'arrêter. Priam, qui attendait devant son trône sculpté et doré, se porta à sa rencontre, flanqué de Politès et d'Agathon. Les deux hommes se mesurèrent du regard, puis Priam inclina brièvement la tête. Le roi troyen avait-il salué quiconque avant ce jour ? Andromaque en doutait. Seule son inquiétude pour Hector avait dû le convaincre de faire un tel geste, devina-t-elle – fût-ce envers son empereur.

— Salutations ! lança Priam – sans enthousiasme. Nous sommes honorés de t'accueillir à Troie.

Chaque mot courtois paraissait lui coûter. Il ajouta platement :

— Notre peuple s'en réjouit.

Un petit homme chauve en robe jaune et vert à rayures adressa quelques mots à voix basse à Hattusilis. Andromaque comprit qu'il s'agissait de l'interprète.

L'empereur eut un sourire crispé et parla. Et le petit homme dit :

— Troie est un royaume vassal de valeur pour le Grand Empire hittite. Dans sa bienveillance, l'empereur se soucie de ses sujets.

Priam rougit de colère.

— Ce *vassal* est honoré de livrer les batailles de l'empereur en son nom. On nous a rapporté que le Cheval de Troie avait remporté pour lui une grande victoire à Qadesh.

— La grande armée hittite a réduit à néant les ambitions des pharaons pour les générations à venir. Nous sommes reconnaissants à Troie de nous avoir envoyé sa vaillante cavalerie.

Priam ne put plus contenir son impatience.

— Mon fils n'est pas revenu de Qadesh. M'apportez-vous de ses nouvelles ?

Hattusilis tendit le cimeterre nu à son garde du corps très musclé avant de poser les deux mains sur son cœur. Le silence se fit dans le mégaron. L'interprète chauve dit :

— Nous regrettons la mort d'Hector. Il est tombé au champ d'honneur en défendant la cause de l'Empire hittite.

L'empereur ajouta quelque chose :

— Hector était pour nous un bon ami. Il a livré de nombreuses batailles au nom de l'Empire.

Son regard sombre se posa sur un Priam frappé par le chagrin. Andromaque crut y lire une sincère sollicitude.

— Nous le pleurons comme s'il s'agissait de notre propre fils.

Andromaque entendit un faible soupir près d'elle, et passa un bras autour de la taille de Laodicé qui se laissa aller contre elle.

Hector, mort… Hector est vraiment mort…

Mille et une pensées assaillaient déjà l'esprit d'Andromaque, qui les chassa pour écouter la réponse de Priam.

Le roi plongea les yeux dans ceux, sombres, d'Hattusilis.

— Mon fils ne peut pas être mort, dit-il.

Mais sa voix se fêla.

Sur un signe de l'empereur, deux Hittites désarmés apportèrent, non sans peine, un lourd coffre en bois. Sur un autre geste de leur maître, ils l'ouvrirent en ôtant une barre et en rabattant le couvercle, qui heurta la pierre du sol avec un bruit creux.

— Son corps a été retrouvé parmi les cadavres de ses hommes. Ils avaient été pris au piège, cernés et massacrés par les Égyptiens. Sa dépouille commençait à se putréfier, alors voici son armure comme preuve de sa mort.

Avançant, Priam sortit du coffre un imposant plastron en bronze orné d'or et d'argent. D'où Andromaque se tenait, elle voyait la décoration, un cheval d'or galopant sur la crête des vagues argentées.

— Hector… C'est l'armure d'Hector ! dit Laodicé d'une petite voix.

Hattusilis s'avança et prit dans le coffre une urne d'or richement ouvragée.

— Selon les coutumes troyennes, nous avons incinéré le corps et placé les cendres d'Hector dans ce réceptacle.

Il le tendit. Priam ne réagissant pas, Politès reçut l'urne d'or des mains de l'empereur.

De toute sa vie, Andromaque n'avait jamais été à ce point le jouet d'émotions contradictoires. Elle était touchée par le chagrin de Laodicé à l'annonce de la fin de son frère, par l'accablement des Troyens réunis dans le mégaron, des soldats, des conseillers, des serviteurs du palais… Elle était même émue pour Priam qui, le plastron entre les mains, ne réagissait plus, hébété… Dans le regard qu'il fixait sur l'urne funéraire se lisait une profonde désolation.

Pourtant, elle sentit une joie irrésistible enfler dans son cœur. Ses mains volèrent à sa gorge de peur que l'exaltation lui arrache un cri. Elle était libre !

Puis Priam se détourna de l'empereur pour regagner son trône d'un pas défaillant. La cuirasse serrée contre lui, il s'y affala. Les Hittites hoquetèrent sous le choc. Personne ne s'asseyait en présence de l'empereur. Andromaque jeta un coup d'œil à Agathon, s'attendant que le prince intervienne pour sauver la situation. Mais, comme magnétisé, il regardait fixement son père, visiblement partagé entre la tristesse et le choc. Andromaque eut mal pour lui. Puis Dios aux cheveux noirs s'avança, s'inclinant bien bas devant Hattusilis.

— Toutes mes excuses, illustre seigneur. Mon père est terrassé par le chagrin. Il ne voulait en rien vous manquer de respect. Comme toujours, Priam, et les fils de Priam, demeurent vos plus loyaux serviteurs.

L'empereur parla, et les paroles de l'interprète résonnèrent dans un mégaron silencieux.

— Nulle offense. Quand un grand héros succombe, il convient aux hommes de montrer leurs véritables sentiments. Par son courage, Hector nous a permis de gagner cette bataille. Je n'en attendais pas moins de sa part. C'est pourquoi j'ai tenu à venir en personne dans cette cité lointaine, afin que tous sachent qu'Hector était honoré par ceux qu'il a servis de la façon la plus héroïque.

Sur ces mots, l'empereur tourna les talons et quitta le mégaron.

III

Peu avant le crépuscule, une silhouette drapée dans un manteau à capuche franchit en catimini la porte de Dardanie pour s'aventurer dans la Cité Basse. Un des gardes aperçut son visage et voulut en toucher un mot à son camarade, mais l'autre soldat racontait une bonne blague à propos d'un Hittite, d'un cheval et d'un âne. L'homme rit et ne dit rien. Après tout, il n'y avait pas de raison d'interroger quiconque quittait la citadelle.

Le personnage furtif traversa le quartier est, là où le génie civil avait creusé un profond fossé défensif destiné à briser l'élan des cavaliers et des conducteurs de char. Tout au long de cette tranchée, on avait évacué les habitations. Mais les travaux avaient mis au jour une grande quantité de jarres funéraires vieilles de plusieurs générations, qu'on avait transférées vers un autre site, au sud-est de la ville.

Dans la grisaille de la fin du jour, l'homme repéra une maison blanche dont la porte s'ornait d'une marque jaune ressemblant à une empreinte de patte. Après des coups d'œil à la ronde, il entra dans le logis abandonné, et attendit dans l'ombre du vestibule. Peu après, deux autres individus entrèrent.

— Es-tu là ? demanda à voix basse l'un d'eux, aux fins cheveux roux.

Celui à capuche sortit de l'ombre.

— Je suis là, Erekos.

— Pas de nom, je t'en prie, prince, dit l'ambassadeur, de l'angoisse dans la voix.

L'homme à capuche renifla de dédain.

— Cet endroit est bien choisi pour une entrevue. Personne n'en approchera à moins de cent pas. Les gens redoutent les spectres des défunts, autour de l'ancien cimetière.

— Ils n'ont peut-être pas tort, dit l'ambassadeur, nerveux.

— Trêve d'arguties religieuses ! intervint sèchement le troisième larron, un guerrier élancé aux cheveux blancs. La mort d'Hector est un don du ciel. Nous devons saisir cette chance au vol.

Un petit silence accueillit ces paroles.

— Et les Hittites, Kolanos ? dit froidement l'homme encapuchonné. Tu penses que nous devrions provoquer un soulèvement alors que l'empereur est dans les murs de Troie ? As-tu la moindre idée de la quantité de troupes que ses fils pourraient lever ? Et ils hurleraient de joie devant une occasion pareille ! L'indépendance de Troie repose sur trois simples faits. Nous payons d'énormes tributs pour financer les guerres hittites, nous sommes très loin du cœur de l'Empire et nous lui envoyons nos meilleurs guerriers… Mais notre cité suscite l'envie et la cupidité. Alors inutile de provoquer les Hittites, ou de leur offrir l'occasion rêvée pour chercher notre ruine.

— Tout cela est vrai, mon prince, commenta Erekos, mais à supposer même que nous attendions le départ de l'empereur, n'enverra-t-il pas des soldats à la rescousse de Priam ?

— Pas si Priam est mort. Il est de notoriété publique qu'Hattusilis ne le porte pas dans son cœur. Mais qui l'aime, d'ailleurs ? L'empereur a bien d'autres préoccupations que de simples querelles intestines à Troie. L'armée hittite lèvera le camp à l'aube. Quand Hattusilis apprendra la mort de Priam, je lui dépêcherai un émissaire pour l'assurer de ma parfaite allégeance. Et je pense qu'il l'acceptera. Nous devons patienter encore neuf jours.

— Il t'est facile d'être patient, tranquillement installé au palais ! railla Kolanos. Il le sera beaucoup moins de dissimuler quatre galères tout près de la côte, pendant si longtemps !

— *Facile ?* Rien dans cette entreprise ne le sera ! J'ai des hommes qui me sont loyaux. Mais quand les meurtres commenceront, cette loyauté sera entamée. Facile ? Facile de vaincre les Aigles, tu crois ? Tous sont des guerriers chevronnés, héros de maintes batailles. Ils ont été promus dans ce corps d'élite en raison de leur courage et de leurs prouesses. Hector en personne les avait entraînés.

— Et comme Hector, ils mourront, lâcha Kolanos. Ils ne se sont encore jamais mesurés à des Mycéniens. Or, je n'ai que les meilleurs avec moi. Invincibles. Ce sera la fin des Aigles.

— Le ciel t'entende, répondit le prince. Nous aurons aussi l'avantage de la surprise. Mais même dans ces conditions, nous devons nous en tenir à notre plan. Après les Aigles, les seuls qui doivent mourir seront tous ceux qui se trouveront dans le mégaron au moment de notre attaque : Priam, ses fils et conseillers présents. Leur fin devra être rapide, et le palais conquis avant l'aube.

— Pourquoi attendre neuf jours ? demanda Erekos. Te faut-il tant de temps ?

— Le roi a organisé la rotation des gardes de la Cité Haute, répondit le prince. J'aurai besoin de ce temps pour m'assurer la loyauté des *deux* régiments.

— Avec deux mille soldats contre une centaine d'Aigles, quel besoin as-tu de notre soutien ? demanda Kolanos.

— Je n'ai pas « deux mille soldats ». Il te faut bien saisir toutes les subtilités de la situation, Kolanos. *Mon* régiment combattra sans hésiter pour moi. Une fois que je serai sacré roi, d'autres unités troyennes me serviront également avec loyauté. Le régiment affecté aux remparts sera commandé par un de mes hommes, qui veillera à ce que les portes demeurent barrées et à ce que chacun reste à son poste. Mais même lui ne pourra pas forcer les soldats placés sous ses ordres à *attaquer* le palais et à tuer le roi ! Pourquoi ai-je besoin de toi et de tes hommes ? Parce que Priam et ses fils ne doivent pas être tués par des Troyens. Mon régiment se rendra maître des deux portes du palais ainsi que des remparts et affrontera les Aigles. Ensuite, une fois le roi et ses fidèles regroupés au palais, tes Mycéniens et toi donnerez l'assaut au mégaron pour y massacrer tous les hommes qui s'y trouvent.

— Et les filles de sang royal ? Et les femmes du palais ? demanda Kolanos.

— Tes hommes pourront jouir des servantes. Mais les princesses ne devront pas subir d'attaques. Toutes les autres, vous en ferez ce que bon vous semblera. Il y a cependant une dénommée Andromaque aux longs cheveux roux, bien trop orgueilleuse pour son propre intérêt. Je suis certain que tes hommes sauront lui apprendre l'humilité. Et l'entendre supplier ne serait pas pour me déplaire.

— C'est promis ! répondit Kolanos. Rien n'est plus doux après l'ivresse des combats que les criaillements des femmes captives.

— Attendons la fin de la bataille avant de penser au viol, intervint Erekos. Dites-moi, prince, qu'en est-il des autres soldats cantonnés près d'ici ? La caserne de la Cité Basse accueille une garnison entière, et un détachement de cavalerie occupe la plaine du Simoïs.

Le prince sourit.

— Comme je le disais, les portes resteront fermées jusqu'à l'aube. Je connais bien les généraux des autres régiments. Tous me jureront allégeance. Si Priam est mort.

— Puis-je solliciter une faveur ? fit Kolanos.

— Naturellement.

— Que le traître Argurios soit invité au mégaron cette nuit-là.

— Es-tu fou ? se récria Erekos. Tu veux que le meilleur guerrier de Mycènes nous affronte ?

Kolanos éclata de rire.

— Il sera désarmé. N'est-ce pas, prince ?

— Oui. Tout le monde doit déposer ses armes aux portes. Le roi ne souffre ni épée ni dague en sa présence.

Mais Erekos n'était pas convaincu.

— Argurios a vaincu à lui seul cinq tueurs armés alors que lui-même n'avait pas d'armes ! Ça m'a tout l'air d'être un risque inconsidéré. Nombre des guerriers qui t'accompagnent le tiennent encore en haute estime. Je t'adjure d'y réfléchir à deux fois, Kolanos.

— Le roi Agamemnon veut le voir mort, taillé en pièces par ses anciens frères d'armes… Ce sera un châtiment à la mesure de sa félonie. Alors, je ne retire pas ma requête. Que réponds-tu, prince ?

— Je suis de l'avis d'Erekos. Mais si tu y tiens, je veillerai à ce qu'il soit présent.

— Oui, j'y tiens.

— Alors, ce sera fait.

Chapitre 28

D'anciens dieux

I

Gershom n'avait jamais aimé faire du cheval. En Égypte, les petits chevaux à la démarche dansante avaient été affreusement inconfortables pour un homme lourd. Gershom s'était aussi senti légèrement ridicule, ses longues jambes touchant presque le sol. Mais la monture thessalienne qu'il chevauchait maintenant était fantastique. La bête faisait presque seize paumes au garrot et, avec sa robe dorée, sa crinière et sa queue blanches, semblait voler tant elle était véloce. Lancée au triple galop, elle offrait encore une assiette assez stable, et Gershom savourait l'ivresse de la vitesse. Hélicon chevauchait à ses côtés, sur une monture identique à la sienne. Ensemble, ils galopaient à travers la plaine sous un ciel pâle et nuageux. Puis Hélicon tira sur les rênes, flattant la fine encolure de son cheval. Gershom ralentit à son tour l'allure.

—Quelles bêtes magnifiques!

—Bonnes pour ce qui est de la vitesse, confirma Hélicon, mais elles font de piètres montures sur un champ de bataille. Trop nerveuses et enclines à l'affolement quand les épées s'entrechoquent et que les flèches pleuvent... Je les croise avec nos propres poneys. Leurs poulains seront peut-être d'un tempérament moins nerveux.

Tournant bride, les deux hommes revinrent sur leurs pas, là où ils avaient laissé leur poney de somme, qui broutait l'herbe à flanc de colline. Hélicon prit ses rênes, et ils continuèrent en direction du sud-ouest.

Gershom se réjouissait de reprendre la route. Si la forteresse de Dardanos était une bâtisse grossière comparée aux palais égyptiens, elle ne lui rappelait pas moins l'univers qu'il avait perdu, et il était ravi de l'occasion d'accompagner le Bienheureux à Troie.

—Je ne pense pas que ce marchand m'aurait trahi, dit-il.

—Pas sciemment peut-être, répondit Hélicon, mais les gens jasent. Troie est plus vaste, et il y a moins de risques qu'on te reconnaisse.

Gershom jeta un coup d'œil au morne paysage. Pausanias avait averti Hélicon que des bandits rôdaient dans ces collines, lui recommandant d'emmener des gardes avec lui. Il s'était heurté à un refus.

—J'ai promis de rendre ces terres sûres, avait-il dit. Les chefs me connaissent, maintenant. Quand ils voient le roi traverser à cheval leur communauté sans escorte armée, ça leur redonne confiance.

Pausanias n'avait pas été convaincu. Gershom non plus n'y croyait pas.

Une fois qu'ils se mirent à voyager de conserve, il acquit la conviction qu'Hélicon avait eu besoin de s'éloigner de Dardanos, avec son cortège de contraintes et les pompes de la royauté. Pourtant, à chaque lieue parcourue, Hélicon devenait de plus en plus tendu.

Cette nuit-là, alors qu'ils campaient au pied des contreforts sous un bosquet de cyprès, Gershom demanda :

—Qu'est-ce qui vous inquiète ?

Ne répondant pas, Hélicon se contenta d'ajouter du bois sec au petit feu de camp, puis de s'asseoir tranquillement. Son compagnon n'insista pas. Après un moment, le fils d'Anchise prit la parole.

—Aimais-tu être un prince ?

—Oui. Mais moins que mon demi-frère Ramsès. Il avait hâte de devenir pharaon, de conduire les armées égyptiennes au combat, d'ériger ses propres colonnes dans le temple de Louxor, de voir son visage sculpté sur des statues colossales… Moi, j'adorais simplement que de belles femmes m'accordent leurs faveurs.

—Et cela ne te troublait pas qu'elles soient aux petits soins pour toi par pure obligation ?

—Pourquoi aurais-je dû en être troublé ? Le résultat est le même !

—Seulement à tes yeux.

Gershom gloussa.

—Vous, le peuple de la Mer, vous vous creusez trop la cervelle ! Les esclaves du palais étaient là pour *mon* plaisir. C'était leur raison d'être. Quelle importance qu'elles aient ou non *désiré* leur condition d'esclave ? Quand vous avez faim et que vous décidez de tuer un mouton, prenez-vous le temps de vous interroger sur les états d'âme de la bête ? Sur ce qu'elle en pense ?

—Un argument intéressant, concéda Hélicon. J'y réfléchirai.

—Inutile d'y *réfléchir* ! C'était censé mettre un terme au débat, pas l'élargir…

— Le dessein d'un débat est de réfléchir à différentes questions, pas d'avoir un terme.

— Très bien ! Débattons donc de la raison de votre question d'origine. Pourquoi m'avez-vous demandé si être un prince me plaisait ?

— Je cherchais peut-être simplement à faire la conversation...

— Non. Votre première raison consistait à me distraire pour m'empêcher de vous demander les causes de votre anxiété. La seconde était plus complexe, quoique liée à la première.

— Tu m'intrigues, admit Hélicon. Éclaire ma lanterne.

Gershom secoua la tête.

— Vous avez besoin d'éclaircissements, Bienheureux ? Je ne crois pas. En Égypte, j'étais fasciné par les statues de chimères. Des créatures à tête d'aigle, à corps de lion et à queue de serpent... D'après mon grand-père, elles représentent l'homme. Nous sommes tous des bêtes hybrides. Il y a en nous le sauvage, prêt à arracher le cœur de son ennemi et à le dévorer cru ; l'amant, qui compose des vers à l'élue de son cœur ; le père, qui serre son enfant sur son sein et mourrait sans hésiter pour le protéger de tout mal. Trois créatures en un seul homme. Et ça ne s'arrête pas là. Chez chacun d'entre nous, il y a la somme de tout ce que nous avons été, l'enfant boudeur, l'adolescent arrogant, le bébé qui tète le sein. Toutes nos peurs puériles sont enfouies là, quelque part... (Il tapota sa tempe.) Ainsi que tous nos actes héroïques ou lâches, notre générosité, notre mesquinerie.

— Fascinant... Mais j'ai l'impression de naviguer soudain dans le brouillard. Où veux-tu en venir ?

— Mais *là*, justement ! Nous passons notre vie entière à naviguer dans le brouillard, avec l'espoir que le soleil finira par percer et donnera un sens à ce que nous sommes.

— Je sais qui je suis, Gershom.

— Non, vous ne le savez pas. Êtes-vous l'homme qui se soucie des aspirations secrètes des esclaves, ou celui qui décapite le fermier qui ose dire un mot de trop ? Êtes-vous le dieu qui a sauvé une enfant à Chypre, ou le forcené qui a brûlé vifs cinquante marins ?

— Cette conversation a perdu tout attrait, lâcha Hélicon d'un ton glacial.

Gershom sentit la colère monter en lui.

— Je vois. On peut donc uniquement débattre des questions qui ne concernent pas les actes du Bienheureux. Vous voilà vraiment en train de devenir roi, Hélicon. Vous allez ensuite vous entourer de flagorneurs qui vous parleront à l'oreille de votre grandeur, sans jamais risquer la moindre critique.

Drapé dans sa couverture, Gershom s'allongea face au feu, le cœur battant la chamade. La nuit était froide, et la brise annonçait de la pluie. Son accès de colère l'agaçait lui-même. En vérité, il avait de l'affection pour le jeune souverain, qu'il admirait beaucoup. Hélicon était capable d'une grande bonté et de loyauté. Il était courageux et avait des principes. Des caractéristiques rares, de l'avis de Gershom. Mais à mesure que son pouvoir grandirait, Hélicon serait de plus en plus menacé – Gershom le savait. Après un temps, il repoussa sa couverture et se rassit. Hélicon était adossé à un arbre, sa couverture sur les épaules.

—Je suis navré, mon ami. Ce n'est pas à moi de vous faire la leçon.

—Non, en effet. Mais tes remarques m'ont fait réfléchir, et il y a un fond de vérité. Ton grand-père est un sage.

—Il l'est, oui. Connais-tu l'histoire d'Osiris et de Seth ?

—Des dieux égyptiens en conflit ?

—Oui. Osiris est un dieu héroïque, le Seigneur de la Lumière. Seth, son frère, est une créature dépravée. Ils s'affrontent sans relâche, se battant à mort. Dans mon enfance, mon grand-père m'a parlé d'eux, disant qu'en chacun de nous Osiris et Seth continuent leur lutte. Nous tous sommes capables de beaucoup de compassion et d'amour, comme de haine et d'atrocités. Et pour notre malheur, nous trouvons du plaisir dans un cas comme dans l'autre.

—Je sais que c'est vrai, reconnut Hélicon. En regardant brûler ces marins, je l'ai ressenti. Ce souvenir me couvre encore de honte.

—Grand-père aurait dit que lorsque vous avez transformé ces hommes en torches vivantes, Seth dominait, dans votre âme. Et c'est Osiris qui ressent de la honte. Voilà ce que vous détestez dans la souveraineté, Hélicon. Un tel pouvoir rapproche Seth de la domination absolue. Et vous redoutez par avance l'homme que vous pourriez devenir si Osiris venait à être terrassé.

Gershom se tut. Hélicon attisa les flammes, puis retourna au poney de bât pour prendre du pain et de la viande séchée. Les deux compagnons partagèrent leur repas en silence. Puis Hélicon s'allongea à la chaleur du feu, se couvrant de son manteau.

Gershom sommeilla quelque temps. La nuit fraîchit. Le tonnerre claqua et la foudre zébra les cieux. Hélicon se réveilla et les deux hommes coururent à l'endroit où les chevaux étaient attachés. Effrayées, les bêtes avaient les oreilles aplaties sur le crâne. Hélicon et Gershom les éloignèrent des arbres et les ramenèrent en terrain dégagé.

La pluie tomba, légère d'abord, puis ce furent des trombes d'eau.

Les éclairs striaient le ciel. À leur lumière, Gershom repéra une grotte à flanc de colline, vers le sommet. Il fit signe à son compagnon, et tous deux s'y dirigèrent avec leurs chevaux. Gravir la pente n'avait rien de facile. Comme Hélicon l'avait dit, les montures à la robe dorée étaient nerveuses, se cabrant sans cesse et tentant de s'échapper. Le poney de bât était plus calme, mais, sous les coups de tonnerre, même lui tirait sur son licou. Les deux hommes étaient éreintés quand ils atteignirent enfin leur but.

Ils firent entrer les chevaux dans leur refuge de fortune, les rattachèrent, puis s'installèrent à l'entrée pour contempler le spectacle des éléments.

—Jadis, j'aimais les tempêtes, dit Gershom. Mais depuis le naufrage…

Il frissonna à ce souvenir.

—L'orage ne durera pas, assura Hélicon, avant de regarder son compagnon. Merci de ton honnêteté.

Gershom eut un petit rire.

—Il faut toujours que je dise ce que j'ai sur le cœur… pour mon malheur ! Difficile de trouver une personne que je n'aie pas insultée, à un moment ou à un autre… Comptez-vous rester longtemps à Troie ?

Hélicon secoua la tête.

—J'assisterai au banquet funèbre d'Hector. (Il frémit brusquement.) Rien que d'en parler, ça me glace jusqu'à l'âme.

—Vous étiez amis ?

—Plus qu'amis. Je n'arrive toujours pas à accepter sa disparition. (Il sourit soudain.) Il y a cinq ans environ, je chevauchais avec Hector. Priam l'avait envoyé à Thrace, à la tête de deux cents guerriers du Cheval de Troie, afin de prêter main-forte à un roi local en butte à des pillards. Nous traquions ces bandits à travers bois quand nous sommes tombés dans l'embuscade qu'ils nous avaient tendue. La bataille achevée, nous avons constaté qu'Hector avait disparu. Quelqu'un s'est alors rappelé l'avoir vu frappé à la tête par une pierre… La nuit tombait, mais nous sommes retournés promptement sur le champ de bataille. Les pillards avaient emmené les corps des leurs. Six de nos morts gisaient là, mais Hector n'était pas parmi eux. Nous sûmes alors qu'on l'avait capturé. Les Thraces torturaient leurs prisonniers, c'était connu, et les mutilaient en leur coupant les doigts ou en les énucléant. J'ai envoyé des éclaireurs en reconnaissance, et nous nous sommes lancés à la recherche du camp ennemi. Nous l'avons trouvé peu avant l'aube et alors que nous nous en approchions subrepticement, des éclats de rire frappèrent nos tympans. Et là, dressé à la lueur des flammes, une coupe de vin en main, Hector régalait les pillards saouls d'histoires paillardes, faisant hurler tout le monde de rire. (Hélicon soupira.) Voilà le souvenir que je garderai de lui.

— Mais vous avez une seconde raison de venir à Troie.

— Serais-tu devin, Gershom ?

— Non, mais je vous ai vu parler à la promise d'Hector, et je vous ai entendu la qualifier de déesse.

Hélicon s'esclaffa.

— En effet ! Je suis tombé amoureux d'elle, Gershom ! Si elle partage mes sentiments, je compte la demander en mariage. Mais je devrai sans doute payer une fortune à Priam pour l'obtenir.

— Si elle partage vos sentiments ? Quelle différence cela fait-il ? Achetez-la, quoi qu'il en soit !

Hélicon secoua la tête.

— On peut acheter de l'or brillant comme le soleil, et des diamants à l'éclat lunaire. Mais on ne peut pas acheter le soleil, ni posséder la lune.

II

L'aube étant imminente, Laodicé se drapa dans un châle et quitta le palais. Les rues étaient désertes et silencieuses, si on exceptait des chiens errants en quête de restes. La jeune femme aimait marcher, surtout au petit matin, quand l'air était si vivifiant. Elle se dit qu'elle devait mieux connaître la ville et son quotidien que n'importe quel soldat, ouvrier ou artisan. Elle savait quel boulanger proposait les premières miches de pain de la journée, peu avant le lever du soleil. Elle connaissait les prostituées et leurs territoires habituels aussi bien que les rondes des régiments troyens. Elle savait quand le premier agneau venait au monde à la fin de l'hiver, car Poïmen, le très vieux berger dont la descendance couvrait pas moins de quatre générations, débouchait alors son unique jarre de vin de l'année et s'enivrait avant de finir de cuver dans le caniveau, chassé de son logis par son épouse, aussi fluette que féroce.

Laodicé continua son chemin hors de la ville, sa tristesse l'entraînant par-delà la nouvelle tranchée défensive, à côté d'un pont, puis vers le Scamandre.

D'épaisses brumes plongeaient la vallée du fleuve dans la grisaille. Plus loin, une teinte rosâtre jouait à flanc de coteau, alors que le soleil se levait derrière la jeune femme. Seuls les bêlements de moutons et le chant des coqs troublaient le silence.

Elle se rendait sur la tombe d'Ilos, une petite colline se dressant entre la cité et le fleuve. Ilos, son arrière-grand-père, avait été un héros de Troie. Quand Hector était troublé, il venait souvent là parler à son aïeul. Elle suivait maintenant son exemple avec l'espoir d'y puiser du réconfort.

Elle gagna la petite tombe surmontée d'un cairn, et s'assit dans l'herbe tondue ras par les moutons, face à la ville. Rattrapée par le chagrin, elle eut les larmes aux yeux.

Comment pouvait-il être mort ? Comment les dieux pouvaient-ils se montrer aussi cruels ?

Laodicé le revoyait, avec son sourire communicatif qui lui rendait sa bonne humeur, le soleil allumant des reflets d'or dans sa chevelure. Il était comme l'aube, songea-t-elle. Chaque fois qu'il entrait dans une pièce, il chassait les idées noires. Adolescente craintive, elle avait trouvé un grand réconfort près de lui. Et il aurait pu convaincre Priam de laisser Argurios épouser Laodicé.

La honte puis la culpabilité la saisirent.

Es-tu triste qu'il arpente désormais les Champs Élyséens, ou ne penses-tu donc qu'à toi-même ?

— Je suis tellement désolée, Hector..., chuchota-t-elle.

Ses larmes coulèrent de plus belle.

Une ombre tomba sur elle, lui faisant lever les yeux. Le soleil en contre-jour faisait comme un halo aveuglant à la silhouette qui se dressait devant elle. Alors que ses yeux gonflés de pleurs tombaient sur une armure scintillante, elle crut voir le spectre de son frère, revenu d'entre les morts pour la réconforter. Puis l'apparition s'agenouilla, et elle découvrit qu'il s'agissait d'Argurios. Elle ne l'avait pas vu depuis cinq jours et ne lui avait pas envoyé de message.

— Oh ! Argurios, mes larmes ne tarissent pas...

Il l'enlaça.

— La cité aussi le pleure. Ce devait être un grand homme, et je suis navré de ne pas l'avoir connu.

— Comment savais-tu où me trouver ?

— Tu m'as dit que lorsque les soucis t'accablaient, tu aimais traverser la ville aux premières lueurs de l'aube. Et tu as parlé d'un vieux berger dans ces collines.

— Et comment as-tu deviné que je serais là aujourd'hui ?

— Je n'ai rien deviné. Cela fait cinq jours que je te guettais dès l'aube à la porte de Scée.

— Je suis navrée, Argurios. C'était inconsidéré de ma part. J'aurais dû t'envoyer un messager.

Le silence retomba. Puis…

— Où sont tes gardes ?

Il sourit – un événement rare.

— Je suis plus fort, maintenant, et plus rapide. Il y a quelques jours, en ville, j'ai brusquement rebroussé chemin pour les surprendre. Je leur ai dit que je n'avais plus besoin de leurs services, et ils ont accepté de me laisser en paix.

— Juste comme ça ? Aussi simplement ?

— Je leur ai parlé… avec fermeté.

— Tu les as effrayés, veux-tu dire ?

— Certains hommes s'effraient facilement.

Son visage était tout près de celui de la jeune femme, et en croisant son regard, Laodicé sentit son chagrin s'alléger. Un visage qu'elle s'était si souvent remémoré. Loin d'être simplement marron, comme dans son souvenir, ses yeux avaient des mouchetures noisette et or, et il avait des sourcils finement arqués. Sous le regard de l'homme, elle baissa la tête. Une douce chaleur montait en elle, et Laodicé prit conscience du frottement du tissu sur sa peau.

Sentant un contact, elle vit Argurios effleurer d'une main légère le duvet blond qui courait sur ses bras… Et la chaleur devint impérieuse.

Laodicé entreprit de dénouer les attaches du plastron d'Argurios. Qui lui saisit les mains pour les immobiliser.

— Tu es une fille de roi, lui rappela-t-il.

— Tu ne me désires pas ?

Il s'empourpra.

— Je n'ai jamais rien tant désiré de ma vie !

— Le roi ne nous permettra jamais de nous marier, Argurios. Il te chassera de Troie. Il m'éloignera. Cette idée m'est insupportable. Mais au moins, nous aurons eu ces quelques instants. Les nôtres, Argurios !

Il la lâcha, son bras retombant le long de son flanc. Enfant, elle avait aidé Hector à passer comme à ôter son armure.

J'ai peu de talents, se dit-elle, *mais savoir enlever une armure en fait partie.*

De ses doigts habiles, elle finit de défaire les lanières, et Argurios se débarrassa du plastron.

Il déboucla le ceinturon où pendait son épée et le déposa sur le sol, puis il attira la jeune femme dans le cercle de pierres, près de la tombe d'Ilos. Ils s'allongèrent dans l'herbe. Il l'embrassa alors, ne tentant rien d'autre pendant de longs instants. Elle lui prit la main pour la poser sur ses seins. Il avait des gestes doux – plus que ce qu'elle aurait désiré en pareille circonstance. Elle pressa les lèvres contre les siennes, avide de goûter ses baisers. Moins hésitant, Argurios souleva la robe de Laodicé, qui leva les bras pour l'aider à l'en débarrasser. En quelques secondes, tous deux se retrouvèrent nus. Elle savoura le contact de sa peau douce et chaude contre la sienne, la fermeté de ses muscles sous ses doigts. Puis il y eut la douleur soudaine de la pénétration, et la sensation exquise de ne plus faire qu'un avec l'homme qu'elle aimait.

Ensuite, ivre de joie et de satisfaction, tous les sens en fête, elle se sentit partagée entre la honte et l'exaltation. Lentement, elle prit conscience de l'herbe, sous elle, et du sol inégal qui faisait pression contre son dos.

La tête blottie au creux de l'épaule d'Argurios, Laodicé réalisa qu'il n'avait plus dit un mot depuis quelque temps. Elle se tordit le cou pour le dévisager, le croyant assoupi. Mais il contemplait le ciel avec sa gravité coutumière.

Laodicé eut soudain un sombre pressentiment. Regrettait-il ses actes ? Allait-il l'abandonner maintenant ? Il se tourna vers elle. Quand il vit son expression, il dit :

— As-tu mal ? T'ai-je blessée ?

— Non ! C'était merveilleux…

Elle se sentait stupide, mais ne put cependant s'empêcher d'ajouter :

— C'était la chose la plus fantastique qu'il me soit jamais arrivée ! Les servantes m'avaient dit…

Elle hésita.

— … t'avaient dit quoi ?

— Que… c'était douloureux et désagréable… Eh bien, c'était un peu douloureux, au début, concéda-t-elle. Mais pas déplaisant !

— « Mais pas déplaisant »…, répéta-t-il avec un petit sourire.

Il l'embrassa de nouveau longuement, avec tendresse.

Elle se rallongea, tous ses doutes envolés. Le regard d'Argurios lui disait tout ce qu'elle avait besoin de savoir. Elle n'avait jamais connu un tel bonheur. Elle sut que de tels instants resteraient gravés dans sa mémoire jusqu'à son dernier souffle.

Elle se rassit brusquement, son châle glissant sur ses seins nus, et tendit un bras vers l'est.

Portés par leurs grandes ailes blanches battant silencieusement l'air, des cygnes survolaient en grand nombre la cité, en direction de la mer. Laodicé n'avait jamais vu jusqu'alors plus d'un ou deux cygnes, et elle fut frappée par pareil spectacle. À l'instar d'un nuage vivant, les oiseaux majestueux bloquèrent un instant la lumière solaire.

Les amants les regardèrent disparaître vers l'ouest, dans les brumes grises de la ligne d'horizon.

Sentant un léger contact sur sa cuisse nue, Laodicé baissa les yeux et vit une douce plume blanche sur sa peau, immobile comme si elle s'était toujours trouvée là. La jeune femme la prit pour la montrer à son amoureux.

— Est-ce un présage ?

— Le vol des oiseaux en est toujours un, répondit-il à mi-voix.

— Je me demande ce que ça signifie.

— Les cygnes s'accouplent pour la vie, dit Argurios en attirant Laodicé dans ses bras. Cela veut donc dire que nous ne serons jamais séparés. Je parlerai dès demain à ton père.

— Il ne te recevra pas, Argurios.

— Je pense que si. J'ai été invité au banquet funèbre demain soir.

Laodicé fut surprise.

— Pourquoi ? Tu viens de le dire, tu ne connaissais pas Hector !

— C'est précisément ce que j'ai répondu au messager qui s'est présenté au temple il y a deux jours. Il m'a informé que le prince Agathon requérait ma présence.

— Et il n'a rien ajouté ?

— À part de viles et nombreuses flatteries ?

Laodicé éclata de rire.

— Il a dit que tu étais un grand guerrier et un héros, et que c'était donc normal que tu assistes au banquet ?

— Quelque chose de ce goût-là, grommela Argurios.

— Une invitation est un honneur insigne. La discorde règne déjà au sein de ma famille. Mon père s'est brouillé avec certains de ses fils, qui ne viendront pas. Antiphonès n'a plus sa faveur, et Pâris encore moins. Sans parler des autres… (Elle soupira.) En pareilles circonstances, il faut encore que notre père joue à ses petits jeux avec les sentiments des autres. Crois-tu vraiment qu'il t'écoutera, Argurios ?

— Je ne sais pas. J'ai bien peu à offrir, à part le service de ma lame… Mais l'épée d'Argurios a une certaine valeur.

Laodicé se pencha vers lui, ses mains glissant le long des flancs de l'homme.

— *L'épée* d'Argurios a une grande valeur…

Chapitre 29

Le sang des héros

I

Du haut d'une fenêtre, Antiphonès suivit du regard le départ de son visiteur, l'estomac noué. Puis il se tourna vers l'âtre où du poisson fumé et des gâteaux de blé refroidissaient sur un plateau. Il mâchonna un peu de poisson et de gâteau et fit descendre le tout avec une rasade de vin pur sirupeux. Ses craintes diminuèrent – mais le soulagement serait passager, il en avait conscience. Il se retrouvait pris à son propre piège.

Il avait toujours aimé et admiré Agathon. Nés tous deux de mères différentes, ils avaient pratiquement le même âge et avaient partagé les mêmes jeux dans leur enfance. Et ils se ressemblaient, avec leurs cheveux blonds et leurs yeux bleus. Les visiteurs de passage dans le mégaron du roi confondaient souvent les trois fils aînés de Priam, Hector, Agathon et Antiphonès. Il frémit en se rappelant la remarque désobligeante de leur père à ses hôtes.

« Leur ressemblance s'arrête au physique. Souvenez-vous, Hector le vaillant, Agathon le rusé et Antiphonès l'imbécile ! »

Les visiteurs ricanaient courtoisement, le roi se fendant de son sourire le plus glacial tout en étudiant les réactions des trois enfants.

Antiphonès savait parfaitement qu'il n'était pas stupide. Au fil des années, il comprit même qu'il avait un esprit plus acéré que celui de la plupart des gens de sa connaissance. Lui le premier avait compris qu'il valait mieux importer par la mer du vin de Lesbos plutôt que de cultiver des vignes sur les terres au nord de la cité – terres qu'il valait mieux réserver aux chevaux. Élever ces solides bêtes et les vendre tout autour de la Grande Verte rapportait plus que le commerce du vin. C'était lui encore qui avait suggéré de réorganiser le trésor et de dresser l'inventaire des richesses royales dans l'écriture hittite, sur du papyrus gyppto.

En conséquence, avec le cruel sens de l'humour qui lui était coutumier, Priam avait fait de Politès son chancelier et du gros Antiphonès son maître des chevaux. En entendant ce titre, les gens s'esclaffaient ouvertement. Il y avait des années qu'Antiphonès ne pouvait plus monter à cheval.

Il revint à la fenêtre et regarda dans la rue tranquille. Au contraire des autres fils du roi, il préférait résider dans la Cité Basse, près des boulangers, des marchands de vin et des maîtres fromagers. Chaque après-midi, après sa sieste, il allait flâner entre les étals de nourriture, sélectionnant les figues les plus mûres et les gâteaux au miel les plus doux. Parfois, il traversait la cité sans hâte jusqu'à un endroit, en périphérie, où une jeune femme dénommée Thalée proposait des grenades épicées et des noix glacées au miel. Aller si loin exigeait des efforts, mais monter à cheval lui était impossible, et il aurait craint de briser une litière à porteurs sous son poids, comme c'était arrivé deux ans plus tôt. Encore mortifié après tout ce temps, il évitait depuis ce mode de transport.

Mais cette honte n'était rien en comparaison de ce qu'il ressentait maintenant.

Averti du complot visant à supprimer le roi, il s'y était d'abord impliqué avec zèle. Priam était un tyran, et le tyrannicide était une mission sacrée. Le souverain amassait des richesses au détriment de tous dans la cité. Antiphonès, qui s'occupait du trésor royal, était bien placé pour le savoir. Dans la Cité Basse, les enfants mouraient de faim l'hiver ; dans les champs, les esclaves mouraient d'épuisement l'été… et les salles du trésor de Priam regorgeaient d'or et de gemmes – recouverts par la poussière des temps.

Prompt à défendre son père, Hector disait toujours qu'il pouvait être dur, certes, mais qu'il n'était jamais chiche dès qu'il s'agissait de défendre la cité. Pourtant, Antiphonès savait que c'était faux. Les mercenaires thraces étaient payés une misère, et le génie civil n'avait toujours pas été chargé de reconstruire une muraille occidentale trop vulnérable.

Hector mort, Priam n'aurait plus de scrupules à laisser libre cours à sa folle cupidité.

On avait demandé à Antiphonès d'épouser la cause des rebelles parce qu'Agathon lui reconnaissait des talents nécessaires à réorganiser l'administration de la cité, à renégocier les traités avec les rois voisins et à repenser les défenses. Ces derniers jours, il avait fébrilement dressé des plans, veillant tard la nuit au nom des rêves qu'il nourrissait pour l'avenir de Troie une fois que son père serait mort. Mais sa rencontre de ce jour avec Agathon avait fait basculer ses espérances, le plongeant dans le désespoir.

— C'est pour ce soir, frère. Tu dois rester loin du palais.

— Tu veux le tuer après le banquet funèbre ?

Agathon avait secoué la tête.

— Pendant... Mes Thraces ont ordre d'éliminer tous nos ennemis ce soir.

Antiphonès s'était senti mal.

— Tous nos ennemis ? Mais lesquels ? Tu m'as dit qu'on avait loué les services de Carpophorus pour abattre père.

Agathon avait haussé les épaules.

— C'était ma première idée, mais il demeure introuvable. Néanmoins, réfléchis, frère. Se contenter de tuer notre père n'aurait été qu'un début, de toute façon. Dios et bien d'autres se seraient mis à fomenter notre perte. Ne vois-tu pas ? La guerre civile s'ensuivrait. Certains rois du littoral s'allieraient à nous, d'autres préféreraient Dios... (Levant une main, il avait serré lentement le poing.) De cette façon, nous les écraserons tous, et Troie demeurera en paix avec tous ses voisins.

— Tu parlais de tous nos ennemis... De combien s'agit-il ?

— Uniquement de ceux susceptibles de se retourner contre nous, de ceux qui riaient quand notre père nous tournait en dérision, de ceux qui ricanaient dans notre dos... Une centaine environ. Antiphonès, as-tu idée depuis combien de temps j'attends cet instant ?

Il avait alors croisé le regard d'Agathon, et mesuré pour la première fois l'étendue de la malveillance de son demi-frère.

— Attends ! s'était-il écrié, au désespoir. Tu ne peux pas lâcher ces barbares de Thraces dans le palais ! Et les femmes ?

Agathon avait éclaté de rire.

— Les femmes ? Andromaque, par exemple ? Froide et méprisante ? Tu sais ce qu'elle m'a répondu ? Je ne peux pas t'épouser, Agathon, car je ne t'aime pas... Par les dieux ! les Thraces la violeront sous mes yeux et lui ôteront toute velléité d'arrogance à grands coups de reins ! Après ce soir, elle ne sera plus si hautaine.

— Tu ne peux pas permettre ça ! Un Troyen ne doit pas attaquer et tuer ses propres princes ! Comment les considérerait-on ensuite, quand ils patrouilleraient en ville ? Le meurtrier de père s'assiéra-t-il tranquillement dans une taverne en racontant comment il a égorgé le roi de Troie ?

— Tu as raison, mon frère. Tu crois que ça ne m'est pas venu à l'esprit ? Une fois que les Thraces se seront rendus maîtres des remparts du palais, nos alliés arriveront. Ce sont eux qui tueront ceux qui se trouveront dans le mégaron.

— « Nos alliés » ? De qui parles-tu ?

— Au crépuscule, des Mycéniens accosteront. *Eux* tueront nos ennemis.

Tentant de digérer ces nouvelles informations, Antiphonès était resté immobile sur son siège. Priam avait dit qu'Agamemnon levait une flotte immense, et s'était demandé à quoi elle servirait. Maintenant, ça paraissait limpide. Les Mycéniens avaient bel et bien berné Agathon, qui n'aurait de roi que le nom... Agamemnon exercerait le véritable pouvoir, faisant de Troie une base pour la conquête de l'Est.

Il avait posé sur Agathon un regard neuf.

— Oh ! mon frère..., avait-il chuchoté. Qu'as-tu fait ?...

— « Fait » ? Simplement ce que nous avions projeté. Je serai roi et toi, mon chancelier. Troie en ressortira plus forte que jamais.

Antiphonès n'avait rien répondu. Agathon l'avait dévisagé.

— Tu es toujours avec moi, mon frère ?

— Naturellement, avait répondu Antiphonès – incapable cette fois de croiser son regard.

Le silence s'était appesanti. Puis Agathon avait fini par se lever.

— Eh bien, nous avons encore du pain sur la planche... Je te reverrai demain. (S'arrêtant sur le seuil, il s'était retourné une dernière fois vers lui avec une étrange expression.) Adieu, Antiphonès, avait-il dit d'une voix douce.

À ce souvenir, l'homme frémit.

À mesure que les ombres s'allongeaient, les rues devenaient de plus en plus silencieuses. Antiphonès leva les yeux vers les murailles de la Cité Haute, qui étincelaient sous les feux du soleil mourant.

Et le désespoir l'accabla. Il ne pouvait rien faire. Envoyer un avertissement à Priam reviendrait à se dénoncer lui-même et à se condamner au châtiment des traîtres. Et à supposer qu'il s'y résigne, par quel moyen parviendrait-il à joindre son père à temps ? Agathon contrôlait tous les accès au palais, et qui savait combien d'officiers ou de soldats il avait déjà soudoyés ?

Il repensa à tous ceux qui allaient mourir ce soir... Il y aurait plus d'une centaine de convives au banquet funèbre. Politès serait présent, ainsi qu'Hélicon et Dios. Il vit défiler en pensée bien des visages connus... Comme Agathon l'avait fait remarquer, ils étaient nombreux à s'être moqués du gros Antiphonès. Et d'Agathon. Mais il s'agissait d'hommes braves, de vaillants et loyaux défenseurs de Troie.

Il leva les yeux vers le palais d'Hélicon, avec ses chevaux de pierre aux portes. Il n'y avait pas de gardes en vue, mais l'activité qui régnait aux abords indiquait qu'Hélicon se trouvait sur les lieux.

Antiphonès prit une profonde inspiration. Sa propre mort importerait peu, au regard des atrocités qui attendaient tous ces innocents... Il décida alors d'envoyer un message à Hélicon. *Lui* serait en mesure de joindre le roi à temps.

Il appela son serviteur, Thoas, en se dirigeant d'un pas pesant vers la porte. Au-dehors, un Thrace blond était penché sur le corps de Thoas, et essuyait un couteau dégouttant de sang sur la tunique du vieil homme.

Et, épée au poing, deux autres soldats s'encadraient dans l'embrasure de la porte.

Antiphonès sut que sa dernière heure avait sonné. À cet instant, plutôt qu'un accès de folle terreur, ce fut comme une éclaircie radieuse – le soleil perçait enfin les nuages. Toute sa vie, il avait vécu dans la peur – celle de décevoir son père, celle de l'échec, du rejet... Maintenant, il n'avait plus peur.

Il croisa le regard bleu pâle du tueur thrace.

— C'était mon serviteur, dit-il doucement en désignant Thoas. Un homme simple qui avait bon cœur.

— Oh ! fit le Thrace avec un grand sourire, eh bien, il continuera peut-être à te servir dans le monde de l'Au-delà, gras-double !

Il se releva avec grâce et avança sur sa proie. Il était jeune et, comme tant de mercenaires thraces, doté d'un regard dur et cruel. Antiphonès ne bougea pas. Le Thrace fit une pause.

— Eh bien, avec ta graisse, c'est sûr, tu ne risques pas de prendre tes jambes à ton cou. Vas-tu me supplier de t'épargner ?

— Je n'espère rien d'un baiseur de chèvres thrace, répondit froidement Antiphonès.

Le front plissé, l'homme grogna de colère en lui sautant à la gorge. Le prince para le coup de couteau de son énorme bras gauche, lui percutant la mâchoire du poing droit. Littéralement soulevé de terre, le Thrace heurta le mur tête la première et s'effondra. Épée haute, les deux autres tueurs fondirent sur Antiphonès. Hurlant à pleins poumons, le prince les affronta. Un coup de lame lui mordit le flanc, et le sang imprégna son ample tunique bleue. Antiphonès empoigna son agresseur et lui flanqua un violent coup de tête, l'assommant à moitié.

La douleur le vrilla. L'autre Thrace venait de le poignarder dans le dos, puis de retirer l'épée pour porter un nouveau coup. Sans lâcher l'homme sonné, Antiphonès fit volte-face puis le projeta sur le soldat à l'épée. Mais l'autre esquiva le projectile vivant et, comme le prince se jetait sur lui, darda son épée, lui transperçant le ventre. Antiphonès réagit d'un direct au menton de son adversaire, le catapultant à son tour contre le mur. Tombé sur un genou, il ramassa une épée, parvint à se redresser pour bloquer une feinte féroce puis visa l'homme à la gorge. Mais il n'avait jamais été formé au maniement des armes, et son coup dévia, coupant le Thrace à la joue, et ressortant par la mâchoire. Avec un affreux gargouillement, le tueur le poignarda de nouveau. Reculant, Antiphonès riposta par un coup à la tempe, qui faillit précipiter son opposant à terre. Le prince profita de son avantage en le frappant trois fois encore – le dernier coup lui trancha la jugulaire.

L'autre tueur luttait pour se relever. Maniant l'épée courte à la façon d'une dague, Antiphonès se jeta sur lui et plongea sa lame dans la clavicule de l'homme. Il avait mis tout son poids dans l'attaque et, terrassé, le Thrace poussa un cri terrible. L'épée s'était si profondément enfoncée dans ses chairs que seule la poignée dépassait du corps.

La tunique trempée de sang, Antiphonès sentait le fluide vital couler sur son ventre et dans son dos. La tête lui tournait. Lentement, il revint vers le premier Thrace. Il ramassa l'arme et s'agenouilla près de l'assassin inconscient. Il l'empoigna par le col de son plastron et le souleva, lui arrachant un grognement. Le Thrace rouvrit ses yeux pâles. Antiphonès plaqua la lame sous sa gorge.

— Ce *gras-double* est un prince de Troie. Le sang des héros et des rois coule dans ses veines. En arrivant près d'Hadès, tu pourras présenter tes regrets à Thoas, et lui dire que *gras-double* l'estimait beaucoup.

Le Thrace écarquilla les yeux, et voulut parler. Antiphonès lui plongea la lame dans la gorge, puis regarda le geyser de sang jaillir de la plaie atroce. Lâchant son couteau, il se laissa aller contre l'embrasure de la porte.

« Adieu, mon frère », avait dit Agathon.

Antiphonès avait eu conscience de la terrible finalité de ces paroles, ponctuées par une expression glaciale. Agathon avait quitté la maison puis chargé ses Thraces de l'assassiner. Et pourquoi pas ? La plupart de ses autres frères aussi étaient destinés à périr.

L'hémorragie s'aggravait. Antiphonès baissa les paupières. Le sombre voyage qui l'attendait ne le terrifiait pas. À vrai dire, le calme qui l'avait envahi n'était pas sans l'étonner. Il repensa à Hector et sourit.

Aurait-il été surpris de me voir vaincre trois tueurs ?

Puis ses pensées se tournèrent de nouveau vers le complot contre Priam, ses fils et ses conseillers.

Au prix d'un violent effort, il réussit à se remettre debout. Il entra en titubant dans sa maison, revêtit un long manteau de laine grise afin de soustraire aux regards ses plaies sanglantes. Puis il gagna lentement les jardins arrière pour déboucher dans une rue latérale.

Il ne voyait plus clairement le pavé de la chaussée, aussi brouillé que le Scamandre sous l'effet des brumes matinales. Les pierres tremblaient, miroitaient, menaçaient d'être happées par les ombres sous les pas saccadés du mourant.

Se pencher en avant raviva ses douleurs au côté et dans le dos. Avec un faible cri, il réussit à faire un pas de plus. Puis un autre…

Son sang coulait toujours à flots. Mais le manteau dissimulait ses blessures, et les quelques passants qu'il croisa lui accordèrent à peine un coup d'œil. Ils devaient le croire ivre, ou juste trop obèse pour marcher normalement. Amusés ou embarrassés, ils détournaient vite le regard. Sans remarquer les traces de sang, derrière lui.

Atteignant les portes du palais d'Hélicon, il resta un instant à l'ombre des sculptures de chevaux. Il vit un serviteur traverser la cour en direction de l'entrée principale, et le héla. Le reconnaissant, l'homme accourut. Antiphonès était adossé au piédestal d'une des statues.

—Aide-moi…

Venait-il de parler à voix haute, ou bien de le penser simplement ? Le mourant n'en savait plus rien.

Il sombra dans l'inconscience, puis sentit des mains l'empoigner pour tenter de le soulever. En vain. Il était trop lourd.

Il rouvrit les yeux et vit un solide gaillard à la barbe noire qui le dominait de toute sa taille.

—Nous allons vous transporter à l'intérieur.

Il parlait avec un accent égyptien.

—Hélicon… Je dois… parler à… Hélicon…

—Il n'est pas là. Donnez-moi la main.

Antiphonès leva un bras. Plusieurs serviteurs se postèrent derrière lui. L'homme banda ses muscles, remettant le prince debout. Antiphonès prit lourdement appui sur l'Égyptien, qui le conduisit lentement dans le palais d'Hélicon. Une fois à l'intérieur, les jambes d'Antiphonès ne le portèrent plus. L'Égyptien l'aida à s'étendre sur le sol.

Agenouillé, il sortit un couteau.

—Allez-vous me tuer ? demanda Antiphonès.

—Quelqu'un l'a déjà tenté, mon ami. Non. J'ai envoyé quérir un médecin, mais j'ai besoin d'examiner vos blessures et d'arrêter l'hémorragie. (Il découpa la laine du manteau.) Qui vous a attaqué ?

Antiphonès eut l'impression de tomber dans un puits sans fond. Il tenta d'articuler encore quelque chose. Le visage de l'Égyptien dansait sous ses yeux.

— Des traîtres, gémit-il. Ils vont… massacrer tout le monde…

Le néant l'engloutit.

II

Assis dans les jardins du temple, Argurios briquait son plastron à l'aide d'un chiffon. L'armure était vieille, et plusieurs disques de bronze étaient fendus. Il en manquait deux sur le côté gauche. Le premier avait éclaté sous un coup de hache. Argurios s'en souvenait encore. Un jeune Thessalien avait débordé les rangs mycéniens, tuant deux guerriers. L'homme était grand, les épaules carrées, et d'une folle intrépidité. Bouclier haut, épée tendue, Argurios lui avait bondi dessus. Le Thessalien avait eu une réaction fulgurante. Il était tombé sur un genou et avait frappé de sa hache, passant sous le bouclier. Le coup lui avait brisé deux côtes, et l'aurait même étripé si son armure avait été de médiocre qualité. En dépit de la violente douleur, Argurios avait continué à se battre, blessant mortellement son adversaire. La bataille achevée, il avait retrouvé le mourant et s'était assis près de lui. Et ils avaient parlé de la vie, des moissons à récolter, de la valeur d'une bonne épée.

La guerre éclair terminée, Argurios était allé en Thessalie, pour rendre la hache et l'armure de l'homme à sa famille, dont la ferme se nichait au creux d'une vallée montagnarde.

Lentement, avec grand soin, Argurios polit chaque disque. Ce soir-là, il avait décidé de parler à Priam, et il désirait se présenter sous son meilleur jour. Il n'avait guère d'espoir de réussir, et la perspective de se voir interdire la fréquentation de Laodicé le remplit de panique.

Que feras-tu si le roi te refuse la main de sa fille ?

À la vérité, il l'ignorait, et chassa ses appréhensions.

Son plastron fourbi, il passa à son heaume. Une belle pièce, faite dans une unique feuille de bronze. Un cadeau du roi Atrée. Bordé de cuir molletonné pour absorber l'impact des coups, le heaume était précieux. Argurios s'émerveilla des talents du forgeron. Façonner le heaume étiré aux protège-joues incurvés avait dû prendre des semaines. Le Mycénien passa légèrement les doigts sur les rainures du haut du casque, destinées à tenir le cimier en crin blanc – un ajout réservé aux cérémonies. Il ne porterait pas le cimier ce soir, il était usé et aurait dû être remplacé. Il polit avec soin le heaume. S'il n'avait été un guerrier, il aurait aimé apprendre à travailler le bronze. Les épées devaient avoir un bon tranchant, sans être trop cassantes. Les heaumes et les armures nécessitaient un bronze plus malléable, capable de plier et d'absorber le choc des frappes. De plus ou moins grandes quantités d'étain étaient ajoutées au cuivre en fonction des besoins.

Enfin satisfait par le lustre de son casque, Argurios le posa de côté et s'attaqua aux jambières – de qualité plutôt moyenne, un cadeau d'Agamemnon… Ce qui indiquait clairement qu'Argurios n'avait plus les faveurs du roi.

Il les fourbissait encore quand il vit Laodicé approcher en longeant les arbres. Elle portait une tunique jaune d'or à la large ceinture gaufrée à l'or fin. Sa chevelure blonde cascadait librement sur ses épaules, et le sourire qu'elle lui adressa lui réjouit le cœur. Posant ses jambières, il se leva et elle courut se jeter à son cou.

—J'ai un si bon pressentiment aujourd'hui ! s'exclama-t-elle. À mon réveil ce matin, toutes mes peurs s'étaient envolées !

Il lui prit le visage en coupe et l'embrassa. Ils restèrent quelques instants enlacés, sans mot dire. Puis elle baissa les yeux sur son armure.

—Tu seras superbe ce soir !

—Je voudrais tant me voir à travers ton regard… La dernière fois que j'ai croisé mon reflet, c'était celui d'un homme qui n'est plus dans la force de l'âge, avec des traits trop anguleux et des cheveux grisonnants…

Elle lui caressa la joue.

—Je n'ai jamais vu plus bel homme que toi ! Jamais… (Elle lui sourit.) Il fait bien chaud ici. Nous devrions peut-être nous retirer dans ta chambre, là où il fait plus frais…

—Dans ce cas, tu ne seras pas « fraîche » avant un certain temps…

Laodicé éclata de rire, puis elle l'aida à rassembler ses pièces d'armure. Ils traversèrent les jardins.

Plus tard, alors qu'ils étaient allongés nus dans les bras l'un de l'autre, sur la couche étroite, elle parla du banquet.

—Il n'y aura pas de femmes. La grande prêtresse d'Athènes officiera dans le gynécée. Elle est très âgée et… assommante. Ma soirée sera d'un ennui mortel, je le crains. La tienne sera bien plus excitante ! Des poètes composeront des odes à la gloire d'Hector. Il y aura aussi des conteurs. (Se décomposant soudain, Laodicé se couvrit la bouche d'une main, les yeux noyés de larmes. Argurios l'enlaça plus étroitement.) Je n'arrive toujours pas à croire qu'il soit mort, chuchota-t-elle.

— C'était un héros. Les dieux l'auront accueilli par un somptueux festin.

Elle s'assit, chassant ses pleurs.

— Cassandre a bouleversé tout le monde en disant qu'il allait revenir à la vie, revenir d'entre les morts… Hécube était tellement furieuse qu'elle l'a renvoyée au palais de père afin qu'elle écoute la prêtresse et apprenne à accepter la vérité. Se peut-il qu'on revienne d'entre les morts, à ton avis ?

— Je n'ai jamais rien vu de tel, répondit Argurios. On dit qu'Orphée s'aventura dans le royaume d'Hadès afin qu'on lui rende son épouse. Mais ses espérances furent déçues. Ton chagrin me navre, Laodicé. C'était un guerrier, et les guerriers meurent ainsi. Je suis sûr qu'il n'aurait pas voulu d'un autre destin.

Elle sourit.

— Oh, pas Hector ! Il détestait être un guerrier.

Argurios se rassit près d'elle.

— Comment est-ce possible ? Autour de la Grande Verte, tout le monde a entendu parler des batailles qu'Hector a livrées !

— Je ne saurais expliquer la contradiction. Hector est… était… un homme peu commun. Il détestait les querelles et les confrontations. À Troie, il passait le plus clair de son temps dans sa ferme, à élever des chevaux et des porcs. Il y a une grande maison remplie d'enfants, les fils des soldats troyens morts. Hector payait l'éducation et l'entretien des petits orphelins. Il parlait avec horreur de la guerre. Il m'a dit que chaque victoire lui laissait un goût amer dans la bouche. Un jour, il a même déclaré qu'on devrait contraindre les enfants à arpenter un champ de bataille pour voir les corps désarticulés, taillés en pièces… Alors peut-être qu'en devenant adultes ils ne rêveraient plus de gloire.

— Tu l'as dit, un homme peu commun…

Argurios se leva et passa sa tunique. Il poussa la fenêtre et regarda la cour du temple. Les gens s'étaient rassemblés autour des tables d'offrandes, et les prêtres regroupaient les requêtes.

— Une chose étrange m'est arrivée aujourd'hui, dit-il. Je suis descendu en ville à la recherche d'un forgeron qui pourrait réparer mon armure. Et j'ai vu des soldats thraces. Beaucoup avaient bu. Ils étaient bruyants et indisciplinés.

— Oui, je les ai remarqués aussi en venant ici. Agathon sera indigné quand il l'apprendra.

— L'un d'eux a titubé dans ma direction et m'a lancé que j'étais supposé me cacher… Je ne connaissais pas du tout ce type, ça, j'en suis sûr. Un camarade l'a tiré en arrière en le traitant d'imbécile.

— J'ignore pourquoi ils sont revenus si vite, dit Laodicé. Père prend toujours soin d'alterner les régiments. Pourtant, les Thraces étaient déjà là il y a une semaine. Ils n'auraient pas dû reprendre du service à Troie avant un bout de temps.

— Tu devrais retourner au palais, dit Argurios. J'ai besoin de me préparer.

Laodicé remit sa tunique, puis s'approcha d'un coffre, au pied du mur du fond. Une épée et son fourreau, une dague et deux parchemins cachetés à la cire étaient posés dessus.

— Tu as rédigé des lettres ?

— Non. Je ne sais pas écrire. On me les a confiées à Mycènes pour que je les remette à l'ambassadeur Erekos.

S'emparant de la première, Laodicé en brisa le sceau.

— Que fais-tu ? Ce sont des missives du roi !

— Il n'est plus ton roi, souligna la jeune femme. Il t'a frappé d'exil. Je suis curieuse de voir de quoi il s'agit.

— Sans doute des traités commerciaux.

Dépliant le parchemin, Laodicé parcourut la missive.

— Oui… Il parle de cargaisons de cuivre et d'étain, demandant à Erekos de veiller à ce que les quantités augmentent… Il est aussi question de fournir de l'or à « nos amis »… Tout cela est sans intérêt. (Elle décacheta le second message.) Pareil… On mentionne Carpophorus, qui aurait reçu de l'or pour remplir une mission. On remercie Erekos d'avoir fourni des détails à propos de la rotation des régiments… (Elle reposa le parchemin sur le coffre.) Ton roi aime écrire des lettres assommantes… Je ne te reverrai pas ce soir, ajouta-t-elle en traversant la pièce pour l'embrasser, mais dès demain, je serai là pour apprendre comment s'est déroulée ton audience avec mon père. Souviens-toi que c'est un homme très fier.

— Moi aussi.

— Eh bien, tâche de ne pas le courroucer. S'il t'oppose un refus, baisse la tête et retire-toi. Il ne pourra rien pour nous retenir longtemps loin l'un de l'autre, mon amour. S'il m'éloigne, je trouverai le moyen de te contacter.

— C'est un plaisir de te voir gagner en assurance.

— Je crois au présage des cygnes.

Après un autre long baiser, Laodicé partit.

Argurios retourna à la fenêtre. Le soleil baissait à l'horizon.

Reprenant son armure, il finit de polir les jambières, puis les plates de bronze du vieux pagne de guerre en cuir. Il passa enfin aux pièces des avant-bras que lui avait données le soldat Calliadès deux ans plus tôt. Il en avait dépouillé le cadavre d'un Athénien pour les apporter à Argurios, après la bataille.

— Merci de m'avoir sauvé la vie, lui avait-il dit. (Argurios n'en avait pas souvenir, pour sa part…) Je portais un heaume frappé d'un serpent ! avait-il insisté. Je venais de mordre la poussière et un lancier s'apprêtait à m'enfoncer sa lame dans la gorge… Tu lui as sauté dessus en déviant son arme de ton bouclier dressé.

— Ah ! oui… Je suis heureux que tu aies survécu.

— Je t'apporte ces pièces.

À respectueuse distance, des amis de Calliadès observaient la scène. Argurios avait reconnu Banoclès Une Oreille, et Éruthros, réputé pour ses bonnes blagues. Quant aux autres, il s'agissait de nouvelles recrues qu'il ne connaissait pas.

Il avait accepté le cadeau et répondu :

— Elles sont belles… Tu peux me laisser, maintenant.

Les soldats s'étaient éloignés. En se remémorant la scène, Argurios se surprit à regretter de ne pas avoir entamé le dialogue avec ces hommes, ç'aurait été l'occasion d'apprendre à les connaître.

Il jeta un coup d'œil au ceinturon et au fourreau. Eux aussi avaient besoin d'être astiqués, mais il ne comptait pas porter l'épée au palais.

Sur le coffre reposaient toujours les papyrus aux symboles indéchiffrables. Du cuivre et de l'étain pour fabriquer plus d'armes et d'armures… De l'or pour « nos amis »… Des traîtres troyens, certainement. Quant aux rotations des soldats, il ne pouvait s'agir que des régiments affectés à la protection de la ville. Argurios ne savait pas lire ni fabriquer sa propre armure. Il ne connaissait rien aux semailles et aux cultures, au tissage du lin ou au cardage de la laine.

En revanche, ce qu'il connaissait parfaitement bien, c'étaient la stratégie et la guerre.

Si Agamemnon désirait savoir quels soldats gardaient la ville tel ou tel jour, ça ne pouvait signifier qu'une chose : il y avait un avantage à gagner si un régiment *spécifique* était de garde. Sinon, qu'importaient quels hommes patrouillaient sur les remparts, et quand ?

Tu n'es plus le stratège du roi ! se tança-t-il. *Les ambitions d'Agamemnon ne te concernent plus.*

À moins, bien sûr, que Priam le laisse épouser Laodicé… Selon la loi, il deviendrait alors le fils du souverain, et un Troyen par alliance. Comme une telle idée lui aurait paru inconcevable lorsqu'il était parti avec Hélicon à bord du *Xanthos* !

Au-dehors, les ombres s'allongeaient. Argurios noua ses jambières, puis remit son plastron et son pagne. Il finit par les protège-avant-bras, qu'il laça avant de se relever.

Se dirigeant vers la porte, il s'arrêta soudain, jeta un coup d'œil derrière lui. Son regard se posa sur l'épée et le fourreau.

Sur une impulsion, il les ramassa et partit vers le palais.

Quatrième partie

Le bouclier du héros

Chapitre 30

Du sang sur les murs

I

La journée avait été frustrante pour Hélicon. Il s'était rendu au palais à la recherche d'Andromaque pour trouver portes closes. Du haut des remparts, un Aigle lui avait lancé que plus personne ne serait autorisé à entrer jusqu'au crépuscule – ordre d'Agathon. Il était donc retourné dans la Maison aux Chevaux de Pierre, jetant sur le dos de sa monture une schabraque en peau de léopard, et avait franchi le Scamandre pour rallier le palais d'Hécube, espérant y trouver Andromaque.

Le palais était pratiquement désert. Le plus jeune fils d'Hécube, le studieux Pâris, était assis à l'ombre d'arbres dominant la baie. Près de lui, une jeune femme trapue au visage ordinaire, à la mine ouverte et aux cheveux auburn clair, était plongée dans la lecture de vieux parchemins.

—Mère dort, annonça Pâris en reposant son propre parchemin. Elle a eu une nuit agitée.

—J'en suis navré. Je cherchais Andromaque.

—Elle était ici hier avec Laodicé. Aujourd'hui, tout le monde est en ville en train de préparer le banquet.

—Mais pas toi ?

Pâris eut un petit sourire.

—Je n'ai pas été convié. Agathon sait que je me sens mal à l'aise en société. Je suis bien plus heureux ici. (Son regard pâle vola vers la jeune femme.) Oh ! navré, cousine… Je te présente Hélène. Elle est en visite chez nous.

—Je suis Hélicon.

—J'ai entendu parler de vous, répondit-elle d'une voix douce en croisant son regard.

Rougissant, elle détourna vivement les yeux.

— Hélène partage mon intérêt pour tout ce qui touche à l'histoire, ajouta Pâris avec une note affectueuse dans la voix.

Hélicon s'efforça de se montrer courtois.

— Savez-vous lire ?

— Pâris est en train de m'apprendre.

— Alors je ne vous dérangerai pas plus longtemps. Je dois rentrer préparer le banquet, moi aussi.

Pâris se leva de son siège, et accompagna Hélicon dans le palais silencieux.

— N'est-elle pas merveilleuse ? s'exclama-t-il avec fougue.

Hélicon sourit.

— On dirait bien que tu es amoureux…

— Je crois, oui, confirma le jeune homme, tout heureux.

— À quand les noces ?

Pâris soupira.

— C'est tellement compliqué… Le père d'Hélène est en guerre contre les Mycéniens. Les mystères des conflits et les subtilités des stratégies m'échappent, mais d'après Antiphonès, Sparte perdra la guerre. Donc, ou son père sera tué, ou il sera contraint de jurer allégeance à Agamemnon. Dans un cas comme dans l'autre, Hélène sera à la merci du bon vouloir d'Agamemnon.

— Elle est spartiate ? Pâris, mon ami, elle n'est pas pour toi.

Le jeune prince se rebiffa.

— Si ! protesta-t-il. Elle représente tout pour moi !

— Ce n'est pas ce que je voulais dire. (Mettant de l'ordre dans ses idées, Hélicon prit une grande inspiration.) Le roi de Sparte n'a pas de fils. Si Sparte tombe, Hélène sera donnée en mariage à l'un des généraux d'Agamemnon afin d'asseoir les prétentions de celui-ci au trône. Et même si les Spartiates l'emportaient, par quelque miracle, la fille du roi serait alors mariée à un Spartiate de haut rang, qui deviendrait donc l'héritier.

Pâris eut l'air déconfit.

— Et si père intervenait pour nous ?

Hélicon hésita. Il avait de l'affection pour le jeune prince si réservé. De tous les fils de Priam, c'était lui qui tenait le moins de son géniteur. Pâris ne trouvait aucun intérêt aux guerres, aux combats et aux intrigues politiques. Il n'avait jamais pris part à des compétitions athlétiques, ni même tenté de s'entraîner sérieusement au maniement de l'épée, de la lance ou de l'arc.

— Pâris, mon ami, tu l'as dit toi-même, tu ne comprends rien à la stratégie ou aux batailles. Quiconque épousera Hélène pourra prétendre au trône de Sparte. Crois-tu donc qu'Agamemnon permettrait une telle chose à un prince troyen ? Même Priam, avec toute sa puissance, n'y pourra rien. Ôte-toi cette idée de la tête.

— Impossible ! Nous nous aimons.

— Les princes ne se marient pas par amour, Pâris. Je crains que tu ailles au-devant de cruelles désillusions…

Saisissant la crinière blanche de sa monture, il se hissa en selle. Puis, d'une pression des talons sur ses flancs, il repartit en direction du pont du Scamandre.

Sa conversation avec Pâris l'avait troublé. Il était revenu à Troie convaincu qu'il pourrait obtenir Andromaque en mariage, mais… l'émotion l'aveuglait-elle, lui aussi ? Au nom de quoi Priam autoriserait-il une telle union ? Pourquoi ne la donnerait-il pas à Agathon, tout simplement ? ou ne la mettrait-il pas dans son propre lit ?

Cette dernière perspective le mit hors de lui, son imagination achevant de l'écœurer. Alors qu'il chevauchait vers la cité, il se mit à concevoir des plans d'action, de plus en plus absurdes. En franchissant la porte de Scée, il envisageait même d'enlever Andromaque et de fuir à Dardanos.

Es-tu idiot ? se demanda-t-il.

Sa petite armée – une vulgaire milice, en fait – ne pourrait jamais tenir tête à toute la puissance de Troie. Un tel acte plongerait le royaume dans le désastre. Se forçant à raisonner froidement, posément, il réfléchit à ce qu'il avait à offrir à Priam en termes de richesses et de commerce. Perdu dans ses calculs, il traversa lentement la cité en direction de la Maison aux Chevaux.

Il vit une vingtaine de soldats dans la cour et, en approchant, remarqua des traînées de sang sur les pierres de la chaussée.

— Que se passe-t-il ? lança-t-il à un jeune officier thrace, qui le reconnut aussitôt.

— Quelqu'un a été attaqué, seigneur Énée ! Votre serviteur nous a refusé l'entrée.

Passant devant l'homme, Hélicon martela la porte du poing.

— Qui est-ce ?

C'était la voix de Gershom.

— Hélicon ! Ouvre !

Il entendit le raclement de la barre qu'on retirait, et la porte s'ouvrit. La première chose qu'il découvrit, ce fut un corps gisant sur le sol, couvert par deux manteaux. Le sang avait gorgé le tapis, dessous. Sans avoir à le vérifier, Hélicon sut qu'il s'agissait d'Antiphonès. À Troie, personne d'autre n'avait une telle corpulence. L'officier thrace entra sur les talons du prince, contemplant la dépouille recouverte.

— Nous ne savions pas quoi faire, seigneur, dit Gershom avec une profonde révérence. Cet homme s'est traîné jusqu'ici en vous réclamant. Puis il s'est effondré et il est mort.

Hélicon le dévisagea. À ce jour, Gershom ne s'était jamais montré servile, ni incliné une seule fois. Sentant que la situation était plus complexe qu'il y paraissait, Hélicon se tourna vers l'officier thrace qui était entré avec lui.

— Le défunt est Antiphonès, fils de Priam. Je te suggère de demander un chariot, et de faire porter le cadavre au palais.

— Ce sera fait, seigneur. (L'homme se tourna vers Gershom.) A-t-il dit quoi que ce soit avant de succomber ?

— Il s'y est efforcé, seigneur, répondit Gershom, tête baissée. Il ne cessait de réclamer le seigneur Hélicon. Je lui ai dit qu'il n'était pas là. J'ai tenté d'arrêter l'hémorragie, mais les blessures étaient trop profondes. Je n'ai pas pu le sauver, et il est mort.

— Pourquoi avoir refusé de nous laisser entrer ? demanda l'officier.

— J'avais peur, seigneur. Je suis étranger, ici. Un homme survient, tombe raide mort, puis d'autres hommes viennent tambouriner à la porte… Je ne savais plus quoi faire.

La réponse parut satisfaire le Thrace.

— Je ferai venir un chariot, dit-il à Hélicon avant de ressortir.

Dès que la porte se fut refermée, Gershom s'agenouilla près d'Antiphonès et écarta le premier manteau de son visage… aux yeux grands ouverts. Hélicon vit alors le « défunt » battre des cils. Sortant de la pièce d'à côté, Machaon fit son apparition.

— Que se passe-t-il ici ? s'écria Hélicon, mystifié.

Gershom releva la tête.

— Des Thraces envoyés par son frère Agathon l'ont attaqué, dit-il, toute trace de servilité évanouie.

Machaon s'agenouilla à son tour près d'Antiphonès, et écarta un peu plus le manteau. Antiphonès avait le torse couvert de sang, et Hélicon vit de nombreux points de suture en zigzag. Machaon examina l'état des plaies, puis posa une main au-dessus du cœur de son patient.

— C'est un homme solide, déclara-t-il. Et ses couches de graisse ont empêché les lames de porter des coups mortels, je pense.

— Pourquoi Agathon t'a-t-il fait cela ? demanda Hélicon au blessé.

— J'ai été un fieffé imbécile… Tant de choses que je n'ai pas vues… Comme moi, je croyais qu'Agathon voulait se venger de Priam pour toutes les humiliations et les insultes qu'il nous a infligées. Mais il a succombé à une haine féroce. Qu'il ne voue pas seulement à Priam mais à tous ceux qui, dans son esprit, l'ont offensé d'une façon ou d'une autre. Ce soir, il y aura un véritable bain de sang. Un millier de Thraces et quelque deux cents Mycéniens vont fondre sur le palais. Tous ceux qui se trouveront dans le mégaron seront massacrés. Les princes, les conseillers, les nobles… tous jusqu'au dernier ! J'ai tenté de le ramener à la raison, de le convaincre que c'était pure folie. Et il a envoyé trois tueurs me régler mon compte. (Antiphonès eut un sourire las.) C'est moi qui les ai tués, en définitive… Hector aurait été fier de moi, tu ne crois pas ?

— Oh, si ! Et les femmes ?

Le petit sourire d'Antiphonès s'effaça.

— Nos sœurs ne devraient rien avoir à craindre. Toutes les autres subiront la loi de la guerre… Le butin du vainqueur… Je n'ai pas su voir toute la haine qui l'habitait. Le dégoût que m'inspire Priam m'aveuglait. Tu dois absolument quitter la ville ! Une fois Priam tombé, Agathon enverra aussi des tueurs à tes trousses !

— Priam n'est pas encore mort.

— Tu ne peux rien faire. Les Grandes Portes sont sous la garde d'un régiment que commande un des séides d'Agathon. Ces hommes ont ordre de ne pas quitter leur poste et de tenir les portes closes jusqu'à l'aube. Ils ne voleront pas à la rescousse de Priam. Or, il n'y a qu'une centaine d'Aigles au palais. Eux ne pourront jamais prévaloir, ils seront écrasés sous le nombre des envahisseurs.

— Et Andromaque ? Où est-elle ?

— Oh ! elle a rejoint la liste des ennemis d'Agathon en repoussant ses avances, Énée. Il a déclaré qu'il avait hâte de la voir violée par ses Thraces.

II

Le banquet funèbre commencerait bientôt. Au balcon de ses appartements, Andromaque contemplait les vertes collines, au nord de la ville. Des moutons y paissaient. Dans le lointain, elle vit deux cavaliers gravir un coteau et parvenir au sommet. Quel bonheur ce serait d'échapper à Troie, songea la jeune femme. Quelle merveille ce serait de galoper par monts et par vaux, libre comme l'air.

—Vous vouliez aujourd'hui une robe blanche toute simple, dit Axa en la rejoignant sur le balcon et en l'arrachant à sa rêverie.

Elle lui tendait deux chitons identiques. Andromaque en désigna un. Axa examina les broderies de l'ourlet et, grommelant tout bas, courut chercher sa boîte à couture. Munie d'une épingle et d'un fil d'argent, elle s'installa confortablement sur un tabouret molletonné. Elle se déplaçait avec moins de difficulté à présent, et ses bleus s'estompaient. Andromaque l'avait remarqué.

—Cassandre est au palais, reprit Axa, ses yeux de myope tout près de son ouvrage. Elle y est revenue hier. D'après la rumeur, elle ne cessait de répéter qu'Hector allait revenir d'entre les morts, et la reine aurait perdu patience. Difficile pour une mère d'avoir une enfant à l'âme malade.

—Elle n'a pas l'âme malade, assura Andromaque. Pâris m'a dit que Cassandre avait failli mourir, quand elle était bébé, à cause d'une fièvre cérébrale.

—Pauvre petite, soupira Axa. Mon garçon y échappera. J'ai une amulette bénie par Perséphone... Mestarès en avait fait l'acquisition.

En prononçant le nom de son époux, Axa interrompit sa couture, son visage charnu aux traits ordinaires crispé par le chagrin. Andromaque s'assit près d'elle. Il n'y avait rien qu'elle puisse dire. L'arrivée de l'empereur avait réduit à néant les derniers espoirs de voir Hector et ses hommes revenir.

D'une main calleuse, Axa chassa ses larmes.

—Ça ne va pas... pas du tout! Vous devez être à votre avantage pour ce soir.

—Andromaque!

Une porte claqua, il y eut un froissement de rideaux puis Cassandre apparut sur le pas de la porte, ses boucles noires en bataille et l'ourlet de sa longue robe bleue balayant le sol.

—Je veux aller dans les jardins! Laodicé refuse! Elle ne cesse de me gronder!

Laodicé apparut à son tour.

—Cassandre, n'ennuie pas Andromaque! L'heure est au chagrin, tu sais. Nous ne devons pas faire de bruit, et il faut que nous restions au gynécée.

De ses yeux bleu-gris, Cassandre décocha un coup d'œil à sa sœur.

—Tu n'es pas triste! Ton cœur chante comme un oiseau. Je l'entends.

Laodicé rougit, et Andromaque lui adressa un bref sourire. Elle avait deviné qu'il y avait quelqu'un dans la vie de Laodicé. Ces dernières semaines, la jeune femme avait beaucoup gagné en assurance, et, la veille, son bonheur éclatant avait été merveille à voir. Andromaque avait espéré que Laodicé se confierait à elle, mais elle l'avait peu croisée, et quand elles avaient pu échanger quelques mots, il n'avait pas été question d'amour. Andromaque devina qu'elle s'était probablement éprise d'un soldat, d'où la nécessité du secret.

— Mon cœur *ne chante pas,* vilaine fille ! se récria Laodicé. Ce que tu peux être agaçante ! Et moi qui ne sais plus où donner de la tête tellement j'ai à faire. Il faut encore que j'accueille la prêtresse. Une femme intimidante.

— Laisse-moi Cassandre, dit Andromaque. J'apprécie sa compagnie.

Laodicé soupira.

— C'est parce que tu n'as pas encore eu à la supporter longtemps.

Elle posa sur Cassandre un regard sévère – qui s'adoucit quand l'enfant, tête inclinée, sourit à sa sœur.

— Je sais que tu m'aimes, Laodicé.

— Tu ne sais rien ! (Elle se tourna vers Andromaque.) Très bien, je te la confie. Mais je te préviens, d'ici à ce soir, tu auras des cheveux gris et des rides !

Laodicé repartie, Andromaque reprit la parole :

— Je ne vois pas pourquoi nous ne pourrions pas faire un tour dans les jardins... Viens, Axa, donne-moi cette robe. Un ourlet un peu effiloché est le cadet de mes soucis. Personne n'inspectera mes pieds.

Visiblement contrariée, Axa rendit néanmoins le vêtement à sa maîtresse, qui ôta la robe verte qu'elle portait pour l'essayer. Axa lui apporta ensuite une ceinture ouvragée, ornée de chaînes d'argent.

Le trio quitta les lieux et descendit les couloirs du gynécée, puis franchit les grandes portes en chêne incrustées d'or et d'ivoire. L'escalier auquel on accédait alors conduisait aux appartements de la reine, suivi d'autres volées de marches qui, elles, descendaient vers le mégaron de Priam. Des serviteurs en effervescence mettaient la dernière main aux préparatifs du grand banquet du soir. Des invités arrivaient déjà, et Andromaque repéra Politès et Dios. Ce dernier lui décocha un regard virulent. À l'évidence, il lui tenait toujours rigueur de l'éclat survenu sur la plage. Depuis, il n'avait pas eu un seul mot aimable pour elle.

— Pourquoi dévore-t-on un tas de viande rôtie chaque fois que quelqu'un meurt ? lança Cassandre, qui regardait les serviteurs peiner sur d'immenses quartiers de bœuf.

Andromaque haussa les épaules.

— C'est la tradition. Lorsqu'un héros de la trempe d'Hector disparaît, les hommes aiment se réunir et évoquer longuement les prouesses du défunt.

On dit que les dieux y prennent part, qu'eux aussi sont invités à manger, à boire et à offrir des libations au héros.

Elle balaya le mégaron du regard. Elle s'y était rendue à plusieurs reprises, sans avoir eu le temps d'inspecter les lieux à fond. Les murs regorgeaient d'armes et d'armures. Désormais avide de plaire à sa maîtresse et ne ratant jamais une occasion, Axa entreprit de présenter en quelques mots l'historique de chacun des trophées muraux. Elle commença par désigner celui du fond.

— Voici les armes d'Héraclès : ses lances, le grand marteau qui lui servit à abattre la muraille de l'ouest.

Andromaque leva les yeux. Au-dessus de leurs têtes, il y avait cinq boucliers. Quatre brillaient tant on les avait polis, mais celui du milieu, cabossé et négligé, était d'un style archaïque. La partie supérieure du disque était large et allait en rétrécissant au niveau de la taille. Finement ouvragé, il était plaqué de dix cercles de bronze. Une hydre géante à neuf têtes couronnait le bouclier, flanquée d'un guerrier brandissant une épée et un tison enflammé. La courroie du bouclier était décorée d'un serpent d'argent.

— C'est magnifique, dit la jeune femme.

— Il s'agit du bouclier d'Ilos, un des grands guerriers de Troie, expliqua joyeusement Axa. Selon une légende, seul le plus grand des héros pourra le décrocher du mur. Le roi l'avait offert à Hector, mais il a décliné cet honneur. Après avoir remporté une bataille à l'est l'an dernier, Agathon l'a demandé. Le roi a répondu que si Hector ne s'estimait pas digne du bouclier, personne ne l'était.

— Ça risque de changer maintenant… Agathon succédera à Priam, j'imagine ?

— Priam survivra à tous ses fils, lança Cassandre à brûle-pourpoint d'une voix froide et détachée.

Andromaque sentit le duvet de ses bras se hérisser, et un frisson glacé remonta le long de son échine. S'écarquillant soudain, les yeux de l'enfant brillèrent de frayeur.

— Il y a du sang sur les murs ! s'écria-t-elle avant de retourner d'un bond dans l'escalier qui conduisait aux appartements de la reine.

Elles entendirent ses sandales claquer sur les marches qu'elle gravissait quatre à quatre. Laissant Axa où elle était, Andromaque se lança à la poursuite de la fillette.

Mais Cassandre courait vite, esquivant les serviteurs, se déportant de côté et d'autre pour éviter les collisions. Andromaque filait sur ses traces – aussi rapidement que sa dignité le lui permettait. Elle ne pouvait quand même pas remonter la longue robe qui lui tombait aux chevilles pour mieux donner la chasse à Cassandre. Elle marcha jusqu'aux appartements des femmes et s'arrêta devant le sien. La porte s'ouvrit, et l'enfant en ressortit avec l'arc et le carquois d'Andromaque.

— Tu en auras besoin, dit-elle. Ils arrivent !

Chapitre 31

Le siège commence

I

Le vent s'était levé pendant qu'Argurios se dirigeait vers le palais de Priam. Sur la place du marché, les marchands se débattaient pour plier les toiles qui protégeaient leurs étals. Une d'elles se déchira et s'envola, semblable à une voile. Plusieurs hommes lui coururent après, et les badauds éclatèrent de rire.

Le soleil se couchait sur les îles lointaines d'Imbros et de Samothrace, et des nuages de pluie s'accumulaient au-dessus de la cité.

Argurios, souffleté par le vent, passa devant le temple d'Hermès. Il espérait arriver au palais avant que la pluie commence. Il n'avait pas envie de se présenter devant le roi Priam dans une armure dégoulinante.

En réalité, il n'avait pas du tout envie de se présenter devant Priam !

Depuis toujours, Argurios trouvait difficile de converser avec les gens. Il disait toujours quelque chose qui contrariait son interlocuteur, ou lui donnait une fausse impression de sa personnalité. Il s'était senti à l'aise avec très peu de gens. Le roi Atrée était l'un d'eux, et il manquait toujours à Argurios.

Il se souvint d'une nuit, au campement, pendant une bataille. Argurios s'était laissé entraîner dans une querelle féroce avec un des généraux d'Atrée. Après, le roi, amusé, avait ordonné à Argurios de s'asseoir et de se calmer. Il avait visiblement retenu son hilarité, ce qui avait rendu Argurios encore plus furieux.

— Je ne trouve pas ça amusant, avait-il craché.

— Bien entendu, avait dit le roi, conciliant. Tu es Argurios. Rien ne t'amuse. Tu es un homme sérieux, et tu dis toujours la vérité. De manière compulsionnelle !

— La vérité devrait toujours être respectée !

— C'est exact. Mais la vérité a de nombreuses facettes. Tu as dit à Rostidès qu'il était stupide d'avoir mené une attaque contre une position qu'il n'avait pas étudiée avant. Tu as dit que les pertes humaines étaient inexcusables.

— La vérité.

— Je suis d'accord. Mais c'est moi qui ai ordonné à Rostidès d'attaquer. Il a suivi mes ordres, comme tout soldat loyal. Suis-je un imbécile ?

— Oui, avait répondu Argurios. La situation est toujours la même : il n'y avait pas eu de reconnaissance préalable, et nos hommes sont tombés dans un piège.

— Tu as raison, mon ami, avait dit Atrée, son sourire s'effaçant. J'ai agi sans réfléchir, et, dans ce cas, j'ai eu grandement tort. Mais tu as été brutal en insultant Rostidès avant d'avoir éclairci la situation. D'après ton propre jugement, tu es aussi un imbécile. Exact ?

— Je lui présenterai mes excuses.

— Ce serait judicieux. Argurios, tu sais que j'ai toujours apprécié ton honnêteté, et que je le ferai toujours. Les rois n'ont que trop tendance à s'entourer de flagorneurs. (Il lâcha un rire bref.) J'en ai quelques-uns autour de moi ! Il faut toujours qu'il y ait un homme honnête dans le lot. Mais souviens-toi que tout le monde ne pense pas comme moi.

— Je ne peux pas être autre chose que ce que je suis, mon seigneur.

— Je sais. Alors, espérons que nous vivrons longtemps, tous les deux !

Atrée était mort deux ans plus tard. Et Argurios comprenait maintenant ce qu'il avait voulu dire. Agamemnon n'était pas comme son père. Il ne voulait pas de gens honnêtes auprès de lui.

Priam en voudrait-il ?

Argurios en doutait.

Il s'arrêta et regarda le ciel.

— De toute ma vie, Père Zeus, je ne vous ai jamais rien demandé. Mais ce jour, je vous prie d'être à mes côtés et de me guider, pour que je ne perde pas Laodicé.

Le tonnerre gronda au loin. Argurios regarda la mer. Sous le soleil couchant, il vit quatre galères se diriger lentement vers la plage. Les derniers rayons du soleil faisaient briller les casques et les boucliers des guerriers à bord des vaisseaux.

Argurios reprit son chemin, répétant mentalement son discours à Priam.

Arrivé à l'aire dégagée devant les portes, il vit plusieurs nobles troyens, richement vêtus, discuter âprement avec des Aigles de Priam.

— C'est scandaleux ! Même pas une dague ? dit quelqu'un. Comment sommes-nous censés manger ? À moins qu'on serve seulement de la soupe au banquet funèbre d'Hector ?

Deux grandes tables avaient été placées à l'entrée. Elles étaient couvertes d'épées, de dagues et de couteaux.

— Je suis désolé, mon seigneur, dit un soldat. Les ordres sont précis. Personne ne doit emporter d'arme dans le mégaron. Vous pourrez les récupérer en partant.

Argurios reconnut le soldat. C'était Polydorus, l'homme qui l'avait accompagné sur la plage le jour où il avait nagé avec Andromaque. En grommelant, le visiteur posa brutalement sa dague sur la table et s'éloigna à grands pas. Comme la lumière baissait, des serviteurs sortirent du palais, allumèrent des torches et les placèrent dans des supports muraux. Ils suspendirent aussi des lampes à des poteaux jalonnant le trajet jusqu'aux portes du palais.

Argurios attendit que les nobles troyens soient tous entrés, puis il s'approcha de Polydorus. Le jeune soldat avait l'air exaspéré, mais il sourit en voyant le Mycénien.

— Je prendrai personnellement soin de votre arme, messire, dit-il. Est-ce la lame que vous avez utilisée à Parthes ?

— Non. Elle s'est brisée il y a bien longtemps.

À cet instant, il entendit le claquement de sabots sur la route. Un cheval à la robe dorée arriva devant la porte, et Hélicon en descendit. Il portait un plastron ajusté et un casque, et deux épées dans des fourreaux en travers des épaules.

— Où est l'officier de garde ? demanda-t-il.

Un soldat sortit des ombres, au-delà de la porte.

— Je suis Aranès, mon seigneur. Vous devez déposer vos armes ici, sur ordre du prince Agathon.

— Vous devez fermer immédiatement les portes du palais, Aranès, dit Hélicon. Des traîtres sont en chemin pour tuer le roi, non loin derrière moi. Ils sont aidés par un détachement mycénien. Leurs vaisseaux sont en train d'accoster.

— Quelles sont ces absurdités ? Êtes-vous ivre ?

— Ai-je l'air ivre ? Le prince Antiphonès a été poignardé. Agathon est un traître, et ses Thraces sont en route, prêts au meurtre. Et maintenant, fermez ces maudites portes, ou nous sommes tous morts !

— Je dois demander l'autorisation. On nous a ordonné de laisser les portes ouvertes.

Hélicon resta un instant silencieux, puis il frappa soudain Aranès au menton. L'homme tomba, face contre terre. Plusieurs Aigles accoururent, l'épée au clair.

—Écoutez-moi ! hurla Hélicon. La mort est à mes trousses ! Rassemblez tous les hommes que vous pouvez, et, au nom des dieux, barricadez ces portes !

—Obéissez ! cria Polydorus en courant vers les portes.

Argurios le suivit et l'aida à faire pivoter le lourd portail. Des soldats firent de même pour l'autre battant.

Une javeline s'enfonça dans le bois.

Des ténèbres jaillirent des hommes armés, poussant des cris de guerre.

Et les portes étaient toujours ouvertes.

II

Hélicon pivota quand la javeline s'enfonça dans la porte. Des soldats thraces fonçaient vers l'ouverture, armés de javelines, de lances ou d'épées courtes. À cet instant, Hélicon s'aperçut que les guerriers portaient un plastron de cuir léger et un casque rond également en cuir. Ils n'avaient pas de bouclier. La colère monta en lui. Ils n'étaient même pas retournés aux baraquements pour revêtir leur armure de combat, tant ils étaient sûrs d'eux. Ils s'attendaient à affronter quelques Aigles et une centaine d'hommes désarmés pleurant un héros mort.

Sortant les deux épées des fourreaux qu'il portait sur le dos, Hélicon chargea les Thraces. Il ne pensait ni à la gloire, ni à la mort. À rien d'autre qu'au désir sauvage de punir ces traîtres, de voir couler leur sang et d'entendre leurs cris de douleur.

Certains Thraces s'étaient jetés contre les portes et les avaient repoussées. Une vingtaine d'Aigles, de l'autre côté, tentaient de les fermer. Hélicon fonça dans l'entrebâillement et trancha la gorge d'un soldat blond avec l'épée qu'il tenait dans la main droite, tout en enfonçant celle de la main gauche dans le cou d'un autre ennemi. Il continua à taillader et à transpercer les assaillants. Quelques Thraces essayèrent de le coincer, d'autres voulurent l'attirer hors de la zone sensible, décontenancés par la férocité de son attaque. Des épées frappèrent son plastron, et une lance résonna contre son casque.

Il était dans la mêlée, des cadavres gisant à ses pieds, ses deux épées luisantes de sang. Même dans sa rage meurtrière, il comprit qu'il s'était trop avancé. L'ennemi l'entourait, et il ne tarderait pas à se faire couper un jarret ou submerger. Un immense Thrace se jeta sur lui et le renversa. En reculant, Hélicon plongea une de ses lames dans la joue de l'homme. Une main le rattrapa et le stabilisa. C'était Argurios. Un Thrace se jeta sur lui, pointant sa lance. Le Mycénien se détourna, évita le coup, puis fendit proprement le crâne de l'homme.

— Tuez-les tous ! hurla Argurios, d'une voix autoritaire.

Quelques Aigles de Priam se jetèrent dans la mêlée, des hommes lourdement charpentés et d'une force colossale. Bien protégés par leur armure et leur bouclier en bronze, ils forcèrent les Thraces à reculer.

Hélicon fit mine de les suivre.

— Non ! cria Argurios en lui saisissant le bras. Retournons vers les portes !

La rage quitta Hélicon, et il battit en retraite avec les autres.

Les Thraces, comprenant trop tard ce qui se passait, essayèrent de les poursuivre.

Hélicon fut le dernier homme à passer les portes, avant qu'elles se ferment. Quand les battants furent en place, Polydorus et un autre soldat placèrent une longue pièce de bois en travers.

Des hommes sortaient du palais.

— Armez-vous de vos arcs ! cria Hélicon aux soldats. Postez-vous sur les remparts. Ils auront bientôt des renforts.

Puis il se tourna vers Argurios.

— Je vous remercie.

— Ils étaient seulement une cinquantaine, dit Argurios. C'était sans doute des éclaireurs. Combien de Thraces y a-t-il, en tout ?

— Un millier.

— Et vous avez dit que des Mycéniens venaient leur prêter main-forte ?

— C'est ce qu'on m'a annoncé.

— Je pense les avoir vus. Quatre galères ont accosté pendant que je me rendais au palais. Au moins deux cents guerriers, plus peut-être. J'ai cru qu'il s'agissait de Troyens.

Priam se fraya un chemin dans la foule.

— Par Hadès ! que se passe-t-il ? demanda-t-il à Hélicon, le souffle aviné et les jambes tremblantes.

— Une trahison, dit Hélicon. Les Thraces d'Agathon ont reçu l'ordre de tuer tous les hommes du palais. Et deux cents guerriers mycéniens avancent vers nous en ce moment même.

Priam se frotta les yeux et inspira à fond.

— C'est de la folie, dit-il. Un seul régiment de Thraces ? Dès que les autres garnisons seront informées, elles viendront à notre secours, par milliers. Et la nuit est tombée. Les Grandes Portes seront fermées. Aucun Mycénien ne sera autorisé à entrer.

— Vous vous trompez, sire, dit Hélicon. Les soldats de la porte de Scée ont reçu l'ordre de laisser entrer les Mycéniens, puis de fermer les portes derrière eux. Aucune autre troupe ne pourra entrer. Les Aigles ici présents sont les seuls hommes loyaux de la Cité Haute. Nous devrons nous débrouiller seuls.

Priam resta un moment silencieux, puis il se tourna vers un Aigle.

— Va me chercher mon armure. (Il fit face à Hélicon.) Nous les contiendrons. Par les dieux ! nous leur montrerons le prix à payer pour leur traîtrise !

— Vous ne tiendrez pas les murs du palais très longtemps, dit Argurios. Ils ne sont pas assez hauts, et vous n'avez pas assez d'hommes. Ils sont déjà en train d'apporter des échelles, des carrioles, tout ce qui leur permettra d'escalader les remparts.

— Je vous connais ? demanda Priam.

— Je suis Argurios, roi Priam.

— Le fameux Argurios ?

— Lui-même.

— Et vous combattez à mes côtés ?

— C'est ce qu'il semble.

Le roi lâcha un rire sans joie.

— Mon Hector m'a été enlevé. Son frère veut ma mort, et ma cité est attaquée. Et voilà qu'un héros mycénien vient à mon secours. (Son visage se durcit.) Les dieux se sont bien joués de moi.

— Je partage votre sentiment, dit Argurios. Je n'ai jamais rêvé de combattre pour Troie. Mais nous parlerons des dieux et de leurs caprices à une autre occasion. Maintenant, nous devons armer tous vos invités, avec les armes qui se trouvent au palais. Il nous faudra des archers aux balcons, pour couvrir la cour. Même ainsi, nous avons bien peu de chances.

Priam lui fit un sourire glacial.

— Assez de chances pour un héros, Argurios. Où est ma fichue armure ?

Priam se détourna et partit en titubant à la recherche de ses armes.

Sur les murs, quelques Aigles lâchèrent des volées de flèches sur les Thraces.

— Nous ne tiendrons pas longtemps les remparts, répéta Argurios, à l'attention d'Hélicon. Ils vont arriver avec des échelles et des grappins, nombreux comme des fourmis.

—Je sais. (Hélicon se tourna vers Polydorus.) Allez à l'intérieur. Faites monter les conseillers les plus âgés et les serviteurs dans les appartements de la reine, à l'écart des combats. Puis barricadez toutes les entrées inutiles, ainsi que les fenêtres. Si vous trouvez des outils, faites-les boucher avec des planches.

L'officier qu'il avait frappé un peu plus tôt s'était relevé, mais il était toujours sous le choc. Hélicon s'approcha de lui.

—Combien d'hommes sont postés au portail extérieur qui mène aux quartiers des femmes ?

—Aucun, dit l'officier en se frottant la mâchoire. Les portes sont fermées. Il n'y a pas moyen de passer.

—Alors, l'ennemi escaladera les murs sans rencontrer de résistance ! cria Hélicon. Argurios, restez ici et organisez la défense. Vous, ordonna-t-il à Aranès, prenez vingt combattants aguerris, et suivez-moi !

III

Devant ses appartements, au cœur du palais, Andromaque regarda Cassandre dans les yeux et y lut la terreur.

—Qui vient ? demanda-t-elle doucement.

—Des épées, des dagues et des lances. (Elle regarda autour d'elle, les yeux exorbités.) Du sang… Du sang sur les murs… Du sang partout… Je t'en prie, prends l'arc.

La fillette tremblait spasmodiquement. Andromaque prit l'arme. Puis Cassandre lui tendit le carquois garni de vingt flèches noires. Andromaque l'accrocha à son épaule.

—Voilà, j'ai l'arc. Calme-toi, petite. Personne ne te fera de mal.

—C'est vrai, dit Cassandre. Personne ne me fera de mal… à moi.

Andromaque prit Cassandre par la main.

—Allons écouter la prêtresse. On dit qu'elle est très ennuyeuse. Ensuite, nous irons nous asseoir sous les étoiles, et nous parlerons.

—Hélicon vient te chercher, dit Cassandre pendant qu'elles marchaient le long du couloir qui menait à la salle commune des quartiers des femmes.

—Pourquoi ferait-il une telle chose ? demanda Andromaque.

—Parce qu'il t'aime, répondit l'enfant. Tu le sais, n'est-ce pas ?

Andromaque soupira.

—Hélicon est en Dardanie.

Cassandre secoua la tête.

— Il était sur un cheval doré, dans les rues. Il a peur pour toi. Il sait que le sang va couler. Le gros homme le lui a dit.

L'enfant se mit soudain à pleurer. Andromaque posa l'arc sur la couche près du mur, et s'y assit avec Cassandre. Elle tint la fillette dans ses bras et tenta de la calmer. Elle avait entendu beaucoup d'histoires sur l'enfant visionnaire, et elle savait qu'il lui serait impossible de déchirer le voile de ses illusions. Elle attendit qu'elle cesse de pleurer.

— Je ne veux pas voir toutes ces choses, dit enfin l'enfant, en se détachant d'Andromaque. Parfois, je ne sais plus quand ni où je suis.

— En ce moment, tu es là, assise à côté de moi. Nous sommes ensemble.

— « Ensemble », répéta Cassandre. (Elle regarda le couloir.) Regarde. Que vois-tu ?

— Une tapisserie accrochée au mur. Très bien faite, d'ailleurs.

— Non ! Devant la tapisserie !

— Je vois le couloir.

Les épaules de Cassandre s'affaissèrent. Andromaque la vit esquisser un sourire et faire un signe de la main.

— Et toi, que vois-tu ?

— Peu importe. Les dauphins m'ont dit que la mer changeait. Ils ont peur, et moi aussi. Tout est en train de changer, Andromaque.

— Pourquoi as-tu dit qu'Hélicon m'aimait ? Il te l'a confié ?

Cassandre fit un sourire timide.

— J'aime Hélicon. Autrefois, je le regardais dormir. Il fait partie du présent. Il est le Seigneur de l'Arc d'Argent.

— Tu penses qu'Hélicon est Apollon ?

— Mais non, nigaude ! Hélicon est Hélicon !

Andromaque sourit à la fillette.

— Je ne comprends pas.

— Personne ne comprend. En tout cas, personne de ceux qui sentent la pluie, ou les rayons du soleil.

— Tout le monde, alors ?

— Nous devons y aller ! Tiens ton arc prêt. Nous devons sauver Laodicé, l'amener au porteur de bouclier.

Andromaque ne sut quoi répondre à l'étrange fillette. Elles se rendirent en silence à la salle commune.

Une vingtaine de femmes étaient déjà là, vêtues de longues robes, parées de bijoux d'or et d'argent. Des servantes portaient des plateaux couverts de verres de vin. Andromaque vit Laodicé et lui fit signe. À côté d'elle se tenait une grande femme aux cheveux gris, portant un petit casque de cérémonie en or.

— C'est la prêtresse, murmura Cassandre. Je ne l'aime pas. Elle fait de fausses prophéties.

— Si elles étaient fausses, dit Andromaque, les gens s'en apercevraient probablement.

— Non, parce qu'elle est très rusée, répondit Cassandre. Le marchand Pandatès est venu la voir pour savoir si sa femme tomberait enceinte. Elle lui a dit que les dieux lui étaient favorables, mais qu'ils lui demandaient de la patience. Elle lui a affirmé qu'il aurait un fils, à condition de ne pas offenser les dieux. Pandatès s'est noyé quand son vaisseau a sombré. Elle a dit qu'il avait offensé Poséidon.

— Peut-être était-ce le cas...

— Après ce soir, dit Cassandre, ses prophéties seront vraies, mais personne ne les entendra.

Pour Andromaque, parler avec Cassandre ressemblait un peu à tenter d'attraper un papillon. Chaque fois qu'on croyait le tenir, il s'envolait.

— Il n'y a pas beaucoup de femmes, ici, dit Andromaque. Hector n'avait-il donc pas d'amies ?

— Tout le monde aimait Hector, répondit Cassandre. Tous se réjouiront quand il rentrera chez lui. Garde ton arc prêt.

Laodicé les rejoignit. Elle portait une robe d'un jaune éclatant, et ses cheveux blonds étaient tressés de fils d'or.

— Ce n'est pas le lieu pour exhiber des armes, dit-elle, fronçant les sourcils.

— Je sais. Je t'expliquerai plus tard. Je vois que Créüse n'est pas là.

— Elle arrive toujours en retard. Elle aime faire des entrées remarquées. Mais elle va être déçue, car il n'y a pas beaucoup de monde. Les épouses des conseillers de père, mais aucune des épouses de ses amis. (Elle se pencha vers Andromaque.) Grands dieux ! La prêtresse va prendre la parole. La partie ennuyeuse de la soirée va commencer.

— Elle ne parlera pas longtemps, murmura Cassandre, toute pâle.

Puis elle pivota et partit en courant dans le couloir.

La prêtresse aux cheveux gris leva le casque cérémoniel au-dessus de sa tête et commença à psalmodier.

— Athéna, écoute tes enfants ! Déesse de la Sagesse, entends tes fidèles. Que nos paroles et notre chagrin volent jusqu'à toi, et nous apportent la paix et la sérénité dans ces jours de deuil.

À cet instant, les portes du fond s'ouvrirent à la volée, et des soldats thraces foncèrent dans la pièce, armés d'épées et de lances. Les femmes se figèrent. Les hommes n'avaient pas droit de cité dans les quartiers des femmes, et encore moins lors d'une cérémonie sacrée.

La prêtresse, offusquée, fonça sur eux, leur criant de partir ou d'affronter le courroux d'Athéna. Ce qui suivit sidéra Andromaque. Un soldat envoya la prêtresse bouler sur le sol. Le casque lui échappa et frappa un pied de table. Un silence choqué s'ensuivit. Puis la prêtresse montra l'homme du doigt.

— Que la déesse vous frappe, toi et ta famille, et vous maudisse pour neuf générations !

L'homme éclata de rire, et abattit son épée. La prêtresse leva un bras pour se protéger. La lame le taillada. Puis, d'un second coup, il lui ouvrit la gorge. Les femmes hurlèrent et coururent en tous sens. Les soldats les rattrapèrent.

Laodicé se rua vers le guerrier qui continuait à taillader la prêtresse agonisante.

— Lâche ! hurla-t-elle.

— Tu veux subir le même traitement, chienne ? répondit l'homme, levant son épée vers elle.

Andromaque encocha une flèche et banda son arc. Au moment où le soldat arrivait à côté de Laodicé, une flèche empennée de noir lui entra dans l'œil. Il recula, lâcha son arme et s'écroula.

— Laodicé ! cria Andromaque.

La jeune femme voulut la rejoindre. Mais un Thrace lui enfonça une lance dans le dos. Laodicé hurla et vacilla. Andromaque transperça la gorge de l'homme d'une flèche. D'autres Thraces entrèrent. Laodicé s'affala contre Andromaque. Un autre soldat fondit sur elles. Andromaque lui décocha une flèche en pleine poitrine, qui le ralentit mais ne l'arrêta pas. N'ayant plus le temps d'encocher une flèche, Andromaque se servit de la flèche comme d'une dague, para le coup d'épée du soldat affaibli par sa blessure, et lui enfonça la flèche dans le cou. L'homme tomba avec un gargouillement.

Relevant son arc, Andromaque encocha une autre flèche. Elle aperçut Laodicé qui rampait sur le sol, la lance toujours enfoncée dans le dos. D'autres femmes passèrent en courant à côté d'elle.

Puis des soldats arrivèrent – des Aigles Royaux, conduits par Hélicon. Ils se ruèrent sur les Thraces.

Andromaque courut vers Laodicé, et arracha la lance de son dos. La jeune femme cria, puis retomba sur le sol. Andromaque la tira par un bras et la remit debout.

— Appuie-toi sur moi, dit-elle. Nous devons partir d'ici.

D'autres Aigles arrivèrent. Andromaque essaya d'atteindre les doubles portes qui menaient aux appartements de la reine. Plusieurs Aigles étaient déjà là. Un d'eux prit Laodicé dans ses bras.

— Emmenez-la en sûreté, lui ordonna Andromaque.

— Ce soir, nul endroit n'est sûr, dit l'homme. Mais je vais la porter à l'étage. Nous défendrons ces portes le plus longtemps possible.

IV

Hélicon et les Aigles luttèrent pied à pied contre les Thraces. Les Troyens étaient tous des vétérans et combattaient avec détermination et férocité. Munis d'armures solides, de boucliers et de casques, ils forcèrent les Thraces à reculer vers les doubles portes donnant sur l'extérieur. Les défenseurs n'étaient que vingt, bien inférieurs en nombre, mais les Thraces, vêtus de leur armure légère de ville, subirent de lourdes pertes. Hélicon se battait, animé d'une rage froide, ses deux épées tranchant et tailladant à une vitesse étonnante.

Les Thraces reculèrent en désordre, et se heurtèrent à d'autres rangées des leurs, qui essayaient d'entrer. La scène tourna au chaos quand les soldats affolés tentèrent de se frayer un chemin à travers leurs propres rangs. Les Aigles les suivirent et plongèrent leur épée dans leur dos et leur nuque. Les Thraces battirent en retraite.

Hélicon ordonna aux Aigles de revenir vers lui. La plupart obéirent, mais quatre continuèrent à poursuivre les Thraces. Dans la salle commune, Hélicon ordonna qu'on ferme les portes. Il y avait des supports de barre sur les portes, mais la barre n'était pas là. Inutilisée depuis des lustres, elle avait été rangée ailleurs. Hélicon ordonna à deux Aigles de la chercher. Les bruits de bataille dans le couloir avaient cessé. Hélicon comprit que les Thraces avaient réglé leur compte aux quatre Aigles qui s'étaient laissé emporter par l'ardeur de la bataille. Il restait peu de temps pour barricader l'entrée. Les Thraces n'allaient pas tarder à revenir à l'assaut.

— Ramassez leurs lances, ordonna-t-il, montrant les cadavres des Thraces.

Les gardes obéirent, et neuf lances épaisses remplacèrent la barre absente.

— Ça ne tiendra pas longtemps, dit un Aigle.

Hélicon regarda autour de lui. Plus de quarante Thraces étaient morts là. Mais il y avait aussi huit Aigles et cinq femmes – dont deux âgées – étendus sur le sol. Quatre autres Aigles étaient blessés.

— Nous ne pouvons rien faire de plus ici, dit Hélicon.

Il conduisit le groupe aux secondes doubles portes, celles qui menaient aux appartements de la reine et au mégaron du roi. Les barres de fermeture avaient été trouvées, et il ordonna qu'on barricade les lourds battants de chêne.

Laissant deux Aigles surveiller les issues, il monta aux appartements de la reine. Il trouva les survivantes dans la plus grande pièce. Certaines avaient l'air terrifiées, d'autres étaient sous le choc. Laodicé était allongée sur une couche, Cassandre et Andromaque à côté d'elle. La couche était détrempée de sang. Hélicon remit son épée au fourreau et les rejoignit.

Une femme d'âge mûr lui saisit le bras.

— Que se passe-t-il ? demanda-t-elle, effrayée et tremblante, le visage livide.

— Nous sommes attaqués, dit-il d'une voix calme. Il y a des blessés qui ont besoin d'aide. Ils ne seront pas les seuls. Pouvez-vous chercher des aiguilles et du fil dans l'appartement, et déchirer des bandes de tissu pour les pansements ?

La femme parut se rasséréner.

— Oui, je m'en occupe.

— Parfait. Organisez les autres femmes, pour qu'elles soient prêtes à soigner ceux qui en auront besoin.

— Qui est l'auteur de cette trahison ? demanda la femme.

— Agathon.

Elle eut l'air sidérée.

— Je l'ai toujours apprécié, dit-elle.

— Moi aussi.

Il approcha de la couche où gisait Laodicé. Il y avait beaucoup de sang, et la jeune femme paraissait dormir. Il regarda Andromaque.

— Un coup de lance, dit-elle, dans le bas du dos. J'ai pu arrêter le saignement, et son cœur bat correctement. Je pense qu'elle devrait s'en remettre.

Hélicon tendit la main et repoussa une mèche du front de Laodicé. Elle ouvrit les yeux.

— Hélicon ! dit-elle, avec un large sourire. Les traîtres ont-ils été punis ?

— Pas encore.

— Ils ont tué la prêtresse. C'était horrible ! Étaient-ils ivres ?

— Non, Laodicé. C'est un complot pour tuer ton père.

— Antiphonès ou Dios, dit-elle. Ou les deux.

— Non. Agathon.

— Oh, non ! murmura-t-elle. C'est impossible !

— Hélas, c'est vrai. Il a fait poignarder Antiphonès, et il a ordonné de mettre à mort tout le monde, dans le palais.

— Vous étiez amis, lui et toi… Je ne comprends pas. Argurios est-il ici ?

— Oui. Il est dans la cour. Il organise la défense.

— « La défense » ?

— Les Thraces d'Agathon ont encerclé le palais – et un détachement mycénien vient à leur aide.

— Et nos troupes ?

— Les soldats de la cité sont fidèles à Agathon. Ce sera une longue nuit, je le crains.

Laodicé soupira, puis elle sursauta.

— J'ai l'impression d'avoir reçu un coup de sabot de cheval, dit-elle.

— Tu as été blessée, c'est normal. Et maintenant, repose-toi, reprends tes forces. Je dois y aller.

— Oui, je vais me reposer. Je suis très fatiguée. Dis à Argurios de faire attention à lui. Je ne veux pas qu'il lui arrive quelque chose.

— Argurios ? demanda Hélicon, intrigué.

— Nous devons nous marier. C'est notre destinée.

Hélicon sourit, puis se pencha pour embrasser Laodicé sur le front.

— J'en suis heureux pour toi, dit-il.

Il se leva. Andromaque fit de même.

— Venez avec moi, dit Hélicon.

Ils sortirent sur une galerie qui surplombait un grand escalier menant au mégaron du roi. En dessous d'eux, ils virent des hommes prendre des armes et des boucliers sur les râteliers.

— Je suis heureuse que vous soyez venu, dit Andromaque.

— Pourquoi ?

— Je pense que vous le savez.

— Peut-être. Mais il nous reste sans doute peu de temps pour le dire.

Il lui prit la main et la baisa. Il s'était attendu à hésiter, mais les mots vinrent tout seuls.

— Je vous aime, Andromaque. Depuis l'instant où je vous ai vue, sur la plage de la baie de la Chouette Bleue. Vous n'avez pas quitté mon cœur et mon esprit depuis cette nuit. Si nous survivons, viendrez-vous en Dardanie avec moi ?

— Oui, dit-elle simplement.

Il l'embrassa. Quand leurs lèvres se joignirent, toute pensée du danger où ils étaient s'évanouit. Il sut que ce moment exquis resterait gravé dans son souvenir pour le reste de sa vie.

Le reste de sa vie. Qui risquait de s'achever avant l'aube.

— À quoi pensez-vous ? demanda-t-elle.

Il sourit.

— Toute ma vie, sans le savoir, j'ai attendu cet instant. Et j'étais en train de me dire que je préférais être ici, près de vous, que n'importe où sur la Grande Verte.

Chapitre 32

Des lances dans la nuit

I

Quand les portes se fermèrent et que le premier assaut eut été brisé, Argurios se retrouva dans la cour devant le palais. Sur les murs, au-dessus de lui, une quarantaine d'Aigles, armés d'arcs phrygiens, attendaient la prochaine attaque. Derrière lui, il entendit quelqu'un donner des ordres dans le mégaron du roi. Argurios, silencieux, avait le cœur lourd.

Il était venu ici en tant que hors-la-loi mycénien, décidé à demander à Priam la permission d'épouser sa fille. Et voilà qu'il était pris au milieu d'une guerre civile. L'idée de la bataille ne le dérangeait pas : il avait passé toute sa vie d'adulte à combattre. Ce qui le perturbait à cet instant était de savoir que des guerriers mycéniens arrivaient. Si Agamemnon avait accepté de soutenir Agathon, il avait sûrement envoyé ses meilleurs guerriers. Argurios avait probablement combattu aux côtés de la plupart, fêté les victoires avec eux, pleuré avec eux leurs camarades tombés. Il revit des visages : le grand Calliadès, Ménidès le lancier, Banoclès Une Oreille, Éruthros le blagueur, Ajax le pourfendeur de crânes…

Ces hommes étaient-ils, en ce moment même, en route pour la citadelle ?

Si c'était le cas, comment pourrait-il lever ses armes contre eux ?

Serait-il capable de poignarder Calliadès et de le regarder mourir ? Pourrait-il envoyer Banoclès dans l'Au-delà ?

Pourtant, ces hommes venaient pour tuer le père de la femme qu'il aimait. Quel serait son sort, si les envahisseurs l'emportaient ? À cette question, il pouvait répondre. Il n'avait jamais violé de femme, mais il savait que c'était une activité très prisée par les troupes après un combat.

Cette idée le révolta. Tout plutôt que laisser un tel sort échoir à Laodicé ! *J'arracherai le cœur d'Agamemnon lui-même plutôt que de permettre ça*, se jura-t-il.

Il rejoignit rapidement Polydorus sur les remparts, puis il leva la tête au-dessus du parapet et examina les alentours. Il ne vit aucun guerrier, mais des hommes se rassemblaient dans les ombres des rues étroites, à cent pas de là.

— Ils cherchent des échelles, dit Argurios.

— Ils en trouveront sans peine, répondit Polydorus. Il y a toujours des constructions en cours, à Troie.

Les murs n'avaient que la hauteur de deux hommes. Si l'ennemi arrivait avec des chariots, il pourrait sauter sur les remparts à partir des véhicules. Argurios regarda le palais. En haut à gauche, il vit un long balcon avec de hautes fenêtres. Quand l'ennemi aurait ouvert les portes, il pourrait escalader les murs du palais avec ses échelles et entrer dans les bâtiments par le haut. Avec assez d'hommes, Argurios aurait pu tenir les murs extérieurs pendant des jours. Et avec trois cents guerriers endurcis, il aurait pu défendre le palais contre une horde. C'était irritant d'avoir une telle forteresse, et trop peu d'hommes pour la protéger.

— Je vais à l'intérieur, dit-il à Polydorus. Je dois étudier le mégaron et planifier sa défense. S'ils attaquent avant mon retour, lâchez des volées de flèches sur eux, et contenez le premier assaut. C'est crucial.

— Nous tiendrons, Argurios, marmonna Polydorus. Toute la nuit, s'il le faut.

— Ce ne sera pas toute la nuit. Je vous expliquerai en revenant.

Polydorus sourit.

— J'aurai quelque chose à raconter à mes enfants ! *J'ai combattu aux côtés d'Argurios !*

— Vous avez des enfants ?

— Non. Mais ça ne fait pas de mal de penser à l'avenir.

Argurios descendit les marches et traversa la cour. Dans le mégaron, toutes les portes sauf les principales avaient été barricadées. Priam était assis sur son trône, vêtu d'une armure de cérémonie, un casque à haut cimier sur les genoux. Il y avait partout des hommes en armes. Ils avaient enlevé toutes les lances et les boucliers des murs. À côté du roi se tenait le prince Dios, sans armure, mais armé d'une épée.

Argurios approcha d'eux. Priam le regarda.

— Les chiens ont-ils fui ? demanda-t-il.

—Non, roi Priam. Ils rassemblent des échelles. Ils reviendront bientôt. Il nous faut des archers sur le balcon, au-dessus des portes. Trente devraient suffire. J'ordonnerai aux hommes sur les remparts de se replier dans le mégaron dès que l'attaque s'intensifiera.

—Qui êtes-vous pour donner des ordres? cracha Dios, furieux.

—C'est Argurios, et il combat à mes côtés.

—Nous devrions poster tous nos hommes sur les remparts extérieurs, dit rageusement Dios. Nous les contiendrions.

—Qu'en dites-vous, Argurios? demanda le roi.

—Avec trois cents hommes, je serais d'accord avec le prince Déiphobos. Mais, avec si peu à notre disposition, nous risquons l'encerclement. S'ils passent derrière nous, nous serons taillés en pièces. Nous devons garder une ligne de retraite sûre le plus longtemps possible. Mon plan est de tenir les remparts pendant le premier assaut, puis de battre en retraite. Quand ils reviendront, nous les frapperons de volées de flèches tirées depuis le balcon.

—À ce moment, nous barricaderons les portes? demanda Priam.

—Non, roi. Nous les laisserons ouvertes.

Priam fut surpris.

—Expliquez-moi votre tactique.

—L'ennemi dispose de nombreuses façons de nous attaquer. Il y a la porte qui mène aux jardins. Il pourrait y amener ses échelles et grimper sur le balcon. Il peut arriver par l'arrière. Mais nous voulons qu'il nous attaque là où nous sommes les plus forts. Les portes ouvertes seront une invitation irrésistible. Nous le contiendrons ici. Du moins, jusqu'à l'arrivée des Mycéniens.

—Par les dieux! père, dit Dios, comment pouvons-nous faire confiance à cet homme? Il est mycénien, lui aussi!

Argurios inspira à fond pour se calmer.

—C'est exact, prince. Vous pouvez me croire si je vous dis que je préférerais être ailleurs, en ce moment. Si les Mycéniens sont vainqueurs, je serai tué en même temps que vous tous. Mais nous avons peu de temps pour nous préparer, et pas de temps pour les querelles personnelles. (Il se tourna vers le roi.) Si vous avez un homme plus qualifié que moi pour commander, nommez-le à la tête de la défense, et je me battrai où on me demandera de le faire.

—Je suis le roi, dit Priam froidement. Je commanderai la défense. Vous me prenez pour un vieillard incapable de manier une épée?

—Votre force ou vos capacités ne sont pas en question, dit Argurios. Si je commandais les assaillants, je prierais les dieux pour que vous commandiez l'armée en personne ! Vous tuer leur assurera la victoire. Ils essaieront tous de vous abattre. Votre armure brille comme le soleil. Chaque épée, chaque flèche, chaque lance essaiera de vous atteindre. Vos hommes se battront vaillamment – tant qu'ils auront un roi pour qui se battre.

À cet instant, Hélicon arriva dans le mégaron.

— Nous avons bloqué les entrées arrière, dit-il, mais elles ne résisteront pas longtemps. Quels sont vos ordres ?

Priam ne répondit pas tout de suite.

— Argurios me demande de ne pas participer au combat. Qu'en pensez-vous ?

— Excellent conseil. Nous ne nous battrons pas seulement pour défendre le palais, mais pour vous protéger, vous.

— Laissez-moi assurer le commandement à votre place, père, insista Dios.

— Non. Tu as trop peu d'expérience, et, comme l'a dit Argurios, nous n'avons pas le temps de discuter. Les hommes vous suivront, Énée, je le sais. Et Argurios est connu à travers la Grande Verte comme un stratège et un combattant aguerri. Quel est votre avis ?

— J'ai peu d'expérience des sièges, et encore moins des tactiques de combat mycéniennes, dit Hélicon. Je préférerais suivre les ordres d'Argurios.

— Qu'il en soit ainsi ! dit Priam, qui lâcha un rire rauque. Un renégat mycénien, chargé de la défense de ma citadelle ? J'aime cette idée. Quand nous aurons vaincu, vous pourrez me demander n'importe quoi. Je vous l'accorderai. Nous sommes à vos ordres, Argurios.

Argurios se tourna vers Dios.

— Vous commanderez les défenses du balcon supérieur. Prenez trente bons archers, et aussi les hommes aux armures les plus légères. Ils seront protégés des flèches par le parapet. L'ennemi apportera des échelles. Contenez-le aussi longtemps que possible, puis battez en retraite dans le mégaron. De là, nous nous réfugierons dans les bâtiments les plus élevés de l'arrière.

Dios, livide, l'air furieux, faisait de son mieux pour se contenir.

— Obéis ! cracha Priam.

— C'est de la folie ! répliqua Dios. Mais je vous obéirai, père. Comme d'habitude.

Il partit à grands pas.

— Étudions le champ de bataille, dit Argurios en parcourant le mégaron.

Priam et Hélicon sur les talons, il arriva au pied de l'escalier. Il était assez large pour que deux guerriers combattent de front. Puis il regarda la galerie en haut à droite de l'escalier.

—Nous posterons des archers ici. Ils auront une bonne vue du mégaron. Il nous faut le plus d'hommes possible ici, et des javelines et des lances, si c'est possible. Qu'y a-t-il derrière la galerie ?

—Les appartements de la reine, dit Priam. Ils sont spacieux.

Argurios monta l'escalier, suivi par Priam et Hélicon. Il entra dans les appartements et vit Laodicé allongée sur la couche ensanglantée, Andromaque assise sur le sol à côté d'elle. La tactique de défense quitta aussitôt son esprit. Enlevant son casque, il se pencha et prit la main de Laodicé. Elle ouvrit les yeux, et lui fit un grand sourire.

—Que s'est-il passé ? demanda-t-il.

—J'ai été blessée, dit la jeune femme. Ne te fais pas de souci, ce n'est rien. (Levant la main, elle lui caressa le visage.) Je suis contente que tu sois là. As-tu parlé à père ?

—Pas encore. Je ne puis rester à tes côtés. Il y a tant de choses à faire ! Je reviendrai dès que je pourrai. Repose-toi.

Il lui embrassa la main, se leva et retourna vers Priam. À cet instant, il vit le choc sur le visage de Priam. Argurios ne dit rien et se dirigea vers l'escalier arrière. Puis il revint et parcourut les nombreuses pièces des appartements de la reine.

—Les balcons sont pratiquement inaccessibles, dit-il. L'ennemi sera forcé de nous attaquer en passant par le mégaron. Je pense que nous pourrons arrêter les Thraces à la porte. Pour les Mycéniens, ce sera une autre histoire.

—Nous pourrions battre en retraite dans l'escalier, dit Hélicon.

—C'est ce que nous ferons, mais le moment doit être décidé avec précision, répondit Argurios, retournant à la galerie qui surplombait l'escalier.

—Nous devons garder les Mycéniens en alerte, les forcer à nous suivre. Nous ne devons pas leur laisser le temps de réfléchir. Pour qu'ils ne comprennent pas que cette galerie est la clé de la victoire. Une fois dans le mégaron, il leur suffirait d'apporter les échelles et d'y grimper. Ainsi, ils contourneraient l'escalier et nous attaqueraient par-derrière.

—Et comment ferons-nous pour les garder en alerte ? demanda Priam.

—Ils me verront et fonceront sur moi. Je serai la cible de leurs attaques. Nous battrons en retraite vers l'escalier, et ils nous suivront. Leur cœur sera plein d'arrogance et aura soif de violence. Hélicon, combattrez-vous à mes côtés ?

— Oui.

— Parfait. Parce que, même s'ils veulent m'éliminer, c'est vous qu'ils haïssent par-dessus tout. Nous voir ensemble les rendra fous de rage. Ils ne penseront pas à de meilleures tactiques. Maintenant, je dois retourner aux remparts.

— Un instant, dit Priam. Comment se fait-il que ma fille vous accueille avec tant d'enthousiasme ?

Argurios vit la colère flamber dans le regard du roi.

— Vous avez dit que vous m'accorderiez n'importe quel souhait, si nous survivions à cette nuit. Mon souhait est d'épouser Laodicé. Je l'aime. Mais est-ce vraiment le moment d'en parler ?

Priam se détendit et fit un sourire glacial au Mycénien.

— Si je suis encore roi demain, nous en discuterons de manière approfondie.

Argurios resta un moment silencieux, puis il se tourna vers Hélicon.

— Organisez la défense dans le mégaron. Puis surveillez les murs. Nous devons repousser la première attaque, et infliger de lourdes pertes à l'ennemi. Cela déconcertera les mercenaires. Quand le moment sera venu, accourez à notre aide.

— Comptez-y, promit Hélicon.

— Jugez bien du moment, Bienheureux.

Sur ces mots, Argurios repartit vers les murs extérieurs.

II

Polydorus regarda par les créneaux des remparts. Les Thraces se rassemblaient à l'ombre des bâtiments. Il sentit la colère monter en lui, mais il la repoussa. Hier, les parents de Casilla avaient enfin accepté le mariage – en partie grâce à l'intervention de Laodicé. Elle était allée dans la maison de Casilla et avait parlé à ses parents. Elle avait apporté un cadeau pour le père de Casilla, un gobelet à vin doré incrusté de gemmes rouges. Ce lien puissant avec la noblesse les avait finalement convaincus. Casilla était folle de joie, et Polydorus se considérait comme l'homme le plus chanceux du monde.

Maintenant, il lui semblait que tout ça faisait partie d'une farce macabre jouée par les dieux. Polydorus n'était pas idiot. Il n'y avait pas assez d'hommes pour défendre le palais contre les Thraces, sans parler des Mycéniens… Quand les Thraces auraient trouvé assez d'échelles pour escalader les murs, la bataille serait terminée. Le combat serait féroce et sanglant, et les Aigles infligeraient de lourdes pertes à l'ennemi, mais l'issue était certaine. Casilla le pleurerait, mais elle était jeune, et son père lui trouverait un autre soupirant.

Argurios le rejoignit sur les remparts.

— Des mouvements ?

— Ils se rassemblent. Je n'ai pas encore vu de Mycéniens.

— Ils arriveront dès que les portes seront ouvertes.

— Quel est le plan de bataille ? demanda Polydorus.

— Tenir les remparts un certain temps, puis se replier dans le palais.

— Les portes du palais sont robustes, mais elles ne résisteront pas longtemps.

— Elles n'en auront pas besoin. Je n'ai pas l'intention de les fermer. Je veux que l'ennemi passe par ces portes. Nous le frapperons par le dessus, et le contiendrons dans l'entrée.

— Pourtant, barricader les portes du palais nous donnerait plus de temps…

— Exact. Mais cela aurait un effet négatif sur le moral des défenseurs, quand les haches commenceraient à faire éclater le bois. Il vaut mieux affronter l'ennemi face à face. Mon père disait qu'un mur d'hommes est plus solide qu'un mur de pierre. J'ai vu que c'était vrai, lors de nombreuses batailles.

Polydorus leva la tête et regarda vers les ténèbres. Une flèche frappa les remparts, tout près de sa tête, puis ricocha.

— Vous allez tous mourir cette nuit ! glapit une voix dans l'ombre, suivie par le cri de bataille des Thraces.

Puis une autre voix retentit :

— Es-tu là, Argurios le Traître ?

— Je suis là, misérable roquet ! répondit Argurios.

— J'en suis heureux. Nous nous rencontrerons sous peu.

— Pas tant que j'ai une épée à la main, vermisseau ! Je te connais, Kolanos. Tu te caches dans les ombres pendant que des hommes plus courageux que toi se font tuer en ton honneur ! (Argurios se pencha vers Polydorus.) Tenez-vous prêts ! Ils arrivent !

Soudain, un bruit de piétinement emplit l'air, accompagné du cri de bataille des Thraces.

Les Aigles expédièrent une volée de flèches sur les hommes qui chargeaient. Polydorus tira, et vit un homme porteur d'une échelle tomber sur le sol. Les camarades du mort ramassèrent l'échelle. Des volées de flèches accueillirent les Thraces, mais il y avait trop peu d'archers pour arrêter la charge. Des dizaines d'échelles furent adossées aux murs. Une flèche rebondit sur le plastron de Polydorus, et une autre siffla à côté de son visage.

Puis les Thraces commencèrent à escalader les murs. Polydorus tira son épée courte en forme de feuille et leva son bouclier. À côté de lui, Argurios attendait, impassible.

— Poussez-vous un peu, dit-il. Donnez-moi la place de me battre.

Polydorus se déplaça vers la droite.

Le premier Thrace apparut. Polydorus bondit et lui enfonça son épée dans le visage. L'homme essaya désespérément de se hisser sur les remparts, mais Polydorus le frappa à nouveau et il tomba. La nuit était pleine de la clameur de la bataille, des cris de fureur ou de douleur des soldats, du cliquetis des épées et du son des boucliers s'entrechoquant. Plusieurs guerriers prirent pied sur les remparts, à droite de Polydorus. Il plongea son épée dans la poitrine du premier. Sa lame s'enfonça profondément, et il ne parvint pas à la récupérer. Il jeta l'homme par-dessus le mur puis frappa d'un coup de bouclier un autre ennemi. Argurios apparut à côté de lui, tailladant et poignardant. Il ramassa une épée abandonnée et la jeta à Polydorus, puis se tourna pour affronter un nouvel ennemi.

Les Thraces commençaient à attaquer les remparts. Les Aigles se battaient vaillamment. Regardant ses rangs, Polydorus vit qu'un tiers environ de ses hommes étaient tombés. Puis il vit Hélicon et une trentaine d'Aigles arriver en courant et grimper en hâte sur les remparts pour se joindre à la mêlée. Les Thraces à l'armure légère reculèrent. Certains sautèrent des murs. D'autres, qui étaient déjà sur les échelles, s'en dégagèrent promptement. Baissant son bouclier, Polydorus leva son arc et tira sur les fuyards.

Un sentiment d'exultation s'empara de lui. Il était vivant, et il avait vaincu !

Argurios s'approcha de lui.

— Emmenez les blessés dans le mégaron, dit-il. Et prenez les armes et les armures de nos morts, ainsi que les épées et les lances des ennemis. Dépêchez-vous, car nous n'aurons pas beaucoup de répit avant la prochaine attaque.

— Nous les battrons encore, assura Polydorus. Nous sommes les Aigles, et nous sommes invincibles !

Le Mycénien regarda son cadet dans les yeux.

— Ce n'était que la première vague. Ils reviendront en force. Nous avons perdu quatorze hommes, et nous avons six blessés. La moitié des combattants des remparts. La prochaine fois, nous serions submergés.

C'est pour ça que nous ne serons pas là, la prochaine fois. Et maintenant, faites ce que je vous ai dit !

L'excitation quitta visiblement le jeune soldat. Il descendit en courant des remparts et cria des ordres. D'autres hommes arrivèrent du mégaron pour aider à récupérer les armes. Argurios parcourut les remparts, une flèche le frôlant de temps en temps.

III

Argurios se déplaça parmi les défenseurs du mur. Comme Polydorus, ils étaient dans l'euphorie de la victoire. Argurios ne voulut pas les décourager en leur disant la vérité toute crue. La première attaque avait été hâtive et mal planifiée. L'ennemi aurait dû attaquer par les deux côtés, plutôt que de front. Au prochain assaut, il ne referait pas la même erreur…

Malgré tout, Argurios était satisfait. Ce premier combat avait rempli de confiance le cœur des défenseurs, et découragé l'ennemi. Les Thraces n'étaient plus si sûrs d'eux. Les chefs ennemis sauraient qu'il leur fallait obtenir rapidement une victoire, afin de réparer les dégâts. Les officiers étaient sans doute rassemblés autour d'Agathon, qui tenterait de reconstruire leur confiance en eux pour le prochain assaut. Il les assurerait de la victoire, leur promettrait un riche butin. Argurios appela un soldat.

— Va voir le prince Dios sur le balcon. Dis-lui que nous quitterons le mur avant la prochaine attaque. Demande-lui de retenir ses archers jusqu'à ce que les ennemis arrivent dans la cour. Rassemblés là, ils seront des cibles plus faciles. Puis va trouver le seigneur Hélicon. Cinquante hommes avec des boucliers devront se tenir prêts à défendre l'entrée du palais.

Le soldat accrocha son bouclier sur son dos et partit en courant.

Argurios leva la tête au-dessus des remparts. La lune se levait, sa lumière argentée baignant les rues et les maisons. Il voyait les Thraces, prêts au combat, leurs officiers passant entre leurs rangs. Il n'y avait toujours aucun signe des Mycéniens.

C'était normal. Ils étaient un bataillon d'élite, et ne seraient pas utilisés au début de la bataille. *Ils viendront quand nous serons fatigués,* se dit Argurios, *et frapperont comme un marteau au cœur de notre défense.* Les flèches et les lances ne serviraient pas à grand-chose contre eux. Vêtus de solides armures, et portant de grands boucliers en cuir renforcé de bronze, maniant des lances lourdes et de redoutables épées, ils avanceraient en formation et forceraient les défenseurs à reculer. Les lances leur donneraient un avantage de portée sur les Aigles, armés seulement d'épées. Le seul espoir de succès contre une telle force serait de briser sa formation. C'était possible sur le champ de bataille, mais pas dans l'espace restreint du mégaron. Argurios savait que les Aigles étaient de bons soldats, disciplinés et aguerris. Pourtant, tiendraient-ils devant la fine fleur des Mycéniens ? Il en doutait.

Le temps passa, et les Thraces n'attaquaient toujours pas.

Polydorus revint sur les remparts, puis Hélicon se joignit à lui et à Argurios.

— Quand les Mycéniens arriveront-ils ? demanda Hélicon.

— Quand les portes seront ouvertes. (Argurios se tourna vers Polydorus.) Retournez au palais, et rassemblez les Aigles les plus grands et les plus forts. Pas plus de trente. Ne les laissez pas participer à la bataille initiale. Quand les Mycéniens arriveront, nous aurons besoin de nos meilleurs hommes. Voyez si vous pouvez leur procurer des lances lourdes, en plus de leurs épées.

— Oui, Argurios.

Après le départ de Polydorus, Argurios regarda une fois de plus par-dessus les remparts.

— Ce ne sera plus très long, à mon avis.

— Ça doit être difficile pour vous, dit Hélicon.

Argurios sentit la colère l'envahir, mais il la ravala. Il regarda le jeune homme à côté de lui.

— Je vais bientôt massacrer mes anciens camarades. Je vais combattre à côté d'un homme que j'ai juré de tuer. « Difficile » est un terme bien faible pour décrire ça !

— Parfois, dit doucement Hélicon, on peut presque entendre les dieux se gausser de nous. Je suis sincèrement désolé, Argurios. J'aurais voulu ne jamais vous avoir demandé de m'accompagner au palais de Kygonès ! Si j'avais su la douleur que cela vous causerait, je ne l'aurais pas fait.

La colère d'Argurios se dissipa.

— Je ne regrette pas mes actes de ce jour-là, dit-il. C'est grâce à eux que j'ai rencontré Laodicé. Jusqu'à ce que je la rencontre, je n'avais jamais compris que ma vie s'était passée dans les ténèbres d'une perpétuelle nuit d'hiver. Quand je l'ai vue, ce fut comme si le soleil s'était levé. (Il resta silencieux un moment, embarrassé d'avoir ainsi étalé ses sentiments.) Vous devez me considérer comme un imbécile gâteux, je suppose.

— Non. Comme un homme amoureux. Avez-vous eu l'impression qu'un poing invisible vous frappait en pleine poitrine ? Votre langue est-elle restée collée à votre palais ?

— Exactement ça ! Vous l'avez vécu, vous aussi ?

— Chaque fois que je regarde Andromaque.

À cet instant, un Aigle, à gauche sur les remparts, cria :

— Ils arrivent !

Argurios se leva.

— Maintenant, la vraie bataille commence.

IV

Le prince Agathon regarda ses Thraces foncer vers les murs. Ils ne poussaient plus de cris de guerre. Ils étaient mus par une volonté inflexible de tuer, de vaincre, et de gagner le butin qu'Agathon leur avait promis. Il aurait aimé être avec eux, escalader une échelle et se tailler un chemin ensanglanté jusqu'à Priam. Il voulait être là quand le roi serait jeté à genoux et supplierait qu'on l'épargne. Pourtant, il ne lui était pas encore possible de les accompagner. Avec la mort de Priam, sa victoire serait assurée, mais s'il périssait, *lui*, toutes ces années de complots et de ruses n'auraient servi à rien. Il rejoindrait Hadès comme un vaincu.

Un vaincu.

Aux yeux de Priam, il avait toujours été un minable. Quand Agathon avait vaincu les rebelles hittites à Rhesos, son père s'était gaussé de lui et des pertes humaines qu'il avait subies.

« Hector les aurait battus avec deux fois moins d'hommes que toi, et un dixième seulement des morts. »

Il n'y avait pas eu de parade pour Agathon. Pas de couronne de laurier.

Cela durait depuis toujours. Quand il avait dix ans, et qu'il était effrayé par l'obscurité et les endroits confinés, son père l'avait emmené dans les cavernes souterraines de Cerbère. Priam lui avait parlé des démons et des monstres qui vivaient dans les cavernes, et lui avait dit que, s'il se trompait de chemin, il arriverait tout droit dans le monde de l'Au-delà. Père portait une torche, et Agathon était resté à côté de lui, sa panique croissant à chaque instant. Ils s'étaient enfoncés de plus en plus loin dans le labyrinthe souterrain. Puis son père avait éteint la torche et s'était éloigné de lui. Agathon avait hurlé de terreur, suppliant son père de lui prendre la main.

Seul le silence lui avait répondu. Il était resté dans les ténèbres, en larmes et terrorisé, pendant ce qui lui avait paru durer une éternité.

Puis il avait vu une lumière. C'était son demi-frère de onze ans, Hector, portant une torche.

—Père a disparu, avait gémi Agathon. Les démons l'ont emporté !

—Non. Il est dehors. Il t'attend.

—Pourquoi m'a-t-il laissé seul ?

—Il pense que ça te guérira de ta peur de l'obscurité.

—Pouvons-nous partir, maintenant ?

—Je ne peux pas sortir avec toi, Agathon. Père ignore que je suis ici. Je suis entré par le côté sud. Nous allons éteindre la torche, et tu prendras ma main. Je te conduirai jusqu'à un endroit d'où on voit la lumière du jour. Puis tu devras sortir seul.

—Pourquoi me déteste-t-il, Hector ?

—Il veut seulement que tu sois fort. Je vais éteindre la torche. Tu es prêt ?

Hector l'avait guidé à travers les tunnels, en restant près des parois. Agathon n'avait pas eu peur, car il sentait la chaleur de la main d'Hector, et il était sûr que son frère ne l'abandonnerait pas. Les ténèbres s'étaient dissipées peu à peu. Enfin, Agathon avait vu le soleil se refléter sur les parois de la grotte.

—À plus tard, petit frère, avait dit Hector, replongeant dans les ténèbres.

Agathon était sorti. Dehors, une foule l'attendait, son père, sa mère et une vingtaine de conseillers, tous assis au soleil. Quand le jeune garçon avait paru, Priam avait tourné son regard vers lui.

—Par les dieux ! mon garçon, tu as pleuré ? Tu me fais vraiment honte !

Il se secoua et regarda ses Thraces escalader les murs. Étrangement, il n'y avait aucun bruit de combat.

Puis Kolanos apparut près de lui.

—Ils se sont repliés dans la citadelle, dit-il.

Puis vinrent les cris des blessés et des mourants. Agathon comprit ce qui s'était passé. Les archers troyens tiraient sur les rangs serrés de ses Thraces, faisant un massacre. Il appela un des officiers qui commandaient les réserves.

—Envoyez des archers ! hurla-t-il. L'ennemi sera massé sur le balcon au-dessus des portes. Bloquez-les à cet endroit.

L'officier rassembla ses hommes, et une centaine d'archers escaladèrent les échelles.

Tout aurait dû être si simple ! Les hommes d'Agathon devaient marcher contre le palais, éliminer les quelques gardes, et laisser entrer les Mycéniens pour terminer le travail. Mais les portes étaient barricadées, et une défense avait été organisée.

Qui aurait cru que le gros Antiphonès aurait réussi à repousser les assassins ? Agathon ne doutait pas qu'il ait vécu assez longtemps pour prévenir Hélicon. Agathon avait entendu dire qu'un cavalier monté sur un cheval à la robe dorée avait dépassé ses Thraces, sur le chemin de la citadelle. Seul Hélicon élevait cette race de chevaux. Puis la nouvelle était arrivée : un guerrier en armure mycénienne avait éparpillé ses hommes quand ils s'apprêtaient à forcer les portes.

Hélicon et Argurios. Deux hommes qui ne faisaient pas partie de son plan initial. Deux hommes qui étaient là à la requête de Kolanos.

Leurs actes serviraient seulement à retarder l'inévitable, mais c'était exaspérant !

Les portes de la cour s'ouvrirent.

— Dites à vos guerriers de se tenir prêts, ordonna-t-il à Kolanos.

Puis il traversa le terrain découvert pour aller à la rencontre de son destin.

Chapitre 33

Le bouclier d'Ilos

I

Argurios entra dans le mégaron, se frayant un chemin entre les rangs des Aigles qui s'apprêtaient à défendre la vaste entrée. Hélicon approcha de lui, un bouclier incurvé accroché en travers du dos.

— Assurez-vous que les hommes sachent qu'ils doivent tenir leur position, dit Argurios. Si l'ennemi bat en retraite, ils ne doivent pas le poursuivre.

— Ils sont déjà prévenus, dit Hélicon. Quand pensez-vous que les Mycéniens arriveront ?

— Bientôt.

Argurios s'éloigna. Il avait besoin d'un bouclier, mais toutes les armes accrochées aux murs avaient été prises. Puis il avisa un bouclier ancien, richement orné d'étain et d'émail bleu. Au centre était reproduite une scène de bataille, montrant le grand héros Héraclès combattant l'hydre à neuf têtes. Il emprunta sa lance à un soldat, passa la pointe sous la courroie du bouclier et le détacha du mur.

Il l'accrocha sur son dos et rejoignit Polydorus, qui attendait avec trente Aigles. Il les observa à tour de rôle. Il avait des doutes sur deux d'entre eux, qu'il envoya rejoindre Hélicon à l'entrée. Les autres attendirent ses ordres.

— Quand les Mycéniens arriveront, dit-il, formez trois rangées derrière les défenseurs. Sur mes ordres…

À cet instant jaillirent des cris de bataille, et les Thraces se ruèrent vers l'entrée. Les Aigles resserrèrent leurs mains autour de la poignée de leur arme, et ils ajustèrent leur bouclier.

— Écoutez-moi, dit Argurios. Votre tour viendra bientôt. Vous affronterez les Mycéniens. Ils arriveront en rangs serrés. Ils chargeront à travers l'entrée et essaieront de disperser les défenseurs grâce à leur nombre et à leur puissance. Quand ils fonceront, Hélicon dira à ses hommes de battre en retraite vers la droite et la gauche. Nous nous opposerons à la charge des Mycéniens. Nous formerons ainsi les trois côtés d'un carré. Nous retiendrons les Mycéniens jusqu'à ce que les hommes d'Hélicon les attaquent sur les flancs. Est-ce clair ?

— C'est clair, messire, dit Polydorus. Mais combien de temps trente hommes peuvent-ils en contenir deux cents ?

— Je l'ignore, dit Argurios. Mais c'est comme ça que naissent les légendes. Nous serons contraints de reculer. Nous battrons en retraite en combattant, et nous rejoindrons l'escalier sous les appartements de la reine. Nous ne nous disperserons pas. Chaque homme tiendra bon à côté de ses camarades, comme si nous étions tous frères de sang.

Il fit pivoter son bouclier en parlant, passant son bras gauche dans les courroies. Il vit les Aigles le regarder, l'air sidérés.

— Frères de sang, dit Polydorus. Nous ne faillirons pas, Argurios.

— Postons-nous derrière les défenseurs. Trois rangées…

Les Aigles se mirent en position, Argurios au centre de la première rangée.

Devant eux, Hélicon et ses guerriers combattaient les Thraces.

Argurios inspira à fond. Les torches crachotaient dans leurs supports, et le mégaron résonnait des bruits de bataille. Sur l'escalier qui menait au balcon, Argurios vit des blessés qu'on aidait à descendre. Les archers thraces commençaient à infliger de lourdes pertes aux hommes de Dios. Plusieurs des Aigles d'Hélicon étaient aussi tombés.

Et la longue nuit continua.

II

Andromaque quitta le chevet de Laodicé, qui dormait, et regarda autour d'elle. Des blessés arrivaient maintenant en permanence, certains avec d'horribles plaies. Zéotos, le guérisseur en chef de Priam, s'occupait d'eux. Ses longues robes blanches étaient souillées de sang, ainsi que ses mains et ses avant-bras. Le vieux médecin s'approcha de la couche de Laodicé.

— Elle va bien, dit Andromaque. Le saignement a pratiquement cessé, et elle se repose.

—Nous nous reposerons tous quand cette nuit sera terminée, dit le vieil homme, d'un ton las.

Axa et plusieurs autres servantes assistaient les femmes de la noblesse, recousaient et bandaient des blessures. Même la jeune Cassandre était à l'œuvre, occupée à couper des bandes de tissu. Le long du mur du balcon, il y avait six cadavres, qui avaient été débarrassés de leur armure et de leurs armes. Il y avait peu de place, et les morts avaient été entassés les uns sur les autres.

Andromaque sortit des appartements, sur la galerie au-dessus de l'escalier. Des carquois avaient été entreposés là, ainsi que des lances. Elle alla à l'extrémité gauche de la galerie et regarda dans le mégaron. Des hommes se battaient près des portes. Elle vit Hélicon, son armure de bronze étincelant comme de l'or à la lumière des torches.

Derrière les défenseurs se tenait un autre groupe de guerriers, un grand bouclier sur un bras, une lance imposante à la main.

Vers la droite, elle vit le roi et une dizaine de ses conseillers. La plupart étaient des hommes d'âge mûr, mais ils portaient une épée ou une lance, et quelques-uns avaient un bouclier. De l'endroit élevé où elle se tenait, Andromaque voyait au-delà des combattants, dans la cour. Des centaines de Thraces y étaient massés. Il semblait inconcevable que les quelques défenseurs puissent les contenir longtemps.

D'autres blessés arrivèrent. Elle vit Priam faire des signes à ses conseillers. Plusieurs d'entre eux allèrent à la rencontre des blessés et les transportèrent vers l'escalier. Un soldat, un homme d'une quarantaine d'années, saignait d'une blessure au cou. Il s'affala sur le sol.

Andromaque regarda le flot de sang ralentir et cesser quand l'homme mourut. Presque aussitôt, d'autres hommes firent cercle autour de lui et lui enlevèrent son armure. L'Aigle mort devint un autre corps anonyme poussé contre le mur, afin de ne pas gêner les vivants. Il avait été jeté sur le dos, et ses yeux vides semblaient regarder Andromaque. Elle se sentit soudain étourdie. Un sentiment d'irréalité la saisit. En regardant fixement les yeux du cadavre, elle comprit que la différence entre la vie et la mort était un simple battement de cœur. Tous les rêves de l'homme, ses espoirs et ses ambitions avaient été annihilés en cet instant sanglant.

La bouche sèche, elle sentit la terreur naître au creux de son estomac.

Serait-elle bientôt morte, elle aussi ?

Hélicon tomberait-il, la gorge ouverte, et son corps serait-il dépouillé et jeté à l'écart ?

Ses mains tremblaient. Bientôt, les ennemis repousseraient les défenseurs, et entreraient dans le mégaron. Elle se les représenta, à ses trousses, le visage tordu de rage et de luxure. Curieusement, cette idée la calma.

— Je ne suis pas une victime attendant qu'on l'abatte, dit-elle à voix haute. Je suis Andromaque.

Cassandre arriva en courant des appartements de la reine.

— Il nous faut davantage de bandages, dit-elle.

Andromaque tendit la main.

— Donne-moi les ciseaux.

Cassandre obéit. Andromaque coupa sa robe longue à la hauteur des genoux. Cassandre battit des mains.

— Attends, je vais t'aider ! dit-elle quand la jeune femme essaya de couper l'arrière de la robe.

L'enfant prit les ciseaux et termina le travail. La partie inférieure de la robe d'Andromaque tomba sur le sol.

— Fais pareil à la mienne ! dit l'enfant.

Andromaque s'agenouilla et coupa le mince tissu. Cassandre ramassa les morceaux de vêtements et partit à la course. Andromaque la suivit dans les pièces principales, puis elle prit son arc. Elle accrocha un carquois plein de flèches à son épaule et retourna à la galerie.

« La peur est utile au guerrier, disait son père. C'est comme un petit feu qui chauffe les muscles et nous rend plus fort. Mais la panique survient quand ce feu grandit trop et dévore notre courage et notre fierté. »

Andromaque avait toujours peur quand elle regarda les combats, dans l'entrée.

Mais la panique l'avait quittée.

III

Les deux cent douze guerriers mycéniens attendaient patiemment devant le temple d'Hermès qu'on les appelle au combat. Ils étaient pleins de confiance, malgré les bruits distants de lutte et les cris des mourants. Certains plaisantaient, d'autres discutaient avec de vieux camarades. Le grand Calliadès, son bouclier pendu en travers du dos, marchait devant la rangée de statues qui bordaient les portes du temple, et admirait leur perfection. Sous le clair de lune, elles semblaient presque s'animer, pensa-t-il en regardant Hermès, le dieu ailé des Voyageurs. Son visage était jeune et lisse, et les ailes de ses talons étaient d'une facture exquise. Il tendit la main et effleura la pierre de ses doigts épais. Banoclès Une Oreille le rejoignit.

— On dit qu'ils ont fait venir des sculpteurs gypptos, dit Banoclès. J'ai un oncle qui est allé à Louxor. Il paraît qu'il y a des statues grandes comme des montagnes !

Calliadès regarda son ami. Banoclès portait déjà son casque complet, et sa voix était étouffée.

— Tu dois transpirer comme un cochon là-dessous, dit Calliadès.

— Il vaut mieux être prêt, répondit Banoclès.

— Prêt à quoi ?

— Je ne fais pas confiance aux Troyens. Ils ont un millier d'hommes sur les grands murs.

Calliadès gloussa.

— Tu n'as jamais fait confiance à personne ! Ils nous ont ouvert les portes, non ? Ils servent le nouveau roi. Aucun problème pour nous !

— Aucun problème ? Ce qu'on entend, ça ne te semble pas être un problème ? Il ne devait pas y avoir de bataille d'importance. Les Thraces devaient prendre la citadelle et nous devions éliminer les quelques invités d'un banquet funèbre. Les choses ne se passent pas comme prévu, Calliadès.

— Bah ! nous remettrons tout en ordre quand ils nous appelleront au combat.

Calliadès montra la statue d'une femme qui tenait un épi de blé dans une main et une épée dans l'autre.

— J'ai reconnu la plupart des dieux, mais elle, qui est-ce ?

— Je l'ignore. Sans doute une divinité troyenne.

Un guerrier puissamment bâti à la barbe noire coupée ras sortit d'une allée et rejoignit les deux hommes.

— Quelles nouvelles, Éruthros ? demanda Banoclès.

— Une bonne et une mauvaise. Les portes sont ouvertes. Ça ne sera plus très long, maintenant.

— Et la mauvaise nouvelle ? demanda Banoclès.

— J'ai parlé à Kolanos. Argurios est avec les Troyens.

— Par Hadès ! je n'aurais jamais pensé ça possible, dit Calliadès. Quand il a été annoncé qu'il avait trahi, je n'y ai pas cru !

— Moi non plus, reconnut Banoclès.

— J'espère que ce ne sera pas moi qui devrai le tuer, dit Éruthros. Cet homme est une légende.

Calliadès s'éloigna de ses deux amis. Il ne craignait pas le combat, ni le fait d'être dans une cité étrangère. Pour lui, le monde était divisé entre lions et moutons. Les Mycéniens étaient des lions. Tous ceux qui pouvaient être conquis étaient des moutons. C'était l'ordre des choses, et Argurios le savait aussi. En fait, c'était Argurios lui-même qui lui avait présenté le premier cette philosophie simple.

Et voilà qu'Argurios, le lion mycénien, était passé du côté des moutons ! Ça n'avait pas de sens. Pis, Calliadès et ses amis étaient maintenant conduits par Kolanos. On l'appelait le Briseur d'Âmes, mais le Méprisable aurait été un nom plus adéquat. Pour la première fois depuis qu'ils avaient accosté, Calliadès se sentit mal à l'aise.

Il avait combattu aux côtés d'Argurios à Parthes, en Thessalie et sur les plaines athéniennes. Il avait envahi et pillé des villes avec lui. Argurios n'avait jamais été intéressé par le butin et les richesses. Sa vie entière avait été vouée au service de son roi. Il n'existait pas assez d'or dans le monde pour acheter un homme comme Argurios. Comment était-il possible qu'il ait trahi les Mycéniens et se soit allié à l'ennemi troyen ?

Banoclès le rejoignit.

— Les Aigles contiennent les Thraces aux portes du palais. Hélicon le Boucher est avec eux.

C'était une meilleure nouvelle. L'idée que l'homme qui avait brûlé vifs cinquante marins mycéniens allait payer pour ses crimes remonta le moral de Calliadès.

— Si les dieux le veulent, dit-il, je lui couperai personnellement la tête.

— Et tu lui arracheras les yeux ?

— Bien sûr que non ! Tu me prends pour un sauvage, comme lui ? Non, sa mort me suffira.

Banoclès gloussa.

— Ma foi, tu peux donner la chasse au Boucher. Quand nous aurons éliminé les Aigles, moi, je chercherai un butin plus doux ! Je n'ai jamais baisé une fille de roi. On dit que les filles de Priam sont toutes belles, avec de gros seins lourds et un cul bien rond. Tu crois qu'on me laissera en ramener une à la maison ?

— Pour quoi faire ? demanda Calliadès. Avec l'or qu'on nous a promis, tu pourras t'acheter une centaine de femmes.

— Exact, mais une fille de roi, c'est spécial. Quelque chose dont on peut se vanter.

— J'ai l'impression que tu n'as jamais eu besoin de quelque chose de *spécial* pour te vanter !

Banoclès éclata de rire.

— Je croyais que j'étais le plus grand vantard sur toute la Grande Verte. Puis j'ai rencontré Ulysse. Ça, c'est un homme qui sait se mettre en valeur ! Je te parie qu'il pourrait faire un récit épique d'un détour par un marais pour se soulager les intestins !

Autour d'eux, les troupes mycéniennes commencèrent à se rassembler. Calliadès vit Kolanos passer entre les rangs.

— C'est le moment de gagner notre butin, dit Éruthros en mettant son casque.

Calliadès alla récupérer le sien, ainsi que son bouclier et sa lance. Banoclès le suivit. Pendant que Calliadès s'habillait pour la bataille, Banoclès retira son casque et passa ses doigts dans ses longs cheveux blonds.

— Maintenant que c'est le moment de mettre ton casque, tu le retires, fit remarquer Calliadès.

— Je transpire comme un cochon, dit Banoclès, avec un grand sourire.

Ils se mirent en rang avec leurs camarades et attendirent pendant que Kolanos réunissait les hommes.

— Vous savez ce qu'on attend de vous, hommes de Mycènes ! cria Kolanos. Le palais est tenu par quelques gardes royaux. C'est une nuit sanglante ! Une nuit de massacre ! Tuez tout le monde ! Ne laissez aucun homme en vie !

IV

Les cadavres des Thraces s'empilaient autour des portes du palais, et des dizaines d'autres corps gisaient dans la cour, tués par les flèches tirées depuis le balcon. Hélicon baissa son épée quand les Thraces survivants se replièrent vers l'abri des portes.

Autour de lui les Aigles se détendirent. Le silence était enfin tombé. Hélicon se tourna vers les guerriers qui l'accompagnaient.

— Maintenant, c'est le tour des Mycéniens. Quand ils chargeront, prenez place à gauche et à droite des portes.

— Il ne reste plus beaucoup d'entre nous, dit un soldat de grande taille en regardant les défenseurs survivants.

Une vingtaine d'Aigles seulement restaient pour la défense de l'entrée. Argurios et ses vingt-huit hommes se tenaient un peu en arrière, les lances et les boucliers prêts.

— Ce serait peut-être le moment de fermer les portes, dit un guerrier.

— Non, dit Hélicon. Elles ne tiendraient que quelques instants. Et cela leur donnerait le temps de déplacer les cadavres. Leur charge sera ralentie, car ils devront escalader les morts.

— Je n'ai jamais combattu de Mycéniens, dit le même homme. On dit que ce sont de bons guerriers.

— Ils pensent être les meilleurs combattants du monde, dit Hélicon. Ce soir, ils apprendront à la dure que ce n'est pas vrai.

Il rejoignit Argurios. Les hommes étaient disposés sur trois rangs. Polydorus se déplaça vers la droite, pour qu'Hélicon puisse se tenir à côté d'Argurios.

Personne ne parla, et le silence se fit lourd. Puis le prince Dios arriva en courant du balcon supérieur, suivi par ses archers.

— Plus de flèches, dit-il.

— Emmenez vos hommes à l'autre bout du balcon. Il y a des carquois.

— Vous n'avez pas assez d'hommes pour les contenir, dit Dios. Nous resterons avec vous.

— Non, répondit Argurios. Vos hommes n'ont pas d'armure. Ils se feraient tailler en pièces. Défendez l'escalier.

Dios partit sans rien dire, et les guerriers continuèrent à attendre. De là où il se tenait, Hélicon voyait la cour. Elle était déserte, exception faite des morts et des agonisants. Tant de gens étaient morts cette nuit, et tant d'autres suivraient la route ténébreuse avant l'aube ! Le temps passa. Hélicon avait la bouche sèche.

Puis il entendit un bruit de pas.

— Ils arrivent ! cria un guerrier de l'entrée.

À cet instant, le prince Dios arriva, portant un plastron de bronze et d'argent et un bouclier à son bras. Il avait un casque d'Aigle sur la tête, et il avait ceint une épée. Il tenait une lourde lance à la main.

Il se plaça à côté d'Argurios.

— Voyez-vous une objection à combattre à côté de l'avorton de la portée ? demanda-t-il avec un sourire crispé.

— Ce sera un honneur, prince Déiphobos, répondit doucement Argurios.

— Appelez-moi Dios, dit le jeune homme avec un sourire. Et essayez d'oublier que je suis parfois un imbécile pompeux.

— Nous pouvons tous l'être, dit Argurios.

Puis il éleva la voix pour s'adresser aux guerriers.

— Ne visez pas le corps, dit-il. Leurs armures sont très résistantes. Frappez à la gorge, aux cuisses ou aux bras.

Hélicon regarda dans la cour. Les Mycéniens s'étaient placés en rangs serrés de huit hommes. Puis ils marchèrent vers le palais. En approchant, ils prirent le pas de course.

Les Aigles de l'entrée se retirèrent vers la droite et la gauche. Les Mycéniens ralentirent quand ils arrivèrent à l'endroit où gisaient les cadavres des Thraces.

Argurios soupesa sa lance.

— Pour le roi et pour Troie ! hurla-t-il.

Et les Aigles chargèrent.

Chapitre 34

Le jardin perdu

I

Andromaque était de tout cœur avec les vaillants défenseurs. De son poste, à l'arrière de la galerie, elle voyait clairement que la lutte était inégale. Il y avait des centaines de guerriers mycéniens lourdement armés, fonçant sur les Aigles – trois malheureux rangs ! Pourtant, la charge des Mycéniens ralentit quand les Aigles postés des deux côtés de la phalange ennemie l'attaquèrent par les flancs.

Les archers de la galerie ne pouvaient pas encore tirer, car ils risquaient de toucher leurs camarades. Quand la phalange se força un chemin dans le mégaron, certains commencèrent à envoyer leurs flèches vers les Mycéniens de l'entrée. Les grands boucliers et les lourdes armures des envahisseurs les protégèrent, mais forcèrent les combattants à lever leurs boucliers contre cette nouvelle menace, diminuant ainsi la pression qu'ils exerçaient contre les défenseurs.

Argurios ne céda pas un pouce de terrain. Il se battait avec une redoutable efficacité. Sa lance et son bouclier formaient un mur infranchissable. À côté d'Argurios, Hélicon tenait bon, lui aussi. Andromaque vit le premier Mycénien tomber sous sa lance. Bientôt, d'autres corps couvrirent le sol, et les combats devinrent de plus en plus brutaux. Pour chaque Aigle qui tombait, deux Mycéniens au moins périssaient.

Mais ça ne suffirait pas.

Encochant une flèche, Andromaque visa. Sa flèche transperça l'orbite de bronze d'un heaume étincelant. L'homme disparut, piétiné par ses camarades.

La bataille continua. Les Aigles étaient lentement repoussés, leur ligne incurvée comme un arc composé d'humains. Andromaque et les autres archers continuèrent à tirer, mais seule une flèche sur vingt faisait mouche.

Les Aigles battaient lentement en retraite, et les Mycéniens essayaient de les couper de l'escalier. Au centre des rangs troyens, Argurios, Hélicon et Dios se battaient avec fureur, mais les flancs cédaient plus vite que le centre. Les Mycéniens n'allaient pas tarder à encercler les défenseurs.

Andromaque vit le danger.

— Visez les ailes ! cria-t-elle aux archers.

Davantage de flèches troyennes frappèrent les Mycéniens venant par la gauche, et permirent aux rangs des Troyens de se stabiliser.

À l'arrière de la zone des combats, Andromaque reconnut Kolanos à sa chevelure blanche. Il encourageait ses hommes de la voix, mais ne participait pas directement à la bataille.

Puis Andromaque sentit que quelqu'un tirait sur le bord déchiqueté de son chiton. Elle baissa les yeux et vit la petite Cassandre.

— Il faut que tu viennes ! Vite !

Andromaque s'accroupit près de la petite fille.

— Qu'y a-t-il ?

— C'est Laodicé ! Elle est en train de mourir !

— Non, elle se repose, c'est tout, répondit Andromaque.

— Viens, vite ! fit Cassandre, secouant la tête.

Andromaque laissa l'enfant lui prendre la main et la suivit dans les appartements de la reine. Ils étaient pleins de blessés. Cassandre vit Axa aider à poser un soldat sur une grande table, où Zéotos, le médecin, ses robes trempées de sang, essaya de le sauver.

Cassandre continua son chemin, entraînant Andromaque avec elle. Elles arrivèrent au chevet de Laodicé. Le visage de la jeune femme était blafard et couvert de sueur. Ses lèvres et ses paupières étaient bleuâtres. Andromaque s'agenouilla et lui prit la main. Ses doigts étaient enflés et décolorés.

— Zéotos ! cria-t-elle.

Les bruits de combat se rapprochaient, et Andromaque comprit que la bataille serait bientôt terminée. À cet instant, peu lui importait.

— Zéotos !

Le vieux guérisseur arriva, l'air épuisé.

— Qu'arrive-t-il à Laodicé ? demanda Andromaque.

Zéotos tourna à demi Laodicé et fendit sa tunique dans le dos, avec un petit couteau. Quand son dos fut dénudé, Andromaque vit qu'il était enflé et noir de l'épaule à la hanche.

— Pourquoi ne m'avez-vous pas dit qu'elle avait une telle blessure ? demanda Zéotos. Je croyais qu'elle avait été seulement égratignée !

— Je pensais qu'elle était en train de guérir, dit Andromaque.

— Ce n'est pas le cas. Elle agonise, dit le médecin. L'épée ou la lance a dû toucher un organe vital. Elle saigne à mort, de l'intérieur.

— Il doit y avoir quelque chose à faire !

Les épaules de Zéotos s'affaissèrent.

— Dans quelques instants, personne ne pourra plus rien pour personne. Nous sommes perdus. Elle aussi. Nous allons tous mourir.

Il se détourna et gagna la table où gisait le blessé.

Priam approcha, l'épée à la main. Il regarda sa fille.

— Sa mort sera un soulagement, dit-il. (Puis il regarda Andromaque.) Quand ils arriveront, ne te débats pas. Des femmes ont déjà été violées, et elles ont survécu. Vis, Andromaque !

Puis il se dirigea vers la galerie. La petite Cassandre sortit de l'endroit où elle s'était dissimulée, près de la couche.

— Je ne voulais pas que père me voie, dit-elle. Il est en colère contre moi.

— Non, petite.

Cassandre saisit la main d'Andromaque.

— Si ! Depuis que je lui ai dit qu'Hector revenait à la maison. Il ne sera plus fâché quand il le verra. Il sera bientôt là.

— Oh, Cassandre ! dit Andromaque, serrant la fillette contre elle. Hector est mort !

— Non ! cria l'enfant en se dégageant. Je le croyais aussi, mais les voix m'ont prévenue. Puis elles m'ont montré.

— Que t'ont-elles montré ?

— De grandes falaises. Des périls et des aventures. De longs fleuves...

— Doucement, dit Andromaque. Raconte-moi tout depuis le début. Quelles falaises ?

Cassandre inspira à fond.

— Hector et ses hommes étaient pris au piège. Il faisait nuit. Hector savait que l'ennemi reviendrait à l'aube et les tuerait tous. Alors il a échangé son armure contre celle d'un mort, puis, avec ses hommes, il a escaladé les falaises. Hector est un bon grimpeur. Nous faisions souvent de l'escalade ensemble...

— Ne t'égare pas, petite, l'interrompit Andromaque. Qu'est-il arrivé après leur escalade ?

— Il leur a fallu très longtemps pour arriver à un grand fleuve.

C'est pour ça que nous n'avons pas eu de messages. Mais il est là, cette nuit. Je t'en prie, crois-moi, Andromaque. Hector arrivera bientôt, avec beaucoup de soldats !

À cet instant, Laodicé gémit et ouvrit des yeux aux paupières gonflées. Elle vit Andromaque, qui lui saisit la main.

— Repose-toi, ma sœur, murmura-t-elle.

— Je suis en train de mourir, Andromaque. (Des larmes coulèrent sur ses joues.) Je ne veux pas mourir !

Andromaque se mordit la lèvre, les yeux embués.

— Je suis tellement désolée…

Laodicé soupira.

— Tout aurait été si parfait ! Argurios et moi, nous aurions vécu dans un palais… donnant sur le Scamandre. J'y étais, hier. C'est si beau… Je me suis assise… dans les jardins… dans les jardins…

Elle se tut un instant, puis dit soudain :

— Où est Argurios ?

— Il combat. Pour toi. Pour nous tous.

— Il gagnera. Comme mon Hector. Ils gagnent toujours. Oh ! j'ai terriblement soif !

Cassandre partit chercher de l'eau. Il en restait peu, mais elle revint avec un petit gobelet.

Andromaque fit avaler un peu d'eau à Laodicé, qui retomba, sans force, sur sa couche.

— Tu le trouveras, Andromaque ? demanda-t-elle. Amène-le-moi. Je… ne veux pas être seule quand je mourrai…

— Je le trouverai.

Laodicé ferma les yeux et sourit.

— Trouve… mon… Argurios, murmura-t-elle.

II

Argurios était satisfait. Tout avait marché selon le plan, et le moment qu'il avait espéré était arrivé. Depuis qu'il avait pris pied sur l'escalier, Hélicon à côté de lui et Polydorus et Dios derrière eux, l'avance ennemie avait été stoppée. Les Mycéniens étaient obligés d'attaquer par deux, pendant que la masse de leur armée piétinait en dessous, exposée aux flèches tirées du balcon, et aux lances projetées de la galerie. C'était de nouveau le pont de Parthes, car toute la bataille se livrait sur un front étroit entre des armées de force à peu près égale. Désormais, peu importait que les Mycéniens aient l'avantage du nombre. Au point de contact, seuls deux hommes à la fois affrontaient les Troyens.

Argurios frappa de son bouclier un soldat mycénien, le forçant à reculer, puis il plongea son épée au défaut de son casque. Le guerrier recula et tomba. D'un coup de pied, Argurios l'envoya bouler parmi ses camarades. Un autre Mycénien se rua en avant, mais il trébucha sur le mort et Hélicon l'abattit.

De nouveaux guerriers arrivaient sans cesse pour lutter contre les défenseurs, et le nombre de morts augmenta rapidement.

Comme Argurios l'avait espéré, les Mycéniens ne réfléchissaient plus sainement à leurs objectifs. Ils se concentraient sur le désir de tuer les hommes en face d'eux, ce qui les empêchait de voir les autres solutions possibles. Argurios savait ce qu'ils pensaient. Une dernière avancée, et la citadelle serait à eux. Il leur suffirait de repousser les quelques combattants qui tenaient l'escalier, et c'était la victoire assurée.

Mais leur progression avait cessé. Argurios et Hélicon, plantés sur une marche, ne cédaient pas un pouce, leurs boucliers levés, leurs lances faisant des ravages dans les rangs ennemis.

Les Mycéniens avaient dû penser d'abord qu'ils étaient en train de l'emporter. Maintenant, ils étaient bloqués, et perdaient des hommes pour rien. De solides guerriers se faisaient tuer les uns après les autres, et on tirait leurs cadavres en arrière pour faire la place aux suivants. Le doute commencerait bientôt à naître dans l'esprit des Mycéniens. Ce n'était pas une bataille normale. Ils ne pouvaient pas battre en retraite, il n'y avait pas de camp où ils pourraient retourner à la fin des combats. Ils étaient tout aussi piégés que les Troyens. S'ils ne parvenaient pas à conquérir la citadelle et à tuer Priam avant l'aube, d'autres troupes viendraient à leur secours, des milliers d'hommes, accourant des plaines du Scamandre ou des baraquements de la Cité Basse.

Argurios continua à se battre, désormais infatigable, tous les sens en alerte. Il combattait pour quelque chose de plus important que la vie, que l'honneur : l'amour. Il était décidé à ce que rien ne s'interpose entre lui et son bonheur avec Laodicé. Il avait son doux visage à l'esprit, son sourire, sa tendresse… Aucun guerrier mycénien ne passerait cet escalier.

Une lance arracha deux autres disques de bronze à son plastron. Argurios se tourna vers la droite et frappa l'homme. Ce n'était pas un coup bien ajusté, car il atteignit l'homme à l'épaule et le fit pivoter. Hélicon flanqua un grand coup de pied à son adversaire, qui retomba parmi ses camarades, puis il se tourna et enfonça sa lance dans la gorge de l'adversaire d'Argurios. Puis les deux héros levèrent leur bouclier contre les attaquants suivants.

Quelques instants après, Hélicon fut bousculé et perdit pied. Argurios para un coup d'épée qui aurait ouvert la gorge d'Hélicon, puis força le Mycénien à reculer en le poussant avec son bouclier. Hélicon se releva et continua à se battre.

L'escalier était glissant de sang, mais la bataille continua. Les défenseurs de la galerie n'avaient plus de flèches, et regardaient, impuissants, le combat qui se déroulait en contrebas.

En haut de l'escalier, Priam attendait, l'épée à la main, regardant les deux hommes qui incarnaient la différence entre la victoire et la défaite.

Il était difficile de croire qu'ils étaient des hommes de chair et de sang, car ils se battaient comme des dieux, apparemment infatigables et invincibles. Le roi avait estimé que le combat était perdu, mais maintenant, il n'en était plus si sûr. L'espoir renaquit en lui. Autour de lui, il vit des visages déterminés, impressionnés par le spectacle.

Pour la première fois depuis des années, Priam regarda fièrement son fils Déiphobos, qui se tenait derrière Argurios, prêt à le remplacer en cas de besoin.

Il regarda ensuite les Mycéniens, et vit qu'eux non plus ne faiblissaient pas. Ils n'étaient ni effrayés ni désorganisés. Le visage dur, ils attendaient patiemment leur tour d'affronter les combattants de l'escalier.

L'espoir s'éteignit dans le cœur du roi. Malgré la vaillance des héros qui défendaient l'escalier, rien ne retiendrait ces barbares assoiffés de sang. Bientôt, Hélicon ou Argurios serait tué, et l'assaut de l'étage commencerait.

Je montrerai à ces sauvages comment meurt un roi, pensa Priam.

Il avança et se plaça juste à l'arrière de la dernière ligne de défense.

III

Calliadès cracha le sang qui lui emplissait la bouche, et fourra une boule de chiffon dans sa joue. La lance d'Argurios était passée sous son casque et lui avait entamé la chair. Il avait eu de la chance : la pointe avait raté son œil d'un cheveu ! Il le jeta ensuite au bas de l'escalier, et s'abrita près d'une porte arrière, Banoclès à ses côtés.

— Ils n'ont plus de flèches, c'est déjà ça, dit celui-ci, tendant un chiffon propre à Calliadès, dont la blessure saignait abondamment. J'ai cru un instant qu'il t'avait eu.

— Ce n'est pas passé loin, reconnut Calliadès, crachant de nouveau du sang.

— Il a tué Éruthros. Il lui a ouvert la gorge.

— J'ai vu.

Calliadès regarda l'escalier.

— Nous devrions battre en retraite. Récupérer des échelles près des murs… Ainsi nous pourrions les attaquer de plusieurs côtés à la fois.

— Ils ne peuvent plus tenir bien longtemps, maintenant, dit Banoclès.

— Nous parlons d'Argurios, fit remarquer Calliadès. Il pourrait résister toute la nuit.

— D'accord, répondit Banoclès avec un grand sourire. Quand le roi t'aura nommé général, je serai ton homme à tout faire, et j'irai te chercher tes échelles. Pour le moment, il vaut mieux garder profil bas.

— Il faut que je me fasse recoudre, sinon je vais saigner à mort, marmonna Calliadès.

Les deux hommes retournèrent dans le mégaron. Une quarantaine de Mycéniens blessés étaient soignés par leurs camarades. Calliadès enleva son heaume et s'assit sur le trône de Priam. Banoclès enleva aussi son casque, puis sortit de la petite bourse qu'il portait à la ceinture une aiguille incurvée et du fil.

— Il ne t'a pas raté ! dit Banoclès. Heureusement que tu étais déjà laid comme un cochon !

— Boucle-la et recouds-moi ! cracha Calliadès.

Il appuya sa tête contre le dossier et serra les dents contre la douleur des points. Les doigts de Banoclès glissaient à cause du sang qui continuait à couler, mais il finit par terminer la tâche, et le flot de sang ralentit.

— Tu vas essayer d'avoir Argurios de nouveau ? demanda Banoclès, en nouant le fil.

Calliadès secoua la tête.

— J'ai fait mon devoir. Mais je ne tiens pas à être l'homme qui tuera Argurios. Que quelqu'un d'autre envoie son ombre sur la route ténébreuse. Il est maintenant notre ennemi, mais je serai triste quand il succombera.

— Moi, j'y retourne, dit Banoclès. Si quelqu'un ne dégage pas le chemin, je ne monterai jamais une des pouliches de Priam.

— Qu'Arès guide ta lance, dit Calliadès.

— Il ne m'a jamais fait défaut, répondit Banoclès en remettant son casque.

Puis il prit sa lance et retourna au combat.

Calliadès sentit une grande lassitude l'envahir. Cette affaire tournait mal. Argurios les avait piégés, les attirant à l'endroit qu'il voulait. Kolanos était un idiot de ne pas avoir compris sa stratégie. Ils n'arriveraient pas à briser Argurios. La nuit passerait, et, à l'aube, la cité entière se retournerait contre eux.

Certains blessés reprirent leurs armes. D'autres gisaient sur le sol, dans des flaques de sang.

Une bataille aisée et courte, et un butin abondant. C'était ce que Kolanos avait promis.

À l'instant où il pensait à lui, Calliadès vit Kolanos en personne, un arc à la main. Il ne portait pas de casque, et sa chevelure blanche cascadait sur ses épaules.

L'opinion déjà piètre qu'en avait Calliadès diminua encore. Les héros se battaient à la lance et à l'épée, pas avec un arc !

Puis, au loin, il entendit sonner un cor. Le bruit lugubre résonna dans la nuit, et recommença.

Kolanos se tourna vers le prince troyen, Agathon. Calliadès n'entendit pas ce qu'ils se disaient, mais il comprit qu'Agathon était inquiété par le cor. Tendu, il ne cessait de jeter des coups d'œil vers la porte.

Puis Kolanos partit dans la direction des combats. Agathon prit la direction opposée, et se fondit dans la nuit, dehors.

Calliadès resta où il était, plongé dans ses pensées. S'il avait su qu'Argurios combattrait aux côtés des ennemis, il n'aurait jamais accepté la mission. Pas par crainte, car Calliadès n'avait peur de rien. Mais parce que Argurios avait le chic pour ne *jamais* perdre une bataille.

Le maudit cor continua à sonner, et il se rapprochait. Calliadès se leva et sortit. Des Thraces piétinaient dans la cour, parlant à voix basse et pressante.

— Que se passe-t-il ? demanda Calliadès.

— Les Grandes Portes sont ouvertes, et d'autres Troyens arrivent, répondit un homme.

Puis un autre Thrace arriva à la course, criant :

— Hector est de retour ! Le prince est revenu ! Fuyez !

Les Thraces restèrent un moment immobiles, puis ils sortirent rapidement par les portes du palais.

Calliadès jura et retourna dans le mégaron.

Chapitre 35

Le présage du cygne

I

Argurios continua à se battre, Hélicon à ses côtés. Il commençait à se fatiguer, et comprit qu'il devrait bientôt se retirer de la première ligne et laisser Dios ou Polydorus prendre sa place, au moins pour un moment. Il n'avait pas entièrement récupéré de la tentative d'assassinat, en automne. Ses bras lui semblaient peser une tonne, et il avait le souffle court.

Il para un coup de lance, frappa de son bouclier l'homme en face de lui, puis lui donna un coup de lance sur le casque. La tête de l'homme partit en arrière, le déséquilibrant. Argurios se jeta sur lui et le projeta contre le guerrier qui le suivait. Les deux hommes tombèrent. Pendant que les Mycéniens tentaient de se relever, il y eut une brève accalmie dans les combats.

Argurios entendit au loin le son d'un cor. Il regarda Hélicon.

— C'est l'appel aux armes, cria Hélicon. Des renforts arrivent !

Dans la galerie, des vivats éclatèrent. Beaucoup de gens lancèrent des injures et des menaces aux Mycéniens.

— Vous êtes fichus ! lança un homme. Pris au piège comme des rats !

Mais les Mycéniens ne s'enfuirent pas. Ils lancèrent une autre attaque contre les défenseurs de l'escalier. La pointe de la lance d'Argurios se brisa contre un bouclier. Il jeta l'arme et sortit son épée. Son adversaire, un immense guerrier, se jeta sur Argurios et le fit tomber. Sa lance plongea vers le visage d'Argurios, qui se tortilla pour y échapper et flanqua un coup de pied à l'homme, le touchant à la cheville. L'homme trébucha. Argurios se releva d'un bond et plongea son épée dans le bras qui tenait la lance.

Puis Argurios tenta de dégager son épée, mais elle était coincée. Il dut la lâcher. Il se pencha en arrière et fit tomber le guerrier d'un coup violent à la hanche. D'autres Mycéniens le piétinèrent aussitôt.

—Argurios ! cria Polydorus en lui fourrant sa lance dans la main.

Argurios la saisit, pivota et enfonça la pointe de l'arme dans la gorge d'un guerrier, lui brisant le cou.

Les guerriers mycéniens au pied de l'escalier refluaient vers le mégaron pour affronter les nouvelles troupes qui étaient arrivées. Argurios ne les voyait pas, mais il entendait le bruit des combats.

Puis il vit Kolanos, près du mur du fond, un arc à la main.

À cet instant, un soldat mycénien bondit sur Hélicon, le renversant. À demi assommé, Hélicon tenta de rouler. Le Mycénien leva sa lance et s'apprêta à porter un coup mortel. Argurios pivota et para le coup avec son bouclier.

Quelque chose de pointu et chaud s'enfonça dans son flanc, à travers ses côtes et dans sa poitrine. Il tituba, se ressaisit et plongea sa lance dans le corps du guerrier qui menaçait Hélicon. Quand l'homme tomba, ceux qui le suivaient se détournèrent de l'escalier.

Argurios aurait voulu les poursuivre, mais ses jambes refusèrent soudain de le porter, et il s'assit sur une marche. Le bouclier d'Ilos lui échappa, et il regarda la flèche enfoncée dans son flanc. Elle l'avait frappé à l'endroit précis où les disques de bronze manquaient.

Hélicon et Polydorus portèrent Argurios dans la galerie. Son flanc était en feu. Il serra les dents pour lutter contre la douleur. Puis Polydorus posa la main sur la flèche et s'apprêta à la retirer.

—Non, dit Argurios. Cette flèche et moi sommes amis, désormais. Elle m'a tué, mais elle me permet aussi de rester en vie encore un moment. Si vous la retirez, je saignerai rapidement à mort.

—Non ! insista Polydorus. Je vais aller chercher le guérisseur. Il trouvera un moyen de la retirer, de vous guérir. Vous survivrez, Argurios !

Il partit en courant.

Argurios soupira, puis regarda Hélicon.

—Le gamin ne connaît rien aux blessures, dit-il. Mais nous, si, n'est-ce pas, Bienheureux ?

—Oui, reconnut Hélicon, enlevant son casque. Je suis désolé, Argurios.

Priam arriva et s'agenouilla à la gauche d'Argurios. Puis il lui saisit la main.

—J'ai dit que vous pourriez me demander n'importe quoi, Argurios, dit-il.

— Je n'ai plus rien à demander, roi Priam. (Il eut un sourire lugubre.) Si j'en avais le pouvoir, j'irais sauver mes amis et les ramener à Mycènes. J'ai reconnu plus d'un guerrier...

— Puis-je faire quelque chose pour vous ? pour votre famille ?

— Je n'ai pas de famille. Je n'ai besoin de rien.

Priam soupira, puis se leva.

— Je te remercie, Mycénien. Le bouclier d'Ilos retournera à sa place d'honneur sur les murs de mon palais. Il sera désormais appelé le bouclier d'Argurios. Personne n'oubliera ce que tu as accompli ici.

Sur ces mots, le roi, flanqué de ses Aigles Royaux, partit vers le mégaron.

Polydorus revint avec le médecin, qui confirma ce qu'Argurios savait. La flèche était enfoncée trop profondément. Les larmes aux yeux, Polydorus s'agenouilla près du guerrier mourant.

— Je ne peux pas vous dire combien je suis fier d'avoir combattu à vos côtés, Argurios, dit Polydorus.

— Tu peux être fier aussi, petit. Tu as bien combattu. Maintenant, va rejoindre tes camarades, et laisse-moi seul un moment.

Polydorus se pencha et embrassa Argurios sur le front. Puis il prit son épée et rejoignit son roi dans le mégaron.

Andromaque arriva à cet instant.

— Je n'aurai donc pas la paix ? dit Argurios.

Il vit des traces de larmes sur les joues d'Andromaque.

— Laodicé a besoin de vous, dit-elle.

— Je ne veux pas qu'elle me voie dans cet état.

— Vous devez venir, Argurios. Elle... Elle se meurt, elle aussi.

— Non ! gémit le Mycénien. C'est impossible !

— Sa blessure est plus grave que nous le pensions. Vous devez la rejoindre !

Argurios regarda Hélicon.

— Aidez-moi à me relever, dit-il.

Hélicon le tira par les bras pour le remettre debout. Argurios gémit quand la flèche se déplaça dans sa chair, donnant naissance à une vague de douleur violente. Il tituba, mais Hélicon le soutint. Ils avancèrent lentement vers les appartements de la reine. Il y avait des blessés partout. Argurios vit Laodicé, étendue sur sa couche, les yeux fermés. Il demanda à Hélicon de le lâcher, puis il marcha seul jusqu'à la couche et s'agenouilla à côté d'elle. Il prit la main de Laodicé, dont les yeux s'ouvrirent. Elle était pâle et avait les yeux cernés, mais Argurios n'avait jamais vu plus beau visage. Elle sourit, rayonnante de bonheur.

— Oh ! Argurios, dit-elle. Je rêvais de toi.

— Était-ce un beau rêve ?

— Oui. Tous mes rêves de toi sont merveilleux.

— Et que rêvais-tu ?

— De notre maison. Je suis allée la voir. Tu… l'adoreras. Il y a un grand jardin et une fontaine. Et des arbres le long du mur ouest. Nous pourrons nous y asseoir, le soir, au coucher du soleil.

— J'ai hâte que nous y soyons, mon amour.

— As-tu parlé à père ?

— Oui, Laodicé. Tout va bien.

— Nous ne serons jamais séparés ?

Argurios ouvrit la petite bourse accrochée à son ceinturon et en sortit la plume de cygne, un peu fripée.

— Tu l'as gardée…, murmura-t-elle.

— Oui. Ainsi, nous ne serons jamais séparés. Pas même dans la mort.

Il posa la plume dans la main de Laodicé et referma ses doigts sur ceux de la jeune femme. Avec ses dernières forces, il s'assit sur le sol et posa sa tête sur la poitrine de Laodicé.

— Je suis si heureuse, Argurios, dit-elle. Je crois que je vais dormir un peu, maintenant.

— Nous allons dormir tous les deux. Quand nous nous réveillerons, tu me montreras le jardin.

II

Calliadès retourna dans le mégaron, l'esprit en ébullition. Leur attaque était désormais condamnée à l'échec. Il regarda le palais de son œil de vétéran et comprit qu'ils ne pourraient pas tenir longtemps. Le mégaron faisait cent pas de long, et cinquante de large. Trop grand pour résister à une force supérieure en nombre – comme les Troyens s'en étaient aperçus quelques heures plus tôt. Les rôles étaient maintenant inversés, mais les Mycéniens ne pourraient pas battre en retraite à l'étage. Il examina les murs. Leur seul espoir – même transitoire – était de se regrouper contre le mur.

Autour de lui gisaient des blessés mycéniens, soignés par leurs camarades.

— Rassemblez les blessés ! cria Calliadès. D'autres Troyens arrivent !

Aussitôt, les hommes aidèrent les blessés à se lever, ou les portèrent à l'abri du mur. Puis ils rassemblèrent des boucliers et des casques. Calliadès courut vers l'arrière de la salle, où la bataille de l'escalier faisait toujours rage. Argurios s'y battait encore, mais Calliadès ne le regarda pas. Il chercha Kolanos du regard. Il l'aperçut, à l'abri d'une colonne, l'arc bandé. Une flèche jaillit vers l'escalier. Calliadès la vit s'enfoncer dans le flanc d'Argurios.

— Je t'ai eu, misérable ! dit joyeusement Kolanos.

— Des renforts troyens sont arrivés, dit Calliadès. Les portes de la cité sont ouvertes et les Thraces ont fui.

Il vit la peur dans le regard de Kolanos.

— Où est le prince Agathon ?

— Parti. J'ignore où. Nous devons résister. J'ai commencé à organiser un mur-bouclier.

— « Résister » ? Je ne mourrai pas ici ! s'exclama Kolanos. Il jeta l'arc et fonça vers les portes ouvertes. Calliadès le suivit, attendant ses ordres.

Mais il n'y en eut aucun. Le général sortit en courant. Calliadès le regarda, se demandant ce qu'il faisait. Puis il comprit que l'homme tentait de fuir avant l'arrivée de l'ennemi. Il était presque arrivé aux portes quand les Troyens apparurent. Kolanos pivota et repartit en courant vers l'intérieur du palais. Il resta immobile, les yeux exorbités, la panique inscrite sur le visage.

Calliadès sentit son mépris pour l'homme croître. Il retourna vers les hommes qui combattaient dans l'escalier.

— Reculez ! Reculez ! Nous avons été trahis ! Mettez-vous en formation contre le mur ! Vite !

Le premier homme qu'il vit était Banoclès. Il avait perdu son casque, et son visage était gris de douleur. Une épée s'était enfoncée dans son bras, au niveau du biceps.

— Enlève-moi ce fichu truc ! demanda-t-il à Calliadès.

Calliadès arracha l'épée. Banoclès jura.

— Formez un mur défensif ! cria Calliadès, couvrant le bruit des combats.

Les Mycéniens entendirent enfin et commencèrent à quitter l'escalier.

Faisant pivoter devant lui son bouclier, Calliadès les suivit. Des soldats troyens entraient par les portes, armés d'épées et de lances. Kolanos s'était abrité derrière une vingtaine de guerriers, et d'autres Mycéniens les rejoignirent, formant un mur défensif autour des blessés.

Un groupe de sept guerriers fonça vers les portes, essayant de bloquer l'accès. Calliadès vit un grand guerrier troyen aux cheveux d'or entrer, nu-tête et portant une armure ordinaire, ainsi que deux épées. Des porteurs de bouclier le protégeaient sur chaque flanc. Calliadès s'attendait que l'homme soit balayé par l'assaut des Mycéniens. Mais il fondit sur eux, en tua deux et en projeta un troisième sur le sol. Ce n'était pas le premier choc de cette nuit, mais cette attaque sidéra Calliadès. Le Troyen ne combattait pas comme un mortel, mais comme une tempête, invincible et impossible à arrêter.

Des vivats éclatèrent sur la galerie, puis les hommes entonnèrent :

— Hector ! Hector ! Hector !

Calliadès sentit le froid l'envahir. Il frissonna en regardant le grand héros troyen charger les guerriers ennemis.

Un Mycénien donna un coup de lance en direction d'Hector, qui l'évita et plongea son épée dans le crâne de l'homme. Sa lame y resta plantée. Deux autres Mycéniens se jetèrent sur lui. Un porteur de bouclier para la charge du premier, et Hector s'occupa du second. Quand le Mycénien écarta son bouclier pour frapper avec sa lance, Hector fit un pas de côté et frappa le casque de l'homme. Il résonna comme une cloche, et l'homme tomba. Les Mycéniens restants battirent en retraite vers le mur défensif. De plus en plus de Troyens entraient…

Calliadès tua un soldat, en renversa un autre, puis prit place à côté de Banoclès.

Devant le mur défensif hérissé de lances, les Troyens s'arrêtèrent un moment. Les Mycéniens étaient bloqués, mais les Troyens n'attaquèrent pas.

— Ainsi, voici Hector, dit Banoclès. Je me demandais s'il était aussi fort que la légende le prétend. C'est un sacré colosse, non ?

Calliadès ne répondit pas. Les Mycéniens étaient perdus. Il restait moins de cinquante guerriers valides. Ils emmèneraient quelques dizaines de Troyens avec eux, mais ils ne pouvaient pas espérer se tirer de ce piège.

— Qui aurait cru que les choses empireraient encore ? demanda Banoclès.

Calliadès vit le roi Priam arriver dans le mégaron, flanqué de ses Aigles. Le méprisable Hélicon l'accompagnait. Le roi cria le nom d'Hector, et le géant le rejoignit et le serra dans ses bras. Calliadès eut presque le sentiment de rêver. Les Mycéniens attendaient la mort, entourés par un ennemi déchaîné. Et deux hommes s'embrassaient et riaient. Les Troyens continuaient de scander le nom d'Hector.

Le guerrier aux cheveux blonds leva les bras vers eux pour les remercier de leur hommage, puis il se tourna et regarda froidement les Mycéniens survivants.

— Je ne vois pas Argurios, dit Banoclès. Tant mieux. Je n'aimerais pas avoir à le combattre en même temps que le Boucher.

— Kolanos lui a tiré dessus avec son arc.

— Malédiction ! Ça n'est pas une fin digne d'un grand homme !

— Que Zeus t'entende et maudisse Kolanos, répondit Calliadès à voix basse. Peut-être Argurios nous attendra-t-il sur la route ténébreuse et ferons-nous route ensemble.

— Ça me plairait, dit Banoclès.

Puis la voix de Kolanos retentit.

— Roi Priam, pouvons-nous parler sous couvert d'une trêve ? dit-il.

Le roi avança et regarda froidement le général. Puis il lui fit signe d'avancer. Kolanos se faufila entre les guerriers et marcha vers les Troyens.

— S'il arrive à nous tirer de là en parlementant, je l'embrasserai ! dit Banoclès.

— Tes lèvres deviendraient noires, marmonna Calliadès.

Chapitre 36

La sagesse du roi

Hélicon regarda le Mycénien qu'il haïssait émerger du mur de guerriers. Il serra plus fort le pommeau de son épée et tenta de contrôler sa fureur. Cet homme avait torturé Zidantas, assassiné le jeune Diomède, et voilà qu'il venait de tuer Argurios. Hélicon n'avait qu'une envie : décapiter l'homme sans autre forme de procès.

Mais il avait demandé une trêve, qui lui avait été accordée. L'honneur exigeait qu'on le laisse parler. *Mais après,* pensa Hélicon, *je te tuerai.*

Kolanos approcha du roi et s'inclina devant lui.

— Vos hommes ont bien combattu, roi Priam, dit-il.

— Vous n'avez pas le loisir de bavarder, dit Priam. Parlez, puis retournez auprès de vos hommes, et préparez-vous à mourir.

— Je vais parler. Un homme avisé sait quand sa chance a tourné, dit-il à voix basse. Nous ne pouvons plus gagner. Le sort était contre nous. Mais nous pouvons encore tuer une bonne centaine d'entre vous. Je peux l'empêcher. Et je peux aussi offrir mes services à Troie, roi Priam.

Priam observa le Mycénien.

— Comment pourrez-vous empêcher vos hommes de combattre ? demanda-t-il. Ils savent qu'ils sont perdus.

— Je peux leur dire que vous avez accepté de les laisser partir, s'ils posent les armes. Une fois désarmés, vous pourrez les tuer sans que ça vous coûte la vie de soldats.

— C'est très noble, ricana Priam.

— Comme vous l'avez dit, ils sont condamnés, de toute façon. De cette manière, il n'y aura plus de morts chez les Troyens.

— Et vous, vous survivrez.

— Oui. Et je peux vous être très utile. Je connais tous les plans d'Agamemnon pour ces terres de l'Est. Je sais où il prévoit de frapper, et quels rois il a gagnés à sa cause. Je connais le nom de tous les alliés du prince Agathon à Troie, qui il avait l'intention de promouvoir, et qui il allait faire entrer dans le cercle de ses conseillers.

— Ce sont des informations de grande valeur, en effet, dit Priam.

— Ai-je votre parole que ma vie sera épargnée ?

— Je vous garantis qu'aucun Troyen ne lèvera son arme contre vous.

— Et les Dardaniens ? demanda Kolanos, jetant un coup d'œil à Hélicon.

— Aucun de ceux qui ont combattu pour moi ne vous fera de mal, promit Priam.

— Non ! dit Hélicon. Je refuse d'être lié par une telle promesse. Cet homme est un serpent, et il mérite la mort.

— Dans mon palais, tu m'obéiras, Énée, dit sèchement Priam. Ta querelle avec Kolanos peut attendre. Je refuse de perdre encore cent courageux soldats pour que tu puisses assouvir ta vengeance. Me donnes-tu ta parole ? ou dois-je te faire enfermer ?

Hélicon regarda Kolanos, et vit l'homme sourire. C'en était trop. Il tira son épée, mais Priam s'interposa. Deux Aigles saisirent les bras d'Hélicon. Priam s'approcha de lui.

— Tu as bien combattu pour moi, Énée, et je t'en suis reconnaissant. Ne laisse pas ta colère tout gâcher. Regarde autour de toi. Il y a ici de jeunes soldats qui pourraient être tués ou mutilés dans les instants qui viennent. Ces jeunes gens ont une femme et une famille, ou une amante, ou des enfants. Ils n'ont pas besoin de mourir pour que tu puisses te venger.

Hélicon se détendit.

— Je ne le tuerai pas ce soir, dans votre palais. C'est tout ce que je peux promettre.

— Ça me suffit, dit Priam. Lâchez-le.

Hélicon remit son épée au fourreau. Priam se tourna vers Kolanos et lui dit :

— Très bien, Kolanos. Dites à vos hommes de poser leurs armes.

Kolanos s'inclina et retourna auprès de ses guerriers. Tous ne furent pas ravis quand il leur annonça qu'ils devaient se laisser désarmer. Hélicon aperçut un jeune homme blessé au visage inciter les soldats à ne pas obéir. Kolanos leur affirma tranquillement que leurs armes leur seraient rendues sur la plage, avant qu'ils remontent à bord de leurs vaisseaux. Hélicon vit que nombre de guerriers n'aimaient pas la tournure que prenaient les événements. Leur visage montrait leur indécision. Ces combattants n'abandonnaient pas leurs armes aisément. Mais leur général les félicitait de leur bravoure, et leur offrait la vie sauve. La proposition semblait trop belle pour qu'ils la refusent.

Des soldats troyens parcoururent les rangs des Mycéniens, leur enlevant leur épée, leur bouclier, leur lance et leur casque. Enfin, ils enlevèrent leur armure, et tout l'armement fut entassé au centre du mégaron. Dépouillés de leur armure, les Mycéniens n'étaient plus terrifiants, mais un simple groupe de jeunes gens attendant qu'on décide de leur sort. Kolanos retourna à côté de Priam.

Le roi lança un ordre, et les Troyens encerclèrent les Mycéniens et pointèrent leurs lances. Les Mycéniens comprirent soudain. Ils ne seraient pas relâchés, mais, désarmés, seraient massacrés comme des moutons. Puis Priam avança.

— Hommes de Mycènes, dit-il froidement, je suis Priam, le roi de Troie, et je vous hais du fond du cœur. Ma fille Laodicé gît morte dans les appartements de la reine. Beaucoup de mes amis et de mes loyaux conseillers ont pris cette nuit la route ténébreuse. Et voilà que votre général vous a vendus. Pour gagner sa propre liberté, il vous a tous trahis. (Priam se tourna vers Kolanos.) Vous avez une dernière parole pour vos hommes ?

Kolanos secoua la tête.

Priam regarda les visages fermés des Mycéniens.

— Comprenez-moi bien. Je n'aimerais rien tant que de voir votre sang couler à flots et vos corps déchiquetés à coups d'épée. Mon cœur se réjouirait d'entendre vos cris d'agonie. Mais je vais vous permettre de rejoindre vos vaisseaux. Je vous rendrai vos armes, et vous vivrez.

Hélicon vit la surprise sur le visage des Mycéniens.

— Oui, vous m'avez bien entendu, reprit Priam, la colère faisant trembler sa voix. Je vais vous dire pourquoi je vous épargne. Un grand homme est mort cette nuit, et pendant qu'il agonisait, je lui ai demandé si je pouvais faire quelque chose pour lui ou pour sa famille. Il m'a dit qu'il n'avait pas de famille, mais que si ses forces le lui avaient permis, il serait venu dans le mégaron et vous aurait sauvé la vie. Parce que vous étiez ses camarades. Oui, vous avez compris de qui je parle. Argurios souhaitait que vous ayez la vie sauve. Ne vous y trompez pas, je veux votre mort ! Le roi de Troie veut votre mort. Mais cette nuit est la Nuit d'Argurios. Cette nuit, il est plus grand que tous les rois. Et donc, vous vivrez.

Le silence tomba, et Priam se tourna et désigna Kolanos.

— Attachez-le ! ordonna-t-il à ses soldats.

Les Aigles obéirent et lui attrapèrent les bras.

— J'avais votre promesse ! hurla Kolanos.

— Vous l'aviez, et je la tiendrai. Aucun Troyen ne lèvera une main sur vous. Vous avez trahi ces valeureux combattants, et vous avez offert de trahir votre roi. Oui, Kolanos, j'aurais voulu connaître les plans d'Agamemnon. Mais, comme je l'ai dit, cette nuit est la Nuit d'Argurios. Je pense qu'il aimerait que vous rentriez avec vos hommes. Peut-être vous garderont-ils en vie pour que vous vous expliquiez devant votre roi, et peut-être pas.

Priam traversa les rangs de Troyens et se campa devant les Mycéniens.

— Qui commande, désormais ?

— Moi, dit un jeune homme aux cheveux noirs et aux yeux gris perçants. Je m'appelle Calliadès.

Il portait une coupure déchiquetée sur le visage, recousue, mais qui suintait toujours.

— Je vais envoyer des guérisseurs s'occuper de vos hommes. Ils vous rejoindront sur la plage. Mes soldats vont vous y escorter, et transporter vos blessés.

— Nous pouvons transporter nos blessés, roi Priam.

— Très bien. Vos armes vous seront rendues quand vous serez à bord de vos vaisseaux. Nous enterrerons vos morts, avec les honneurs dus aux combattants.

— Argurios était mon compagnon d'armes, dit Calliadès. C'est lui qui m'a fait cette blessure, et je chérirai la cicatrice.

— Et Kolanos ?

— Souhaitez-vous qu'il comparaisse devant Agamemnon, roi Priam ?

— Non. J'aimerais me tenir en haut de ma tour quand vos vaisseaux partiront, et entendre ses cris résonner à travers la Grande Verte. J'aimerais que ses souffrances soient terribles et durent longtemps, et que sa mort soit assurée.

— Vous avez ma parole qu'il en sera ainsi, roi Priam.

Priam se détourna et rejoignit Hélicon.

— Ton désir de vengeance est-il assouvi, Énée ?

Hélicon regarda Kolanos. L'homme était terrorisé.

— Il est assouvi. Vous avez agi avec grandeur, roi Priam. Argurios en aurait conçu de la fierté.

Entourés par les soldats troyens, les Mycéniens sortirent du mégaron. Hélicon rejoignit Hector. Le guerrier aux cheveux d'or lui fit un grand sourire, ouvrit les bras et attira Hélicon dans une accolade à couper le souffle.

— Cette fois, j'ai vraiment cru qu'ils t'avaient tué, dit Hélicon.

— Tu n'as donc aucune confiance en moi, mon ami ? Tu crois que quelques Gypptos pourraient avoir ma peau ? Et comment aurais-je pu ne pas revenir, alors que père a fait tous ces efforts pour me trouver une épouse ?

Hector leva les yeux vers la galerie.

— C'est elle ? Par les dieux ! j'espère que c'est elle !

Hélicon regarda Andromaque. Elle était debout dans la galerie, dans son chiton blanc déchiré, l'arc à la main, ses cheveux de feu cascadant sur ses épaules.

— Oui, dit Hélicon, sentant son cœur se briser. C'est Andromaque.

Puis il se détourna et quitta le palais.

Il suivit les soldats troyens qui emmenaient les cinquante Mycéniens sur la plage. Épuisé, il s'assit sur la coque d'un bateau à rames retourné et regarda les chirurgiens et les guérisseurs s'activer au milieu des blessés. Kolanos, les bras liés, était assis à l'écart et regardait la mer.

La lumière qui annonçait l'aube commença à poindre à l'est.

Plusieurs carrioles arrivèrent sur la plage, chargées des armes et des armures des Mycéniens.

Hélicon avait désormais l'impression que la nuit, le sang versé, l'horreur et la bataille dans le mégaron avaient été un long cauchemar. Dans le calme de l'aube, il était difficile de croire que des hommes étaient morts et que le sort d'un royaume n'avait tenu qu'à un fil. Pourtant, malgré la violence et les drames, ce n'étaient pas les pensées de la bataille qui pesaient sur son âme. Il voyait seulement Andromaque et Hector. Il était plus qu'heureux que son ami ait survécu. Normalement, il aurait même été fou de joie. Mais des émotions contradictoires luttaient en lui. Le retour d'Hector l'avait privé du seul bonheur pour lequel il avait combattu.

Il sentit la colère enfler en lui.

— Je ne laisserai pas ça arriver, dit-il à voix haute.

Il s'imagina retournant au palais pour réclamer Andromaque. Il pourrait demander une audience à Priam, et lui offrir ce qu'il voulait pour qu'il lui cède Andromaque. Mais la dure réalité éteignit rapidement ses rêves. Priam ne la lui céderait pas. Il l'avait présentée comme la promise d'Hector au peuple troyen. Elle représentait la garantie du traité qu'il avait passé avec le roi de Thèbes sous Plakos.

Alors, je l'enlèverai, décida-t-il. *Nous partirons sur la Grande Verte, et nous construirons notre vie loin de Troie.*

Et, ce faisant, tu insulteras Hector, provoqueras la ruine de la Dardanie, et tu vivras en craignant constamment des représailles et la mort.

Serait-ce de l'amour? se demanda-t-il. *Est-ce la vie que tu veux infliger à Andromaque? Devenir une fugitive, une exilée, une femme qui aurait renié sa parole, détestée et méprisée?*

Hélicon eut le sentiment que toute force l'avait abandonné.

Sur la plage, les Mycéniens commencèrent à monter à bord de leurs galères. Les blessés étaient transportés sur les ponts, pendant que les armes étaient hissées à bord dans des filets de pêche. Hélicon vit qu'on poussait rudement Kolanos, toujours attaché, vers un vaisseau. Il tomba à genoux. Un Mycénien lui flanqua un coup de pied, puis le força à se remettre debout.

Quand l'aube pointa, les galères furent tirées à l'eau, et les derniers membres d'équipage y grimpèrent en hâte. Hélicon regarda les mâts qu'on dressait. Les rames frappèrent l'eau. Les soldats troyens repartirent le long de la colline qui menait aux portes de la cité.

Tandis que les galères se dirigeaient vers l'est, un cri perçant jaillit et résonna à travers l'étendue marine. Il fut suivi par d'autres cris de douleur. Les sons affreux continuèrent, devenant de plus en plus faibles à mesure que les galères s'éloignaient de la plage.

Hélicon entendit des bruits de pas et se retourna. Il vit Andromaque marcher vers lui, un long manteau vert sur les épaules. Il se leva et lui ouvrit les bras. Elle se blottit contre lui. Il lui embrassa le front.

—Je t'aime, Andromaque. Rien ne changera jamais cela.

—Je sais. Mais nos vies ne nous ont jamais appartenu…

Il lui prit la main et en baisa la paume.

—Je suis heureux que tu sois venue. Je n'ai pas eu le courage de te chercher, au palais. J'aurais fait une folie quelconque, et nous aurions tous été damnés.

—Je ne crois pas que tu aurais fait ça, dit-elle doucement. Laodicé m'avait dit que tu aimais Hector comme un frère. Tu n'aurais rien fait qui puisse lui faire honte. Je te connais, Hélicon. Et tu devrais me connaître. Je ne ferai rien pour apporter le déshonneur à ma famille. Nous avons été tous deux élevés dans le respect du devoir, avant tout.

—Un tel devoir est une malédiction! dit Hélicon, sentant la colère l'envahir de nouveau. Il n'y a rien au monde que je désire plus que partir en mer avec toi, vivre avec toi, être avec toi!

Il regarda le ciel. Le soleil levant teintait les nuages d'or et de pourpre, mais vers l'ouest, au-dessus de la mer, le ciel était d'un bleu étincelant.

—Je dois partir, dit Andromaque.

—Reste encore un peu, supplia-t-il.

—Non, dit-elle d'une voix triste. À chaque moment passé avec toi, ma résolution faiblit. (Elle retira la main qu'il tenait toujours.) Puissent les dieux t'accorder un grand bonheur, mon aimé.

— Ils me l'ont déjà accordé en me permettant de te rencontrer. C'était déjà plus que je méritais.

— Viendras-tu assister à mes noces, au printemps ?

— Souhaites-tu que je sois présent ?

Des larmes coulèrent sur les joues d'Andromaque, qui lutta pour recouvrer son calme.

— J'aurai toujours envie que tu sois près de moi, Hélicon.

— Alors, je serai là.

Andromaque se détourna et regarda la mer.

— Laodicé et Argurios sont morts main dans la main. Penses-tu qu'ils sont désormais ensemble ? pour l'éternité ?

— Je l'espère de tout mon cœur.

Elle rassembla autour d'elle les plis de son manteau et regarda Hélicon dans les yeux.

— Adieu, roi Énée, dit-elle.

Puis elle s'éloigna.

— Au revoir, ma déesse, murmura Hélicon.

Elle l'entendit, et s'arrêta un instant. Puis elle reprit son chemin sans se retourner. Il la regarda jusqu'à ce qu'elle arrive aux Grandes Portes.

Elle ne regarda pas une seule fois en arrière.

Épilogue
Le collier d'or

À l'arrivée du printemps, la terre de Dardanie était en paix. Les soldats d'Hélicon avaient éliminé la plupart des bandes de hors-la-loi, et, grâce aux meilleures communications entre les villes et les communautés, les problèmes étaient réglés rapidement, avant d'avoir eu le temps de s'envenimer. Les chefs des communautés, qui avaient accès aux conseillers de Dardanos, ne se sentaient plus isolés, et la fête de Perséphone, qui accueille la nouvelle saison, se déroulait dans la joie.

La reine Halysia avait conduit la procession jusqu'à l'autel juché en haut de la falaise, portant la couronne de laurier d'or, et le Bâton de Déméter. Le roi Hélicon avait marché à ses côtés. La grossesse de la reine était avancée, mais personne n'en parlait. Ce silence était difficile à supporter pour Halysia, car elle croyait savoir ce qu'il cachait. Soit le peuple avait pitié d'elle, soit il dissimulait sa répugnance.

Quand les chants et les danses commencèrent, Halysia retourna discrètement à la forteresse et aux jardins de la falaise. Ils étaient mal entretenus, et elle décida qu'elle y passerait désormais plus de temps, dans la paix et la solitude, pour couper les buissons et replanter des parterres de fleurs. Pour le moment, elle s'assit et regarda la mer.

Une servante lui apporta une boisson fraîche. Elle remercia la jeune femme et la renvoya. Dans la baie, elle aperçut le *Xanthos*, qui avait été remis à la mer. Des hommes travaillaient sur les ponts, préparant le navire au voyage vers l'ouest. Le premier vaisseau de la nouvelle saison avait accosté la veille, chargé de cuivre et d'étain. Il apportait aussi un cadeau pour Hélicon, qui avait plongé celui-ci dans une crise d'hilarité. Une amie de Chypre lui avait envoyé un arc décoré de fils d'argent.

Elle avait joint un court message: « Maintenant, tu es vraiment le Seigneur de l'Arc d'Argent. »

Halysia lui avait demandé ce que ça signifiait. Il lui avait raconté l'histoire de la gamine famélique qui l'avait pris pour le dieu Apollon.

— Tout ça me semble si loin, à présent, avait-il dit.

— Et tu l'as aidée ? (Elle avait lâché un petit rire.) Question stupide ! Bien sûr que tu l'as aidée. C'est dans ta nature.

Il avait aussi reçu des messages de Troie, qu'il avait partagés avec elle. Le prince rebelle Agathon avait été vu à Milétos, s'embarquant pour Mycènes. Le prince Antiphonès faisait désormais partie du cercle intérieur de Priam, et il avait reçu un nouveau palais en remerciements de son aide pour faire échouer le plan d'Agathon pour tuer Priam. Cette dernière nouvelle avait fait grand plaisir à Hélicon.

— C'est un homme bien. Je l'apprécie beaucoup.

Une petite brise balayait le sommet de la falaise. Halysia sortit du jardin et emprunta le chemin de la falaise. Elle entendait la musique des flûtes au loin, et les rires des invités. C'était plaisant. *Il n'y a pas assez de rire dans le monde*, se dit-elle.

Elle s'assit à l'ombre d'un rocher en surplomb, et regarda les oiseaux de mer voler autour du *Xanthos*. Puis elle somnola dans la chaleur de l'après-midi, et se réveilla à l'approche du crépuscule. Elle regarda vers le chemin de la falaise et vit Hélicon sortir des jardins. Son cœur accéléra. Il s'était changé, et ne portait plus les robes royales qu'il avait arborées pour le sacrifice à Perséphone, mais une simple tunique blanche ourlée de fils d'or, qui lui arrivait aux genoux.

Halysia se souvint des visions qu'elle avait eues pendant cette nuit affreuse, pendant que les Mycéniens la violaient et assassinaient son fils. Elle avait presque cru que c'étaient des inventions nées de sa terreur. Mais parmi ces visions, il y avait eu celle d'Hélicon, vêtu de cette tunique, qui venait la chercher en haut de la falaise.

La bouche sèche, elle eut envie de se cacher. Mais il l'avait déjà vue, et lui fit signe.

Elle se leva et l'attendit. Il portait un petit paquet enveloppé de mousseline.

— Je pensais que je vous trouverais ici, ma dame, dit-il. Il y a quelque chose dont nous devons parler.

— Non ! dit-elle brusquement. Ne fais pas ça ! Je sais ce que tu apportes, et tu ne dois pas me le donner.

Il eut l'air intrigué.

— Comment pouvez-vous le savoir ?

—Mes rêves, Hélicon. Tu te souviens ? La mer pleine de vaisseaux portant des hommes assoiffés de sang, une grande cité en flammes. La terreur et le désespoir ! J'ai vu le ciel s'enflammer et la mer se dresser. Je t'ai aussi vu, toi, me rejoindre ici, portant un collier d'or décoré de lapis-lazuli. Tu comprends ? Si tu me le donnes, les autres visions doivent aussi être vraies !

Il resta silencieux un moment.

—Je comprends. Mais, Halysia, si les visions sont vraies, elles se réaliseront, que vous acceptiez le cadeau ou pas. Car je suis là, et le cadeau est entre mes mains, comme votre vision vous l'a montré. Et, oui, un jour l'ennemi traversera la Grande Verte. Il apportera la guerre et la tragédie dans nos terres de l'Est. Telle est la nature des hommes vils. Pourtant, nous ne pouvons pas vivre dans la crainte de ce qui arrivera. Nous ne pouvons pas nous cacher derrière nos murs, le cœur tremblant. Car cela n'est pas une vie. Nous devons accepter les besoins et les devoirs de chaque journée, et y faire face, un à la fois. Vous êtes la reine de Dardanie, et le peuple vous aime. Je suis le roi, et il me craint. Bientôt, vous donnerez naissance à un enfant – un fils, si vos rêves disent vrai. Ce serait préférable pour lui, pour vous et pour le royaume que nous soyons une véritable famille. Nous devrions nous marier, Halysia.

Elle se détourna.

—Tu ne m'aimes pas, Hélicon. Et tu avais juré de te marier seulement par amour.

Il lui prit la main et sourit.

—Vous vous trompez. J'éprouve de l'amour pour vous. Et du respect et de l'admiration. Si les dieux le veulent, nous trouverons le bonheur ensemble. Ou, du moins, le contentement.

Une brise fraîche souffla sur la reine, qui frissonna.

—Quand ? demanda-t-elle simplement.

—Demain, pendant que tout le monde sera encore là, pour les jours de fête.

—J'ai tellement peur, Hélicon.

Il l'attira à elle et la prit dans ses bras.

—Deviens mon épouse, et je serai un bouclier contre toutes tes peurs.

Elle sentit la force de ses bras et la chaleur de son corps, et elle se blottit contre lui, se sentant en sécurité pour la première fois depuis des mois. Elle soupira et ferma les yeux. Elle aurait voulu que cet instant ne cesse jamais.

Il caressa sa chevelure d'or, puis il la repoussa doucement et lui offrit son présent de mariage. Halysia le prit avec des mains tremblantes, et déroula le tissu. Le collier était magnifique. Il était composé de dizaines de petits carrés d'or, dont beaucoup étaient ornés de lapis-lazuli. Hélicon le souleva et le passa autour du cou mince d'Halysia. Le métal était tiède contre sa peau.

—Il est magnifique, dit-il avec un grand sourire. Maintenant, rentrons et annonçons la nouvelle.

Il lui prit la main et ils redescendirent le chemin de la falaise. Quand ils arrivèrent au jardin, elle regarda une dernière fois la mer.

Et elle eut de nouveau la vision de la flotte massive des vaisseaux ennemis, fonçant vers les terres de l'Est.

Pourtant, pour ce bref moment, l'âme emplie de joie, les présages ne lui firent plus peur.

Aubin Imprimeur
LIGUGÉ, POITIERS

Achevé d'imprimer en septembre 2008
N° d'impression L 72475
Dépôt légal, septembre 2008
Imprimé en France
35294233-1